KB272129

저 밖에서 비명 소리가

OUT THERE SCREAMING
: An Anthology of New Black Horror

by Jordan Peele

뉴 블랙 호러 앤솔러지

저 밖에서 비명 소리가

OUT THERE SCREAMING

조던 필 엮음

이나경 옮김

황금가지

차례

서문

— 조던 필

오래전 토옥(oubliette)이란 개념에 거의 병적으로 집착하던 시절이 있었다. 한밤중에 중세 고문 기술 서적을 읽는 취미가 없는 분들을 위해 설명하자면, 토옥이란 빛이 들지 못하도록 작은 입구를 낸 병 모양의 지하 감옥을 일컫는다. 그 구덩이 속에 던져진 죄수들은 바닥이 좁아서 눕지도 못한 채 여러 날을 보냈다. 고약하게도, 성을 지을 때 이 지하 감옥은 죄수가 맛있는 음식 냄새를 맡거나 파티의 웃음소리를 들을 수는 있지만, 그들이 지르는 비명은 들리지 않도록 배치했다. 결국 죄수가 죽어도 시신을 수습하지 않았다. 이 무시무시할 정도로 단순한 장치를 가리키는 토옥의 어원은 프랑스어 oublier, 즉 '망각하다'이다.

최면과 신경외과 수술을 통해 흑인을 심리적 감옥으로 보내는 내용의 영화 「겟 아웃」에 등장하는 '침잠의 방'이 바로 그 중세 토옥을 모델로 한다고 볼 수 있다. 자주성을 모두 빼앗기고 홀로 버려져 괴로워하는 곳. 바로 위에서 일상이 펼쳐지지만, 나라는 존재는 망각당한 채 구경만 해야 하는 곳 말이다.

「겟 아웃」에 나오는 침잠의 방은 크리스라는 인물에게 맞춘 것이고, 그만의 사적인 부분을 건드리게 되어 있다. 크리스가 갇힌 침잠의 방은 그가 마음속 가장 깊은 곳에 감춘 어린 시절의 트라우마를 자극한다. 어머니가 사고로 돌아가셨을 때 그는 아무것도 하지 않고 두려움에 떨며 텔레비전을 보고 있었다. 하지만 사람들이 가진 침잠의 방은 저마다 다른 모습으로 각자의 사적인 공포를 나타낼 것이다.

크리스가 갇힌 침잠의 방은 적어도 외형적으로는 내 침잠의 방과 닮아 있었다. 나는 어릴 때 티브이 화면을 멍하니 보면서 그 안에 들어가기를 간절히 바라곤 했다. 공포 서사는 엔터테인먼트를 통한 카타르시스라고 생각한다. 그것은 가장 깊은 고통과 두려움을 파헤치는 방법이다. 하지만 흑인의 경우, 이야기 자체가 없으면 그 방법이 불가능하다. 오랜 세월 불가능했다.

본 단편집에서 소개하는 열아홉 명의 탁월한 흑인 작가는 저마다 가진 침잠의 방, 토옥을 우리에게 보여 준다. 이들의 이름과 나란히 내 이름을 올릴 수 있다니 큰 영광이다. 그들의 토옥은 다양한 형태로 등장한다. 악마와의 춤, 대체 현실의 판타지, 현실과 상상 속의 괴물. 이들은 우리 마음속 깊은 곳에 감춘 두려움과 욕망을 날것 그대로 보여 준다. 그리고 이들은 망각당하지 않을 것이다.

N. K. 제미신

Reckless Eyeballing

건방진 눈빛

N. K. 제미신
N. K. Jemisin

「부서진 대지」 3부작으로 장르 사상 최초로 휴고상 장편상을 3년 연속 수상했다. 네뷸러상과 로커스상 역시 수상했으며, 2020년에는 맥아서 펠로로 선정되었다. 제미신의 사변소설은 판타지에서 SF, 규정 불가능한 장르까지 다양하다. 다루는 주제로는 억압에 대한 저항, 분리할 수 없는 경계성, '터지는 것'의 매력이다. 클래리언 워크숍과 그 자매 프로그램인 클래리언 웨스트 글쓰기 워크숍의 강사를 역임했으며, 《뉴욕 타임스》의 SF 및 판타지 도서 리뷰어로 활약한 바 있다. 여가 시간에는 게임을 하고 정원을 가꾸며, 위험할 정도로 지능적인 고양이 킹 오지맨디어스와 파괴적인 조수 마블러스 마스터 맥파이로부터 세상을 지킨다.

흑인 여성, 대략 삼십 대 중반, 동승자 없음. 수십만 달러짜리 테슬라를 운전한다고? 그렇다. 칼은 어쨌거나 그 여자 차를 세웠을 것이다. 편안한 복장. 어느 돈 많은 남자가 데리고 살 만큼 피부색이 밝지도, 예쁘지도 않다.

"왜 그러시죠, 경관님?" 칼이 창가로 다가가자 여자가 묻는다. 핸들을 잡은 양손이 잘 보이고 얼굴은 무표정하다. 마리화나나 위법의 냄새는 나지 않지만, 칼은 뭐든 찾아낼 작정이다. 그 눈이 보이면 항상 무언가 있으니까.

"면허증이랑 등록증 봅시다."

"서라고 한 이유가 있나요? 과속은 안 했을 텐데요."

"면허증." 칼은 천천히, 그러나 (언제나!) 정중하게 말한다. "그리고 등록증."

여자는 조금 더 머뭇거리고, 둘 사이의 침묵 사이로 차들이 쌩쌩 지나가는 소리가 들린다. 칼은 머뭇거리는 것만으로도 공무집행 방해나 협조 거부를 들어 여자를 잡아넣을 수 있지만 기다린다. 자신은 인내심 있는 사람이니까. 잠시 후, 여자가 천천히 핸들에서 손을 뗀다. "자동차 문에 달린 포켓에 손을 넣을 거예요. 거기 작은 파일에 등록증이랑 서류를 넣어 두거든요. 꺼내도 될까요?"

"그러시죠." 칼이 재미있다고 생각하며 말한다. 요즘 틱톡에는 '경찰관에게 말하는 법'을 가르치는 동영상이 여럿 올라와 있다.

여자는 카드 두 장을 건넨다. 하나는 등록증, 유효하다. 아마도 우연이겠지만 면허증 역시 유효하며, 미국 변호사 협회 회원증이 딸려서 나온다. 그것 역시 유효하다.

칼은 여자를 흘끔 본다. 여자는 완만하게 구부러진 고속도로를 무심히 내다본다. 칼의 존재나 '나 이런 사람이야!' 하는 짧은 연극에서 그가 어떤 반응을 보일지 따위에는 관심도 없다는 듯이. 하지만 그건 중요하지 않다. 여자의 휴대전화는 어디 있을까? 대부분의 운전자는 휴대전화를 옆자리 혹은 콘솔에 두거나 거치대에 걸어 둔다. 그런데 전화가 보이지 않는다는 사실은…… 이곳 주 법은 일방적인 녹음 내용을 증거로 허용한다. 최악의 상황을 가정하는 편이 낫다.

그래서 칼은 여자가 건넨 증명 서류를 돌려준다. "협조 감사합니다, 선생님. 수고하세요."

여자는 처음으로 그를 똑바로 본다. 여전히 무표정이지만 눈빛은 싸늘하다. 진실은 항상 눈 속에 있다. "제 차를 왜 세웠는지 말씀해 주시죠…… 빌링스 경관님?"

"음, 지금은 확인했지만 좀 전에는 전조등에 문제가 있다고 생각했습니다." 칼은 차창 옆에서 차 앞으로 옮겨 간다. 전조등이 아직 켜져 있다. 그는 이 차의 전조등을 알고 있다. 하얀 가장자리의 LED 전조등이 안쪽으로 비스듬히 기울어져 있어야 한다. 이 여자의 차 앞에 달린 전조등은 보통의 LED보다 예쁘고 교활하게 생겼다. 그가 다가가자 전조등이 따라 움직인다. 운전자와 꼭 닮은 갈색 홍채. 똑같이 냉랭하다. 깜빡이지도, 그의 시선에 내리깔지도 않고 그저 가만히, 날카롭게 마주 보는 것이 여자와 똑같다. 속셈이 무엇이든지(속셈은 항상 있으니까) 이년은 언제든 그의 뒤통수를 칠 것이다.

어쨌거나 칼은 여자를 잡아넣을 수 있다. 차량 블랙박스는 '고장'으로 꺼져 있다. 여자를 차에서 끌어 내린 뒤 자신은 그 여자도, 제아무리 변호사라도 두렵지 않다는 것을 증명하기 위해 거칠게 다루고 나서 무슨 짓을 했는지 캐낼 때까지 유치장에 가둘 수 있다. 사실, 체포하기보다는 쏴 버리는 편이 나을 수도 있다. 죽은 여자는 소송을 못 하니까.

그 차 앞에 선 채 칼은 시선을 든다. 여자의 룸미러 뒤에 작은 직사각형 장치가 달려 있다. 무엇인지, 어느 쪽을 향하는지는 알 수 없지만 분명히 카메라다.

그래도 할 수는 있다. 흑인 여자 동영상은 소셜 미디어에서 별로 인기가 없으니까.

칼은 한숨을 쉬고 창문 쪽으로 다가간다. "차를 세워서 미안합니다, 선생님. 지금은 아무 문제도 없습니다. 수고하세요."

차로 돌아갈 때 칼은 여자의 눈, 얼굴에 붙은 그 두 눈이 자신의 옆얼굴을 노려보는 것을 느낀다. "경관님도 수고하세요."

다음에 보자, 이년아.

몇 달 전부터 칼에게 그 눈이 보이기 시작했다. 처음에는 새로 유행하는 전조등인 줄 알았다. 매년 새로운 유행이 생겨났다. 네온 테두리, 곤충 눈처럼 전구가 여러 개인 것, 하트나 코브라 목 같은 디자인. 조잡한 것들이지만 불법은 아니었다. 하지만 이 눈은 새로 나온 모델이라고 하기에는 너무 진짜 같다. 그것은 깜빡인다. 공막 전체에 혈관이 있고, 홍채에는 줄무늬가 있으며, 가장자리에는 눈곱도 있다. 칼은 그것이 실제 눈으로 변하는 것도 본 적 있다. 한순간 평범한 할로겐 전조등이 순식간에 눈을 깜빡이고 있었다. 그 순간을 겪은 뒤 다른 사실도 알게 됐다. 그 눈은 마술적인 힘, 혹은 초자연적인 힘을 지녔다. 동료인 고속도로 순찰 경찰관에게 새로 유행하는 전조등에 관해 슬쩍 떠보기도 했지만, 동료는 아무도 본 적이 없다고 한다. 자동차의 오싹한 눈을 봤다는 사람은 아무도 없다. 칼에게만 해당하는 마법, 혹은 축복, 혹은 영적 능력이다. 오직 칼에게만 해당하는.

그런 일이 생긴 데는 분명 이유가 있을 것이니, 칼은 그 이유를 알기 위해 눈 달린 차는 전부 세우기 시작한다. 처음에는 그조차도 쉽지 않다. 그는 보통 고속도로 한쪽에 차량 운행 방향을 따라 주차한 순찰차에다 속도위반 단속 장치를 설치하는데, 눈은 반대쪽 차선에서 더 잘 보인다. 미등에 눈이 달린 경우는 없다. 그 눈은 여느 전조등과 같이 동공으로 광선을 쏘며 빛을 발하기 때문에 야간에는 차량 모델이나 색깔을 못 보고 놓친 경우도 두 번 있었다. 그래도 그가 처음 잡은 '눈 달린 차'는 로또였다. 전문직 종사자 옷차림을 한 남자가 탄 좋은(지나치게 좋지는 않은) 차에서 희미한 화학약품 냄새가 났다. 남자의 이름은 지메네즈다. 친근한 척 말이 많다. 플로리다 출신의 쿠바 이민자 3세대. 공화당을 지지한다고 굳이 밝힌다. 칼이 경찰견을 부르자, 남자는 태연한 척 짐 가방을 검사하라고 내놓기도 한다. 경찰견은 남자의 짐 가방에서 신호를 보낸다. 가방 주머니 속에 마리화나 두 개비가 들어 있다. 지메네즈 씨도 알다시피 마리화나는 합법이다. 관심을 딴 데로 돌리기에 적당한 미끼다. 칼과 경찰견 담당 경찰관이 짐 가방을 닫을 때 지메네즈는 미소를 짓는다. 칼도 마주 웃으며, 일급 지정 약물이 불법인 주로 들어왔으니 차량 전체를 수색하겠다고 알린다. 지메네즈는 펄펄 뛴다. 소송을 한다느니 칼이 처음 듣는 도시의 시장에게 전화를 한다느니 떠들어 댄다. 어쨌든 차량 천장 천에서 불룩한 것이 만져졌고, 칼이 천을 잘라 내니 남미산 순수 헤로인 분말을 납작하게 눌러 담은 작은 비닐백이 나온다. 현금 뭉치도 있다. 소액권으로 1만 달러다.

그 후 순찰 대장이 칼이 발견한 헤로인이 시가 20만 달러어치라고 알려 준다. 지메네즈가 신고한 현금은 온데간데없다. 하지만 마약상은 늘 거짓말을 하지 않는가? 어쨌든 지메네즈는 양형 거래를 할 것이고 고속도로 순찰대는 페이스북에서 불시 단속에 대해 떠벌릴 테니, 모두 만족한다.

칼은 다음에 눈을 보면 다른 경찰을 부르지 않기로 결심한다. 경찰견 담당관 자식은 칼의 능력 덕분에 테라스를 새로 꾸며 놓고도 고맙다는 말 한마디 없다.

칼이 교대 근무조 책임자 자리를 지나가는데, 책임자 킨제이가 일어나더니 탈의실로 뒤따라 들어온다. 교대 시간이 아니라서 탈의실은 비어 있고 카메라도 없다. 그들 둘뿐이다.

칼은 킨제이가 탐탁지 않다. 고속도로 순찰대는 전형적인 백인 남자로 가득하다. 모두 청색 경찰 제복을 입지만 대부분의 대원에게는 흰색이 더 중요하다. 가령 킨제이는 그렇다. 그리고 칼은 흑인이다. 칼이 매사에 주의하는 이유 중 하나다.

"항의가 들어와." 칼이 사복으로 갈아입는 동안 킨제이가 말한다. "아니, 항의는 항상 모두 받지만 최근 자네에 대해서 '근거가 없다'는 항의가 많이 들어오고 있어. 음, 자네가 닭 뼈를 가지고 점을 친다나?"

웃기네. "딱 보면 느낌이 오거든요. 다들 그렇잖아요. 하지만 보고서에는 꼭 사유를 적는데요?"

킨제이는 못 말리겠다는 투로 한숨을 쉰다. 칼은 그게 자신을 향한 한숨인지, 항의를 향한 한숨인지 알 수 없다. "'정기 검사 확인증' 기한이 지났다고 차를 세우고 팔을 부러뜨리면 모양새가 어떤지 알아? 좀 더 나은 이유는 갖다 댈 수 없나?"

"내가 한 건 그 애를 차에서 끌어 내린 게 다예요. 다치게 할 생각도 없었고." 비틀다가 생긴 골절이라는 모양이다. 요즘은 애들이 우유도 제대로 안 마시나 보다.

"이봐." 킨제이는 공감하는 척 말해야 하는 상황에 짜증이 나서 얼굴을 문지른다. "이해는 하지만 우릴 노리는 사람들이 있다는 걸 기억해. 우리는 사람들을 안전하게 지키려는 건데, 사람들은 영상을 팔아서 돈을 벌거나 정부 상대로 고소할 생각뿐이라고. 그러니까 그런 사람들에게 구실을 주지 말자고, 응?"

칼이 대답도 하기 전에 킨제이는 나가 버린다. 할 일을 마쳤으므로 칼을 더 이상 사람 취급할 필요도 없다는 듯이.

하지만 무슨 말인지 알아들었으니, 칼은 중범죄자라도 된 듯이 매번 그럴듯한 사유를 적어 낼 것이다. 사건 보고는 불필요한 연극처럼 느껴진다. 공무원 면책권과 그 눈만 있으면 칼에게 필요한 근거는 충분하다. 하지만 좋다. 시키는 대로 따라 줄 셈이다. 아무리 올바른 사람이라도 자기 앞가림은 해야 하니까.

칼은 여자 친구가 없다. 돌아가며 섹스하는 상대 몇 명이 전부다. "섹스 친구"나 "잠자리를 함께하는 친구"는 아니다. 그렇게 부르면 친구라는 뜻이니까. 아직도 세상에는 경찰관을 좋아하는 여자들이 많다. 칼은 까다로울 뿐이다. 그에게 필요한 여자는…… 성숙하달까? 냉담하달까? 자신이 무의미하다는 것을 아는 여자? 또, 칼은 백인 여자만 만난다. 그러면 킨제이와 다른 동료들이 열 받으니까. 어쨌든 그 여자들이 칼에게서 원하는 것은 흑인과 잤다고 자랑하면서 주위 흑인 여자들에게 잘난 척할 기회뿐이다. 칼은 백인 여자와 섹스하는 것이 좋으니 서로 윈윈하는 셈이다. 여자가 "여자 친구"가 아니라 섹스 상대라는 호칭에 반대하거나, 잠자리 이상을 원하면 헤어진다. 심플한 것이 최고다.

하지만 칼에게도 인생에서 단 하나, 열정을 바치는 상대가 있다. 근 1년째 수리 중인 1975년형 G시리즈 포르쉐 911이다. 포르쉐에서 최초로 터보와 250마력, 브레데스타인 타이어를 장착한 모델이다. 칼은 그 차를 거저 얻었다. 압수한 코카인 150그램을 압수 차량 담당관에게 넘기자 담당관이 경매 목록에서 빼 줬다. 다 복구하고 나면 그 차는 족히 10만 달러는 될 것이다. 가엾은 녀석의 외장은 토사물 비슷한 녹색, 실내는 호박 같은 주황색이었다. 칼은 실내를 진청색 양가죽으로 바꾸고 차체는 검정으로 칠했다. 차고 안에 방수포로 덮어 두지만, 한 달에 한 번은 타고 나가 이른 새벽에 근무교대가 바뀌는 시간이나 순찰차에서 잠만 자는 밀러가 근무 중일 때 고속도로를 달린다. 시내에서는 타고 다니지 않는다. 그저 멋지게 보이거나 과시하려고 산 것이 아니기 때문이다. 과시에는 성기만으로도 충분하니까. 칼이 그 차를 타는 것은 권력을 느끼기 위해서다. 그 차를 타고 으르렁거리는 엔진 소리를 들으며 온 세상과 비판의 시선을 뒤로하고 질주하는 기분은 그 무엇과도 다르다.

(눈이 나타나기 몇 달 전, 그 차를 처음 봤을 때 칼은 자기 것이라고 확신했다. 아름답지만 가련한 것. 70년대 시위 가담으로 아직도 전과 경력을 달고 다니는 늙은 퇴직자 백인 히피가 완전히 방치한 차였다. 그자는 당시 경찰을 구타했지만 보호 관찰 명령을 받고 나왔다. 그다음에 칼이 권총을 슬쩍 놓아둔 덕에 그 히피는 몇 년간 교도소에서 살게 됐고, 이제 이 아름다운 차는 제 주

인을 찾았다. 우주의 보상으로 그 눈이 나타났으며, 칼은 이제 증거를 심지 않아도 된다.)

하지만 어느 날 밤, 칼은 잠을 이루지 못하다가 땀에 젖어 숨을 몰아쉬며 가슴을 부여잡고서 겨우 일어나 앉는다. 그는 꿈속에서도 마치 현실에서처럼 멋진 물건을 찾느라 압수 차량 차고지를 걷고 있었다. 클래식 자동차 복구 판매를 부업으로 시작할까 싶기도 하다. 하지만 꿈속은 밤이었다. 제대로 보이는 것이 없었다. 경비실에는 아무도 없었는데, 그런 경우는 없다. 꿈속 차고지는 전등이 모두 꺼져 있고 안쪽의 하나만 깜빡였다. 그리고 거기, 높이 '예수님이 지켜보신다'라고 적힌 간판 밑에 칼의 포르쉐가 있었다. 토사물 색으로 되돌아가 있지만 칼은 자기 차를 알아볼 수 있었다. 플래시 불빛에 전조등이 빠르게 깜빡이더니 담담하고 냉정한 갈색 눈으로 바뀌었기 때문이다. 낯익은 눈으로.

잠에서 깬 칼은 일어나서 창문을 열고 자기 마당을 가로질러 밖을 내다본다. 그가 사는 곳은 조용한 교외이고, 그때는 동트기 한 시간쯤 전이다. 유리창이 흔들리는 소리만 빼면 밖은 쥐 죽은 듯 고요하다.

확인해야 한다.

아래층, 바깥. 외부 차고의 문은 닫힌 채 그대로다. 동작 감지 전등이 바로 켜지고 보안 시스템은 비밀번호를 입력하자 바로 꺼진다. 칼이 실내등을 켠다. 페인트 빛이 바래지 않도록 LED를 달았다. 깜빡이는 등은 없다. 칼은 한 손으로 자동차 덮개 앞쪽 끝을 집어 천천히 든다. 타이어를 닦아야겠다. 그리고……

눈은 없다.

꿈일 뿐이다. 칼은 이 차는 고사하고 다른 어디에서도 자기 눈을 본 적이 없다. 자기 전에 아이스크림을 먹은 탓에 이상한 꿈을 꾼 것이다.

칼은 경보기를 다시 작동시키고, 전등을 끄고, 집으로 돌아가 테라스에 잠시 서서 시원하고 고요한 어둠 속에서 마음을 진정시킨다. 거기에 서서 떨림이 가시기를 기다리며 지메네즈의 마리화나를 현금과 함께 챙기지 못한 것을 아쉬워하다가 고개를 들자, 그놈의 간판이 또 보인다. 근처 대형 교회가 그 문구를 사방에 걸어 뒀다. 사람들에게 겁을 줘서 목사의 별장을 한 채 더 지으려고. 그런 간판을 주거 지역에 그렇게 가까이 설치하다니. 불빛도 공해다. 하지만 거기, 그 간판이 대낮처럼 환히 사방을 비춘다. 칼이 꿈속에서 본 것과 같다. 새빨간 바탕에 시커먼 글자로 '예수님이 지켜보신다' 라고 적혀 있다.

예수는 아가리를 닥치는 게 좋을 거다. 칼은 안으로 들어간다.

그날 서(署)에 들어가는데 동료들이 쳐다보지도 않기에 칼은 알아차린다. 동료들은 보통 그를 노려보거나, 대놓고 드러내지 못하는 경멸이 가득한 시선을 뒤통수에 꽂곤 한다. 하지만 그날 칼이 지나갈 때는 모두가 책상이나 컴퓨터 화면만 보고 있다. 그들의 긴장 속에서 어딘가 불편한 느낌이 든다. 수치심 탓이 아닐까. 칼을 우러러보거나, 우러러보는 자신이 싫거나, 칼이 한 일을 보고 자신의 비행이 떠올랐기 때문이리라.

칼은 컴퓨터 화면에서 '나 좀 보지.'라고 적힌 포스트잇 쪽지를 떼어 들고 킨제이의 사무실로 들어간다.

영상은 전날 인스타그램에 올라왔지만 실제 사건은 1년도 넘은 일이다. 히잡을 썼고 가슴이 멋진 중년의 중동 여자. 칼이 속도위반으로 세웠을 때 여자는 불평하는 실수를 저질렀다. 그날 칼은 기분이 좋지 않았다. 접이식 경찰봉을 그 여자 입에 쑤셔 넣고 나니 분이 좀 풀렸다. 여자는 치아를 몇 개 잃었고 유치장에서 하룻밤을 보냈다. 칼이 보기에는 재수가 좋았다. 훨씬 더한 일도 당할 수 있었다. 그런데 그 여자가 무려 성폭행으로 칼을 고소한다고 한다. 경찰봉이 남성 성기처럼 생겼다고 그러는 모양이지만, 빌어먹을, 봉이 그냥 봉일 때도 있는 법이다.

정말 짜증 나는 일은 영상이 존재한다는 사실이다. 아무리 기분이 나쁜 날이라도 칼은 휴대전화 녹화 불빛이 켜져 있는지 확인한다. 룸미러 뒤도 확인하고 차 시동을 끄게 해서 자동차 마이크와 휴대전화의 블루투스 연결을 끊게 한다. 각도를 보니 이 여자가 전화를 뒷좌석에 둔 모양이다. 영상이 비뚤어져 있고 화면 일부를 무언가 가리고 있다. 전화를 어떤 물건 밑에 둔 걸까? 어쨌든 칼은 그것을 놓치는 바람에 잡혔다. 게다가 여자는 보기보다 나이가 많았다. 미디어에서는 벌써 "영상 속 폭행당한 할머니, 경찰에 300만 달러 손해배상 소송" 따위의 표제가 등장하고 있다.

(칼은 여자의 차 앞에서 새카맣고 유혹적인 눈을 봤다. 눈이 더 있기도 했다. 범퍼에 난 눈 두 개가 브랜드 엠블럼 밑에 거의 감춰져 있었다. 그래서 수

색 뒤에 이렇다 할 것이 나오지 않아도, 그는 여자에게 문제가 있다는 것을 알 수 있었다. 지방 검사는 공무집행방해 혐의에 대해 불기소 처분을 내렸다. 칼은 좀 더 신중했어야 했다.)

킨제이가 노트북 컴퓨터를 덮는다. "벌써 조합에서 나서고 있어. 그 여자 변호사는 우리랑 대화하기 전에 미디어 대응부터 시작했고. 거액을 받아 낼 작정인가 봐. 그러니 잠잠해질 때까지 자네한테 무급 휴가를 줘야겠어."

킨제이는 사무적으로 말한다. 칼은 담담한 표정으로 근무용 무기와 테이저를 내놓는다. 이런 일로 현장 근무를 쉬거나 휴직을 한 게 처음이 아니라서 괜찮다는 것도 알고 있다. 그 "할머니"는 젊지도, 예쁘지도 않고 백인도 아니니 대중의 관심이 길지 않을 것이다.

하지만 귀가해서 페이스북을 확인한 칼은 그 사건을 언급하는 사람이 탐탁지 않을 만큼 많다는 것을 알게 된다. 소셜 미디어에서 몇몇 유명인이 그 내용을 공유하고…… 젠장. 유명인들? 할 일도 없나? 게다가 주 상원의원까지……

이 또한 지나갈 것이다.

그것이 쉽게 지나가지 않는다.

칼에게는 친구가 한 명 있다. 바로 옆 카운티의 보안관, 보 워커다. 그들은 몇 주에 한 번씩 만나서 맥주를 마시기도 하고, 경기를 보기도 한다. 보는 칼에게 6개월쯤 지나서 공연한 소동이 좀 가라 앉고 나면 자기 부서에 자리를 얻을 수 있을 것이라고 알려 준다. 여기에는 말하지 않은 조건이 몇 가지 있다. 우선 칼의 봉급이 줄 어들 것이다. 경찰봉 영상 때문에 칼이 기소될 가능성도 여전히 존 재한다. 조합에서 나서야 하는데 그러지 않았다. 아, 시끌벅적하게 나서기는 했지만, 킨제이가 칼을 해고하기로 결정하자 막지 않았 다. 그렇다면 칼은 실제로, 어쩌면 감옥에 가게 될 수 있다는 뜻이 며, 모두 다 그 사실을 알고 있다. 보도 알고 있지만, 저렴한 비용에 경력 있는 법집행관을 구할 수 있다면 위험을 무릅쓸 가치가 있다 고 판단한 듯하다.(칼은 예의상 인간에게는 우정이 존재한다고 말하지만 내심 그렇게 믿지는 않는다. 실제로 존재하는 것은 선의의 경쟁이다. 그와 보 는 늘 서로를 도와주지만 가능하면 늘 상대를 이기려고 한다.) 그렇다 해도 6개월이 지나고 약간의 운이 따라 준다면 칼은 살아갈 수 있다. 바 라는 삶은 아니라 해도. 그는 주어진 삶을 살 생각이다.

보는 칼의 포르쉐도 사겠다고 한다. 칼은 그 차를 팔기 싫다. 그 놈의 차를 사랑하니까. 하지만 6개월간 수입 없이 지내기는 힘들 고, 고펀드미* 수익도 시원치 않다. 칼은 보의 집으로 직접 포르쉐 를 몰고 가서 사모아 가죽 걸레로 손수 닦아 주는 절차로 작별 인 사를 대신한다. 보가 차를 몰고 들어간 뒤, 칼은 아무도 보지 않을 때 눈물도 몇 방울 흘린다.

꿈이 멈추자 괴로움이 약간은 가신다. 칼은 일주일에 서너 번씩

---

* GoFundMe. 미국의 크라우드펀딩 사이트.

그 꿈을 꿨다. 늘 같은 꿈, 늘 포르쉐에 달린 눈으로 끝난다. 그는 갑자기 푹 자기 시작했고, 여가 시간이 생기고 양심의 가책이 사라진 덕분에 오랜만에 휴가를 맞이한 느낌으로 일주일쯤 지낸다. 느긋이 즐긴다. 뒷마당에 해먹을 설치하고 몇 시간씩 드러누워 맥주를 마시고 자동차 잡지를 읽으면서 스트레스를 풀기도 한다. 이웃이 뒷마당을 볼 수 있다는 것을 알면서도 거기서 자위도 두어 번 한다.(특히 기분 좋게 딸을 친 뒤에 이웃 창문을 빤히 보며 씩 웃은 적도 있다. 실제로 보고 있던 이웃은 재빨리 커튼을 치고 그 후로 다시는 칼과 눈을 마주치지 않는다.)

그렇게 일주일이 지난 뒤 갑자기 보가 전화를 걸어 온다. "이봐, 대체 무슨 사기를 친 거야? 저 차 엉망이야."

"뭐?"

"엉망이라고. 시동이 걸리기는 하는데 자꾸 꺼져."

젠장. 칼은 해먹 위에서 비틀거리며 일어나 앉는다. "전엔 안 그랬는데. 정비소에는 가 봤……"

"이놈의 차를 산 지가 얼마나 됐다고! 정비소에 갈 일이 왜 생겨! 새거나 다름없다면서! 야, 널 좀 봐주려고 했는데, 더럽게 힘들다. 당장 와서 해결해." 달칵.

그래서 칼은 보의 집으로 간다. 칼이 점화장치, 연료선, 보통 문제를 일으키는 곳을 전부 확인하는 동안에 보는 내내 중얼거리며 서 있다. 분명 문제가 있다. 칼이 시동을 걸어 보니 차가 내는 소리조차 전과 다르다. 엔진이 돌아가기는 하지만 내장 깊숙한 곳에서 느리게 통 소리가 나더니 기침 소리로 변한다. 차는 결국 더러운 매연을 내뿜고 5분쯤 지나자 죽어 버린다. 칼은 연료 필터가 막혔나 의심한다. 아니, 그렇게 단순한 문제이기를 바랄 뿐이다. 크랭크축의 문제라면 가벼운 연장 몇 개 가지고 고칠 수는 없으니까.

칼이 리프트가 있는 자기 집으로 포르쉐를 견인해 가야 할 것 같다고 하자 보는 미쳐 날뛴다. 평소에도 성미가 급한 사람이지만 그런 모습은 처음이다.(다시 생각해 보면 10만 달러짜리 자동차는 어떤 우정에도 부담이 되기는 한다.) 보는 칼을 향해 삿대질하면서 한 마디 한 마디를 또박또박 말한다. "나한테 사기를 치려고 들어? 나도 네가 예전에 같이 일하던 얼간이로 보이냐? 그놈들은 네가 얼마나 미친놈인지 모르지만, 난 예전부터 알았어. 지금도 네놈을 보고 있다고!" 보가 자기 눈을 손가락 둘로 가리키며 '내가 지켜보고 있어.'라는 몸짓을 하자, 알 수 없는 이유로 칼의 속이 뒤틀린다. "이 쓰레기는 가져가고 내가 준 돈 한 푼도 빠짐없이 내놔. 그리고 끝이야. 이젠 봐주는 거 없어."

칼은 일자리 약속도 포함인지 묻고 싶지만 그보다 더 급한 문제가 있다. 석 달 밀린 주택 대출금을 내느라 그 돈을 이미 많이 쓴 것이다. "어이, 있잖아, 이럴 수는……"

"두고 보라고."

그들은 한참 실랑이한다. 보는 미친놈처럼 날뛰고, 칼은 보를 죽도록 패고 싶은 충동을 참는다. 결국 보는 칼에게 문제를 해결할 시간을 더 주기로 한다. 칼은 더 싸우기 전에 집에 가기로 한다. 아침에 장비를 가지고 돌아와서 최대한 고쳐 보고, 보가 진정하기를 바라자고 마음먹는다.

그날 밤, 칼은 그 만남을 머릿속으로 되짚느라 잘 수 없다. 보는 왜 그렇게 흥분했을까? 돈 때문만은 아닌 것 같다. 단순한 분노만도 아니었다. 경찰 일을 그만큼 했으니 칼은 진짜 분노와 공격적인 태도로 감춘 두려움을 구별할 수 있었다. 보는 왜 두려워했을까? 그리고 그 가벼운 말 한마디에 칼은 왜 그렇게 께름칙했을까?

지금도 네놈을 보고 있다고.

칼은 숨이 턱 막힌다. 보도 그 눈을 보는 것일까?

칼도 여전히 그 눈을 본다. 경찰 배지가 없으니 운전자들에게 아무것도 할 수 없지만. 여기 낡은 미아타, 저기 반짝이는 신형 에스컬레이드. 젊은 운전자와 나이 지긋한 운전자, 백인과 유색인, 옷을 잘 차려입거나 지저분한 자가 섞여 있지만 칼은 그 눈 덕에 그들에게 무슨 꿍꿍이가 있는지 알 수 있다. 언제나 꿍꿍이가 있다.

그리고. 칼은 거친 숨소리를 내며 침대에서 일어나 앉는다. 그는 보의 차 앞쪽을 본 적이 없었다.

(한참 뒤 칼은 이 순간 제정신이 아니었음을 깨닫게 된다. 그는 경찰서 동료의 차는 본 적 없었다. 대부분에 눈이 있으리라 짐작했기 때문이다. 그들은 아내를 구타하고 가짜 백신 카드를 팔고 아편 중독을 숨겼으며 그보다 더한 짓, 즉 칼이 한 짓보다 훨씬 더 심한 범법을 저질렀다. 그는 그자들을 싫어했지만 함께 일해야 했으니 주차장에서 눈길을 돌려야 했다.)

그렇다면 보는 무슨 짓을 한 것일까? 꽤 나쁜 짓이 분명했다.

아침이 되자 칼에게 계획이 생겼다. 사실 완벽한 계획은 아니었지만 중요한 부분은 이미 정했다. 그는 보의 차를 한번 확인할 것이다. 포르쉐에는 눈이 없는 것을 이미 아니, 그가 자주 타는 픽업트력을 볼 생각이다. 눈이 있다면 그다음 칼의 행보가 문제다. 몇 가지 질문을 부드럽게, 조심스럽게 할 생각이다. 일자리는 여전히 필요하니까. 하지만 보가 포르쉐를 망가뜨려 놓고 돈을 돌려받을 생각이라면…… 흠. 대화가 필요하다.

대화로 해결할 생각이라 해도 칼은 경찰봉을 가지고 간다. 그것을 숨겨서 가지고 다니면 엄밀히 불법이지만 보의 입을 좀 풀어 줘야 할 수도 있으니까.

칼은 10시에 보의 집에 가기로 했다. 허를 찌르기 위해 8시에 찾아간다. "일찍 시작하려고." 보가 스크린도어를 통해 잠이 덜 깬 눈으로 노려볼 때 칼이 말한다. 그는 이렇게 말하면서 똥 씹은 표정으로 씩 웃는다. 엉망인 보의 머리칼을 보니 그 표정을 짓기가 쉽다. "차고 문만 열어 주고 도로 가서 자도 돼. 나는 차를 고칠 테니까."

그 말에 보는 누그러진 듯, 중얼거리면서도 마른 다리에 바지를 끼워 넣고 칼과 함께 차고로 향한다. 걸어가는 동안 칼은 잡담을 건네며 보의 긴장을 풀어 주고 잠이 덜 깬 상태를 이용하려고 한다. 잠을 못 잤나? 아, 악몽이라도 꾼 것인가? 그렇다, 칼은 악몽을 꾼다. 스트레스 탓이다. 경찰서 사람들이 보를 힘들게 하나? 섹시한 신입 말인데, 서맨사라고 했나? 배기구로 렌치라도 빨아낼 것 같은 여자던데? 하하하. 칼은 농담을 던지며 뒤쪽을 확인한다. 젠장. 앞쪽도 들어 올려야 한다. 보에게 잭이 두 개 더 있나? 평소 타는 차에는? 아냐, 됐어. 칼이 가져오면 된다. 보가 자동차 열쇠만 준다면.

보는 그 정도로 남을 믿지 않지만 칼을 이끌고 옆 차고로 함께 가기는 한다. 농촌 사람들이 사들이는 물건으로 어수선하다. 대형 냉

동고와 제너레이터, 아이용 자전거와 칼이 본 것 중 가장 녹이 많이 슨 고물 잔디깎이. 저걸 닦은 적이 없는 건가? 보의 픽업트럭은 나름대로 새것인데도 곳곳에 상처가 있고 몇 주간 세차를 안 한 것 같다. 칼은 이런 자에게 소중한 아이를 팔았다니 믿을 수 없다.

어쨌든 트럭 앞으로 다가가 볼 구실을 생각하다가⋯⋯

눈이 없다. 흠. 젠장. 꼭 있을 줄 알았는데.

그들은 단독 차고로 돌아간다. 칼은 포르쉐를 들어 올리고 작업을 시작한다. 한동안 조용하더니, 대화가 이어진다.

"내 꿈에 네가 나왔어." 보가 팔짱을 끼며 말한다.

엔진 깊숙이 양팔을 넣고 있던 칼이 눈살을 찌푸린다. 농담으로 받아친다. "난 그쪽 취향 아니거든, 미안해."

보는 비웃는다. "그래, 재미있다, 자식아. 어쨌든, 꿈에서 네가 어떤 여자 차를 세우더니 그 여자가 체포하지 말라고 애걸하는데도 더듬었어. 그리고 한 열셋이나 열넷쯤 되는 애가 있었어. 아빠 트럭을 가지고 놀러 나왔다가 박았는데, 애는 멀쩡했어. 네가 나타날 때까지는. 그 애는 결국 뇌진탕에 갈비뼈가 부러졌지. 또 노인도 있었어." 보가 하품을 한다. 온몸에 닭살이 돋은 채, 칼은 후드로 가린 눈으로 보를 노려본다. "머리가 살짝 돌았어. 여든 살은 됐을 거야. 그 노인이 고속 차선에서 너무 늦게 갔다고 네가 잡았는데, 네가 손가락을 부러뜨리니까 노인은 아들과 아내를 부르며 울었고⋯⋯"

"야, 대체 무슨 소리를 하는 거야?" 칼은 바보가 아니다. 심문을 어떻게 하는지 안다. 보는 미끼를 던지고 있다. 모르는 척하면서도 칼은 겁에 질렸다. 대체 보가 어떻게 아는 것일까? 아빠 차를 갖고 나온 애는 겁이 나서 칼을 신고하지 못했다. 노인은 심장마비로 죽어서 손가락을 어떻게 다쳤는지 설명하지 못했다.(낙상 때 다친 것이라고 칼은 보고했다. 부검의는 질문도 하지 않았다.) 보가 말한 내용에는 카메라 없이는 알 수 없는 사항이 있었지만, 칼은 확인을 했다. 젠장, 매번 확인했는데……

"꿈이라니까." 보는 어깨를 으쓱이지만, 눈빛은 차갑다. "그건 그렇고…… 수리를 마치고도 애가 불량인데 돈 돌려주지 않을 생각이면…… 그 꿈에 나온 일을 몇 가지 확인해 봐야 할 것 같아. 정말로 일어난 일은 아닌지. 응?" 보는 친근한 적의를 띤 미소를 짓는다.

어떻게. 어떻게 아는 걸까. "머리가 돌았군." 뭐라고 더 말하고 싶은데, 하지만……. 칼은 엔진에 집중하며 생각을 하려고 애쓴다.

보도 그 눈을 보는 것이 틀림없다. 그게 아니면 자기만의 능력이 생긴 것이다. 칼의 꿈은 사실이 아닌데 보의 꿈은 사실이니까. 보가 칼을 두려워하는 것도 당연하다. 정의의 여신의 눈가리개가 조금 미끄러졌다면 말이다.

하지만 그 꿈은 거짓말이기도 하다. 가령…… 칼이 그 여자에게 무슨 짓을 하는 모습을 보가 봤는지는 몰라도, 그 여자는 결백하지 않았다. 그 여자는 온리팬스* 계정이 있었다. 지갑 속 명함에서 봤다. 성매매를 희생자 없는 범죄로 보고, 상담이나 받게 하면서 고발도 하지 않는 검사도 많다. 칼은 그 여자가 당연한 벌을 받게 한 것

---

* 성인용 콘텐츠를 사고팔 수 있는 온라인 플랫폼.

뿐이었다. 그리고 그 여자가 신고하지 않은 것도 그는 확실히 알고 있다. 집 주소를 알고 있다고 나중에 경고했으니……

집중. 보는 눈 이야기를 하지 않았으니, 정말 꿈일 뿐일지도 모른다. 그리고 그 꿈이 변형되고 불완전할지도 모른다. 이것은 칼의 마법이니까. 보가 포르쉐를 통해 그 마법 같은 능력을 손에 넣고 칼의 능력을 빼앗으려는 것 같지만, 그러면 안 된다. 애초에 보가 가질 능력이 아니다.

포르쉐가 마법의 근원일 수 있을까? 오, 이런. 칼이 포르쉐를 파는 끔찍한 실수를 저지르는 바람에 보가 얻은 능력은 지금의 자동차와 비슷하다. 아름답고 정교한 장치가 자격 없는 주인 손에 망가지고 오염된 것이다.

좋다. 이건 고칠 수 있다. 칼이 포르쉐를 팔아서 규칙을 어겼을지 모르지만, 아무리 옳은 사람도 실수를 저지를 수 있다. 만회하면 된다.

칼은 오전 내내 엔진을 가지고 작업하지만, 실은 포르쉐 주인이 누구냐가 문제임을 알기에 엔진 문제 해결보다는 시간 죽이기에 열중한다. 칼은 배터리 케이블을 교체하고 이런저런 일을 말없이 한다. 보는 칼과 잡담을 나누거나 만날 때 라디오 토크쇼를 켜 놓지만 무슨 이유인지 이번에는 라디오를 켜지 않는다. 그는 칼이 작업하는 모습을 한동안 지켜보면서 작업 내용을 아는 척하다가, 한 시간쯤 지나자 낡은 접이식 의자에 앉아 휴대전화를 들여다본다. 45분쯤 되었을까, 보가 꾸벅꾸벅 졸아 댄다. 10분쯤 지난 뒤에는 (칼은 갑자기 요란한 소리를 내지 않고 자기 호흡을 세면서 슬쩍 확인한다.),

머리를 떨구고 코를 골기 시작한다.

드디어. 칼은 도구 가방에서 경찰봉을 꺼낸다.

주택에 연결된 차고에는 비닐 방수포 상자가 있다. 칼의 도구 가방에는 자외선램프도 있다. 엔진 누유 지점을 찾으려고 오래전 넣어 둔 것인데, 온갖 액체 자국을 찾아내는 데 유용하다. 드디어 우주의 기운이 칼을 도와 모든 것을 바로잡고자 하는 느낌이다.

보의 픽업트럭은 안 된다. 당연한 이유에서 칼의 머스탱도 안 된다. 칼은 큰 슬픔을 느끼며 포르쉐를 써야 한다고 판단한다. 포르쉐를 살려내 옆 주의 에코 호수까지 몰고 갈 테다. 그 호수에는 쓰레기가 너무 가득해서 자동차 한 대는 오랫동안 발견되지 않을 것이다. 하지만 물론 칼은 보가 실종됐다고, 친구가 염려된다고 신고할 셈이다. 포르쉐 역시 사라졌다고 할 것이다. 적어도 서너 건의 속도 감시 카메라와 통행료 징수소 카메라가 호수로 가는 길을 가리키겠지. 재판매 과정에 차질이 생겨, 어느 중고 자동차 마니아가 분쟁 대상을 버림으로써 자기 흔적을 감추려고 한 것처럼 보일 것이다. 포르쉐의 작은 앞쪽 트렁크에 맞게 시신을 창의적으로 변형시켜야 할 테지만, 뭐, 보가 늘 융통성을 키우라고 했으니까.

일자리는 아깝다. 칼은 집을 팔고 다른 곳으로 이사해서 일할 경찰서를 찾아야 하는 상황이 짜증 난다. 하지만 보의 카운티 경찰서에 연락을 취해 새로 오는 보안관이 그 지역에 밝고 경력 많은 경관에게 관심이 있는지 알아볼 것이다. 포르쉐의 증거물 확인이 끝나면 칼이 되살 수 있을지도 모른다.

상황이 만족스러운 나머지, 칼은 보를 쑤셔 넣으려고 트렁크를 열면서 콧노래까지 흥얼거린다. 그러나 곧 놀라서 뒷걸음질 치며 숨을 헉 들이마시는데……

눈. 눈이다. 트렁크 라이트에 눈, 열쇠 장치에 눈, 문의 경첩에도 곧 짜부라질 눈이 달리다니 말이 안 된다. 갑자기 켜진 불빛에 저마다 깜빡이는 눈. 빈 스페어타이어 자리에서 올려다보는 거미 같은 일곱 개의 눈. 그 눈은 포르쉐의 외장 밑에서 제법 있었을 거다. 보가 이미 잭을 빼낸 뒤였고, 칼은 그다지 트렁크 안을 들여다본 적이 없었으니까. 트렁크 때문에 포르쉐를 사는 사람이 어디 있나.

보의 눈은 적갈색이다. 아니, 적갈색이었다. 반면 이 눈들은 갈색이다. 칼의 눈처럼.

"하지만 내가 바로잡은 거라고." 칼이 중얼거린다. 보가 한 짓은 갈취였다. 포르쉐가 망가진 것은 보의 잘못이다. 마법이 잘못된 것도 보의 탓이다! "내가 바로잡은 거라니까!"

칼이 몸을 피한다. 그런데 이제는 전조등에도 눈이 있다. 꿈속과 똑같이 크고 낯익은 두 눈이 보의 시신에 발이 걸려 넘어지려다 선반을 붙잡고 서는 칼을 뒤쫓는다. 보의 차고 안이 다 그렇듯이 그 선반도 벽돌 몇 개에 합판을 올리고 이것저것 쌓아 둔 허접한 것이라 칼이 체중을 싣자 주전자 위로 엎어진다. 아무렇게나 둔 회전 톱 날이 떨어지면서 칼의 팔을 친다. 칼은 한쪽 무릎을 꿇으면서 찌릿한 통증을 느끼지도 못한다. (차의 눈이 모두 찡그러진다.) 한 손으로 상처를 붙잡으며 몸을 일으키려고, 집중하려고 애쓰는데……

손 밑에서 뭔가 뜨뜻하고 물컹한 것이 고동친다.

칼은 얼어붙는다. 팔을 보니 피가 철철 흐른다. 손가락 사이로 피가 흘러 뜨뜻하고 벌건 폭포를 이루며 바닥에 떨어진다. 젠장, 이제 이것도 치워야 한다. 손바닥에 닿은 알 수 없는 것이 빠르게 언뜻, 미끈거리며 또 움직인다. 매듭 같은 것? 살갗 아래다.

상박의 상처에서 손을 떼어 낸 칼은 피가 흐르는 베인 자리에서 하나의 갈색 눈이 밀고 올라오는 모습을 한참 동안 지켜본다. 그것은 빠르게 깜빡이며 속눈썹에서 피를 떨어내려고 한다.

좋다. 좋은 점: 마법이 돌아왔고, 전보다 강해졌다.

나쁜 점: 마법이 오염됐다.

포르쉐를 팔고 받은 벌이라는 느낌이 든다. 그리고 그 무슬림 노파에게 걸리고, 보에게 우정을 낭비하고, 어쨌든 다른 경관들에게 당한 데 대한 벌. 정의가 앞을 보지 못하고 예수가 지켜보시는 와중에 칼은 정의의 군사가 되어야 한다. 세상을 더 나은 곳으로 만들어야 한다. 비록 그러기 위해서 세상을 부숴 놓아야 한다 해도. 하지만 그는 어리바리 행동했고, 조심하지 않았으며, 어리석었고, 이것이 실패의 대가다.

칼은 셔츠에 피 묻은 손을 닦는다.(손바닥으로 가슴을 쓰는 사이, 작고 둥근 매듭이 여럿 살갗 아래 나타나 손바닥에 닿는다.) 톱날과 함께 떨어진 허섭스레기 사이에 전기 사포와 다용도 칼이 있다. 전조등 눈처럼 이 새로운 눈도 남에게는 보이지 않는지 알 수 없다. 잘못을 저지른 자들을 벌주는 일을 다시 시작하기 전까지, 마법은 제대로 작동하지 않을 것이다. 칼이 일일이 모든 것을 바로잡아야 할 것이다.

칼이 전기 사포를 들어 상처로 가져가자 팔에 나타난 눈이 휘둥
그레진다. 그는 씩 웃는다. 비록 이렇게 작은 일이나마 세상을 올바
르게 고쳐 놓는 것이 기쁘다.

그리고 칼은 작업을 시작한다.

리베카 로언호스

눈과 이

리베카 로언호스
Rebecca Roanhorse

《뉴욕 타임스》 선정 베스트셀러 작가로 휴고상, 네뷸러상, 로커스상, 이그나이트상을 수상했다. 로언호스의 여러 단편 수상작은 《에이펙스 매거진》과 앤솔러지인 『신화의 꿈』, 『스타워즈: 클론 전쟁』, 『불사조는 우선 불타야 한다』 등에 실렸고 레바 버턴 팟캐스트와 아마존 오리지널 단편 시리즈를 통해서도 소개되었다. 장편소설인 「여섯 번째 세계」 시리즈 두 편과 『스타워즈: 새로운 저항』, 『검은 태양』, 『뜨거운 별』, 『거울에 비친 하늘』을 집필하기도 했다. 「불사조의 노래: 에코」, 「그림자의 지하실」(문 나이트/웨어울프 바이 나이트 관련 작품), 「마블의 여자들」(쉬-헐크) 등의 마블 코믹스 시리즈도 집필했다. 아마존 스튜디오, 넷플릭스, AMC 스튜디오와 존 레전드의 겟리프티드 필름의 계약 작가로서 티브이 방영 작품의 각색도 하고 있다. 로언호스는 이 책에 실린 단편을 텍사스 시더힐에 거주하는 인형 제작자 이모에게 바친다.

일등석도 예전 같지 않아. 아쉬워할 것 없어.

젤다가 이코노미석 가운데 자리에서 편한 자세를 취하려고 꼼지락거리며 자신에게 하는 거짓말이다. 한창 자는 중인 오른쪽 사람은 입을 벌려 심각하게 수준 이하인 치과 치료 결과를 드러낸 채 코를 골고 있었고, 복도 쪽 자리는 남동생 애티커스가 차지했다. 애티커스가 조금 더 편한 자리를 차지한 게 못마땅하지는 않다. 193센티미터에게는 다리 펼 공간이 필요하니까.

승무원들이 앞쪽 약속의 땅을 돌아다니며 1열에서 3열까지 단백질 쿠키와 구운 콩깍지 봉지를 나눠 준다. 구운 콩깍지라니! 대체 웬 쓰레기?

애티커스와 젤다가 일등석으로 여행하던 시절에는 늘 식기 등이 모두 갖춰진 진짜 식사를 받았다. 그렇다고 그것을 먹을 수 있었던 것은 아니지만 중요한 건 배려였다. 존중 말이다.

예전에는 그들의 일이 인정받았다. 의뢰인이 초자연적인 작업을 해 달라고 애걸하던 시절에는 사냥꾼이 보수를 마음대로 요구할 수 있었다. 돈 많은 놈들은 스스로 불러낸 온갖 공포에서 벗어나기 위해 젤다와 애티커스 같은 재능을 지닌 사람에게 전 재산을 바치곤 했다.

터메큘라*에 사는 프로 골프 선수가 전처를 총으로 쐈는데 전처가 죽지 않고 버틴 일이 있었다. 놀란 남자가 람보라도 된 양 전처의 몸에 구멍을 대여섯 개 냈지만, 여자는 계속 일어섰다. 진짜 악령이 든 거였다. 흐느끼며 상담 전화를 건 남자는 전처가 꿈틀거리는 것만 멈추면 경찰에 자백하겠다고 했다.

젤다는 프로답게 그 일을 처리했다. 남자를 진정시키고, 해가 지면 도착할 테니 그전까지 전처를 가둬 두기만 하라고 일렀다.

남자는 일등석 비용을 지불했다.

하지만 결국에는 소용없었다. 멍청한 놈이 말을 듣지 않았기 때문이다. 전문가들을 기다리는 대신, 남자는 인터넷을 뒤져 시체에 소금을 뿌리면 된다는 얼토당토않은 방법을 시도했다. 사냥꾼은 무덤의 흙이 아니면 소용없다는 것을 안다. 남자는 그러다가 얼굴을 먹혔다.

하지만 얼굴 먹는 악령은 젤다의 전문 분야가 아니다. 대부분의 괴물은 매우 평범하다. 축원(祝願)이 필요한 유령, 욕심 사나운 토지 개발 사업가가 화나게 한 강의 정령, 어느 가련한 콘도 직원에게

---

* 캘리포니아주 남서쪽에 위치한 도시.

겁을 준 폴터가이스트.

틱톡 영상을 만드는 어느 아마추어 때문에 터메큘라의 프로 골프 선수가 잘못된 정보를 얻기는 했지만, 대부분의 경우 인터넷으로 해결되는 것도 사실이다. 요즘은 초자연 현상을 스스로 해결하는 사람들이 늘어나는 듯하다. 화염방사기와 소총, 유튜브에서 배운 기본 기술을 갖춘 비전문 전사들이 괴물 사냥업을 구시대 유물로 만들어 버렸다.

예전에는 특수 기술이 필요한 일이었는데.

지금은 스스로 해결하겠다는 사람이 넘쳐난다.

"아직이야?" 애티커스가 헤드폰을 벗으며 묻는다.

기다렸다는 듯 스피커가 치직이더니, 승무원이 여객기가 착륙 준비를 시작한다고 알린다.

애티커스는 그럴 줄 알았다는 듯 누나에게 눈을 찡긋한다. 아마 알았을 것이다.

그는 늘 남들이 보지 못하는 것을 볼 수 있었다. 어머니는 그것을 '영험한 눈'이라고 했다. 애티커스의 능력은 유전이며, 크레디트 가문에는 세대마다 세상의 악령과 싸우는 능력을 지닌 사람이 있었다고 한다. 그도 그럴 것이, 옛날에도 괴물은 있었으니까.

"렌트 예약은 했지? 호텔이랑?"

"둘 다 했지. 그런 거 안 잊어버리는 거 알잖아."

"알지, 누나." 애티커스가 애정을 담아 말한다. "어디라고 했지?"

이것은 애티커스의 특징이다. 젤다의 티켓과 마찬가지로 애티커스의 티켓에도 댈러스라고 적혀 있지만 그는 어디로 가는지 기억을 못 한다. 어머니는 애티커스가 두 개의 세상, '우리' 세상과 '저들의' 세상을 동시에 살기 때문이라고, 그런 사람들은 세끼 챙겨 먹고 여기가 어딘지 기억하는 등의 일상적인 일을 제대로 못 한다고 했다. 그래서 그런 일은 젤다의 몫이다. 동생을 돌보고, 세부적인 일을 처리하고, 애티커스의 눈에 이가 되어 주는 일.

그들 가문에 내려오는 능력은 보는 것만이 아니기 때문이다. 그리고 빛이 있는 곳에는 어둠도 존재하기 마련이다.

비행기가 낮게 뜬 구름과 천둥소리를 뚫고 지나간다. 티켓에는 댈러스라고 적혀 있지만, 그들의 목적지는 사실 포트워스 서쪽 어느 곳이다. 곧 젤다는 F-150 트럭을 몰고 오래된 핏빛으로 하늘을 물들이는 석양을 향해 달릴 것이다. 먹구름이 종기처럼 커지다가 터지는 순간, 가로등이 깜빡이며 살아나고 빗방울이 트럭 지붕을 두드린다. 끊임없이 이어지는 트레일러트럭 행렬의 해일이 차창을 자꾸만 덮쳐 시야가 엉망이 되지만, 교외 지역을 벗어나자 대형 트럭도 줄어든다. 젤다가 평생 본 것 중 가장 편평하고 텅 빈 땅을 가로지르는 농촌 도로를 탈 무렵, 밖은 완전히 캄캄해진 다음이다.

꾸준히 내리는 빗속에서 GPS가 목축지대 깊숙이 그들을 인도한다. 도로는 신호등이 하나뿐인 소도시를 줄지어 굽이굽이 지나간다. 그곳 모두 젤다가 본 여느 묘지처럼 죽은 자와 죽어 가는 자로 가득하다. 젤다는 컴컴한 좁은 거리에 속도위반 단속 장치나 나쁜 경찰이 있는지 살펴지만, 보이는 것이라고는 다 허물어진 상점들과 네온사인이 켜진 할인 매장뿐이다.

한 시간 뒤 젤다는 긴 비포장도로를 따라 트럭을 몰고 있다. 길이

팬 곳을 지나다가 타이어가 깊이 빠지면 이가 딱딱 부딪힐 정도다. 번갯불이 밤하늘을 밝히면서 크고 오래된 농갓집이 보인다. 그들의 목적지는 옛날 그림, 절대 얻지 못할 것을 향해 손을 뻗은 여자아이가 들판에 서 있는 그림에서 뽑아다 놓은 듯하다.

회색 나무판자로 지은 3층과 뾰족지붕, 기둥이 달린 테라스로 이뤄진 집이다. 또 한 차례 번개가 노란 옥수수밭과 버려진 농장 도구 더미를 밝힌다. 젤다는 거기서 녹슨 트랙터 한 대도 봤다고 확신한다.

"현실판「옥수수밭의 아이들」* 같은 동네네." 중얼거리던 젤다는 폭풍우와 어둠, 쓸 만한 것은 전혀 없는 꼴이라니 마치 자기 악몽 속으로 걸어 들어온 것 같다고 생각한다. 젤다는 캘리포니아 여자다. 이런 허허벌판보다는 작열하는 태양과 빌딩으로 가득한 거리를 선호한다. "우리가 어쩌다 이 일을 하게 됐는지 또 궁금해지는 순간이다."

"먹고살려면 돈이 들잖아." 애티커스가 말한다.

"죽는 것도 마찬가지야."

낮게 울리는 동생의 웃음소리는 천둥과 닮았다. 애티커스가 몸을 일으켜 주위를 둘러본다. 자세를 긴장시키자 마치 초점을 맞추는 것처럼 그의 존재 전체가 예리해진다. 비행기 안에서 늘어져 있던 애어른은 겉모습뿐이고, 커다란 옛날식 집에서 그들을 기다리는 정체불명의 상대에게 가까워질수록 그 애어른의 모습마저 차츰

---

* 스티븐 킹의 단편소설이며 동명의 영화로도 만들어졌다.

벗는 듯하다.

"느껴지는 게 있어?" 젤다가 이미 잔뜩 긴장한 채 묻는다. 보는 것은 애티커스가, 무는 것은 자신이 담당이라는 사실이 다행이다.

"잘 모르겠어. 그런 것 같기도." 애티커스가 누나를 보며 말한다. "아니면 누나의 기운이 간섭하는 걸지도 몰라. 의뢰인을 만나고 나면 누나는 산책하러 나가고, 나는 혼자 있는 게 좋을지도 모르겠어."

젤다는 어두운 허허벌판과 끈덕지게 내리는 비를 본다.

애티커스가 씩 웃는다. "겁나는 거야? 여긴 누나 비명 들을 사람 아무도 없어."

젤다가 씩씩거린다. "그런 소리를 왜 해?"

"사실이니까."

"사실이 별건가."

"'죽음에도 돈이 든다.'…… '사실이 별건가.'……" 애티커스는 실망한 척 고개를 젓는다. "모르는 사람이 보면 누나가 떠는 줄 알겠어."

그러더니 애티커스는 트럭에서 내려 젤다가 미처 입을 다물기도 전에 긴 다리로 성큼성큼 농갓집 계단을 오른다. 젤다는 후드를 단단히 죄어 비를 막은 뒤 서둘러 동생을 따라간다. 진흙길에 발이 미끄러진다. 현관까지 따라가자, 애티커스가 손을 내밀어 문을 두드린다.

1초도 안 되어 문이 활짝 열린다. 검은 눈이 젤다를 바라본다. 젤다는 문득 부스스한 머리와 진흙투성이 운동복 바지 차림이 얼마나 볼품없을지 의식한다.

"워싱턴 부인?" 젤다가 묻는다.

젤다와 달리 의뢰인은 완벽한 모습이다. 갓 빗은 머리칼에 붉은색 고급 드레스를 입은 그녀는 악천후가 감히 건드릴 수 없어 보인다.

"두 시간 전에 도착하기로 했잖아요."

"차로 오는 데 예상보다 오래 걸렸어요." 젤다가 변명한다. "비도 오고."

"식탁에 저녁 식사가 있어요." 워싱턴의 음성은 건조하고 사무적이다. 텍사스 억양은 R 발음에서만 살짝 느껴진다. "우선 젖은 외투를 벗어서 여기에 둬요. 그리고 신발 조심하고요. 집 안에 진흙이 들어오는 건 싫으니까."

젤다는 바깥에서 묻은 것을 겨우 털어내고 워싱턴을 따라 현관을 지나서 곧장 식당으로 들어간다. 식탁에는 붉은 콩 요리 한 냄비가 놓여 있다. 콩에는 기름이 얇게 한 겹 굳어 있었지만, 옥수수 빵은 노릇하게 구워져 버터 냄새를 풍긴다. 본래 콩이나 빵 따위를 먹는 젤다라도 사양할 생각이었지만, 애티커스는 망설이지 않고 덥석 받는다. 193센티미터의 덩치는 늘 배가 고프고, 젤다는 동생이 공짜 식사를 사양하는 것을 본 적이 없었다.

워싱턴은 애티커스가 접시를 채우는 모습을 보며 살짝 만족스러운 미소를 머금는다. 그저 자기 요리에 자부심을 느끼는 것일 수도 있지만, 어쩐지 젤다는 그 모습에 화가 난다. 워싱턴은 젤다의 재어 보는 눈길을 알아차리고는 너무나 자신만만하게 한쪽 눈썹을 치켜

뜬다.

젤다는 프로다. 돈 받고 일하러 와서 집주인을 모욕할 생각은 없다. 그래서 미소를 지으며 시선을 돌린다.

그때 인형이 보인다.

사방이 온통 인형이다. 책장에, 맞춤형 캐비닛에, 벽난로 위에. 대부분은 도자기 인형이지만, 유리장에 가둔 종이 인형과 팔다리 관절을 움직여 다양한 자세를 만든 오래되어 보이는 플라스틱 인형도 몇 개 있다. 할머니가 예전에 갖고 있던 것처럼, 깅엄 드레스를 입히고 실로 짠 모자를 씌운 옥수숫대 인형을 모아 둔 선반도 있다.

"수집하시나요?" 젤다는 예의를 갖춰 보려고 묻는다. 인형들이 빤히 마주 보는 모습이 심란해서 등줄기를 타고 내려오는 오싹한 느낌을 누르지 못한다. 기 센 괴물 사냥꾼이긴 하지만 젤다는 '말하는 테스 인형' 사건을 잊지 못한다. 어린이용 도끼와 어른 크기의 시신들. 그 후로는 젤다가 인형을 좋아하지 않는다고 아무도 탓하지 못했다.

"만드는 쪽이죠. 수집이 아니라. 차이가 있죠." 워싱턴은 살짝 기분 나쁘다는 말투다. 그녀는 녹색 담뱃갑에서 멘솔 담배를 꺼내 불을 붙인다. "원하면 구경하세요."

워싱턴이 발을 탁 구르자 작은 소녀가 들어온다. 여섯 살, 일곱 살 정도 된 아이는 머리를 땋고 고양이가 그려진 레깅스를 신고 있다. 금속 버팀대가 달린 구식 부츠를 한쪽 발에 신고 있는 아이는 발을 끌지만 그래도 워싱턴에게 곧장 달려간다. 아이는 워싱턴의 의자 뒤에서 젤다를 살그머니 본다.

젤다가 손을 흔든다. 아이는 수줍게 손을 마주 흔든다.

"손님 오시면 어떻게 하라고 했지." 워싱턴이 아이를 앞으로 끌어내어 통통한 팔을 잡아 흔들며 못마땅한 목소리로 날카롭게 말한다. "들어가서 나오라고 할 때까지 있어라."

아이는 고개를 숙이고 절뚝이며 온 길로 돌아간다.

"잘못한 것도 없는걸요." 그 잔인한 태도에 젤다는 피가 뜨거워지고 이가 아프다.

워싱턴이 냉기를 뿜어낸다. "좋은 뜻으로 하는 말이겠지만 저 애도 배울 건 배워야죠. 자, 내 일에 이래라저래라 하지 말아요. 나도 그럴 테니까." 여자는 흰 치아와 잇몸을 드러내며 마음에도 없는 미소를 지어 보인다.

워싱턴의 담배에서 흘러나오는 연기만큼 두터운 침묵이 깔린다. 들리는 것이라고는 접시에 닿는 애티커스의 포크 소리뿐이다. 젤다는 돈과 프로의식을 기억하며 입을 다문다. 하지만 그러는 자신이 조금 싫다.

한참 만에 워싱턴이 입을 연다. "할머니한테서 당신 집안 이야기를 들었어요. 진짜 흑인이라고. 주술사이자 불길한 것들을 다룰 줄 아는 사람들 말이죠. 우리 할머니도 약초를 가지고 이 동네 사람들에게 약을 만들어 줬지만, 당신들의 능력 같은 건 아니었어요. 당신 집안에는 모두 능력이 있다던데." 워싱턴이 담배 연기를 내뿜는다. "정말 안 먹을 건가요?"

"네. 안 먹을래요."

워싱턴이 눈을 가늘게 뜬다. 담뱃재가 독이 든 눈송이처럼 식탁 아래로 내린다. "둘 중 한 사람에게 영험한 눈이 있다던데. 그 말이 사실이어야 할 거예요. 그 돈을 다 받을 거면."

젤다가 목청을 가다듬는다. "돈 얘기가 나와서 말인데요."

워싱턴이 드레스의 하트 모양 네크라인 속으로 손을 넣어 두툼한 봉투를 꺼낸다. 젤다 쪽으로 봉투를 흔들더니 다시 넣는다. "일이 끝나면 주죠."

"사실, 전화로는 무슨 도움이 필요한지 애매하게 말씀하셨죠."

"영험한 눈이 있다면서. 당신이 말해 볼래요?"

젤다는 동생과 시선을 교환한다.

워싱턴이 애티커스에게 말한다. "아, 그건 당신이군요. 뭐가 보이는지 말해 봐요."

애티커스는 입으로 가져가던 포크를 멈춘다. 그가 상체를 세우자 눈빛이 부드러워진다. 하지만 잠시 후 그는 젤다를 흘끔 보더니 고개를 젓는다.

"그런 식으로 하는 게 아니에요." 젤다가 얼버무린다. "그냥 말씀하시죠."

워싱턴은 애티커스에게서 눈을 떼지 않은 채 못마땅한 소리를 낸다. "저기 옥수수밭. 거기서 새들을 처음 봤어요. 주머니쥐가 돌아다니는 거겠지 하고 말았는데, 점점 발전하더군요."

"발전요?"

"다음에는 농장에 정착한 고양이더니…… 그다음에는 더 큰 것이 나타났어요. 밤중에 소리가 들리기도 해요. 저 밖에서 비명 소리가."

"비명요? 여우나 쿠거가 아닌 건 확실한가요?"

워싱턴이 맥 빠진 표정을 짓는다. "여우치고는 너무 크고, 텍사스 이쪽 지역에선 50년 넘게 쿠거를 본 적이 없어요."

"너무 크다고요? 그럼 보신 건가요?"

워싱턴은 식탁에서 담뱃재를 털어낸다. "저 밖에 뭔가 있어요."

"그럼 가서 봐야겠네요." 젤다는 옥수수밭에, 그것도 폭풍우가 몰아치는 한밤중에 나가기는 싫지만, 자신이 자리를 비워야 애티커스가 영안(靈眼)을 쓸 수 있으리라 생각한다.

"청년이 지쳐 보이는군요." 워싱턴이 담배꽁초를 눌러 끈다. "위층에 잠자리를 준비해 놓았어요."

젤다가 놀란다. "전……"

"당신이 사냥하는 사이에 저 청년은 쉬게 해요. 게다가 시내에 하나 있는 모텔에는 진드기가 있거든요."

젤다가 보니 애티커스는 졸린 눈으로 크게 하품을 한다. 정말로 지친 모습이다. 심지어 좀 핼쑥하다. 젤다는 동생이 예민하다는 것을 안다.

"알겠어요." 젤다가 물러선다. "제가 사냥하는 동안은 그러죠."

워싱턴은 삐걱거리는 계단을 올라 손님용 방으로 그들을 안내한다. 별로 볼 것은 없다. 꽃무늬 벽지는 누렇게 바래기 시작했고 얇은 타원형 러그를 깐 마룻바닥은 삐걱거린다. 두 개의 좁다란 침대 발치에 실로 짠 담요가 단정히 개어져 놓여 있고, 지붕에 떨어지는 빗소리가 또렷이 들린다.

“지금 나갈 건가요?” 워싱턴이 커튼을 친 창문 쪽으로 턱짓한다.

“네. 그러라고 부르신 건데, 비 좀 온다고……”

“진흙 털고 들어와요. 내일 청소하고 싶진 않으니까.”

워싱턴은 입을 떡 벌린 젤다를 내버려둔 채 나간다. 그 무례한 태도에 젤다는 어안이 벙벙하다. 워싱턴은 아랑곳하지 않는데 젤다 자신은 왜 그렇게 신경을 쓸까.

“대단하네.” 젤다가 중얼거린다.

애티커스 쪽을 보니 이미 침대에 누웠다. 얇은 담요는 짧아서 그의 발도 덮지 못한다. 젤다의 짜증이 가시고 동생에 대한 염려가 자리 잡는다.

“괜찮아?”

“아파.” 동생이 중얼거린다.

“그 콩 요리를 먹어서 그래.” 젤다가 기름기를 떠올리며 말한다.

“예의상 먹었어.”

“배 채우려고 먹었겠지.” 젤다는 고개를 젓는다. “아래층에서 보이는 게 있었어?”

“인형.” 애티커스가 중얼거린다.

“더럽게 오싹하지 않아?” 영험한 눈이 없어도 알 수 있다. “저 조그만 눈들이 빤히 보는데 어떻게 사나 싶더라. 하지만 시골 사람들이라 그럴지도 모르지. 우리랑 다른지도.”

밖에서 번갯불이 번쩍이고, 젤다는 창가로 다가간다. 커튼을 걷고 옥수수밭을 내다본다.

젤다가 숨을 들이쉰다.

밖에 무언가가 있다. 낮은 자세로 포복하는 것이. 또 한 번 번개가 치자…… 사라지고 없다. 하지만 확실히 봤다……. 젤다는 고개를 젓는다. 여우일지도 모른다.

"난 나갈게." 젤다가 어깨 너머로 말한다. "워싱턴이 숨기는 게 있어. 애한테 말하는 투도 마음에 안 들고. 내가 나간 동안 좀 살펴…… 애티커스?"

하지만 들리는 대답은 동생이 작게 코를 고는 소리뿐이다.

밖은 축축하고 비참하다. 젤다는 괜히 나왔나 싶다. 도시 여자인 그녀에게 칠흑같이 어두운 시골 구석은 패션 플레이스 쇼핑몰을 뛰어다니는 좀비 떼보다 더 싫다.

손가락이 미끄러워 스위치를 찾는 데 좀 걸리지만, 젤다는 겨우 플래시를 켠다. 아래로 비춘다. 붉은 불빛에 사람 얼굴이 보인다.

"으앗!" 젤다가 고함을 지르며 뒷걸음질 친다.

하지만 식당에서 본 그 어린아이다. 빗속에서 아이가 들판을 등지고 커다란 검은 눈으로 젤다를 보며 서 있다. 옷은 흠뻑 젖었고, 쏟아지는 비에 어깨가 축 늘어져 있다.

"여기서 뭐 하니?" 젤다는 두근거리는 가슴을 진정시키며 낮은 목소리로 말한다. "비가 이렇게 오는데 나오면 안 되지. 감기 걸려서 죽어!"

아이는 입을 동그랗게 벌린 채 빤히 보기만 한다.

"여기 나온 걸 할머니가 아시면 너 혼날 거야." 젤다가 꾸짖고 나서 곧바로 후회한다. 워싱턴이 아이를 야단친 것이 기억났다. 워싱턴이 그 애를 다그치는 모습에, 젤다는 어쩐지 흥분해서 자제심을 잃었다. 아이에게 그런 일을 다시 당하게 할 생각은 없다.

아이가 젤다에게 앞을 가리켜 보인다.

젤다는 무엇인가를 느낀다. 그런 느낌은 자주 오지 않는다. 그것은 애티커스의 영역이다. 하지만 이를 담당하는 젤다도 어딘가 잘못되었음을 느끼는 때가 있다.

"이름 있니?"

말이 없다. 말을 안 하는 아이인가 보다.

젤다는 한숨을 쉰다. 아이를 데리고 가는 것은 어리석은 짓이고, 위험할 수도 있다. 하지만 보통 아이가 아니라는 느낌이 든다. 뭔가 알고 있을 것 같기도 하다. 아이가 말은 못 해도 보여 줄 수는 있을지도 모른다.

젤다는 집을 한 번 더 돌아본 뒤 후드 점퍼를 벗어 아이에게 입힌다. 지퍼를 올리고 끈을 조인 뒤 아이에게 미소를 짓는다. "뭐, 그럼 가자. 이름 없는 아이야. 네가 날 도와줄 수도 있으니까."

젤다는 아이를 앞세우고 옥수수밭으로 들어간다. 아이의 작은 몸이 절뚝이며 걸어간다. 높게 자란 옥수숫대 사이로 깊이 들어가자 집이 보이지 않는다. 마른 옥수숫대를 꾸준히 두드리는 빗소리 말고는 아무 소리도 들리지 않는다. 그런데 그때 무슨 냄새가 난다. 죽은 것의 냄새다.

아이가 걸음을 멈춘다. 젤다는 아이도 냄새를 맡은 모양이라고 생각한다.

아이가 가리킨다.

젤다는 아이가 가리킨 쪽으로 플래시를 비추고 쪼그려 앉는다. 아이가 곁에 선다. 젤다는 덩어리를 쿡 찌른다. 그리고 뒤집는다. 뒤섞인 살덩이와 털, 사방에 튀어나온 흰 뼈 말고 무엇을 찾는지 젤다 자신도 알 수 없다. 비가 내리는데도 여전히 온기가 남아 살짝 김이 난다.

젤다는 어쩔 수 없이 입술을 핥으며 침을 삼킨다.

"배고파." 아이가 옆에서 속삭인다.

젤다는 놀라 기절할 뻔했다. 정신을 차리고 아이를 향해 "그럼 말할 줄은 아는구나."라고 하기까지 시간이 좀 걸린다.

하지만 아이는 죽은 것에만 집중한다.

"그래." 젤다는 다른 말이 나오지 않는 것을 깨닫고 말한다. "무언가 배가 고팠는데, 우리가 식사를 방해한 모양이야." 그렇다면 그것은 아직 가까이 있을지 모른다.

젤다가 일어선다. 귀를 기울인다. 하지만 빗소리 외에는 들리지 않고, 죽음의 냄새가 너무 강해 다른 냄새는 찾을 수 없다. 오늘 밤 이곳에서는 아무것도 찾을 수 없을 것 같다.

"안으로 들어가자." 아이를 옆에 세우고 젤다는 온 길을 되짚어 간다. 워싱턴의 생각이 틀렸다. 들판에 포식자 동물이 돌아다니는 것 같다. 그러나 젤다는 혹시 몰라서 두리번거리며 감각을 곤두세운다.

들판에서 나와 마당으로 들어서는데 젤다가 시선을 느끼고 아래를 내려다보니 아이가 빤히 보고 있다. "이제 들어가." 젤다는 테라스를 가리키며 재촉한다. "가서 몸을 말리고 할머니께는 나랑 같이 나왔다고 말하지 마. 우리 둘 다 혼날 테니까."

아이는 젤다의 후드 점퍼를 벗어서 묵묵히 돌려주더니 절뚝이며 집으로 들어간다. 젤다는 들판을 한 번 더 바라본 뒤 뒤따른다. 불은 모두 꺼져 있었고 작은 소녀는 들판에 나온 때처럼 잽싸게 어둠 속으로 사라졌다.

젤다는 살그머니 계단을 올라 방문을 조용히 연다.

"애티커스." 젤다가 작은 소리로 부른다. 그는 똑같은 모습으로 모로 누워 있다. 자도록 두기로 한다. 이야기할 시간은 내일도 충분하다.

젤다는 사냥하는 꿈, 갓 찢어진 살과 피가 입안에 가득한 꿈을 꾼다. 서서히 조심스레 눈을 뜨며 갓 죽은 시체 앞에 웅크린 자기 모습을 예상한다. 창문으로 들어오는 빛이 없지만 휴대전화는 동틀 시각을 알리고 그놈의 빗소리는 아직도 들린다. 다시 자 보려고 해도 배는 꼬르륵거리고 꿈을 더 꿔 봐야 좋을 것이 없다.

젤다는 사람들이 깨어나기 전에 오는 길에 봐 둔 철물점에 가기로 한다. 목재와 철사를 사다가 덫을 몇 개 놓을 생각이다. 옥수수밭에서 동물들을 먹고 있는 것을 잡아 워싱턴 부인을 안심시키고 나서 돈을 받고 돌아가기로 한다.

시내로 돌아가는 데 한 시간 가까이 걸리지만, 그 동네 할인 매장 문이 열려 가 보니 없는 것이 없다. 젤다는 카트를 골라서 한 바퀴 돌며 선반에서 필요한 물건을 꺼내 담는다. 계산대에 가니 계산원 남자가 젤다를 향해 미소 짓는다. 아버지뻘 되는 사람인데, 기름 발라 넘긴 머리와 강한 애프터셰이브 냄새로 보아 여자를 유혹하려는 셈인 듯하다. 이런 곳에 유혹할 상대가 있기는 한 것인가 싶지만, 젤다는 오늘 그 상대가 자신임을 깨닫는다.

"처음 보네요." 남자는 의욕을 감출 노력도 없이 말한다.

"잠깐 왔어요."

"그래요? 어딜?"

젤다는 그 질문을 무시할까 싶지만 미끼를 던져 봐도 괜찮을 것 같다. 젤다의 생각이 틀렸고 동물의 소행이 아니라면, 워싱턴 부인에 관한 정보를 구하는 것도 좋을 터이다. 많은 경우, 어떤 장소에 성가신 일이 생기면 거기 사는 사람과 관련이 있다.

"워싱턴 부인 댁에 왔어요. 마을에서 꽤 떨어진 데 사시는 분요."

"아. 내가 잘 알지. 돌로레스랑은 학교도 같이 다녔거든."

"돌로레스요?" 워싱턴의 이름이다.

남자가 한숨을 푹 쉰다. "그 집안에 상심할 일이 너무 많았지."

"무슨 일인데요?"

남자는 몸을 바짝 당긴다. 처음 보는 타지인과 대화할 기회는 놓칠 수 없는 모양이다. "돌로레스의 아버지가 알 수 없는 상황에서 돌아가셨지. 무슨 말인지 알려나. 보안관 말로는 주무시다 돌아가셨다고 했지만 그 양반이 개 엄마를 때린 건 다들 아는 사실이고, 거기다 개 할머니가 그걸 알게 되었다면 말이지."

"살해된 거군요." 젤다는 돌로레스의 할머니와 약 이야기를 기억한다. 미소를 참을 수 없다. 젤다의 어머니도 법이 눈감아 주던 시절에는 여자들이 나쁜 놈을 처리하곤 했다고 알려 줬다.

남자는 양손을 펼쳐 보인다. "이제 다 옛날이야기지. 그런 일이 있어도 돌로레스를 막지 못했어. 돌로레스는 대단한 사람이 됐거든. 직접 만든 인형을 가지고 온 세상을 돌아다녔지. 우리 작은 카운티를 지도에도 올리고." 남자는 어깨 바로 위에 걸린 사진들을 가리킨다. 빛바랜 컬러 사진 속에서 웃고 있는 지역 유명인들이 보인다. 사탕가게 앞에서 리본을 자르는 시장, 트로피를 들어 올린 지역 축구팀, 농기구에서 손을 흔드는 미인대회 수상자. 그리고 물론 옥수숫대 인형을 들고 선 돌로레스 워싱턴도 있다. 다만, 가슴에 파란 리본을 단 그 인형은 진짜 어린아이만큼 크다.

"이제 걔는 거기 그 집에서 혼자 살지."

"음, 딸도 있잖아요." 손녀지. 젤다는 머릿속으로 고쳐 말한다. 그 아이는 딸이라고 보기에는 너무 어리다.

"딸은 이제 걔랑 말도 안 해. 그 사건 후로는. 그 이야기는 하기 싫지만, 딸이 돌로레스 탓이라고 했거든."

젤다는 무슨 말인지 알 수 없다.

"손녀 때문에 말이야." 계산원이 목소리를 낮춘다. "늘 옥수수밭에서 놀다가 동물 덫을 밟았어. 그게 탁 물어서 아이 발이 댕강 잘렸지." 남자는 한 손으로 덫이 무는 시늉을 한다. "그 애를 찾아냈을 때는 피를 너무 많이 흘렸어. 피를 너무 흘려서 살 수가 없었지."

젤다는 빤히 보기만 한다.

남자가 입을 꾹 다물더니 밝은 표정을 짓는다. "돌로레스에게 함께 있을 사람이 생겨서 다행이군. 혼자 사는 게 힘들 텐데. 낡은 인형 말고는 아무도 없다니."

젤다는 쇼핑카트를 그대로 두고 트럭에 올라타서 달린다. 동물덫을 만들 필요는 없다. 괴물이 누구인지, 무엇인지 알게 됐으니까. 바로 눈앞에 있는데 알아차리지 못했다니 믿을 수가 없다. 애티커스가 깨어 있었다면 뭔가 봤을 것이다. 아니, 이미 봤을지도 모른다.

인형이라고 남자는 말했다. 다만 젤다가 이해하지 못했을 뿐.

게다가 애티커스는 너무 지쳐 있었고, 몸이 좋지 않았거나……

"아, 이런."

핏줄로 전해지는 능력. 워싱턴이 원한 것은 그것이었다. 그래서 애티커스에게서 눈을 떼지 못했고, 만족스러워서 웃었던 것이다. 죽은 손녀가 새와 헛간 고양이만으로는 살 수 없으니까. 그 여자는 모든 망령에게 필요한 것을 원했다. 잡아먹을 사람. 능력이 있는 사람. 애티커스 같은 사람이라면 더욱 좋을 것이다.

젤다는 가속페달을 더 세게 밟으며 미끄러운 거리를 질주했다. 타이어가 미끄러져 차가 접힐 지경이지만, 핸들을 돌려 바로잡으며 자신을 저주한다. 그리고 너무 늦지 않았기를 기도한다.

"애티커스!" 젤다는 문을 열고 달려 들어가며 외친다. 계단을 한 번에 두 단씩 뛰어올라 온몸으로 문을 민다. 잠긴 문은 흔들리기만

할 뿐 버틴다. 젤다는 집중하며, 내면에서 언제나 기다리는 열기를 불러 모은 뒤 문에 다시 몸을 부딪는다. 이번에는 열린다.

그 어린아이, 작은 인형이 애티커스 옆에 웅크리고 있다. 애티커스는 잠든 것 같지만 축 늘어진 팔다리를 보니 잠보다 더 깊은 상태에 빠져 있다. 젤다가 가만히 있으면 그는 다시 깨어나지 못한다.

아이가 졸린 눈으로 고개를 든다. 작은 입에 피가 말라붙어 있다. 애티커스의 목과 어깨에 피가 흐른다. 아이의 버팀대 달린 부츠가 벗겨져 있고, 옷감 가장자리로 튀어나온 옥수숫대 다리 한쪽은 무릎 아래가 없다.

"배고파." 아이가 속삭인다.

젤다가 움직이기 시작한다. 어떻게 할 것인지는 모른다. 아이를 동생에게서 떼어 내고, 젤다 자신의 혈관을 열어 애티커스에게 피를 먹이고 보충되기를 바랄까? 하지만 한 걸음도 떼기 전에 젤다의 등에 불이 붙는다.

젤다는 아파서 비명을 지르며 비틀거린다. 어깨 사이를 무엇이 찔렀는지 필사적으로 더듬어 보지만 손이 닿지 않는다. 몸을 뻗는 사이, 퍽 소리가 들리면서 흘깃 보인다. 등에 젤다의 손목 절반 두께나 되는 나무 뜨개바늘이 튀어나와 있다.

"내 손녀를 죽일 순 없어!" 비틀거리며 돌아서는 젤다를 향해 워싱턴이 외친다. 단정하게 빗어 올린 머리칼에 완벽한 드레스를 차려입은 냉정한 모습은 사라지고 없다. 젤다 앞에 선 사람은 번득거리는 눈으로 필사적으로 덤빈다. 확고하다.

"내 동생 내놔!" 젤다가 이를 악물고 내뱉는다.

하지만 돌로레스는 아이와 누워서 죽어 가는 애티커스만 볼 뿐, 들은 체도 않는다. "너희 집안에는 그 피가 있어." 여자가 속삭이듯 말한다. "마법의 피가. 내 아가를 다시 살려 낼 수 있는 건, 그것뿐이야."

"마법은 두 가지로 내려와." 젤다가 거친 소리로 말한다.

돌로레스가 돌아서서 빤히 본다.

"당신 할머니가 마법이 두 가지로 나뉜다는 말을 안 했구나. 빛과 어둠으로." 젤다는 피를 내뱉고 아픔을 참으며 씩 웃는다. "눈과 이로."

젤다는 능력을 불러낸다. 애티커스의 혈관에 흐르는 것과 같지만, 젤다의 능력은 다른 방향으로 흐른다. 능력이 부풀어 올라 식욕이 된다. 송곳니가 자라고 손톱이 날카로워진다. 젤다는 포효하며 손을 뒤로 뻗어 바늘을 뽑아낸다. 통증에 정신이 또렷해진다. 거의 쾌감이 느껴진다. 젤다는 어깨를 으쓱여 뼈를 제자리에 꽂은 뒤 바늘을 옆으로 던진다.

워싱턴은 비명을 지르며 다음에 벌어질 일을 막아 낼 수 있다는 듯 양손을 든다. 하지만 그러기에는 너무 늦었다. 젤다도 배가 고팠으니까.

비가 드디어 그치고 열린 창문으로 시원한 바람이 불어 들어올 때, 애티커스가 목에 헤드폰을 걸고 계단을 내려온다. 목덜미에는 붕대가 두툼하게 감겨 있고 어깨에는 흰 거즈가 여기저기 붙어 있다. 걸음걸이는 조금 느리고 안색은 핼쑥하다. 돌로레스가 콩 요리에 무슨 독을 넣었는지는 모르지만 그게 애티커스의 몸에서 빠져나가는 중이라서.

"갈 준비 됐어?"

"그럼." 애티커스는 젤다가 뺨에 댄 휴대전화를 본다. "누구랑 이야기해?"

"항공사랑 통화하려고 기다리는 중이야."

애티커스의 시선이 여자아이에게 옮겨 간다. 아이는 젤다 옆에 앉아서 종이 인형을 가지고 놀고 있다.

"애를 여기 두고 갈 순 없으니까." 젤다는 식탁에 놓인 피 묻은 봉투와 20달러 지폐들을 만지작거린다. 큰돈은 아니지만 이코노미석 티켓 한 장을 더 살 돈은 된다. "집에 도착해서 제대로 사냥하는 법을 알려 주기 전까지는 식사 금지라고 했어."

애티커스는 애매하게 앓는 소리를 내고는 헤드폰을 쓴다. "난 트럭에서 기다릴게."

젤다는 동생이 못마땅히 여기면서도 반대하지 않으리라는 것을 안다. 젤다가 그렇듯이 그도 알기 때문이다. 때로는 최고의 괴물 사냥꾼은 바로 괴물 자신이라는 것을.

캐드웰 턴불

Wandering Devil

방랑벽

캐드웰 턴불
Cadwell Turnbull

『교훈』, 『신이 없다면 괴물도 없다』와 『우리가 위기다』 같은 작품으로 알려진 저자이다. 집필한 단편은 잡지 《더 버지》, 《라이트스피드》, 《나이트메어》, 《아시모프의 SF》과 앤솔러지인 『미국 SF·판타지 걸작선 2018』, 『올해의 SF·판타지 걸작선 2019』에 실렸다. 장편소설 『교훈』으로 2020년 뉴컴 인스티튜트 문학상 신인상을 수상했으며, 이 소설은 VCU 캐벌 상과 매사추세츠 도서상 후보에 오르기도 했다. 『신이 없다면 괴물도 없다』는 람다 수상작이자 셜리 잭슨상 최종 후보였다. 턴불은 버진 아일랜드 세인트 토머스 출신이다.

프레디가 어렸을 때, 할머니는 이런 농담을 던지곤 했다. "오자마자 또 간다니, 뒤통수에 얼굴이 달리고 앞뒤로 다니는 발이 달린 모양이구나." 할머니는 엄하게 꾸짖으며 말을 맺기도 했다. "네 엄마도 그랬다. 대체 어딜 갔는지." 프레디의 엄마는 서른 살 생일에 집을 나갔다. 쪽지를 남기지 않았다면 비극이었을 것이다. 엄마는 꿈을 찾아 서부로 간다고 했다. 쪽지 덕분에 그 일은 다른 종류의 비극이 됐다.

프레디의 엄마는 아름다운 가수였다. 프레디는 티브이에 엄마가 등장하기를, 자신을 향해 미소 짓는 얼굴이 화면에 보이기를 오랫동안 기다렸다. 그 상상 속에서 엄마는 아들 프레디를 위한 노래라고 자기 노래를 소개하고, 돈을 모아서 돌아가겠다고 약속했다. 프레디는 엄마가 자신을 할리우드 대저택으로 데려가서 함께할 것이라고 믿었다.

아이들의 꿈이란.

프레디의 할아버지도 집을 떠났다. 그 후로 연락이 끊어졌다. 그래서 자랄 때 엄마와 할아버지가 없었고, 프레디 역시 그 집에서 살기 싫었다. 방랑벽은 프레디로 하여금 떠난 엄마와 할아버지에게 동질감을 느끼게 하는 것이었다. 한곳에 정착 못 하는 핏줄.

열여섯 살 때 프레디는 쪽지를 남기고 조지아를 떠났다. 서부로 가서 엄마를 찾을 생각이었다. 텍사스까지 갔다. 1990년대 중반이었고, 인터넷은 아직 초창기라서 사람을 찾을 만큼 유용하지 않았다. 쪽지만 남기고 떠난 프레디의 엄마는 집에 전화 한 통 걸지 않았다. 프레디는 텍사스에서 여자친구를 사귀고 식당 주방에서 접시를 닦았다. 만족했다. 다시 방랑벽이 도질 때까지. 동쪽 미시시피로, 북동쪽 웨스트 버지니아로, 다시 북동쪽 보스턴, 뉴욕, 서쪽 펜실베이니아로 옮겨 갔다.

프레디는 오바마가 당선되기 직전에 피츠버그에서 딜라를 만났다. 프레디가 연상이었다. 갓 대학을 졸업한 딜라는 나이에 비해 많이 성숙했다. 아는 것도 많았다. 늘 정치 이야기를 했다. 딜라는 프레디의 손이 거칠고 대화할 때 상대를 보기 때문에 좋아했다. 프레디는 세상 돌아가는 사정에 밝았고, 딜라가 즐겨 말했듯이 세상을 헤쳐 나가는 법을 알았다. 그들은 서로 부족한 부분을 채우는 사이였다. 둘이 너무 잘 맞아서 프레디는 계획보다 피츠버그에서 오래 머물렀다. 1년쯤 지나면 방랑벽이 도질 줄 알았다. 하지만 벌써 3년이 지났다.

딜라는 여러모로 프레디와 달랐지만 가장 큰 차이는 가족에 대한 애정이었다. 딜라는 오빠가 낳은 두 조카딸과 가까이 지내고 싶다는 이유로 펜실베이니아에 있는 대학교에만 지원했다. 오빠와도 친했다. 딜라의 부모는 이혼하지 않았다. 딜라는 언젠가 결혼을 원할 것이 분명했다. 아마 지역 정계에서 몇 년 일한 뒤, 아이도 원할 것 같았다. 다시 말해 프레디가 떠나야 한다는 뜻이었다. 딜라의 시간을 낭비하고 싶지 않았다.

그렇다고 딜라가 프레디의 방랑벽을 싫어하는 것도 아니었다. "돌아다녀도 돼." 딜라는 그렇게 말하곤 했다. "원하는 곳 어디든지 가. 다른 주로 가자고 해도 괜찮아. 잠시 비행기 타서 피츠버그에 올 수 있는 거리라면 어디든지 좋아."

딜라는 프레디가 떠나야 하는 이유를 이해하지 못했고, 프레디는 설명하려고 들지도 않았다. 떠나는 것은 돌아올 계획이 없을 때만 의미가 있었다. 떠나는 것 자체가 핵심이었다.

프레디는 이미 여러 차례 짐을 챙겨 떠날 생각을 했다. 어디로 갈까 생각하면 안달이 났다. 디트로이트에 도착하던 그날처럼 제대로 찾아왔다는 느낌이 그리웠다. 떠나기는 늘 쉬웠다. 그는 사귀던 사람을 몇 차례 그렇게 떠났다. 휴대전화를 해지하고 한밤중에 낡은 혼다 어코드에 올라타서 운전을 시작하면 끝이었다.

딜라는 달랐다. 딜라는 달랐고, 프레디는 그녀를 **정말로** 사랑했다. 하지만 서른 살의 엄마를, 원하지 않는 삶과 아이를 떠올렸다. 지독한 쪽지도. 아들에 대해서는 한마디도 없었다. 그는 자신이 엄마와 같은 피를 물려받았음을, 그 사실을 뼛속 깊이 알기에 엄마를 단 한 번도 미워하지 않았음을 알고 있었다. 하지만 엄마보다 나은 사람이 되고 싶었다. 버릴 것을 알면서도 관계를 이어 나가는 것은 진정 악한 사람뿐이다.

프레디는 딜라가 직접적으로 언급하지 못하거나 그럴 생각이 없어도 의혹은 있다고 생각했다. 딜라는 그 이야기를 넌지시 꺼냈다.

"오늘 조카들이랑 함께 있더라." 침대에서 딜라가 말했다.

딜라가 한 말은 그것뿐이었다. 프레디가 아이들을 잘 다룬다는 말은 전에 했었다. 프레디는 아이들과 함께할 때 스스럼없었다. 누구와도 그렇다고 딜라는 말했다. 그는 자신을 낮추지 않고도 사람들과 재미있게 지낼 수 있었다. 또래들, 더 성공한 사람들과 함께할 때도 그는 기죽지 않고 편안했다.

그는 그 전 주말, 별 이유 없는 가족 모임에서 딜라의 조카딸들과 함께 있었다. 딜라의 가족은 그랬다. 그저 모이기 위해 모였다. 딜라의 오빠가 고기를 구웠고, 프레디도 잠시 돕다가 딜라의 아버지가 와서 교대했다.

딜라의 아버지는 친절했지만, 프레디는 사람 속내를 잘 읽었다. 딜라는 프레디에게 과분한 짝이었다. 프레디도 같은 생각이었다.

프레디는 거실에서 두 아이에게 버밍엄행 기차에서 만난 친구한테서 배운 지아프 게임을 가르쳐 줬다. 네팔 게임이었다. 아이들은 똑똑해서 규칙을 곧잘 배웠다.

"네팔에 가 봤어요?" 둘 중 동생이 물었다.

"아니." 프레디가 말했다. "언젠가 가야지."

"딜라 고모랑 함께 갈 거면 우리도 같이 가도 돼요?" 언니가 말했다.

프레디는 대답하고 싶지 않았다. 약속, 특히 먼 장래에 갈 곳에 대한 약속은 내키지 않았다. 대신 그는 고개를 끄덕였다. 좋다는 뜻이 아니라 생각하느라 끄덕이는 것이라고 여기면서 아주 천천히.

어쨌든 아이들은 신이 나서 네팔에 대해 여러 가지를 물었고 프레디는 아는 대로 대답했다.

문 앞에 선 딜라가 흡족한 표정을 지었다.

침대에서 "가고 싶은 곳 있으면 말만 해. 계획해서 가자. 우리 조카들 데리고. 외국에 가 본 적 없거든."이라고 말하는 딜라의 음성에서 미소가 느껴졌다.

아무 말도 하지 않던 프레디는 문득 달아나고 싶어졌다. 그도 외국에 가 본 적은 없었다.

"무슨 생각 해?" 딜라가 물었다.

"어, 글쎄." 하지만 생각난 것이 있었다. "조지아주의 기차역이 기억났어. 애틀랜타 외곽에 있었지. 노신사가 있었는데." 남자의 옷이 조금 낡기는 했지만 고급이었기에 프레디는 그를 신사라고 불렀다. "바닥에 앉아서 벽에 등을 기대고 있었어. 빈 벤치가 많았는데도. 낡아 빠진 밴조를 길고 두꺼운 손톱으로 뜯고 있었어. 그리고 노래도 했고. 아주 굵고 거친 목소리로. 가사는 들리지 않았지만 내 평생 들어 본 노래 중에서 제일 대단했어. 그때나 지금이나. 홀린 듯했어. 다가가서 그분 실크해트에…… 맞아, 실크해트가 있었어, 거기에 주머니에 있던 동전 몇 개를 넣었어. 그 신사가 나를 올려다보더니 연주를 멈추고 옆에 앉으라고 했어. 내 소개를 했지. 그랬더니 씩 웃고는 나를 안다고, 자기랑 같은 떠돌이라고 하더라고. '뭐,

난 여느 늙은 흑인 떠돌이가 아니야. 내가 바로 빌리 할아범이지.'
무슨 말인지는 몰랐지만 일단 알아들은 척했어.

그분이 앞으로 펼쳐진 길을 알고 싶냐고 물었어. 내가 어리둥절
해하니까 웃었는데, 웃음소리도 노랫소리랑 같았어. 성대가 전부
녹이 슨 것 같은 소리. 그러더니 내 미래를 알려 주더라. 내가 오래
된 공장 도시에서 여자를 만나 사랑에 빠질 거라고. 그 여자가 내
인연이라고."

딜라는 잠시 조용했다. 프레디가 이야기하는 내내 아무 말도 없
었다. 딜라는 옆에서 꼼지락거리더니 프레디의 턱을 잡아당겨 눈
을 봤다. "조지아 이야기를 이렇게 많이 하는 건 처음이네."

"미안."

"그럴 것 없어. 좋은 이야기잖아. 당신 이야기는 다 좋아." 딜라가
프레디에게 키스했다. "빌리 할아버지 말이 맞아. 피츠버그는 제일
큰 공장 도시잖아."

"그럼, 그 말을 믿는구나. 그분이 미래를 보는 것도."

"세상에는 논리를 초월하는 것이 있다고 믿어. 그 할아버지가 당
신 마음에 드는 미래를 알려 줬잖아. 당신은 피츠버그로 왔고 내가
당신을 찾아냈지." 딜라는 장난스러운 미소를 지으며 프레디의 쇄
골에 있는 오래된 흉터를 만졌다. "이제 놓아주지 않을 거야."

"널 정말 사랑해."

"나도 알지." 딜라는 계속 미소를 지었다. 평생 운이 좋았고, 주위
사람들이 제자리를 지켰으며, 자신이 누구인지 알고, 누구랑 가까
워야 하며, 누구를 어떻게 사랑해야 하는지 아는 사람 특유의 자신

감이 느껴지는 미소였다. 그런 자신감은 프레디의 온몸을 돌돌 말아서, 다이아몬드를 만들듯이 꽉 눌러 확신 있는 사람으로 변화시킬 수 있었다. 그가 용납만 한다면. 그가 받아들이기만 하면 됐다.

"가고 싶은 곳 어디든지 가자." 딜라가 다시 말하자 프레디는 자신이 느끼는 안달을 딜라가 어떻게든 감지한다고, 침대의 진동처럼 느껴지는 모양이라고 생각했다. 떠나고자 하는 욕구를.

"어디로 갈지 생각해 볼게." 프레디가 말했다. "시외로 며칠 여행을 가든가. 아이들 데리고."

"좋아."

프레디는 그다음 날 짐을 싸기 시작했다. 짐이 없는 사람에게도 할 일은 많았다. 프레디는 자신보다 조금 어린 백인인 카터의 집에 세를 들어 살고 있었는데, 혼자 사는 카터에게 손님이 찾아오는 것을 본 적이 없었다. 프레디도 장차 그렇게 될 것 같았다. 프레디는 주로 말이 없었지만, 입을 열면 주위 사람들의 주목을 받는 능력이 있었다. 그는 그것을 알고 있었고, 자신의 능력이지만 감탄했다. 생각하는 그대로 솔직하게 말하되, 말할 가치가 있을 때만 하기 때문인 듯했다. 이야기나 논평, 농담을 적시에 하는 것. 포켓볼 게임에서 정확한 각도를 알면 볼이 포켓으로 들어가는지 확인할 필요도 없듯이, 어떤 말이 적절한지도 항상 느낌으로 알았다. 하지만 프레디는 자신과 같은 남자들, 나이는 더 많고 혼자인 남자들과 포켓볼 게임을 많이 했다. 정착하지 않으면 자신도 그런 미래를 맞이할 것임을 알고 있었다.

프레디는 디트로이트에 좋은 포켓볼 게임장이 있는지 궁금했다. 물론 있었다.

그는 큰 갈색 트렁크에 옷가지와 잡동사니, 책을 쌌다. 한 장소를 떠날 때마다 프레디는 모은 것 대부분을 없애거나 새 물건으로 바꾸고 이전 장소에서 가져온 것은 내다 버렸다. 한 개 이상 필요한 물건은 열두 개를 갖는 것이 좋았다. 상의 열두 벌, 속옷 열두 벌, 바지 열두 벌, 책 열두 권. 양말 열두 켤레. 열둘이 좋은 것은 열보다 느낌이 좋고 열셋은 불길하다고들 하기 때문이었다. 열넷은 무엇이든지 너무 많았다. 트렁크가 거의 찼고, 몹시 낡은 짐가방 두 개도 채웠다. 자주 세탁하고 교체하는 시트와 담요는 세 장씩뿐이었다. 한 장씩만 갖기로 했다. 모두 트렁크에 넣었다.

마지막으로 휴대전화를 해지하고 전화기를 없앤 뒤 이메일 계정을 삭제할 생각이었다. 모두 새로 시작하는 것이다. 하지만 어색한 상황을 피하려면 마지막 날까지 기다려야 했다. 딜라는 늘 문자 메시지를 보냈고, 기사와 테드 강연 동영상을 이메일로 보냈다. 프레디는 그곳을 벗어나기 전까지 아무 일도 벌어지지 않기를 바랐다.

그날 저녁 나가는 길에 프레디는 양손에 장바구니를 들고 아파트 계단을 올라오는 카터를 봤다. 프레디는 문을 열고 서서 기다렸다.

"이사 나갈 거야. 주말에."

카터는 깜짝 놀란 표정을 지었다. "금방이네." 어쩌나 싶은 표정이었다. 다음 달 집세를 어떻게 낼지 궁리하는 모양이었다. 카터가 한숨을 쉬더니 말했다. "드디어 여자친구랑 합치는 거야? 여자친구가 그러자고 여러 번 말했다며.”

딜라는 카터가 듣는 곳에서도 여러 번 그 이야기를 했다. 씨앗을 심고서 협력자를 기다리는 것이었다. 프레디는 카터의 추측에 답하지 않았지만 침묵은 긍정으로 받아들여졌다.

“잘됐다.” 카터가 말했다. 그는 오른손으로 장바구니를 꽉 쥐고 있었다. 장바구니 고리가 너무 깊이 박혀 손끝이 자주색으로 변하고 있었다.

“어서 들어가.”

그런데 카터가 할 말이 있는 듯했다. 표정이 그랬다. 프레디는 무슨 말일지 알고 있었다. 떠돌아다니다 보니 사람들 표정에서 날씨를 읽는 능력이 생겼다. 폭풍이 부는지, 잔뜩 흐린지, 더운지, 추운지. 카터는 장맛비 속에서 살았다.

“그동안 즐거웠어. 너 참 좋은 룸메이트였어. 안 좋은 사람들도 많았거든. 떠난다니 아쉽지만 잘 지내길 바랄게.”

“주말에 나갈게.”

프레디는 딜라를 직장 앞에서 태우고 중국 음식을 먹으러 갔다. 딜라는 소고기 쯔란 볶음을 먹었고 프레디는 신메뉴인 돼지고기 완자 덮밥을 골랐다. 언제나 그렇듯이 딜라는 프레디의 선택을 흥미로워하며 음식 맛을 봤다. 더 달라고 하지는 않았다.

“그때 해 준 이야기를 생각해 봤어. 오빠한테 이야기했더니 섬뜩하다고 하더라. 그 일이 있었을 때 섬뜩했어?”

프레디는 고개를 저었다. “노인네가 한 소린걸. 조지아주의 무더운 여름을 너무 많이 겪어서 머리가 이상해진 노인.”

"그 할아버지가 사랑에 빠질 거라고 했을 때 기분이 어땠어? 무서웠어?"

프레디는 음식 때문에 입을 못 벌리는 척하다가 한참 뒤 말했다. "글쎄. 정확히 어떤 느낌이었는지 기억이 안 나."

"이상하지 않아?"

"그 영감님 말을 믿었으면 그렇겠지. 안 믿었어."

딜라는 그 대답에 만족하지 못했지만 넘어갔다.

두 사람은 딜라의 일 이야기를 했다. 딜라는 그 일이 좋은지 싫은지 결정을 내리지 못했다. 그때도 딜라가 결론을 내리는 데 프레디가 도움을 줬지만, 이튿날 아침이 되면 그녀는 또 원점으로 돌아가 있을 터였다. 딜라에게는 그런 대화가 연습이었다. 딜라는 싫어하는 것도 열심히 했다. 프레디는 그것이 세상을 살아가는 좋은 방법인지 알 수 없었다. 확실히 흔한 방법이기는 했다. '흔한'이라는 말을 쓰면 딜라를 비판하는 느낌이 들었고, 딜라의 삶을 그런 식으로 요약하는 것이 미안하기도 했다. 여러 면에서 딜라도 프레디만큼 모험을 좋아했다.

식사를 마치고 나서 딜라를 집에 데려다준 뒤 프레디는 그 대화를 생각하며 집으로 돌아갔다. 딜라와 함께 살 수도 있지 않을까? 짐도 이미 다 쌌으니까. 간단한 일일 테다. 딜라는 좋다고 할 것이다. 딜라를 집에 데려다주고 뒤에서 짐을 꺼내 들어 계단을 오르는 동안, 프레디는 딜라의 환한 얼굴을 볼 수 있었다. 머릿속의 스위치만 바꾸면 될 일이었다. 프레디가 자신을 설득하는 것도 딜라의 직장 이야기와 비슷했다. 프레디는 자신이 원점으로 자꾸만 돌아가는 것을 느꼈다. 동거보다는 떠나는 게 받아들이기 쉬웠다. 하지만 동거가 더 나은 선택이기 때문은 아닐까? 더 무섭지만, 더 올바른 선택이라서?

다른 곳으로 떠나야만 하는 이 욕구. 문득 프레디는 배가 뭉치는 것을 느꼈다. 혹, 돌멩이, 제거해야 하는 이물질이 느껴졌다. 한편으로 그는 그 욕구가 자아의 근본이자 핵심이라고 해석했다. 어느쪽이 더 진실인지 알 수 없었다.

아파트 안은 어두웠지만 프레디는 익숙하게 가구 사이로 움직이며 그 결정을 곱씹었다. 그러면서 방으로 계속 걸어 들어가는데, 무엇인가 발목을 부드럽게 감싸는 느낌이 들었다. 빠른 움직임에 프레디는 본능적으로 다리를 흔들어 떨치고 확인하려고 돌아섰다. 새카만 어둠 속에서 그것이 발목을 놓는 것이 보였다. 확실히 보지는 못했지만, 그의 두뇌는 아주 이상한 결론에 도달했다. 그것이 끝이 뾰족한 다리가 수없이 달린 거미라는 결론. 칼로 이뤄진 받침에 놓인 거미.

카터가 문을 여는 소리가 들리더니 불이 켜졌다.

"왜 그래?"

프레디가 돌아서서 보니 카터가 염려스러운 표정을 짓고 있었다. 비명을 지른 것인가? "아냐. 잠깐 다리에 뭔가 닿은 느낌이 들었어." 프레디는 거미가 있던 쪽을 돌아봤으나 예상대로 아무것도 없었다.

"나도 그럴 때가 많아. 머릿속에서 일어나는 착각이지. 인생에 큰일이 있으면 마음이 산란하거든. 불안정해지고."

이상한 말처럼 느껴졌다. 그런 식으로 사람의 마음을 분석하는 것에 프레디는 이상하게 화가 났다. "그러게." 프레디가 말했다. "그런가 봐. 응."

프레디는 그 주가 너무 빨리 지나간다고 느꼈다. 웨이터로 일하던 이탈리아 레스토랑 '바 안젤로'에도 그만둔다고 말했다. 프레디가 처음 일을 시작한 때부터 매니저였던 클라우스는 살짝 속이 상한 기색이었지만(그달에 그만둔 사람이 또 있었다.) 그도 다른 직원들도 프레디를 좋아했다. 클라우스는 못마땅해도 현실을 받아들였고, 프레디는 클라우스의 포옹을 받았다.

딜라와 한 두 번의 저녁 데이트도 즐거웠다. 딜라가 기차역 이야기를 포기한 것에 프레디는 크게 감사했다. 사실 그 이야기에서 프레디가 생략한 것이 몇 가지 있었다. 우선 프레디는 빌리 할아범이 새카만 선글라스를 쓰고 있었기에 그가 시각장애인일지도 모른다고 생각했다. 선글라스 렌즈를 통해서 할아범의 눈을 볼 수 있을 것 같았지만, 보이는 건 눈 대신 바닥 없는 검은 구멍뿐이었다. 빛의 각도에 따라 눈이 보이기를 기다리며 계속 선글라스를 주시했지만, 태양은 항상 얼굴의 그 부분을 피했다. 하지만 그것은 그렇게 중요하지 않았다. 프레디가 빠뜨린 중요한 부분은, 빌리 할아범이 프레디에게 오래된 공장 도시로 가서 사랑에 빠질 것이라고 한 다음에 한 말이었다.

밴조로 3음계의 곡을 연주하며 빌리 할아범은 이렇게 말했다.

"자네는 그 여자와 결혼하고 오래도록 행복하게 살 거야. 하지만 천성대로 자네의 쓸모없는 할아버지 핏줄을 따라 그 여자를 버리고 떠나면, 꿈도 꾸지 못했던 곳들을 보게 되지." 이렇게 예언할 때, 프레디의 얼굴에서 마음에 들지 않는 표정이 보였던 모양이었다. 기력도 없는 노인이 갑자기 벌떡 일어나더니 프레디의 멱살을 잡았기 때문이다. 빌리 할아범은 손아귀 힘도 좋았고, 프레디의 쇄골 살점을 할퀴기도 했다. "알잖나. 우리 같은 떠돌이는 땅속으로 꺼지면 아무도 찾지 못한다는 걸. 아니, 찾을 생각도 안 한다는 걸. 우리 같은 자들은." 그는 목청을 가다듬고 말했다. "가는 곳마다 실연한 이들을 남기지. 그리고 새벽녘 그림자처럼 길고 검은 증오심을 남기고."

문득 무엇을 보게 될지 두려워진 프레디는 할아범의 선글라스에서 그가 앉아 있던 해진 붉은 깔개에 놓인 낡은 밴조로 시선을 돌렸다. 빌리 할아범이 밴조를 언제 내려놓았는지 본 기억이 없었다.

"듣고 있나? 내가 최대한 좋은 걸 알려 주는 거야. 최대한 말이야."

프레디는 몸을 빼내었지만 심드렁했다. 그때는 두렵지 않았다. 모든 일이 너무 빠르게 일어났고, 프레디의 생각은 반대로 움직였다. 생각이 천천히 멈추더니 노인이 한 말을 연결시키지도, 의미를 뽑아내지도 못했다. 하지만 프레디는 그 말을 들었다. 그리고 그 후로 여러 차례 곱씹었다. 빌리 할아범은 프레디의 할아버지가 어떤 사람인지 알았고, 프레디의 장래를 알았으며, 프레디에게 후자의 선택, 프레디가 꿈도 꾸지 못한 곳에 가 보는 선택이 얼마나 유혹적인지 알고 있었다.

하지만 그 순간, 당황한 프레디는 말문이 막혀 멍하니 입만 벌리고 있었다.

빌리 할아범은 눈살을 찌푸리더니 고개를 돌렸다. 그리고 밴조를 집어 들고는 3음계 곡을 연주하기 시작했다. "가 봐. 바보 같으니."

프레디는 자리에 앉은 뒤에야 셔츠가 찢어지고 피가 난 것을 깨달았다.

클라우스에게 알린 것이 실수였다. 프레디가 말없이 직장을 떠난 게 한두 번이 아니었지만, 그때만큼은 클라우스와 동료들이 좋았다. 그리고 딜라 때문에 마음이 약해진 모양이었다. 미리 알렸더니 클라우스는 모두에게 소식을 전했다. 동료들이 딜라를 알고 두 사람이 잘 어울린다고 여러 번 말했기 때문에, 그리고 딜라의 전화번호를 알았기 때문에 누군가 딜라에게 전화해서 송별 파티에 오라고 초대했다.

마지막 날, 근무 시간이 끝날 무렵 바 안젤로의 폐점 시간, 딜라가 진청색 바탕에 흰 물방울무늬 우산을 쓰고 비 오는 거리에서 들어왔다. 문을 열어 준 데이비가 미소 지었고 딜라도 아무런 내색 없이 마주 웃었다. 다만 딜라를 너무나 잘 알고 상황의 퍼즐을 맞춘 프레디는 그녀가 연기하고 있음을 알아차렸다. 딜라는 동그랗게 뜬 눈으로 프레디를 보며 둘만의 비밀을 주고받았다. 프레디는 한 손에 식탁을 닦던 행주를 들고 다른 한 손으로는 의자를 짚었다. 프레디는 조금 늦게 미소 지었지만, 데이비는 이상한 낌새를 알아차리지 못했을 것이다. 모두 안에서 나왔다. 프레디가 닦은 식탁에 레드 벨벳 케이크가 놓였다. 데이비와 조엘과 리타와 더키와 클라우스 매니저가 모두 그를 향해 씩 웃었다.

노래할 일은 아니니 노래는 부르지 않는다. 하지만 클라우스는 연설을 준비했다. "프레디, 함께한 시간은 짧지만 자넨 열심히 일했고 좋은 동료였어. 재미있는 사람이기도 했지만 늘 든든했지. 그리고 재미있는 이야기도 많이 했고. 자네처럼 신기한 이야기를 척척 내놓는 사람은 처음이었어. 언제든지 말이야. 늘 교훈이 있는 이야기였지."

정말일까? 프레디는 자기 이야기에 교훈이 있다고 생각하지 않았다. 프레디는 딜라에게서 눈을 떼지 않았다. 딜라는 옆에 있었지만 클라우스와 그의 연설에 집중했다.

한참 만에 딜라와 눈이 마주치자, 프레디는 미안한 마음을 표정으로 알리려고 했다.

딜라가 다가와 말했다. "나중에."

클라우스의 말이 끝났다. 모두 박수를 쳤다. 프레디는 수줍게 미소 지었다. 마지막 부분은 놓쳤다.

모두 저마다의 이야기로 작별 인사를 했다. 리타는 입원한 아버지를 만나러 병원에 갔을 때 프레디가 대신 근무해 준 일을 이야기했다. 데이비는 근무를 마치고 나니 프레디가 깜짝 생일 파티를 열어 준 일을 이야기하고 그 때문에 그날의 작은 송별 파티를 열었다고 했다. 더키가 연인과 헤어진 뒤 울었을 때 프레디가 안아 주었고, 전혀 어색해하지 않았으며, 비난도 격려도 없이 지지해 줬다고 했다.

딜라는 기차역 이야기를 했다. 자신과 프레디가 서로 만날 운명이었으며, 지난 2년이 참 아름다웠다고 했다. 그녀는 말하는 내내 프레디에게서 눈을 떼지 않았다.

말할 차례가 되었을 때(사람들이 요란스럽게 칭찬한 뒤라서 프레디도 한마디 해야 했다.) 프레디는 모두에게 고맙다고 인사하고 나서 이야기를 하나 했다. 그들 모두가 등장하는 이야기였다. 눈보라가 치던 날, 그래도 모두 출근했지만 손님이 없자 그들은 퇴근 시간이 지나도록 모여서 클라우스가 산 와인을 몇 병 마시고 레스토랑 스피커에서 나오는 음악을 들었다. 프레디의 차가 고장 나서 마지막에는 딜라도 프레디를 데리러 왔다. 딜라가 함께 있다가 너무 취해 버렸기에 프레디는 눈이 그쳤을 때 그녀를 집에 데려다주고 그날 밤을 함께 보내야 했다.

"모두 보고 싶을 거예요." 프레디의 말은 진심이었다.

"어디로 가?" 더키가 물었다.

"디트로이트." 프레디가 대답하고 어깨를 으쓱였다. 감히 딜라를 볼 수 없었다. 속이 메슥거렸다.

"제가 거기서 직장을 잡았거든요." 딜라가 말했다.

그것으로 충분했다. 모두 만족했다. 그들은 레스토랑 디저트 접시를 돌리고 케이크를 먹었다. 누군가가 설거지를 해야 했다. 프레디가 비겁했기 때문에 누군가가 그런 수고를 해야 했다. 딜라는 여전히 웃고 있었다. 내내 누군가가 말을 거는 모든 순간에.

마침내 파티가 끝나서 프레디는 바 안젤로에서 벗어나 드디어 숨을 쉴 수 있게 됐다.

"나 버스 타고 왔거든. 집까지 데려다줘야 해."

"물론이지. 걱정 마."

시내를 벗어나 먼로빌로 향하는 차 안에서 프레디는 무슨 말을 할까 궁리했다. 딜라는 내내 아무 말도 하지 않았다.

아파트 앞에 다다르자 프레디가 말했다. "생각 중이었어." 그가 피하던 순간이었다. 그 말을 해야 하는 순간. 그것이 사실이라고 해도, 그가 한 일은 떠날까 고민하는 사람의 행동이 아니었다. 그곳을 벗어날 계획을 다 세운 사람의 행동이었다.

표정을 보니 딜라도 그의 말을 믿지 않았다. "아빠가 그랬어. '평생 다른 사람을 생각해 본 적이 없는 사람이다.'라고. 난 네 편을 들었고. 내가 본 너는 그렇지 않았으니까. 아빠가 널 오해한다고 생각했어. 난……." 딜라의 표정이 무너졌다. 그녀는 프레디를 보고 보고 또 보면서 자신이 사랑했다고 생각한 남자를 찾으려고 했다. 그리고 자존심 때문에 사정하지는 못해도 표정으로 속내를 드러냈다. "생각할 시간을 줘. 일주일만. 그사이엔 여기서 살아도 돼. 생각할 시간만 줘."

그 남자는 존재할 수 있었다. 프레디의 어딘가에 그가 있었다. "그럴게."

딜라는 차에서 내리기를 망설이며 그의 얼굴을 다시 살폈다. "가서 물건 챙기고 바로 와."

"그럴게. 바로 올게."

프레디는 딜라가 마음을 바꿔서 함께 가고 싶어 하는 것을 알 수 있었다. 하지만 그녀의 자존심이 허락하지 않았다. 딜라는 프레디 같은 남자도 믿는 사람이 되고 싶었다. 그녀는 차에서 내리더니 뒤돌아보지 않았다. 문 앞에서도. 딜라의 어깨 모양과 짧은 멈춤에서 프레디는 딜라가 돌아보고 싶어 하는 것을 알 수 있었다.

프레디는 집으로 갔다. 계단을 달려 올라갔다. 카터는 없었고, 아파트는 어둡고 조용했다. 프레디는 거실과 자기 방 불을 켰다. 트렁크를 꺼내 차에 실었다. 나머지 물건을 챙겼다. 마지막으로 돌아가서 욕실에서 칫솔과 디오도런트를 가져왔다.

프레디는 마음을 정했다고 할 수 있기를 바랐다. 최종 결정은 차에서 내리자고 생각했지만, 딜라에게로 기우는 것을 느꼈다. 그녀를 위해 자신을 변화시켜야 하는 허구의 이야기 쪽으로, 그녀의 눈을 통해 자신에게 투사된 이야기 쪽으로 기울고 있었다. 프레디는 그녀를 위해 그 이야기가 되고 싶었다.

하지만 마음을 정하는 와중에도 떠나고 싶었다.

다시 복도로 나왔을 때 무언가가 프레디의 오른쪽 다리를 꽉 잡았다. 거실에서 들어오는 희미한 불빛에, 프레디는 그것을 볼 수 있었다. 손가락이 길고 날카로운 손톱이 달린 손. 전에도 본 적 있는 손이었다. 고함을 질렀지만 목에서 나온 비명은 다시 뱃속 깊은 곳으로 끌려 들어갔고 다시 끄집어낼 수 없었다. 그리고 프레디는 가라앉았다. 오른쪽 다리부터(그 손은 더 이상 보이지 않았다.), 그다음에는 두 다리가, 그리고 허리까지 바닥 밑으로 가라앉았다. 복도의 흰색 타일이 주위에서 데운 우유 거품처럼 물결치며 빙빙 돌았다. 비명을 다시 질렀지만 소리가 나오지 않았다. 오른쪽 다리를 쥔 두 손이 살갗을 파고들더니(그 역시 익숙했다.) 끌어당겼다. 프레디가 끌려 들어간 곳은 아래층 아파트가 아니었다. 그 낯선 곳은 뜨거운 동시에 차가웠다…… 마치 늪 같았다. 유황 냄새가 솟아났다. 가슴, 목, 입, 그리고 눈만 남은 채로 마지막 남은 그의 자아가 거실을 내다봤다. 희미한 불빛에 아파트를 마지막으로 일별한 뒤, 그는 이 세상으로부터 완전히 끌려 나갔다.

레슬리 은네카 아리마

Invasion of the Baby Snatchers

아기 강탈자들의 침공

레슬리 은네카 아리마
Lesley Nneka Arimah

영국에서 태어나 나이지리아를 비롯하여 부친의 근무지를 따라 여러 지역에서 성장했다. 《뉴요커》와 《하퍼스》, 《맥스위니스》, 《그랜타》에 단편을 실었으며 전미 잡지상, 오 헨리상, 케인상을 수상했다. 전미도서협회의 '35세 미만 베스트 작가 5인'으로 선정되었고, 데뷔 단편집 『하늘에서 남자가 떨어지면 무슨 의미일까』는 2017년 커커스상, 2018년 뉴욕 공립 도서관 젊은 사자 소설상 등을 수상했다. 현재 미니애폴리스에서 거주하며 여러분에 관한 소설을 쓰고 있다.

예전에 그들이 인간을 파악하기 전에는 육안으로도 인간의 임신과 외계종의 임신을 구별할 수 있었다. 절제술을 받은 자궁이 하룻밤 사이에 커지거나 요양원에 사는 노인 전체가 임신하면, 대체 뭘 가진 것이냐면서 군대를 파견하던 시절에는.

아기를 낳았는데 문자 그대로 소머리가 달렸다? 위장이 열네 개다? 그렇다면 문제가 있는 것이다. 발굽 수는 그만 세고 군에 신고나 해라.

그들은 인체를 알지 못했다. 우스울 지경이었다.

그렇지만 물론, 그들은 학습했다.

여자는 파일에 있는 사진과 놀라울 정도로 닮았다. 입가의 팔자주름도, 피로로 인한 다크서클도, 카메라들이 앞다투어 감추려는 세월의 흔적이 전혀 없다. 사는 집처럼 예쁘장한 모습이다. 만삭의 배만 빼면 사진에서 튀어나와 지금 앉아 있는 안락의자에 앉았다고 해도 믿을 수 있을 정도다. 지난 4년의 세월이 보이지 않는다. 손도 부드럽고 깔끔하다. 그렇다면 올리비아 슐츠가 전기 없는 곳에서 거친 일을 했을 가능성은 없다.

"정말 아무것도 필요 없어요?"

여자는 얼굴 가득 미소를 머금고 손님을 배려한다. 그녀의 등 뒤 아치형의 문이 예쁘장한 액자 같다. 몇 년 전이라면 나도 그 모습을 믿었을지 모르지만 순진한 꽃은 시들었다. 주먹질과 발길질을 당하고 물어뜯긴 결과다. 나도 주먹을 날리고 발로 걷어차고 물어뜯었다. 이제 어금니까지 무장한 요원 둘이 나와 매번 동행한다. 요청하면 더 많은 수도 동원할 수 있다. 무장한 보안 요원이 임신부를 차량으로 끌고 가는 모습은 보기 좋지 않지만, 마이애미 사건 이후로 아무도 불평하지 않는다.

"올리비아 글래드스턴. 사라진 당시에는 올리비아 슐츠였죠. 축하드려야겠군요."

여자는 고맙다고 하더니 가짜 반지를 한 번 비틀다가 긴장을 감춘다.

"남편이 곧 귀가할 거예요."

"부군은 누구시죠. 성함은? 유전자 식별 번호는?"

"존 글래드스턴이요. A654390-778."

결과를 이미 알면서도 태블릿에 그 번호를 입력한다. 기계가 데이터베이스에서 A654390-778을 검색하는 동안 우리는 서로를 응시한다. 표식이 나온다. 반지보다 더 확실한 가짜라는 표식. 나는 태블릿을 돌려서 여자에게 보여 준다.

"기록에 문제가 있나 보네요. 전……"

"됐어요, 올리비아. 진짜 유전자 번호랑 확인 서류를 내놓지 않으면 기관에서 데려갈 겁니다. 당신이 달아난 이후로도 규칙은 변함없어요. 4년 전이었죠. 당신 부모님은 딸이 컬트에 들어간 줄 알아요." 여자의 미소가 구겨지자 나는 다그친다. "중서부에 당신의 인상착의와 일치하는 시신이 서른여섯 구 있어요. 부모님이 일일이 확인하러 가셨기 때문에 아무도 당신이 아니란 걸 알게 됐죠."

미소가 돌아오더니 여자의 눈빛이 차분해진다. 나는 여자를 붙잡아 흔들고 싶다. 물어뜯고 걷어차고 싶다. 방식을 바꿀 때다.

"올리비아, 당신에게 무슨 일이 일어나는지 알고 있어요? 거기 아기가 없다는 거, 알고 있죠? 당신에게 무슨 일이 일어나는 건지 내가 설명할 필요 없잖아요. 기관으로 와서 혈액검사를 하면 모든 기소는 중지하겠어요." 벌금은 없애지 못하지만 그건 나중에 알아서 하라지. 보상도 없이 외계종을 품을 리 없잖은가. "손가락 하나 들지 않아도 돼요. 혼자도 아닐 거예요. 혼자서 감당하기 지겹지 않아요?"

그 담담한 표정으로 눈 한 번 깜빡하지 않았다면 밀랍 인형이라고 해도 믿었을 것이다. 나는 서로를 위해서 쉬운 방법을 택해 자수하라고 눈빛으로 애원하며 기다린다. 사람들은 동의하지 않을지 몰라도 임신부를 몸싸움으로 구속하기란 쉽지 않다.

올리비아는 물러서지 않는다. 60년처럼 느껴지는 1분이 지난 뒤 내가 입을 여는데, 무언가가(소리? 숨결?) 내 귀를 스치고 지나가서 목덜미가 섬뜩하다. 점들이 서로를 찾아 연결되면서 모이기 시작한다.

올리비아 슐츠는 오랫동안 기관의 레이더에 포착되지 않았다.(점.) 사람도, 보안 카메라도, 드론도 그동안 찾지 못한 그녀가 어느 상점 자료에 등장한다.(점.) 올리비아 슐츠는 이제 가임 연령이며 사라진 당시에도 마찬가지였다.(점.) 올리비아 슐츠는 마치 발견되고 싶은 사람처럼 행동하고 있다.(점.) 현재 외계종을 품고 있다면…….(매우 내키지 않는: 점.) 약간은 비약이지만, 나는 그 가정을 선택한다.

"올리비아, 혼자인 거 맞아요?"

모든 것이 차단된다. 여자의 미소, 눈빛, 자세까지 휘청인다.

그렇군. 알았다.

"올리비아, 나는 일어설 거예요. 당신도 나와 함께 일어나요. 그리고 함께 문으로 가서 나가요."

여자의 등 뒤 복도에서 징징거리는 소리가 희미하게 들린다.

나는 천천히 편안하게 일어난다.

"올리비아?" 여자는 소리 없이 울고 있다. "나랑 같이 가요. 아무 일 없을 거예요. 약속해요."

여자는 고개를 젓는다. 속삭인다.

나는 계속해서 문 쪽으로 뒷걸음질 친다. 수년간의 훈련을 기억하며. 등을 보이지 말라. 그러면 어떻게 되는지 사진으로 너무나 많이 봤다.

"올리비아. 이제 다 끝낼 수 있어요. 부탁해요. 일어나서 내 쪽으로 와요."

이번에는 두 개의 울음소리가 난다. 하나는 망설이며 괴로워하는 올리비아에게서, 또 하나는……. 나는 등 뒤로 손을 돌려 문손잡이를 찾는다. 안전한 거리에서 올리비아의 자세가 일그러지는 것이 보인다. 그리고 그녀 뒤의 문에서 작은 손 하나가 아치를 기어오른다. 손등의 뼈도, 손톱도 없다. 위로, 위로, 그만한 크기의 어느 아이 손도 닿을 수 없는 높이까지.

나는 대원들을 부른다.

그들의 실력이 좋아졌다. 우선 이제 그들은 가임 연령 여성만 고른다. 남자끼리 여행을 다녀왔다가 임신 7개월이 된 사내들을 골라내던 시절은 지나갔다. 그 시절에도 생겨난 종(種)은 늘 조금 이상했다. 소머리가 아니라도 관절이 없든가(불가사리), (그게 뭐든지) 너무 많든가 했다. 무릎에 어금니가 나거나 눈이 있어야 할 자리에 발톱이 있는 사산아들이 다수였다.

그러다가 2년 전 플로리다의 한 병원에서 신생아가 입을 벌리더니 간호사 얼굴의 반을 먹어 치웠다. 마이애미인걸, 그럴 수도 있지, 하는데 영상이 들어왔다. 첫 번째 영상의 한 장면은 기관의 비공식 화면 보호기 사진이 되었다. 촬영하는 여성이 지친 아내에게 웃으라고 한 직후, 간호사에게 아기를 들어 올려 미국 전역에 흩어져 있는 친척들에게 텔러해시의 두 여자에게서 태어난 아이를 보여 달라고 한 직후. 바로 그때였다. 천사 혹은 그렘린의 양면을 지닌 아기의 얼굴에서 이빨이 너무 많이 보이더니 입이 너무 크게 벌려져 배꼽이 안 보일 정도가 되었다.

기관은 모두를 불러들였다. 새로운 전개에 **흥분한** 연구소의 엽기광들까지. 가능성이 어쩌고, 현재까지 가장 진화한 살아 있는 외계 종에게서 배울 수 있는 것이 저쩌고.

날마다 사차원이나 그곳에 닿을 수 있는 포털을 만드는 꿈에 관한 뉴스가 나왔다. 다 좋지만, 시간여행이 가능해지면 나는 그날 밤으로 돌아가서 '생포'의 장점을 주장하는 엽기광들의 목을 따 놓을 것이다.

신생아 집중치료실, 새로 태어난 아기를 만나고자 하는 가족, 서류를 확인하는 의사, 환자를 확인하는 간호사. 대가를 치른 것은 그들이다.

대원들을 호출한 지 30분 뒤, 슐츠의 집은 포위되고 인근 지역 전체는 대피한다. 나는 알아야 하는 전원이 내가 아는 사실을 알 때까지 브리핑한다. 떨어져 나온 손이 위로, 위로, 위로 올라가는 모습을 달가워하는 사람은 없다. 그리고 내가 나가자고 애원할 때 올리비아가 속삭인 마지막 말에 그들은 질색한다. "저게 놓아주지 않아요."

곧 나는 불필요한 존재가 되고, 상급자 모두가 눈짓으로 내게 그 사실을 알리지만 나는 꿈쩍하지 않는다. 올리비아가 여기서 살아

나오면 내가 태우고 간다. 아니, 태우고 가는 건 납입부 구급차이지만 내가 그 차량을 관할한다. 나는 의료진에게 손을 흔들고 커피를 한 잔 받아서 가운데에 앉는다. 그들은 내가 비켜 주기를 바랄지 모르나 밀어내지는 못한다. 내가 남편에게 오늘 밤에 못 들어간다고 알리자 그는 엄지 척 이모티콘으로 대답한다. 외계종 머리 이모티콘을 써서, 여자 친구들과 갑자기 약속이 생기거나 혼자 시간을 보내고 싶은 것이 아니라 진짜 사건임을 그에게 알린다.

나는 커피를 들고 엿듣는다. 집에 들어갈 것인가, 말 것인가? 올리비아 슐츠를 산 채로 구조하려고 할 것인가? 협상 전문가가 올리비아에게 전화를 걸어 보아도 신호만 울릴 뿐이다. 나도 조언을 하고 싶은데, 너무나 눈에 띄지 않게 잘 있다 보니 내가 아직 거기 있다는 사실을 아무에게도 일깨우고 싶지 않다. 엽기광 하나가 연구 목적을 강조하지만, 모두가 '성숙한 표본'을 산 채로 생포해야 한다는 그녀의 논리를 무시한다. "이렇게 나이 든 건 아무도 보지 못했어요. 네 살이라니. 표본 나이로는 엄청난 것이죠. 마지막 한 그루 남은 레드우드를 베어 내는 셈이라고요. 이런 기회는 다시 없을 겁니다." 그녀는 나와 민간인 동료로서 눈을 맞추려고 시도하고(터무니없는 짓이다.), 나는 태블릿을 켜 남편이 보낸 여러 메시지와 현장에 연구팀을 불렀다고 꾸짖는 테레사의 메시지를 확인한다.

인간을 구하고 외계종은 다 쏴 죽이자는 기세로 덤비는(엽기광들로부터 트리가-해피 비치*라는 별명이 붙은) 테레사 해키-버드를, 나는

---

* Trigga-Happy Bitch. '타인의 트라우마를 건드리기 좋아하는 년'이란 뜻이다.

인간으로서 진심으로 지지한다. '생포'하려던 단 한 차례 시도가 병동에 있던 사람 절반을 죽였을 때, 기관에서는 무조건 '전부 다 쏴버리자' 정책을 채택했다. 현장에 있었거나 그 여파를 본 이성적인 사람은 아무도 반대하지 않았다. 마이애미 사건의 최종 보고서에는 인간 유해를 묘사하는 데 사용되어서는 안 되는 '곤죽'이라든가 '걸쭉한'이라는 단어가 들어 있다.

정보원 포털에 접속하자 고발자들에게서 더 많은 메시지가 와 있다. 요원들은 고발자라는 명칭을 쓰지 말라는 지시를 받았으나, 분석가 한 명이 이 프로그램이 출시되던 날 '고발 기록'이라고 부른 뒤로 그렇게 굳어져 버렸다. 올리비아의 정보원은 내가 접속한 것을 아는 듯 메시지를 보낸다.

고발자: 뉴스에서 방금 봤어요! 그 여자 사는 곳 맞죠? $$$ 언제 받아요?

나는 하고 싶은 말을 참고 지난 5개월간의 태도를 유지한다.

나: 서류 작업이 끝나면 영업일 기준으로 7일에서 10일 이내에 계좌에 입금될 겁니다.

고발자: 근데 내 말이 맞죠? 그 여자가 침입자를 키운 거?

그뿐만 아니라 몇 년 전에 하나를 낳기도 했지. 하지만 나는 이 사람이 정해진 500달러 외에 1센트라도 더 요구할 기회를 제공하지

않는다. 오해하지 말길. 정보원과 정찰자는 이 일에 꼭 필요하지만, 고발하는 사람이 우리 연봉의 두 배를 번다는 기사가 수두룩하니까. 뭐, 씁쓸하지 않은 것은 아니다.

나:　　　침입자로 확인되면 누군가 연락할 겁니다.

웹사이트에 올라가 있는 '자주 묻는 질문'과 같은 대답이니 짜증 나겠지만, 내가 프로답게 대처하지 않았다고 비난할 사람은 없다.

답신을 무시하고 태블릿을 치우는데 전화가, 우리 전화가 울린다.

협상 전문가가 받는다. 올리비아다. 말하는 내용은 들리지 않지만 당황해서 외치는 목소리다. 협상 전문가는 한 마디도 못 한다. 신입이다.

올리비아 슐츠는 4년 전 사라졌다. 부모가 실종 신고를 했지만, 그때 올리비아는 성인이었고 은행 계좌도 비운 뒤였다. 주요 용의자도 없고, 친구들은 올리비아가 여행 이야기를 언급한 적이 있다고 생각했다. 범죄 의심점은 없었다. 분명 컬트였다.

인간 집단에서 이탈한 이들은 소위 '재생 컬트'에 들어간다. 외계종이 소머리에 털 난 혀뿐이던 시절에는 들어가는 자가 적었지만, 외계종이 우리와 비슷한 모양새를 하면서 사람들이 정신을 잃었다. 장담컨대 인간에게는 뭔가, 뭐든지 숭배할 대상을 찾게 하는 낮은 자존감 유전자가 있는 것이 틀림없다. 지각을 지닌 더 강력한 존재를 살짝 보여 주기만 하면 자궁을 배양기로써 내놓는 사람이 있을 것이다. 이 컬트 집단은 가임기 여성을 꾀어내어 세뇌하고 납치하지만, 자원자만 가지고도 충분했을 것이다. 올리비아가 혼자라는 사실은 단독으로 움직였다는 뜻이고, 아마 그래서 우리를 피했을 것이다. 어떤 곳도 출산이 그렇게 가까운 사람을 내치지 않을 테니까.

협상 전문가가 손가락을 튕기면서 주목을 요구하며 주위를 둘러보다가 나를 발견한다. 그가 전화를 내미는 순간, 마치 스포트라이트가 비추는 듯하다. 모두가 나를 본다.

"통화하자는데요."

나는 눈에 띄지 않으려고 들었던 커피 컵을 내려놓고 전화를 받는다. 연구팀의 엽기광이 내게 하고 싶은 말이 있다는 기운을 강하게 내뿜는다. 말하는 내용, 조직 표본, 갖가지 시체만으로는 그들 성에 차지 않는다. 그들은 생포를 원한다.

"올리비아, 나예요. 원하는 게 뭐죠?" 협상 전문가가 받아 적기를 바라며 나는 그렇게 말한다.

한참 아무 소리도 들리지 않더니…… 들려오는 그 소리를 설명할 방법은 쿠킹호일밖에 없다. 구겨진 호일처럼 찌그러드는 금속성 목소리가 내 이름을 부른다. 내가 대답하지 않자, 아니, 대답하지 못하자 그것은 내 이름을 다시 부르더니 대화를 위한 대본을 읽듯이 내가 내 대사를 할 때까지 불러 댄다. 나는 기어드는 목소리로 묻는다.

"원하는 게 뭐죠?"

진화생물학자부터 기자까지 모두가 묻고 싶어 하는 질문이다. 외계종이 원하는 것은 무엇인가? 그들은 인간 유전자를 10년에 걸쳐 분석하고, 우리를 학습하고, 우리가 되려고 노력했다.

대체 왜?

현관문에서 동요가 있어 모두 주목하고 대여섯 사람이 저마다 "사격 중지!"를 외친다. 그중 하나는 올리비아의 목소리다. 그녀가 양손을 들고 배를 내밀고 서 있는 게 보인다. 이제 더 이상 인질극 상황이 아니다.

저것이 놓아주지 않는다고 올리비아는 말했다. 하지만 그녀가 나왔다. 왜? 어떻게?

그리고 속삭이는 듯한 소리가 들린다. 칭얼대는 소리?

울음소리?

웃음소리다.

그것이 웃는다.

마이애미 사태 이후로 헛소리가 현실이 됐다. 아기처럼 보이는 것이 고양이처럼 나긋나긋하게 네발로 병원 복도를 뛰어다니는 비공식 동영상이 나돈다. 그 시절의 기관 근무자는 50명이었고 예산은 화장지 비축도 하기 힘든 수준이었다. 군과의 통합으로 자금이 제대로 들어오면서 에어쿠션 엠보싱 3겹 화장지를 쓸 수 있게 됐다. 납입, 분석, 연구 부서에 350명가량의 핵심 스태프가 근무하고 있지만, 비공개로 쏘아 없애야 하는 것을 제거하기 위해 동원할 수 있는 인력은 어느 정부 조직 못지않다.

과호흡을 일으킨 내 주위에서 납입팀 의료진이 서둘러 산소와 알약을 제공한다. 나는 산소를 들이마시고 알약을 삼킨다. 신참은 잘 감당하고 있지만, 마테오는 내가 이렇게 정신없이 횡설수설하는 모습을 처음 본다. 나도 처음으로 연구팀과 같은 호기심에 사로잡힌다. 그것 하나를 생포해 볼까 싶을 정도로 대답이 궁금하다. 그것이 그저 내 정신 상태를 교란시킨 것인가? 내 이름을 말한 이유가 따로 있을까? 그것에게 질문을 해야 한다면("최초로 말할 줄 아는 것이 나왔어!" 엽기광이 말한다.) 사로잡는 최선의 방법은 무엇일까? 그때, 허리까지 담요를 덮고 들것에 실려 나가는 올리비아의 모습이 보인다. 신참이 동공을 확인하는 동안에도 올리비아는 여전히 소리 없이 울고 있다. 그러는 내내 시선을 내게서 떼지 않았다.

저게 놓아주지 않아요.

시간이 걸리지만 올리비아의 존재와 마테오가 내게 준 약이 진정 효과를 발휘한 덕에 나는 다시 사람을 살리고 외계종은 전부 죽을 때까지 쏘라는 쪽에 선다. 나는 그때 겪은 공포를 정리해서 보고서 내용을 머릿속에 저장한다. 그것이 나를 보고, 나를 생각한다는 상상을 하니 근무하기가 어려워서 일찍 퇴근하고 집으로 간다. 기관의 명령을 따르는 데 연구팀 외에는 아무도 반대하지 않을 것이다. 건물을 폭파하고 기어 나오려는 것은 전부 사살한다.

눈을 뜨니 오후다. 받지 못한 전화가 열일곱 통이다. 그중 열다섯 통은 테레사의 전화다. 진정제 약효 덕분에 1분쯤 흘러서야 놀란다. 귀가하여 은남디의 도움을 받아 샤워하고 나서 지친 채 포옹한 기억이 살아난다. 젠장. 눈을 비비며 잠을 (약간) 깬다. 테레사의 전화와 인사답지 않은 첫마디에 정신을 차린다.

"올리비아 슐츠는 대체 어디 있죠?"

"네……? 납입팀에서 데리고 있는데요. 어젯밤에……"

"납입팀은 그 여자 행방을 몰라요. 보고도 없고……"

"아침에 제출하려고 했는데."

"……의료진이 대충 써서 낸 것뿐이에요. 당신 서명을 기다리느라. 아침은 두 시간 전에 지났어요. 보고서와 올리비아 슐츠는 어디 있죠?"

젠장.

젠장 젠장 젠장. 나는 끼적인 노트를 찾아 헤매다가 일관된 내용을 적은 것은 꿈에 불과하다는 것을 깨닫는다. 테레사는 전화를 끊는다. 직접 만나서 계속 이야기하자는 뜻이다. 문득 한 단어가 떠오르며 사실을 알게 된다.

연구.

연구팀 엽기광들이 올리비아를 데리고 있다.

연구팀에 대해서 한 가지, 딱 한 가지를 인정해 준다면 그건 바로 확인 테스트다. 마이애미 사태 이후 엽기광들은 죽은 표본을 가져다가 자기들 전문인 일을 했다. 각 부분을 자르고, 저미고, 긁고, 레이저를 쏘고, 방사선을 쬐고, 원심분리를 해서 인간 단백체에는 결코 존재할 수 없는 단백질 구조를 발견했다. 그들이 분해공학으로 발견한 침습성 단백질 분석은 기관에 큰 도움이 됐다. 우리는 인용컨대 "아기들을 괴롭히는 양아치"에서 인류의 구세주로 올라섰다.(앞의 인용 부분은 내 어머니가 한 말이다. 추수감사절이었다. 자세한 내용은 생략한다.)

기금이 쏟아져 들어왔다. 엽기광 둘이 노벨상을 공동 수상했다. 기관장은 뉴스마다 전부 출연할 뿐 아니라 시사 프로그램 「60분」한 편 전체에 단독으로 출연했다. 태아 혈액을 복잡한 질량분석기에 돌리기만 하면 아기가 나를 잡아먹을지 알 수 있게 됐다. 현재 모든 병원과 분만 센터에 질량분석기가 설치되어 있다. 우리는 드디어 외계종의 침공을 멈출 계획을 세웠다.

당시 뉴스 기자들이 알지 못한 사실은, 우리가 그것이 보이자마자 쏴 버렸다면 인명 피해도 크게 줄이고 시간도 절반만 들여서 마이애미 사태를 끝낼 수 있었다는 것이다. 연구팀에서 갓 승진한 관장이 (탤러해시의 두 여성이 곤죽으로 변한 것을 봤으면서도) 그것이 환기구로 달아나는데도 사격 중지 명령을 내리지 않았다면. "추적 가능하다. 연구팀 장비로 놈의 온도를 감지해 어디로 움직이는지 정확히 알 수 있다. 잠시 기다리면서 확인하자."

거짓말. 전부 그가 '생포'를 원했기 때문이다.

그러니까, 맞다. 연구팀은 엿 먹어라.

테레사를 찾아가 보니 무서울 정도로 말이 없다. 내가 들어갈 때

나온 마테오는 눈을 마주치지 않는다.

예상대로 테레사는 나를 석탄 위에서 굴리고, 뒤집고, 반대편까지 다 익도록 볶아 댄다. 내게는 한 마디 변명거리도 없고, 있다 해도 입을 다물었을 것이다. 내 짐작은 입 밖에 낼 수 없다. 연구팀에 내가 느끼는 감정이 반감 정도라면 테레사에게 그들은 철천지원수다. 테레사는 오로지 이성의 끈을 놓지 않은 덕분에 연구팀 시설을 맨손으로 부수지 않았다. 그녀는 관장 자리를 제안받았지만 분석팀을 밑바닥부터 완성하느라 고사했다. 방법론, 훈련, 핵심 데이터, 전부 그녀의 공로였다. 그러니 테레사는 마이애미 사태 당시 자신이 지휘했다면 몇 명을 살릴 수 있었는지 정확히 알고 있다.

현 관장이 스타 놀이를 하느라 정신이 팔린 이후로 실질적인 지휘권을 가진 사람은 테레사다. 하지만 관장이 전화를 들고 문제를 일으킬 가능성은 언제나 있다. 그리고 기관에는 테레사가 필요하다.

"올리비아 슐츠를 데려간 게 누군지 몰라도 계획이 있었어요. 가짜 납입팀 차량에 가짜 스태프까지. 의료진이 서류를 확인했을 때는 다 떠난 뒤였어요. 그런 일은 하룻밤에 못 일어나요. 납입팀이 실수만 하면 되도록 준비한 거예요. 그리고 당신이 바로 우리의 실수죠. 현장을 그렇게 버리다니, 무슨 생각이었죠? 내가 대답을 바라는 것 같아요? 우리가 지금 대화하자는 것 같냐고요?"

등등.

"입을 움직일 거면 해결책이 나오는 게 좋을 거예요. 그때까지, 꺼져요."

거짓말하지 않겠다. 나는 사무실로 가는 길에 조금 울다가, 문을 닫고 나서는 엉엉 운다.

내 사무실은 파일과 서류가 유기적으로 정리되어 있지만, 사려 깊지 못한 사람이 보면 '개판'이라고 할 수도 있다. 대부분 컬트에 관한 출간물과 소책자다. 너무 오래되고 인쇄가 흐려져 디지털화하지 못한 것도 있다. 납입팀에서 추가 프로젝트를 시작하라고 하기에, 나는 분석팀 전달을 추가로 맡고 있다. 아기들을 괴롭히는 일이 지겹다.

전자 지도에 핀을 두어 개 추가하면 마음이 안정된다. 컬트 집단이 모일 만한 위치에 관한 이론을 세우는 중이지만, 내 데이터로는 재생 컬트에 관한 패턴이 나오지 않았다. 지도 제작 장치 덕분에 곧 마음이 가라앉는다. 커리어를 망치지 않을 유일한 방법은 올리비아 슐츠를 찾는 것뿐이다. 어쩐지 올리비아의 실종 배후에 연구팀이 있다는 느낌이 강하게 들지만 그들이기를 바라는 마음도 크다. 그런 마음이 너무 크기 때문에 추측을 믿을 수만은 없다. 이건 민첩하고 약은 컬트 집단이 저지를 수 없는 일도 아니다.

어떻게 할까, 현장으로 돌아갈까? 그날 밤에 있었던 사람을 전부 조사할까?

태블릿에서 알림이 울린다. 아직도 내게 도표를 보낼 만큼 의리 있거나 어리석은 분석가 친구가 보낸 내부 메시지다.

에커트: 멋진 거 하나 볼래?

에커트가 나를 전염병 환자 취급하지 않는 것이 고맙지만, 그래도 나는 빠져나갈 구멍을 제시해야 한다.

나:　　그래도 되겠어? 감사 때 나올 건데.
에커트: 좋단 소리야? 이거 보고 나서 전화해.

전 세계 외계종 배양 상황을 보여 주는 도표다. 이미지만 보이는 버전을 보는데, 마치 누군가 한 페이지마다 만화를 한 칸씩 그려 넣은 공책을 넘기는 느낌이다. 변화가 미미하지만 150칸이 지나자 오싹해진다. 외계 침공자들이 우리를 학습하고 있음을 추상적으로 아는 것과, 느리지만 꾸준한 발전 과정을 직접 보는 것은 전혀 다르다. 이미지는 천 개 조금 못 미친다. 그들이 우리에게서 무엇을 원하는지는 몰라도 아아아주 간절히 원하고 있다.

나는 배양 장소 지도를 찾아서 내가 만든 컬트 집단 지도와 겹쳐 본다. 아무것도 나오지 않는다. 눈이 아프도록 세세한 해부학적 변화 기록을 읽는다. 늦은 시각이라서 요원들이 드나드는 소리가 들린다. 분명 내가 저지른 실수 처리를 맡은 이들이다. 하지만 분석가들이 말하는 희열 상태가 살짝 느껴지기 시작한다. 정신의 가소성이 가장 좋은 상태 말이다. 분석팀의 컬트 데이터를 열어 보니, 내가 모은 데이터와는 전혀 다르다.

분석팀은 우리가 급습한 모든 컬트 시설의 배치도를 만들어 놓았는데, 두어 개만 봐도 패턴을 알 수 있다. 하나의 단체가 생활 공간을 조직하는 방법은 몇 가지뿐이니까.

하지만 재생 컬트의 배치도에는 어딘가 거슬리는 점이 있는데…… 가장 취약한 것(배양기)을 시설 입구에 둔 것이 눈에 띈다. 배양기 뒤로 보조 장치들이 쫙 퍼져 있다. 마치 필사적으로 살기 위해 손톱으로 바닥을 긁어 놓은 자국 같은 모양새다.

활동이 없자 사무실 전등이 꺼진다. 인간이 소리 한 번 내지 않는 동안 한 시간이 흐르고, 나는 재생 컬트의 배치도를 투명한 레이어에 분리해 둔다. 배치도를 뒤집어 봤다가 도로 돌려놓는다. 기관 건물 배치도를 끌어다가 중립 기준치로 삼는다. 그것을 납입팀 층 배치도에 올려놓는다. 분석팀 위에도 올려놓는다.

그리고 재생 컬트의 배치도를 연구팀 위에 올려놓는다.

아, 젠장.

마이애미 사태 이후 관장이 월드 투어를 떠난 뒤, 테레사는 연구팀을 고립시켰다. 그들의 시설은 별도로 지정되었고 예산도 줄었다. 받는 돈은 한 푼도 빠짐없이 회계 감사를 받아야 했고, 모든 연구는 테레사의 승인을 받아야 했다. 연구팀이 다른 부서에서 데이터를 받으려면 온갖 절차를 거쳐야 하고, 그들이 발견한 사실은 죄다 우리에게 왔다. 테레사가 필요 이상으로 인색하게 굴었을까? 그럴지도 모르지만, 연구팀도 테레사의 신임을 회복하려 노력해야 했다. 연구팀은 고립되고 박해받는 느낌이었을 것이다. 우리로서는 헤아리지 못할 사명에 교만하게 힘을 실은 걸 보면. 컬트 집단에게 그들보다 더 좋은 선물도 없었으리라.

나는 재생 컬트/연구팀 배치도를 저장하고 직원 사진을 훑어보다가 어제의 엽기광을 찾아낸다. 그 사진과 쪽지를 이메일로 보낸다.

"레이철, 이야기 좀 해요."

재생 컬트의 배치 전체가 조감도로 완전히 보이지만, 나는 모든 방문객을 환영하는 대형 유리 구조물 뒤에 덩굴손처럼 뻗어 나간 여러 건물을 감지할 수 있다. 배치도가 사실이라면 올리비아 슐츠는 이 건물 안에 있다. 보통의 재생 컬트 시설에는 여덟 대, 많아야 열두 대의 배양기가 있다. 이렇게 큰 시설이라면? 셀 수도 없다.

'산 것들'이 떼를 지어 내 몸을 먹어 치울 가능성에 직면하면 '총기 사용 반대'는 원칙보다는 낡아 빠진 신조에 가깝게 느껴진다. 나는 테이저를 두 개 가지고 나간다. 내가 다시 뛰기 시작했을 때 은남디가 사 준 불법 테이저와 정식 지급품이다. 이걸로 시간을 벌 수 있다.

남편에게 한 번 더 연락해 보지만 음성 메시지가 들린다. "바보야, 사랑해. 기다리지 마."

레이철이 나를 건물에 슬쩍 넣어 준다. 말라붙은 탯줄이 뒤엉킨 입구와 피 묻은 손자국이 난 벽을 볼 마음의 준비를 했으나, 여느 연구 시설처럼 완벽하게 청결한 상태다. 열린 사무실을 지나치는데 누군가 외친다. "그 얼간이가 총 가져왔어?" 레이철이 아니라고 대답한다. 그 순간 나는 긴장한다. 주위에서 아무렇지도 않게 말하는 투, 나를 면전에서 얼간이(얼간이라니!)라고 부르고도 자기들끼리 하는 농담이었다고 사과하지도 않는 뻔뻔함이라니. 나는 인간 축에도 못 든다는 듯.

레이철이 나를 자기 사무실로 데려가더니 책상에 기대서서 팔짱을 낀다. 레이철 양옆에 있는 스마트 유리 창문이 바로 옆의 빈 실험실을 비춘다. 한밤중이라 건물이 텅 빈 느낌이어야 하는데 그렇지 않다. 정확히 무엇인지 몰라도 그 일이 터지기 전에 나는 대답을 원한다.

"올리비아 슐츠는 어디 있어요?"

레이철이 모듈을 두드리자 유리창이 변한다. 올리비아가 병원 침대에 무릎을 꿇고 허벅지를 벌리고 있다. 양쪽 팔뚝을 머리에 올리고 몸을 돌린다. 벌거벗은 온몸에 땀투성이다. 그녀는 나를 보더니 손을 흔든다.

저게 놓아주지 않아요. 나는 멍청이다.

"우리보다 앞서 납입팀이 끼어들었지만, 결국 성공했지요." 레이철이 말한다.

눈앞에서 가로챘는데 헤맸다. 나는 빌어먹을 멍청이다.

"우리가 데려갔으면요?"

"그럴 일은 없었을 거예요."

"만약에 그랬다면요?"

레이철은 입을 다문다. 이미 질문에 대답한 셈이다.

"왜 나죠? 왜 저……저것이 내 이름을 불렀죠?"

"당신이 놀라지 않았으면 마테오가 당신에게 약을 못 줬을 테니,

그래서 놀라게 한 거죠."

마테오? 빌어먹을 마테오.

레이철이 웃는다. 슐츠 집 앞에서 그랬던 것처럼 알랑거리고 칭얼거리지 않는다.

"그래요, 마테오도 우리 사람이에요. 납입팀에 우리가 포섭한 사람이 제법 있어요."

나는 자리에 앉는다. 집중해서 생각해야 한다. 진통이 왔는지 올리비아가 앓는 소리를 내고, 레이철은 나를 돕는다는 듯 창문을 차단한다.

"분석팀은요?" 재생 컬트/연구팀의 손에 들어가면 안 되는 데이터가 너무 많다. 인간이 지닌 모든 전략이 거기 다 있다.

"곧이죠."

우리는 올리비아가 소리 없이 긴장하고 신음하는 기묘한 광경을 지켜본다.

"왜 이래요? 왜 저들을 돕는 거죠?"

"저들요?" 레이철은 진심으로 실망한다. "아직도 모르는군요."

이해하려 애써 보지만 윙윙 소리가 방해한다. 소리를 무시하고 생각한다. 새로운 표본이 발견될 때마다 점진적인 발전을 보이더니, 마이애미 사태에 가서는 인간처럼 보이는 표본이 등장했다. 그 후로 외계종은 전부 사살했다. 어떤 대가가 따르더라도. 그 임무는…… 모든 병원, 모든 분만 센터에 기계를 설치한 덕분에 용이해졌다. 전 세계적으로 혈액검사를 의무화했다. 기관의 연구팀 출신인 명성 높은 관장이 그 필요성을 역설했다.

처음에는 내가 과호흡을 일으킨 줄 알았지만, 그 숨소리는 레이철이 올리비아의 상태를 확인하려고 실험실 문을 열자 들려온 것이다. 레이철은 청진기를 가지고 돌아와 내 배에서 셔츠를 치운다. 차가운 금속을 내 복부에 대고 귀를 기울인다.

상황을 이해한 나는 죽고 싶어진다.

"언제죠?" 내가 속삭인다.

"생각해 봐요." 레이철도 작은 소리로 대답한다.

레이철은 발걸음을 옮기면서 친절한 조언을 건넨다.

"당신이 누구인지 아직 기억하고 있을 때 상황을 받아들여요. 그러면 모든 것이 나아지죠."

엽기광의 조언을 내가 들을 리 있을까.

내가 누구인지 아직 기억하고 있을 때, 나는 은남디가 준 테이저를 쥔다. 그것을 들고 입구로 향하는데, 올리비아가 침대 끄트머리를 잡고서 신음하고 몸을 비틀고 비명을 지른다.

그들은 우리를 제대로 알 때까지 계속 시도했다. 하지만 거기서 멈추지 않았다. 우리는 지난 2년간 모든 표본을 제거했다. 나는 흐리멍덩한 가운데, 윙윙 소리를 무시하며 생각한다. 생각해. 분석해. 저게 놓아주지 않아요. 분석할 것이 없다. 우리에게는 해부학적 데이터가 없다. 마이애미 사태 이후로 어떤 변화, 어떤 '발전'이 있었는지 우리는 모른다. 네발로 뛰어나오던 그때. 그들이 무엇을 준비하는지 우리는 모른다. 마치 경보음의 존재를 방금 알게 된 사람처럼, 이 갑작스러운 깨달음 덕분에 나는 퍼뜩 자신으로 돌아온다.

그들은 인간의 몸이 버텨 내지 못할 무언가를 준비하고 있다.

바이올렛 앨런

The Other One

또 하나의 존재

바이올렛 앨런
Violet Allen

일리노이주 시카고에 거주 중인 SF·판타지 작가이다. 현대의 팝컬처에서 고대 시문학에 이르기까지 여러 요소를 끌어와 사회, 문화, 관계를 초현실적으로 탐구한다. 잡지 《라이트스피드》와 앤솔러지 『미국 SF·판타지 걸작선』, 『저항하라: 싸워 이겨야 할 가치가 있는 미래의 이야기』, 『미국의 미래』, 『디스토피아 트립타이크』 등에 단편을 게재했으며, 팟캐스트 「레바 버턴 리즈」에서 작품이 소개되기도 했다. 여가 때는 음악을 만들고, 영화를 보고, 처음부터 완벽하게 피자 만들기를 시도하기도 한다. 하워드 모하임 문학 에이전시의 송동원이 대리하며 트위터 @blipstress로 연락할 수 있다.

옥상에서 담배를 피우며 별 하나 없는 하늘을 올려다본다. 자정이 지난 시각이지만 잠들기가 두렵다. 깨어 있다가 꿈으로 빠져드는 사이 어두운 공백이 특히 두렵다. 오글소프가 떠난 후로, 어릴 때처럼 다시 죽음이 두려워졌다. 밤중에 누워 있을 때, 서늘해지고 조용해지고 부드러워지고 안온해지면서 허공이 끌어당기는 힘, 도저히 저항할 수 없는 그 힘이 슬그머니 당기면서 몸이 붕 뜨는 것 같을 때마다 잠에서 퍼뜩 깬다. 본능 혹은 반사작용에 가깝다. 사고도, 감각도 사라지게 하는 그 어둠을 경험하면 발견되지 않은 땅의 지도를 보는 느낌이 든다. 밤마다 그 영역의 형태를 조금씩 더 암기하게 된다는 사실을 깨닫는 순간, 두려움이 차오른다. 어떻게든 잠을 정복한다면 죽음도 정복할 수 있을까? 영원히 산다는 뜻이 아니라 삶을 파괴하는 죽음이라는 대상, 그 말과 연관되는 모든 것, 삶을 삭제하는 모습과 소리와 맛을 정복할 수 있다면 말이다. 아마 그렇다면, 나는 완전히 두려움과 감상에서 벗어날 수 있을지도 모른다.

그런들 뭐 하겠나.

파리 두 마리가 옥상 끝에서 섹스한다. 싸우는 것일지도, 순수한 접촉일지도 모른다. 하지만 섹스라고 상상하는 편이 더 좋다. 파리가 평생 섹스에 얼마나 시간을 소모하는지 궁금하다. 한 달밖에 못 사는데 섹스에 서너 시간을 쓴다면?

나는 오글소프에게 문자 메시지를 보낸다.

하지만 그는 대답하지 않는다.

그는 아직 나를 차단하지도 않았다. 별별 일이 다 있었는데도.

나는 담배를 필터까지 피운다. 담뱃갑 안에 서너 개비만 남았다. 오글소프의 침실 탁자에서 훔쳐 온 것이다. 그의 새 아파트, 새 침실에서. 그는 두 달 전 담배를 끊었고, 3주 전 나를 끊었다. 하지만 이따금 얻는 쾌락에 저항할 자 누군가? 그러니 지금 우리, 나와 이 담배가 함께라서 다행이다. 하나씩 피워 없애는 중에도 담배는 내 일부가 되고 나는 그것, 즉 타르와 재와 찌르르한 느낌과 버린 꽁초에 남은 립스틱 자국을 닮은 폐 속 돌연변이를 일으킨 세포의 게슈탈트 효과의 일부가 된다. 자명하다. 그가 나를 담배 한 갑으로 바꿔 놓았고, 나는 이제 영원히 담배 한 갑이 될 것이다. 포크너("내 어

머니는 물고기"*)와 시인 오비디우스("……삭숨 이암 콜라 테네바트, / 오
라케 두루에란트, 시그눔케 엑상게 세다바트(그는 목에 돌을 걸었고, / 입술
이 굳은 채 피 흘리며 앉아 있었다)")의 느낌.

내가 지금 무슨 헛소리를 하는 걸까?

대학원은 머리에 해롭다.

휴대전화가 울린다. 숨이 가빠진다.

그가 답장을 보냈다.

처음에는 심장이 붕 떠올라 영혼의 무게에서 벗어나는 느낌이었
는데, 각성과 불가항력으로 인해 다시 무거워진다. 이 멍청한 년아,
그는 널 다시 받아 주지 않아. 성가시게 굴지 좀 말라고 답장한 거
야. 똑똑하고 성숙한 사람이라면 나는 그저 그것을, 그를, 모든 것
을 무시할 것이다.

내가 만약 똑똑하고 성숙하다면 그러겠지만, 난 그렇지 않다.

그래서 들여다본다.

ㅋㅋㅋ내 남친한테 메시지 왜 보내?

뭐?

뭐라고?

---

* 윌리엄 포크너의 소설 『내가 죽어 누워 있을 때』에서 등장인물 바더만이 한 말.

겨우 몇 주 지났다고. 어떻게 벌써 누굴 새로 만나지? 그가 중얼
거리던 사람이 이 여자인가?

대체 뭔 지랄이야?

전화 내려놓고 잠이나 자. 나는 전화를 내려놓고 자야 한다. 이래
봐야 좋을 게 없다.

잠시 황당해서 앉아 있다가 나도 모르게 바보처럼 자동으로 건물 안으로 되돌아가서, 계단을 내려가 문을 열고 길을 건넌다. 바보 같은 짓이야. 거기까지 혼자서 걸어가지 마. 적어도 버스를 타라고. 그렇게 생각하지만, 당장 정리할 생각이 너무 많은 나머지, 한 가지 생각에 집중하는 편이 현명하다는 것을 알아도 그러기가 불가능하다.

너무 한심하다. 그 사람이 뭐가 그렇게 대단해서? 오글소프라니 이름도 바보 같다. 바보 같은 이름에다 적당히 줄일 수도 없다. 오글리? 내다 버려. 소프? 무슨 소리야? 그러니 매번 괴상한 이름을 전부 불러야 한다. 오글소프. 오글소프. 오글소프. 아무리 달콤하게 불러도 귀에 거슬린다. 처음 만났을 때, 그 이름을 놀렸다. 진심으로 그런 것인데, 그는 내가 유혹한다고 생각했는지 어쩌다 보니 사귀는 사이가 됐다. 개떡 같은 헛소리 아닌가?

전화가 울린다. 확인한다.

그 여자가 심장 사진을 보냈다. 진짜 핏덩어리 심장이 우리의(그의) 커피 테이블에 놓여 있다. 정말 실감 나는 사진이라서, 나는 보자마자 전화를 떨어뜨린다.

"씨발!"

진정한 뒤 전화를 집어 든다. 꺼지지는 않았지만 스크린에 긴 금이 생겨 심장이 갈라져 있다.

뭐예요?

포토샵이에요?

미쳤어요?

나는 미치지 않았다. 그렇다. 내게 정신 건강 문제가 있었나? 물론이지, 없는 사람이 있나? 하지만 난 미치지 않았다고. 한밤중에 못된 년들에게 심장 사진을 보내지는 않는다. 그런 짓을 무슨 얼어죽을 장난처럼 취급하지 않는다.

세상에.

집에 가야겠다. 이건 미친 짓이다. 그보다 더하다. 촌스러운 짓거리다. 네 남자를 훔쳐 간 여자와 한밤중에 만난다고? 이건 우리 언니들이나 할 짓이지, 난 아니다. 나는 착한 사람이었다. 난 늘 착한 딸 노릇을 하면서 혼난 적도 없고, 시골을 떠나 대학과 대학원에 진학해 지금은 박사 논문을 쓰고 있다. "천사 같은 앤절라." 그다지 영리한 모욕은 아니지만, 어릴 적에는 그런 소리를 들으면 기분이 상했으니 효과는 있었던 모양이다.

누군가 버니스 언니의 남자친구를 훔쳤다면 언니는 몸싸움을 마다하지 않았을 것이다. 고등학교 시절, 나는 내 감정을 상하게 한 남자아이들과 언니가 몸싸움하는 것을 말려야 했다. 그리고 브리아 언니는. 브리아 언니가 무슨 짓을 할지는 상상도 할 수 없다. 관련자 모두가 병원이나 감옥에 가게 되는 상황이었을 거다. 내가 비록 언니들을 진심으로 사랑하기는 하지만 언니들은 자제하는 법을 모른다. 상황이 안 좋아도 점잖게 행동하는 법을 모른다.

방향을 바꾼다. 보통은 시내 걷기를 좋아하지만 오늘 밤은 탐험보다는 미로 풀기 쪽이다. 그의 아파트가 어딘지 안다. 지도 없이 찾을 수 있다. 가끔은 혹시 마주치기라도 할까 하는 마음으로 그 앞에 가 보기도 한다. 운명에 맡기고. 그 사람을 기다리거나 찾아 나선다면 한심하겠지만 역이나 도서관, 좋아하는 카페에 가는 길에 그의 아파트 근처를 우연히 지나가다가 우연히 만난다면 운명일 뿐이다. 자기 동네에서 나를 만나고 싶지 않다면 그도 더 멀리 이사 갔을 것이다.

나도 안다. 안다고.

내가 이 이야기에서 그다지 멋진 주인공이 아님을 알고 있다. 기껏해야 패배자의 행동, 정확히는 집착이니까. 하지만 보기라도 하고 싶은걸? 너무 갑자기, 완전히 허를 찔리듯 끝나 버리고 말았다. 누구든지 그런 일을 당하면 이상해질 것이다.

전화가 또 울린다.

이번에는 동영상이다. 같은 테이블 위에 같은 심장이지만, 이번에는 뛰고 있다. 천천히, 미묘하게, 하지만 분명히. 쿵. 쿵. 쿵. 매번 작은 핏방울이 흘러나온다.

나는 멈춰 선다. 선다. 서서 영상을 보고 또 본다. 징그럽다. 진짜일 리 없지 않나? 진짜 심장이라니? 오글소프의 심장? 뭔가 속임수가 틀림없다.

하지만 진짜 같다. 논리적이지 않지만 그 느낌이, 다른 모든 것을 따르는 방식이 진짜 같다.

때려치우자. 미친 짓거리다. 무슨 상황인지 몰라도 엮이고 싶지 않다. 아침에 오글소프에게 전화하자. 그의 집에 가거나. 해가 뜨고 사람들이 나오고 세상이 미친 짓을 멈출 때까지 그저 기다릴 것이다. 이런 지랄 때문에 사람들이 살해당한다. 어느 미친 사이코가 어디론가 꾀어낸 사람들이 영영 사라진다. 영상도 가짜다. 영상 조작도 어렵지 않다. 이 여자는 내 머릿속을 헤집고 상상력을 자극하려고 든다.

나는 돌아서서 집 쪽으로 걷기 시작한다.

징.

뭐 해?
와서 놀자니까

우리 집으로 갈 거야
날 괴롭히는 거잖아

와서 놀자고 했지

몇 분간 아무 말 없더니 또 전화가 울리고 사진이 온다. 두 장이다. 처음 사진에서는 오글소프가 혼자 침대에 앉아 멍하니 카메라를 본다. 가슴에 검은 자국이 있지만, 조명이 흐릿해서 정확히 보이지 않는다. 둘째는 그 자국을 클로즈업해서 보여 주는데, 구멍이다. 피투성이 큰 구멍이 심장 주위, 심장이 있어야 하는 자리에 나 있다. 다른 것도 보인다. 온몸에 작은 점이 잔뜩 있다.

개미야

개미 쫓기가 얼마나 어려운지 알아?
한 마리 보이면 이미 끝난 거야

　　　　　　　　　　　　　　뭔 지랄이야?
　　　　　　　　　　　　　　뭔 지랄?
　　　　　　　　　　　　　　너 뭐야?

유령?
마녀?
실패한 실험?
괴물?
누가 알겠어?
'넌' 뭐니?

　　　　　　　　　　　　　　미친 거 아냐

네가 정신과 병동에 간 거보다 더 미쳤냐?
아니면 덜 미쳤냐
0에서 자살까지 등급 중에서 몇이라고 할래?

　　　　　　　　　　　　　　그건 어떻게 알았어?
　　　　　　　　　　　　　　그 사람이 말했어?

글쎄
그냥 아는 걸지도
널 딱 보면
자기혐오에 찌든 고학벌, 널렸거든
하지만 웃기지
대부분의 사람들이 이런 이야기를 하면

그냥 꿈이라고 할 텐데
네가 이런 이야기를 하면
넌 정신병원에 다시 보내질걸
지금 바로 911에 신고할 수도 있어
내 남자친구의 전 여친이 우릴 스토킹한다고
밖에서 어정거리고
미친 소리를 보낸다고 신고하면
널 며칠이나 잡아 둘까
종이 치고
마침내 풀어 줄 때까지 며칠 걸릴까?

안 돼.

원하는 게 뭐야?

나와서 놀자
돈 꼭 챙기고

나는 한참 동안 아무 말 하지 않다가, 결국 답장을 쓴다.

알았어.

오글소프의 집으로 다시 향한다. 이 모든 일이 시작됐을 때, 오글소프가 이상하게 굴기 시작했을 때 내가 잠자코 있었던 이유가 이것이다. 너무 아무렇지도 않게 시작됐지만 당시에는 내게 일어날 수 있는 최악의 일 같았다. 어느 날 밤 침대에서 그가 다가오더니 속삭였다. "널 사랑하지 않아." 그렇게, 그 말처럼, 그 소리처럼, 의미도 쓸모도 결과도 없이. 나는 으스러졌다. 그의 사랑 같은 사랑은 처음이었으니까. 나는 충격에 휘청거렸다. 우리가 더할 나위 없이 행복하다고 생각했으니까.

그는 "미안해."라고 했고, 나는 "제발."이라고 말했다. "제발." "제발."

그리고 내가 우니 그가 안아 줬다. 그는 결국 나를 안은 채 잠들었지만 나는 깨어 있었다. 함께하는 시간이 갑자기 소중해져서 그 시간을 연장하고 싶었다. 그가 없이 밝아 오는 새벽의 면면을 마주하고 싶지 않았다.

그런데 그가 깨어나더니 내게 왜 우냐고, 왜 그렇게 자신을 꼭 끌어안냐고, 자신을 왜 그렇게 보느냐고 물었다.

"알잖아." 내가 말했다.

하지만 그는 몰랐다.

그는 내가 꿈을 꾼 것이라고 하면서 웃었다. 나는 묻지 않았다. 그 대신 나도 따라서 웃었다. 물론 그렇지, 물론, 물론이고말고. 당연히 악몽이었다. 너무나 실감 나는 일이었지만 당연히 현실일 수 없었다. 물론 그는 나를 사랑했다.

그날은 평화롭게 흘러갔지만 그날 밤에 다시 그는 이제 나를 사랑하지 않는다고 속삭였고, 더군다나 다른 사람을 사랑한다고 했다. 나는 내 살을 꼬집었다. 말 그대로 내 살을 꼬집어 있는 힘을 다해 손목에 손톱을 박아 넣었고, 눈을 아주 오래 부릅뜨고서 아픔을 느꼈다. 그래도 내가 깨어 있다는 사실이 믿어지지 않아서 그에게 물었다. "이거 꿈이야?"

그는 멍하고 무기력하게 아니라고 대답했다. 흐린 날 날씨를 말하듯이.

나는 다시 밤을 지새웠다. 그때는 아침이면 다시 좋아질지 확인하기 위해서였고, 실제로 그랬다. 아침에 일어난 그는 내게 키스했고, 평상시대로 하루를 보냈다. 그렇다면 정말 꿈이었을까? 손목에 남은 초승달 모양의 핏자국이 아니라고 했다. 그가 잠든 채 행동하고 말한 것일까? 전에는 본 적 없는 증상이었지만, 사람들은 갑자기 안 하던 짓을 하기도 하는 법이다.

나는 그와 그 이야기를 하지 않기로 마음먹었다.

여러분이 이해해야 한다. 내게는 어떤 병이 있다. 고약한 이름을 가진 병이다. 이 고약한 병의 증상 한 가지는 버림받을 것이라고 심하게 두려워하는 것이다. 의사는 이 두려움이 비이성적이라고 한다. 아무리 예전에 버림받은 적이 있다 해도. 오글소프도 내가 비이성적이고 어리석고 고약하게 군다고 생각할 것이다. 남을 믿지 못하고. 질투심 많고. 의존적이라고. 실제로 나와의 연애가 지겨워지게 하는 성향이 있다고.

그리고 그다음 밤과 그다음 밤, 그다음 밤, 그는 또 내게 사랑하지 않는다고 말했다. 설명하지도, 이유를 말하지도 않았다. 단지 그 사실만을 반복해서 말했다. "그 여자"를 사랑한다고 말하기도 했지만, 내가 물어봐도 설명은 하지 않았다. 나는 그의 어조에서 적의나 심술, 잔인함을 찾기 시작했다. 그가 내게 화가 나 있다면, 잠재의

식에 가둬 둔 불만이 어둠 속에서 흘러나오는 것이라면, 모든 것을 납득할 수 있었다. 하지만 그렇지 않았다. 그는 차분하고 편안했고, 그렇게 가혹한 말만 아니라면 상냥하다는 느낌마저 들었다.

그래서 나는 그 일을 무시하려고 했다. 진심이 아님을 알았으니까. 그저 그의 머릿속에 생긴 작은 문제였다. 나쁜 상황으로 들리겠지만 여러분은 내 말을 이해해야 한다. 낮에 그는 너무 친절하고 이해심 많고 재미있고 잘생기고 멋있었다. 해만 뜨면 완벽한 남자친구였다. 완벽한.

하지만 그러다가 어느 날 아침, 그가 내게 왜 아직도 안 떠났냐고 물었다.

끝은 그렇게 왔다.

아무도 안 믿어 줄 것을 알기에 아무에게도 말하지 않았다. 이것이 바로 나의 집착이 문제가 되는 경우다. 지금 일어나는 문제, 심장이니 개미 따위는 사실 내 전문 분야가 아니다. 환각이나 망상은 겪어 본 적 없다. 하지만 미친 사람이라는 낙인이 찍히면 다 같은 취급을 받는다.

천사 같은 앤절라는 언니들처럼 사이코다. 다만 더 고급일 뿐.

오글소프가 사는 지역으로 접어드는데 전화가 울린다.

메시지를 읽기 전, 화면의 금에서 끈적한 붉은 액체가 흘러나와 있는 것이 보인다. 또 전화기를 떨어뜨리자 금이 사방으로 나더니 새로운 균열부에서도 붉은 액체가 흘러나오기 시작한다.

심호흡. 심호흡을 해. 이상한 일이지만 곧 끝날 거야.

그렇지?

나는 전화기를 들고 메시지를 본다.

길 건너 주류 상점이 있다. 나는 여자가 원하는 것을 산다. 오글소프가 사는 건물 문이 열려 있다. 안으로 들어간다. 계단을 오르며 호흡을 최대한 길고 느리게 유지한다. 괜찮을 것이다. 이상한 일이지만 이유가 있을 것이다. 나는 무사할 것이다. 이것은 현실이다. 나는 미치지 않았다. 다 괜찮을 것이다.

징.

가방에 손을 넣는데 전화가 닿는 순간 따끔하다. 손을 꺼내 보니 검지 끝에서 손등까지 길게 베인 상처에서 피가 잔뜩 나 있다. 전화가 계속 울려서 다시 살그머니 손을 댄다. 금 간 곳이 벌어져 있는데, 그 안에 든 것은 전자기기와 회로판이 아니다. 입, 피에 젖은 입이 있다. 입이 물려고 들어서 나는 가방에 도로 넣는다. 하마터면 또 물어뜯길 뻔했다.

무슨 영문인지 화면은 아직도 작동한다. 어둠 속에서 아직 빛난다. 나는 가방 속에서 물어뜯으려고 드는 화면을 내려다본다.

그 여자 말대로 문 옆에 술과 담배를 내려놓지만 돌아가지는 않는다. 도저히 돌아갈 수 없다. 말도 안 되는 소리다. 이런 일이 있었는데. 복도로 조금 들어가 모서리 뒤에 몸을 숨기고 지켜본다.

문이 살짝 열리더니 길고 가느다란 팔이 나온다. 또 하나, 또 하나 더. 다섯, 여섯, 일곱 개의 팔이 어둠 속에서 튀어나온다. 드디어 하나가 봉투에 닿자, 들짐승이 죽은 동물을 끌고 가듯이 다른 팔도 전부 달려든다. 봉투가 사라지고 문이 끼익 닫힌다.

나는 문으로 다가간다. 그 안에 오글소프가 있다. 그를 도와야 한다. 구해야 한다. 문을 두드리려다가 마지막 순간 마음을 바꿔 손잡이를 돌려 본다. 손잡이가 돌아가더니 문이 열리자 캄캄하다. 안에 들어가니 문이 뒤에서 저절로 닫힌다.

어둡다. 너무 어둡다. 바깥에는 가로등과 네온 불빛이 비추지만 안에서는 그 불빛 주위 음영이 이룬 어둠이 무한하게 느껴진다.

"오글소프! 어디 있어? 나야!"

아무 소리도 들리지 않는다.

전에도 와 본 곳이지만, 어둠 속에서 방향 찾기는 다르다. 꿈을 기억하는 느낌이다. 나는 더듬거리며 이런저런 물건에 무릎과 발을 부딪친다. 뭔가 움직이는 것이 언뜻 보인다. 벽에서 무엇이 갑자기 열렸다 닫힌다. 계속 걸어가니 다른 벽에서도 그것이 보인다. 이번에는 좀 더 또렷하게 보인다. 작은 눈이 깜빡인다.

그리고 끼익거리는 낮은 목소리가 속삭인다. "저리 가."

사방의 벽과 천장에 눈이 더 나타난다. 내가 가까이 다가가는 모양이다.

"오글소프!" 내가 외친다.

"그 사람은 널 사랑하지 않아." 목소리가 말한다. 어디서 나오는 소리인지 알 수 없지만 가까이에 있다.

"내가 그이를 사랑해! 그게 중요하다고!"

대답이 없다. 복도 끝의 문에 닿는다. 그의 방이다. 심호흡하고 문을 연다. 오글소프는 침대에 앉아서 정면을 응시하고 있다. 그는 무릎 위에 팔 뭉치를 붙잡고 있다. 몸뚱이는 보이지 않는다. 뱀을 뭉쳐 놓은 듯 얽힌 팔뿐이다.

"방해하지 마."

나는 가방을 확인한다. 안에 다시 손을 넣는다. 전화기(인지 무엇인지)가 깨물지만 이번에는 놀라지 않는다. 무시하고 꺼내서 확인한다.

"집에 가." 깨진 유리가 입술 시늉을 하며 말한다.

"네가 나보고 여기 오랬잖아. 왜 그래? 같이 놀자면서!"

"이제 돌아가."

나는 전화기를 바닥에 내려놓고 가방을 뒤지기 시작한다. 내가 시골을 떠날 때 언니들이 준 것이 있다. 도시는 안전하지 않다고 하면서. 자기 몸은 스스로 지켜야 한다고 했다. 나는 그 말을 무시했지만 선물은 간직했다. 나이프. 튼튼하고 예리한 고급 칼이었다.

평소에 안 쓰는 작은 주머니 안에 그 나이프가 있다.

"날 해치지 마." 괴물이 말한다.

"뭐 하자는 거야?" 나는 소리를 지르며 얽힌 팔들을 향해 나이프를 겨눈다. "나한테서 원하는 게 뭐야? 밤새 괴롭히더니 인제 와서 나가라고?"

"네가 어떻게 생겼는지 보고 싶었어." 한참 만에 괴물이 말한다. "그는 아직 네 이야기를 하거든."

"그래서 뭐? 내가 진짜 오니까 겁이 났다고?"

그것은 아무 말도 하지 않지만, 나는 그렇다는 것을 알고 있다. 그리고 문득 깨닫는다. 이제 알겠다. 믿지 못하고. 질투하고. 집착하고. 이것, 뭔지 몰라도 이것은 나와 똑같다. 나의 모든 잘못된 점, 지겹고 역겨운 점이다. 움켜쥐고서 더, 더, 더 내놓으라고 하는 손들.

그래서 나는 도움을 준다. 나이프를 사용한다. 내가 구해 주는 동안 오글소프는 그저 차분히 앉아 있다. 괴물을 죽이고 왕자를 구한다. 결국 내가 이 이야기의 주인공일지도 모른다.

"누가 미쳤는지 알려 줄게." 내가 속삭인다.

그리고 더 자를 것이 없을 때까지 잘라 낸 뒤, 나이프를 떨어뜨리고 그를 끌어안는다. 그에게 기어다니는 개미가 내게 옮겨 오는 것이 느껴지지만, 신경 쓰지 않는다. 더 세게 끌어안을 뿐.

그는 내 손길에 반응하지 않는다.

서랍장 쪽을 본다. 심장은 거기 놓여 가만히 떨고 있다. 그쪽으로 걸어가서 심장을 집어 든다. 역겹다. 그의 가슴에 도로 넣으면 모든 것이 정상으로 돌아가겠지? 그는 나를 다시 사랑하고, 우리는 다시 함께 살고, 모든 것이 잘 되겠지? 동화처럼 말이다.

하지만…… 그는 심장 없이도 괜찮아 보인다. 아주 좋은 건 아니지만, 괜찮다. 살아 있다. 심장 없이도 확실히 살 수 있다. 그리고 문득 그런 생각이 든다. 내가 그의 심장을 갖고 있으면, 그는 나를 사랑해야 하지 않을까?

무슨 일이 있어도.

말도 안 되는 소리지만 어차피 모든 일이 그렇다. 어쨌든 괴물은 그렇게 했다.

나는 오글소프의 눈을 본다. 죽은 사람처럼 멍하다. 피에 젖어 뛸 때마다 꿈틀거리는 그의 심장을 본다. 무엇을 해야 하는지 안다. 그래서 그렇게 한다. 점잖게 행동해야 한다. 자제심을 발휘하며 점잖게.

그렇게 하면 된다. 이번 한 번만은 올바른 일을 해. 할 수 있지, 그렇지?

그렇지?

저녁 식사로 오글소프가 가장 좋아하는 커리 치킨과 구운 감자를 만든다. 식탁을 차리는데 그가 어찌나 활짝 웃는지 내 심장이 녹아 버린다.

"고마워, 자기야." 그가 말한다. "사랑해."

"나도 사랑해." 내가 말한다.

그는 그…… 존재가 떠난 뒤로 훨씬 나아졌다. 내가 우리를 구한 뒤, 원한 대로 모든 것이 정상으로 돌아갔다. 그는 무슨 일이 있었는지 기억하지 못하고, 나는 그래서 다행이라고 생각한다. 그 여자에게 생기를 빼앗긴 그는 약해지고 속이 텅 비었다. 이제 하루하루 건강해지고 있다.

"나도 사랑해." 그가 말한다.

"알아. 그리고 난 너를 사랑하고."

"나도 사랑해."

가끔 그는 같은 말을 반복하곤 한다. 그런 때는 지나가기를 기다리면 된다.

나는 식탁을 탁 친다. 빌어먹을 개미. 사방에 개미 천지다. 정말이지 사방에. 없애려고 온갖 방법을 써 봤지만, 언제나 개미가 너무너무 많다.

"네가 더럽게 싫어, 앤절라."

나는 부드럽게 미소 지으며 고개를 젓는다. 그는 가끔 혼동을 일으킨다. "아니, 넌 나를 사랑해."

그는 나는 잠시 나를 멍하니 보더니, 서서히 알아들으며 고개를 끄덕인다. "아, 맞아. 그래. 널 사랑해."

"나도 사랑해." 창밖으로 어두워지는 하늘을 내다보며 나는 이해할 수 없이 가벼운 가슴을 느끼면서 말한다.

우리 사랑은 결코 죽지 않을 것이며, 그렇기에 나는 죽음을 정복했다.

"영원히."

에린 E. 애덤스

Lasirèn

라시렌

에린 E. 애덤스

에린 E. 애덤스
Erin E. Adams

1세대 아이티계 미국인 작가이자 극작가이다. 데뷔 소설 『자칼』로 에드거상, 브램 스토커상, 레프티상 최종 후보에 올랐다. 『자칼』은 《에스콰이어》, 《벌처》, 《팝슈거》, 《페이스트》, 《퍼블리셔스 위클리》에서 그해 최고의 책 목록에 올랐으며, 《코스모폴리탄》 선정 사상 최고의 공포소설 중 한 권으로 선정되기도 했다. 애덤스는 브라운 대학교에서 문학 예술 전공을 우등으로 졸업한 후에 올드 글로브 극장과 샌디에이고 대학교가 공동 운영하는 샤일리 연극 석사 과정에서 학위를 취득하고 뉴욕 대학교의 티시 예술 대학에서 극작으로 석사 학위를 받았다. 수상 경력을 가진 극작가이자 배우이기도 한 애덤스는 지난 10년 동안 뉴욕시에서 거주했다. 두 번째 장편소설 『원 오브 유』는 2024년 펭귄 랜덤하우스에서 출간되었다.

해서는 안 되는 이야기를 하려고 입술을 움직이면 혀끝이 시큼하다. 달콤한 맛을 느낄 방법은? 거짓말을 하기 전에 사실을 몇 가지 이야기하는 것뿐이다. 나는 어머니의 첫아이다. 사실이다. 내게는 두 여동생, 러블리와 마리가 있다. 사실이다. 우리는 섬에 산다. 대체로 사실이다. 모든 땅은, 아무리 크더라도 결국 사방에 물이 에워싸고 있으니까. 이 언어는 거짓말이다. 모든 것이 내 모국어로 배열된 뒤 내가 지금 쓰는 영어로 바뀐다. 처음 배운 언어, 아이티 크리올은 거의 다 잊었다. 노래는 기억한다. 뜻을 배우기도 전에 암기했기 때문에 멜로디가 머릿속에 남아 있다.

라시렌, 라발렌. 바닷소리가 내가 처음 들은 자장가였다. 차포 음톤베 난 란메(내 모자가 바다에 빠졌다). 아버지의 낚시 노래가 두 번째 자장가였다. 음 압 페 카레스 포 라시렌(라시렌을 쓰다듬는다). 곧 어머니는 아버지가 중얼거리는 별 뜻 없는 이 소리에만 내가 잠든다는 것을 알게 됐다. 차포 음 톤베 난 란메. 둘째 마리가 태어났을 때, 어머니는 동생이 칭얼거리면 내가 동생을 달래려고 아버지의 노래를 불렀다고 했다. 음 압 페 카레스 포 라시렌. 차포 음 톤베 난 란메. 막내 러블리가 태어났을 때는 그 노래만 남고 아버지는 없었다. 아버지의 노래를 들을 수 있던 것은 우리뿐이었다. 그 노래를 부르면, 해변으로 오지 않고 바다에서 며칠이나 보내던 시절의 아버지가 떠올랐다. 결국 아버지를 앗아 간 것은 바다가 아니었다. 저 건너 마을에 사는 여자였다. 아버지는 자기 노래를 부르는 세 딸과 어머니를 버리고 떠났다.

어머니는 아버지 때문에 울지는 않았다. 우리를 돌보는 데 온 힘을 다했다. 우리를 먹이고. 가르치고. 씻기고. 놀아 주기도 했지만 어떻게 놀았는지는 기억나지 않는다. 어떤 놀이를 떠올려도 어머니는 거기 등장하지 않는다. 내가 느끼기에 어머니는 함께 놀 수 없는 어른이었다. 하지만 이야기는 해 줬다. 어머니는 이야기 속에 사실을 엮어 넣기를 좋아했다. 어머니의 음성이 나직하고 조용해지면 우리는 더 바짝 다가가야 했다. 물속에 혼자 있는 여자를 믿으면 안 돼. 어머니는 검지를 들어 올리며 경고하곤 했다. 그 여자는 우리처럼 피부가 검고 저들처럼 머리칼이 곧을 거란다. 우리랑 저들. 이 섬에서 태어난 이들과 이 땅을 제국의 왕관에 보석으로 박은 자들. 그 여자가 부르면, 입을 열기 전에 달아나라. 바보처럼 그 소리를 듣고 나면 그 여자가 시키는 대로 해야 해. 어머니는 이 부분에서 늘 내 손을 잡았다. 잘 들어! 안 그러면 그 여자는 널 잡아가고 네가 있던 자리에 조개껍질을 남길 거야. 이야기는 계속되지만, 나는 항상 그 부분

다음에는 러블리의 귀를 막았다. 러블리는 이야기에 너무 빠져들었고 특히 한 번 들은 이야기를 또 들으면 몇 주씩 악몽을 꾸곤 했다. 우리는 이야기를 많이 듣고 교훈을 얻었다. 비극은 이유 없이 닥칠 수 있고, 그 뒤에 아무런 의미도 남기지 않는다.

물속에서 여자를 보면 입을 열기 전에 달아나야 하지만, 그 여자가 말하면 시키는 대로 해라? 그때 그 이야기를 납득한 것은 내가 아직 어린아이 같은 논리를 참을 수 있었기 때문이다. 규칙의 예외를 만드는 구실. 수수께끼. 러블리와 마리는 수수께끼를 좋아했다. 그 애들은 내 말을 안 듣고 잘 시간이 지나서도 책을 읽곤 했다. 그들은 나름의 논리로 낮에 숙제할 시간을 줄이고 해변에서 조개껍질 찾을 시간을 더 갖곤 했다. 집에 돌아오면 그 애들은 내게 무지갯빛 껍질을 줄에 꿰어 목걸이를 만들어 달라고 조르곤 했다. 나는 웃으며 장신구를 만들어 줬다. 나는 그 애들처럼 놀기에는 나이가 많았다. 하지만 놀았다. 사실이다. 목걸이? 그것도 사실이다. 하지만 매번 불평 없이 목걸이를 만들어 줬다? 그것은 거짓말이다.

어느 날 러블리가 한 손에 검은 전복껍질을 하나씩 들고 흠뻑 젖은 채로 혼자 돌아왔다.

"우리 들었어!" 러블리가 어머니에게 외쳤다. "전복껍질을 모은 뒤에 집에 돌아오는데, 물속에 혼자 있는 여자를 봤어. 그 여자가 엄마 말대로 우리를 불렀어. 하나를 주지 않으면 셋 다 가져간다고 했어. 우린 그 말을 들었어! 전복껍질을 하나 줬는데, 마리 언니를 데려갔어!” 러블리의 얼굴에는 눈물 자국과 냉혹한 교훈이 새겨져 있었다. 어른의 수수께끼는 그다지 기발하지도 않고, 행복하게 끝나지도 않는다는 것. ‘하나’란 무슨 뜻인가. 전복껍질인가 아이인가? 어머니와 나는 여자의 말을 따지지 않았다. 그 뜻이 무엇이든지, 여자는 동생들이 내놓지 않으려는 것을 가져갔다. 우리는 마리를 찾았지만, 며칠이 지나도 찾을 수 없었고 그 애는 돌아오지 않았다. 물속의 여자는 우리가 자신을 속이기 위해 하는 거짓말이 됐다. 누군가 내 동생을 데려갔고, 아무리 오래, 열심히 찾아도 마리는 돌아오지 않았다.

그 후, 어머니는 내 이름을 줄이지 않고 불렀다. 와이드라인. 우리 집에는 규칙이 줄줄이 생겼다. 예외는 없었다. 해가 진 뒤에는 외출 금지. 이야기 금지. 정해진 일과와 학교, 집, 교회에서 이탈 금지. 가서는 안 되는 곳 중 단 한 곳이 그리웠다. 바다였다. 나는 영원히 해변에 끌렸다. 동생의 운명은 알 수 없었지만, 가끔 바보처럼 그 애 운명이 나보다 낫다고 상상했다. 가끔 자신밖에 모르던 십 대 시절이 그리웠다.

러블리가 마리 대신 가져온 전복껍질은 버리지 않고 간직했다. 한 달이 지나니 거기에 먼지가 쌓이기 시작했다. 두 달째부터 나는 매일 그것을 깨끗이 닦곤 했다. 열두 달째 첫날, 하나가 떨어져 깨졌다. 나는 남은 전복껍질을 서랍장 가운데로 옮겼다. 두 해째가 시작되었을 때, 전복껍질 주위 목재가 구부러지더니 요람이 되었다. 전복껍질은 움직이지도, 미끄러지지도, 떨어지지도 않았다. 그저 거기서 살았다.

탁. 탁. 탁. 마리가 사라진 지 3년째 되던 날, 나는 들릴 듯 말 듯한 소리에 잠에서 깼다. 탁. 탁. 전복껍질이 달빛 속에서 흔들리고 있었다. 탁. 우리 방 주위에 희미한 빛이 있었다. 하지만 그때 구석에 서 있던 그림자에는 그 빛이 비추지 않았다.

내가 더 어렸다면 소리를 질렀을 것이다. 그 대신에 나는 그 그림자가 러블리에게 너무 가까운 것을 염려했다. 눈에 초점을 맞추고 그것이 녹아서 사라져라 노려봤다. 그림자의 팔이 러블리의 침대 발치로 뻗어 갔다. 나는 벌떡 일어나 이불 밑의 러블리를 당겼다. 러블리는 깨웠다고 칭얼거리기 시작했지만, 나는 그 애 입을 가만히 막고 구석의 그림자를 보도록 했다. 러블리는 그것을 본 순간 나를 꽉 잡았다. 그림자는 우리를 향해 한 걸음 다가왔고 나는 러블리를 내 뒤로 밀었다.

"가." 어머니를 깨우고 싶지 않아서 나는 조용히 말했다. 그림자는 다시 우리 쪽으로 움직였다. 나는 비명을 지르려고 숨을 들이쉬었다.

"안 돼!" 그림자가 우리 사이 달빛에 손을 내밀었다. 어두운 무지개가 모든 것을 비췄다. 우리 둘 다 그 빛깔에 감탄했고, 러블리는 내 손을 놓았다. 그림자의 피부는 우리처럼 검었지만 아주 깊은 검은빛이었다. 그것이 달빛 속에서 완전히 섰다. 물갈퀴가 있는 발가락이 먼저 보였다. 그리고 길고 검은 다리가 보였다. 살갗 아래 탄탄한 근육이 잡혀 있었다. 유연한 몸체에 해초가 드레스처럼 감겨 있었다. 길고 곧은 붉은 머리칼이 젖은 채로 어깨에 닿았다. 그림자의 얼굴에 러블리와 나는 조용해졌다. 우리는 알아볼 수 있었다. 길어지기는 했지만, 코와 입술, 하트 모양의 얼굴형은 분명했다.

"마리 언니?" 러블리의 음성이 흥분에 떨렸다. 내 뒤에서 살그머니 나오는 그 애를 나는 도로 밀어 넣었다. 드디어 그림자의 눈이 보였다. 완전히 검은색이었지만 깜빡일 때면 두 개의 눈꺼풀이 보였다.

"언니가 돌아왔어!" 러블리가 다시 나왔다.

"쉿." 나는 그 애 허리에 양팔을 감았다. "저건 마리가 아니야."

"아냐, 언니야!" 물론 위험 앞에서도 동생은 내 말을 순순히 들을 수 없었다.

"그 여자가 하나를 주지 않으면 셋 다 가져간댔어." 말하는 음성이 마리와 비슷했다. "난 기억해." 마리일 리 없었다.

"넌 누구니?" 내가 물었다.

"난……" 그것의 입이 슬픈 미소를 지었다. "난 마리가 아니야. 아직은."

"뭐?" 이맛살을 어찌나 찡그렸던지 머리가 지끈거렸다. 그것이 내 동생이 아니라고 하니, 동생이라고 하는 것만큼 짜증이 났다.

"곧 마리가 될 거야."

"아? 그럼 지금은?" 나는 숨을 쓱 들이쉬었다. "지금은 '마리-아님'이고?"

그 이름을 듣더니 그것은 입을 꾹 다물었다. "그래. 적당한 이름이네." 마리-아님의 미소가 사라졌다.

마리-아님의 냄새가 방 안을 채웠다. 바다 냄새가 났다.

썩은 생선 비린내가 아니었다.

마리-아님에게서는 자유의 냄새가 났다.

나는 러블리 앞에 다시 섰다. "여긴 어떻게 왔어?"

마리-아님이 우리에게 다가왔다. 무슨 말을 할지 궁리하는 표정이었다. 아니, 무슨 말을 할지는 알고 있지만 어딘지…… 아픈 말이었다. "내가 알려 줄게." 마리-아님이 속삭였다.

러블리가 온몸으로 나를 붙잡으며 손톱으로 팔을 후벼 팠다. 러블리의 체중과 내 땀 사이에 눌린 그 애 잠옷이 내 살갗에 자국을 남겼다. 우리는 마리-아님을 따라 집을 나가서 바다로 가는 길을 걸었다. 곧 도로는 흙길이 됐다. 가는 모래가 돌 사이에 섞였고, 길이 잘 보이지 않았다. 어둠 속에서 마리-아님이 앞을 밝혔다. 살갗의 보이지 않던 표식에서 푸르스름한 빛이 흘러나왔다. 근육을 돋보이게 하는 장식이었다. 점무늬가 광대뼈를 강조했다. 눈은 여전히 검은색이었다.

나는 발걸음 폭을 줄였다. 러블리는 그림자처럼 내 뒤를 따랐다. 길이 해변으로 접어들기 직전, 마리-아님이 획 돌더니 내가 처음 보는 좁은 길을 따라 걷기 시작했다.

마리-아님의 움직임을 지켜보던 나는 그 애 몸에서 익숙하지만 낯선 면을 발견했다. 사춘기의 모습. 내게도 아프게, 쓰라리게, 저속하게 성년기가 시작됐다. 가슴이 자라 옷이 작아지면서 나는 등을 굽혔다. 마리-아님은 꼿꼿이 서서 여성의 몸을 우아하게 드러냈다. 내가 그 애처럼 걸으려고 하자 근육이 아팠다. 이 존재는 동생을 생각나게 할 뿐 아니라, 내 몸이 내 의식을 담는 낯설고 새로운 용기가 됐다는 사실도 각성시켰다. 나는 그 애를 따라가며 힘이 들고 두려워 몸을 떨었다. 아니, 그건 거짓말이다. 사실은 부러움이 내 안의 공포를 모두 태워 버렸고 호기심이 나를 이끌었다.

"어딜 가는 거야?" 내가 물었다.

마리-아님은 수풀 속으로 깊이 들어갔다. "다 왔어."

한 발 한 발 조심스레 옮기며 우리는 그 애를 따라 나무 사이를 지나갔다. 곧 동굴에 다다랐다. 마리-아님은 우리를 돌아보더니 어둠 속으로 사라졌다. 어둡고 빈 공간이 앞에 있었다. 내가 한 걸음 내디뎠다. 입구를 지나고 보니, 동굴 안이 캄캄한 것은 아니었다. 위쪽 공간에서 보름달이 드러났다. 은색의 달빛이 물에 비쳤다. 연푸른 바다와 달리 그 물은 너무 짙어서 검은색에 가까웠다. 바위가 층층이 바닥까지 튀어나와 있었다. 마리-아님은 한순간의 망설임도 없이 뛰어들었다. 어둠에 적응한 뒤 러블리와 나도 그 싱크홀 가장자리로 다가갔다.

마리-아님은 물 만난 물고기가 아니라 물 자체였다. 살갗의 형광 빛 비늘 덕분에 마치 어른거리는 빛 같았다. 그 애는 깊이 잠수했다. 나는 호흡을 셌다. 하나. 그 애의 지느러미 달린 두 발이 요령 좋게 느리고 깊은 물살을 갈랐다. 둘. 그 애는 더 깊이 들어갔다. 모습이 거의 보이지 않았다. 셋. 붉은 머리칼만이 겨우 보였다. 넷. 물속에서 그 머리칼은 기다란 불꽃, 잉걸불처럼 반짝였다. 다섯. 그 애가 더 깊이 자맥질하면서 물결조차 보이지 않았다. 여섯. 그 애는 달빛이 꿰뚫고 들어가지 못할 만큼 깊은 동굴에 닿았다. 일곱. 그 애가 발하는 빛만 보였다. 여덟. 잘 모르는 사람에게는 그 애가 산호초 조각처럼 보였을 것이다. 아홉. 해초라든가. 열. 파도에 따라 흔들리는 해초. 열하나. 그 애는 더욱 깊이 잠수했다. 열둘. 끝없는 바닷속의 아주 작은 불똥 하나. 열셋. 열넷. 열다섯. 열여섯. 그 애는 동굴의 바닥에 닿았다. 열일곱. 잉걸불 같은 머리칼이 얼굴에 환한 빛을 더했다. 열여덟. 열아홉. 스물. 마리-아님은 땅에 있는 우리 둘을 올려다봤고, 나는 그제야 이해했다. 깊은 바다. 시간. 공기. 그 애에게 아무런 상관도 없는 것들. 나는 호흡 세기를 멈췄다.

서너 차례 빠르고 세차게 발차기를 하더니 마리-아님이 수면 위로 올라왔다. 어찌나 빠르게 떠오르는지, 러블리와 나는 뒷걸음질 쳤다. 소리 없이 수면 위로 미끄러져 올라온 그 애는 물도 튀기지 않았다.

"너 뭐니?" 내가 물었다.

"라 시렌(인어야)!" 러블리가 까르르 웃었다. 그 소리가 동굴 바위 위로 퍼졌다. 내가 미처 말리기 전, 러블리는 얇은 바위판에 앉아 발을 물에 담갔다.

마리-아님은 해변 바위에 몸을 기댔다. "응." 대답 소리가 흘러나왔고, 그 애는 긴장을 풀었다. 그 애가 할 수 없었던 말을 누군가 드디어 했다. 말 없는 수수께끼를 러블리가 풀었다. 마리-아님은 의기양양해져 한쪽 눈썹을 치켜올렸다. 그 애는 내게 자신을 증명하기 위해 몇 가지를 더 보여 줘야 했다.

"3년 동안 근처에 있었어?" 나는 러블리 옆에 앉으며 동생과 마리-아님 사이에 자리를 잡았다.

"응, 와이디." 마리-아님이 지진이 난 후 우리 마을에 우물을 판 미국인들처럼 내 이름을 줄여서 말했다. 그 애의 크리올 발음이 달라졌다.

"왜?"

그 애 얼굴이 전처럼 일그러졌다. "그 여자가 하나를 주면 셋을 가져간다고 했어. 나는 조개껍질이 아니라 햇수로 거래하는 줄 몰랐어. 나는 내일 끝나. 이제 이렇지 않을 거라서 언니에게 알리고 싶었어."

나는 이맛살을 찡그렸다. "누가 널 데려갔어?" 라시렌은 거짓말이었다. 나는 알고 있었다. 하지만 내 앞에 놓인 사실을 모두 합치니…… 바다의 괴물 탓이라고 해도 뭔가 빠진 것이 있었다. "누가?" 나는 다시 물었다. 이것도 수수께끼라면 그 안에서 진실을 찾아야 하는 사람은 나였다. 러블리는 언제나 이야기 속에 빠져들었으니까.

"나……나……난……" 마리-아님은 나와 러블리를 번갈아 봤다. 그 애가 입을 벌리다가 꼭 다물더니 다른 방법을 시도했다. "그 여자는…… 그 여자가 원하는 건……" 그 애의 온몸이 너무 심하게 경련을 일으키자, 나는 염려가 되어서 손을 뻗었다. 하지만 내 동생이 아님을 기억하고 멈췄다. "그 여자가…… 날 데려가서……" 마리-아님은 동굴 가장자리를 꼭 잡았다. 눈에 검은 눈물이 차올랐다. "다 말할 수는 없어." 그 얼굴에 잉크가 주르르 흘렀다. 말하고 싶지 않은 것이 아니라, 말할 수 없는 것이었다. 그 애의 눈물이 바닷물을 물들였다. 그 젖은 얼굴에 나는 진정하기는 커녕 오히려 화가 났다.

"마리는 어디 있어?" 내 목소리가 동굴 속에 울렸다. 냉혹한 어조에 러블리는 귀를 막았다.

"나야. 난……" 마리-아님의 몸이 다시 경련했다. "아파, 와이디. 부탁이야."

눈물에 앞이 흐릿해져서 눈을 깜빡였다. "만만(어머니)은 아직도 밤마다 우셔. 우리가 못 듣는 줄 아시지만……" 흐느낌에 목이 멨다. "보여 준다고 했잖아. 마리는 어디 있어!" 마리-아님은 내게 러블리의 악몽을 기억하게 했다. 어머니의 응답 없는 기도를 기억하게 했다. 그 애를 보면 볼수록 마음이 아팠다. 슬픔 때문이 아니라 분노 때문에. "마리를 내놔!"

"그만해." 러블리가 온몸을 움츠리고 칭얼거렸다.

"나라고!" 마리-아님의 목소리가 새처럼 솟아올랐다. 그 휘파람 소리 같은 어조가 나를 꿰뚫었다. 나라는 말과 함께 마리-아님의 얼굴이 일그러졌다. 입가가 뺨을 지나 귀까지 갈라지면서 줄줄이 박힌 바늘 같은 이빨이 드러났다. 입술이 젖어 번득였다. 두 번째 눈꺼풀이 덮자 검은 눈이 안개 긴 회색으로 변했다. 잃어버린 동생과 닮은 점은 완전히 사라졌다. 귓전에서 맥박이 뛰었다. 우리가 처한 상황이 문득 실감 났다. 동생과 나는 동굴에서 괴물과 함께 있었다. 우리는 그것의 말을 들었다. 자매를 잃은 아픔을 덜기 위해 우리 스스로에게 한 거짓말로 그것이 우리를 꾀어냈다. 나는 흐느꼈다. 콧물이 꾹 다문 입술까지 흘러내렸다. 러블리와 나는 모두 거짓말을 믿은 대가를 치르게 됐다. 마리-아님은 동굴 가장자리로 튀어 올랐다.

"마리 언니, 그만해!" 러블리는 작은 몸을 동굴 바위판에 바짝 붙였다. 마리-아님은 듣지 않았다. 강한 팔다리로 물에서 쉽게 튀어나와 우리 사이 땅에 내려앉았다. 나는 손을 뒤로 돌리고 물러서려다가 손바닥만 한 돌을 쥐었다. 뒤를 돌아보며 돌로 그 애 얼굴을 치려고 했다. 그러나 이빨과 기묘한 눈과 비늘이 있어도, 새 이름에 동의했어도, 마리-아님을 보면 여전히 동생이 떠올랐다. 나는 모든 도리에서 벗어나 갈등을 멈추려고 눈을 감았다. 마리. 마리-아님. 마리. 마리-아님. 어느 쪽이든 나는 곧 내 앞의 괴물이나 내 안의 고통으로 인해 쓰러지기 직전이었다. 손을 뻗었다. 손끝에서 돌이 날아갔다. 눈을 뜨니 돌이 마리-아님의 머리를 지나쳐 날아갔다. 그 애는 눈도 깜빡하지 않았다. 나는 마음을 다잡았다.

툭! 돌이 살을 치는 소리에 우리는 멈췄다. 우리가 돌아보는 순간 러블리가 돌에 맞은 이마에 손을 뻗었다. 갓 생긴 상처를 만지기도 전에 눈이 돌아가더니 그 애가 쓰러져 물속으로 빠져들었다. 의식을 잃은 채 러블리는 바닥으로 곤두박질쳤다. 마리-아님이 얼어붙었다. 나는 동생을 따라 뛰어들었다.

그 순간, 발에 날카로운 바위 끝이 닿았다. 나는 아픔을 참고 잠수했다. 3년 만에 물속에 들어간 것인데, 바닷물이 옷에 스며들자 기뻐서 눈물이 날 것 같았다. 두 다리는 기억대로 발장구쳤다. 헤엄치며 러블리를 향해 손을 뻗었다. 앞으로 나아가며 나는 자세를 겨우 유지해 러블리의 잠옷 끝을 붙잡았다. 러블리의 아래로 동굴 바닥이 영원히 계속되는 것 같았다. 러블리의 발 바로 아래, 가늘고 희미한 달빛이 끝나고 깊은 어둠이 시작됐다. 위를 올려다보니 수면이 너무나 멀게 느껴졌다. 마리-아님의 검은 얼굴이 수면 위에서 우리를 내려다봤다. 우리를 지켜보는 그 애에게서 뛰어들거나 도우려는 움직임은 없었다. 폐가 불타는 듯했다. 심장이 욱신거렸다. 위로 올라가는 데는 아래로 잠수하는 것보다 두 배의 노력이 필요했지만 악착같이 살아야 한다는 생각에 앞으로 나아갔다. 나는 동생을 붙잡고 위로 올라갔다. 수면 위로 튀어 올라 물과 공기를 들이마셨다. 온몸으로 기침하고 구역질했지만 그러면서도 러블리를 뭍으로 끌어올렸다.

러블리의 이마에 난 커다랗고 붉은 상처에서 피가 흘렀다. 피 사이로 흰 뼈가 언뜻 보였다. 러블리는 움직이지 않았다. 숨도 쉬지 않았다. 어부가 사람 폐에서 물을 빼내는 것을 본 적은 있지만, 직접 해 본 적은 없었다. 나는 러블리의 가슴을 세게 양손으로 눌렀다. 그리고 러블리의 코를 잡고 내 입을 그 애 입에 대고서 폐에 숨을 불어넣었다. 그 애 가슴이 부푸는 게 느껴졌다. 얼굴을 다시 확인하니 창백했다. 다시 숨을 불어넣었다. 아무 반응이 없었다. 당황한 나는 그 애를 악몽에서 깨우듯 뺨을 두드렸다. 깊은 풍덩 소리가 내 시선을 끌었다. 물로 뛰어든 마리-아님의 붉은 머리칼이 물결쳤다. 그 애가 바닥에 닿자 붉은색이 사라졌다.

나는 혼자서 러블리를 살려내려고 했다. 누르고 숨을 불어넣고. 누르고 숨을 불어넣고. 그럴 때마다 러블리는 혼자인 내 품에서 식어 갔다. 나는 멈추지 않았다. 그럴 수 없었다. 또 동생을 잃을 수는 없었다. 러블리를 살리려 애쓰는 동안, 내가 내는 소리가 빈 동굴에 메아리쳤다. 나는 어머니의 경고대로 되지 않으려고 매 순간 싸웠다. 물속에 혼자 남은 여자가 되지 않으려고.

너무 집중하고 있던지라 마리-아님이 돌아와서 나를 부르는 것도 몰랐다. "와이드라인?"

"방해하지 마." 말하는데 목이 메었다. 물속에서 마리-아님의 뒤에 한 여자가 있었다. 길고 곧은 반투명의 머리칼과 검은 눈을 하고 있었다. 마리-아님과 달리 그 여자는 인간 시늉조차 하지 않았다. 여자는 깊은 파도 냄새를 풍겼다. 땅을 볼 수 없게 되었을 때만 보이는 파도. 나 자신이 작고 동시에 무한해지는 곳. 여자는 물을 가로질러 우리에게 왔다. 나는 러블리를 붙잡았다.

하나를 주지 않으면 셋 다 가져간다고 했어.

나는 그 수수께끼를 풀기 시작했다. 여자는 우리가 준 하나, 즉 전복껍질을 원하지 않았다. 그 대신 정말로 원한 것, 마리를 가져갔다. 셋 다? 심장이 생각의 속도를 따라잡으려고 쿵쿵 뛰었다. 이것은 행복한 재회가 아니었다. 마리-아님은 우리를 보고 있었던 것이 아니라, 자신의 뒤에 감춘 괴물을 보고 있었다. 쓰라린 배신감에 나는 차분해졌다. 어른의 수수께끼처럼, 기발하지도 않았고 행복하게 끝나지도 않았다. 러블리는 그 여자가 전복껍질을 달라고 하는 줄 알았다. 마리-아님은 햇수라고 생각했다. 여자는 우리를 원했다. 우리 셋. 여자는 러블리와 마리를 한꺼번에 잡아갈 수 없었다. 하지만 세월과 훈련을 통해, 마리-아님만 있으면 우리 셋을 원하는 곳으로 데려갈 수 있었던 것이다.

"여자가 러블리를 도울 수 있어." 마리-아님이 거짓말했다. 가엾은 것이 그 말을 믿으며 이야기하기에 사실처럼 들렸다. 마리-아님의 미소에 담긴 진정한 기쁨을 보면 자신이 무슨 짓을 했는지 아직 모르는 것이 분명했다. 내 품에 안긴 러블리는 차갑고 무거웠다. 겁이 났지만 다른 방법이 없었기에 나는 마리-아님이 다가오게 했다. 마리-아님이 러블리의 가슴에 귀를 댔다. 그 애의 차가운 머리 칼이 우리 둘을 덮었다. 검은 살갗에 스며드는 달빛의 덩굴손 같았다. 나는 생각하느라 호흡이 느려졌다. 여자는 우리를 물속에 빠뜨렸지만, 그때 데려가지 않았다.

"세―엣이 아―니야." 그렇게 속삭인 여자는 흥정할 수 있도록 기다렸다. 우리를 사로잡을 또 하나의 기회를. "다―섯……" 여자의 크리올은 자기 언어가 아닌 듯했다. 오래전에 알던 말을 기억에서 더듬는 것 같았다. 괴물이 되어 아무것도 모르는 영혼을 꾀어 속임수를 쓰기 전, 아이들의 놀이를 한 적이 있을까.

"속임수는 안 쓴다고 했잖아요." 마리-아님의 목소리가 가슴속으로 가라앉았다. 여자는 마리-아님의 얼굴에 눈 한 번 깜빡하지 않고 응시하는 표정을 유지했다. 그러면서 러블리의 손목을 손으로 눌렀다.

"아―아―아―이를 구하려면 적어도 여―섯이 피―일요해." 여자가 까옥거렸다. "유―욱―배―액."

가슴이 철렁했다. "사람이? 햇수가?" 내가 따져 물었다.

"다, 다, 다섯 해!" 마리-아님이 겨우 외치며 실랑이를 하려 들었다. "해라고! 해잖아." 진실을 짜맞추느라 마리-아님의 눈이 휘둥그레지고 숨이 막혔다. 그 애는 우리에게 올 허락을 받았다. 우리를 여기에 데려올 허락을 받았다. 여자는 그 애를 보낼 뜻이 없었다. 그런 존재에게 사람과 시간은 통화(通貨)나 다름없었다.

"치―이―이―일 배―애―액." 여자는 정확히 답하지 않았다. 꿈쩍하지도 않았다. 마리-아님의 등이 낯선 사람을 만나면 수줍어서 그랬던 것처럼 굽어 들었다. 사탕을 고를 때 그랬던 것처럼 손이 떨렸다. 마리-아님은 인간의 동작을 기묘하게 반복했다. 한순간 완전히 어린아이 같았다가 곧바로 무시무시한 괴물이 됐다. 그럴 때마다 최대한 오랫동안 인간의 자세를 유지했지만, 그러면 괴물 몸의 근육이 아팠다. 마리-아님은 내가 바다를 그리워하듯이 땅을 그리워했다. 하나를 주지 않으면 셋 다 가져간다고 했어. 답은 아픔 속에 있었다.

문득 내 손이 끈적하고 미끈거렸다. 그제야 나는 내가 손을 뻗어 여자의 손을 잡았음을 깨달았다.

"내가 줄게." 나는 여자의 미끈거리는 손바닥을 꽉 쥐었다. "그럼 데려가지 않아도 되지? 러블리를 살려 주면 날 줄게." 시간도 조건도 말할 필요 없었다. 대답은 황당할 만큼 간단했으니까. 여자에게 하나를 주면, 나를 주면, 아무것도 가져갈 필요가 없었다.

여자의 눈과 내 눈이 마주쳤다. "거―어―어―래 하―자." 뒤늦게 생각난 것처럼 신음이 흘러나왔다. 여자는 내게 잡히지 않은 손을 들어 러블리의 가슴 위에 올렸다. 러블리의 몸이 여자의 손바닥 쪽으로 굽었다. 그러자 여자가 그 애의 늘어진 목 위로 손을 움직이더니 입 위에서 손가락을 튕겼다. 러블리의 폐에 들어간 물이 쏟아져 나왔다. 갑자기 살아난 러블리가 기침을 시작했다. 그러자 여자는 내 팔을 차가운 손으로 감싸 쥐고 수면 아래로 나를 낚아챘다.

아래로 내려가며 나는 수를 셌다. 하나. 둘. 밝아 오는 새벽빛이 동굴에 닿았다. 셋. 넷. 다섯. 그 빛이 진실을 드러냈다. 여섯. 일곱. 여덟. 아홉. 마리-아님의 비늘이 옅어지기 시작했다. 열. 그 애 손가락과 발가락이 갈라졌다. 열하나. 머리칼이 검게 곱슬거렸다. 열둘. 얼굴이 길어지긴 했지만 분명히 마리였다. 내 동생. 열셋. 열넷. 동이 트면서 그 애의 시간이 끝나고 내 시간이 시작됐다.

여기서부터 나는 몇 가지 씁쓸한 사실과 몇 가지 좀 더 나은 거 짓말만을 뱉어 낼 수 있을 뿐이다. 3년간의 실종 끝에 마리는 어디 있었는지 기억을 잊은 채 돌아갔다. 유괴범이 데려갔던 게 분명하다. 가엾은 것. 마리의 기억이 사라진 것은 입 밖에 낼 수 없는 경험으로부터 그 애를 지키기 위해서였다. 어머니는 1년이 지난 뒤에야 그 애를 바깥에 내보냈지만, 학교만 다니게 했다. 가끔 마리는 기이한 물고기와 낯선 해변의 꿈을 꿨다. 마리가 고등학교에 입학했을 때 수녀들은 그 애가 영어와 에스파냐어, 이탈리아어를 완벽하게 한다는 것을 알게 됐다. 어머니는 두려움에 내 실종에 관해서 거짓말을 짜냈다. 어머니는 내가 어느 남자아이와 달아났다고 상상했다. 이른 임신 때문에 도시를 찾아서. 어머니는 용기가 나면 요리하면서 바다 이야기를 혼자 속삭였다. 사실이었다. 러블리의 이마에는 흉터가, 기억에는 공백이 늘 남았다. 사실이었다. 마리는 그 새벽 이후만 기억했다. 사실이었다. 나는 기억만 있으면 되었으므로 집이 그립지 않았다. 그건 거짓말이다.

여러 해 동안 보름달이 뜰 때마다 동생들은 해변에서 전복껍질을 주우러 몰래 나갔다. 그 애들은 근처 동굴로 걸어갔다. 거기서 서로 손을 잡고 전복껍질을 물속에 던졌다. 동생들은 가장자리 너머로 바짝 다가와 짙은 무지갯빛 껍질이 깊이 가라앉는 모습을 지켜봤다. 수면에 너무 가까이 다가가거나 가장자리 너머로 너무 깊이 몸을 기울이지 않으려고 했다. 위험한 사실이든 달콤한 거짓말이든, 동굴 속의 바닷물은 보기보다 훨씬 깊었다. 그 바닷물은 아이들을 빨아들이고 이야기를 뺄을 수 있었다. 그래도 아이들은 지켜보며 기다렸다. 인내심을 가지고 기다리면 매번, 껍질이 달빛이 닿지 않는 곳으로 가라앉아 사라지기 전에 어둠 속에서 물결이 한 번 일곤 했다.

타나나리브 듀

The Rider

그 승객

타나나리브 듀
Tananarive Due

여러 수상 경력이 있으며 UCLA에서 블랙 호러 장르와 아프로퓨처리즘(Afrofuturism)을 가르치는 작가다. 듀는 셔더 사의 획기적인 다큐멘터리 「호러 누아르: 블랙 호러물의 역사」를 감독했다. 남편이자 협업자인 스티븐 반스와 함께 파라마운트 플러스에서 방영한 조던 필의 「트와일라잇 존: 환상 특급」 시즌2의 에피소드 「작은 마을」을 집필했고, 앤솔러지 형식으로 구성된 「호러 누아르」에서 두 파트를 담당했다. 그들은 마코 피네건이 삽화를 맡은 블랙 호러 그래픽노블 『더 키퍼』를 공동 집필해 출간했으며, 함께 팟캐스트 '삶의 글쓰기: 삶을 위해 글을 쓰라!'를 운영하고 있다. 20년 이상 흑인 사변소설 장르를 이끌어 온 듀는 미국 도서상, NAACP 이미지상, 영국환상문학상을 수상했으며 집필한 단편은 연간 단편 걸작 선집에 여러 차례 올랐다. 저서로는 『소년원』, 『소원 웅덩이』, 『유령의 여름: 단편집』, 『내가 지킬 영혼』, 『좋은 집』이 있다. 민권운동가였던 모친 고(故) 퍼트리샤 스티븐스 듀와 『가정의 자유: 민권 운동을 위해 싸운 모녀의 회고록』을 공동 집필하기도 했다. 현재 남편, 아들 제이슨과 함께 남부 캘리포니아에 살고 있다.

1961년 5월

탤러해시 그레이하운드 버스 터미널의 은발 직원은 퍼트리샤 휴스턴을 노려봤다. 퍼트리샤와 언니 프리실라가 홱 돌아서 백인 전용 대합실의 반짝이는 나무 벤치로 걸어갔기 때문이다. 그들은 핏자국처럼 새빨간 색으로 쓰인 표지를 무시하고 똑같은 치맛자락을 함께 휘날리며 걸었다. 둘은 쌍둥이가 아니었지만 그렇게 보였다. 나이로 보면 팻이 동생이었지만 성품은 훨씬 더 성숙했다. 둘은 달랐지만 새로운 세상을 보는 눈은 같았다.

그들은 몽고메리에서 열리는 프리덤 라이드*에 참가하러 가는 중이었다.

---

* 1961년 버스 내 인종 분리 정책을 시행 중이던 남부 주에 항의하기 위해 열린 민권 운동 집회.

둘은 같은 날 아침, 그 생각을 떠올렸다. 그래서 인종 평등 의회의 회원이자, 연좌 농성과 탤러해시 교도소의 맛없는 음식과 딱딱한 침상에 이미 익숙한 자매가 여기에 온 것이다. 그들은 어머니와 함께 홍보 여행도 다녔고, 영부인 엘리너 루스벨트와 가수 해리 벨러폰티가 주최하는 파티에 초대도 받은 적이 있었다. 그리고 프리덤 라이드는 인종 평등 운동에 더 큰 관심을 불러올 터였다.

팻은《탤러해시 민주당》회보를 접어 백인 전용 나무 벤치에 깔고 앉아서 고함 소리를 들을 각오를 했지만 역 안에는 좀 전의 직원과 흑인 관리인뿐이었고, 그중 누구도 입을 열지 않았다. 직원은 갈색 눈으로 노려보며 소리 없이 욕했지만 아무 말도 하지 않았다. 아마 다음 교대 근무자에게 짐 크로법 집행을 미루는 모양이다.

"어떻게든 하고 싶어서 몸이 근질거리는 모양이네." 프리실라가 말했다. "그러면 후회할걸."

팻은 선글라스를 내리고 언니의 얼굴을 봤다. 프리실라의 캣 아이 선글라스는 멋을 위한 것이었지만, 팻은 실내에서도 선글라스를 썼다. 작년에 시골뜨기 경찰이 던진 최루가스 통을 얼굴에 맞은 후로 눈이 빛에 예민해졌기 때문이다. 악의로 얼굴이 벌게진 그 경찰은 널 꼭 잡고 말 거라고 말했다. 그 후 팻은 몇 시간 동안 앞을 보지 못했고 일주일 내내 눈이 쓰라렸다.

"우리는 비폭력 시위를 하러 가잖아." 팻이 말했다. "잊었어?"

"비폭력의 한계를 알잖아."

인종 평등 의회에서 받은 온갖 훈련과 힘을 빼고 축 늘어지는 로슨 목사의 본보기, 맞서 싸우지 말라는 엄격한 지시까지 있었으니,

프리실라는 현명하게 행동해야 했다. 팻은 로슨 목사처럼 간디의 비폭력 철학을 수용하지 않았지만 그 전술에는 믿음을 품었다. 여기까지 와서 말썽을 일으킬 수는 없었다.

"프리실라 언니, 방금 기억난 게……."

그들 옆 바닥에 그림자가 나타나서 팻이 말을 멈췄다. 둘이 고개를 들자 흑인 관리인이 자루가 긴 빗자루를 들고 다가왔다. 동그란 안경에 매끈하고 호감 가는 얼굴을 한, 책 좋아하는 부류의 청년이었다.

"프리덤 라이드에 가는 사람들은 전부 뉴욕에서 오나요?" 청년이 물었다.

"몽고메리에서 모여요." 프리실라가 말했다. 팻이었다면 피부색과 상관없이 낯선 사람에게는 그런 정보를 내놓지 않았을 것이다. 게다가 그가 민권 운동 계획을 어떻게 알았단 말인가? 보안관서로 달려가서 푼돈을 받고 신고할 수도 있었다.

청년은 스물여섯 정도로 자매보다 고작 대여섯 살 많았지만 아버지처럼 염려스러운 표정을 지었다. "아가씨들끼리 버스를 타는 건가요? 차로 가는 편이 안전할걸요. 차로 가면 몽고메리까지 서너 시간이면 되는데."

"미남이 우릴 태워다 주게요?" 프리실라가 하얀 치아를 빛내며 말했다. 팻이 언니를 노려봤다. 진심이야?

하지만 청년은 프리실라를 마주 보며 웃지 않았다. "휴스턴 자매 맞죠? 나도 알아요."

"봐, 팻! 우리 유명하잖아."

"악명이겠지." 팻이 중얼거렸다.

청년은 그들 쪽을 계속 노려보는 직원을 흘끔거렸다. "나도 뜻을 함께해요. 두 사람이 하는 일에. 더 좋은 세상을 만드는 일 말이에요." 그가 목소리를 낮추고 말했다. "하지만 몽고메리의 백인들이 어떤지 알아요? 미쳤다고요. 그쪽 사람들은 쿠 클럭스 클랜*에 푹 빠졌어요. 거기에 사촌이 사는데 프리덤 라이드가 온다는 소문이 나돌았대요. 거리에 프리덤 라이드를 감시하는 사람들이 쫙 깔렸다고. 머리통이 깨지는 게 싫으면 얽히지 않는 게 좋을 거예요." 팻을 똑바로 보는 청년의 눈빛을 보니, 자매 중 말이 더 잘 통하는 쪽이라고 생각하는 듯했다. "사라지지 않는 흉터도 있으니까요."

최루가스가 떠오르자 팻은 마음이 흔들려 눈을 깜빡였다. 선글라스가 표정을 가려 주길 바랐다.

"그런 폭력배들은 두렵지 않아요." 프리실라가 말했다. "신과 정의가 우리 편이면 다른 건 필요 없거든요."

청년의 염려스러운 표정을 본 팻은 인종 평등 운동을 이해하지 못하거나 끝까지 싸우는 걸 두려워하는 흑인들을 떠올렸다. 사람들은 함께 시위하지 못하는 핑계로 그런 경고를 내놓았다.

"음…… 버스로 가고 싶으면 유색인 대기실에서 기다려야 해요. 두 사람이 여기 있어도 메리 씨가 아무 말 안 하는 이유는, 보안관이 7시에 오기 때문이거든요."

팻이 터미널 벽시계를 올려다봤다. 6시 50분이었다. 그들은 그날

---

* 백인우월주의와 인종차별 등을 표방하며 폭력을 자행한 비밀 결사.

첫 버스로 출발할 계획이었으므로 일찍 도착했다.

"그럼 밖에서 기다리죠." 팻이 말했다.

청년은 고개를 저으며 프리실라가 아무렇지 않게 터미널을 가로질러 가는 모습을 지켜봤다. 프리실라는 자신에게 향하는 눈길에 아랑곳없이 의기양양하게 걸었다. 월터 오빠가 사파이어라는 별명을 붙여 줄 정도로 반짝이는 프리실라였다.

"죽지 않고 무사하길 바랄게요." 청년이 말했다.

나도 당신도. 팻이 생각했다.

바깥 철책에서 기다리는 사람은 아무도 없었다.

기사가 보온병을 내려놓고 시동을 걸자, 3번 승강장의 버스가 연기를 뿜으며 살아났다. 거대한 금속 덩어리는 주차한 자리에서 몸을 떨었다. 차체에 적힌 표어(버스와 함께하는 편안한 여행)를 보고 팻은 웃음을 터뜨렸다.

그러다 콜록거렸다. 최루가스에 당한 후로 연기가 조금만 닿아도 눈과 목이 따끔거렸다. 베스 선생은 평생 겪게 될 후유증이라고 했다.

관리인이 말한 대로 거만한 보안관 두 명이 도착하더니 차에서 내리면서부터 자매에게 수상쩍은 시선을 던졌다. 팻과 프리실라가 시위 문구를 만들어 들지 않았는데도 마찬가지였다. 그렇다. 그들은 자매가 누군지 알고 있었다. 팻과 프리실라는 시위에 늘 좋은 옷을 입고 참가했다. 남자들은 정장에 타이까지 매고 갔다. 하지만 백인들은 검은 피부만 봤다. 아마 백인의 눈에는 그것만 보이는 모양이었다.

한 보안관이 갑자기 그들을 향해 다가와서 팻은 화들짝 놀랐다. 하지만 보안관은 담배 냄새만 남기고서 팻을 스치고 지나갔다. 그가 버스 문을 두드리니 문이 끼익 열렸다. 보안관이 가파른 버스 계단을 올라서 기사 귀에 대고 뭐라고 속삭였고, 팻은 기사의 눈길이 자신과 프리실라에게 향하는 것을 놓치지 않았다. 기사가 그들의 승차를 거부할까?

하지만 보안관이 다시 내리고 팻 쪽으로 싸늘한 미소를 던지자 기사가 외쳤다. "몽고메리행 탑승하시오!" 그는 단둘뿐인 승객 쪽이 아니라 허공에 대고 그렇게 말했다. 그리고 자매의 승차권을 말없이 받았다. 모자와 흰 셔츠는 과거 운동선수였을지도 모르는 중년 남자의 덩치에 좀 작아 보였다.

버스 안에는 빈 갈색 좌석이 두 줄로 줄지어 있었다.

프리실라는 세 번째 줄 백인 전용 의자에 앉으려고 했지만, 팻이 어깨를 두드리고는 뒤쪽으로 계속 들어가라고 고갯짓했다. 보안관들이 기회만 있으면 잡으려고 창문을 통해 지켜보고 있었고, 때가 너무 일렀다. 지금은 아니라고, 팻은 언니에게 눈빛으로 말했다. 아직은 아니야.

프리실라는 신경을 곤두세웠지만, 고개를 치켜들고 계속 걸었다. 팻이 뒤따랐고, 둘은 탤러해시 교도소에서 시위 노래로 다시 쓴 「올드 블랙 조」를 흥얼거리기 시작했다.

전통이 득세하던

시절은 갔다

지금은 남부가

힘을 합칠 때

우리는 더 나은

땅으로 전진하리라

헌법의 지휘에 따라

앞으로 나아가라

버스 기사는 그들이 흥얼거리는 옛날 노래에서(「올드 블랙 조」라니 웃기시네!) 저항의 뜻을 알아차리지 못했지만, 팻은 마음이 들뜨고 가슴이 벅찼다. 몽고메리에서 투쟁의 동지를 만날 것이라고 믿었다. 거기까지 가기만 하면 됐다.

습관대로 팻이 창가 자리에 앉았다. 인종 평등 의회에 가입하기 전에 팻은 해맑은 대학생이었지만, 지금은 군인처럼 항상 주위를 경계했다. 군중 대신 사무실 건물과 상점, 이른 아침 출근하는 운전자들밖에 보이지 않았다. 창문을 살짝 여니 버스에서 나는 담배 냄새와 땀 냄새(그리고 화장실 근처 지린내)를 피할 수 있었다. 프리실라는 그 냄새를 못 맡을지 모르지만…… 팻은 맡을 수 있었다. 버스가 터미널에서 출발하자 팻은 언니 손을 잡았다.

버스가 움직이자 피로가 밀려들었다. 팻은 갑자기 떠나게 된 여행에 너무 흥분해서 두세 시간도 자지 못했다. 머리 위 짐칸에 보관한 하늘색 슈트케이스에 옷 몇 벌을 급하게 던져 넣어 가져왔다.

"네가 먼저 잠들 거야." 프리실라가 말했다. "항상 그러잖아. 그리고 넌 코를 골아."

"언니는 항상 그렇게 말하는데, 절대 아니거든."

프리실라가 먼저 잠들어 팻의 어깨에 머리를 기대 나직이 색색거렸다. 혼자서 웃다가 곧 고개를 끄덕이기 시작한 팻도 프리실라의 따스한 머리에 뺨을 댔다. 도둑질하거나 위협할 다른 승객이 없을 때 자는 것이 안전할 것 같았다.

하지만 출근하는 사람들이 막 도로에 나서기 시작한 먼로에서 버스가 붉은 신호등에 멈추자, 팻은 너무나 또렷한 확신을 느끼며 몸을 세웠다. 이 여행에서 무언가 단단히 잘못될 것이라는 확신. 팻이 어찌나 크게 놀라는 소리를 냈던지 프리실라도 몸을 움직였지만, 잠에서 깨어나지는 않았다.

나쁜 기억 탓이었을 것이다. 먼로에서 최루가스에 당한 기억. 「올드 블랙 조」를 계속 흥얼거리며, 팻은 정체불명의 불안과 싸우면서 언니를 따라 잠들었다.

흔들리는 느낌에 팻은 울워스에서 덩치 큰 경찰관이 의자에서 내동댕이친 기억과 함께 화들짝 놀라 깨어났다. 하지만 프리실라였다. "팻, 여기가 어디니?"

해가 밝은 것을 보니 8시쯤 된 것 같았다. 출발한 지 한 시간째였다. 선글라스를 통해 보니 버스가 텅 빈 것이 더욱 분명했다.

팻은 창밖을 내다봤다. 흙과 아스팔트가 섞인 좁은 이차선 도로를 달리기에는 버스가 너무 크게 느껴졌다. 타이어가 울퉁불퉁한 곳을 지나느라 끼익거렸고 버스 하부는 삐걱거렸다. 뜨뜻한 물속에서 숨을 쉬듯 공기도 답답했다. 어깨 높이까지 자란 늪지대의 수풀이 지나갔다. 그 너머로 바위 사이에 자라는 맹그로브 나무가 마치 교수대 같았다.

“이거 피의 27번 도로 아니야?” 팻이 말했다. 27번 주도는 모두가 ‘피의 27번 도로’라고 불렀다. 교통사고가 많이 났기 때문이다. 주 정부에서 더 개선된 10번 고속도로를 건설 중이었지만, 27번 주도에는 현대적 면이라고는 없었다.

프리실라는 도로를 좀 더 자세히 살폈다. “아무래도 이건……”

도로 표지판이 나타났다. 기둥에 붙은 나무판이 단순한 내용이지만 공들인 글씨체로 6번 국도임을 알렸다. 프리실라는 표지판을 보고 그 이름을 중얼거리며 지도에서 찾으려고 했다. 똑같은 글씨체의 두 번째 표지판이 뒤따랐다. ‘매립지 늪’이라고 적혀 있었다.

프리실라가 고개를 저었다. “어머, 이럴 수가. 이 길이 아니야.”

“기사님?” 팻이 자리에서 반쯤 일어서며 버스 기사를 불렀다.

기사는 대답하는 대신 속도를 높였다. 팻은 넘어질 뻔했다.

“가서 말할게. 취한 건가? 말도 안 되는 일이야. 저 망할 얼간이가 우리를 싣고 늪으로 들어왔어.” 팻이 일어서려고 머리 위의 짐칸 가로대를 붙잡았다.

앞쪽 도로 가운데 한 남자가 서 있었다.

멀어서 잘 보이지 않는 그 사람은 히치하이커 같기도 했지만, 팻은 그렇지 않다고 확신했다. 남자는 두 차선 사이에 꿋꿋이 서 있었다. 그가 몸을 살짝 흔들었다. 검은 옷 차림이었다. 헐렁한 바지를 입고서 외투에 달린 두건을 쓰고 있었다.

그는 기도하듯 고개를 숙이고 양손을 앞에 모으고 있었다. 달려오는 버스에는 관심이 없었다. 겨우 45미터. 35미터 앞인데도.

"조심해요!" 팻의 외침은 타이어 소리에 묻혔다. 버스가 내는 끼익 소리에, 팻은 학교 버스 기사인 아버지 매리언이 차를 정지하기 전에는 충분히 공간을 둬야 한다고 한 것이 기억나서 숨이 멎을 것 같았다. 팻이 주저앉으며 프리실라에게 부딪혔다. 그와 동시에 버스 뒤쪽이 진흙 배수로에 빠지기 직전에 정지했다. 남자와 사이에 겨우 몇 미터만 남긴 상태였다. 남자는 꼼짝하지 않았다. 검은색 두건을 쓴 정수리만 보였다. 그만큼 버스가 바짝 다가가 있었던 것이다.

"주여, 감사합니다." 프리실라가 중얼거렸다. 자매는 창가로 다가가 풀이 무성한 협곡을 내다봤다. 버스가 그쪽으로 빠졌다가는 끝장이었다.

기사는 그들이 무사한지 돌아보지도 않았다. 도로의 남자처럼 기사도 터무니없이 오랜 시간 움직이지 않았다. 엔진이 덜덜거리는 동안 버스는 서 있었다. 바깥의 모기가 열린 창문을 찾아 들어와 물어뜯었다. 하지만 팻은 너무 놀라서 모기를 쫓지도 않았다.

정지한 세상 속에서 팻과 프리실라, 모기만이 움직이고 있었다. 팻은 프리실라처럼 교회를 사랑한다고 말하지 않았지만 신의 존재는(어떤 형태의 신 말이다.) 믿었기에 "아멘."이라고 중얼거렸다. 좀 더 기도해야 할 것 같았다. 버스가 여정을 시작하기 전에, 자신들을 지켜 달라고 간곡히 기도하지 않은 것이 후회스러웠다.

"저 사람 때문에 다 죽을 뻔했어요!" 팻이 말 없는 버스 기사에게서 반응을 얻어 보려고 했다. 같은 경험을 겪고 백인이 잠시나마 피부색을 잊는 일도 있었으니까. 이제 버스 기사에게는 프리덤 라이드가 문제가 아니었다.

다만……

두건 달린 외투! 쿠 클럭스 클랜의 복장은 아니지만, 이 남자의 등장이 우연이 아니라면? 기사가 일부러 그들을 이 외딴 길로 데려온 것이라면? 차에 올라타 기사에게 귓속말을 하고 내리면서 자신을 비웃었던 보안관이 떠올랐다. 팻의 입이 바짝 말랐다.

팻의 불안에 대답하듯, 기사가 뒤를 돌아보더니 좌석 등받이에 팔을 척 걸쳤다. "새로 생긴 고속도로? 그게 매립지 늪을 가로질러. 여긴 착한 사람들이 같이 살지. 흑인이랑 백인 모두. 자기들끼리 정한 법만 지키면서. 자기들끼리 평화롭게. 자기들만의 정의에 따라서. 매립지 늪에서는 자기 심판을 받게 되지."

프리실라는 팔에 붙은 모기를 때렸다. "대체 무슨 소리를 하는 거야……?"

팻도 영문을 알지 못했지만 상황이 달갑지 않았다. 우선 남자의 눈이 이상했다. 눈이 깜빡이지 않았다. 그리고 그 목소리! 사람 목소리이기는 했으나 그곳 도로처럼 덜컥거렸고, 치직거리는 라디오 같은 소리였다.

팻은 보안관이 기사에게 귓속말했듯이 언니에게 다가가서 귓속말했다. "이상해, 언니, 가방 꽉 잡아. 비상……"

기사가 레버를 당기자 버스 앞문이 열렸다. 팻이 앞 유리창을 다시 보니, 도로를 막았던 남자가 보이지 않았다.

남자는 버스 문 앞에 있었다.

등장에 앞서 냄새부터 났다. 남자는 마치 걸어 다니는 늪처럼 냄새를 풍겼다. 버스에 내디딘 첫발이 너무나 무거워서, 그 체구만 보고는 상상할 수 없을 만큼 버스가 크게 흔들렸다. 키가 190센티미터는 되어 보였으나 살집이 없고 호리호리했다. 하지만 두 번째 발걸음에도 버스는 휘청거렸다.

팻은 튀어나오려는 기침을 눌렀다. 최루가스에 맞은 이후 냄새에 민감해져서 남자의 냄새에 토할 것 같았다. 그가 더 가까이 다가올수록 악취가 버스를 두텁게 감쌌다. 화장실의 희미한 냄새는 그것에 비하면 축복이었다. 유색인 칸에 타서 다행이라는 느낌은 처음이었다.

버스에 탄 남자는 기사의 반대쪽 1열에 앉았다. 그런데 처음 통로로 들어설 때, 두건 아래 갈색 피부가 슬쩍 보이지 않았나? 얼굴이 어떻게 생겼는지 몰라도 백인 같지는 않았다. 그래도 남자가 버스 뒤쪽, 자신들의 자리 근처에 앉지 않아서 팻은 안도했다.

"알 만하네." 프리실라가 중얼거렸다. "흑인이 저런 냄새를 풍기는데 버스에 태울 것 같니? 게다가 버스에 치일 뻔하기까지 했는데. 왜 저러나 몰라."

"잘 모르겠는데……" 영문을 알 수 없지만 팻은 '인간이기는 한지.'라고 말할 뻔했다. "백인인지."

프리실라는 두려움을 잊고 다시 미소를 지었다. "도로를 저렇게 막고 말이야! 저 전략 마음에 드는데. 배짱 좋지? 저 사람도 프리덤 라이드에 갈 거야. 함께 가자."

"우리랑 같은 부류가 아니야." 팻이 말했다. "저 사람을 왜 태워 줬을까? 승차권도 없는데."

프리실라의 미소가 사라졌다. 자매는 함께 그를 뚫어져라 봤다.

남자의 옷은 거칠어 보였다. 갈색 자루를 포도덩굴처럼 단단한 실로 꿰매어 지은 것 같았다. 팻은 그런 옷은 처음이었다. 하지만 옷만 이상한 것이 아니었다.

생김새도 이상했다.

냄새도 이상했다.

모든 면면이 이상했다.

기사도 마찬가지였다. 버스를 멈춘 뒤 기묘한 말을 하고 문을 열 어서는 안 될 때 연 것 말고는 거의 꼼짝도 하지 않았다.

"기사님? 곧 출발하실 건가요? 기사님?" 팻은 백인에게 날카로 운 질문을 하려면 '님'을 붙여야 한다는 것을 알고 있었다.

팻이 낮잠이라도 방해한 듯, 기사의 어깨가 웅크려졌다. 그가 문 을 여닫는 레버를 잡아당기자 문이 쉬익 쿵 하며 닫혔다.

버스 기사가 부릅뜬 눈으로 커다란 룸미러를 통해 팻을 노려봤 다. "곧 알게 될 거야, 꼬마 아가씨." 전처럼 부자연스러운 음성이었 다. "모든 것이 그렇듯이 정의는 제때 이뤄진다."

"방금 널 뭐라고 부른 거니?" 프리실라가 재미있다는 듯이 속삭 였다. "이제 나도 다 들었어."

"제가 뭘 곧 알게 된다는 거죠, 기사님?" 팻이 기사에게 되물었 다. 앞좌석 등받이를 움켜쥔 손끝에서 맥박 고동이 느껴지는 듯했다.

버스가 앞으로 왈칵 움직이더니 빠르게 속도를 올리며 나아갔다.

하지만 기사는 부릅뜬 눈을 팻에게서 떼지 않고 룸미러로 계속 노려봤다.

"저것 봐!" 팻이 말했다. "기사가 앞을 보지도 않고 있어!"

팻이 일어나자 프리실라도 따라 일어났다.

"저기요!" 프리실라가 팻보다 앞서 기사에게 나아가려고 했다. 하지만 두 걸음 움직이자 버스가 흔들리는 바람에 균형을 잃고 멈춰야 했다. "이 버스 멈춰요!"

가방을 움켜쥔 팻은 버스가 이미 시속 50 내지 60킬로미터로 달리고 있다는 사실에 놀랐다. 속도를 아주 조금만 늦출 수 있다면 비상 탈출구로 뛰어내릴 수 있었다. 버스가 그다지 늦게 달리지 않아도 탈출은 가능했다.

"멈추라고 해!" 기사가 불쑥 외쳤다. "제발! 미안해! 날 좀 내버려 둬! 나는 어린양의 피를 믿어! 그들이 시킨 대로 했을 뿐이야! 6번 국도라고 했다고!"

팻이 듣기에 기사가 외친 소리는 마구잡이로 질러 대는 고함 같았다. 하지만 그의 목소리가 (원래대로?) 바뀌어 있었다. 팻을 '꼬마 아가씨'라고 부른 자는 사라지고 없었다. 하지만 지금 말하는 사람도 미치광이 같기는 마찬가지였다. 얼굴이 너무 시뻘겋게 달아올라 목덜미가 불타는 것 같았다.

기사의 외침은 사람이 낸다고 믿기 어려운 괴성이었다. 가엾기도 하고 놀라기도 해서 팻과 프리실라도 덩달아 소리 질렀다.

기사가 핸들 위로 쓰러져 몸을 움찔거리자 버스가 양옆으로 마구 흔들렸다.

"발작이야." 프리실라가 말했다. "아니면 심장마비거나."

그렇다면 그 상황에 일리가 있었다. 기사는 의식을 잃고 있었다. 일단 납득이 되자 팻은 두려움을 떨칠 수 있었다.

겨우 버스 속도가 줄어들었지만 팻은 가방을 내려놓고 반대 방향, 그러니까 기사 쪽으로 달려갔다. 어떻게든 돕고 싶었다. ‖우리에게 불이 붙는 것을 봐도 기사는 손가락 하나 들어 도와주지 않겠지만.‖ 이런 생각이 들었는데, 팻의 마음속에서 떠오른 것이 아니라 외부에서 침투한 느낌이었다. 팻은 잡념은 떨치고 흔들리는 버스에서 균형을 잡는 데 집중했다. 팻과 프리실라는 좌석을 하나씩 붙잡으며 앞으로 나아갔다.

"기사님? 진정하세요." 팻이 떡 벌어진 어깨에 손을 뻗었다. 땀에 흠뻑 젖은 셔츠가 살갗에 달라붙어 있었다. "버스를 세워요. 네?"

기사는 듣지 못했다. 이리저리 돌아가는 핸들을 배에 깔고 엎드린 기사가 여전히 가속페달을 밟고 있는 모습에 팻은 다시 놀랐다. 팻은 그의 좌석 등받이 너머로 손을 뻗어 핸들을 잡았다. 어찌나 꽉 잡았는지 손톱이 손바닥에 박혀 화끈거릴 정도였다. 기사의 움직임에 앞 유리창이 보이지 않았지만, 길 반대편 구덩이로 향하는 버스의 방향을 바로잡으려고 했다.

팻이 핸들을 세게 꺾자 뒤에서 프리실라가 비명을 질렀다. 팻도 균형을 잃고 기사의 땀에 젖은 등에 얼굴을 부딪혔다. 피가 보였다.

코를 다친 것이다. 하지만 팻은 전신에 퍼지는 아드레날린 외에는 아무것도 느낄 수 없었다.

"이 사람 발을 떼! 빨리!" 팻이 말했다.

가로대를 꽉 잡고 입구 공간에 서서 기사의 발에 손을 뻗으려던 프리실라가 팻의 시야에서 벗어났다. 다행히 버스는 곧바로 느려졌다. 그렇다. 그들은 그 유명한 (내지는 악명 높은) 휴스턴 자매다! 그들은 시위에서나 제멋대로 달리는 버스에서나 한마음 한뜻으로 행동했다.

버스 기사가 좌석에서 스르르 미끄러져 바닥으로 떨어지면서 그의 체중이 핸들에서 옮겨졌다. 팻은 미끄러져 나간 그를 대신해 운전석에 앉았다.

마침내 버스가 멈추려 했다. 하지만 주차 기어를 어떻게 넣지? 팻은 아버지의 버스를 여러 번 타 봤지만, 이 버스의 대시보드는 도무지 알 수 없었다.

"저거야, 팻!"

"뭐?" 팻은 앞이 잘 보이지 않았다. 검은 안경을 쓴 것이 후회스러웠다.

"내가 가리키는 걸 봐! 기다란 것!"

기적처럼 그것이 보였다. 당연히 스틱 기어였다. 완전히 정차하지 않았던 버스는 팻이 양손으로 기어를 당기자 주차 상태로 들어갔다. 기어가 웅웅거리며 불평했다. 그제야 팻은 다리를 뻗고 클러치를 밟았다. 세게. 그다음은 브레이크. 거대한 짐승은 팻의 팔이 떨릴 정도로 몸을 뒤흔든 뒤 결국 조용해졌다.

버스에 가득 차는 연기와 타이어 고무 타는 냄새에 팻이 콜록거렸다.

"네가 망가뜨린 것 같아……." 프리실라가 중얼거렸지만 팻은 제대로 듣지 않았다. 프리실라를 도와서 기사가 계단으로 굴러떨어지지 않도록 끌어당겼다. 프리실라가 기사의 발을 잡았고, 자매는 힘겹게 그를 들어 중앙 통로에 눕혔다.

기사는 여전히 눈을 부릅뜬 채였다. 그리고 그 얼굴이라니! 양 뺨이 시체처럼 쑥 들어가 있었다. 살갗에 붉은 혈관이 워낙 크게 튀어나와 있어서 만지면 느낄 수 있을 정도였다. 그는 과호흡을 일으켜 숨을 몰아쉬며 입술을 떨었다.

"괜찮아요." 아무것도 괜찮지 않았지만 팻은 그렇게 말했다. 기사는 다 죽은 것 같은 상태였다. 가까이 다가가서 보니 눈동자가 청록색이었다. 셔츠에 '리치'라고 자수가 놓여 있었다. "리치 씨? 진정하세요. 괜찮아요. 우리가 도움을 청할게요."

프리실라가 팻에게 눈빛으로 말했다. 대체 어떻게?

기사가 입술을 움직였지만 말소리가 들리지 않아서, 팻은 그의 바짝 마른 입술이 귀에 닿도록 다가갔다. 시큼한 입 냄새가 풍겼다.

"멈……추라고 해." 그가 속삭였다.

누구에게 멈추라고……. 말을 하려던 팻이 굳었다. 리치의 얼굴에 귀를 갖다 댄 팻의 시선이 등 뒤의 빈 좌석에 향했다. 자신과 프리실라 외에도 승객이 있다는 사실을 그사이 잊었던 것이다. 그 승객이 사라진 줄 알았다. 버스 앞좌석으로 달려올 때 본 기억도 없었다.

하지만 그는 여전히 거기 있었고…… 눈 깜빡하는 사이에 이동했다. 썩은 생선 비린내에 팻은 고개를 들고 운전석 바로 뒷자리를 봤다. 핸들을 붙잡기 위해 팻 자신이 잠시 전까지 있던 자리였다.

승객은 조금 전까지만 해도 없었던 자리에 앉아 있었다. 팻이 있던 자리였다.

"대체 무슨……." 프리실라가 말했다.

멈추라고. 해.

팻은 그제야 리치의 공포를 일으킨 자가 누군지 깨달았다. 누가 그를 서서히 죽이고 있는지. 버스 앞으로 오니 그동안 몰랐던 사실을 알 수 있었다.

본능적으로 시선을 돌릴 수밖에 없었던 팻은 시선을 돌리기 전, 얼핏 그의 옆모습을 봤다. 하지만 그것만으로도 그 회갈색 얼굴이 피부로 이뤄진 것이 아님을 알 수 있었다. 그 얼굴은 울퉁불퉁한 나무였고, 입과 눈이 있어야 하는 자리에는 둥근 구멍이 있었다. 옷으로 착각한 것은 늪에서 나와 젖은 이파리와 돌로 두건처럼 얽은 둥지였다. 팻이 이미 생각했던 대로 나무 덩굴을 이어 만든 것이었다.

버스 기사는 그 때문에 차를 세웠다. 그리고 그를 태웠다.

허둥지둥 뒷걸음질 치던 팻은 프리실라에게 부딪히며 좁은 계단에 함께 섰다. 프리실라가 꿈쩍 않는 문을 당기고 있었지만, 팻은 자기 자리에서 너무나 멀게 느껴지는 레버를 잡겠다고 그 승객과 거리를 좁힐 수가 없었다.

잘 울지 않는 팻이었지만 그때만큼은 눈물이 흘러나왔다. 정체는 알 수 없었으나, 그 존재를 아는 순간 예전의 삶으로 돌아갈 수 없을 것 같았다. 그런 괴물이 악몽과 유령 이야기에만 등장하는 줄 알았던 삶으로 되돌아갈 수 없었다. 그리고 곧 팻과 언니는 기사처럼 숨이 막혀서 죽어 갈 것이 분명했다.

잔인하게도 리치는 여전히 깬 채였다. 아직도 눈을 휘둥그레 뜨고 있었다.

"저 앞에서 기다리고 있어." 치직거리는 느낌이 돌아왔지만 리치의 목소리가 갑자기 크고 또렷해졌다. "보안관들이 자기네 친구들에게 너희가 6번 국도로 온다고 알렸어. 꼬마 아가씨, 너희를 잡을 계획을 세웠어. 추악한 계획을."

팻의 귀가 쟁쟁 울렸다. 그 말은 리치의 입에서 나왔지만 공중에서 들리는 것 같기도 했다. 그 승객에게서 나오는 것 같기도 했다. 리치의 음성, 리치의 말투였다. ‖하지만 그것이 리치에게 저 말을 시키는 거야. 진실을 말하도록. 그것은 진실이 밝혀지는 것을 좋아하니까.‖

프리실라가 팻을 보호하려고 허리를 감싸안았다. 두 사람은 함께 열리지 않는 문에 부딪혔다. 그들이 애를 써도 문은 열리지 않을지 모른다. ‖그것이 우리가 버스에서 내리는 것을 원하지 않으니까. 아직 우리에게 할 일을 다 못 했으니까.‖

팻의 머릿속에 자기 것이 아닌 개념과 생각이 쏟아져 들어왔다. 그 생각을 차단하려고 했다. 그렇게 많은 생각을 받아들이면 팻 자신도 구속될 것이기 때문이었다. 하지만 영문도 모른 채 죽고 싶지는 않았다.

귀뚜라미 우는 소리가 팻의 귀를 채웠다. ‖그것은 늪에서 왔고 늪으로 돌아갈 것이기에, 수 세대에 걸쳐 고기를 잡고 법 없이 살다가 죽어 간 늪 사람들이 그 이름을 붙인 것이니까. 보통 그것은 부르기 전까지는 잠들어 있지만, 고속도로를 짓는 기계가 그것을 깨우고 그 잠자리를 파괴했으니, 다시 잠들지 못할 ‖……

"팻!"

프리실라의 목소리에 서린 공포에, 팻은 언니가 그것에게 잡힌 줄 알았다. 귀뚜라미 소리는 사라졌고, 선글라스를 썼음에도 버스가 갑자기 환하게 빛났다. 팻은 염려한 대로 엉뚱한 데 정신이 팔려 있었다.

프리실라는 괴물이 아니라 앞쪽 도로를 가리키고 있었다.

팻은 프리실라가 두려워하는 것이 무엇인지 보려고 검은 선글라스를 벗었다. 45미터 앞, 도로가 굽어 잘 보이지 않는 곳에서 픽업트럭 두어 대와 자동차 세 대가 도로를 막고 있었다. 정차된 차 주위에 백인들이 있었고 멀리서도 그들이 쥔 곤봉과 샷건이 보였다. 열두 명. 혹은 그 이상이었다.

팻은 여러 번 죽음을 상상해 봤지만 버스 유리창 밖에서 죽음의 순간이 펼쳐지는 것을 실제로 보는 기분은 달랐다. 아무도 도와줄 사람이 없었다. 늪지대에 선 그들은 그저 쫓기는 사냥감일 뿐, 악어 아가리 앞에 선 불운한 먹이와 다를 바 없었다.

"이 버스를 돌려야 해." 프리실라가 말했다.

하지만 도로가 너무 좁았다. ‖거대한 버스가 아니라, 말과 마차가 다니는 길이야. ‖ 그 승객이 지식을 보내자 팻의 관자놀이가 죄며 머리가 아팠다. 두통이 팻을 재촉했다. ‖이제 무슨 일이 생길지 알았으니 대비해야 해. ‖

팻은 계단을 올라 다시 운전석으로 갔다. 힘을 모아 클러치를 꾹 밟았다. 그리고 아버지가 학교 버스의 운전석에 앉아 능숙하게 차를 몰던 모습을 영화의 한 장면처럼 또렷이 떠올리며 스틱 기어를 잡아당겼다.

팻은 시동을 끄지 않았다. 버스는 칭얼거리며 서 있었다. 하지만 기어를 넣자 칭얼거림이 멎었다.

"돌리는 거니? 공간이 있어?" 프리실라가 말했다.

팻이 고개를 저었다. "꽉 잡아."

팻은 프리실라에게 눈길을 돌렸다. 검은 선글라스를 쓰지 않았으니 언니는 동생의 눈빛만 보고도 모든 것을 파악할 게 분명했다. 그리고 실제로 그랬다. 프리실라는 체념한 표정을 지었다. 그리고 물론, 두려운 표정을 지었다. 프리실라 역시 눈물을 글썽거렸다. 그럴 여유가 있었다면 둘은 얼싸안았을 것이다.

프리실라가 숨을 몰아쉬는 기사를 지나 그 승객 건너편 좌석에 앉았다. 프리실라는 바로 옆의 괴물을 보지 않고 양손으로 손잡이만 꽉 붙잡았다.

각오. 그들은 언제나 늘 각오하고 살았다. 그들과 함께 탄 승객이 악마일 수도 있었지만, 앞의 도로에서 그들을 기다리는 자들보다 더 무서운 악마는 아니었다.

버스가 부르릉거렸다.

팻은 저도 모르게 브레이크에서 발을 떼어 가속페달을 밟았지만 그 느낌이 좋아서 더 세게 힘을 줬다. 앞에는 그들을 기다리는 것이 제대로 보였다. 진흙투성이 타이어, 반짝이는 거울에 반사되는 햇빛, 트럭에 탄 십 대 청소년의 무리, 레밍턴 샷건 끝에 나부끼는 남부 연합기. 팻은 그 모든 것을 봤다. ‖그 이름을 알고 올바른 제물을 바친 자들이 불렀을 때 다가온 새 천 년을 보았듯이. ‖

마지막 순간까지도, 기다리던 패거리는 버스가 멈추리라고 확신했다.

하지만 그들은 버스와 팻의 놀란 가슴에 올라탄 승객에 대해서는 알지 못했다. ‖그것은 부르기 전까지는 잠들어 있지만, 고속도로를 짓는 기계가 깨우고 그 잠자리를 파괴했으니, 다시 잠들지 못할 거야. 그 목적을 달성하기 전까지 ‖……

프리실라는 소리 없이 흐느끼며 주기도문을 외고 있었다. 하지만 그 승객의 도움을 받은 팻은 절망도 두려움도 느끼지 않았다. 얼굴에 퍼지는 미소가 전부 팻이 짓는 것은 아니었다. 전부는 아니었다.

버스에서 가장 가까이 있던 땅딸한 남자는, 그날 6번 국도에서 그레이하운드 버스를 모는 사람이 리치가 아니라 팻임을 보고서야 돌아서서 줄행랑쳤다.

……‖그것은 다시 잠들지 못할 거야. 그 목적을 달성하기 전까지는. 무고한 이들이 다치지 않도록 지키는 목적을. ‖

버스가 도로를 막은 장애물을 향해 돌진하자 늪지대에 비명이 울려 퍼졌다.

팻은 마침내 용기를 내어 룸미러를 확인하고 자동차들이 장난감처럼 흩어지는 광경을 봤다. 낭자한 피와 흩어진 몸뚱이에서는 눈길을 피했다.

어깨 너머를 확인해 보니 등 뒤 좌석은 비어 있었다.

팻은 다시 룸미러를 확인했다. 이번에 그 승객은 버스 뒤에서 다시 도로 한가운데 서 있었다.

팻은 그날 일 대부분을 잊게 될 터였지만, 주 경계선을 지난 지 얼마 되지 않아 버스가 덜컹이며 쉭쉭거리다가 어느 버스 정류장이 보이는 곳에서 멈출 때까지 운전을 해냈다. 그즈음, 리치에게는 해줄 수 있는 일이 없었다. 심장이 멈춘 뒤였다. 그들은 바닥에 누운 리치를 그대로 두고서 모든 일이 그의 탓으로 여겨지기를 바랐다.

차를 세우는 자매를 보고 (이번에는 6번 국도가 아닌 27번 주도로) 텔러해시에 데려다준 머리가 희끗희끗한 흑인 교사는 그들을 즐거운 동행이라고 여겼다. 팻은 자신들이 버스에서 내리는 것을 본 사람이 있는지, 알아본 사람이 있는지 알 수 없었지만, 이틀 뒤 《텔러해시 민주당》 회보에 기사가 떴다. 제목은 '6번 국도의 비극'이었다.

기사에 따르면, 버스 기사 리치 맥클래런은 몽고메리로 향하다가 심장마비를 일으켜 6번 국도라는 아무도 모르는 도로에 있던 장애물을 들이받았다. 그 버스에 탔을지도 모르는 흑인에게 한 백인 여성이 성폭행당했다는 소문이 나돌았기 때문에 지역 주민들이 도로를 막았다고 기사는 전했다.(생존자 중 한 명이 그것은 헛소문이라고 기자에게 전했다.) 그날 그 도로에서 총 여섯 명이 숨졌다. '목사'라고 주장하는 최고령자는 예순셋이었다. 최연소자는 열여섯이었다. 팻은 그들이 마음속에 살의를 품지 않았다면 아무도 죽지 않았을 것이라고 믿었다. 생존자 중 흑인 여성 둘을 봤다거나, 그중 하나가 버스를 운전하고 있었다고 전한 사람은 없었다.

아마 '그 승객'이 그들이 원하는 것만 보게 한 모양이었다.

그 주에 나온 다른 기사에는 앨라배마 프리덤 라이드의 버스가 폭탄 공격을 받아 연기가 피어오르는 사진이 실렸다. 흑인과 백인 모두 죽기 직전까지 구타당하거나 불이 난 버스에 갇혔다. 기적적으로 아무도 죽지는 않았다. 팻은 자신과 프리실라의 처지도 다를 바 없었을 것이라고 믿었다. 아니, 폭력을 기록할 카메라가 없는 늪지대의 상황은 훨씬 더 가혹했을 것이다.

가을에 학기가 시작하자 팻은 캠퍼스에서 버스 터미널 관리인을 알아봤고, 그가 존 그레이엄이라는 법학 전공 학생임을 알게 됐다. 함께 커피를 마시자는 그의 제안에 팻은 그러자고 했다.

"그 버스를 안 타서 다행이네요." 존이 진심으로 한 말에 팻도 그렇다고 했다.

팻은 그의 잘생긴 얼굴과 이마 위에 곱슬거리는 머리칼에 눈길이 갔다. 팻이 그와 함께 커피를 마시기로 한 것은 프리실라가 외국으로 떠난 뒤 슬프고 외로워진 탓도 있었다. 프리실라는 가나로 떠났다. 가나 독립 후 콰메 은크루마 대통령의 초대를 받았던 것이다. 처음 보내온 편지에서 프리실라는 미국으로 돌아갈 생각을 할 때마다 온몸에 두드러기가 난다고 했다.

팻은 짐 크로법이 사라지기 전까지 인종 평등 운동을 떠날 수 없다고 믿었다. 하지만 존을 보면 운하 옆에 집을 짓고 세 딸의 머리를 땋아 묶어 주며 폭력이나 유혈 사태와는 거리가 먼 삶을 사는 미래가 떠올랐다. 언젠가 그에게 그 승객과 6번 국도에서 일어났던 일의 진실을 말할 수 있는 날이 올 것 같았다.

하지만 팻은 국도에서 차들을 밀고 달린 것이 그 승객의 저주였는지, 자신의 용기였는지 아직 알 수 없었다. 아마 영영 알 수 없을 것 같았다.

남은 평생, 그 질문은 마음속에 감추고 살아야 하리라. 앞으로도 늘 검은 안경으로 눈을 가려야 하는 것처럼.

저스틴 C. 키

The Aesthete

탐미주의자

저스틴 C. 키
Justin C. Key

사변소설 작가이자 정신과 의사. 《판타지와 SF 매거진》, 《스트레인지 호라이즌스》, Tor.com, 《이스케이프 팟》, 《라이트스피드》에 단편을 게재했다. 클래리언 웨스트 워크숍을 수료하였으며, 첫 단편집 『세상은 너를 맞이할 준비가 되지 않았다』가 하퍼콜린스 출판사에서 출판되었다. 글을 쓰지 않을 때는 환자를 보거나 아내와 로스앤젤레스를 탐험하고, (기운 좋은!) 어린 자녀 셋을 따라다닌다.

고등학교 1학년을 마친 뒤 내 '창조자'에게 '수집가'에 대해 질문했다. 나는 뉴욕주 북부에 있는 그분의 집에서 드넓은 정원을 즐기며 여름을 보냈다. 내 신경 피드로부터 감각 데이터를 끊임없이 스트리밍하고 댓글도 다는 구독자들에게서 벗어나 방해 없이 그녀의 지혜를 흡수할 수 있었다.

내 창조자는 더 손댈 필요 없는 울타리를 다듬던 손길을 멈췄다. 그분의 정원은 백일초와 과꽃, 팬지, 코스모스가 원형을 이룬 미궁이었다. 그 중심에 가장 소중한 것, 세심하게 엄선한 색색의 장미가 이룬 긴 곡선의 벽이 있었다. 그 정원에는 유전자 조작의 영향이 미치지 않았다. 내가 그분의 유일한 피조물일까? 물어본 적은 없다.

"수집가에게 관심이 있니?"

"그러면 잘못인가요?"

그분은 전지가위를 주머니에 넣고 내 손을 잡았다. 곧바로 편안해졌다. 그분의 갈색 피부는 나와 결이 같았다. 그분에 대한 반응이 내 유전자에 적힌 것이 아닐까 의문이 드는 게 처음은 아니었다. 마지막도 아닐 것이라는 생각이 들었다. "무슨 말을 들었지?"

"자기가 만들지 못한 예술품을 파괴하는 실패한 창조자라고 들었어요. 암시장*에서 장기를 의사에게 판다는 말도 들었고. 조이의 부모님은 정부가 결함 있는 예술품을 처리하는 방법이라고 하셨대요."

"그럼 네 생각은 어떠니?"

"악행의 구실일 뿐이라고 생각해요. 한 사람이 아닐 것 같아요. 나쁜 사람들은 우릴 미워해서 나쁜 짓을 해요. 예술품을 증오해서. '수집가'란 이름답게요."

"소름 끼치는구나. 걱정되니?"

"제 피드의 댓글을 읽었어요." 나는 갓 잘라 낸 시든 장미를 집어 들었다. "저는 비정상적으로 정상이에요." 우리는 장미의 벽에서 나와 여러 꽃이 자라는 둥근 꽃밭을 가운데 둔 공간으로 옮겨 갔다. 대낮의 햇빛 속에 서니, 지난 아홉 달 동안 내 창조자가 얼마나 나이 들었는지를 알 수 있었다.

"내가 올빼미 눈을 주었으면 좋겠니? 아니면 자유자재로 늘어나는 턱이나? 빵 한 덩이를 겁 없이 삼키다가 목에 걸린 가엾은 아이 이야기 들어 봤어?"

---

* 저자는 원문에서 black market 대신 white market으로 암시장을 의미해 검은색에 결부되는 부정적 의미를 뒤집고 있다.

"누군가에게는 그런 게 예술품이죠."

"죽음은 예술품이 아니야." 내 창조자는 걸음 속도를 늦췄다. 내가 뒤떨어졌기 때문이다. 나는 그 거리를 유지했다. "우리는 모두 거의 똑같이 태어난다. 하지만 죽는 방법은 사람 수만큼 많지."

"그럼 예술품은 뭐죠?"

"너잖아, 바보 같으니. 네가 내 예술품이다. 그리고 너 자신의 예술품이고. 관찰하는 것만으로도 너는 우주의 예술품이야."

"정말로 수집가가 있다고 친다면 말인데요. 저한테서 뭘 원할까요?"

"네 모든 것. 넌 평범한 것과는 거리가 머니까." 그분은 해바라기 꽃밭 가운데 자라는 한 송이 노란 장미 앞에서 멈췄다. 갓 피어난 그 꽃은 태양을 향하고 있었다. 창조자는 줄기 1인치를 남기고 그것을 잘라 가방에 넣었다. "다행히 그는 전설일 뿐이야. 게다가 세상도 수집가라고 하기에 충분하지."

여러 해가 지난 뒤……

열정이 가시자 단절이 찾아왔다. 그래야만 살 수 있기에. 내 곁의 여자가 허리를 숙이고 휴대전화 소리를 죽이더니 이불 밑으로 다시 들어왔다. 좋다. 이 순간을 즐기자. 무료한 존재 속에 깜빡이는 마법의 순간을.

여자의 깊은 숨소리를 들으며 졸다가, 참 **좋다**는 생각에 잠이 완전히 깼다. 우리는 행사에서 일하다가 만났다. 그녀의 피부에 끌렸다. 나처럼 진갈색인 피부는 그녀의 기분에 따라서 색조가 변했다. 다른 예술품에 비해 참 평범하다는 점 때문에 우리는 빠르게 친해졌다. 보통 나는 질문을 하는 편이지만, 그녀는 어찌어찌 내게서 살아온 이야기를 끄집어냈다. 나는 그녀가 내 손을 만지는 순간, 내 창조자가 죽은 이후 처음으로 연결의 느낌을 받았던 것을 생생히 기억했다. 축축한 골목길로 창문이 하나 나 있는 그녀의 원룸에서 어떻게 하룻밤을 보내게 됐는지는 잘 모르겠다.

사샤. 그녀의 이름이었다. 어째서 함께한 하룻저녁이 평생처럼 느껴졌을까? 성교 후 꾼 꿈의 파편이 수면 위로 떠올랐다. 아이들. 행복.

어리석고 위험한 망상. 그런 생각이 좋은 결말로 이어지는 법은 없었다. 떠날 시간이었다.

나는 침대 가장자리로 움직였다. 무르익은 태양이 두터운 커튼 가장자리로 스며들었다. 낮이 밝고 있었다. 나는 청바지를 다리에 끼웠다. 벨트 버클이 바닥에 부딪혀 소리를 냈다. 내 창조자가 온갖 섬세한 수정 작업을 했지만 소리 없이 움직이는 기술은 그중에 없었다. 사샤가 뒤척이더니 신음했다. 그녀는 어리둥절해서 놀라며 내 쪽을 봤다. 입가를 닦더니 일어나 앉았다. 피부색이 탁했다.

"섹스하고 가 버리는 거야?"

"응. 그럴 계획이었어."

"전형적이네."

나는 독설을 예상했다. 하지만 이건…… 이 반응은 실망이었다. 나의 하룻밤 상대는 대부분 아침이 되면 나를 치워 버리려고 열심이었다.

사샤는 나를 아래위로 훑어보더니, 돌아누워서 관람자 앱을 켰다. 알림을 끄기 전에 세 번의 알림음이 울렸다. 나도 관람자들에게 방송을 시작했다. 어차피 상황이 나빠질 거면 돈이라도 버는 편이 나았다.

"적어도 아침 식사는 하고 가. 네 혀가 대화할 때 기능이 더 나을지도 모르지."

"충분했을 텐데."

"그런가?"

사샤의 음성에서 미소가 느껴졌다. 그녀는 나를 가지고 장난치고 있었다. 그리고 성공했다. 여자들은 항상 절정에 다다랐다. 내가 그렇게 만들었으니까. 그 기술은 내가 연습해서 얻은 것이지, 수정 작업 덕은 아니었다. 내가 연마한 기술이다.

당연히 사샤는 오르가슴을 느꼈다.

"있어." 웃을락 말락 사샤가 말했다. "아침 먹으면서 얘기하자."

그래, 있어라. 한 관람자가 댓글을 달았다.

오랜만이잖아. 우리 부부가 섹스를 더 자주 한다고! 내 시야 바닥에서 또 하나가 올라왔다.

나는 댓글을 껐다.

"난 안 먹어."

"지난번에 그렇다고 확실히……"

"음식 말이야. 음식은 안 먹어."

일어나 앉는 사샤의 눈빛에서 성욕과는 다른 허기가 드러났다.

"광합성 해?"

"응." 나는 눈길을 피하며 말했다. 다행이다. 그녀는 내 생각만큼 똑똑하지 않았다. "내 창조자가 최소한 미뢰는 줬으면 좋았을 텐데."

대부분의 예술품은 반사 신경이 뛰어났다. 내 창조자는 다른 것을 우선시했다. 나는 베개가 날아오는 것을 보지 못했다.

"뭐야?"

사샤가 웃었다. 기쁨에 피부색이 짙어졌다. "대박 미안. 피할 줄 알았어."

"농담 아니고. 뭐냐니까?"

"광합성이라고? 진짜? 내가 바보인 줄 알아? 식사하기 싫으면 그렇다고 말하라고."

사샤는 내게 등을 돌리고 침대 가에 앉아서 재빨리 셔츠를 입었다. 나는 간단히 시각 정보를 저장할 수 있었다. 사진처럼 정확한 기억력은 아니다. 그런 '능력' 때문에 미친 예술품이 있다는 말을 들었다. 내 창조자는 감각 신호를 그 자체로 저장하는 능력을 줬다. 그것을 꺼내기만 하면 현재의 상태에서 그 경험이 되살아났다.

다시 말해, 사샤의 세 번째 갈비뼈와 네 번째 갈비뼈 사이에 난 또렷한 자국을 볼 시간이 아주 충분하다는 뜻이었다.

나는 어쩌나 싶어 머뭇거리며 서툴게 옷을 입었다.

사샤가 돌아선 채 말했다. "돈 달라는 건 아니지?"

"백오십. 아니지, 너 갔잖아. 두 번. 삼백." 나는 침대 반대편 모서리에 앉았다. "시간이 얼마나 있어?"

"예술품치고 눈썰미가 좋네." 사샤가 행복과는 무관한 미소를 지었다. 그녀는 세상으로부터 보호하려는 듯 옆구리를 손으로 감쌌다. "치료제가 나오기를 바라고 있어. 순진하지?"

"그렇게 생각 안 해." 나는 거짓말했다. 과학자들은 이 세대 예술품에게 만연한 암을 이해하고 치료하려고 노력했다. 창조자들은 큰 소요가 일어나지 않도록 희망의 서사를 써냈다. "뭐 하고 싶어?"

"그러지 마. 즐거웠던 시간을 동정심으로 지워 버리지 말라고."

"내가 잘 반하는 편이거든. 세게, 빠르게, 쉽게."

"아트러버309가 방금 그렇다고 했어. 너 바람둥이로 유명한가 보구나."

"전에는 그랬지. 파국을 실시간으로 보고 싶어 하는 사람들이 얼마나 많은지 놀랍다니까."

"지금은?"

"해가 뜨기 전에 떠날 거야. 얻는 게 없으면 고통도 없지. 넌 오래 머물지 않을 테니까, 나도 애착이 생기지 않겠지."

사샤는 나를 가만히 보더니 관람자들을 차단했다. 수익이 생기기 시작하는 10분이 되기 한참 전이었다. 나도 관람자를 차단했다.

"동정심으로 하는 식사는 필요 없어. 너무 긴장해서 뭘 먹을 수 없다는 것도 막 깨달았고. 법원에서 오늘 생활권 법 투표를 하잖아. 그거 알아?"

"정작 우리가 쓸 수 없는 권리라 영 신이 안 나네."

"너나 그렇지. 나는 언젠가 아이도 가질 거야. 신께서 허락하시면."

이어지는 침묵이 따가웠다. 모든 예술품은 불임으로 태어났다.

자신은 다르다고 여긴다면 스스로를 속이는 행위였다.

"희망을 별로 좋아하지 않는구나." 사샤가 말했다. "저기 말이지, 첫 데이트에서 정치 이야기는 하지 말자. 같이 저녁 먹어. 그러고 나서 넌 편하게 가면 돼. 내 치료사에게 네 이야기를 할 시간을 주고."

"네 치료사한테 내 이야기를 할 거라고? 와. 이젠 내가 저녁을 사야겠네."

"그만해." 사샤가 어깨를 으쓱였다. "네가 좋아. 이유는 모르겠지만. 아직은. 정확히 모르겠어. 넌 느껴져?"

느꼈다. 내가 그렇다고 말하기도 전에 사샤는 나를 올려다봤고, 그것으로 충분했다.

사샤는 일어서서 셔츠 매무새를 고쳤다. "여기서 만나. 언제든지 와서 나를 찾아. 준비하고 있을게. 아닐지도 모르지만. 널 원망하지 않을게."

"그래서, 누굴 만났어요?" 오초아 선생이 카메라로 다가오며 배경에 늘 존재하는 장미 그림을 가렸다. 나는 허리를 세우고 앉아서, 멈춘 지하철을 둘러봤다. 누가 신경이라도 쓴다는 듯. 생활권 법 결정을 앞두고 시위로 도시가 꽉 막혔다. 다른 승객들은 모두 각자의 디바이스에 몰두하고 있었다. 아마 절반은 심리 치료를 받고, 나머지 절반은 관람자로서 예술품의 세계에서 대리 삶을 살고 있을 터였다. 지금까지 네 명이 오초아 선생과 나의 상담을 관찰했다. 우리 상담 조건에는 의무 정기 방송이 있었다. "어떻게 알았어요?" 내가 물었다.

"방금 말했잖아요." 오초아 선생이 미소를 지었다. 입가에 살짝 주름이 졌다. "가서 좋지 않았나요?"

"아, 네. 맞아요. 좋은 곳이었어요. 잠깐, 선생님이 우리를 만나게 했어요?"

"그건 선을 넘는 행동이죠. 아무리 나라도 말이에요. 어떤 여성이었나요. 다른 성별이었나요?"

"여성이에요. 저처럼 예술품. 피부가 아름다웠어요. 선생님도 보셔야 해요."

"그 여자분을 좋아하는 것 같군요."

"좋아요. 하지만…… 암에 걸렸대요."

"어머. 그 여자분이 그걸 공유했어요?"

"포트가 있었어요. 옆구리에. 많이 봐서 보면 알아요. 그 사람은 완치됐다고 생각하나 보더라고요." 나는 등을 기대며 미색 천장에서 대답을 찾았다. "제 창조자는 좀 더 현실적인 사고를 가르쳤는데 말이죠."

"그 여자분의 창조자는 희망을 가르쳤나 보군요." 내가 아무 말도 하지 않자 오초아 선생이 계속했다. "대단한 첫 데이트였군요. 어떻게 생각해요? 너무 부담스러워요? 가벼운 게 좋아요?"

오초아 선생 최고. 댓글이 올라왔다. 나도 상담을 다시 신청할 뻔했네. 거의.

나는 웃었다. "그렇게 말했어요. 적어도 저는 짧은 만남이 되리란 걸 알고 있어요." 꿈 이야기, 가족이 나오는 꿈 이야기를 할까 싶었지만 그만뒀다.

"연애와 상실을 조금씩 겪는 것도 좋을 수 있어요. 성가신 감정을 해결하는 건 내가 도울게요."

"그녀의 기억을 하나 저장했어요. 좋지 않다고 판단했지만."

"얼굴 말인가요?"

"아뇨. 다행히."

오초아 선생은 역시 다행이라고 여긴다는 듯 고개를 끄덕였다. 내 창조자의 갑작스러운 죽음으로 시작된 8년간의 상담 동안 서너 차례 어려운 연애도 겪었다. 내가 '나 자신에 집중'하기로 한 이후 내 관람자 수는 급감했다. 오초아 선생이 나를 계속 맡는 게 놀라웠다.

"연애 말이 나왔으니, 평결이 나온 것 알아요?"

"저만 관심이 없는 모양이군요."

"대단한 일이니까요. 법원에서 기각했어요. 항소를 하겠지만 전망이 좋지는 않아요."

"'생활권.' 그 투쟁으로 얻으려는 아이는 스스로 먹지도 못한다고 하던데요. 최종 목적이 뭘까요? 창조자들이 인간 생식까지 전시하게 하는 것? 또 하나의 돈벌이로 삼는 것?"

슬픈 일이야. 선을 넘었네. 아이 가질 권리는 있어야지.

모든 것이 그렇듯이 예술에도 규정이 있어야지. 오랜 관람자가 댓글을 달았다. 맹세컨대 돈만 되면 인간 멸종도 만들어 낼걸. #인간존재권

"첫걸음은 첫걸음이죠." 오초아 선생이 말했다.

"사샤도 그렇게 말했어요."

"벌써 마음에 드네요."

"그럼." 나는 바뀐 화제가 반가워서 말했다. "사샤를 또 만나야 할까요?"

행사장에서 나온 지 몇 분 뒤 링크를 닫았다. 트램이 교차로로 쏟아져 나오는 시위자들을 지나쳤다. 그들의 머리 위에 머리기사가 흘러갔다. 미국 대법원, 생활권 법을 기각하다. 예술품에서 태어난 최초의 아기 핸젤, 생명 유지 장치를 뗄 예정. 예술품 생식의 운명은? 나는 시각 증강 장치를 껐다. 예술품인 나는 시위할 수 없었다. 핸젤의 부모도 공식 발언을 할 수 없었다. 목소리를 내는 특권은 우리의 지지자 몫이었다.

트램에서 분리된 내 포드가 지상층으로 내려가서 작은 거리로 접어들어 행사장에 나를 내렸다. 시내 외곽의 뒷골목 입구, 단층 건물. 작은 행사. 돈을 벌겠지만 노력이 들었다.

"비밀 행사예요." 보안 담당 여성이 말했다. 243센티미터의 그 여자는 석양 빛깔 머리칼을 땋아 허리까지 늘어뜨리고 있었다.

"알아요. 처리하고 있어요."

그녀는 나를 봤다. 나는 달랐다. 나는 대부분의 예술품보다 나이가 많았고 유전자 조작의 뚜렷한 흔적이 없었다. 동시에 그녀를 이용하려고 하는 거라면, 나는 서투르기 짝이 없었다. 그녀는 아무 말 없이 내 신원을 확인하기로 했다.

"당신의 관람자 앱은 유효 기간이 지났어요." 부드러운 벨벳 같은 목소리였다. 그녀의 키가 15센티미터 줄었다. 눈은 파란색에서 연갈색으로 변했다. "업데이트가 필요해요. 핸젤 사건 때문에 인간 존재권 지지 극단주의자들에게서 신경 공격이 자주 있어요. 입장하려면 앱을 꺼야 해요. 보안을 위해서."

"지켜보는 사람이 있다면 난 여기 올 필요가 없었을 거예요."

나는 입장한 뒤 실내를 부유했다. 정치인을 위한 일종의 모금 행사였다. 재산 담당 변호사들이 내 창조자의 정통성 없는 유언장 집행을 막고 관람자들에게서 받은 돈도 떨어지자, 나는 행사 일을 하고 살았다.

나는 눈에 띄지 않게 관찰했다. 하이힐을 신고도 120센티미터인 논바이너리 예술품이 저 세상 목소리로 세레나데를 불렀다. 주요 부위에 얇은 옷감만 걸친 예술품 남자가 카멜레온 같은 피부를 자랑했다. 휠체어를 사용하는 예술품이 산소마스크를 떼고 탄산음료를 마셨다. 그리고 그녀는 다시 머리 위로 팔꿈치를 올렸다. 분명 탄력 좋은 팔다리 덕분에 젊은 시절 부유하고 적극적인 관람자가 많았을 것이다. 하지만 모든 조작에는 대가가 따랐다.

불편하거나 무관심한 중년 관람자가 오르되브르 옆에 서 있는 것이 보였다. 부자라는 사실을 코트처럼 걸치고 다니는 사람이었다. 내 창조자는 그런 부류의 남자를 유전자 조작 인간의 첫 '고객'이라고 설명했다. 미혼부의 경험을 원한 이들도 있었다. 훈련시킬 수 있는 일손이 필요한 이들도 있었다.

"지루한 모양이네요." 내가 말했다.

살짝 기분 좋은 표정. 내 수법이 무엇이었을까? 내가 지닌 인간의 해부학적 요소 중 무엇을 제공해야 하는 걸까? 내 예상대로 그는 의심을 거두고 대화를 시작했다.

남자는 내가 바란 것 이상으로 많은 이야기를 했다. 유전자 기반 데이트 앱으로 큰돈을 번 뒤, 그는 일찍 퇴직하여 전용 우주선으로 지구 외측 궤도를 탐험하며 보냈다. 재미 삼아 창조에 손을 댔다가 잘못된 예술품이 아홉 살에 자살로 사망하자 전 재산을 날릴 뻔했다. 훨씬 더 전인 열두 살 때는 문틈으로 어머니가 옷 벗는 것을 훔쳐보곤 했다. 그 부분을 이야기하다가 남자가 내 손을 잡았다.

"당신의 피부. 굉장하군요. 게다가 머리칼은……"

나는 그의 손을 붙잡았다. 얼마 안 되는 관람자는 늘 그 두 가지에 황홀해했다. 실내 조명에 따라 변하는 짙은 암갈색 피부. 두피를 빽빽이 감싼 곱슬머리. 새로운 인종을 원한 백인 가족에게 입양된 나는 이런 특징이 예술품만의 것이라고 여기면서 자랐다. 다양한 색조의 갈색 피부를 한 유전자 조작된 학교 친구들도 곧은 머리에 바닐라색 피부를 한 부모를 뒀다. 세상을 조금 더 보게 되면서 내가 얼마나 놀랐을지 상상해 보라. 증오가 뒤따랐다. 나는 흑인이 아니었다. 백인도 아니었다. 내 피부와 내 유전자를 일종의 '도용'으로 보는 이들도 있었다. 서구 문화는 내 피부를 정복만 한 것이 아니었다. 그 문화의 시각에서는 '완벽하게' 만들었던 것이다.

억만장자는 내게 내실로 가자고 청했다. 나는 거절했다. 그는 혼자 갔다.

나는 이리저리 떠다녔다. 이야기꾼이 옹기종기 모인 사람들을 즐겁게 해 주고 있었다. '퀀텀 레인' 출신이라고 적힌 이름표를 단 이야기꾼이었다. 나는 퀀텀의 흥망을 내 창조자에게서 배웠다. 그분은 학교에서 가르치지 않는 예술품 관련 실패 사건을 내게 곧잘 가르쳤다. 퀸텀은 20년 만에 차세대 이야기꾼을 키워 내겠다고 약속했지만 결국 지키지 못했다. 그들의 자손이 사춘기에 도달하기 전에 자금이 떨어졌다. 계약이 없어지자 그곳의 작품들은 혼자 세상을 헤쳐 나가야 했다.

이야기 대부분을 놓쳤지만 무슨 내용인지 알 것 같았다. 여러 인물과 시체, 피와 욕망이 등장하는 러브스토리로서, 세상에 적응하지 못하다가 서로를 발견하는 두 사람이 주인공이다. 문득 내 감정을 자각하고 눈을 문질렀다. 두려움, 열정, 따스함. 위안과 미래에 대한 거짓 약속. 천둥 같은 박수 갈채가 이런 감정을 막기 위해 내 머릿속에 지은 댐을 무너뜨렸다. 나는 휘청거리다가 근처 카운터에 몸을 기대고서 마음으로는 그녀의 기억으로 빠져들었다. 대화를 나눌 때 어조와 함께 깜빡이던 살결. 차가운 아침 공기. 욕망을 불사르고 남은 잔향. 진회색 실내에 여러 색이 튀어나오고 뒤섞이더니 중첩됐다. 이야기꾼이 사샤의 침대 가장자리에 앉았다. 내게 등을 돌리고. 그녀의 갈비뼈 사이 옅은 봉합선을 보고 시간이 얼마나 남았을까 다시 생각했다. 그녀를 에워싼 관람자들이 박수 쳤다. "그 여자는 죽음을 기다리지 않아요." 혼자 즐기기를 마치고서 단추를 풀고 머리칼을 살짝 흐트러뜨린 채 돌아온 억만장자가 다시 내 옆에 섰다. 그는 돌아섰다. 사샤처럼. 그의 오른쪽 옆구리에 삐죽삐죽한 붉은 자국이 나타났다. 검은 셔츠를 입고 있는데도 피가 선연했다. "살 가능성을 원할 뿐이지."

나는 혀를 깨물었다. 날카로운 통증이 환상을 찢었다. 사샤의 방이 떨어져 나갔다.

이야기는 끝났고 관람자들은 나를 봤다. "그녀는 아이를 원해요. 새로운 핸젤을 만들 거예요." 한 명이 말했다. "순진해." 또 다른 사람이 말했다. "암을 견디지 못할 거야."

"목표는 치료예요. 그렇죠? 그렇죠?"

나는 출구로 향했다. 나를 들여보내 준 여자를 보고도 멈추지 않았고, 사람들의 시선에도 아랑곳하지 않았다. 행사장이 멀어져 그곳의 모습이 기억으로만 남았을 때 겨우 걸음을 늦췄다. 또 한 구역을 더 걸어가서 골목길을 찾아 휴대전화를 열고 치료사에게 전화를 걸었다.

오초아 선생은 전화를 받지 않았다. 다시 걸었다. 받지 않았다.

내가 네 상담사가 되어 줄게.

망할 앱을 닫은 줄 알았는데. 꺼져라고 대답하고 종료했다.

저녁 식사를 하기에는 역겨울 정도로 일찍 도착했다.

건물 안내도를 확인했다. 사샤…… 사샤…… 성은 몰랐다. 검색이 불가능했다. 그녀가 4층에 사는지, 5층에 사는지도 기억하지 못한다면 내 피질에 저장된 복잡하고 사적인 기억들이 다 무슨 소용이란 말인가? "길을 잃었어요?"

건물을 나서던 여자가 관심과 주의가 섞인 눈빛으로 나를 봤다. 가는 목과 커진 콧구멍을 보니 의심의 여지 없는 예술품이었다. '고급 예술'이었고 그녀도 그 사실을 알았다. 말할 때 입술이 거의 움직이지 않아서 텔레파시라는 환상을 줬다. 한때 인기를 모았던 (유연형이라는 이름의) 이 버전은 젊었을 때 아름다웠다. 하지만 나이가 들면서 그들에게 가해지는 생물학적 부담은 더 커졌다. 삼십 대 초반, 젊음의 행복에서 유한한 삶에 필사적으로 매달리는 전환점으로 보였다.

"친구를 만나러 왔는데요."

여자는 고개를 갸우뚱했다. "당신의 창조자는 누구죠?"

"좀 사적인 질문 아닌가요?"

여자는 흥미를 잃고 어깨를 으쓱였다. 내가 문을 연 채로 있자 그녀는 나갔다. "그렇게 느끼는 사람도 있겠죠. 좋은 하루 보내요."

"그쪽도." 하지만 여자는 벌써 가 버린 뒤였다.

승강기를 부르고 잠시 서성이다가 계단으로 갔다. 그날 밤의 잔상 조각이 돌아왔다. 우리도 게으른 승강기 때문에 사샤의 아파트까지 걸어서 올라갔다. 사샤의 몸이 내게 기댈 때 붙잡은 난간이 차가웠던 기억이 났다. 사샤의 흥분과 나의 흥분이 기억났다. 그 기억을 더듬어 사샤가 사는 층으로 갔다.

하지만 그 과정을 충분히 즐길 수는 없었다. 행사장 경험이 자꾸 마음속을 어지럽혔다. 마지막 한 시간 동안 그곳에서 벌어진 일을 여러 번 곱씹었다. 생물학보다는 해부학적 차이에서 비롯한 일이었다. 환상은 통제할 수 없고, 반갑지도 않았으며, 결국은 경고였다. 해킹? 관람자 앱은 유효기간이 지났다. 내게는 훔쳐 갈 가치가 있는 것이 없었다. 일종의 종양 같은 게 있나?

이런 생각에 정신이 팔려서 사샤의 아파트로 곧장 걸어 들어갈 뻔했다. 그럴 수 있었다. 문이 살짝 열려 있었으니까.

나는 감각중추를 확인했다. 현재의 현실. 길고 조용하며 침침한 복도를 내려다봤다. 그 너머에 펼쳐진 어둠. 하지만 비어 있진 않았다. "사샤?"

어둠 속 실루엣? 가까이 다가가며 눈을 깜빡였다. 내 상상에 불과했다.

사샤의 집으로 들어섰다. 부드러운 저녁의 빛이 조용한 식당과 거실을 비췄다. 싱크대에 놓인 몇 안 되는 접시에서 물이 떨어졌다. 나는 사샤를 불렀다. 답이 없었다. 완전한 적막. 그날 아침 이후 침실은 건드리지 않은 듯했다. 나는 어리석은 짓이라고 생각하면서도 시트를 들춰 보았다.

사샤는 집에 없었다.

가게에 나가면서 우연히 문을 열어 둔 것일 수도 있었다. 아니면 욕실에 있을 수도 있었다. 가능하고 합리적인 설명이 많이 있었다. 하지만……

거기, 베개 아래 편지 한 통이 놓여 있었다. 내 가슴속 공간이 수축했다. 웃지 않을 수 없었다. 나는 관람자 앱을 켰다. 전보다 구독자가 몇백 명 더 늘었다.

그녀가 말도 없이 끝냈어. 내가 포스팅했다.

손으로 쓴 편지를 펼치는데 안 봐도 내용을 알 것 같았다. 하지만 실제로 적힌 내용을 읽으면서 문득 내가 얼마나 취약한 상태인지 깨닫고 주위를 둘러봤다. 살짝 열린 욕실 문 너머에는 어둠뿐이었다. 침대 밑. 옷장 안.

편지 내용은 다음과 같았다.

지금 사샤는 나랑 있다.
— 수집가

관람자 앱이 삐 울렸다. 나는 놀라서 소리를 지르며 넘어질 뻔했다.

그곳에서 건물 복도로 빠져나왔다. 실루엣이 되돌아왔다. 이번에는 눈을 깜빡여도 사라지지 않았다. "사샤?"

가까이 다가갔다. 실루엣이 퍼지더니 빈 공간을 채웠다. 저주받은 기억과 후회의 악취가 내 감각을 마비시켰다. 실루엣이 가까이 다가왔다.

나는 있는 힘껏 재빨리 그곳을 나왔다.

정신을 차리고 시내를 가로질러 내 집에 들어섰다. 위층에 올라간 뒤 방과 옷장을 전부 확인하고 문과 창문을 잠갔다. 샤워하면서 사샤의 방을 되감아 떠올리며 아침과 오후 장면을 비교하고 차이를, 실마리를 찾았다. 처음 봤을 때처럼 모든 게 똑같지는 않았다. 그날 아침에는 'BEHOLDER(보는 사람)'라고 적힌 파란 후드 재킷이 침실 문 옆에 얌전히 걸려 있었다. 오후에는 그 재킷이 없었다.

적어도 사샤가 무엇을 입고 있는지는 알아냈다.

조금 더 안전한 내 침대에서 편지를 살폈다. 시트의 포근한 감촉에 생각이 정리됐다. 사샤가 나를 놀리는 것이었다. 어둠 속에 보인 것은 그녀였다. 그녀가 나와서 웃어 대기 전에 내가 달아난 것이다.

알림음이 들렸다. 나는 마지못해 앱을 열었다. 내 탄생 때부터 평생을 지켜본 관람자 AestheticOne1에게서 메시지 한 통이 왔다. 내가 알기로 AestheticOne1은 누구보다 나를 많이 봤다. 그렇지만 메시지를 보낸 적도, '좋아요'를 누른 적도 없었다.

지금까지는. 뉴스 기사 링크였다. 링크를 클릭했다. '암시장에서 예술품 장기 매매 극성: 이것이 창조자와 피조물에게 갖는 의미는 무엇인가.'

링크가 하나 더 왔다. 전문의와 예술품을 연결해 주는 앱인 '팜'이었다. 돈이나 치료가 절실한 예술품들이 마지막으로 찾는 방편이라고 들었다.

이걸 왜 보낸 건가요? 내가 입력했다. 수신인이 누군지는 몰라도, 읽었다는 표시가 보였다.

그러고 나서 끝이었다. 관람자는 로그아웃했다.

휴대전화가 울리는 소리에 놀라 잠에서 깼다. 전화를 받았다.

"안녕하세요. 오초아예요. 지금 상담하면 어떤가 해서요."

상담을? 지금 몇 시지? 블라인드 사이로 비스듬히 비추는 햇빛을 보니 오전이었다. 상황이 이해되기 시작했다. 백 명의 관람자가 우리가 상담 시작하기를 기다리고 있었다. 내가 늦은 것이다. 관람자가 그렇게 많다니 이상했다. 바로 누우면서 천장에 댓글이 올라오도록 설정했다.

"지금 시간 괜찮아요?"

"네." 나는 한 팔을 베고 눈을 문질러 잠을 깼다. "네. 잠깐, 잠깐이면 돼요. 접속할게요."

침대에서 일어나다가 멈췄다. 내가 잔 매트리스 반대편에 자국이 있었다. 나는 그곳에 남은 기억을 방해하기라도 할까 봐 조심스레 살폈다. 그녀의 옆구리에서 본 절개 자국. 그것이 말하는 게 있었다.

"이거 보여요?" 내가 소리 내어 물었다.

침대?

이 예술품 자식이 대낮에 취했네.

그 여자를 회상하는 모양인데. 아냐, 우린 그 여자 안 보여.

무시하고 '상담석'에 앉아서 휴대전화를 확장시켰다.

"잠시만요. 몇 가지 정리하는 중이라."

"천천히 해요." 오초아 선생이 말했다.

나는 배경에 아직 열려 있는 암시장 기사를 최소화했다가 '팜'에 하려던 문의를 보고 잠시 멈췄다. 버튼 위로 손을 올려 의사들에게 메시지를 보내고 그 창 역시 닫았다.

오초아 선생의 미소 띤 얼굴이 보였다.

"어제 전화를 못 받았어요. 미안해요. 다른 환자와 상담 중이었어요."

"만난 사람 때문이었어요. 하지만 그 후로 다른 일이 생겼거든요."

"듣고 있어요."

나는 전날 밤에 있었던 일을 전했다. 오초아 선생은 그간의 일들을 다 겪고도 내 말을 열심히 경청했다. 나는 우리 관계가 거래라는 사실을 잊을 뻔했다. 거의. 오초아 선생은 내 상담사가 되기 위해 돈을 지불했다. 서비스 요금 중 일부가 내 창조자의 재산으로 들어갔다. 의료 실험에 이용하기 위해 대량 생산한 예술품 세대가 존재했다. 신진대사가 증가하고 세포 재생 능력이 높아진 것 때문에 암 발생이 늘어난 듯했다. 나는 예술품 치료 능력에 관심이 없었다.

"그녀가 사라졌어요." 나는 편지 이야기를 하려다가 멈추고 잠시 생각한 뒤 등을 기댔다.

"말없이 떠난 것 같아요?"

"모르겠어요. 그런 건 아니면 좋겠어요. 네, 그런 것 같지는 않아요. 내가 자길 찾아 주기를 바라는 것 같아요."

오초아 선생 뒤, 휴대전화 너머로 보이는 침대 자국이 깊어졌다. 나는 화면을 움직여 그것을 가렸다.

"그녀가 당신이 따라가기를 바라나요? 아니면 당신이 따라가야 하나요?"

"전 항상 따라다니죠. 하지만 이번에는 달라요. 전 정말 다칠 수도 있어요."

오초아 선생이 그다음에 한 말은 듣지 못했다. 침대에 난 자국이 무슨 일인지 더 커져서 다시 보인 것이다. 나는 휴대전화를 떨어뜨리며 벌떡 일어나 두 걸음 만에 방을 가로질렀다. 침대를 만져 봤다. 단단했다. 차가웠다. 비어 있었다. 당연한 일이었다.

나는 얼어붙었다. 숨을 참았다. 숨소리가 들렸다. 희미하지만 확실한, 내 것이 아닌 숨소리였다. 마지막에는 살짝 흔들리며 힘을 쓰기 시작하는 소리. 섹스의 열기와 열정에 내 살갗이 달아오르더니 코코넛 컨디셔너의 불쾌한 향에 소름이 끼쳤다. 나는 코코넛을 싫어했다. 사샤가 그것을 썼다면 알아차리지 않았을까? 내 목덜미에 닿는 그녀의 숨결. 나는 홱 돌아섰다. 아무도 없었다.

침대로 돌아갔다. 가장자리, 자국 오른쪽. 거기에 핏자국이 있었다. 만져 봤다. 아직 젖어 있었다. 아직 뜨뜻했다. 그 느낌이 가시지 않았다. 사라지리라 예상했다. 그러지 않았다.

내 생각을 정리할 수가 없었다. 내가 창조되기 전에는 수정이 금지되어 있었다. 자신의 생각, 감정, 기억을 컴퓨터 파일처럼 정리하는 능력이 있는 예술품들은 모두 사춘기가 되기 전에 뇌종양으로 죽었다. 하지만 나는 저장된 감각 회수와 현재 환경과의 상호작용을 구별할 수 있었다. 그때 보이는 것은 현실로 등록됐다.

사샤의 따뜻한 몸이 매트리스를 뚫고 나와 가만히 있는 내 손 안으로 들어왔다. 나는 그것을 떨치고 뒷걸음질 치다가 테이블에 발목을 부딪쳤다.

"젠장, 씨발!"

"괜찮아요? 무슨 일이죠?"

자국이 사라졌다. 열기도 사라졌다. 그녀의 냄새도 사라졌다. 나는 의자에 앉아 두 번 숨을 쉬고 휴대전화를 다시 고정시키고, 상담 자세를 잡았다.

"환각이군요, 그렇죠?" 오초아 선생이 말했다. 화면 왼쪽 아래에 오초아 선생에게 보이는 내 모습이 비쳤다. 꼴이 엉망이었다.

"그런 것 같아요."

"신경 업데이트를 마지막으로 한 것이 언제죠?"

"분명 너무 오래전이겠죠." 시야에 관람자 수가 올라왔다. 수백 명이 지켜봤다. 수백 명이 심판 노릇을 했다. 전부 차단해 버렸다.

오초아 선생이 불편한 듯 앉은 자세를 바꿨다. "개인 상담을 원한다고 미리 말했어야죠."

"전 모든 상담은 개인 상담이길 원해요. 하지만 원해 봤자 아닌가요?" 이어지는 침묵에 오초아 선생이 불편해져서 내가 못마땅하다고 말하기 전에, 나는 핵심부터 짚었다. "그럴 만한 이유가 있어요."

"무슨 생각이죠?"

"혹시 수집가 이야기 들어 보셨어요?"

조시아 켈리 박사의 '팜' 프로필은 평균 별 넷의 리뷰를 자랑했다. 환자들은 그의 매너와 전문 지식, 효율적인 수술을 칭찬했다. 하지만 내가 구하는 것은 암 제거나 기관 이식, 영웅적인 태도가 아니었다.

"건강 기록이 깨끗하군요." 켈리 박사가 말했다. "뼈가 부러진 곳도, 응급실 방문도, 단 한 건의 화이트 코트 신드롬도 없었어요. 팬데믹 기간에도 멀쩡했던 모양인데요?"

나는 끄덕였다. 뛰어난 면역 체계를 가진 예술품치고도 전례 없는 일이었다.

박사의 조수, 귀가 크고 투명한 피부와 네 팔을 가진 피조물이 내 정밀 검사 결과를 그에게 건넸다.

"뇌는 어떤가요?"

"정상이군요. 걱정되는 부분이 있습니까?"

"아뇨. 두통이 좀 있어서요. 여기저기. 신경 업데이트할 때가 된 것 같아요. 해 주실 수 있나요?"

"그럼요." 켈리 박사는 손을 흔들었고, 다른 결과지를 보면서 물었다. "자녀가 있습니까?"

그 질문에 나는 너무 당황한 나머지 웃어 버렸다. "꽤 되죠. 아뇨. 전 불임이에요. 모든 예술품이 그렇듯이."

"조작 내용을 압니까?"

"예술품으로서 제 가치는 여기 있어요." 나는 머리를 가리켰다. "적어도 제 창조자는 그렇게 말씀하셨어요."

의사는 입을 열다가 다물었다. 그는 결과지를 한 번 더 확인하고 치워 뒀다. 나는 그 점을 기억했다.

"요즘 전부 다 암에 걸리진 않아요. 삶의 방식도 여럿이고 비수술적 선택지도 있죠. 이 절차는 이미 위험 범주에 들어간 이들을 위한 겁니다."

"위험 범주에 들어가면 너무 늦어요. 암은 우리 유전자에 들어 있다고요." 우리는 서로를 빤히 봤다. 나는 일어났다. "알겠어요. 의사는 또 있으니까요."

그가 한 손을 들었다. 나는 앉았다. "어떤 절차인지 압니까?"

"제…… 간에 뭘 넣나요?"

"신장입니다."

"그렇군요. 암을 제거하는 작은 컴퓨터를 넣는 거네요. 신장은 나뻔 것을 걸러내고 순환계에 봇을 유지하고요.”

“그런 셈입니다. 치료는 아니고…….”

“그래도 예방은 가능하죠. 그렇죠?”

그는 나를 가만히 보면서 고개를 끄덕이고 어떤 선택을 할지 가늠했다. 오초아 선생과 달리 켈리 선생은 탐욕을 감추지 않았다. 그는 망가진, 필사적인 예술품들을 상대로 커리어를 쌓았다. 깨어난 뒤 무언가 사라져도 상관하지 않을 예술품들. 그들은 기회만, 희망만 있다면 그저 만족했다. 어떤 이들은 훌륭한 의사에게 너무 큰 빚을 지는 바람에 의사 밑에서 무기한 일하기도 했다. 나는 건강했다. 내게는 잃을 것이 많았다.

그것이 내가 그렇게 매력적인 이유였다.

나는 내 해부학적 특징이 굉장히 ‘정상’이라고 농담했을 때 그의 표정을 되감아 봤다. 그는 반박하려다 말았다. 자제. 더 뒤로 돌아갔다. 아이가 있느냐는 질문. 어쩐지 연관이 있었다. 그는 뭔가 알고 있었다. 내 창조자가 내게 심어 둔 것을. 나를 원하게 한 것이 뭘까.

의심이 스며들었다. 그것은 사샤의 얼굴을 하고 있었다.

“시작하죠.” 의사가 말했다.

내 수술을 본 관람자는 없었다. 나중에 알게 된 사실에 따르면 수술실에는 단 두 명, 간호사와 기술자뿐이었다.

“멋지게 끝났어요.” 간호사가 내 옆구리의 상처를 확인하고 말했다.

나는 찡그렸지만 통증 탓은 아니었다. 통증은 미미했다. 마취 중에 자동으로 저장된 감각 입력 내용을 복기했다. 간호사가 검사하는 동안 나는 수술 각 단계별로 활성화된 신경 클러스터의 기록을 들여다봤다. 복부, 한참 오른쪽의 작은 절개. 뜨거운 불똥이 튀었다. 그리고 한 시간쯤 지난 뒤 켈리 박사가 나를 환자로 삼은 진짜 이유가 나왔다. 내 고환 바로 아래서 시작된 갑작스럽고 낮은 통증. 작고 가냘픈 울음소리가 새어 나왔다.

간호사는 이맛살을 찌푸리더니 재빨리 미소 지었다. "통증은 나아질 거예요. 제 말 믿어요. 저도 아니까." 간호사는 수술복 상의를 들어 올려 다 나은 복부 절개 상처를 보여 줬다. 간호사의 눈이 얼마나 큰지 그제야 보였다.

현재로 복귀. 사타구니 통증은 없었다. 흉터도 없을 것 같았다. 원래대로라면 수술 한참 뒤에야 내가 알게 될 일이었다. 그때가 되면 내가 무슨 주장을 할 수 있겠는가?

간호사가 수술 후 간호 계획을 설명했다. 자주 상처를 확인하고 오른쪽 팔에서 정맥주사를 제거하는 것이었다. 그다음은 내 차례였다.

"켈리 선생님과 이야기하고 싶어요."

"회복 과정이 힘들 것 같죠. 저도 알아요. 하지만 정밀하게 조정하는 것이 중요해요. 모두 환자분이 서명한 서류에 있는 내용이죠."

"그게 아니에요. 그분에게 질문할 것이 있어요."

"우선 제게 물어보세요."

"좋아요. 저는 아이를 가질 수 있죠. 제 검사 결과지에서 선생님이 본 내용이 그거죠? 저는 전 세계에서 유일하게 제대로 기능하는 불알이 달린 예술품일 수도 있어요."

"자세한 내용은 이야기할 수 없어요."

"선생님이 둘 다 떼어 갔나요, 하나는 뒀나요? 그리고 요즘 암시장에서 예술품 불알이 얼마나 하죠? 암시장 이야기는 들어 봤죠?"

간호사의 눈이 움찔거렸다. 수술 모자 틈새로 일렁이는 붉은색과 주황색 빛이 보였다. 간호사의 시선이 내 팔로 옮겨 왔다. 몇 분 전만 해도 간호사가 수술의 일환이라며 내게 진정제를 잔뜩 주입할 뻔했던 곳이다.

사샤가 간호사 뒤 침대에 냉랭한 표정으로 대화를 들으며 앉더니 내게서 등을 돌렸다. 현실일까 아닐까? 알 수 없었다. 모른다고 무엇이 달라졌을까?

"켈리 선생님을 부를게요."

간호사가 달려 나갔다. 나는 등을 기대고 앉아서 기다렸다.

"좋아요."

켈리 선생은 내 의혹이 옳았음을 마지못해 인정했다. 내 검사지에는 돌연변이에 저항하는 유전자를 가진 정자가 있다고 적혀 있었다. 그는 내 창조자의 설계로 돈을 벌기 위해서 내 고환 한쪽을 떼어 냈다. '수집가'라는 개념에 비웃으면서도 그는 나와 함께 암시장을 조사하기로 했다. 그리고 진통제 세 알만 달랑 주고 퇴원시킴으로써 나를 얼마나 무시하는지를 알려 줬다.

이튿날 나는 가물거리는 의식으로 내 침대에 누워 있었다. 등이 아팠다. 상실을 겪은 사타구니가 욱신거렸다.

사샤를 기다렸다. 하지만 오지 않았다. 사샤의 감각을 상기하고 나서는 그것이 내게서 달아나리라 예상했다. 아무 일도 일어나지 않았다. 짜증이 나서 진통제 세 알을 다 먹고 잠들었다.

그날 밤 땀으로 푹 젖은 시트는 살에 닿자 얼음장처럼 느껴졌다. 편안해지려고 안간힘을 썼다. 찾을 수 없었다. 사샤는 내내 조용했다. 관심이 없어진 것일까? 그녀는 나를 위로하려는 행동을 전혀 취하지 않았다.

섬망의 순간, 손을 뻗었다. 손끝이 닿자 얼어붙었다. 결국 사샤가 나를 봤다. 나는 비명을 참았다. 사샤의 얼굴이 무시무시하게 뒤틀려 있었다. 허공 가운데 구멍이 열렸다. 거기서 나오는 말은 사샤의 입술이 있던 자리에서 생기는 떨림과 일치하지 않았다.

"대체 뭐죠?"

예상 밖의 말이었다.

"오초아 선생님?"

사샤가 피시식 사라졌다. 침대에는 여전히 사샤가 누워 있던 자국이 있었다. 나는 휴대전화를 찾아 피드를 검색했다. 내 믿음직한 치료사가 나를 마주 보고 있었다.

"의사에게 절대 가지 말라고 했잖아요."

"어떻게 알았어요?" 내가 말했다.

"해킹당했다는 연락이 왔어요. 인간 존재권 운동 쪽에서 한 짓 같아요. 당신의 정신 건강 담당자로서 시스템에 접속할 수 있었죠."

"선생님한테는 보너스겠군요?"

"네?"

나는 누워서 천장에 가장 좋아하는 기억들을 재생시켰다. "수집가를 찾아야 해요. 그녀가 나를 필요로 해요."

"누구요? 누가 당신을 필요로 해요?"

"저 여자요!" 나는 천장을 가리켰다. 천장에 투사된 사샤는 내 쪽을 보지 않았다. "저 여자 말고 누가 있겠어요?"

"멈춰요. 마음을 가다듬고요. 우리 계속 헛돌고 있네요. 적어도 나는 당신을 염려해요. 직접 만나러 와요. 함께 해결할 수 있어요."

나는 휴대전화로 고개를 돌렸다. 오초아 선생의 얼굴을 보니 마음이 꺾일 뻔했다. 선생은 염려 때문에 늙어 버렸다. 내 창조자도 그것 때문에 약해진 것일까? 내 안위에 대한 염려?

나는 무슨 짓을 하는 것일까? 이것으로 무엇을 얻겠다고?

그래도 알아야 할 일이 있었다. "왜 저랑 계속 상담하시죠?"

"네? 이런 이야기나 하고 있을 시간이 없어요."

오초아 선생은 짜증이 났다. 그것은 알 수 있었다. 하지만 젠장, 내 상담 시간이었고, 이 순간 그보다 더 중요한 질문은 없었다. 나는 다시 물었다.

"당신에게 투자한 게 있으니까요. 상담한 시간이 8~9년째잖아요?"

"헛소리." 나는 휴대전화를 끄려고 움직였다.

"잠깐만요. 그래요. 헛소리예요. 왜 아직도 당신과 상담하는지 나도 몰라요. 그게 사실이죠. 난…… 당신을 담당하는 치료사일 때 온

전하다는 느낌이 들어요.”

정직한 말인지 확인하려 선생의 얼굴을 살폈다.

“그래서 직접 오라는 거예요. 우리가 해결할 수 있어요. 함께.”

긴 침묵 속에서 메시지 한 통이 도착하면서 진실이 떠올랐다.

매입자 찾음. 알게 되면 주소를 확인하겠음. 나는 그 내용을 손끝으로 눌렀다.

“좋아요. 갈게요.”

나를 태울 차가 아파트 앞에서 기다렸다.

“위치가 어떻게 되죠?” 차에 올라타자 기사가 물었다. 내가 한쪽 눈썹을 치켜뜨는 게 룸미러에 비쳤다. 기사가 설명했다. “시위 때문에 시내가 엉망이라서요. 지금 밖에 나가는 건 말썽을 부리거나 탈출하려는 자들밖에 없어요.”

“탈것이 필요할 뿐이에요.”

밤하늘에 불꽃놀이가 펼쳐졌다. 빠른 총성과 불안한 광경이었다. 큰 도로에는 접근할 수 없었다. 우리는 도로 경계석을 뛰어넘어 빈 보도 쪽에서 비교적 조용한 샛길을 찾았다.

“혹시 모르니 말인데, 난 핸젤 편이에요.” 기사는 양손으로 핸들을 잡고 도로에서 잠시도 눈을 떼지 않았다. 그것이 고마웠다. 특히 혼란한 와중이었으니까. “나도 아이가 셋 있거든요. 예술품도 우리처럼 고생 좀 해 봐야지.”

나는 끄덕이고 휴대전화를 봤다. 켈리 선생이 보낸 주소를 쓰다듬었다. 목덜미에서 시작된 싸한 냉기가 등줄기를 타고 내려가더니 허리가 욱신거렸다. 지난 몇 시간, 지난 며칠, 지난 10년, 내 평생에 일어난 일들을 정리해 보려고 했다. 8년 전 창조자의 죽음은 모든 것을 혼돈에 빠뜨렸다. 내가 아는 것 이상이었다. 나는 승객 좌석에 시선을 돌리며 사샤가 보이지 않을까 (원)했다. 하지만 다행인지 불행인지 내 정신은 맑았다. 대신 사샤의 생생한 기억을 꺼냈다. 사샤는 영원히 등을 돌리고 있었다. 그것도 일부일까? 그 모습을 마지막으로 가진 삶은 살 수 없을까? 기억이 더 필요했다. 사샤의 손이 내 손에 닿는 느낌이 가짜인지…… 그 이상인지 알아야만 했다.

정확히 모르겠어. 넌 느껴져?

이제 느껴, 사샤. 느껴져.

나는 관람자 설정을 켜고 망설이다가 피드를 열었다. 수백 명의 관람자가 나왔다. 성난 댓글이 쏟아져 들어왔다. 나는 소리를 껐다.

차량이 멈췄다. 고개를 들었다. 밤하늘이 새빨갛게 물들었다. 집일 수도 있는 작은 사무실이 삼각형 모서리에 고립되어 있었다. 기사가 나를 향해 몸을 완전히 돌렸다. 그는 파란 재킷을 입고 있었다. 턱수염 아래 얼굴은 젊고 부드러웠다. 나는 그 얼굴과 체격을 살피고 예술품이 아니라고 빠르게 판단했다.

"상담인가요?" 내가 기사를 흘끔 보자 그가 덧붙였다. "나도 관람하고 있어요. 사실 아주 오래됐죠. 부정적인 댓글은 무시해요. 우리 모두 당신을 응원하고 있어요."

내가 대답하기까지 시간이 좀 걸렸다. "이게 옳은 일일까요?"

"옳다고 느껴져요?"

"사샤가 내 소울메이트일지도 모른다고 생각해요. 이상하게 들리는 것 알아요. 말하기도 이상하니까요."

"예술품은 소울메이트를 가질 수 없다는 사람들도 있죠. 영혼이 없으니까." 청년의 눈이 내 눈을 들여다보는 것 같았다. "하지만 사람들이 뭐라든 무슨 상관이죠. 옳다고 느끼면 그게 중요한 거죠. 그 뉴스 기사가 도움이 됐나요?"

나는 망설이다가 끄덕였다. 그가 미소를 지었다.

"다행이네요."

전조등이 밤거리를 밝혔다. 하얀 자동주행 자동차가 반대 방향에서 우리 앞에 섰다. 기사는 창을 가렸고 우리는 둘 다 말없이 앉아 있었다. 사무실 현관문이 열렸다. 상향등이 그 차에서 누가 내리는지를 가렸다. 빛 속으로 여성의 실루엣이 나타났다.

"특별 배달 같군요." 기사가 말했다.

그 말이 옳았다. 사타구니의 둔한 통증이, 내 소중한 부분이 방금 넘어갔다는 사실을 알렸다. 배달 차량이 출발하고 여자는 빠르게 사무실로 돌아갔다. 그녀의 기우뚱한 잰걸음은 무심함과는 거리가 멀었다. 한쪽 옆구리에 작은 상자를 끼고 있었다. 그녀는 우리를 한 번 보고는 현관문으로 들어가서 사라졌다. 사샤가 아닌 것은 알 수 있었다.

"여기서 기다려 줄 수 있어요? 오래 걸리지 않을 거예요."

"물론이죠."

차에서 내리는데 휴대전화가 울렸다. 오초아 선생이었다. 받지 않았다. 모서리 사무실을 올려다봤다. 소박한 장미 정원. 문에 걸린 간판. 미색 울타리.

대문이 열려 있었다. 나는 안으로 들어갔다.

대기실 옷걸이에 사샤의 파란 재킷이 걸려 있었다. 그것을 만져 보기는 했지만, 정식으로 현실인지 확인할 필요는 없었다. 전에 놓친 새로운 부분이 있었다. BEHOLDER의 'O'가 눈 모양으로 그려져 있었다. 현실이었다. 사샤가 거기 있었다.

긴 흰색 소파와 두 개의 안락의자가 놓여 있었다. 생생하게 그려진 예술품의 대형 초상화가 벽에서 나를 보고 있었다. 어딘가 보이지 않는 곳에서 흘러나오는 백색소음이 실내를 채웠다. 종이봉투 하나가 소파 옆 테이블에 놓여 있었고, 아직 어려서 순진한 '유연형' 하나가 미소를 지으며 앉아 있었다. 나는 그 봉투를 열었다가 바로 다시 닫았다. 뜨뜻한 분노가 목구멍에 치밀어 올랐다.

나는 문을(안에서 속닥이는 소리가 들렸다.) 손으로 밀고 오초아 선생의 사무실로 들어갔다.

"어."

둘 다 내게 고개를 돌렸다. 소파에 앉은 사샤는 다리를 꼬고 한 팔을 위쪽 다리에 얹고 있었다. 오초아 선생은 몇 걸음 앞에 몸을 바짝 당기고 앉아 있었다. 나는 그 순간을 머릿속에 기록했다. 기만의 커리어로 장식한 사무실. 놀란 사샤. 오초아 선생의 지친 표정. 공기 중에 떠도는 코코넛 컨디셔너 향.

오초아 선생이 일어섰다. 그 모습이 실시간으로 등록되면서 나는 놀라 숨을 들이쉬었다. 내 추적이 오초아 선생에게로 되돌아가지 않을까 의심한 지는 오래됐다. 짧은 시간 차량을 타고 오면서, 이해는 못 하더라도 체념은 했다. 하지만 오초아 선생의 외모가 일으키는 인지 부조화에 대한 대비는 없었다. 전에는 매끈한 피부만 보였던 자리에 깊은 주름이 새겨져 있었다. 눈가도 처졌다. 나이가 들어 한쪽 뺨이 다른 쪽 뺨보다 올라가 있었다.

오랜 세월 나를 맡았던 치료사는 어쩐 일인지 마지막으로 본 모습에서 40년은 늙어 있었다.

"필터를 썼어요? 그동안 내내?"

오초아 선생은 자기 얼굴을 만지고 잠시 생각하더니 욕설을 중얼거렸다. "감당하기 어려운 것 알아요. 당신을 여기 불러야 했어요. 이야기하도록. 'AestheticOne1'이란 이름 알아보겠어요?"

"선생님을 믿었어요. 모든 면에서."

"난 당신이 신경 공격의 희생자라고 생각해요. 당신에게 이루어진 조작을 아는 사람의 신경 공격."

나는 사샤에게 고개를 돌렸다. 중요한 건 사샤뿐이었다.

"여기 있을 필요 없어. 저 여자가 말한 대로 할 필요 없고. 여기서 나가자."

사샤는 내 손을 잡는 대신 비켜섰다. 의혹이 물밀듯이 밀고 들어왔다. 다친 곳도, 아픈 곳도, 눈에 띄는 손상도 없었다. 혼란뿐이었다. 사샤가 원해서 온 것일까? 어떤 위험에 처한 것인지 알기는 하나?

"오초아 선생. 저 여자가 수집가야." 내가 말했다. "저 여자가 널 여기로 데려왔어. 우릴 여기로 불렀어. 우리에게 무슨 짓을 하려는 건지 모르지만 좋지 않아."

사샤가 동그랗게 뜬 눈을 오초아 선생에게 향했다. "이게 무슨 말이죠?"

"저 여자는 우릴 수집하려는 거야, 사샤. 나가야 해."

"부탁이에요." 오초아 선생이 말했다. "자기가 하는 말을 들어 봐요. 논리적이지 않잖아요. 난 당신의 치료사예요. 그것뿐이죠."

"그럼 필터는 왜 썼죠? 어째서 본모습을 감춘 거예요?"

"당신의 창조자가 그러라고 했어요. 나는 그분의 치료사였고, 그분이 사망한 뒤에는 당신을, 당신들 둘 다를 돌보겠다고 약속했어요. 그분이 당신 둘이 함께하도록 만들었죠. 뭔가 느낀다고 했죠? 사샤, 사샤도 똑같이 말했고요."

나는 주위를 둘러봤다. 사무실은 작고 아늑했다. 오초아 선생의 휴대전화가 책상에 고정되어 있었다. 그 뒤 배경의 장미 액자는 내가 그동안 카메라를 통해 본 것이었다. 내 눈길이 열린 문과 그 바로 앞 테이블에 놓인 봉투로 향했다. 나는 몸을 굳혔다.

오초아 선생이 내 시선을 알아차렸다. 봉투를 들더니 내게 내밀었다. 내가 그것을 낚아챘다.

"누가 보냈는지는 몰라요. 하지만 누군지 몰라도 당신을 속인 거예요. 지금 여긴 예술품에게 아주 위험한 장소예요. 그리고 당신과 사샤가 창조할 수 있는 것이……"

나는 오초아 선생을, 내 가슴팍에 말도 안 되게 바짝 붙어 있는 고환을 무시하고 사샤 옆에 앉아서 손을 잡았다. 사샤는 움츠리지 않았다. "날 믿어?" 말하지 않은 많은 이야기가 전달됐다. 내가 사샤를 믿듯이 사샤는 나를 믿었다. 어떤 논리적인 이유가 없더라도 마찬가지였다. 사샤의 살갗이 닿자 나는 문득 뉴욕 북쪽의 정원으로 돌아갔다. 내가 창조자와 유대를 맺기 위해 설계되었다고 생각했던 시절로. 사샤와 있으니 그때와 같은 감정이 느껴졌다. 우리는 서로의 상대로 만들어졌다.

나는 일어섰다. 사샤도 나와 함께 일어섰다.

"이러지 말아요." 오초아 선생이 말했다. "난 적이 아니에요. 당신들을 구할 사람이죠."

"그만하면 됐어요." 이어서 나는 사샤에게 말했다. "괜찮을 거야." 그러고 나서 우리는 나왔다. 오초아 선생은 따라 나오지 않았다. 차가 시동을 켠 채 기다리고 있었다.

"저 여자였어요?" 기사가 출발할 준비를 하면서 목을 쭉 뽑고 물었다. "문 앞에 서 있네요. 수집가였어요? 와아. 둘은 괜찮아요?"

"어서 가 주세요. 부탁해요."

그는 내 말대로 했다. 서둘러서.

"떨려." 사샤가 말했다. "정신 나간 짓이야. 널 믿지만, 이유를 모르겠어. 아마…… 아니, 이유를 알아. 그날 밤 네 꿈을 꿨어. 우리 꿈. 우리가 가정을 꾸렸어."

"나도 같은 꿈을 꿨어. 네 창조자가 누군지 알아?"

"응? 몰랐어. 내가 어릴 때 돌아가셨거든. 오초아 선생이 아는 분이었어. 날 특별한 존재로 만들었다고 했어." 사샤는 말끝을 흐리며 배에 손을 얹었다.

"뉴욕 북부였어?"

사샤가 내 눈을 살폈다. "응. 그런데 어떻게……"

"우린 함께하도록 만들어졌어. 사랑에 빠지도록. 또…… 창조하도록. 진짜 이름이 뭔지 모르겠지만 오초아 선생이 그걸 이용하려고 해. 우리를 자기 작품으로 만들고 싶어 해. 알겠어?"

"알고 싶어." 사샤가 창밖을 돌아봤다. "이제 거의 10년째 내 상담을 맡았는데."

"알아. 우리 둘을 다 속였지."

나는 확인하느라 봉투의 내용물을 보고는 시트 옆에 치워 두며 눈살을 찌푸렸다. 새로운 목적지를 앱에 입력하려고 휴대전화를 열었다. 대기 알림을 보고 얼어붙었다. 잠시 한 시간가량을 되짚어 봤다. 하지만 미처 기억을 저장하지 못했다.

과연 무엇이 현실일까?

"왜 그래?" 사샤가 내 휴대전화 화면을 보려고 다가왔다. "뭔데?"

귀하의 차량은 더 이상 대기할 수 없어 취소됐습니다. 다시 시도해 주십시오. 출발 지점은 아직 내 아파트였다. 내가 탄 차량은 내가 지정한 것이 아니었다.

기사에게 말하려 몸을 움직였지만, 그가 차단막을 올린 뒤였다.

"저 소리 들려?" 사샤가 말했다.

희미한 쉭쉭 소리. 공기에서 코코넛 냄새가 났다.

"내려. 어서 내리라고!"

내 당혹한 목소리가 행동을 요구했고 사샤는 들었다. 사샤는 문을 붙잡고 힘을 줬다. "잠겼어!"

그랬다. 내 쪽도 마찬가지였다. 나는 사샤 쪽으로 다가가서 핸들을 당겼다. 꼼짝도 안 했다. 차단막을 두드렸다. 그러자 차는 속도를 높였다.

나는 힘이 빠져서 등을 기대고 앉았다. 숨을 몰아쉴 때마다 코코넛 향이 들어온다. 머리 위에서 뒤섞인 색상이 둥둥 떠다녔다. 소리가 멀어졌다. 기억은 줄지은 의식이 됐다. 웃음이 터져 나왔다. 사샤도 키득거렸다. 눈가가 젖어 있었다.

"이거 예술이네." 내가 말했다. "더럽게 아름다워." 내 창조자가 나를 보지 못하는 것이 아쉬웠다. 어떻게든 보고 있기를 바랐다. 나는 관람자 앱을 켜고 내가 보는 광경이 보이도록 카메라를 돌렸다. 현란한 색상. 평화.

정지. 가상 공간에 누군가 들어왔다. AestheticOne1이었다. 내게 뉴스 기사를 보낸 평생의 관람자. 전에는 감춰져 있었던 그의 아바타가 그때는 보였다. 궁극의 움직이는 예술품을 차에 태운, 부드러운 얼굴에 턱수염이 난 남자. 핸들 아래에는 이렇게 적혀 있었다. 인간답게 존재하는 것이야말로 진정한 인간이다! #인간존재권

아름답군. 남자가 적었다. 그 댓글이 마음에 들었다.

나는 사샤의 손을 잡고 눈을 감고서 그 순간을 기억했다. 사샤는 손에 힘을 주지 않았다. 사샤 역시 그 순간이 도달한 예술에 도취되어 있었다. 아름다웠다.

그렇다. 진정 아름다웠다.

에즈라 클레이턴 대니얼스

Pressure

압력

에즈라 클레이턴 대니얼스
Ezra Claytan Daniels

흑백 혼혈 미국인이며 여러 분야에서 활약하고 있는 종합 예술가이다. 아이오와주 수에서 태어나 자라, 과학/공포 그래픽노블 『업그레이드 소울』(오니 프레스)과 『BTTM FDRS』(판타그래픽스)로 상을 수상했다. 대니얼스가 제작한 영상은 더 크라이테리언 채널에서 방송되었을 뿐 아니라 시카고 현대 미술관에서 전시되었으며 휘트니 미술관에서 상설 전시 중이기도 하다. 현재 로스앤젤레스에서 거주하며 영화와 텔레비전 각본을 집필하는 중이다.

오늘 아침 비행 이후 너는 아직도 귀가 먹먹하다. 몇 분에 한 번씩 입을 크게 벌리고 침을 삼켜서 귀가 뚫리게 해 본다. 일곱 시간 뒤에도 상태는 아직 나아지지 않았고, 그 행동은 비자발적인 틱 증상으로 변했다. 우스꽝스러운 꼴은 가족 사이에서 농담거리가 됐지만, 아직도 잘 안 들리기 때문에 신랄한 소리 절반은 놓치고 있다.

집중하기 힘들기는 해도 비행기 여행이 얼마나 위험해졌는지 미뤄 보면 이 정도 불편은 별것도 아니다. 오늘 오후 행사에 꼭 참석해야 하는 것은 아니나 너는 비행기가 폭풍우나 불 회오리, 에어 포켓에 날아가지 않으리라는 믿음과 함께 고향에 갈 수 있는 것은 이번이 마지막일 수도 있다고 생각한다.

이모 집은 지난번과 달라진 것이 없지만 그동안 이모가 얼마나 변했는지 보려면 아침까지 기다려야 한다. 오늘 밤에 와서 자라고 부른 뒤에 주인 노릇은 자기 딸 케이티에게 전적으로 맡긴 것은 참

이모다운 행동이다. 겨우 8시가 지난 시각이긴 하지만, 리비 이모가 실존적 불안에 대처하는 가장 값싸고 효과적인 방법인 '수면'을 방해하지 말라는 경고는 이미 들었다.

이 큰 집의 거실은 빛의 섬 같다. 여기 도착하니 테드 숙부가 이 세대의 외동 사촌 셋에게 장난삼아 이름 붙였듯이 '좋은 녀석, 나쁜 녀석, 못난 녀석'이 근 10년 만에 다시 모였다. 세월이 느껴지지만 곧 친숙한 관계로 빠져든다. 너는 네가 다시 맡은 역할을 '조용한 관찰자'라고 생각했지만, 훗날 케이티는 너를 '잘난 체하는 외톨이'로 봤더랬다고 알려 준다.

자주 연락하고 지내는 친척도 있지만 너는 당연히 케이티와 가장 가까웠다. 텔레비전 전성기의 시트콤을 꼭 닮은 밴스 일가에서 케이티는 동성애자 사촌이고, 너는 (정확히는 혼혈이지만 흑인으로 보이는) 흑인 사촌이니까.

너희 둘은 타자성을 함께하기에 일찍부터 가까워졌다. 그러나 네 발목을 붙잡는 온갖 부정적인 기대가 틀렸음을 증명하고자 싸운 너와 달리, 케이티는 '기대'라는 개념 자체를 거부했다. 케이티는 소도시 십 대답게 반항했다. 알록달록한 머리칼, 도발적인 문구를 적은 티셔츠, 거리에서 시선을 끌지만 머리칼로 덮어 쉽게 감출 수 있는 피어싱. 테드 숙부는 어느 조카의 별명이 무엇인지 정식으로 밝힌 적 없지만 이 시절 탓에 케이티가 '나쁜 녀석'이지 싶었다.

케이티는 가족 중에서 네게 처음으로 동성애자라고 밝혔다. 케이티의 나이가 열넷, 너는 열여섯일 때였다. 그리고 사촌 셋 중 나머지 하나인 앤드루가 네 일곱 살 생일 때 너를 검둥이라고 부르는 것을 유일하게 목격한 사람도 케이티였다. 그때 앤드루는 여덟 살이었고 케이티는 다섯 살이었다. 1년에 한두 차례 통화할 때면 케이티는 아직도 매번 그 일을 이야기한다. 보지 않아도 늘 한숨을 푹 쉬고 고개를 절레절레 흔드는 것을 알 수 있다.

가장 어린 사촌 케이티는 네가 열여덟 살이 되는 날 이놈의 촌구석(네가 한 말을 순화한 표현이다.)을 떠나겠다고 하자 강하게 반대했다. 하지만 너는 결국 그렇게 했다. 네가 떠나자 케이티와 앤드루만 남았고, 둘은 가족의 '아이'로서 지역 커뮤니티 컬리지를 가끔 다녔다. 케이티가 자신의 성정체성을 탐색하고 좀 더 편안해지는 동안, 앤드루는 동성애 혐오 기질을 탐색하고 좀 더 편안해졌다.

케이티가 그놈의 촌구석에서 떠나기 전 2년 동안, 너는 사회 초년생으로서 뉴욕에서 좌충우돌 살았고, 그러면서 둘 사이에 연락이 끊긴 시기가 있었다. 바로 그때 케이티는 진짜 반항을 저질렀는데, 너는 그 내용을 한참 뒤에야 간접적으로 알게 됐다. 경찰관의 가정 방문, 일주일간의 가출, 엄마와의 몸싸움. 케이티는 먹는 데서 위안을 찾았고 단기간에 너무 체중이 늘어서 열일곱에 경미한 뇌졸중을 겪을 정도였다. 집안 사람들은 케이티 앞에서 못된 아이라고 부르지 않으려고 주의해야 했다.

너는 지금도 그때 케이티 곁에 있어 주지 못한 것을 후회하지만, 너희 집안 사람들은 과거의 아픈 기억을 입에 담지 않는 편이다. 모두 지나간 일이다. 끄집어내 봐야 좋을 것 없다. 케이티는 빈 땅을 기후 난민 정착촌으로 전환하는 지역 비영리단체에서 보람 있는 일을 한다. 너는 케이티가 하는 일에 대리 자부심을 느낄 만큼 가깝지만, 정작 케이티가 이뤄 낸 일이 워낙 미미하다 보니 아직도 "이민자 범죄 급증"이나 "미국인의 일자리" 등에 비이성적인 우려를 표명하는 사람들, 솔직히 말하면 앤드루 같은 사람들의 분노를 일으키는 것 외에 어떤 성취가 있는지는 의문이다.

너도 케이티도 앤드루를 다시 만나고 싶지 않았다. 그렇다고 싸울 생각은 없었다. 앤드루는 원래 그런 사람이고, 그런 사람은 어쩔 수 없는 법이다. 너는 생일 파티 사건에 원한 따위 없었다. 모두 어린아이였으니까. 그리고 무슨 일 때문에 케이티가 앤드루가 오는 가족 모임에는 오지 않겠다고 했었는지 몰라도, 그것은 네 알 바 아니다. 앤드루도 가족이고, 성인이 되어서는 좀 누그러졌다. 여전히 입만 열면 네 혈압을 올리기는 하지만.

예를 들면 이랬다. 한번은 가족 모임에서 터부 게임을 하는데, 앤드루가 '미국인'이라는 카드를 뽑고는 힌트랍시고 "우린 **백인**일 뿐 아니라 이거야."라고 말했다. 그 사건과 그 사건이 드러낸 무개념이 떠오를 때마다 너는 그것이 바로 네가 집안에서 '잘난 체하는 외톨이' 역할을 맡게 된 이유라고 확신한다.

앤드루는 그날 밤 머리가 좀 아프다고 한다. 그래서 어느 정도 견딜 만한 상대로 느껴지는 것일지도 모르겠다. 비록 천박하게 빈정거리느라 대화 주제에서 벗어나고 끊임없이 울리는 휴대전화를 받지도, 끄지도, 치우지도 않고 대체로 너무 큰 목소리로 말하는데도 (케이티의 엄마가 위층에서 자고 있는데) 말이다.

앤드루는 항상 공간을 지배하는 습관이 있어서 그가 말하는 동안 너는 별로 관심 없는 파티에 간 사람처럼 무심히 주위를 살피게 된다. 네가 찾는 것은 더 재미있는 대화가 아니라 스캠퍼라는 고양이다. 케이티가 어린 시절 키우던 고양이는 이제 스무 살이 다 됐을 것이다. 살아 있을지는 모르겠지만 부디 그러기를 바란다. 사실 특히 이렇게 불안정한 순간, 그 고양이가 죽었다고 한다면 큰 충격에 빠질 것이다.

네 소외감이 구체적으로 파악할 수 있는 감정으로 느껴지기 시작하던 시절에 의지할 수 있었던 상대가 바로 스캠퍼였다. 스캠퍼는 그 집에서 열리는 모든 가족 모임 내내 숨어 있었고, 그럴 수 있다는 것이 부러웠다. 짜증이 나거나 지루하면 침실에. 위협을 느끼면(그럴 때는 상황을 지켜보는 봐야 하니까) 소파 밑에. 십 대 시절, 이제는 익숙한 답답함을 처음으로 느끼고 두려워졌을 때, 너는 케이티 아버지가 자랑하는 핫도그 접시에서 본능적으로 후퇴해 스캠퍼를 찾아 이 집의 조용한 한쪽으로 피신했다.

너는 케이티 방 침대 발치에 웅크리고 있는 스캠퍼를 발견하곤 했다. 그러면 너는 몰래 들어가 바닥에 누웠고, 스캠퍼는 호기심이 발동해 침대에서 내려와 네 얼굴에 뺨을 대 네 길고 특이한 머리칼을 핥곤 했다. 우울하고 예민한 십 대 시절로 돌아갈 마음은 없지만 너는 가끔 어떤 사교 모임에서나, 어느 순간, 어떤 이유에서나 불쑥 빠져나갈 수 있었던 자유가 몹시 그리워진다.

요즘 너는 불안을 대체로 통제할 수 있다. 즉, 주위의 기운을 인지하고 흉내 내는 능력을 키웠다는 뜻이다. 다시 말해 너는 연기한다. 그래서 미소를 머금은 채 너는 앤드루와 케이티를 따라서 수년간의 극적인 연애와 쓰레기 같은 직장, 곧 닥칠 삼십 대를 요란하게 복기한다. 앤드루의 실패담이 가장 극적이다. 진짜 주먹싸움이 등장하는 이야기가 여럿이다. 이 사건을 이야기하는 것만으로도 그는 얼굴이 벌게져서 흥분한다. 그래서 너는 그가 확실히 잘못한 부분을 지적하지 않는다. 분명, 앤드루의 실패는 시키는 대로 따르지 않는 기질에서 비롯한 것이며 지금껏 진정한 대가를 치른 적도 없다.

비록 세월이 지나며 흐릿해지기는 했지만, 너는 앤드루의 눈에서 아무도 대적할 수 없는 빛을 여전히 본다. 좋은 녀석, 나쁜 녀석, 못난 녀석 중에서 그는 거의 확실히 좋은 녀석을 담당할 것이다. 앤드루는 어느 모로 보나 성공의 화신을 닮았다. 목소리는 우렁차고 가슴은 당당히 펴고 있다. 미소는 크고 진솔하며 거리낌 없다. 넓은 어깨, 각진 턱, 잘 그을린 분홍색 피부는 모든 영화, 텔레비전 드라마, 광고에서 영웅의 신체 특징으로 등장해 왔다. 리더로. 보스로.

앤드루는 사실 어디에서도 뛰어나거나, 열심히 일한 적 없으면서도 원한 것은 전부 손에 넣는 것 이외에 꿈이 없었다. 세상은 앤드루와 같은 남자들을 위해 그 꿈을 수용하도록 만들어졌다. 앤드루의 직책을 기억할 수도 없고 기억할 마음도 없지만, 그는 알 수 없는 이유로 꾸준히 회사에서 승진했다.

오늘 오후에 한 앤드루의 프레젠테이션은 인류의 멸망으로 돈을 벌기 위해 터무니없이 근시안적인 아이디어로 요행을 바라며 등장한 수많은 스타트업 중 한곳에서 승승장구한 5년의 세월 가운데 정점이었다. 앤드루가 만든 슬라이드 내용을 보고 알아낸 정보에 따르면 이번 프레젠테이션은 최근까지 지구 종말을 환영하며 레드 카펫을 깔아 왔던 농업계를 향해 "기압 조작을 통한 지역 날씨 안

정"을 약속하는 괴이한 내용이다.

앤드루가 감탄하는 청중을 향해 유행어를 쏟아 내는 동안, 모두의 눈길은 그의 왼쪽으로 몇 미터 떨어진 지점에 꽂혔다. 강화 유리로 만든 보호장치 뒤 스포트라이트 아래에 해치백 크기의 막대사탕 모양 로켓이 거기에 서 있었다. 앤드루가 우스꽝스러울 정도로 큰 버튼을 누르자 누군지는 몰라도 담당자가 로켓을 하늘로 쏘아 올렸다. 로켓은 서서히 연기와 불꽃을 내며 솟아올라 먹구름 뒤로 사라졌다. 희미하게 빛나는 녹색 구체가 나타나더니 하늘에 떠다녔다. 이윽고 먹구름이 갈라지더니 성층권에서 형광 녹색의 화학 반응이 번쩍이며 펼쳐졌다. 기뻐하는 군중에게 태양이 빛나자 앤드루는 환히 웃었다.

앤드루가 마지막으로 전문용어를 쏟아 내는데, 귀를 찢는 듯한 천둥이 치며 무시무시할 정도로 빠르게 구름이 다시 뒤덮었다. 이렇게 되살아난 구름은 더욱 두터워졌고, 무지갯빛을 발했으며, 둥둥 뜬 기름처럼 넓은 하늘에서 요동쳤다. 위에서 떨어지는 비는 번들거렸고 메탄 냄새를 풍겼다. 앤드루와 동료 외에는 아무도 그 로켓이 무슨 용도인지 몰랐지만, 그의 새빨개진 얼굴을 보면 사람들이 놀라서 숨을 곳을 찾는 결과를 예상한 것은 아님이 분명했다.

이제 그는 스트립 클럽이나 스포츠 바 같은 곳에서 위로 파티를 하는 대신, 조용하고 안전한 리비 이모의 집에서 상처를 핥고 있다. 솔직히 너는 아무 관심도 없다. 너는 예술에만 이기적으로 집중함으로써 너만의 안전지대를 만든 지 오래다. 이번 주말 가족 모임에 네가 참석한 것은 대체로, 애초에 솔직한 마음으로 한 것은 아니지

싶은 후원에 대한 보답이었다. 앤드루는 네가 대담하게 자기 홍보를 위해 올리는 소셜 미디어 게시물에 전부 '좋아요'를 눌러 줬고, 그 알림음이 들릴 때마다 일방적인 네 죄책감이 조금씩 커졌다.

앤드루가 꼭 오라고 부른 데는 병적인 질투심이 자리 잡고 있음을 상상하기 어렵지 않다. 따지고 보면 너에 대한 반감은 너무나 깊이 쌓였다. 너. 건실한 중산층 백인 주부와 우연히 시내를 지나가다가 가정을 파괴한 정체불명의 흑인 남자 사이 외도의 증거물. 너는 네가 그토록 열심히 노력하는 것이, 앤드루를 향한 가족의 사랑이 잘못된 것임을 증명하려는 욕망에 뿌리 박고 있음을 인정한 적은 없었다. 그러니 앤드루가 네 성공을 개인적인 모욕으로 받아들인다면 그럴 만도 하다.

너는 좋은 녀석, 나쁜 녀석, 못난 녀석 중에서 경제적으로 가장 성공한 것은 아니었지만, 이번 주말까지 네 성공이 가장 유명하기는 했다. 비록 네 주식은 여전히 1.25달러짜리 길거리 타코이지만, 최근 《뉴욕 타임스》에 실린 첫 개인전 리뷰는 멀리 사는 조카들을 비롯해 모든 가족에게 네가 얼마나 대단한 인물인지를 확인시켰다. 네가 그렇지 않다고 한다면 중서부인 특유의 겸손일 뿐이다.

너는 쿠션이 지나치게 좋은 의자 등받이에 걸쳐 놓은 가방을 든다. 안에는 전시 카탈로그 몇 권이 있다. 네가 자랑스레 카탈로그를 나누어 주자 사람들은 감탄한다. 가족은 아무도 참석하지 않은 전시의 기념품이다. 사진이 많은 책자를 직접 전달까지 했지만, 이곳에서 누구 한 명 작품을 실제로 감상할까 의문이 든다. 어떻게 보면 너는 그들이 감상하지 않기를 바란다. 이 방 누군가가 네 작품 하나

에서 자신들의 못난 모습을 알아본다면 틀림없이 시끄러워질 것이다. 분명 그런 작품이 있었으니까.

너는 책자 표지의 작품에 대한 질문에 사실 아무도 듣고 싶어 하지 않는 일화로 대답하기 시작한다. 너는 가방이 열려서 내용물이 다 보인다는 사실을 전혀 모르고 있는데, 겨우 몇 마디를 시작하자마자 앤드루가 지루해서 몸을 비틀다가 코코아버터 향 면도크림을 꺼낸다. 너는 각오한다. 그것은 고급 크림이다. 몇 년간 돈도 많이 들고 부작용도 자주 겪는 시행착오를 거쳐 정착한 것이다. 크림은 구식 금속 캔에 들어 있고, 레이블 디자인의 수준은 형편없다. 제발 써 달라고 졸라 대는 물건이다.

앤드루가 코코아버터라는 것을 처음 들어 본 것은 놀랍지 않지만, 진심으로 궁금해하는 어조는 놀랍다. 예전 같으면 너의 타자성과 관련한 농담을 던졌을 텐데("네 피부가 갈색이라서 코코아인 거야?"), 그 대신 그는 단순하고 솔직한 관심을 드러낸다.

너는 너그럽게 앤드루에게 크림을 짜서 써 보라고 한다. 그는 손바닥에 하얀 크림을 조금 짜더니 콧구멍을 벌름거리며 냄새를 맡는다. 냄새가 정말 좋다고 한다. 너도 아는 사실이다. 그는 크림을 양쪽 목에 바른다. 너라면 절대 바르지 않을 곳이다. 실내가 달콤하고 부드러운 향으로 가득 차고, 모두 차분히 그 향을 들이마신다. 짧은 공감의 순간이 고마워진다. 상황이 나쁜 방향으로 번지지 않아서도 그렇고, 거기 정신이 팔리는 바람에 모두 네 작품을 잊어버린 것도 감사하다. 분명, 후자는 앤드루의 목표였다. 의식했든지 안 했든지.

너는 크림을 가방에 도로, 옷가지 밑으로 더 깊숙이 보이지 않게 밀어 넣는다. 가방 지퍼를 닫고 의자 뒤에 다시 걸친다. 그만하면 됐다. 케이티가 고맙게도 자신의 피부 관리법을 소개하다가 작게 끼익 하는 소리가 들린다고 한다. 너는 귀를 쫑긋 세우지만 의미 없는 일이다. 작게 끼익하는 소리가 난다 해도 네 귀가 아직 먹먹해서 내면의 목소리보다 작은 소리는 들을 수 없다. 하지만 앤드루는 그 소리를 듣는다. 이내 그것은 경쟁이 된다. 끼익 소리의 근원을 찾아라. 너는 소용없을 것 같지만 함께한다.

머리를 한쪽으로 기울인 채 방 안을 서성이며 잠시 재미있어하고 나니 소리가 커져서 네게도 들린다. 작은 찻주전자가 필사적으로 지르는 비명 같은 소리다. 음량이 커지면서 음높이도 올라간다. 이제는 도저히 무시할 수 없는 소리다. 소리 찾기 게임은 긴장되는 대화에서 벗어나는 휴식이 아니라 불길한 일을 알아내야 하는 과제가 됐다. 경보일까? 가스 폭발일까?

앤드루는 힘으로 이기는 경쟁에 달려드는 것 같다. 이 방 저 방 닥치는 대로 뒤지며 그 소리를 낼 수 없는 물건까지 다 살핀다. 소파 쿠션이나 액자까지 확인한다. 아마 앤드루의 철저한 태도를 보고 배웠는지, 너는 앉아 있는 의자 주위를 살핀다. 그 소리가 네 가방에서 나온다는 사실을 깨닫는 순간, 가방은 총성처럼 탕 하는 소리와 함께 부풀어 오른다. 사람들은 놀라 비명을 지르다가 정신을 차리고 입을 다문다. 케이티 어머니가 위층에서 자고 있으니까.

케이티가 네게 안을 확인하라고 하는 사이 사람들의 충격이 잦아들고 웃음소리가 들린다. 네가 찌르자 가방은 쪼그라든다. 조심스레 지퍼를 여니, 가방 안의 내용물이 코코아버터 면도크림으로 범벅이 되어 있다. 옷가지 전부. 책. 노트북컴퓨터를 구하려고 손을 넣다가, 금속 캔 조각에 찔리자 재빨리 뺀다. 너는 반사적으로 손가락을 입에 넣고 빤다. 피에 크림이 묻어 있는데, 예상과 달리 쓴맛이 난다. 실내에 퍼진 코코아버터 향은 압도적이고 들척지근하다. 너는 다시 가방 지퍼를 닫는다.

머릿속에 열두 가지 가설이 떠오르는데, 어쨌든 발단은 앤드루가 고급 면도크림을 망가뜨린 것이다. 너는 농담 반 진담 반으로 앤드루를 비난하지만, 앤드루치고도 심하게 노발대발하는 방어적인 반응이 돌아오자 좀 전에 잠시 느꼈던 공감이 사라진다. 케이티는 비행 중에 캔에 압력이 가해진 것일 수도 있다면서 중재에 나섰다. 그 생각은 네 일반인 수준의 물리학 지식과 일치하고, 앤드루는 그 가설을 강력히 지지한다. 누군가의 손이 아니라 가방 안에서 폭발한 것이 다행이라고 모두 맞장구친다.

케이티는 엄마를 확인하고 오겠다면서 자리를 비운다. 소란 때문에 이모가 깬 것이다. 이제부터 코코아버터 냄새를 맡으면 대학에 입학하고 처음으로 흑인 친구들을 만나 밤늦도록 어울리면서 백인 도시, 백인 가정, 백인 집에서 백인 엄마 손에 크느라 놓친 온갖 것을 배웠던 기억이 아니라, 이날 저녁의 기억이 떠오르는 것이 아닐까 너는 염려스럽다.

앤드루가 네가 자랑스럽다고 말하며 편안한 침묵을 깬다. 어쩐지 억지처럼 느껴진다. 어린 시절 앤드루의 아버지가 너나 케이티를 때린 것에 사과하라고 시켰을 때처럼. 앤드루가 진지하게 마무리하는 것을 보니 분노 조절 프로그램이나 중독 프로그램에서 이런 과제를 받은 것인가 싶다. 상처를 준 사람과 화해하라는 과제. 그는 중요한 비밀을 말하듯이 네게 다가온다. 얼굴은 붉고 눈은 젖은 채 무슨 말을 해야 할지 몰라 힘들어한다. 어떤 면에서는 안쓰럽다. 앤드루는 감정적으로 솔직한 지금의 세상을 살아가기에 굉장히 부적합한 존재다.

언뜻 작고 검은 것이 움직이는 모습이 보이자, 너는 꺅 소리를 내며 앤드루의 말을 자른다. 스캠퍼가 언제나 그랬듯이 너를 구하러 왔다. 너는 눈물이 날 것 같다. 배 쪽이 긴 털이 동글동글 뭉쳐져 있고 눈가는 젖어 있지만, 늙은 고양이가 그렇다고 탓할 수는 없다. 스캠퍼는 노익장이다. 네가 고양이를 어르며 불러내기에 앤드루가 속내를 표현하는 데 필요한 시간을 기다려 주지 않아 마음 상한 것이 느껴진다.

너는 소파에 앉은 앤드루 쪽으로 가는 스캠퍼를 낚아채 올린다. 지난 10년간 앤드루가 너보다 스캠퍼를 자주 본 것은 사실이지만, 스캠퍼는 앤드루가 아니라 네 소중한 친구다. 너는 꼼지락거리는 스캠퍼의 앙상한 몸뚱이를 무릎 위에 가두고 고양이가 곧 너를 알아보고 그리웠다고 야옹하며 뺨을 비빌 것이라고 확신한다. 너는 아직 피가 나는 손가락을 주의하며 스캠퍼의 먼지 묻은 털을 쓰다듬는다.

케이티가 계단으로 내려오더니 너와 스캠퍼의 재회를 보고 미소 짓는다. 염려할 것 없다. 이모는 자고 있다. 뒤척이지도 않았다. 케이티도 하품으로 밤 인사를 전하고, 너도 아마 조금 지나치게 적극적으로 함께 자러 가겠다는 뜻을 밝힌다. 앤드루의 사과를 기다릴 생각은 없다. 너는 스캠퍼의 정수리에 입을 맞추고 바닥에 가만히 내려놓는다. 스캠퍼는 곧장 소파 밑으로 들어간다. 너는 앤드루와 케이티에게 잘 자라고 인사하고, 앤드루는 고개만 끄덕인다.

침대에 누워 담요를 걷어차 치우는데, 지친 머릿속에 그날이 재생된다. 행사 사진작가가 네 얼굴을 온갖 각도에서 찍으려고 하던 것이 떠오르자, 앤드루가 고집스럽게 너를 부른 진짜 동기가 무엇인지 갑자기 깨닫는다. 비록 수동적 공격성을 발휘할 기회라 해도 이런 일은 지나간 다음에만 깨닫게 되는 것이 우습다.

실제로 행사장에 모인 사람들 중에 너 말고 유색인이 단 한 명 더 있었다. 키가 크고 세련된 동남아시아계 여성이 남성 임원 한 명 옆에 꼭 붙어 있었다. 여성은 눈에 띄었고, 사진작가가 네 사진을 다 찍은 뒤 그녀 옆에서 어정거리는 것을 보고 은근히 질투심이 들기도 했다. 너는 혼자서 고개를 절레절레 흔들고, 그 행사에서 발표하는 모든 사진은 너나 그녀를 보란 듯이 주인공으로 삼을 것이라고 확신했다. 그 회사의 기술이 다양한 사람들에게 어필한다는 증거로서.

어떤 공간에서나 유색인종이 너밖에 없는 상황에 익숙한데도, 너는 여전히 이런 형식적인 노력이 놀랍다. (점점 더 견딜 수 없어지는 가족 구성원이라 해도) 가까운 사람에게 그런 식으로 이용당할 때 특히 상처가 되지만, 전문가 사진 촬영은 드문 일이니 그 사진을 꼭 보고 싶은 것도 사실이다. 너는 오늘 정말 멋진 모습이었으니까.

고맙게도 이 배신은 잠을 앗아 갈 만큼 놀랍지 않았다. 수십 번

넘게 그 위에서 뛰고 잠들었던 낡은 손님용 매트리스에서 너는 푹 쉰다. 작지만 힘센 손이 머리를 물속으로 눌러서 익사하는 꿈을 꾼다. 너는 가슴이 아프도록 숨을 참는다. 마침내 숨을 들이쉬며 폐가 물로 차며 고통이 끝나기를 예상하지만 공기가 들어온다. 꿈속에서 너는 물속에서도 숨을 쉴 수 있다.

겨우 몇 분 정도 잠든 느낌인데 유리가 폭파되듯 깨지는 순간, 너는 놀라서 깨어난다. 일어나 앉는데 심장이 너무 세게 뛰어 숨이 멎는 것 같다. 문으로 다가가 귀를 기울여 보나 아무 소리도 들리지 않는다. 아직도 귀가 먹먹하다. 입을 벌리고 침을 삼키니 머리가 찌릿하고 눈앞이 캄캄해질 정도로 아프다. 귀가 이렇게 심하게 먹먹했던 적은 없다. 응급실에 간다고 하면 과민반응인가 생각하며 조심스레 문을 연다.

곧바로 보이는 주방에서 케이티가 충격받은 상태로 서 있다. 너를 본 케이티가 움직이지 말라고 하는 입 모양이 보인다. 사방에 유리 조각이 떨어져 있다고. 싱크대에 파란 플라스틱 뚜껑이 있고, 그 아래에 흰 액체가 고여 있으며 유리병의 파편이 보인다. 주방 전체에 깨진 병 조각이 흩어져 있다.

케이티는 한 손에 핫도그 빵, 다른 한 손에는 나이프를 들고 있다. 셔츠에 묻은 흰 점은 마요네즈다. 반쯤 웃으며 두통 때문에 잘 수 없었다고 변명한다. 케이티는 부끄러워 말을 얼버무린다. 전에 본 적 없는 케이티다. 끈적이는 맨발에 신발을 신던 너는 손이 피투성이임을 알아차린다. 손가락 상처에서 밤새 피가 흐른 것이다. 별로 신경 쓸 일 없는 작은 상처가.

너는 케이티에게로 다가가면서 보이는 유리 조각을 전부 줍는다. 케이티는 야식을 먹으려는데 싱크대에서 마요네즈 통이 저절로 터졌다고 한다. 사촌이 미안하다면서 휘두르는 손짓을 보면 그 정도는 알 수 있다. 너는 성량에 주의하면서 이런 일은 처음이라고 말하다가 전에 본 적이 있다는 사실을 깨닫는다. 케이티는 이런 일이 그것도 하룻밤에 두 번이나 일어날 수도 있다고 과학적인 근거를 대려 하지만, 너는 한 마디도 들을 수 없다. 아플까 봐 두려워서 다시 침도 삼키지 못한다.

네가 조심스레 마요네즈 범벅이 된 유리 조각을 쓰레기통에 넣는데, 번쩍하더니 주방이 캄캄해진다. 케이티는 심하게 놀라고, 너는 머리에 뭔가 떨어지는 것을 느낀다. 머리칼 속에서 작은 조각이 만져진다. 천장 전구가 터진 것이다.

이제 너는 어릴 적 이후 처음 느끼는 공포를 경험한다. 유령과 악령, 외계인과 사악한 마녀 등에 대한 공포. 비이성적인 자들의 공포다. 세상에 대한 이해에 치명적인 결함이 있을지 모른다는 의혹.

어둠 속에서 케이티의 입술이 움직이며 네게 창문을 열라고 지시한다. 너는 차 안에서 창문을 딱 적당히 내리고 차가 어떤 속도로 달릴 때 불편하게 흔들리는 진동을 떠올린다. 이곳 공기 속에도 그런 느낌이 있지만 좀 더 급격하면서도 육중하다. 케이티는 소파 뒤 큰 창문의 잠금장치를 열고 너는 주방의 작은 창문 쪽으로 간다. 그 창문을 밀어 열자 뜨겁고 텁텁한 공기가 파도처럼 밀고 들어온다. 바깥 하늘은 무늬 없이 깊은 황록색이다. 뒷마당 쪽 숲의 나무들은 위에서부터 내려온 육중하면서도 소리 없는 힘에 눌려 층층이 쌓인 채 쓰러져 있다.

고맙게도 커피 테이블 위에서 작은 직사각형 불빛이 반짝인 덕분에, 숲속 난민촌의 메슥거리는 광경에서 눈을 뗀다. 앤드루의 휴대전화가 아직 끈덕지게 관심을 요구하고 있다. 너는 허리를 숙이고 화면에 뜬 메시지를 읽는다.

엔지니어링팀 크리스: 가족 데리고 도망쳐.

가슴이 철렁한다. 고통스럽지 않기만을 바랄 뿐이다.

케이티는 바닥에 앉아서 들리지 않는 말을 하고 있다. 두 가지 상황이 펼쳐지는 속에서 너는 스캠퍼에게 집중한다. 소켓에서 전구가 터질 때마다 번쩍하더니 실내는 더욱 어두워진다. 너는 소파에 한쪽 무릎을 대고 그 밑에서 스캠퍼를 발견하지 않기를 기도한다. 비이성적인 생각이지만 이 고양이가 아무것도 느끼지 않기를, 혹은 동물적 본능으로 네게 길잡이가 되어 주기를 바란다.

바닥으로 머리를 댄다. 폭신한 카펫이 네 얼굴 옆면에 닿아 눌린다. 스캠퍼의 뺨을 대신하는 것. 소파 밑을 보니 털 뭉치 같은 고양이가 보인다. 어느 쪽이 머리인지 알 수 없고, 네가 쭈쭈 소리를 내도 스캠퍼는 꼼짝하지 않는다.

너는 다시 자러 가고 싶다.

비틀거리며 쿵쿵거리는 느낌에 계단 쪽을 보니 잠이 덜 깬 앤드루가 있다. 충혈된 눈이 오싹할 정도로 튀어나와 있지만, 그는 앞이 안 보이는 듯 움직인다. 천둥소리 같은 목소리가 쩌렁거리는 것이 느껴지지만, 그가 하는 말은 터무니없이 사무적이다. "내 잘못은 아니었어."

너도 모르게 대답이 성대를 진동하며 나간다. 그것이 언어인가? 비명인가? 아니면 새로운 것, 히스테리의 노래인가? 네 알 수 없는 목소리에 앤드루는 네게로 다가온다. 시든 꽃이 태양의 열기를 따르듯이.

케이티 역시 네가 듣지도, 멈추지도 못하는 소리 쪽으로 향한다. 악몽 같은 하늘의 메슥거리는 빛 말고는 아무것도 비추지 않는 답답하고 뜨거운 실내에서, 앤드루와 케이티가 힘겹게 네게로 기어온다. 마치 태고의 진흙으로 돌아가듯이. 눈과 귀에서 심해지는 통증이 견딜 수 없다.

너는 높은 절벽 위에 있다면 그만 뛰어내려 그 비참한 상태에서 벗어나고 싶어진다.

착한 녀석, 나쁜 녀석, 못난 녀석은 연출된 가족사진 속에서 아이 때 그랬듯이 서로 부둥켜안고 있다. 네 시력이 사라지더니 점 하나만 남는다. 들을 수도, 볼 수도 없는 네가 있는 힘껏 깊이 숨을 들이쉬자, 남은 감각은 앤드루의 목덜미에 남은 코코아버터가 장악한다. 그 냄새를 맡으니 희망찬 시절이 떠오르고, 너는 아주 작은 감사를 느낀다. 입을 크게 벌리고 침을 삼킨다.

너는 참 재미있다고 생각한다. 종말이 서서히 번지는 암흑이 아니라니. 그것은 델 것처럼 뜨겁게 번쩍이는 백색이다.

은네디 오코라포르
Dark Home
어두운 집

은네디 오코라포르
Nnedi Okorafor

성인, 청소년, 어린이를 대상으로 한 사변소설로 국제적인 수상 경력을 쌓은 《뉴욕 타임스》 베스트셀러 작가이다. 오코라포루의 작품을 좀 더 구체적으로 표현하는 용어로는 아프리칸퓨처리즘(Africanfuturism)과 아프리칸주주이즘(Africanjujuism)을 들 수 있다. 세계환상문학상, 네뷸러상, 아이스너상, 로드스타상, 휴고상, 노모상 등을 수상했으며 회고록 『부서진 장소와 외계의 공간들』은 로커스상 후보에 올랐다. 마블에서 「블랙 팬서」, 「와칸다 포에버」, 「슈리」 코믹스 시리즈를 집필하기도 했다. 현재 HBO, 아마존 스튜디오, 이십세기폭스 등에서 작품이 텔레비전 시리즈로 각색 중이다. 닐 게이먼, 응구기 와 시옹오, 조지 R. R. 마틴, 릭 리오던이 오코라포르의 작품을 열렬히 지지하고 있으며 다이애나 윈 존슨, 어슐러 K. 르 귄, 나왈 엘 사다위 등의 선배들도 애독자였다. 문학 박사 학위와 신문방송학 및 문학 석사 학위가 있으며 현재 애리조나 주립 대학교 교수로 재직 중이다. 딸 아냐우고와 함께 피닉스에 거주하고 있다. 홈페이지는 nnedi.com이며 트위터(@nnedi)와 인스타그램(@nnediokarafor) 계정도 있다.

나는 놓을 수 없었다. 놓고 싶지 않았다. 얼마나 미친 짓인지는 상관없었다. 할 수만 있다면 시간이라도 멈췄을 것이다. 그날 나는 제대로 생각하지 못했다. 그럴 수 없었다. 그래서 어리석은 짓, 아주 굉장히 이기적인 짓을 했다. 놓기를 거부한 것이다. 하지만 그렇게 매달리다 보면 도리어 내게 매달리는 것이 생기기도 한다.

내가 매달리기로 한 날은 바람이 불고 더웠다. 파란 천막이 바람에 날렸지만, 해가 나지 않아서 천막은 필요도 없었다. 잿빛 하늘에 구름이 휘도는 날씨는 그 시기의 이시케네시에서는 드물었다. 사람들은 이런 날씨가 이상한 징조라고, 거물을 영혼의 세계 '알라 음무오'로 배웅하기 좋은 날은 아니라고 중얼거렸다. 그런데도 나는 흰 궤 앞에 무릎을 꿇고서 충혈되어 시큰거리는 눈으로 아버지를 빤히 보며 울고 또 울었다. 아버지 주위에 엮어 놓은 꽃의 연하고 흰 꽃잎을 붙잡았다. 달콤하고 자극적인 향이 났다. 떨어진 꽃잎이 날아갔다.

아버지의 거친 손이 가슴 위에서 교차되어 있어서, 내 눈길이 아버지 오른손 중지의 구리반지에 닿았다. 내 평생 아버지가 끼시던 반지였다. 반지에는 독수리의 찡그린 얼굴이 있었다. 그 반지는 아직도 거기 있는데 아버지는…… 아버지는 거기 없었다. 나는 좀 더 울었다. 목이 쓰라렸고 눈물과 무더운 공기 속 먼지에서 피와 소금 맛이 났다. 누가 나를 당기는 것이 느껴졌다. 나는 나를 끌어안는 고모의 어깨에 얼굴을 파묻었다. 고모는 나이지리아식 검정 레이스 블라우스 차림이었고, 땀에 흠뻑 젖어 있었다. 모두가 그랬다. 나는 고모의 땀에 내 눈물을 더했고, 고모 옷의 레이스는 내 뺨을 긁었다.

이시케네시 주민 전체가 아버지의 귀향을 보러 나왔는데, 그 광경은 아름답고 놀라웠다. 친척이 모두 모여 준비했다. 천막과 춤추는 사람들, 음식, 음악. 나이지리아 국기와 이시케네시 지방기가 모두 천막 기둥에 걸려 있었다. 아버지의 멋진 고향 마을은 새것처럼 치장했다. 진흙 묻은 벽을 씻어 내고, 마루는 윤을 내고, 사람들이 앉을 새 가구를 들이고, 침실에는 새 침상을 전부 갖췄다. 집은 작은 궁전 같았다. 하지만 그 모든 상황도 아버지가 돌아가셨다는 사실에 도움이 되지 않았다.

어머니는 내가 아홉 살 때 애리조나주 피닉스에서 어느 폭풍우 불던 밤 끔찍한 자동차 사고로 돌아가셨다. 30년 전이었지만 어제처럼 느껴졌다. 아버지와 함께 레스토랑에서 일하고 난 뒤 어머니는 폭풍우 속에서 운전하기가 싫어 일찍 퇴근하셨다. 한 시간이 지나서야 도착할 것이라던 폭풍은 방향을 바꿔 어머니가 고속도로를 달릴 때 들이닥쳤다. 그리고 현장에 있었던 사람들 말에 따르면 바람이 "미쳐 날뛰었다". 순간적인 돌풍이라고 했다. 그 돌풍이 어머니의 차를 전복시켰고, 땅에 떨어진 차는 어머니 몸의 뼈를 전부 부쉈다. 그 후로 나와 아버지만 남았다.

아버지는 내 비밀을 아는 친구, 가장 가까운 벗이자 유일한 가족이었다. 부모님은 '졸로프 추장'이라는 레스토랑을 운영하셨는데, 그곳은 피닉스의 "세련된" 흑인 주민 사이에서 가장 인기 있는 식당이었다. 어머니가 돌아가시자 나름 명사였던 아버지에게 많은 여자가 접근했다. 아버지는 그중 여럿과 만났다. 나이지리아에 갔을 때도 여자들은 아버지 앞에서 외모를 뽐냈다. 아버지는 가벼운 만남을 즐겼지만 평생 어머니를 잊지 못하셨다. 어머니가 돌아가신 뒤 나는 아버지 삶의 중심이 됐고, 아버지는 내 삶의 중심이었다.

"이제 어떡하지?" 나는 중얼거렸다. 고모가 나를 흰 플라스틱 의자에 앉히셨다. 우리는 아버지가 누운 곳 맞은편, 아버지 친척들 사이에 있었다. 주위를 둘러본 나는 곧바로 땅에 시선을 꽂았다. 누구와도 눈을 마주치기 싫었다. 온 집에 사람들이 가득했다.

"오늘 하긴 뭘 하겠니?" 고모가 물었다. "그냥 숨만 쉬어. 아버지를 배웅하렴. 미국으로 돌아가면 네 아버지 레스토랑을 계속 운영해. 아버지 유산이니까."

고모가 잠시 다른 곳으로 가신 뒤 나는 멍하니 있었다. 어쩐지 그보다 더 외로울 수 없을 것 같았다. 그 모든 일이 벌어진 후, 머릿속을 떠나지 않는 노래 가사가 또 떠올랐다. "안녕, 어둠, 내 오랜 친구여. 너와 다시 이야기를 나누러 왔단다." 숨을 죽이고 그 노래를 흥얼거리는 내 눈에서 눈물이 또 흘렀다.

고모가 돌아와서 차가운 환타 한 병을 쥐여 줬다. 차가운 느낌에 나는 조금 정신을 차렸다. 아버지의 시신 앞에 사람들이 줄을 섰다. 사람들은 바람에 흔들리면서도 작별 인사를 하려고 버텼다. 아버지 주위에 세운 꽃 제단이 짓밟혔다. 일부러 밟은 것이 아니라, 사람들이 아버지에게 가까이 가고 싶어 했기 때문이었다. 나는 이해했지만, 그래도 망가진 제단을 보고 눈살을 찡그렸다.

밤이 되자 녹초가 됐다. 모두 아버지를 두고 안으로 들어갔다. 나는 밖으로 나가 아버지와 함께 있고 싶었다. 바람이 드디어 잦아들어 조용해졌다. 아버지 시신이 왜 여전히 밖에 있을까? 모기가 아버지를 괴롭히지는 않으리라는 사실을 깨닫고 나는 한숨을 쉬었다.

방으로 가서 편한 차림으로 갈아입었다. 검은 안카라 드레스를 입고 납작한 샌들을 신었다. 아무도 내 차림새에 신경 쓰지 않는 듯했다. 시간이 지날수록 사람들은 더 취했다. 아이들은 한참 전에 자러 갔다. 거실 가구를 치우고 춤출 공간을 만든 사람도 있었다. 음악이 요란했다. 웃음소리가 들렸고 여전히 음식을 먹는 사람도 있었다. 아버지가 보면 기뻐하셨을 것이다. 아버지를 행복하게 하는 것이 하나 있다면, 사람들이 모여서 즐기는 시간이었다. 아버지 레스토랑에서 디제이를 부르고 10시까지 영업하는 매달 마지막 금요일 밤과 비슷한 분위기였다. 그렇다. 나는 그러지 못했지만 아버지라면 그 장례식을 즐기셨을 것이다. 하지만 바깥에 누워 있는 시신이 자꾸만 떠올랐다. 어둠 속에서. 혼자라니. 나는 벽에 기대어 춤추는 사람들을 보면서 밀려드는 슬픔에 혼자 울먹였다.

주위 모두가 이보어로 요란하게 떠들어 댔다. 몇 마디는 이해했지만 내 귀에는 대부분 웅얼거리는 소리 같았다. 친숙하기는 하지만 정확히 이해할 수 없었다. 그래서 시끄러운 와중에도 막대끼리 톡, 톡, 톡 부딪히는 소리, 너무나 선명하고 또렷한 소리가 내 귀에 들려왔을 것이다. 전달되는 소리는 단순했다. 잠시 지나자 다른 이들도 그 소리를 알아차리기 시작했다. 누군가 음악을 중단했다. 모두 얼어붙었다. 귀를 기울였다.

톡.

톡.

톡.

꾸준히 울리는 소리. 소리를 내는 게 누구인지는 몰라도 우리가 듣는 것을 알아차린 듯 뚝 멈췄다. 누군가 피리를 불기 시작했다. 바로 밖에서 들려왔지만 멀게 느껴지는 멜로디였다. 가볍고. 달콤하고. 장난스러우며. 경고하는.

"어이이이이!" 나이 많은 숙부 한 명이 외쳤다. 그 주위 사람들은 서로를 보며 불안한 표정으로 어색하게 웃었다.

사람들이 서서히 현관문과 창문 쪽으로 옮겨 가기 시작했다. 아니, 남자들만 옮겨 갔다. 고모와 숙모, 가족 친구, 아버지 친구와 지인, 그러니까 여자들은 전부 반대쪽으로 황급히 이동했다. 나는 남자들과 함께 앞으로 갔다. 내가 여자인 것은 상관하지 않았다. 아버지가 밖에 있다는 생각뿐이었다. 저 소리를 내면서 말이다. 그중에서 현관문을 열고 어두운 바깥으로 나간 사람은 나뿐이었다. 안녕, 어둠, 내 오랜 친구여. 나는 생각했다. 쿵쿵거리니 연기 냄새가 났다.

"은워콜로, 이리 들어와." 제쿠 숙부가 내게 외쳤다. "가서 여자들과 함께 있어라! 머리가 어떻게 된 거냐, 응? 저 밖에 있는 것이 뭔지 모르는 거냐?"

아, 나는 알고 있었다. 그곳은 나이지리아 남동부의 외딴 마을이었고, 지위 높은 거물이 사망했다. 무엇이 올지 다들 알고 있었다. 나이지리아계 미국인인 나까지도. 하지만 나는 제정신이 아니었다. 아버지가 돌아가셨으니까. 아버지는 어두운 바깥에 놓인 관 속에 누워 계셨다. 둥근 진입로를 넘어 담벼락 옆 묻힐 땅에. 홀로.

고모들이 나를 잡아당기며 정신 차리라고 흔들어 댔다. 나는 비명을 지르며 울부짖었다. 그런데 또 그것이 나를 뒤덮었다. 나는 휘청거리며 제쿠 숙부와 주위의 다른 남자들을 돌아봤다. 피리 연주가 시작됐다. 막대로 두드리는 톡, 톡, 톡 소리는 점차 북소리로 변하더니 순식간에 마당 안으로 들어왔다. 보이지는 않았지만 그들이 아버지 자리로 다가가는 소리는 들렸다.

집 안에서 빛나는 불빛에 나는 눈을 깜빡였다. 혼자라니. 미친 듯이 생각했다. 아버지를 혼자 둘 수는 없어! 아버지를 버릴 수 없어! 이건 옳지 않아! 아버지! 나는 돌아섰다. 검은 드레스를 무릎 위까지 치켜들고 마당을 내달렸다. 어두워서 앞이 제대로 보이지 않았다. 흙에서 삐져나온 돌이나 나무뿌리, 콘크리트 진입로 가장자리 흙에서 자라는 덤불에 발이 걸려 넘어지면 어쩌나 신경도 쓰지 않았다.

숙부들이 돌아오라고 외쳤지만, 아무도 나를 따라 어둠 속으로 들어오지는 않았다. 모두 내가 태어나기도 훨씬 전에 지은 집 문 앞에 모여서 꼼짝하지 않았다. 거기가 안전한 곳이었으니까. 아래층과 위층 창문을 통해 나를 본 이들도 있었을 것이다. 대부분 남자였지만 여자들도 있었다. 호기심을 이기지 못한 여자들. 내가 한 행동은 분명 훗날까지 사람들 입에 올랐을 것이다. 숙부는 아마 이렇게 말했겠지. "참 어리석고도 어리석은 여자로구나." 숙부는 그것보다 사소한 이유로도 남에게, 항상 여자에게 그렇게 말했다.

나는 아버지 시신 옆 짓밟힌 꽃에 무릎을 꿇고 앉았다. 마음속에는 유령의 피리 소리가 가득 찼다. 어둠 속에서 아버지를 보고 마음속에 아버지를 그리며 다시 울었다. 식당 입구에 서서 손님들을 보고 웃는 모습. 집 서재에 앉아서 생일이면 늘 그랬듯이 시가를 피우는 모습. 내가 식당 앞에 차를 세우면 보이던, 요란한 음악에 맞추어 춤을 추는 모습.

누군가 비명을 지르기에 고개를 들었다. 집 앞에 촛불을 든 사람들이 가득했다. 남자들이었다. 모두 같은 종류의 상의와 바지를 입고 있었다. 너무 어두워서 옷의 무늬나 색상은 정확히 보이지 않았다. 하지만 똑같은 것은 알 수 있었다. 열 명, 그리고 스무 명, 다음에는 서른 명 정도. 그들은 소리 없이 걸어 들어오더니 6미터쯤 앞에서 멈췄다.

그중 한 명이 소 방울 세 개를 아래쪽에 매달고 종려나무 잎을 땋아 꼭대기에 붙인 검은 나무 지팡이를 들고 다가왔다. 그는 지팡이를 높이 들더니 온 힘을 다해 아버지가 누워 있는 반대쪽 짓밟힌

꽃 옆의 흙에 박아 넣었다. 소 방울이 울리고 지팡이가 진동하더니 혼자 섰다. 그는 옆으로 비켜서서 북 치는 사람과 피리 부는 사람을 들여보냈다. 그 두 사람이 가까이 왔지만, 그들 역시 내게서 조금 떨어진 곳에서 멈췄다. 피리 소리가 느려지고 낮아지더니 조용해졌다. 이유를 안 나는 아버지에게 더 다가갔다.

그것은 높이 3미터에 너비는 화물차와 비슷했다. 검게 버티고 선 게 꼭 검은 종려나무 껍질을 높다랗게 쌓은 더미 같았다. 가운데에는 죽은 동물 털이 매달려 있었다. 끝에 고둥 껍데기를 단 가죽끈이 내 쪽으로 흔들리며 찰칵거리고 또각거렸다. 흰 줄무늬가 있는 검은 깃털이 위에서 튀어나왔고 그 사이에서는 흰 연기가 흘러나왔다. 삼나무처럼 들척지근하면서도 좀약 같은 냄새가 났다.

"아조피아가 왔다." 피리 부는 사람이 알렸다. "예를 갖출 것이다."

아조피아는 휘청거리더니 가만히 앞으로 나왔다.

"거기서 떨어져." 고모가 집에서 외치는 소리가 들렸다.

"네 아버지를 보내거라!" 제쿠 숙부가 잘라 말했다. "비코(제발), 이리 와! 어서 오라고!"

지위 높은 거물이 이보 땅에서 죽으면 거물 영혼들이 배웅하러 찾아온다. 아조피아는 이보 문화에 깊이 뿌리박고 있는 존재였지만 인간을 배웅하러 자주 나오지는 않았다. 나는 비켜서지 않았다. 여자가 이런 행동을 했다는 전례가 없었다. 나는 울음을 그쳤다. 얼굴이 간질거렸다. 순식간에 눈물이 마르고 소금기와 슬픔만 남았다.

아조피아가 다가오자 피리 부는 사람이 연주를 다시 시작했다.

아조피아는 그 곡조에 따라 흔들거렸다. 뛰었다. 숲이 타며 연기 냄새가 풍겼다. 아조피아가 흙과 먼지를 일으키며 떨었다. 그것은 더 높은 영혼이었다. 내 앞에 누워 계신 아버지에게는 큰 영광이었다. 돌아가신 아버지에게는. 아조피아는 아버지 뒤에 펼쳐진 세상을 차단했다. 밝은 집에 있는 친척들도, 어둠 속에서 아조피아와 함께 온 자들도 보이지 않았다. 그것이 내게 뿜는 짙은 연기와 흙, 먼지의 냄새밖에 느껴지지 않았다. 어떤 존재의 숨결. 눈과 목이 따끔거렸다.

나는 그 자리에 있어서는 안 되었지만 차마 아버지를 보낼 수 없었다. 그것의 가슴에서 흔들리는 것은 독수리 머리 같기도 했다. 연기가 떨어지는 꼭대기에 달린 것은 독수리 깃털일까? 나는 손을 뻗어 아버지 손을 잡았다. 뻣뻣하고 차가운 느낌에 온몸으로 혐오감을 느꼈다. 그래도 아버지의 반지를 빼냈다.

"안 돼." 내가 외쳤다. "내 아버지야! 이건 아버지 손이야!"

그것의 음성이 사방에서 들려왔다. 내 가까이에서. 멀리에서. 옆에서. 위에서. 아래서. 연기처럼. 날카롭고 가혹하고 뜨거웠다. 이보어로 들렸지만 무슨 영문인지 완전히 이해할 수 있었다. 나는 이보어를 잘 모르는데, 어떻게 가능했을까? "나이에 음 야 키타(그걸 내놓아라)!" 그 말이 내 영혼을 때렸다!

그것을 정면으로 노려보자 천 가지 행동이 머릿속을 스쳐 지나갔다. 그것의 모습에 눈이 따가워서 뜰 수 없었다. 그래서…… 나는 달아났다.

집으로 돌아가니 여자들이 날 위로해 줬지만 남자들은 내가 세상에서 가장 멍청한 여자라는 듯이 노려봤다. 아조피아는 그곳에 머물며 춤을 췄고, 함께 온 자들은 노래했다. 비밀 결사에 대해서는 아는 바가 없지만 아마 아버지는 그런 모임의 회원이었던 모양이다. 아무래도 상관없었다. 그런 것은 알고 싶지도 않았다. 집에 가고 싶을 뿐이었다.

물론 아조피아가 내게 말을 했다는 것은 아무에게도 알리지 않았다. 누구에게 말할 것인가? 거의 모두가 광적인 기독교인인 고모와 숙부, 사촌들? 그들은 내가 나이지리아에서 보낼 남은 시간 동안 무슨 교회나 기도원에 보내 소리를 지르고 떨게 할 것이다. 직접 만날 기회도 거의 없는 몇 안 되는 여기 친구에게도 말할 수 없었다. 어떤 나이지리아인에게도 말할 수 없는 일이었다.

대부분의 나이지리아인에게 나는 전부 다 잘못된 존재였다. 나는 마흔 살의 비혼 여성으로, 내 집을 소유하고 아이가 없으며, 식당을 갖고 있고, 이제 부모님이 두 분 다 돌아가셨다. 그런 내가 아버지의 시신에 영광을 베풀고 영혼 세계로 배웅하러 온 아조피아를 가로막고 섰다.

여기에서 어떤 대답도 위안도 구할 생각은 없었다. 그저 조용히 맛있는 음식을 즐기려고 노력하며 친척들 사이에서 마을의 분위기를 느끼는 것이 최선이었다. 그리고 모두 끝나면 피닉스로 돌아가서 이 일은 잊을 생각이었다.

아흐레 뒤, 공항을 나서서 뜨겁고 건조한 애리조나의 공기 속으로 발을 디뎠다. "아! 기분 지이이인짜 좋다!" 혼잣말이 나왔다. 거의 자정이라 길에 아무도 없는 점도 좋았다. 나는 공기를 들이쉬었다. 어디선가 날아오는 크레오소트 관목 냄새에 근처에서 비가 오나 보다 싶었다. 스물네 시간 가까이 여행한 뒤 그 공기를 들이마시자 살 것 같았다. 나는 등 뒤에서 나이지리아를 여전히 느끼며 걸음을 잠시 멈췄다. 아조피아의 거대한 모습이 또 머릿속에 떠올랐다. 그날 밤 이후로 가는 곳마다 그것이 따라다녔다.

"아조피아." 나는 중얼거리고 고개를 저었다. 멀고도 먼 곳의 일이다. 다행이었다.

애리조나의 열기는 텁텁하거나 습하지 않고 건조했다. 이 땅의 유령과 영혼은 다른 내력과 의도를 품고 있었다. 잠깐의 여유가 있어 휴대전화로 주택 보안 상태를 확인했다. 아무 알림도 없었다. 다행이었다.

잠시 후 붉은 머스탱이 앞에 섰다. 나는 뒷자리에 가방을 밀어 넣고 조수석에 앉았다.

"여행은 어땠어?" 남자친구 토니가 물었다.

"지루했지."

"다행이네." 그가 웃었다. "잠도 좀 잔 것 같은데."

"내내 잤어."

"일반석에서? 그거 대단한 초능력이네."

그의 말이 옳았다. 아무리 난기류가 심해도 나는 장거리 비행 내내 잘 수 있었다. 하지만 오는 내내 아조피아에게 목이 졸리는 악몽을 꿨다는 사실은 말하지 않았다. 피리 부는 남자가 비행기 날개에 앉아 있는 것처럼 피리 소리에 자꾸 깼다는 것도.

토니는 그런 일을 속속들이 알 필요가 없었다. 만난 지 겨우 두 달째였으니까. 그는 내게 미시시피에 사는 가족 이야기도 별로 하지 않았다. 나는 나이지리아의 가족 이야기를 하지 않았다. 여성을 혐오하고 망자를 관장하는 이보 괴물과 맞선 이야기를 할 생각도 없었다.

아버지가 돌아가셨다는 소식을 들은 건 토니와 사귄 지 한 달이 되었을 무렵이었다. 우리는 슈퍼마켓 주차장에 각자의 차를 나란히 세우고, 그의 차에 기대서서 하늘을 올려다보고 있었다. 맑은 밤이었고, 우리는 사우스산에서 반짝이는 티브이 송신탑을 바라보고 있었다. 기분 좋았다. 우리는 웃고 있었다. 그때 내 전화가 울렸다. 전화를 받고 내용을 들은 나는 털썩 주저앉았다. 아버지는 피닉스의 콘도에서 친구들과 시가를 피우고 농담을 주고받다가 갑자기 쓰러지셨다. 심장마비였다.

토니는 그날 밤 내내 함께 있어 줬다. 아버지 시신을 영안실로 옮기는 절차를 도와주기도 했다. 아직 제대로 시작하지도 않은 사이인데, 그가 감당하기에는 부담이 큰 일이었다. 그래도 토니는 당연한 듯 나섰다.

"뭐 필요한 것 있어?" 내 집 앞에 차를 세우고 토니가 물었다.

"샤워만 하면 돼." 나는 내리면서 말했다.

"오늘 밤에 함께 안 있어도 되겠어? 여긴 스코츠데일이야. 흑인은 당신밖에 안 사는 동네로 돌아왔다고."

나는 깔깔 웃으며 뒷자리에서 가방을 꺼냈다. 그의 말이 옳았다. 내 집이 있는 거리에 사는 흑인은 나뿐이었다. "내일 아침에 비행기 타야 하잖아. 내일 연설 잘해야지. 내 걱정은 하지 마. 데려다준 걸로 충분해."

토니는 미소를 지었다. "할 수 없네. 당신이 돌아오자마자 그놈의 학회라니."

"돌아와서 만나자."

나는 운전석 쪽으로 가서 몸을 숙이고 긴 키스를 했다. 토니는 나를 차 안으로 잡아당기는 장난을 쳤고, 나는 거의 들어갈 뻔했다.

"돌아와서 만나." 나는 웃으며 물러섰다.

"잘 왔어." 그가 말했다.

토니가 떠나는 모습을 지켜봤다. 이웃집을 흘끔 보니 막 커튼이 닫혔다. 어이없었다. 어찌나 참견이 많고 관심이 지대한지. "어쩌라고." 나는 중얼거리며 휴대전화를 열었다.

주택 관리 로봇 앱을 열고 다섯 살 된 코기 비코-누를 확인했다. 녀석은 문 앞에서 기다리고 있었다. 전등을 모두 켰다. 온도계를 확인하고 23도로 낮췄다. 스테레오로 감미로운 재즈를 켰다. 달착지근한 담배 연기를 맡으며 집에 들어설 수 있도록 디퓨저를 켰다. 그리고 마지막으로, 내가 곧 들어간다고 스마트 초인종을 눌러서 기록되지 않도록 한 다음 보안 경보를 끄고 들어갔다.

"비코-누!" 나는 들어가며 외쳤다. 녀석의 이름은 이보어로 '제발 부탁해!'였다. 다정하고 귀여운 개에게 잘 어울리는 이름이었다. 비코-누는 반가워서 엉덩이를 흔들어 댔다. 녀석이 꼬리를 흔들며 달려오자 나는 웃었다. 아버지의 반지를 오랫동안 쿵쿵거리는 모습에, 거기서 아버지 냄새가 나는지 궁금했다. 가슴이 아파서 몸이 떨렸다. 아버지는 내 서른다섯 살 생일 선물로 비코-누를 사 주셨다. 코기를 원한다고, 개를 키우고 싶다고 누구에게도 말한 적 없었다. 아버지는 그만큼 나를 잘 아셨다. 아버지는 반려동물을 두는 분이 아니었다. 나는 반려동물과 함께 자란 적이 없었다. 하지만 언제나, 언제나, 항상 코기를 키우고 싶었다. 아버지는 사육자를 찾아 2000달러와 그 밖에 필요한 모든 것을 지불하고 비코-누를 데려오셨다. "지금 네 표정을 보려고 말이다." 아버지는 그렇게 말씀하셨다. 개를 만지다 보면 나와 아버지가 얼마나 가까운지, 아버지가 나를 얼마나 사랑하시는지 떠올랐다.

나이지리아에 간 동안 아버지의 식당 매니저가 비코-누를 돌봐주다가 내가 돌아오면 데려다 놓기로 했었는데, 와 보니 정말 그 말대로 해 줬다. 가방을 들고 계단을 오르자 비코-누가 나를 따라서 방으로 왔다. "아, 집에 오니 좋다." 나는 가방을 침실 바닥에 내려놓으며 말했다. 비행기에서 입었던 더러운 옷을 벗고 침대에 누워 곧바로 세 시간을 잤다.

나는 망망한 우주에서 떠다녔다. 멀리 별들이 생기 없는 차가운 빛을 발했다. 너무 추웠다. 어둠 속을 떠다니면서 나는 죽어 가고 있었다. 심장박동이 늦어지고 있었다. 천천히. 나는 미끄러지고, 녹아들고 있었다. 지구의 온기가 기억나지 않았다. 가슴 깊숙한 곳에서 신음이 나왔다. 그 진동에 내 주위에 생긴 얼음이 부서졌다. 나는 다시 신음하며 몸을 뒤척였다. 더 크게. 몸에 힘이 없었다. 일어날 수 없었다. 몸을 떨며 눈을 떴다. 너무 추웠다.

입김이 보였다. "왜 이러지?" 중얼거리며 일어나 앉았다. 창밖을 보고 헉 소리가 나왔다. 아드레날린이 온몸에 퍼졌다. 휴대전화를 쥐는데 손이 떨렸다. 전화를 한 번 스와이프하고 두 번 터치해서 집 이쪽에 설치한 보안등을 켰다. 바깥의 전등이 나무를 밝혔는데, 한순간……. 나는 고개를 저었다. "으, 그만해." 시린 손을 문지르며 중얼거렸다.

비코-누는 건너편 구석에 들어가 있었다. 아마 녀석도 떨고 있었을 것이다. "비코야." 내가 불렀다. 녀석이 움직이는 소리가 들리더니 머리가 나왔다. "이리 와, 아가." 녀석이 달려와 까만 털이 난 몸뚱이를 내 무릎에 던졌다. 나는 온기에 한숨을 쉬었다. "대체 무슨 일이니?" 너무 추워서 죽는 꿈을 꿨나 보다. 다시 전화를 들고 온도를 확인했다. 에어컨이 15도에, 강한 바람으로 설정되어 있었다.

"대체 뭐야? 어떻게 된 거지?"

비코-누는 내 새된 목소리에 몸을 움츠리면서도 무릎에서 떠나지 않았다. 가엾은 녀석도 그만큼 추웠던 것이다. 나는 난방 모드로 바꾸고 방 안이 다시 따뜻해지는 20분 동안 비코-누와 함께 앉아 있었다. 샤워를 하고 나서 내가 먹을 새우 카레 라이스와 비코-누의 닭가슴살을 요리했다. 먹으려고 앉으니 기분이 나아졌다. 그러다가 아버지에게 전화해서 이 이야기를 할 수 없다는 사실이 떠오르자 다시 절망이 찾아왔다.

아직 시차 적응이 되지 않았지만 새벽 2시쯤 다시 침대로 기어 들어갔다. 여행은 그 자체로 피곤하다. 사람들 대부분은 체내 시계에만 신경을 쓰지만, 나는 늘 시차 적응이 시간과 공간 변화가 합쳐진 것이라고 느낀다. 짧은 시간에 거대한 지표면을 가로질러 하는 여행을 겪는 몸도 분명히 변화를 겪는다.

자려고 뒤척이며 누워 있다가 아조피아의 무도회, 아버지, 외로움, 낯선 삶에 대해 생각했다. 토니에게 전화하고 싶었지만 참았다. 그 사람도 여행과 발표 준비를 해야 했다. 자제심을 발휘해서 방해하지 말자.

계속 창밖을 봤다. 불은 여전히 켜져 있었다. 그러나 창문에 비친 아조피아가 흔들고, 떨고, 내게 집중하던 모습…… 그것이 자꾸만 떠올랐다. 나는 일어나 앉았다. 완전히 겁에 질렸다. 다시 토니에게 전화할까 생각했다. 하지 않았다. 그 대신 전화를 들고 현관문 보안 카메라를 봤다. 매일 밤 잠자리에 들기 전에 하는 일이었다. 아무것도 없는 것을 보면 늘 안심이 됐다. 나는 전화를 내려놓고 잠들 자세를 취하며 안도의 한숨을 쉬곤 했다. 나이지리아에서도 그렇게 했다. "아무 일도 없습니다." 현관문 앞을 비추는 평범한 영상이 나를 안심시켰다.

앱을 열고 영상을 확대하고는 비명을 지를 뻔했다. 영상이 깜빡이더니, 아주 잠시 흑백으로 변했다가 묘한 달칵 소리와 함께 컬러로 돌아왔다.

현관문 앞에 무언가 있었다.

그림자일까? 너무 흐릿해서 알 수 없었다.

그리고 불현듯 그것이 사라졌다. 나는 휴대전화 창을 가만히 봤다. 아무것도 없었던 것처럼, 이상한 점이 보이지 않았다. 하지만 그것은 거기 있었다. 그럴 것이다. 신음이 흘러나왔다.

그러고 나서 다시 자려고 했지만 몇 시간이 지나도 여전히 잠들지 못하고 있었다. 집에서 조그만 소리만 들려도 현관에서 본 것이 떠올랐다. 그곳과 거실, 위층 복도에 동작 감지기가 있었다. 움직이는 것이 있으면 그 장치가 누군가 문 앞에 왔다고 요란하게 알렸을 것이다. 가끔은 작은 나방이 날아들어도 경보가 울리곤 했다. 내가 본 것이 나타났을 때, 동작 감지기는 아무 소리도 내지 않았다. 정신 차려. 내가 생각했다. 바로 그때, 발치에서 자고 있던 비코-누가 일어나 내 머리 옆에 자리를 잡았다. 나는 긴장을 풀며 웃었다. 몇 분이 지나서 마침내 잠이 들었다.

토니는 아침에 공항으로 가는 길에 전화했다. 나는 진흙과 꿀에 파묻혀 통화하는 느낌이었다. 시차 부적응에서 오는 잠에 깊이 빠져 있었다. "미안." 그가 한 첫마디였다.

"괜찮아." 나는 창밖을 확인했다. 밝았다. "몇 시야?"

"7시."

나는 모로 누웠다. 비코-누가 몸을 쭉 뻗고 침대 절반을 다 차지하고 있었다. 웃음이 나왔다. "하루 쉬기로 하길 다행이네." 내가 전화에 대고 말했다. "발표 준비 다 했어?"

"글쎄."

"뭐, 됐건 안 됐건······"

"하는 거지, 맞아."

"멋지게 해낼 거야, 토니."

주택 관리 로봇 홈 보티가 침대로 굴러왔다. 작은 개 크기의 몸통에 센서와 카메라로 뒤덮여 있고 머리에는 터치스크린이 달린 것이었다. 전화가 오면 홈 보티가 늘 달려왔다. 누군가가 나이지리아 전화번호로 내게 영상통화를 걸었다. 나는 눈살을 찡그렸다. "있잖아, 끊어야겠어. 뉴욕에 도착하면 전화해. 가능하면. 안 되면 나중에 전화하고."

"그럴게. 좀 더 자. 우리 할머니가 늘 이렇게 말씀하셨어. '집에 뭘 달고 왔는지 누가 알아. 그것도 자리를 잡아야지.'"

"뭐?"

하지만 토니는 전화를 끊은 뒤였다.

나는 홈 보티의 터치스크린을 건드렸다. 하지만 너무 늦었는지 전화는 이미 끊겼다. 번호를 확인했다. 모르는 번호였다. 휴대전화와 로봇의 화면에 동시에 알림이 떴다. "현관에 사람이 감지됩니다." 스피커가 알려 왔다. 하지만 현관 카메라를 확인하니 아무것도 없었다.

"으, 젠장." 나는 일어서다가 멈추고 다시 누웠다. 누군지 몰라도 기다리라지 싶었다.

깨어나 보니 몇 시간 뒤였다. 시차 적응이 쉽지 않았다.

토니가 두 번 전화했었다. 나는 곧바로 토니에게 전화를 했다. 발표는 그럭저럭 넘겼다고 했다. "자랑할 정도는 아니었어." 풀죽은 음성이었는데, 내가 곧바로 전화를 받지 않았다고 화가 난 것은 아니라서 다행이었다. 하지만 전화를 끊고 나서 곧 생각이 들었다. 그를 별로 좋아하지 않아. 대체 어디서 튀어나온 생각이었을까? 그 생각을 밀어냈다. 지금은 그럴 때가 아니야.

옷을 입고 슈퍼마켓에 가서 장을 잔뜩 봤다. 새우 카레 라이스, 튀긴 바나나, 졸로프 라이스*, 스튜, 버섯 튀김, 치킨 요리를 할 생각이었다. 카트를 밀며 주차장을 가로질러 차로 가는데, 벌써 요리한 음식을 가득 담은 그릇을 들고 넷플릭스에서 가벼운 내용의 프로그램을 연달아 보는 내 모습이 그려졌다. 러그에 엎드려 자는 비코-누도.

하지만 순간, 아버지의 얼굴이 번뜩 떠올랐다. 짓밟힌 꽃들 사이, 관에 누운 모습. 슬픔이 새롭게 밀려드는 바람에 발을 헛디뎠다. 나는 내 차 옆에서 카트를 붙잡고 있었다. 그런데 다시 나이지리아로 돌아간 느낌이었다. 고모들과 숙모들이 우는 소리. 숙부들의 슬픈 얼굴. 아버지를 빤히 보고 또 보는 사촌들이 선연했다.

그리고 아조피아.

흔들리는 모습.

내게 다가오는 모습.

검게 마른, 버석거리는 라피아 야자의 줄기.

---

* 서아프리카에서 먹는 일종의 잡탕밥.

달각거리는 고둥 껍데기.

죽은 토끼와 들쥐의 털.

연기.

나는 슬픔의 파도에 휩쓸려 갑자기 숨이 턱 막혔다. 흐느끼는 소리가 새어 나왔다.

전화가 울렸다. 또 누군가 현관 앞에 왔다고 알렸다. 하지만 카메라를 확인하니 아무도 없었다. "진짜, 말썽 좀 그만 부리라니까." 나는 중얼거리고 경보기를 확인했다. 집은 무장 상태였고 홈 보티가 순찰 중이었다. 비코-누는 위층 내 침대에서 자고 있었다. 녀석은 아무 소리도 듣지 못한 모양이었다. 나는 고개를 젓고 심호흡한 뒤, 차에 장바구니를 싣기 시작했다.

집으로 가는 길에 시길코어* 랩(이유는 모르겠지만 이 음악을 들으면 늘 마음이 안정된다.)을 크게 켰고, 차고에 차를 세울 때는 기분이 조금 나아졌다. 불을 켜려고 휴대전화를 꺼냈다. 하지만 앱이 "스마트 플러그가 오프라인 상태입니다. 와이파이에 연결하세요."라고 알렸다. 라우터 앱을 확인했다. 꺼져 있었다. 인터넷 문제가 있는지 확인했다. 아니었다.

나는 움직임을 멈추고 얼굴을 감싸 쥐었다. "젠장." 쉿소리를 냈다. 숨을 깊이 들이쉬고 차에서 내렸다. "어두운 집에 들어가는 건 정상이야." 내가 속삭였다. "비코-누?" 문을 열며 불렀다. 손에 든 짐이 많아서 불을 켤 수 없었다. 귀를 기울였다. 녀석이 마룻바닥을

긁는 소리가 들리지 않았다. 어둠 속의 낯선 이, 괴물, 무도회 생각이 몰려들었다. 걸음을 멈췄다. 위층에 누가 있나? "비코-누, 아가? 이리 와."

장바구니를 바닥에 내려놓고 전등 스위치를 켰다. 비코-누가 거실에서 달려 나왔다. 계단 쪽으로 시선을 돌렸다. "홈 보티." 로봇을 불렀다. "이리 와." 주택 관리 로봇이 계단을 내려왔다. "아, 위에서 들린 소리구나." 그것은 와이파이에 연결되지 않으면 사진이나 경보를 전달하지 못했지만 그래도 목소리를 들으면 명령은 따랐다. 그것은 세 발자국 앞에서 멈추더니 친근한 소리를 냈다. "무엇을 도와 드릴까요?"

"쓰리풀즈의 「데스 리벤지」를 느린 버전으로 틀어 줘."

어둡고 신랄한 곡이 집 안을 채우는 동안 나는 장바구니를 치웠다. 기계를 재시동시켜서 와이파이가 돌아오자마자 낯선 번호에서 다시 전화가 왔다. 나는 받지 않았다. 그 대신에 왓츠앱을 방해 금지 모드로 설정했다. 휴대전화와 홈 보티도 방해 금지 모드로 설정했다. "잠시 조용히 하고 있어. 너희 모두." 내가 중얼거렸다.

그리고 세 시간 동안 요리하고, 먹고, 머리칼에서 카레와 양파 냄새를 씻어 내고서 침대에 누웠다.

내가 없는 동안에도 식당은 잘 됐다. 내가 2주간 쉬었지만, 올라디포 매니저와 오키그보 매니저는 매사 완벽한 정리에서 자부심을 느끼는 탁월한 사업가였다. "오늘 올 필요 없었는데." 오키그보가 나를 꼭 안으며 말했다.

"알아요." 나는 식당 안을 둘러보며 말했다.

"참, 비코-누가 정말 귀엽더군요."

"다행이에요." 나는 그의 어깨에 뺨을 누르며 말했다. "아, 모두 정말 보고 싶었어요. 그리고 일하는 게 도움이 되잖아요."

오키그보가 고개를 끄덕였다. "아버지 자리니까."

울컥했지만 미소를 지으면서 그에게서 몸을 떼며 말했다. "바로 그거죠." 정면의 연단 뒤에 아버지 사진 액자가 걸려 있었다. 들어가면 가장 먼저 보이는 것이었다.

레스토랑은 거의 만석이었고, 손님들은 다양한 이주민과 피닉스의 몇몇 모험심 강한 백인이 섞여 있었다. 업장은 청결했고 맛있는 냄새가 풍겼으며, 행복한 얼굴로 가득했다. 나는 종일 머물며 앞에 나와 일하면서 고객을 맞이했다. 모두에게 나는 괜찮다고, 나아지고 있다고 이러쿵저러쿵 이야기했다.

더 이상 참을 수 없어지자 안쪽 작은 사무실로 도망쳤다. 문을 닫았다. 고개를 드니 아버지 책상 뒤에 낡은 가죽 의자가 보였다. 아버지가 늘 쌓아 두던 서류가 사라졌고, 그 방에서는 아버지 냄새도 나지 않았다. 나는 머리를 감싸 쥐고 소파에 앉았다.

문이 열려서 깜짝 놀랐다. 나는 벌떡 일어났다. "아, 콜로." 오키그보가 들어오며 말했다. "미안, 저기. 필요한 게 있어서……"

"괜찮아요." 나는 얼굴을 닦으며 재빨리 말했다.

"괜찮아요?"

나는 어깨를 으쓱였다.

"여기 우리도 그분이 너무 그리워요. 그사이에 나랑 올라디포는 어쩔 줄 몰랐어요. 아버님이 모든 걸 지휘하셨으니까요. 대장 같은 분이셨죠." 오키그보는 나를 꼭 안았고, 우리는 그렇게 잠시 서 있었다. 주방을 자주 확인하는 사람이라 향수에 카레와 양파 냄새가 섞여 있었지만 그에게서는 좋은 냄새가 났다. 나는 눈물이 또 나서 한숨을 쉬었다. 한 손을 들었다. "이걸 가져왔어요."

오키그보의 눈이 휘둥그레졌다. "치네케(세상에)! 그걸 가져왔어요?"

"네. 이상하기는 했지만…… 꼭 갖고 싶었어요. 그러면 안 되나요?"

"그건 그분의 결사 반지인데!"

"네?"

오키그보는 나를 잠시 보며 턱수염을 만지작거렸다.

"무슨 말이에요?"

"모르는 편이 나아요."

나는 어이없는 표정으로 앓는 소리를 냈다. "으으으, 그런 이보 옛날 남자들이나 하는 소리는 그만둬요."

"좋아요. 아." 그가 웃으며 말했다. "어쨌든 그분은 떠나셨으니까…… 아버님은 지위만 있는 것이 아니라, 결사의 일원이기도 하셨어요."

나는 고개를 갸우뚱했다. "옛날 비밀 결사 말인가요?"

그가 끄덕였다.

나는 사무실 문에 등을 기대고 팔짱을 꼈다. "그럴 수 있겠네요."

나는 엄지에 낀 반지를 보며 손을 들어 올렸다. "가져오길 잘했어요."

"그 반지는 돌려놓아야 해요."

"어디로 돌려놓아요?"

"이시케네시에."

"하하, 말도 안 돼요."

"농담 아니에요." 오키그보는 나를 빤히 보며 말했다. "당장 오늘 밤 비행기 표를 끊어서 돌려놓아요. 우편으로 보내서도 안 돼요. 직접 가져다 놓아야 해요. 가질 수 없는 물건이니까."

그 말에 나는 몸이 떨리면서도 어이없다는 표정을 지었다. "세상에, 그렇게 법석 떨지 말아요. 그만 됐어요."

"비행기 표가 비싼 건 알아요…… 아마도……"

나는 잠자코 들을 수 없었다. "말도 안 되는 소리! 거기…… 거기까지 비행기로 다시 날아갈 생각은 없어요…… 뭘 위해서요? 아버지의 무덤에 이걸 가져다 놓으러? 대체 무슨 소릴 지껄이는 거예요?" 나는 알 수 없는 분노로 떨고 있었다. 눈물이 차올랐다.

"그분 무덤이 아니라, 그분의 결사에 돌려줘야 해요, 콜로." 오키그보는 집요했다.

"좋아요, 됐어요. 그만둬요!" 나는 한 손을 들고 쏘아붙였다. 뺨에 눈물 한 방울이 흘렀다. "세상에." 나는 숨을 내쉬었다. 눈을 감자 아버지의 새 무덤, 비행기 탑승교, 그곳에 돌아간다는 사실이 모두 동시에 떠올랐다. "이 이야기는 그만하고 싶어요."

"콜로, 정신 나간 소리인 거 알지만……"

"부탁이에요! 그만!"

오키그보는 더 말할 듯했지만 양손을 들고 고개를 젓더니 방에서 문으로 향했다. 그러다가 걸음을 멈추고 내게 말했다. "아버님을 잃은 일. 힘든 일이에요. 하지만, 그 아픔, 그 슬픔보다 중요한 건……" 그는 손을 움직였다. 말은 하지 않았지만 그가 무슨 말을 하는지, 누구를 말하는지 알 수 있었다. "이보 사람이고 나이지리아 여권을 갖고 있을지는 몰라도 당신은 참 미국인 같아요. 자기중심적이고 개인주의적이죠." 그가 웃었다. "그게 무슨 의미인지 모르죠? 하지만 내 말 명심해요…… 그거. 갖다. 놓아요."

"꺼져요." 내가 식식대며 말했다. 오키그보는 경멸하는 표정으로 나를 보고는 쓰읍 하고 숨을 들이쉬더니 나가면서 이보어로 중얼거렸다. 그리고 다시 말했다. "갖다 놓아요."

집으로 오는 길에 고속도로를 달렸다. 10분 거리였는데 차가 막히는 일이 없어서 보통은 그 시간이 즐거웠다. 그날 나는 앞만 보면서 틀어 놓은 음악은 듣는 둥 마는 둥 했다. 3분의 1쯤 가는데 전화가 삑삑거리기 시작했다.

"아, 제발. 오늘은 그만해라."

무슨 내용인지 알면서도 메시지를 확인했다. 전국 날씨 예보: 해당 지역 모래폭풍 경고! 대피! 위험! 애리조나 사람이라면 누구나 이런 경보에 익숙했다. 심해지면 차를 세우고, 전조등을 끄고, 브레이크를 밟으시오 등등.

모래폭풍이 바로 앞에 보였다. 고속도로를 벗어날 겨를도 없었다. 모래폭풍이 순식간에 움직일 때가 있었다. 그때가 그런 경우였다. 그것이 닥치기 직전에 갓길에 차를 세웠다. 모래가 서서히 차를 뒤덮기 시작할 때, 나는 가능한 한 천천히 도로에서 멀리 차를 이동시켰다. 주위 사람들도 그렇게 했다. 그리고 석양이 비추던 바깥이 삽시간에 한밤중으로 변했다.

심한 놈이었다. 잠시 어머니가 떠올랐다. 어머니 차를 뒤집은 것은 폭풍우였지, 모래폭풍이 아니었다. 하지만 어머니도 모래폭풍을 싫어했을까 싶었다. 거센 바람은 예측불허였고 순식간에 잠잠하던 곳을 혼돈으로 바꿔 놓았다.

"엄마, 절 지켜 주세요."

모래가 쏟아지며 뒤덮는 동안 차가 살살 흔들렸다. 이런 폭풍 속에 갇힌 것이 처음은 아니었다. 가만히 기다렸다가 다음 날 세차하면 됐다. 이곳은 사막이었고, 사막은 변하지 않는다. 그렇기는 하지만 모래폭풍에 갇혀 있으면 약간은 폐소공포증이 느껴지며 절망이 슬그머니 밀려들었다. 어리석게 차에서 내리면 바로 끝장임을 알고 있었다. 게다가 내가 아무리 사랑하는 곳이라 해도 이 지역은 점점 더 뜨거워지며 사막화가 진행됐다. 20년 뒤가 되면 사람이 살 수 없을지도 몰랐다.

폭풍이 거셀 때 나는 불안해져서 엄지에 낀 반지를 봤다. 인상을 찌푸린 독수리 얼굴을 손끝으로 쓰다듬었다. "아빠, 보고 싶어요." 휴대전화를 들고 집을 확인했다. 지역 날씨를 확인했다. 모래폭풍이 곧 집에 들이닥칠 터였다. 전기도 끊어지지 않았고, 인터넷도 작동되고 있었다. 홈 보티의 배터리가 방전되어 충전기로 돌아가는 중이었다. 녀석이 내 침대 옆 충전기로 돌아가며 보여 주는 상태로 판단하건대, 내 방에는 아무 일도 없었다.

아래층 카메라를 켰다. 해가 지고 모래폭풍이 불어 아주 어두웠다. 하지만 카메라의 야간 모드로 볼 수 있었다. 비코-누는 카메라 바로 옆, 사실상 그 위에 앉아 있었다. 나는 눈살을 찌푸렸다. 녀석이 숨을 너무 가쁘게 쉬어서 카메라를 통해 숨소리가 들릴 정도였다. 그리고 끙끙 앓고 있었다…… 왜 앓지? 휴대전화를 더 가까이 들여다봤다. 비코-누가 무언가를 보고 있는데 너무 어두워서 알 수 없었다.

"저기요! 누가 있어요?" 나는 카메라를 통해 외쳤다. 비코-누는 내 목소리에 놀라 펄쩍 뛰었다. 그리고 카메라에 더 가까이 몸을 붙였다. 킁킁거리고 낑낑대는 소리가 들렸다. "괜찮아, 아가." 잠시 고개를 들고 보니 폭풍이 여전히 거셌다. 카메라를 다시 봤다. 비코-누는 떨고 있었다. "쉬이, 쉬잇. 진정해, 아가." 나는 앱에서 나와 로봇의 시야로 바꿨다. 위층에 있는 로봇의 충전 상태는 고작 2퍼센트였다. "젠장." 로봇에게 아래층으로 내려가라고 했지만, 그것이 방에서 나오는 도중에 영상이 꺼지더니 '오프라인'이라고 알렸다.

"아, 제발!" 내가 소리를 빽 질렀다. 식은땀이 났다.

다시 보안 카메라로 갔다. 비코-누는 또 울고 있었다. 확실히 무언가가 내 집에 있고 비코-누는 겁에 질려 있었다. 주택 경보와 외부 카메라, 위층 카메라를 확인했다. 전등을 모두 켰다. 아래층 카메라로 되돌아갔다. 비코-누는 여전히 웅크리고 있었다. 녀석이 카메라 위에 엎드리고 있어서 털밖에 보이지 않았다. 그러다 무슨 소리가 들렸다. 목소리? 모래폭풍이 집을 뒤덮기 시작하자 소음이 더 커졌다. 그 폭풍이 여전히 내 주위에서 맹위를 떨치고 있었다. 나는 완전히 공황 상태에 빠져, 젖은 얼굴을 손으로 감쌌다. 눈물범벅이었다. "아빠." 나는 얼굴을 손으로 감싼 채 말했다. "도와주세요." 비코-누에게 무슨 일이 생긴다면 나는 견디지 못할 것 같았다.

시간이 좀 지나니 내가 정신이 마비된 채 머리를 부여잡고 앞뒤로 몸을 흔들며 눈물을 흘리고 있었다.

"제발, 제발, 제발." 내가 속삭였다. "뭔지 모르겠어, 모르겠어, 모르겠다고. 비코-누를 다치게 하지 마…… 걜 데려가지 마, 제발, 제발, 제발."

15분 뒤, 드디어 폭풍이 잦아들기 시작했다. 차 시동을 걸고 최대한 빠르게, 먼지를 날리며 달렸다. 차고에 주차하고 뛰어내렸다. 아주 잠시 머뭇거리다가 문 옆에 둔 야구방망이를 우선 집어 들었다. 집 안에도 각 층에 하나씩, 두 개가 있었다.

야구방망이를 꽉 쥔 채 문을 열면서 온몸의 신경을 곤두세웠다. 경보기가 카운트다운을 시작했다. 30초 뒤, 소리를 냈다. 떠들 테면 떠들라지. 나는 개를 불렀다. "비코-누! 비코-누!" 아무 소리도 없었다. 나는 신음 소리를 내면서 방망이를 들었다. 눈물이 나는 눈을 깜빡이며 복도로 몇 걸음 더 들어갔다. "대체 누구야? 이리 나와!" 타닥, 타닥, 탁. 소리가 들렸다. 무언가가 나를 향해 뛰고 있었다.

비코-누가 모서리를 돌아 나왔다. 녀석의 모습에 어찌나 마음이 놓이던지 잠시 어지러운 지경이었다. "아, 다행이다!" 나는 무릎을 꿇어 방망이를 내려놓고, 내게 달려드는 녀석의 보드라운 머리를 쓰다듬었다. 양손으로 얼굴을 문질렀다. "오, 다행이다, 다행이야,

세상에, 다행이다!"

경보기를 끈 나는 보안 회사의 전화를 받고는 경찰을 부르지 말라고 했지만 방망이는 곁에 뒀다. 집 전체를 확인했다. 아무것도 없는 것을 보니 조금씩 긴장이 풀렸다. 20분 뒤, 나는 거실 가운데 서서 허리에 손을 얹고 방망이는 의자에 기대어 둔 채 대체 무슨 일이었을까 궁리했다. 비코-누는 멀쩡해 보였다. 누가 집에 들어온 흔적은 없었다.

"지랄이네." 내가 중얼거렸다. 마음이 놓였지만 화가 나기도 했다.

나는 신발을 벗어 던지고 양말도 벗은 뒤 소파에 털썩 앉아 비코-누가 옆에서 웅크리고 있던 바닥 카메라를 봤다. 비코-누가 왜 그랬을까? 모래폭풍 때문에? 모래폭풍에는 익숙했다. 집에 돌아온 후로 이상한 일이 너무 많았다. 아버지가 계셨다면 전화해서 이야기했을 텐데, 그럼 이렇게 대답하셨을 것이다. "내 소원이라고 몇 번을 말했니. 그놈의 인터넷 따위 다 치워 버려! 정부에서 네가 콧구멍을 몇 번 파는지도 빠삭히 알 거다!"

일어나서 먹을 것을 가지러 주방에 가려는데 뭔가 단단한 것을 밟았다. "이게 뭐……." 나는 그것을 집어 들었다.

고둥 껍데기였다.

얼굴 가까이 그것을 들어 올렸다. 내겐 이게 달린 장신구가 있었다. 대부분의 재킷 주머니에 들어 있다. 불안해질 때 만지작거리기 좋았다. 그리고 내 집 어디에나 고둥 껍데기가 놓여 있었다. 나만의 의식이었다. 비코-누는 관심을 둔 적이 없었다. 그런데 왜 이게 거실 한가운데 있을까? 눈을 가늘게 뜨고 주위를 둘러봤다. 주방으로 가면서 그것을 주머니에 넣었다. 손가락 사이로 꽉 쥐었다. 파삭하는 소리와 함께 부서졌다.

한 시간 뒤 토니가 전화를 걸었고 우리는 십 대 아이들처럼 밤늦도록 통화했다. 그렇다, 나는 토니를 좋아하는 것 같았다. 토니에게 모래폭풍 이야기를 했다. 그 일이 있었을 때 토니는 비행기를 타고 있었다. 착륙 한 시간 전이었다. 전화를 끊었을 때는 자정이 넘은 시각이었다. 앞서 일어난 일들이 모두 아주 멀게 느껴졌다. 나는 샤워를 하고 잠자리에 들었다.

"현관에 사람이 있습니다."

눈을 번쩍 떴다. 새벽 3시 48분이었다. 나는 일어나 앉아서 휴대전화를 들었다. 카메라 앱을 열었다. 그러다 현관 카메라 영상을 보여 주러 서서히 다가오던 홈 보티에 화들짝 놀라 전화를 떨어뜨릴 뻔했다. 스피커에서 갑자기 노래가 나왔다. "안녕, 어둠, 내 오랜 친구여. 자네와 다시 이야기하러 왔네……." 아버지 장례식 때 떠올렸던 사이먼 앤드 가펑클의 옛날 노래였다. 휴대전화에서 고개를 들고 보니 주택 관리 로봇의 얼굴에도 같은 영상이 있었다. 어둠 속에서 그것이 몸을 흔들며 모래 구름을 뿜어냈다. 모래폭풍 때문에 온 것일까? 그것이 모래폭풍을 일으킨 장본인일까? 그것은 도로 근처 야자수만큼 컸다. 갑자기 음악 소리가 최고로 높아지고 노래가 온 집을 채웠다.

"대체 원하는 게 뭐야!" 떨리기는 하지만 너무 짜증이 나서 아무것도 상관없는 심정으로 일어섰다. 더 이상 참을 수 없었다.

모든 징후가 있었다. 나도 알았다. 특히 오키그보가 한 말을 듣고 나니 그랬다. 오키그보가 무슨 말을 하는지 나는 알았다. 나는 미국에서 태어난 나이지리아계 미국인이지만 그래도 알았다. 아무리 모른 척했어도. 나는 관자놀이를 손끝으로 눌렀다. "아빠." 내가 속삭였다.

기술은 기술일 뿐이다. 그것도 다른 물건처럼 신비한 존재에 영향을 받고 조작될 수 있다. 기술이 전기와 라디오파, 에너지를 움직인다. 모든 것은 에너지 아닌가? 연결은 거기서 일어난다. 개들은 인간의 눈이 볼 수 없는 것을 보고 감지한다. 미국에 돌아온 후로 알고 있었다. 무엇인가 있다는 것을. 나이지리아, 내 부모님 조상이 살던 땅에 갔다가 돌아오면 나는 언제나 변해 있었다.

내가 그런 식으로 매달리다 보면 도리어 내게 매달리는 것이 생기기도 한다. 아버지가 아조피아와 함께 고향으로 돌아갈 때 매달렸던 나는 어리석었다. 여자든 아니든, 아조피아를 목격한 일은 더욱 어리석었다. 그런 짓은 하면 안 된다. 비켜서서 놓아야 한다. 대신 나는 아버지의 반지를 붙잡았다. 놓을 수 없었기에. 놓아야 하는 법이다. 자신을 위해서. 모두를 위해서. 그러지 않으면 대가가 따르기 마련이다.

"그걸 내놔!" 이시케네시에서 그날 밤, 아조피아가 내게 요구했다. 날 선 목소리였다. 날카롭고 냉혹하고 뜨거웠다. "네 것이 아니다." 그래서 오키그보가 나이지리아에 도로 갖다 놓고 오라고 할 때 그렇게 화가 났던 것이다. 그는 아조피아의 말을 그대로 되풀이했다. "네 것이 아니다."

엄지에 낀 반지가 무겁고 가려웠다. 하지만 빼지 않았다. 그 대신 나는 문을 열었다. 홈 보티가 거실 가운데 자리를 잡고 사이먼 앤드 가펑클의 노래를 연주했다. 나이지리아에서 돌아오는 비행기 안에서 그 노래를 끊임없이 들었다. 무슨 영문인지 그 노래가 뇌리에 박혀 버렸다. 뒤를 돌아봤다. 비코-누가 거기에 서서 나를 올려다보고 있었다. 녀석이 작게 울었다. "비코-누, 따라오지 마." 나는 한숨을 쉬었다. 그리고 밖으로 나갔다.

밖에는 아버지만 있는 것이 아니었다. 현관문을 지나자마자 연기 냄새가 났다. 눈이 따끔거렸다. "아." 나는 중얼거렸다. 다리에서 힘이 빠졌다. 여자는 훨씬 더 크고 희미하게 빛나는 다른 모습이었지만 눈빛과 미소는 같았다. 그녀는 분홍색과 주황색의 산호색 구슬로 만든 드레스를 입고 있었다. 그녀가 내게 걸어오는 사이, 드레스가 짤랑거렸다. 나는 집 앞 계단에서 걸음을 멈췄고 그녀는 거리에서 멈췄다.

우리는 마주 보고 서 있었다. 공기에 모래가 떠다니는지 그녀가 또렷이 보이지 않았다. 그 뒤에 아버지가 서 있었고, 아버지 뒤에는 아조피아가 있었다. 아조피아의 키가 역시 더 컸다. 훨씬 더. 덩치도 컸다. 그것은 거리에 서 있었고, 잘 보이지 않는 것은 모래 탓이 아니었다. 연기 때문이었다.

"엄마." 내가 속삭였다. 내 안의 어린아이 자아가 말하는 것이 느껴졌다. 어머니 살아생전에 나는 그렇게 불렀다. 어머니는 내가 너무 어릴 때 돌아가셨다. 어머니가 무슨 말을 하는 듯했지만 들리지 않았다. 그리고 차 한 대 지나가지 않는 집 앞에 내가 서 있는 이 무더운 밤, 어머니는 불만스러운 듯 고개를 젓더니 돌아서서 걸어가기 시작했다. 아조피아 쪽으로 계속. 나는 주먹을 꽉 쥐었지만 그때는 움직이지 않았다. 아버지가 마찬가지로 걸어가는데도 나는 입을 꾹 다물었다. 아버지 얼굴이 전혀 보이지 않았다. 나는 거기 그대로 있었다. 그분들을 보냈다. 고집부리지 않았다. 뒤따르지 않았다. 그분들이 나를 이 세상에 혼자 두고 떠나는데도.

아조피아는 남았다.

"저기요! 뭐 하고 있어요?"

무슨 일인가 싶어서 눈을 깜빡였다. 거기에 있던 내가 어떤 목소리에 이끌려 나왔다. 나는 휘청거렸다. 옆집의 옆집에 사는 케이트가 자기 집 진입로를 성큼성큼 걸어 나와서 외쳤다. "저게 뭐죠? 무슨, 행위예술 같은 건가요?"

"그런 것 같네요!" 바로 옆집 이웃인 캔디였다. "저놈의 것 때문에 온 동네에 냄새가 나네요. 불이라도 꺼요!"

"아이고, 두 분 다 왜…… 안 자는 거예요?" 나는 아조피아를 흘끔 봤다. 아직 거기에 있었다. 거기에 서 있었다. 도로에. 조용히. 꼼짝 않고서. 돌아가신 부모님 두 분을 본 직후였다. 그런 상태로 이웃을 상대하는 것만큼은 사양하고 싶었다.

"공연 허가증이라도 있어요? 볼 관객도 없잖아요." 그렇게 말한 케이트가 얼굴을 문질렀다. 어깨 길이의 갈색 머리칼을 하나로 묶고 있었지만 절반은 삐져나와 있었다. 잠이 덜 깬 상태였다.

"됐고, 얼른 여기서 치워요!" 캔디는 애리조나 코요테 아이스하키팀 잠옷을 입고 맨발에 노란 나이키 운동화를 신고 있었다. 길 건너 집 위층에도 불이 켜졌다.

"이건 그런…… 좀 진정해요." 나는 어이없는 상황을 무마시키려고 나서며 양손을 꼭 쥐었다. "내가……" 하지만 숨이 찼다. 아조피아를 다시 봤다. 이 여자들은 그쪽으로 눈길 한 번 주지 않았다. 어떻게? 어떻게 겁을 내지 않는 것일까? 어떻게 눈이 쓰라리지 않은 것인가? 어떻게 기침도 하지 않는 것일까?

"콜로, 어서요!" 캔디가 말했다. "핼러윈도 아니잖아요."

"경찰에 신고할 거예요."

"둘 다 좀…… 입 좀 닥쳐요!" 내가 외쳤다. "이건 당신들이 상관할 일이 아니라고요!"

"어머, 상관할 일 맞죠." 케이트가 말했다. "우린 여기 산다고요. 우린……."

나는 그들 쪽으로 고개를 돌렸지만, 아조피아가 언뜻언뜻 보였다. 일어나서 연기와 흙먼지를 뭉게뭉게 피워 올리며 펄쩍펄쩍 뛰었다. 모든 것이 잠잠해졌다. 케이트와 캔디는 앓는 소리를 내면서 뒷걸음질 치고서야 드디어 아조피아의 모습을 제대로 봤다. 그들은 겁에 질려 신음을 흘리며 종종걸음으로 각자 집에 돌아갔다. 나는 두 세계의 어색한 조우에 놀란 마음으로 그들의 뒷모습을 지켜봤다.

아조피아에게 고개를 돌리는 순간, 그것의 연기가 내 얼굴에 닿았다. 기침이 심하게 나서 눈물이 나며 부모님 두 분이 모두 돌아가셨다는 사실이 냉혹하고 선연하게 와닿았다. 마침내 그 사실을 실감하면서 나는 숨을 들이쉬었다. 주위가 빙빙 돌았다. 숨이 막혀 눈을 감았다. "어떻게 여기 왔지?" 나는 떨리는 목소리로 물었다. 천천히 눈을 떴다.

그것은 움직이지 않았다.

"그 땅에 묶여 있는 거 아니었어? 비밀 결사에?"

그것은 아무 말도 하지 않았다. 위협하며. 연기 냄새를 풍기며. 썩은 동물 냄새. 검은 야자수 껍질. 독수리 깃털. 바다 건너에서 온 죽음의 사자. 나는 양손을 꼭 잡았다. 아버지의 반지를 내려다보며 엄지를 긁었다.

아조피아는 아직도 꼼짝하지 않았다.

이웃집을 봤다. 서넛이 창문으로 나를 훔쳐보고 있었다. 우리를 훔쳐보고 있었다. 이 모든 상황을 그들이 목격했다. 그들도 아조피아를 봤다. 애리조나주 스코츠데일의 백인들이. 이런 일이 또 있었을까? 그들은 무엇을 봤을까? 이날 밤 무슨 꿈을 꿀까? 그들은 어떻게 변할까?

나는 엄지에 낀 아버지의 반지를 보며 독수리 부리를 쓰다듬었다. 그것은 무슨 의미일까? 어디서 온 것일까? 어머니는 아셨을까? 나는 그 무엇도 영영 알지 못할 것이었다. 아는 것은 부모님이 내게 확신을 주러 오셨다는 것뿐이었다. 반지를 빼라고. 그리고 드디어 아조피아가 움직였다. 그것은 폭이 좁아지며 길어져, 키 크고 가느다란 야자수보다 높아졌다.

"꺼져!" 나는 반지를 던지며 외쳤다. 반지는 새카만 야자수 껍질과 덩굴손 덩어리 쪽으로 날아가…… 아니, 무언가 뻗어 나오더니 공중에서 그것을 잡았다. 뻗어 나온 것은 덩어리 속으로 사라졌다.

"빌어먹을 대체 뭐야." 내가 중얼거렸다.

또 하나의 덩굴손이 다시 뻗어 나오더니 내 팔을 쳤다. 뭔지 몰라도 세게 꽉 누르더니 돌아갔다. 나는 비명을 지르며 뒷걸음질 쳤고, 맞은 팔을 본능적으로 잡았다. 손 안쪽을 보니 동전 하나 크기로 생긴 타원형 상처에 피가 차오르고 있었다.

아조피아는 들썩들썩 춤을 추면서 거리를 걸어가기 시작했다. 움직임에 따라 그것의 형체가 점점 사라졌다. 그리고 콘크리트 속으로 내려앉았다. 야자수 껍질이 젖으며 콘크리트 속으로 녹아들었다. 어딘지는 몰라도 아조피아가 제자리로 돌아가자 웅덩이 비슷한 것 주위로 연기가 모여들었다. 거기에 매달린 죽은 동물들도 액체가 되어 가라앉더니 말라 버렸다. 고둥 껍데기가 떨어져 작은 게처럼 땅에 구르더니 파리처럼 흩어져서 사라졌다. 그리고 끝으로 독수리 깃털도 뜨거운 바람에 날아갔다.

남은 것은 갈색과 흰색이 섞인 독수리 깃털 하나뿐이었다. 팔을 꼭 붙잡고 통증에 눈살을 찌푸리며 그 자리를 몇 분간 바라보던 나는 아조피아가 사라진 곳으로 다가갔다. 잠시 서서 깃털을 보다가 허리를 숙이고 집어 들었다. 상처에서 난 피가 손목으로 흘렀다. 나는 비코-누가 기다리는 안으로 달려갔다.

집 문턱을 지나며 안도의 한숨을 쉬었다. 다치지 않은 쪽 어깨로 문을 닫고 팔을 소독하려다가 멈췄다. 무슨 짓이지?? 그렇게 생각하고는 깃털을 밖에 내던졌다. 그러고 나서 문을 닫고 잠근 뒤 휴대전화로 경보와 보안등을 전부 작동시켰다.

L. D. 루이스

Flicker

점멸

L. D. 루이스

Flicker

L. D. 루이스
L. D. Lewis

편집자, 출판인, 셜리 잭슨상 후보에 오른 사변소설 작가. 세계환상문학상과 휴고상을 수상한 문예지 《FIYAH》의 설립자이자 프로젝트 관리자이기도 하다. 또 (역시 수상 경력이 있는) 팟캐스트 「레바 버턴 리즈」의 리서처로 있으며, 람다 문학상의 프로그램 및 운영 관리자로 생활비를 벌고 있다. 단행본 『그림자의 몰락』(댄싱 스타 프레스, 2018)을 출간했으며 《FIYAH》,《팟캐슬》,《파이어사이드 매거진》,《스트레인지 호라이즌스》,《애너태마: 스펙 프롬 더 마진스》,《라이트스피드》,《네온 헴록》 등에 단편과 시를 게재했다. 현재 조지아에서 커피와 고양이 둘, 훌륭한 레고 수집품과 함께 끊임없는 마감을 버텨 내고 있다.

21초

"일 아님 이? 일. 이."

오빠가 흐릿하게 보이는 렌즈와 조금 덜 흐릿하게 보이는 듯한 렌즈를 번갈아 바꾸는 동안 카마라는 결정을 못 하고 한숨을 쉬었다.

"이?"

"네가 그렇다면야." 검안기가 빠져나가고 전등이 다시 켜진 뒤, 제이는 바퀴 달린 의자에 앉은 채 한쪽의 책상으로 가서 동생의 차트를 기록했다.

"어때?" 카마라가 물었다.

"네 생각보다는 나아. 사실 시력 검사를 이렇게 자주 할 필요는 없어. 그리고 안경을 쓰면 시력이 그렇게 빨리 나빠지는 느낌이 들지 않을 거야."

카마라는 손사래를 쳤다. "뭐, 그냥 오빠가 보고 싶나 보지."

카마라는 여덟 살 때부터 안경이 필요했으니, 검안 일을 하게 된 오빠가 있어서 다행이었다. 카마라는 벽에 걸린 우아한 안구 단면 포스터에서 시선을 떼지 않고서 지직거리는 형광등과 뱃속에서 작게 꾸루룩거리는 소리를 막연히 의식했다.

"있잖아, 앞이 0.5초쯤 안 보이는 걸 뭐라고 해?"

제이는 잠시 무슨 소린가 하는 표정으로 동생을 봤다. 진부한 농담 그만두라는 듯. 그럴 만도 했다. 카마라는 그런 농담을 자주 하니까.

"눈……을 깜빡이는 거?" 제이는 한쪽 눈썹을 치켜올렸다.

"아니, 잘난 선생님. 눈을 다 뜨고 있는데 사방이 그냥 캄캄해져. 아주 잠깐 정전되는 것처럼."

제이는 동생의 차트를 다시 뒤적였다. "여기 검사 결과에는 아무 이상 없어. 혈압은 어때? 그……렇게 되면 아파? 어지럽거나?"

"금방 지나가기는 하지만…… 그래도 느끼긴 해. 꼭 데자뷔 같아. 가끔 일어나는데, 그게 정말…… 일어난 일인지 모르겠어."

제이는 한쪽 눈썹을 치켜올렸다. "정말 그런 것은 확실해?"

"이래서 사람들이 의학 웹사이트를 찾는 거야."

"말도 마라." 제이는 진지한 눈으로 동생을 봤다. 그 순간만큼은 동생을 놀릴 수 없다는 법적, 윤리적 의무가 있다는 표정이었다. "있잖아, 네가 원하는 만큼 진지하게 받아들일게. 그럼 됐니? 확인해 볼 수 있어."

맞은편 의자에서 휴대전화가 울리자 카마라가 받으려고 일어났다. "괜찮아. 그런 걸 뭐라고 하는지 궁금해서 물어본 거야."

"그래, 그럼." 제이는 동생을 복도로 데리고 나갔다. 진료실은 고급스러우면서도 깔끔했고, 따스한 분위기의 장식이 되어 있었다. 시내 중심가라서 몹시 비싼 곳이었다. 그리고 모두 제이의 소유였다. 제이의 사업은 번창했고, 카마라는 오빠가 자랑스러웠다. 오빠가 보고 싶다는 말은 진심이었다.

제이는 동생 차트를 접수 직원에게 건넸고 둘은 정면 창문 밖에서 펼쳐지는 밝고 활기찬 오후의 광경을 내다봤다. "이제 뭐 할 거니?"

"공원에서 울프랑 에이미를 만나서 점심 먹을 거야." 카마라는 친구를 만날 길 건너 넓은 풀밭 반대편 쪽을 가리켰다.

"아, '잘들 있냐'라고 했다고 전해 줘."

"그거 질문인 거 알지? 오빠가 '잘들 있냐'라고 했다고 전하면 내가 돌아와서 개들 대답을……"

"됐다, 잘 가라." 제이는 문을 열고서 클립보드를 든 손을 흔들었다.

카마라는 발뒤꿈치를 들고 오빠 뺨에 키스했다. "그냥 하는 말인데, 오빠가 '안녕'이라고만 했으면 내 부담이 덜했을 거야."

"잘 가, 카마라."

카마라는 웃으며 보도로 나서서 6번가 공원 도로를 건너 연철 울타리 안, 개들과 아장거리는 아기들, 격렬하게 프리스비를 던지는 사람들 가운데로 들어갔다. 재택근무 덕분에 사람들이 대낮에 밖으로 나오는 놀라운 일이 벌어졌다. 카마라의 경우에는 실직 덕분이었다. 괜찮다고 다짐했다. 배고픈 예술가는 언제나 존재했고 카마라 역시 무명의 시기를 견디는 중이었다.

함께 대학에 다니던 시절부터 울프강 카버와 에이미 세바스틴은 지독하게 사랑했다. 이제 결혼한 두 사람은 커피숍 앞 잔디밭에 담요를 깔고 누워 있었다. 울프강은 게임 디자인 일을 했다. 에이미는 자연 사진 작가였다. 에이미는 마사지하던 울프강의 손에서 발을 획 빼내더니 일어나서 카마라에게 손을 흔들었다. 안경을 쓴 카마라는 멀리서도 그들이 준비한 도시락에 과일이 없는 것을 알아차리고 실망했다. 이 시기에 두 사람은 비건 생활을 실험 중이었다. 그러니 공짜 음식은 굶는 것과 다를 바 없는 지경이었다.

"버섯 버거야!" 에이미가 신이 나서 도시락 바구니를 가리켰다. 카마라가 15미터 거리를 걸어가는 동안, 맛난 음식이 달아날까 봐 걱정된다는 듯이.

"와, 신난다!" 카마라가 외쳤다.

그리고 불이 꺼졌다. 모조리. 태양까지. 점진적인 현상이 아니었다. 갑자기 어디선가 우주에서 스위치가 달칵 꺼지더니 플래시를 켜도 밝힐 수 없는 새카만 어둠이 내렸다.

카마라는 다른 감각을 확인했다. 엄지를 손끝에 댔다. 양팔은 그 자리에 있었고 발 밑에 땅도 느껴졌다. 이상한 것은 공기였다. 정전되어 환풍기가 정지하면 답답함이 느껴질 때 같았다. 자동차 배기가 여전히 짙었다. 사라진 것은 바람이었다. 감각이 무뎌졌다. 당황해서 중얼거리는 소리, 충돌 소리와 자동차 경적, 발밑의 잔디 밟히는 소리는 들렸다. 하지만 세상이 우르릉거리는 소리, 모든 것이 내는 전기음은 들리기만 할 뿐 느껴지지 않았다.

비명이 들리는 것을 보니 카마라만 겪는 일이 아니었다.

5초. 10초. 21초.

그리고 언제 그랬냐는 듯 태양이 다시 비추고 바람이 불면서 추락할 수도 있었던 비행기 한 대가 하늘로 솟아오르며 내는 굉음도 함께 들려왔다. 온갖 안내 방송에도 불구하고 비행기는 5번가의 가로등을 들이받고 20번가의 빌딩을 강타했다.

제이의 진료실이 큰 구멍으로 변했다.

3분

석 달 뒤가 되었지만 사람들은 입만 열면 그 이야기였다. 다른 무엇도 중요하지 않았기 때문이다. 갑작스러운 어둠, 정전, 점멸, 대공백. '반타블랙'을 경험하지 않은 사람은 아무도 없었다. 온갖 음모 이론이 나왔다. 종말에 집착하는 모든 종교가 옳았음이 동시에 증명됐다. 인공위성, 비밀 권력 집단의 프로그램, 백신, 외계인.

울프강과 에이미는 카마라를 승강기 없는 3층집에 들어와 살게 했고, 카마라는 거기서 온갖 보도와 긴급 뉴스를 24시간 확인하며 대답을 구했다. 제이의 시신은 찾지 못했는데, 사방에서 비행기가 추락하는 상황이라 복구 작업 자체가 이뤄지지 않았다.

밤이 빠르게 오는 듯했고, 어둠과 함께 공포도 찾아왔다. 두려워하는 사람이 열 명 있다면, 한 명은 혼란 속에서 신이 났기 때문이다. 유리 깨지는 소리와 총성이 날마다 조금씩 그들의 안전한 동네로 다가왔다. 그 뒤에 따르던 사이렌 소리가 멈춘 지는 최소한 한 달이 지났다.

에이미가 카마라에게 차를 가져왔고, 둘은 뉴스를 켜 두고 앉아 울프강이 귀가하기를 기다렸다.

"새로운 소식 있어?" 에이미가 따뜻하고 부드러운 손끝으로 카마라의 감지 않은 머리카락 끝을 문지르며 물었다. 전에 어머니가 돌아가신 뒤 카마라가 긴장증을 일으켰을 때도 그렇게 했다. 예전에 카마라는 그렇게 쉽게 무너져 버리고 주위 사람들의 동정을 구하는 자신을 꾸짖었더랬다.

그날 밤, 카마라는 그저 고개만 저었다.

"울프강이 곧 올 거야. 저녁으로 먹고 싶은 거 있어?"

카마라는 또 고개를 저었다.

"나 좀 봐 줄래? 잠깐만?"

카마라가 고개를 돌리는 데는 노력이 필요했고, 에이미는 갈색 주근깨가 난 콧잔등을 찡그리고 눈 아래 가느다란 주름살을 지우며 어색한 미소를 지었다.

"그건 잠깐 쉬어도 될 것 같아. 그렇지? 샤워하고 뭘 먹고 이야기 좀 할까? 그러면 기분이 나아질 거야. 나도 그러고 싶어. 알잖아. 응?"

카마라는 침을 삼켰다. 잘 때까지 앉아서 멍하니 뉴스를 보며 음성을 머릿속으로 통과시키는 것보다 너무 힘든 일들 같았다. 에이미 등 뒤에는 아파트의 짐이 작은 상자에 포장되어 잔뜩 쌓여 있었다. 종말의 날이 다가온다고 하니 인구가 적은 곳으로 떠나야 했다. 정확히 거기가 어딘지 카마라는 신경 쓰지 않았다. 하지만 평소에는 기운찬 친구도 스트레스로 인해 눈에 띄게 변했다. 카마라는 적어도 샤워는 할 수 있었다.

"고기." 기어 들어가는 소리로 카마라가 말했다. 목 상태가 대(大)공백의 날 비명을 지른 이후 처음 말하는 것처럼 느껴졌다. "저녁으로. 부탁해."

"하!" 에이미의 웃음소리에 두 사람 모두 놀랐다. 둘이 부둥켜안기 전, 카마라는 눈물 한 방울이 흐르는 것을 느꼈다. "좋았어."

울프강이 숨을 몰아쉬고 검은 이마에 땀을 흘리며, 떨리는 손에 자동차 열쇠를 꼭 쥐고 달려 들어왔다.

"자기야?" 에이미가 일어났다.

"저쪽 구역에서 무슨 일이 터졌어. 지금 여기서 나가야 해." 울프강은 상자 더미를 훑어보며 어느 것이 우선인지 가늠했다.

"무슨 일이라니, 뭔데?" 카마라가 드디어 일어나며 물었다.

"숙청인지 뭔지. 모르겠어. 어서 가자. 총을 쏴서 사방에 불이 났어. 가자."

카마라는 아직 들어가서 잔 적 없는 손님방으로 달려가서 가진 것 전부를 챙겼다. 옷가지가 든 가방과 노트북컴퓨터, 공책, 헤드폰이 든 배낭이었다.

"카……카메라, 어머, 자기야? 이거…… 뜨고 있어." 에이미가 거실에서 더듬거렸다.

"뭐?" 카마라가 말하다가 침대 옆의 알람 시계가 탁자에서 몇 센티미터나 떠오른 것을 보고 멈췄다. 책도 마찬가지였다. 양말도 바닥에 있지 않았다. 사방의 작은 물건이 낮게 떠오르고 있었다.

갑작스러운 어둠이 다시 찾아왔고 카마라는 침대 가장자리에 정강이를 부딪혔다. 비명조차 크게 나오지 않았다. 울프강은 모두 조용히 하라고 했고, 그들은 아파트에 가만히 서 있었다.

주위의 숨죽인 세상이 내는 소리 속에서, 복도에서는 불길한 목소리가 또렷이 들려왔다. 작은 무리가 아래층 집에 다가가는 발소리 같았다. 어느 집 문이 억지로 열리는 순간, 카마라의 팔에 소름이 돋았다. 비명과 불확실한 총소리, 웃음소리, 쿵쿵거리는 소리가 들려왔다. 그리고 또 한 집의 문이 열렸다. 그리고 계단 끼익거리는 소리가 또 들렸다.

"숨어."

젖고 떨리는 음성이 카마라의 귀에 들려왔지만, 에이미의 존재가 느껴지지 않았다.

카마라는 바닥에 발을 끌며 방해물이 있는지 더듬어 침실 옷장으로 가서 그 안에 들어갔다.

21초보다 훨씬 더 길게 느껴졌다.

그들의 집 현관문이 걷어차이는 소리는 다른 집에서 나는 소리보다 훨씬 더 컸다. 거실로 들어오는 발소리에 카마라는 신경이 요동치며 토할 것 같았다. 방향을 확인하려고 벽을 손으로 쓰는 소리가 들렸다. 상자 더미가 쓰러지고 총성 두 번이 울렸다. 카마라는 소리가 튀어나가지 않도록 손으로 입을 막았다.

상자야. 상자일 뿐이야. 상자를 쏜 거야. 아무도 안 다쳤어. 상자뿐이야. 입을 막은 손 위로 눈물이 흐르는 와중에도 카마라는 스스로에게 말했다. 전등이 다시 켜지지 않기를, 소리 없이 기도하기 시작했다.

누군가 휘파람을 불었다. 조롱. 누구든지 숨도 쉬지 말라는 위협. 가볍게 쿵 하더니 근처에서 "씨발!"이란 외침이 튀어나오는 것을 보니 누군가 손님방에 들어왔다가 침대 모서리에 정강이를 찧은 모양이었다. 그들이 총을 두 번 쏘는데 거실에서 컥컥거리는 소리가 들려 방해했다. 처음에는 한 명, 그리고 두 명, 세 명이 숨이 막혀 컥컥거리더니 물건이 마구 쓰러지고 발이 걸려 넘어지는 소리가 들려왔다. 거실 바닥에서 버둥거리는 낮고 필사적인 소리가 차츰 강해지다가 완전히 사라졌고, 강렬한 적막과 몇 초간의 어둠에 이어 다시 밝아졌다.

거실에서는 뉴스 기자들이 계속 중얼거리고 있었고, 카마라는 옷장에서 천천히 나갔다. 떠다니던 물건은 다시 바닥에 내려앉았다. 제자리를 찾지 못한 것은 문 앞에 쓰러진 사람의 두 발뿐인 듯했다.

"이게 무슨…… 어머나!" 에이미가 비명을 질렀다. 카마라가 문 앞으로 나가 에이미의 눈길을 따라서 바닥을 봤다.

남자였다. 검은 옷을 입고 손에는 권총을 들고 있었다. 그리고 머리는 있는데, 얼굴이 없었다. 황갈색 피부에 매끈하고 머리카락도, 눈 코 입도 없는 달걀 같은 머리였다.

아무도 얼굴이 없었다.

울프강이 손을 잡아 시체들을 피해 이끌자 에이미의 비명이 뚝 끊겼다. 울프강이 카마라에게 진지한 표정으로 물었다.

"카마라, 괜찮아? 이제 정신차려야 해."

"응. 응, 괜찮아." 카마라는 앞에 놓인 텅 빈 머리에서 눈을 떼지 못한 채 말했다.

"챙길 거 챙겨. 차로 가자."

카마라는 고개를 끄덕이고 그 말을 혼자 반복하면서 세상 종말에 필요할 것 같은 물건을 닥치는 대로 집어 들었다.

복도에서도 비명이 시작됐다. 아마 다른 주민들도 상황을 알게 된 모양이었다. 울프강이 흐느끼며 떠는 에이미를 문으로 데려간 뒤 카마라가 오기를 초조하게 기다렸다.

"날 봐. 날 보라고." 그가 에이미의 턱을 잡고 말했다. "우리 둘이 함께야. 알겠지?"

"응. 자기랑 나." 에이미가 대답했다.

울프강이 에이미의 이마에 키스했다. "전에 크리스마스에 갔던 오두막 기억나? 한 시간 반 거리야. 거기에 가면 이따위 짓으로 괴롭힐 사람 없을 거야. 알겠지, 카마라?"

"응." 카마라는 무슨 말인지 모르면서도 고개를 끄덕였다. 복도 건너 열린 문에 기댄 채 쓰러진 이웃의 시신을 멍하니 봤다. 역시 얼굴이 없었다.

"봤지? 카마라도 같이 가." 울프강이 아내에게 미소 지었다. "우린 다 괜찮아, 자기야. 날 잘 봐, 알았지?"

카마라는 두 사람을 따라 3층에서 내려갔다. 얼굴은 있지만 총에 맞아 피투성이가 된 이웃을 보고 에이미가 놀라 펄쩍 뛰었다. 울프강이 에이미를 조수석에 앉히는 동안, 카마라의 시선은 길 건너 가로등에 모인 사람들에게 향했다. 카마라는 가방을 뒷자리에 넣고 무슨 일인가 살피러 갔다.

한 남자가 보도석 밖에다가 토하려고 무리에서 벗어난 덕분에 카마라가 비집고 들어갈 공간이 생겼다.

젊은 여자가 가로등에 허리를 꿰뚫린 채 하늘을 향해 눈을 멍하니 뜨고 있었다. 가로등 기둥을 타고 흐르는 내장은 없었다. 그 여자가 어딘가 높은 지점에서 사람이 잔뜩 모여든 아래까지 떨어진 흔적은 없었다. 그저 가로등과 동시에 여자가 그 자리에 나타난 것 같은 느낌이었다.

"카마라!" 멍하니 지켜보던 카마라는 울프강이 부르는 소리에 정신을 차렸다. 그는 시동을 켜고 출발 준비를 마친 상태였다.

카마라는 가방과 함께 뒷자리에 앉았다.

"뭐였어?" 에이미가 나직이 물었다.

카마라는 그 광경을 묘사할 수 없어서 고개만 저었다. 설명하고 싶어도 에이미가 들을 필요는 없는 이야기였다.

"시내에서 트럭을 타고 다니는 이유를 모르겠더라니." 대신 카마라는 그렇게 말했다. 소요와 화재 속에서 하기에는 이상한 말이었지만, 어쨌든 카마라는 영혼이 빠진 느낌이었다.

"여기서 나가다 보면 알게 될 거야."

한 시간

그들보다 앞서 블루리지산으로 탈출한 사람들이 있었다. 도시를 버리고 몰려든 사람들을 피하려면 더 깊이, 더 높이 올라가야 했다.

"시뮬레이션 가설." 채터후치강을 내려다보는 아담하고 세련된 오두막 앞의 가파른 길로 장작을 나르는 동안, 울프강이 숨을 몰아쉬며 말했다. 트럭은 거대한 바위 앞에 세워 뒀다. 세상에는 너무 커서 치울 수 없는 장애물이 있음을 증명하듯이. "우리 현실이 컴퓨터 시뮬레이션이라는 뜻이야. 지난…… 글쎄, 50년간 인간의 경험이 망가진 게 시뮬레이션이 끝나 간다는 사실을 의미할 수도 있지."

"망가져?" 카마라가 물었다.

"그냥 엉망으로 치닫는 느낌이 들지 않았어? 문제가 분명한데 아무도 고치려고 노력하지 않고? 새로운 발견도, 새로운 사상도 나오지 않았잖아. 새로운 주장은 전부 옛날 주장과 같고. 예술과 엔터테인먼트에서는 플롯이 사라지고. 모든 게 인공지능 아니면 리믹스 아니면 리마스터, 똑같은 인터넷 프로토콜의 확장이었지."

"그건 그냥 자본주의지." 카마라가 말했다.

"울프강이 「스타워즈」를 싫어해서 하는 소리야." 에이미가 웃었다. 도시에서 벗어난 이후로 에이미는 좀 지치기는 했지만 밝아졌다.

"다른 이유일 수도 있어." 울프강이 땔감을 내려놓으며 어깨를 으쓱였다. 모두 쉬려고 그 옆에 앉았다. "봐. 비디오게임을 만든다고 쳐. 몰입형, 초현실적인 올해의 게임 그런 거. 뭐가 필요하지? 디자인, 엔지니어, 콘셉트. 그 게임 배경이 되는 세계를 만들 때 물리학을 가동시키고, 시각적 디테일, 동적 조명 같은 환경을 생성하는 데 엔진 전체가 필요해. 이제 그 게임을 헐어. 조각조각, 요소요소, 엔진 하나씩. 그러면 뭐가 나오지?”

“중력 장애. 얼굴 없는 무법자들.” 에이미가 멍하니 대답했다.

“조명 엔진을 차단하면 모든 게 어두워지고.” 카마라가 덧붙였다.

울프강이 불붙인 얇은 시가로 카마라를 가리켰다. “정답.”

셋은 잠시 말없이 앉아 있었고, 카마라는 새 소리와 가느다란 나무 사이로 불어오는 바람 소리를 끌어안았다.

“그럼 시뮬레이션을 누가 운영할까?” 카마라가 물었다.

“그게 중요한가?” 울프강이 되물었다. “멈추라고 편지를 보낼 국회의원이 없다니, 짜증 나지?”

이것이 시뮬레이션의 끝이라면 존재할 곳은 사실 아무 데도 없었다. 다음 대공백이 언제 일어날 것인지, 얼마나 오래 계속될 것인지, 그들 중 누가 해체되어 얼굴 없는 비활성 물질 덩어리가 되어버릴 것인지 알 수 없었다.

그들은 오두막에서 저녁 식사를 만들고(카마라가 토마토를 싫어해서 베이컨, 양상추, 치즈를 넣은 샌드위치였다.) 밤이 되자 집 앞에 모닥불을 피우고 모여 앉았다. 얇은 나무 사이로 달이 높이 밝게 떴다. 카마라는 주로 불을 보며 오빠 생각을 했다. 빌어먹을 종말이 닥쳤는데 오빠가 그리운 마음도, 오빠가 함께 있었으면 하는 마음도 가실 줄 몰랐다.

"제이 오빠에게 눈앞에서 빛이 사라지는…… 점멸하는 순간이 있다고 했어. 눈을 뜬 채로 깜빡이는 것처럼 아주 잠깐 흐릿해진다고."

"제이 오빠가 뭐라고 했어?" 에이미가 물었다.

카마라는 어깨를 으쓱였다. "아무 말도 안 했어. 내가 별것 아니라고 했고. 그게 이거였을까? 이게 아주 짧게 일어났는데 너무 미세해서 우리 모두 몰랐던 걸까? 10분의 1초, 다음에는 20초, 그다음에는…… 한 5분? 한 시간? 하루?"

그들은 아무 말도 하지 않았다.

"오빠가 너희한테 '잘들 있냐'라고 했다고 말했나?" 카마라가 웃었다. "그날 내가 공원에서 너희들 만날 거라고 했을 때. 우리가 마지막으로 나눈 대화가 그거였어."

울프강이 미소를 지으며 에이미에게 두른 팔에 힘을 줬다.

"나도 '잘 있어요'라고 말했다고 전해 줘." 그가 대답했다.

"그럴게."

카마라는 옥외용 의자에 기대어 턱까지 담요를 끌어당기고 하늘을 올려다봤다. 하늘이 부분부분 새카매지는 것이 보일 때까지.

큰 사각형 안의 별들이 깜빡이며 사라지더니 달만 남았다. 카마라가 눈길을 돌리니, 에이미도 눈을 휘둥그레 뜨고 있었다. 그리고 숲 바닥에 있던 나뭇가지와 자갈이 떠오르기 시작했다. 모닥불의 장작도 함께 떠올랐다.

카마라는 다이빙 준비를 하듯이 심호흡하고 달을 올려다봤다. 달도 역시 사라지고, 다시 그들 주위를 갑작스러운 어둠이 감쌌다.

"여기 계속 있으면 어떨까?" 에이미가 중얼거리는 소리가 크게 들렸다. "움직이지 말고 다시 밝아지기를 기다리는 거야."

공기가 다시 텁텁한 오존처럼 변했다. 달에 와 있는 느낌이었다. 하지만 그 속에서 바스락거리는 나뭇잎과 뭔가 새로운 소리가 들렸다.

큰 동물이 으르렁거리는 소리. 가까운 곳인지, 먼 곳인지 알 수 없었다.

곰. 대공백에도 후각이 존재한다면 곰은 그들을 보지 않아도 찾아올 수 있었다.

문득 카마라의 입이 바짝 말랐다. 그리고 입에서 단내가 났다. 아마 농축된 두려움이었을 것이다. 알 수 없는 대상이 추상적 관념 이상의 존재가 되어 가는 느낌이었다. 그것은 실재하고 만질 수 있으며, 만지면 끈적했다. 카마라의 내면에 그리고 주위에 너무나 생생히 박혀 있어서 빌어먹을 빛만 있다면 보일 것이 분명했다.

떨어진 나뭇가지가 너무 가까운 곳에서 밟히는 소리를 냈고, 카마라는 벌떡 일어났다.

"들어가!" 울프강이 외쳤지만, 그 목소리가 들리는 쪽으로 돌아선 카마라 앞에는 벽이 막고 있었다. 카마라는 집 측면 목재를 더듬으며 이음새, 문, 창문 윤곽선을 찾았다. 하지만 그 동물은 애원하며 중얼거리는 소리, 더듬거리며 낙엽 밟는 소리를 전부 들을 수 있었다. 그것은 아직도 등 뒤 어딘가에서 쿵쿵거리고 으르렁거렸다.

충격에 빠진 카마라는 모서리에 닿자마자 숲속으로 내달렸다. 카마라의 냄새를 전달할 바람은 어쨌든 없었으니까. 카마라는 나무에 부딪히지 않도록 양팔을 앞으로 쭉 뻗었지만, 발을 헛디디자

달리기를 멈추고 땅바닥에 엎드렸다. 곰이 뒤쫓고 있나 싶어서 숨도 제대로 쉬지 못했다.

이번 대공백이 얼마나 오래가는지 알아보려고 카마라는 초를 세기 시작했다. 2000초까지 세다가 깜빡 잠들려는 순간, 멀리 시내 쪽에서 폭발 소리가 들렸다. 3000초 정도 됐을 때, 근처 나뭇잎이 다시 밟혔다.

"카마라?"

에이미였다. 그들이 카마라를 찾으러 왔다.

"에이미?" 카마라가 작게 소리 내어 불렀다.

"카마라!" 에이미가 또 불렀다.

카마라가 일어나서 나무둥치 옆에 웅크리고 방향 감각을 되찾고자 했다.

"어디 있어?" 카마라가 외쳤다.

"카마라!"

카마라는 조심스레 에이미의 목소리가 들리는 쪽으로 발걸음을 옮겼다. 곰보다 먼저 닿기를 바라면서.

"오, 카마라." 에이미의 목소리가 가깝고 또렷이 들렸다. 하지만 무언가 이상했다. 목소리가 젖어 있었다. 가래가 낀 것처럼 목에 뭔가 걸린 목소리였다.

에이미의 목소리가 나는 쪽으로 뻗는 카마라의 팔에 다시 소름이 돋았다. 그들 뒤 어딘가, 큰 나무가 육중한 것에 눌려 신음했다.

"다쳤어?" 카마라가 물었다.

으르렁거리는 소리가 답하며 동시에 습하고 비린 숨결이 날아왔고, 카마라가 뻗은 손가락에 물방울이 맺혔다.

빛이 돌아왔고, 카마라는 비정상적일 정도로 거대한 흑곰 얼굴을 보고 비명을 질렀다. 놈의 얼굴은 엉망이 된 상처로 가득했으며 털에는 이끼가 껴 있었다. 놈은 느릿느릿 뒷다리로 물러서다가 큰 나무 두 그루 사이에 꼈다. 그것도 가로등에 찔린 여자처럼, 떨어진 통나무에 붙어 버렸다. 입을 벌리고 숨을 내쉬는 놈이 에이미와 똑같은 소리를 냈다.

"카마라!"

세상에, 놈이 그들을 죽인 걸까?

카마라는 오두막이 있는 산 쪽으로 다시 달려갔다. 곰이 질러 대는 오싹한 비명이 등 뒤에서 들려왔다.

카마라는 오두막을 돌아서 현관문을 박차고 들어갔다.

"에이미? 울프강?" 카마라가 헉헉거리며 불렀다. 대답이든 흔적이든 아무 데서도 찾을 수 없었다.

카마라는 손전등을 찾아 들고 오두막 앞길을 조심스레 내려가 트럭을 찾았다. 그리고 불빛이 바위를 비춘 순간, 손전등을 떨어뜨렸다.

그들이었다.

바위가 울프강과 에이미의 몸 모양으로 두 개의 새로운 형태를 띠고 있었다. 손과 얼굴 모양이 잘 나타났고, 바위에 등을 대고 앉은 그들은 손깍지를 끼고 있었다. 에이미의 커다란 갈색 눈 하나만 사람의 것으로 남은 채 울프강의 얼굴을 보고 있었다. 트럭 열쇠는 옆에 떨어져 있었다.

카마라는 흙바닥에 무릎을 꿇고 친구들을 바라보며 소리 없이 눈물을 흘렸다. 등 뒤 멀리서 모닥불이 아직 타고 있었다. 카마라는 숲을 둘러봤다. 제대로 쓸 기회도 없었던 평화로운 은신처를.

밤공기가 차가웠고 달은 죽어 가는 세상에 작은 빛을 비췄다.

카마라의 목덜미가 뜨뜻해지며 젖었다. "오, 카마라." 에이미의 목소리가 등 뒤에서 명랑하게 들려왔다.

갈 곳은 어디에도 없었다.

네일로 홉킨슨

The Most Strongest
Obeah Woman of the World

세상에서 가장 강한 여자 주술사

The Most Strongest
Obeah Woman of the World

네일로 홉킨슨
Nalo Hopkinson

자메이카 출신으로 현재 캐나다에 거주하고 있다. 홉킨슨의 창편과 단편은 세계환상문학상, 시어도어 스터전상, 선버스트상, 캐나다환상문학상, 네뷸러상 등을 수상했다. 2021년 미국 SF 판타지 작가 협회에서 홉킨슨의 공헌을 기려 데이먼 나이트 메모리얼 그랜드 마스터상을 수여했다. 현재까지 그 상의 수상자 가운데 최초의 흑인 여성이자 최연소 수상자이다.

엔더릴이 그 새파란 구멍의 짠 물속으로 뛰어든 순간부터 여행의 결말은 좋을 수 없었다. 매주 일요일 목사님 설교를 들었기에 엔더릴은 발밑에 지옥이 있다는 것을 알았지만 어쨌든 아래로, 꼭 그래야만 한다면 지옥 불을 향해 곧장 내려가기로 결심했다. 엔더릴이 사냥하려는 짐승은 사탄이 만든 것이 분명하니 아래로 내려가야 찾을 수 있을 터였다.

새파란 구멍 주위에 아무도 없을 때까지 며칠간 지켜보고 기다려야 했다. 너무 가난해서 불을 피울 부싯돌 두 개를 찾기도 어려운 외딴 마을은 그런 곳이었다. 주민이 몇백 명 정도 되는 트렌트월의 사람들은 죄다 오지랖이 넓었다. 하지만 그날 드디어 엔더릴은 기회를 잡았다.

하지만 솔직히 말하면 이렇다. 그 짠 물속에 가라앉는 순간, 엔더릴은 미래를 생각하지 못했다. 온몸이 산산조각 나는 느낌이었고,

머릿속에서 생각의 가닥을 잡을 수가 없었다.

영혼을 담는 몸은 파란 구멍의 물이 발끝부터 머리까지 철벅하고 차오르는 것을 느꼈다. 시원한 하늘색이던 물이 가라앉는 동안에 차가워지며 남색으로, 진청색으로, 피처럼 짙은 흑청색으로 변해 갔지만 옌더릴은 계속 더 아래로 가라앉았다.

너무 어두워서 자신이 눈을 뜨고 있는지도 알 수 없었다. 폐는 얼마나 숨을 참다가 결국 풀무처럼 열려 생명을 주는 공기든, 죽음을 가져오는 물이든 빨아들이게 될지를 가늠하고 있었다. 새로 자라난 나뭇가지처럼 어리고 강한 두 팔은 감싸 안은 돌을 내려놓아야 할지 말지 재고 있었다. 그 무게에 옌더릴이 흑청색 물속으로 더 깊이, 더 멀리, 아가미 대신 폐가 있는 여자아이가 살 수 없는 곳으로 가라앉고 있었기 때문이다. 파란 구멍 깊은 곳의 물이 어찌나 차가운지 살갗에 닭살이 돋았다. 차가움도 불처럼 따가울 수 있다는 것을 처음 알았다. 머리에 달린 눈은 보고 또 보고 주위를 둘러봤지만, 새카만 흑색 말고는 아무것도 보이지 않았다. 귀를 기울여 봐도 그 적막 속에서 들리는 것이라고는 옌더릴 자신의 심장이 갈비뼈 속에서 뛰며 자유를 향해 나갈 길을 찾는 소리뿐이었다.

주술사가 준 가죽 허리띠는 허리띠가 할 수 있는 단 하나의 생각만 하고 있었다. 꽉조여꽉조여야해. 주술사가 허리띠에 끼우라고 한 단검은 썰고 자르는 노래를 부르고 있었다. 그리고 옌더릴의 치맛자락 매듭은 단 한 가지를 재고 있었다. 치맛자락이 무릎 주위에 제대로 얌전히 붙어 있기를. 옌더릴은 착한 여자아이이니까. 맨몸을 드러내기보다는 죽는 편이 나았다. 그 몸을 드러내는 상대가, 옌더릴이 죽이러 온 악마라 해도. 그럼 엔더릴 자신은? 엔더릴은 3년 전 어머니와 아버지, 그리고 가족의 전 재산이었던 염소 한 마리를 열 개의 뱀 같은 팔로 앗아 간 파란 구멍 악마를 찾겠다는 생각뿐이었다. 그다음 일에는 관심 없었다. 벌써 3년째 '다음'은 없이 살아왔다.

3년 전, 겁에 질린 엔더릴이 숨을 네 번 쉬는 사이, 파란 구멍 괴물은 물속에서 긴 팔을 뻗어 엔더릴을 고아로 만들었다. 심지어 엔더릴과 새끼에게 시원한 아침에 마실 따뜻한 젖을 주던 염소까지 앗아 갔다. 엔더릴은 젖 먹일 어미를 잃은 새끼 염소를 주술사에게 줬다. 그는 그 대가로 엔더릴이 물에 사는 악마에게 복수할 수 있도록 훈련시켜 주기로 했다.

3년 뒤, 그날 그 파란 구멍 물속으로 빠져들던 엔더릴은 물에 사는 악마를 죽일 방법을 가르쳐 준 주술사의 말만 되뇌고 있었다.

그 악마를 반으로 갈라야 한다, 알겠니? 놈에게 미끼를 주고, 이렇게 잡아라. 놈이 널 꽉 잡을 때까지 기다린 뒤, 단검을 꺼내서 닿는 곳을 마구 찔러라. 널 놓칠 때까지 널 붙잡은 팔을 잘라. 그리고 악마를 따라 내려가서 단검으로 눈을 찔러. 깊이 찔러야 해, 알겠니? 뇌까지 깊이. 그러면 놈은 죽을 거다.

엔더릴은 주술사가 악마를 죽이는 법을 어떻게 아는지 궁금하기도 했다. 하지만 그는 주술사였다. 엔더릴보다 아는 것이 많았다.

저기. 저 한참 아래. 알로에 같은 녹색으로 빛을 발하며 퍼지는 팔

열 개가 엔더릴을 향해 점점 길게 뻗어 왔다. 그 팔이 엔더릴의 키보다 큰 것이 보일 만큼 가까워질 때까지 순식간에. 엔더릴의 심장이 목구멍으로 튀어나올 듯이 뛰었다. 두려워진 팔이 돌을 당장 떼어 놓았다. 치맛자락의 매듭이 어찌나 겁을 먹었던지 명을 다했다. 풀린 치마가 풀려 머리를 뒤덮어 녹색 괴물이 잘 보이지 않았다.

그 행동이 얼마나 어리석은지 깨달은 엔더릴은 가슴이 터질 것 같았다. 수면 위로 빨리빨리빨리 달아나려고 발버둥을 쳤다.

하지만 그때 악마가 엔더릴을 낚아채서 붙잡았다. 녹색 팔이 밧줄처럼 몸을 휘감았고, 엔더릴은 주술사가 알려 주지 않은 것이 하나 있다는 사실을 깨달았다. 손을 움직여 단검을 쥘 수 없을 때 악마를 어떻게 찌를 것인가.

엔더릴에게 찰싹 들러붙은 악마의 살덩이는 젖어서 죄어드는 고무 같았다. 엔더릴의 뺨이 그것에 눌렸다. 부드럽고 밝은 녹색의 살덩이 속 깊숙이 검은 형체들이 서로 연결되어 움직이고 있었다. 내장 덩어리들. 엔더릴의 머리보다 큰 심장이 뛰고 있었다. 그보다 작은 심장 두 개가 더 있었다. 심장이 셋이나 되는 존재를 어떻게 죽일 수 있을까?

악마가 조여 왔다. 가슴에 가해지던 압박이 점점 위로 올라가자 엔더릴은 머리가 터질 것 같았다. 어쩔 수 없었다. 입을 벌리고 소리를 질렀다. 물이 들어왔다. 땀처럼 짜고 죽음처럼 차가운 물이었다. 그 물에 목구멍이 타는 듯했고, 빛나는 녹색 괴물에 붙잡힌 온몸이 경련하기 시작했다.

엔더릴의 입에서 공기 방울이 솟아났다. 숨을 몰아쉬고 멈췄다.

고통이 멀게 느껴졌다. 몸을 감싼 팔들이 풀어지더니 몸뚱이에서 멀찍이 떨어진 곳에서 붙잡고 있었다. 가운데 수레바퀴처럼 큰 눈알 두 개가 옌더릴을 노려보고 있었다. 그리고 옌더릴은 그 끝없는 검은 물속에서 버둥거리며 떠 있었다. 머리가 위인지, 아래인지 알 수 없었다. 그리고 의식이 차츰 희미해지는 가운데, 옌더릴은 마지막 남은 힘으로 단검을 찾았다.

"잘 잡아, 그레고리."

친구는 벌레를 겨우 손끝으로 붙잡고 있었다. "다리를 부러뜨릴까 봐 겁나."

"잡는다고 안 부러져. 날 수 있을 거야." 옌더릴은 엄마가 버린 실을 그레고리의 손가락 사이로 넣어 반딧불이 허리에 감았다. 놈의 엉덩이에서 녹색 빛이 계속 반짝이는 바람에, 어두워지는 하늘 밑에서 실이 어디로 가는지 잘 알 수 없었다. 반딧불이 손을 간지럽혀 그레고리가 꼼지락거리고 키득거리는 와중에 옌더릴은 실 감기를 세 번째로 시도했다. 드디어 매듭을 지었다. "됐다." 옌더릴이 그레고리에게 말했다. "날려 줘."

반딧불이는 달아나려고 날개를 흔들며 하늘로 솟아올랐다. 하지만 옌더릴은 실 끝을 꼭 잡고 있었다. 벌레는 기껏해야 그들 머리 위로 1미터 정도 날 수 있었다. 옌더릴은 손을 높이 올렸고 그레고리와 함께 석양의 길가를 걸으며 반딧불이가 내는 빛을 따라갔다. 해가 아직 다 지지 않았다. 반딧불이의 등은 햇빛을 받아 반짝였고, 배 쪽은 빛을 내는 꼬리 말고는 어두웠다. 옌더릴과 그레고리의 발에 흙이 묻어서 붉은 신발을 신은 것 같았다. 길가에 제멋대로 자란 하얀 재스민 꽃이 향기를 뿜어내고 있었다. 트렌트월 마을은 오른쪽에 있었다. 그곳은 낮은 절벽에서 끝났고, 그 아래는 바다였다. 파도가 바닷가에 밀려들며 짠 냄새를 하늘로 풍겼다. 왼쪽에는 트렌트월 마을 사람들의 텃밭이 있었다. 그 너머는 숲이었다. 대나무, 흑단, 참나무, 마호가니 나무가 자랐다. 그리고 수천 마리 개구리와 귀뚜라미가 그날 밤의 짝짓기 상대를 찾아 개굴개굴 찌르르거리는 소리가 공중을 메웠다.

"그레고리?"

"응?"

"학교 마치면 뭐 할 거야?"

"그러니까, 지금부터 4년이나 뒤에?"

"응."

"수레를 만들 거야. 절벽 아래 바닷가 나무에서 초록 코코넛을 주워서 수레에 싣고 일주일에 한 번 시내로 가. 아빠 단검을 빌려서 코코넛을 자를 거야. 그래서 수레를 세워 놓고 시내 사람들에게 코코넛워터를 팔 거야."

옌더릴은 그레고리가 수레를 끌고 마을과 도시 사이를 오가는 모습이 눈에 선했다. "좋은 생각이네. 너희 남동생들이랑 여동생이 부모님을 도와서 시장에 팔 카사바랑 빵나무 열매를 키울 수 있지. 그럼 너는 다른 일을 하고." 옌더릴은 아직 캄캄하지 않은 하늘 아래서 씩 웃었다. "수레 끌 당나귀가 필요하겠다."

"코코넛 판 돈으로 살 수 있을지도 몰라."

"내가 가서 도와줄게. 난 졸업하면 뭘 할지 알아?"

그레고리는 길에서 우뚝 멈췄다. 반딧불이가 슬프고 절망적인 원을 그리며 머리 위에서 날았다. "맨더빌 얘기라면 그만둬, 옌더릴!"

옌더릴은 어둠 속에서 씩 웃었다. "당연하지. 난 맨더빌로 갈 거야. 그뿐 아니라, 강철 당나귀를 찾아서 길들일 거야. 네가 평생 그 당나귀를 데리고 살다가 늙어서 코코넛 장사를 하기 힘들어지면 자식에게 물려주라고."

"헛소리 그만해. 네가 살 곳은 여기야. 바로 여기. 여기가 진짜라고."

"꼭 그러란 법은 없어!" 오래전부터 둘의 논쟁거리였다. "바깥세상엔 더 많은 게 있어. 스패니시 타운에 가서 황금 식탁도 볼 수 있어. 아니면 킹스턴 부두에 들어오는 큰 배도 볼 수 있고. 너도 나랑 같이 가자!"

그레고리는 고개를 저었다. "옌더릴, 그럴 일 없는 거 알잖아. 넌 여기 돌볼 사람이 없지만, 난 너처럼 자유롭게 떠날 수 있는 처지가 아니야."

옌더릴은 피가 끓어오르는 것을 느꼈다. 걸음을 멈추고 인상을 썼다. 그레고리가 말했다. "미안해. 괜한 소리를 해서."

머리 위를 날던 반딧불이가 옌더릴의 눈을 사로잡았다. "아니야." 그들은 다시 걷기 시작했다. 옌더릴이 반딧불이를 올려다봤다. "저 위에서 뭐가 보일 것 같아?"

그레고리가 어깨를 으쓱였다. "네 집 앞 악어 배나무에 올라가면 보이는 거랑 같겠지. 집들이랑. 길. 술 가게. 교회. 바다."

"알아." 옌더릴은 짜증이 나서 대답했다. "하지만 다를 거야, 안 그래? 날아가면서 본다면? 멀리서 보는 거랑 빨리빨리 날아가며 보는 거랑? 달까지 날아갔다가, 아니, 트렌트월만 벗어나도 말이야?”

“그렇겠지. 오늘 아침에 숲에서 본 죽은 멧돼지 찾으러 갈래?”

“응. 냄새 지독했어!”

“살 밑에서 구더기가 움직였어.”

“그리고 크게 부풀었고. 그거 나뭇가지로 못 찌르겠지!” 그들은 도로
에서 벗어나 숲으로 갔다. 날고 있던 반딧불이는 나뭇가지에 얽혔고,
옌더릴은 나뭇가지 주위를 뱅뱅 돌며 날아다니는 벌레를 두고 가야 했
다. 불빛을 보니, 반딧불이가 뱅뱅 돌면서 실이 점점 짧아지고 있었다.

찍어. 찍어야 해. 그동안 옌더릴은 그 순간을 위해서 주술사가 그
만하면 됐다고 할 때까지 단검으로 연습을 거듭했다. 옌더릴은 방
법을 알고 있었다. 그러니까 그렇게 한 모양이다. 그렇지 않을까?
죽기 직전, 허리띠에서 단검을 꺼내 파란 구멍 악마에게 휘두른 것
이 틀림없었다. 하지만 그다음은 기억나지 않았다.

다시 물속을 헤치고 올라왔다. 물을 들이마시면서도 죽지는 않
아서, 엄마 아빠를 만나러 하늘나라로 가지 못했다. 아직은 때가 아
니었다. 그 대신 검정에서 진청, 파랑, 하늘색으로 변하는 물속을
헤치고 움직였다. 위로.

수면 위로 올라왔다. 배가 묵직했다. 콜록이며 폐에서 물을 뱉어
냈다. 다리에 감각이 없었지만, 파란 구멍 가장자리로 헤엄쳐 갈 수
있었다. 겨우 물 밖으로 나왔다. 단검은 없어졌다. 싸우다가 물속에
빠뜨렸다. 물속 악마를 죽인 걸까?

엔더릴은 물가에 쓰러졌다. 피로 때문이 아니라 몸이 무거워서 였다. 너무나 무거웠다. 물속보다도 몸이 더 무거웠다. 하지만 이제 모든 것이 해결됐다. 악마를 죽였으니까, 그렇지 않을까?

그리고 엔더릴은 자기 몸을 내려다봤다.

얼마나 걸었는지 알 수 없었다. 비틀거렸다. 왼발이 덜렁거리며 돌과 풀에 걸렸다. 머리칼과 옷에서 짠물이 떨어졌다. 열대의 더위에 물기가 빠르게 말랐지만, 마른 살갗은 느낌이 이상했다. 해가 너무 밝았다. 열기는 너무 뜨거웠다. 소리는 너무 시끄러웠다. 그리고 사방을 두리번거리는 엔더릴은 트렌트월을 처음 본 사람 같았다. 마을 사람 한두 명이 지나갔다. 밝은 목소리로 엔더릴을 부른 사람도 있었지만 그녀의 다리를 보고는 달아났다.

엔더릴은 고모 집 앞마당 끝의 조롱박 나무 앞에 섰다. 그리고 나무껍질에 뺨을 문지르다가 껍질이 거친 것에 놀랐다. 동그란 녹색 조롱박이 여자의 큰 가슴처럼 나무에 매달려 있었다. 왜 거기에 혀를 댔을까? 왜 그것을 깨물려고 했을까? 왜 이렇게 몸이 무거워 자꾸 아래로 처질까? 엔더릴은 어디로 가고 있었는지 기억해 냈다. 그리고 무거운 몸을 억지로 끌고 느릿느릿 달렸다. 빛이 너무 밝았다! 살갗이 너무 뜨거웠다!

엔더릴은 고모 집에 다다라서 문을 열었다. 안에서 비명이 흘러나왔다.

마을의 주술사 파 아저씨는 뒷마당 히비스커스 덤불 뒤에 무릎을 꿇고 구역질하고 있었다. 옌더릴은 그 소리에 얼굴을 찡그렸다. 옌더릴도 물에 사는 악마가 자신에게 한 짓을 처음 보고 똑같은 소리를 냈다. 옌더릴은 파 아저씨가 바깥 차양 아래 두는 나무 식탁에 앉아서 다리를 흔들거리며 기다렸다. 멀쩡한 다리 쪽 맨발에는 다섯 개의 조그만 돼지 발가락이 있었고, 새로 생긴 악마 다리는 두툼하고 뼈가 없으며 길었다. 옌더릴의 키보다 두세 배는 길었다. 뒤쪽에 끝부터 위까지 빨판이 붙어 있었다. 그것이 자꾸 이것저것을 건드리며 감아 댔다. 식탁 다리도. 옌더릴의 흘러내린 땋은 머리도. 얼굴도.

식탁이 조금 흔들렸다. 옌더릴의 다리가 흔들릴 때마다 끼익거렸다. 그 아래 포장석은 금이 가 있었고, 사이사이 올라오는 풀 때문에 편평하지 못했다. 파 아저씨의 등이 들썩였다. 아저씨가 먹은 아침 식사가 땅에 철벅 떨어지는 소리가 났다. 시큼한 냄새도 났다. 며칠 전이었다면 구역질이 났을 텐데, 그 냄새가 흥미롭게 느껴졌다. 파란 구멍에서 올라온 후로 모든 것의 냄새를 맡을 수 있게 된 듯했다. 파 아저씨가 토한 아침보다 흥미로운 것은 식탁에 놓인 새장 속 흰 암탉의 살냄새였다. 옌더릴의 배가 꾸루룩거렸다. 뜨거운 아침 햇살 속에서 암탉이 부리를 벌렸다가 닫았다.

옌더릴은 치마를 배 위로 걷어 올려 파 아저씨에게 상황을 보였다. 악마 다리가 굵어서 속옷 가랑이 부분의 솔기가 당겼다. 배를 그렇게 드러내니, 옌더릴의 원래 눈으로는 파 아저씨를 보는 한편으로 새로 생긴 악마의 눈으로 암탉을 볼 수 있었다. 양쪽의 두 가지를 그렇게 보고 있으니 어지러웠다.

식탁이 앓는 소리를 냈다. 옌더릴이 알아차릴 겨를도 없이 식탁 가운데가 처지더니 총처럼 딱 소리를 내면서 두 동강 났다. 옌더릴은 엉덩방아를 찧었고, 꼬꼬댁거리는 암탉은 뒤집어져 새장째 옌더릴의 무릎에 놓였다. 식탁이 부서지는 소리에 바깥 마을에서 개들이 짖기 시작했다. 미클 로드 옆에서 퍼트위 씨의 늙은 사냥개 호스페이스가 걸걸하게 짖는 소리가 들려왔다. 아래쪽 메인 스트리트에서는 총 씨의 얼룩무늬 개 두 마리가 깽깽거렸다. 옌더릴은 그 개들의 진짜 이름을 몰랐다. 이름이 있는지도 몰랐다. 옌더릴과 다른 아이들은 그 개들을 핑과 퐁이라고 불렀다. 핑과 퐁, 하루 종일 건어물을 파는 총 씨. 엄마는 그 노래를 부르지 말라고, 총 씨를 놀리는 건 나쁘다고 했었다.

식탁이 부서지는 소리를 듣고 파 아저씨가 히비스커스 덤불 뒤에서 벌떡 일어났다. 그는 손등으로 입가를 닦으며 무거운 발걸음으로 달려왔다. 그가 다가오니 토사물과 성인 남자의 냄새가 풍겼다. 저녁 식사 냄새가 났다. 큰 몸집이 해를 가리고 옌더릴에게 시원한 그늘을 드리웠다. "일어나라, 치마 내리고. 보기 싫다."

옌더릴은 배에서 꿈지럭거리는 덩어리를 치마로 덮어 악마의 눈을 가렸다. 눈이 감겼다. 혹은 옌더릴이 자기 눈을 감듯이 악마 눈을 감았다. 어느 쪽인지 확실하지 않았지만, 그러고 나니 옌더릴은 얼굴의 두 눈으로만 볼 수 있었다.

꼬꼬댁거리던 암탉이 겨우 일어섰다. 옌더릴은 새장을 파 아저씨에게 건넸지만 새장을 뜯어 버리고 안에 든 먹음직스러운 고기를 손에 넣고 싶었다. 파 아저씨는 새장을 받으면서도 엔더릴이 원피스로 가린 배만 보고 있었다. "어떻게." 그가 쉰 목소리로 물었다. "어쩌다 이렇게 됐니?"

호스페이스, 핑, 퐁이 짖기를 멈췄다. 암탉은 수상쩍은 눈빛으로 엔더릴을 봤다.

파 아저씨의 질문에 엔더릴은 대답했다. "아저씨의 주술이 한 거 아닌가요? 전 악마를 죽이고 싶었지, 제게 붙이고 싶지 않았어요. 제발 떼어 주세요, 네?"

파 아저씨가 입을 딱 벌렸다. "내 주술이……? 내가 한 건 아니다."

"하지만 악마를 찾아가라고 가르치셨잖아요!"

"네가 자꾸만 내 영혼을 성가시게 했으니까 그렇지! 그리고…… 그리고 저 파란 구멍 속에 사는 것이 트렌트월 사람과 가축을 벌써 너무 많이 죽였고. 네가 그걸 없애면…… 그리고 솔직히 말하면, 네가 마지막 남은 염소 새끼를 줬잖니. 네 엄마 아빠가 죽고, 그 시절 너는 열 살도 채 안 된 데다 가진 것도 없었는데. 슬퍼서 아무것도 하지 않았고. 내게 와서 훈련하라고 하면 그 일을 잊을 줄 알았지……." 그는 이런저런 이유를 대며 횡설수설했다. 그리고 갈팡질팡하다가 꿈틀거리는 악마 다리가 닿지 않는 곳으로 피했다. "정말 미안하구나, 엔더릴. 네가 정말로 악마를 죽이러 갈 줄은 몰랐다."

파 아저씨는 자기 말을 믿다니 엔더릴이 참 어리석다고 생각했다. 그렇다고 그것이 죽을죄는 아니었다. 엔더릴은 양손과 성한 발로 악마 발을 꾹 눌러 움직이지 못하게 했다. 가자는 방향으로 안 가려는 소를 붙잡아 끄는 느낌이었다. "식탁을 부숴서 죄송해요."
새 식탁으로 변상할 방법을 알 수 없었다. 눈에 눈물이 차올랐다.
눈 세 개 전부에. 하나뿐인 원피스, 싸우느라 단이 뜯어져 흘러내
린 원피스 앞섶을 눈물이 한 줄기 흐르며 적셨다. "하지만 사람들
이 이제 저도 악마가 됐다고, 그 파란 구멍에는 신경 쓰지 말라고
해요. 메이블 고모는 절 집에 들이지도 않아요. 저더러 예전 집으로
돌아가서 살라고 하세요. 고모가 그러고 싶은 게 아니라, 자식들과
남편이 절 겁낸대요. 이제 어떻게 살죠, 파 아저씨? 아저씨가 이걸
잘라 주셔야 해요."

파 아저씨는 한 걸음 뒤로 물러났다. 그의 두려움에서 개똥 냄새
가 났다. "그럼 왼다리가 없어질 거 아니니. 모르겠어? 네게 악마
다리가 생겼으면 그건 네 몸이다. 그걸 내가 어떻게 고치겠니?"

옌더릴은 분해서 보이는 게 없었다. 뻗어서 당겼다. 팔이 아니라,
악마 다리로. 파 아저씨의 발목을 감아서 발을 홱 당겼다. 파 아저
씨는 비명을 지르며 자빠지면서 큰 몸집으로 암탉 새장을 깔아뭉
갰다. 가엾은 암탉은 찍 소리도 내지 못했다. 옌더릴은 순식간에 파
아저씨를 끌어당겼다. 그는 겁에 질려 부릅뜬 눈으로 옌더릴을 보
며 덜덜 떨었다. 옌더릴은 어른이 자신을 그렇게 두려워할 줄 몰랐
다. 하지만 당장은 너무 화가 나서 신경 쓸 겨를이 없었다. "날 고쳐
요." 옌더릴이 그를 향해 인상을 썼다. "안 그러면……"

"알았다, 알았어." 파 아저씨가 정신없이 답했다. "어떻게든 고쳐
보마. 하지만." 그는 용기를 내며 침을 꿀꺽 삼켰다. "값은 어떻게
치를 거니?"

엔더릴에게서 투지가 사라졌다. 파 아저씨가 대가를 요구한 것은 처음이었다. "글쎄요. 돈은 없어요." 다시 눈물이 흘렀지만, 엔더릴의 머릿속에는 허리를 숙이고 파 아저씨의 몸뚱이 밑 부서진 보도석 위로 흐르는 닭 피를 핥고 싶다는 생각뿐이었다.

"흐음." 파 아저씨는 그렇게만 말했다. 엔더릴은 그의 발목에서 악마의 발을 풀었다. 둘 사이에 침묵이 흐르는 사이, 엔더릴은 마을의 냄새와 소리를 더욱 또렷이 감지했다. 해변 카도간 부인의 오두막 석탄 화로에서 카사바 가루로 만들어 갓 구운 바미 빵 냄새. 그렇다면 어부들이 그날 두 번째로 물고기를 낚아 왔고, 부인이 구운 생선과 함께 팔 바미 빵을 만든다는 의미였다. 1.5킬로미터 거리 절벽에서 남자아이들이 뛰어다니고 서로를 아래 해변으로 밀치며 고함치고 놀리는 소리. 사람들이 콩과 토란, 바나나를 키우며 수다를 떨고 노래하는 언덕 위 텃밭에서 갓 갈아엎은 흙냄새.

파 아저씨는 목청을 가다듬었다. 그는 납작해진 새장과 그 안에서 깔려 죽은 암탉을 향해 인상을 쓰며 일어나 앉았다. 그러고는 피 묻은 셔츠 등판을 등에서 떼어 내고 신음했다. "닭 값도 변상해야 한다. 셔츠 값도."

"변상요? 그렇게 큰돈을 갚으라고요?"

파 아저씨가 끄덕였다. "그런 거지." 그는 일어나더니 엔더릴에게 손을 내밀었는데, 그러는 내내 악마 발을 지켜봤다.

엔더릴은 그 손을 잡지 않았다. 파란 구멍에서 자신을 잡으러 나오던 녹색 팔의 길이와 두께가 떠올랐다. 이제 엔더릴은 배 아래 그 팔이 달렸다. 엔더릴의 몸에 맞추어 작아졌다 해도, 그 팔이 붙은 후로 엔더릴은 파 아저씨보다 훨씬 무거워졌을 것이다. 엔더릴은 비틀거리며 일어섰다. 파 아저씨가 말했다. "주술로 네게서 악마를 떼어내어 주마. 내일 와라. 주술을 준비할 테니."

내일? 그렇게나 오래 기다리라고?

하지만 엔더릴에게는 선택의 여지가 없었다. "알겠어요, 파 아저씨. 암탉을 가져도 되나요?"

파 아저씨는 무슨 소린가 하는 표정을 지었다. "뭐?"

"돈은 갚을게요, 파 아저씨. 그러면 닭은 가져도 되나요? 너무 배가 고파요."

"뭐, 낭비할 필요는 없지." 그가 찌그러진 새장을 깨끗한 한쪽 모서리로 들어서 엔더릴에게 내밀었다. 안에 든 닭은 피와 뼈, 깃털이 엉망으로 뒤섞여 있었다. "수프를 만들면 맛있겠구나."

엔더릴도 그렇다고 했다. 하지만 생닭의 아직 뜨뜻한 피를 그대로 마시고 싶은 마음이 간절했다.

파 아저씨는 짓이겨진 닭을 향한 엔더릴의 굶주린 눈빛을 보고 침을 꿀꺽 삼켰다. "아, 가서 그걸로 저녁을 해 먹지 그러니? 내일 일찍 오거라. 해 뜨기 전에."

해 뜨기 전 어두울 때. 아무도 엔더릴을 보지 못하도록. "네, 파 아저씨."

엔더릴은 대문으로 걸어갔다. 집 앞쪽으로 가자, 파 아저씨의 성인 아들 스티븐이 코코넛 빗자루로 베란다 계단을 쓰는 척하며 나와 있었다. 하지만 사실 스티븐은 엔더릴과 악마 다리를 보고 있었다. 엔더릴은 멍청하게 헤벌린 스티븐의 입으로 말파리가 날아 들어가기를 바랐다. 엔더릴이 대문으로 나가는데 파 아저씨 집의 앞쪽 창문 하나가 쾅 닫혔다. 그다음, 현관문이 조금 열리더니 파 아저씨의 부인이 아들을 불렀다. "스티븐! 어서 들어와라!" 아들을 아직 어린아이 취급하는 말투였다. 그 여자의 입에서도 공포의 냄새가 흘러나왔다. 엔더릴은 대문 밖에서도 그 맛을 느낄 수 있었다.

엔더릴은 고개를 숙이고 숲으로 들어가는 도로를 잰걸음으로 걸어가면서 아무도 마주치지 않기를 기도했다. 배에서 꼬르륵 소리가 너무 크게 나서 개들이 듣고 짖을까 봐 두렵기까지 했다. 그렇다. 엔더릴은 암탉 깃털을 뽑고 수프를 만들 생각이었지만, 익은 음식을 먹을 생각을 하니 속이 메슥거렸다. 전에도 닭고기를 좋아했다. 그런데 메이블 고모에게 짓이겨진 닭을 줄 수는 없었다. 고모의 집으로 돌아가는 것은 금지당했으니까.

엔더릴은 숲까지 채 가지도 못했다. 겨우 메이블 고모의 콩밭까지 갔다. 생닭 살코기 냄새에 입에서 군침이 돌았다. 겨우 허리 높이까지 자란 풀숲으로 들어간 뒤, 굶주림에 무릎을 꿇고 새장을 입에 대고 죽처럼 걸쭉한 닭 피를 사탕 빨듯이 핥기 시작했다. 새장 한쪽을 뜯어 내고 양손을 밀어 넣어 새 몸뚱이를 꺼냈다. 털이 입에 들어오든지 말든지 생살을 씹었다. 엔더릴은 전부 삼켰다. 소화가 덜 된 것들이 가득 든 미끈거리는 창자를, 쫄깃한 콩팥과 섬유질의 모래주머니를 다 삼켰다. 뼈에서 골수를 빨아먹었다. 끊어진 뼈와 발톱, 부리는 뱉었다. 트림이 나왔다. 방금 먹은 것으로 배가 불렀지만, 평생 음식을 먹고 그렇게 만족스럽기는 처음이었다.

아니, 엔더릴이 아니었다. 그 만족감은 엔더릴이 느낀 것이 아니었다. 머릿속에 생겨난 또 다른 마음이 있었다. 연약하던 그것의 목소리가 점점 더 커졌다. 옌더릴은 그것이 어쩔 줄 몰라 하는 것을 느꼈다. 그것은 옌더릴에게 가라고, 다른 일, 뭐라도 좋으니 다른 일을 하라고 했다. 스스로는 무엇을 원하는지 알지 못했다. 그러니 뭐라도 하라고.

옌더릴은 뼛속까지 지쳤다. 한숨을 내쉬고 새장을 콩밭에 내려놓았다. 닭의 찌꺼기 위에다. 누군가 그 끔찍한 꼴을 보고 벌벌 떤다면 그러라지. 옌더릴은 휴식이 필요했다. 그래서 숲으로 들어가는 길을 걷기 시작했다.

가는 길에 사탕수수를 한 묶음 어깨에 메고 가는 그레고리의 아버지와 마주쳤다. 그는 옌더릴을 보더니 깜짝 놀라 욕설을 내뱉더니 성호를 그었다. 그러고 나서 고개를 푹 숙이고는 종종걸음으로 달아났다.

옌더릴은 그제야 입을 닦지 않았음을 깨달았다. 입가에 온통 시뻘건 핏자국이었다. 게다가 치마 아래 배에 붙은 꿈틀거리는 다리. 악마 그 자체로 보일 모습이었다. 옌더릴은 그레고리의 아버지가 아들에게 뭐라고 할지 짐작할 수 있었다. 그래도 아직은 친구를 만나러 갈 수 없었다.

해가 지고 완전히 어두워지자, 낮보다 시원하기도 했고 눈도 고마우리만큼 편안해졌다. 치맛자락을 들고 악마의 눈이 볼 수 있게 하면 어둠 속에서 걷기도 문제없었다. 물에 사는 악마는 어둠을 좋아했다. 옌더릴은 볼썽사납게 치마를 치켜든 자기 모습을 아무도 보지 않기를 기도할 뿐이었다.

옌더릴은 참나무에 올라가서 나무에 붙은 가지를 엮어 둥지를 만들었다. 그 안에 기어 들어가서 웅크렸다. 악마 다리가 몸을 감더니 끝으로는 나무 몸통을 감았다. 밤바람 소리가 고향 깊은 바닷물이 흐르는 소리와 비슷하다고 물에 사는 악마가 느끼는 것을, 옌더릴은 어렴풋이 감지했다. 개구리와 귀뚜라미 우는 소리도 바닷속 소리와 비슷했지만 훨씬 더 크게 들려왔다. 눈이 전부 감긴 뒤, 옌더릴은 잠들었다.

옌더릴은 어느 날 저녁, 아버지를 데리러 술 가게에 갔을 때 그 이야기를 들었다. 어른들이 술을 마시며 옛날이야기를 하고 있었다. 샴파니라는 현상금 사냥꾼이 오래전, 도망친 노예를 잡는 데 쓰려고 강철 당나귀를 만들었다. 50년도 더 된 옛날, 자유로워지기 전이었다. 샴파니는 철판으로 당나귀 형태를 만들고 교수형을 당한 흑인의 관에서 뽑아 온 못을 박아 고정시켰다. 죽은 흑인 허벅지 뼈로 이빨을 조각해서 넣었다. 가슴에는 무시무시한 엔진을 넣어 생명과 지각을 불어넣었다. 이야기에 따르면 샴파니가 강철 당나귀로 공격을 시키면, 상대의 살에 이빨을 박아 넣을 때까지 쫓기를 멈추지 않는다고 한다. 한 남자가 말했다. "하지만, 샴파니는 옛날에 죽었을걸?"

이야기하던 남자가 대답했다. "아…… 그렇지. 하지만 죽기 전에 강철 당나귀를 가두지 못했어. 놈은 아직도 흑인들을 사냥하러 다니지. 우린 이제 노예가 아닌데도 상관없이."

그 후로 옌더릴은 그 강철 당나귀를 잡아다가 그 안의 엔진이 어떻게 작동하는지 꺼내 보고 싶어 미칠 것 같았다. 스패니시 타운의 리오 코브레에서 황금 식탁을 찾고 싶었다. 그것이 정말 매일 정오에 수면 위로 떠올라 7초 동안 떠 있다가 다시 가라앉을까? 그리고 옌더릴은 다른 나라에 가고 싶었다! 진짜 배를 타고서! 유령을 찾아서 말을 걸고 싶었다. 그레고리도 함께 가길 바랐지만, 그는 촌구석 트렌트월에 머물고 싶어 했다. 파 아저씨에게서 '날 따라와' 가루를 얻어다가 그레고리가 먹는 음식에 넣고 싶었다. 그레고리는 옌더릴과 여행하면 즐거울 것이다. 트렌트월에서 데리고 나갈 수만 있다면.

하지만 우선 파 아저씨에게 악마를 떼어내 준 값을 치러야 했다. 모험은 그다음에 할 일이었다.

이튿날 아침 일찍 파 아저씨의 집에서는 아들 스티븐이 옌더릴이 부순 식탁 대신 작고 삐걱거리는 식탁을 내놓고 있었다. 그런 뒤 스티븐과 그의 어머니는 뒷문을 조금 열고 옌더릴과 파 아저씨를 훔쳐보고 있었다. 그들은 자기 일을 하는 시늉조차 안 했다. 작은 벤치도 있었다. 파 아저씨는 거기에 앉아 있었다. 그래서 옌더릴은 말없이 식탁 옆에 서 있었다. 악마 다리가 앞뒤로 꿈틀거렸다. 그냥 뒀다. 파 아저씨가 그 다리가 무슨 짓을 할 수 있는지 잊지 않도록.

아직 어두운 새벽이었다. 해가 막 뜨기 시작해 검은 하늘에 파란 빛이 흘러들고 있었다. 산들바람이 고맙게도 옌더릴의 살갗을 식혀 줬다. 그렇다 해도 악마는 옌더릴과 합친 혈액을 통해 너무 뜨겁다는 메시지를 자꾸 보냈다. 옌더릴이 조용히 중얼거렸다. "그럼 네 집으로 돌아가라, 응? 얼마든지 떠나라고.”

악마는 대답으로 옌더릴이 알아듣지 못하는 욕설을 몇 마디 보냈다. 알아들을 수는 없어도 그 말에서는 악마에게 어울리는 저속한 냄새가 났다.

파 아저씨가 일어섰다. “벤치에 앉아라. 어젯밤에 나무를 덧대어놓았으니 네가 앉아도 될 거다.”

컴컴한 사방에서 귀뚜라미가 쓰륵거렸다. 식탁 위에서 등유 램프가 그 소리에 맞춰 춤을 췄다.

불꽃. 파란 구멍 괴물은 처음 보는 것이었다. 물처럼 흐르지만 물이 아닌 것. 악마가 램프 목에 손을 넣어 예쁘장한 주황빛 물을 건드려 보라고 충동질했지만 옌더릴은 무시했다. 옌더릴이 듣지 않자 악마는 계속해서 자기 발을 들어 불꽃을 건드리려고 했다. 옌더릴은 발이 가까이 다가가기 전에 도로 내려놓았다. 초조하거나 오줌이 마려운 것처럼 보였을 것이다.

파 아저씨가 목청을 가다듬었고, 옌더릴은 신기한 불을 보다가 정신을 차렸다.

“대답해 봐라. 네 몸에 달린 그것…… 그걸 칼로 찌르면 느껴지는 게 있니?”

옌더릴은 이미 대답을 알았다. “아플 거예요. 저를 찌르는 것처럼.”

파 아저씨는 그 상황을 떠올리고 얼굴을 찌푸렸다. 그는 잠시 땅을 내려다봤다. 다시 고개를 들었다. “옌더릴, 시험해 볼 것이 있다. 그것의 얼굴을 네 배에서 떼어 낼 수는 있지만, 다리는 어떻게 해야 할지 모르겠구나. 그러고 살아야 할지도 모르겠다.”

희망이 옌더릴의 뱃속 구덩이로 가라앉았다. 하지만 얼굴이 사라지면 물고기 악마의 생각은 멈출 수 있을지도 몰랐다. "알겠어요, 파 아저씨."

파 아저씨는 눈살을 찌푸렸다. "네가 어떻게 될지 알겠니. 악마 얼굴을 없애면, 다리는 멀쩡할 수도 있지만 안 움직일 수도 있다. 그러면 그냥 거기 붙어 있기만 할 거야."

옌더릴을 잡아당기고 붙잡는 존재. 가는 곳마다 구경거리가 될 터였다.

파 아저씨의 두 눈이 옌더릴의 눈과 마주쳤다. "내 말 잘 들어라. 그보다 더 나쁜 상황이 될 수도 있어. 다리가 죽으면 썩을 테고, 그러면 썩은 것이 네게 옮아 갈 수도 있다. 그러면 넌 죽을 수도 있어. 그러기 전에 널 도시의 병원으로 보내서 절단해야 할 거다. 그러니까 잘 생각해 보고 말해라. 그래도 되겠어?"

마음의 준비는 아직이었다. 하지만…… "이러고 살진 않을래요. 하세요. 주술을 쓰세요."

"알겠다."

먼저 약초 물로 목욕했다. 옌더릴을 씻긴 것은 파 아주머니였고, 파 아저씨는 문밖에 서서 송가를 불렀다. 물에 사는 악마는 목욕을 좋아했다. 악마는 부리로 자꾸 물을 마셨다. 파 아주머니는 몸을 떨며 옌더릴의 배에 난 부리는 만지지 않으려고 했다. "주여." 중얼거린 아주머니가 목욕물로 작은 깡통을 채우더니 악마에게 부었다. 그리고 옌더릴을 천으로 닦았다. 속옷을 다시 입으라고 하더니 밀가루 포대처럼 헐렁한 원피스를 줬다. 그리고 파 아저씨에게 다시 내보냈다.

파 아저씨는 식탁에 접시 세 개를 차려 두었다. 하나는 약초를 섞은 것 같았고, 또 하나는 석탄, 나머지 하나는 검은 기름 같았다. 접시 옆에는 작은 나뭇가지가 놓여 있었다. 크고 예리한 칼도 있었다. 칼을 본 옌더릴은 숨이 막혔다. 파 아저씨가 그 모습을 보고 말했다. "연기를 써서 악마를 쫓을 거다. 벌집에서 벌을 쫓을 때처럼 말이다. 그것을 잠들게 해서 아무것도 느끼지 못하도록. 그것이 느끼지 못하면 너도 느끼지 않을 테니까 말이다."

옌더릴은 확신이 서지 않았지만 아저씨가 시키는 대로 벤치에 누워서 치맛자락을 올려 물고기 악마 얼굴을 드러냈다. 파 아저씨는 놀라서 뒷걸음질 쳤다. "이제 너랑 같은 살갗이 생겼구나."

"살갗을 바꿀 수 있어요."

"어이쿠. 그런 물고기도 있는데."

파 아저씨는 나뭇가지 하나를 기름에 적시고 석탄 화로 밑에서 불을 붙였다. 나뭇가지 끝에서 검은 연기가 쏟아져 나오기 시작했다. 아저씨는 연기 나는 쪽을 악마 얼굴에 댔다. 악마 눈이 깜빡였다. 악마는 연기가 재미있다고, 연기가…… 무엇처럼 생겼다고 생각했다. 옌더릴은 무슨 말인지 알아듣지 못했다. 곧 그것의 눈이 감겼다. "자나?" 파 아저씨가 물었다.

"그런 것 같아요."

"악마 다리를 꼬집어 봐라. 세게."

옌더릴은 시키는 대로 했다. 아무것도 느껴지지 않았다. 다시 온몸에 희망이 피어올랐다.

파 아저씨가 칼을 들더니 그 끝을 물고기 악마 얼굴의 가장자리, 그것과 옌더릴의 살갖 사이에 댔다. 아저씨의 손이 떨리고 있었다. "느낌이 있니?"

"아뇨."

파 아저씨는 침을 꿀꺽 삼키더니 칼끝을 좀 더 깊이 밀어 넣었다. 옌더릴은 눈을 감고 싶었지만 지켜보고 싶기도 했다.

"주여, 나를 도우소서. 이런 일은 처음이다. 종기는 찔러 봤지. 깊게 베인 상처를 꿰매기도 했고. 하지만 이건 달라."

"계속하세요."

"그래." 파 아저씨는 물고기 악마 얼굴 가장자리를 따라서 칼로 살그머니 도려내기 시작했다. 한 번 베고. 두 번. 피가 한 줄기 흘러나왔다. 아저씨는 칼을 꽂은 채로 멈췄다. "느껴지니?" 기어 들어가는 목소리였다.

"아뇨. 칼이 느껴지긴 하지만 아프진 않아요."

세 번. 네 번. 파 아저씨는 주기도문을 더듬더듬 외고 있었다. 그래도 칼질은 계속했다.

다섯 번. "쉽구나. 굴을 껍질에서 떼어 내는 것과 같아." 확신 없는 목소리였다.

여섯 번, 그때 아얏! 옌더릴의 허리에 찌르는 듯한 통증이 달렸다. "잠깐만요!" 아저씨가 바로 멈추는 것과 동시에 피가 악마의 눈에 흘러 들어갔다. 얼굴이 부르르 떨렸고 옌더릴은 그 떨림이 온몸에 퍼지며 악마 다리로 가는 것을 느꼈다.

너무나 빨리 벌어진 일이었다. 물에 사는 악마가 눈을 떴다. 그것은 파 아저씨를 노려봤다. 부리 아래와 한쪽에 구멍이 열렸다. 자주색의 끈적한 액체가 그 구멍에서 튀어나와 파 아저씨의 얼굴과 칼을 든 손을 온통 뒤덮었다. 악마 다리가 옌더릴을 벤치에서 일으켜 공중으로 날려 보냈다. 옌더릴은 몇 미터 떨어진 곳에 옆구리부터 털썩 떨어졌다. 파 아저씨는 칼을 떨어뜨렸다. 아저씨는 식식거리며 눈에서 자주색 액체를 닦아 내려고 했다. 아저씨의 아내와 아들이 아저씨를 구하러 집에서 달려 나왔다.

그들은 벤치를 도로 세우고 파 아저씨를 앉혔다. 젖은 수건으로 아저씨의 얼굴과 손을 닦았다. 아저씨는 계속 괜찮다고 했지만 어리둥절한 목소리였다. 뱀에게 물렸는지 물었다. 아내와 아들이 아저씨를 집으로 데리고 들어갔다. 아들 스티븐이 옌더릴의 옷을 가지고 나와서는 옷을 던지며 말했다. "가. 부탁이다."

"아저씨는 괜찮을까요?"

스티븐이 대문을 가리켰다. "우리가 보살필게. 제발 그냥 가 줘. 더 이상 우리를 괴롭히지 마."

옌더릴은 그들을 괴롭히고 싶지 않았다. 자신을 고치고 싶었을 뿐이었다. "알겠어요."

길을 따라 터덜터덜 걷는데, 마음속에서 자신과 전혀 다른 목소리가 〈그 기술은 아주 오랜만에 썼군.〉이라고 말하자 옌더릴은 소름이 끼쳤다. 만족스러운 목소리였다.

물에 사는 악마가 옌더릴의 몸속에서 강해지고 있었다.

옌더릴은 다시 숲으로 들어가고 싶지 않았다. 고모 집에 돌아갈 수도 없었다. 흐느끼면서 아무도 보지 못하도록 숨어 작은 길을 따라 걸으며 옌더릴은 자신을 받아 줄 유일한 장소로 갔다.

부모님이 살던 옛집 식탁 위에는 미지근한 물 한 통이 놓여 있었다. 고모의 물통이었다. 고모가 옌더릴을 위해 우물에서 퍼다 놓은 것이었다. 바미 빵과 아키 열매도 그 옆 접시에 놓여 있었다.

옌더릴은 빵과 열매를 먹으려고 얇은 밀가루 포대 시트 한 장이 깔린 옥수수자루 침대에 앉았다. 엄마 아빠와 함께 자던 침대였다. 남동생이 태어난 뒤로 한동안 그 침대에서 넷이 자기도 했지만, 아기는 11주를 채 못 살고 죽었다. 오랜만에 찾은 집이었다. 퀴퀴한 냄새가 났다.

앞으로 어떻게 할지 알 수 없었다. 하도 울었더니 눈물도 말랐다.

적어도 배는 고프지 않았다. 노란 아키 열매는 스크램블드에그처럼 입안에서 녹았고, 바미 빵의 속은 쫄깃하고 겉은 바삭했다. 물에 사는 악마에게는 새로운 맛이었다. 옌더릴은 악마가 놀라는 것을 느꼈다. 옌더릴은 한참을 씹고 삼키며 곰곰이 생각했다. 그리고 악마에게 말했다. "널 죽이려 했다고 날 벌줄 거야?"

〈아니. 널 벌주지 않는다.〉 물속에서 울리는 교회 종소리처럼 깊이 울리는 소리였다.

"벌이 아니야?"

〈아니다.〉

"그럼 왜 나한테 붙었어? 어째서 너희 족속이랑 같이 물에서 안 사는 거야?"

〈그것들을 먹었다.〉

"네 가족을 먹었다고? 네 족속을? 왜?"

〈너희는 그러지 않나? 그래서 너희 수가 그렇게 많은 것인가?〉

이 세상에 무엇을 데리고 온 것일까? 엔더릴은 접시를 옆에 내려놓고 떨리는 몸을 진정시키려고 팔짱을 꼈다. "그렇지." 엔더릴이 나직이 대답했다. "우린 안 그래."

〈그럼 어떻게 지식을 얻지? 너희는 모두 알을 깨고 나올 때처럼 무지한가?〉

"무슨 말인지 모르겠어."

잠시 침묵이 흐르는 사이, 물에 사는 악마는 엔더릴의 생각과 기억 속을 밀고 들어와 건드렸다.

뒷마당에서 나뭇가지를 들고 죽은 동생을 파내려는 엔더릴을 발견하는 아버지. 엔더릴은 그저 땅속에서 동생이 어떤 모습일지, 숨을 쉴 수 있을지 묻고 싶었다.

수학 시험에서 1등을 한 엔더릴. 엔더릴은 그레고리보다 2점 더 받았다. 그래서 그레고리를 위로하기 위해 고모의 오타이트 열매나무 꼭대기로 올라갔다. 엔더릴의 무게에 굽은 가지가 삐걱거리고 흔들거렸다. 그곳 햇살이 가장 따뜻해서 오타이트 열매는 자줏빛이 짙고 탐스러우며 연했다. 엔더릴은 열매를 두 개 따서 그레고리에게 가져다줬다. 엔더릴이 땅에 내려올 무렵에는 열매에 멍이 들었다. 적갈색 껍질이 벗겨져 드러난 흰 과육에 얼룩이 생겼다. 그레고리는 여전히 부루퉁했지만, 곧 미소를 지으며 엔더릴에게서 열매를 받아서 씨가 드러날 때까지 빨아 먹었다. 다음 시험에서도 엔더릴이 이겼다. 그다음에도. 그레고리는 익숙해졌고, 곧 엔더릴은 시험이 끝난 뒤 열매를 따오지 않아도 되었다.

엔더릴은 자신만의 기억을 담아 둔 머릿속에서 악마를 밀어내려고 했다. 성냥불로 바닷물을 끓이려는 셈이었다. 몇 분 뒤 악마가 말했다. 〈이제 너희들이 어떤지 알겠다. 너희는 자신을 내줄 만큼 서로를 귀하게 여기지 않는구나!〉

아무것도 모르는 소리였다. 엔더릴은 파 아저씨에게 부모 잃은 새끼 염소를 줬다. 시험에서 더 높은 점수를 받은 뒤에는 그레고리를 위로하기 위해 열매도 따다 줬다.

〈옛날에 내 종족은 우리 고향 바다에 아주 많았다. 천년이 지나며 물이 천천히 빠지면서 우리는 너희가 파란 구멍이라고 부르는 곳에 갇혔다. 하지만 처음에는 거기서도 잘 살 수 있었다. 먹을 것이 있었고, 알을 낳을 굴도 있었다. 우리는 우리가 사는 방식에 따라 가장 능력 있는 존재에게 자신을 내줬다. 살 곳이 붐비지도 않았고, 현명한 존재에게 더 많은 지식이 쌓였다. 다른 존재에게 잡아먹히는 우리는 축적한 지식을 잡아먹는 존재에게 넘긴다. 결국 우리 종족 중에서 가장 영리한 나만 남았다. 나는 하늘의 저 거대한 불덩이가 700번도 넘게 궤도를 도는 동안 살았다. 나는 수천도 넘는 내 종족을 먹어 치웠다. 나는 지혜와 지식이 늘어나서 위대한…… 너희들이 주술사…… 아낙이라고 부르는 존재가 됐다.〉

그렇다면 여자로구나.

목소리가 계속됐다. 〈널 내게서 뽑아내려던 그 보잘것없는 자의 마술은 내게 비하면 아무것도 아니다. 나는 나만의 주술을 써서 압

축시킨 나 자신을 네 몸과 연결시켰다.〉

말. 끝없는 말. 거창한 말에 옌더릴은 관심 없었다. 하지만 그것이 떠들어 대는 동안 옌더릴은 한 가지 중요한 내용을 들었다. 물에 사는 악마는 트렌트월의 파란 구멍에 남은 마지막 존재라고 확실히 말했다. 그전까지는 확신이 없었지만 이제 확실히 알게 됐다. 그리고 자신, 옌더릴이 그것을 잡았다. 악마가 살던 그 밑에서 여왕이었던 존재를. 이곳, 공기 중에서 그것은 멋대로 지배할 수 없었다.

아직은.

하지만 옌더릴은 그것을 먹을 수 없었다. 이미 자신의 일부가 됐으니까. "그럼 아무도 남지 않을 때까지 먹고 또 먹어 치우면서 지혜를 다 얻었군."

〈그렇지. 그게 우리 방식이다.〉

어찌나 흡족한 음성인지!

"뭘 위해서?"

〈무슨 소린가.〉

"이제 똑똑해져서 여기 있지만, 지식을 전수할 대상이 없잖아."

물에 사는 악마는 아무 말도 하지 못했다. 악마는 식탁 위 물통에서 물을 달라고 했다. 옌더릴이 물을 조금 떴다. 물잔을 입술로 가져가다가 우뚝 멈췄다.

물고기 악마에게 약점이 있었다.

드디어 방법을 찾았다.

옌더릴은 물통에 든 물을 마시지 않았다. 오히려 물통을 마당 고추밭에 비웠다. 물고기 악마가 툴툴거렸다. 옌더릴은 무시했다. 다시 안으로 들어갔다. 문을 닫았다. 창문을 꼭 닫았다. 집에 있는 옷을 전부 꺼내서 입었다. 어머니가 교회 갈 때 입던 좋은 옷과 아버지가 어부들과 함께 나갈 때 입던 두툼한 작업복까지 껴입었다. 물에 사는 악마는 호기심을 느끼며 이 모든 행동을 지켜봤다. 잠시 그것은 너무 덥다는 사실을 잊었다. 그리고 옌더릴에게 뭘 하는 거냐고 물었다. 옌더릴은 악마의 말을 좀 더 정확히 알아듣기 시작했다. 하지만 대답하지 않았다. 옌더릴은 침대에서 얇은 침대 시트를 끌어와서 옆에 뒀다. 그리고 성한 발목에 두꺼운 밧줄을 감고 손가락만으로는 풀 수 없는 매듭을 지었다. 밧줄의 한쪽 끝은 식탁 다리에 감아 절대 풀 수 없이 매듭을 지었다. 그러고는 침대 시트로 몸을 감고 마룻바닥에 누워서 기다렸다.

방 하나짜리 작은 집 안이 점점 더 더워졌다. 옌더릴의 입이 바짝 말랐다. 〈물 좀 다오.〉 물고기 악마가 속삭였다. 〈고모한테 좀 달라고 해라. 마실 것까지 없다. 내 다리만 담그면 된다.〉

"싫어." 옌더릴이 속삭였다. "여기 가만히 있을 거야."

악마 다리가 발목에 감은 밧줄 쪽으로 꿈틀거리기 시작했다. 옌더릴은 입을 꾹 다물었다. 아니. 아무 데도 안 갈 거야. 이마에서 흐른 땀이 목을 타고 내려 껴입은 옷 아래 살갗에 난 주름을 따라 흐르고 있었다. 옌더릴은 끓는 물에 넣은 게처럼 자기 껍질 안에서 삶아지고 있었다. 시트를 내던질 뻔했지만 꾹 참았다.

안 돼.

시트를 다시 덮고 허리에 묶었다.

몇 시간이 흘렀다. 몇 시간으로 느껴졌다. 옌더릴은 몸이 바짝 말라 어지러웠다. 그리고 추웠다. 열이 펄펄 나는데도.

머릿속의 목소리가 또 푸념했다. 〈난 그저 땅 위 세상과 그 안에 뭐가 있는지 궁금했을 뿐이야. 그저 알고 싶었던 것뿐이라고.〉 힘없는 소리였다.

"그래서 내 가족을 데려갔어? 다른 사람들도?"

〈그래. 그들을 먹으면 알게 될 줄 알았지. 하지만 그들은 공기 세상을 알려 주지 않았다. 그래서 네 일부가 된 거야. 제발, 부탁이니……〉

힘도 소리도 없는 비명. 옌더릴이 지른 것이 아니다. 꿀럭, 하며 옌더릴의 허리에서 무엇이 떨어져 나왔다. 껴입은 옷을 들추니 악마 얼굴이 원피스에 떨어져 있었다. 속의 물컹한 덩어리가 옌더릴을 향하고 있었다. 뇌에서 촉수 하나가 배꼽을 향해 뻗어 있었다. 옌더릴은 울부짖었다. 썩은 냄새가 나는 그것을 낚아채자 뱃속에서 당기는 느낌이 들어 헉 놀랐다. 마음을 단단히 먹고 힘을 주어 그것을 떼어 냈다. 아파서 비명이 나왔지만 땅에서 당근을 뽑듯이 끝까지 쑥 뽑아냈다. 그게 전부이기를 바랐다. 그 끄트머리에 달린 뿌리 같은 것에는 옌더릴의 피가 묻어 있었다. 옌더릴은 진땀을 흘리며 그 얼굴과 뿌리를 집어 던지고, 배에서 느껴지는 쓰라림에 울며 쓰러졌다.

하지만 아직 승리한 것이 아니니 쉴 수 없었다. 악마 다리가 몸에서 떨어져 나가기 시작했기 때문이다. 회색으로 변한 거기서 변소 냄새가 났다. 다리가 꿈틀거리며 몸부림치는 데다 고관절 깊은 곳에서 통증이 느껴져 옌더릴은 제정신이 아니었다. 그 다리를 손으로 잡아 뽑아 버리려고 했지만, 만지면 곤죽처럼 녹았다. 잡을 것이 없었다. 할 수 있는 것은 팔꿈치와 성한 발을 써서 뒤로 물러나는 것뿐이었다.

다리는 깔끔하게 떨어지지 않았다. 그것은 차츰 얇아지면서 몸을 끌며 방 안을 돌아다니는 엔더릴과 함께 움직였다. 버린 반딧불이가 자꾸 떠올랐다. 실이 걸린 나뭇가지 주위를 뱅글뱅글 돌던 모습이.

뒤따라오는 물컹한 것이 점점 가늘어졌다. 파리가 꼬였다. 드디어 녹아 없어질 것이 남지 않자, 엔더릴은 구석으로 기어가서 상체만 세우고 앉아서 소리 죽여 울었다. 통증이 녹슨 철을 씹던 입에 남은 뒷맛 같았다.

〈끝났다.〉 머릿속의 목소리가 말했다. 소리가 사라지고 있었다. 〈네가 날 먹어 치웠다. 땅 위 세상을 보여 줘서 고맙다.〉

"트렌트월? 여기가 세상 전체는 아니야."

〈내겐 세상 전체다.〉 악마 다리가 있었던 구멍에서 피와 맑고 끈적한 액체가 흘렀다. 〈나는 곧 사라질 것이다. 네 뇌는 내 지식을 흡수할 수 없다. 내가 배운 모든 것이 나와 함께 사라질 것이다. 하지만 선물 하나를 남기겠다.〉

엔더릴에게 남은 구멍에 감각이 없어졌다. 몸이 가벼워졌지만 그래도 무거웠다. 파란 구멍을 빠져나오던 때처럼 무거웠다. 엔더릴은 한쪽으로 쓰러졌다. 머릿속은 연기가 자욱했다. 눈이 감기며 고맙게도 마음이 놓였다.

깨어나 보니 배꼽이 닫혀 있었다. 물고기 악마에게서 남은 것은 바닥에 녹아든 냄새 나는 물웅덩이 두 개뿐이었다. 얼굴과 다리에서 남은 것이었다. 더운 실내에서 그 웅덩이는 시시각각 말라붙었다. 얼굴에서 남은 물웅덩이에는 부리가 있었다.

그리고 다리가 사라진 자리에는 축 늘어진 사람 다리가 붙어 있었다. 땅에서 막 솟아난 생강 줄기처럼 빼빼 마른 다리였다. 옌더릴은 몸을 일으켜 성한 다리로 섰다. 새 다리에 체중을 실어 봤다. 다리가 버티지 못했다. 길이도 짧았고 힘도 없었다. 안에 뼈가 있었지만 너무 잘 구부러져서 몸을 지탱하지 못했다. 그럼 이것이 악마가 남긴 선물인가?

새 다리가 자꾸 근질거렸다. 옌더릴은 다시 일어났다. 한쪽 발로 뛰어 침대로 가면서 옷가지를 주웠다. 옌더릴은 침대를 붙잡고 옷을 입었다. 다 입은 뒤에는 문을 열었다. 안으로 들어오는 한낮의 바람은 트렌트월의 울타리와 담벼락에 핀 나팔꽃이 시들 만큼 뜨거웠지만, 그때 불어오는 바람은 바닷물처럼 시원했다. 옌더릴은 짚고 다닐 막대를 찾아서 마당을 깡충거리거나 기어다녔다. 그러고 나자 새 다리는 성한 다리만큼 길어졌고, 옌더릴은 거의 걸을 수 있게 됐다.

옌더릴의 마음속에 이겼다는 생각이 들었다. 옌더릴은 세상에서 가장 영리한 주술사를(물고기 악마가 트렌트월이 '온 세상'이라고 하지 않았던가?) 무찔렀다. 그러니 마을 사람들은 고마워할 것이 분명했다. 두 아들을 파란 구멍 악마에게 잃은 목사도. 그 악마에게 남편을 잃은 리디 터클도. 그 예쁜 물에 너무 가까이 가서 놀면 부모에게 맞았던 모든 아이들도. 앞으로 누구도 5킬로미터나 떨어진 송수

관까지 가서 물을 길어 오지 않아도 되었다. 그리고 파란 구멍에서 다시 낚시도 할 수 있었다.

옌더릴은 미소 짓는 법을 잊어버렸다가 서서히 기억난 것처럼 입술 양옆을 당겼다. 그리고 소리 없이 웃기 시작했다. 그레고리에게 이 이야기를 들려주면 뭐라고 할까! 태양의 각도로 보니 몇 시간 뒤면 그레고리가 학교에서 집에 돌아올 때였다.

하지만 무슨 영문인지 옌더릴은 가만히 서서 생각했다. 물에 사는 악마의 마지막 가르침이 서서히 이해됐다. 옌더릴은 예전으로 거의 돌아갔지만 모두가 그간의 일을 알고, 모두가 옌더릴을 두려워했다. 옌더릴은 그것을 깨달았다. 물에 사는 악마처럼, 옌더릴 자신의 강한 본성은 원하는 것을 손에 넣는 것임을. 그 과정에서 남들을 본래의 자리에서 끌어내어 괴롭히게 되더라도. 반딧불이. 주술사. 그레고리…….

옌더릴은 입을 꾹 다물고 저항했다. "배우고 싶은 것이 잘못은 아니란다." 아버지는 늘 그렇게 말했었다.

하지만 문제는 배우는 것이 아니었다. 문제는 배움을 위해 옌더릴이 한 짓이었다. 트렌트월에서는 악마가 사라졌다. 그러나 조심하지 않으면 옌더릴이 그 자리를 차지하게 될 것 같았다. 여자아이의 모습을 한 악마.

옌더릴은 집으로 돌아가서 시트를 길게 찢었다. 어머니의 바늘과 실, 묵직한 가위를 그 안에 쌌다. 마을 가운데서 학교 종이 울렸다. 수업이 끝나는 시각이었다. 당장 떠나야 했다. 그리고 혼자 떠나야 했다.

옛집 문을 닫았다. 벌써 다리가 더 잘 버텨 줬다. 그레고리가 거기까지 달려오는 데 시간이 조금 남았다. 옌더릴은 길을 걷기 시작했다. 학교 반대쪽으로.

절뚝. 쿵. 옛날 다리. 새 다리. 한 발 한 발이 새 삶으로 이끌었다. 뒤에는 파란 구멍 악마가 있었다. 앞에는 아마도 황금 식탁이 있을 것이다. 강철 당나귀도. 다리 셋 달린 말을 타고 함성을 지르는 아이. 옌더릴은 세상에서 가장 강한 여자 주술사를 무찔렀다. 다음에는 무엇을 할 수 있을지 누가 알까?

모리스 브로더스

The Norwood Trouble

노우드의 소란

모리스 브로더스
Maurice Broaddus

작가이자 커뮤니티 조직자, 중학교 교사, 도서관 사서이다. 《라이트스피드》,《블랙 팬서: 와칸다 이야기》,《위어드 테일스》,《판타지&SF 매거진》,《언캐니》에 단편을 게재했다. 저서로는 SF『별들의 흐름』, 스팀펑크『버펄로 병사』와『내 비행선을 팔아 줘』, 탐정소설『유주얼 서스펙트』와『사라질 수 없는』이 있다. 공저한『마법사들』은 AMC에서 판권을 획득해 각색 중이다. 브로더스는 《에이펙스 매거진》의 편집자로도 일하고 있다. 홈페이지는 MauriceBroaddus.com이다.

사람들은 우리가 너무 어려서 모르는 줄 알지만 아이들도 알았다. 우리는 일찍 교훈을 배웠고, 그것을 뼛속 깊이 느꼈다. 온갖 압박의 도구 중에서 두려움이 가장 잔인하다는 것을. 아무도 말하지 않지만 우리 중 마지막 사람이 죽고 기억할 사람이 없어지기 전에 나누어야 하는 이야기가 있었다.

"어딜 다녀왔다고?" 아버지가 내게 물었다. 엄한 목소리였으나 고함친 것은 아니었다. 아버지는 조용한 사람이었지만 가족에게 가해지는 위협에서 절대 물러서지 않는 바위 같은 분이었다. 키는 아주 컸고, 다리는 나무 몸통 같았으며, 조끼를 입으면 참으로 날렵했다. 서는 자세는 군인답게 꼿꼿했다. 그렇게가 아니면 어떻게 서는지 잊어버린 사람 같았다.

"도서관에 가고 싶었어요." 나는 입가에 묻은 초콜릿을 닦은 뒤 양손으로 뒷짐을 지고 땅을 살폈다. 교회 갈 때 입는 가장 좋은 원피스를 입고 선 채로 몸을 살짝 비틀며 귀여운 모습으로 아버지의 화를 모면해 보려는 도박을 했다.

"왜 던바 도서관에 안 가고?"

"그 도서관 옆에는 아이스크림 가게가 없어요."

"플로라, 애야. 그러면 안 돼." 아버지가 내 양어깨를 잡아 세웠다.

"알아요, 아빠. 하지만……"

"하지만은 무슨. 얼마나 위험한 짓인지 넌 모른다."

"겨우 길 건너인걸요."

"거긴 다른 세상이야."

"제가 알아서 할 수 있어요."

"문제는 '내'가 아니야. '우리'지. 이런 행동이 우리 모두에게 위험이 된다. 우리 이웃에. 우리 가족에."

아버지는 언성을 높이지도 않으셨지만, 나는 그 순간 아버지의 상처와 분노, 두려움을 들으니 차라리 아버지가 회초리를 꺾어 내 종아리를 때리시는 편이 낫겠다고 느꼈다.

인디애나주의 위치는 북부였지만 그 정신은 남부였다. 노우드를 떠날 때마다 우리 곁에 두려움이 따라다녔다. 그 두려움에는 규칙이 있었다. 들어갈 수 있는 문, 물건을 살 수 있는 상점. 공중화장실 사용 금지. 맨 앞의 세 줄은 우리 흑인 몫이었다. 극장 뒷자석에서 말이다. 우리가 잘못해서 선을 넘게 되면 무슨 일이 생길지 소리 없는 위협이 느껴졌다. 하지만 모두 갈 수 있는 곳에 나도 갈 수 있어야 한다고 생각했다.

"사람들이 저는 거기 가면 안 된다고 했어요."

"너도 거기에 갈 권리가 있다. 하지만 아이스크림이 먹고 싶으면 내가 가서 사다 줄 수도 있었어. 아니면 함께 갈 수도 있었고."

나는 혼란스러워서 한숨을 쉬었다. 규칙을 항상 납득할 수 있는 것은 아니었다. 어른들의 방식이 그런 것 같았다. 하지만 아버지가 나를 지키려고 하신 것은 알 수 있었다. 그리고 그 공간으로 갈 때마다 아버지에게 희생이 요구된다는 것도.

아버지는 내 표정을 읽더니 그림을 감상하는 사람처럼 한 걸음 물러섰다. "네가 원하는 데이지를 고르려무나."

내 나름의 목표를 세우라는 말을 아버지는 그렇게 했다. 아무도 나를 막아서지 못하게 하라는 말이었다. 아버지는 군인이 되기 전에 노예였고 등에 남은 흉터에 아버지만의 사연을 지고 살았다. 아버지의 가족은 켄터키에서 왔고, 남북전쟁이라는 명분을 위해 기꺼이 목숨을 바쳤다. 그들은 흑인 부대 28연대에 들어갔다. 5000명이 전쟁에 나갔지만 1000명만 돌아왔다. 생존자는 노우드, 도시 안의 자유 도시를 세웠다.

"가거라. 내가 뒤에 있을 테니."

"저 혼자서요?"

"과수원이 널 지켜 줄 거야."

나는 종종걸음으로 문을 나섰다.

노우드는 마법의 땅이 될 운명이었던 것처럼 모든 것이 만나는 장소였다. 강 두 개가 이곳에서 만났다. 큰 철로 네 개가 만나 인디애나폴리스를 미국의 교차로로 만들었고, 노우드는 그 종착지였다. 나는 메리 선생님의 집으로 가는 길에 깡통 차기를 했다. 5번 흑인 학교에 다녔고, 이곳 러블리 레인 교회에 출석했으며, 우리 놀이터에서 이웃 아이들과 놀았다. 그 중심에는 오래된 나무가 자라는 커다란 숲이 있었다. 도시 자체가 과수원으로 에워싸여 있었고 집집마다 있는 마당이 그 과수원의 일부였다. 우리보다 앞서 이 땅에 살던 델라웨어 원주민이 가꾼 그 과수원은 먼 옛날부터 거기에 있었다고 한다. 원주민이 쫓겨났듯이 언젠가는 우리도 쫓아내려 할 거라고 아버지는 말씀하셨다. 그래서 우리는 그 과수원에 의지했다. 우리에게 필요한 모든 것이 노우드에 있었다. 가족, 친구, 먹거리. 누군가 필요한 것이 집에 없으면 공동체의 한 사람이 제공했다. 모두 기꺼이 자기 것을 나눴다.

한 번 세게 찬 깡통이 메리 선생님 집 앞으로 굴러갔다.

"네가 그렇게 못살게 구는 신발 때문에 아버님이 참 열심히 일하시는구나." 메리 선생님이 현관 계단에서 말했다. 메리 선생님은 연한 계약 노동자*로 태어났고, 노동의 대가로 교육을 받았다. 남편분은 시내 유일한 흑인 의사였고, 선생님은 학교에서 내게 글을 가르쳤다. 늘 밝은색 원피스를 입는 선생님은 여자아이들에게 선망의 대상이었다. 우리는 더 많이 배워서 선생님처럼 되고 싶었다. 선생님이 노려보기만 하면 우리는 실망감을 안겨 드릴까 두려워서 긴장했다. 교실 가운데에는 '배움의 자리'가 있었다. 그곳에는 늘 책이 있었고 선생님은 거기서 책을 읽어 주고 질문을 하곤 했다. 아

---

* 일종의 계약제 하인으로 계약 기간 동안 노동을 제공해 몸값을 지불하면 해방될 수 있었다.

마 그곳 덕분에 나는 책을 좋아하게 된 것 같다.

"네가 한 일 때문에 온 시내 사람들이 시끄럽던데."

"제가 걱정하는 건 사람들이 아니에요." 나는 나무에서 사과를 하나 따서 먹기 시작했다.

"염려 안 해도 돼. 우리 일은 우리가 처리하니까. 우리는 우리가 지키고. 특히 네 아버님은." 선생님이 우리 집 쪽을 가리켰다.

"그냥…… 언젠가는 우리도 노우드를 떠나야 하잖아요. 평생 여기서 숨어서만 살 수는 없어요."

"숨는 게 아니야. 살아가는 거지. 우리 방식대로. 여기선 당당하게 살 수 있잖니." 선생님은 내 등에 가만히 손을 얹고 안으로 이끌었다.

메리 선생님 집에서 열리는 페니 파티는 한 이웃집을 위한 것이었다. 그 이웃의 대출금 상환을 위해서 모두가 돈을 모으려고 나섰다. 전부 미소를 짓고 있었다. 유명 화가가 한쪽에서 사람들을 즐겁게 해 줬다. 아주머니들은 교회 맨 앞줄에 앉을 때처럼 화려한 모자를 쓰고 왔다.

곧 우리를 발견한 아버지가 내게 감자튀김 그릇을 내밀었다. 나는 팔짱을 꼈다.

"너무 엄하게 대하지 마세요." 메리 선생님이 속삭이는 척 말했다.

"뭐가 위험한지 알 정도는 엄하게 대해야죠."

"아빠, 다 들리거든요."

"아가, 누구한테 배운 예절이냐? 어른들 말씀 중이잖니." 아버지의 미소에 말에서 받은 상처가 다 가셨다. 아버지는 그릇으로 나를 슬쩍 찔렀다. "감자튀김 먹어라. 전부 먹으면 그릇 바닥에 예쁜 얼굴이 나올 거다."

광택을 낸 금속 그릇이었다. 감자튀김을 다 먹고 나니 내 얼굴이 반사되어 보였다.

응접실에서는 한 남자가 피아노를 매끄럽게 연주했는데, 페닉 목사님마저 발장단을 맞출 정도로 기막힌 솜씨였다. 러블리 레인 흑인 감리교회 목사님은 멋을 부렸다. 잘 다듬은 턱수염과 콧수염을 기른, 아담한 키의 그는 정교한 조각을 한 지팡이를 짚고 다녔다. 목사님이 내딛는 걸음마다 자신감과 품위가 느껴졌다. 아버지를 보더니 목사님은 주머니 시계를 확인했다.

"여기서 기다려라, 곧 돌아올 테니." 하지만 내가 아버지를 시야에서 놓치지 않으리라는 것을 아버지도 알고 있었다. 같은 잘못을 또 저지를 일 없다는 것을. 내가 다가갔을 때 아버지는 페닉 목사님에게 속삭이고 있었다. "잠시 자정 예배를 드릴 시간이 되겠습니까?"

"루퍼스!"

나는 옷걸이 뒤로 숨었다.

"왜요? 딱히 비밀도 아닌데." 옷걸이 뒤에서 내가 훔쳐보는 것을 알아차린 아버지가 한숨을 쉬면서 오라고 손짓했다. 나는 아버지 옆에 섰다. "노우드에 비밀은 없어요."

"이런 걸 자정 예배라고 부르고 싶지 않군요. 전혀 다른 일인데." 목사님이 말했다. "이건 우리 동족을 지키는 일이죠. 우리가 무엇에 맞서 싸우는지 잘 알지 않습니까. 적들이 오고 있어요."

"옛날 사람들은 그것을 사실대로 부른 겁니다. 더도 덜도 아닌 마법인걸요."

"마법은 우리를 억압하는 자들이 우리를 악마로 보려고 붙이는 명칭입니다. 예전의 방식을 새 땅에 가져왔으니까요."

"예수님에게 그런 신도들은 필요 없다는 말씀은 드리지 않아도 되겠지요."

"그런데도, 우린 여기 모였잖습니까." 목사님이 모자를 썼다.

"전 필요하다면 어떤 수단을 써서라도 싸웁니다. 동족을 위해서라면 영혼이라도 기꺼이 내놓을 겁니다."

"저는 제가 믿는 것을 압니다. 제 신앙에 믿음이 있습니다. 형제님도 오직 굳건한 믿음을 가지십시오."

아버지는 자신의 믿음 중 스스로 믿는 것이 얼마이고 강요된 것이 얼마인지 알지 못해 종종 괴로워했다. 아버지는 아이들이 저마다의 길을 찾기를 바랐다. 그래서 10센트짜리 동전을 목에 걸고 다녔다. 나쁜 마법을 흡수하는 주술 비법이라고 했다. 신앙은 온갖 형태를 취했다. "기도할 때가 있고, 행동할 때가 있다."

나는 이제 나도 어린아이가 아니라고 늘 말했지만 그때만큼은 아버지의 바짓가랑이를 꼭 붙잡았다.

"그래서 우리가 모인 거죠." 메리 선생님이 간단한 간식을 담은 쟁반을 들고 있었다. 나는 거기서 샌드위치를 하나 집어 들고 아버지 뒤에 다시 숨었다. 나쁜 것을 철저히 멀리하는 아버지는 선생님에게 손짓으로 사양했다. 아버지는 담배를 피우지 않았고, 아주 가끔 저녁 식사에 포도주를 곁들였으며, 달콤한 간식을 즐기는 일은 거의 없었다. "자, 시간 다 됐네요. 뒤쪽에 모두 준비해 놓았어요. 그 아이도 같이 가나요?"

"장차 이야미 아제가 될 사람을 못 알아보겠습니까?" 아버지가 농담했다.

이야미 아제란 '밤의 장로들', 즉 신성한 힘을 가진 이들을 가리키는 말이었다. 나는 너무 어려 장로라고 부를 수 없었지만, 메리 선생님은 내 손을 잡았다. 나를 부르듯이 부드럽고 상냥한 손길이었다. 나도 모르게 선생님의 손을 꼭 잡았다. 우리는 정원, 선생님 집에 연결된 과수원 일부를 가로질러 헛간으로 갔다.

어른들은 우리가 너무 어려서 모르는 줄 알지만 아이들도 알았다. 헛간에는 등불이 켜져 있었고 가운데가 비어 있었다. 한 사람씩 안으로 들어가면서 물을 채운 은그릇에 손을 담갔다. 나는 그 비밀 의식이 나쁜 기운을 쫓고 우리가 사는 곳 주위에 보호해 주는 울타리를 치는 것임을 알 수 있었다. 모두가 의식에서 맡은 자기 역할에 집중하는 동안, 나는 문으로 되돌아가서 내 손도 물에 담갔다.

"이 사안을 평의회에 회부해야 합니다." 아버지가 말했다. 노우드에 시장은 없었지만 주민 의회 같은 것이 있었고, 중요한 문제를 결정할 때는 평의회가 합의에 도달해야 했다.

"똥 한 번 눌 때마다 위원회 전체가 모여야 하면, 우리가 모이는 게 무슨 의미가 있나." 페닉 목사님은 재킷을 벗어 옆에 치워 두고 그 위에 모자를 놓았다. 그는 색색의 구슬 목걸이를 꺼내더니 목에 걸었다. 그리고 메리 선생님을 향해 말했다. "말이 거칠어 미안합니다."

"그보다 더 급한 문제가 있어요." 메리 선생님은 그릇 하나를 탁자 반대편으로 옮겼다. 선생님은 가방에서 작은 주머니 두 개를 꺼내어 그 그릇 옆에 내려놓고 코코넛 세 조각, 구운 옥수수 한 더미, 고둥 껍데기 몇 개를 꺼내 놓았다. 메리 선생님은 아버지와 눈을 마주쳤다. "말씀하실 건가요?"

"말할 거 없습니다." 아버지는 선생님에게서 시선을 떼며 쓰읍 소리를 냈다. 그러더니 포기하고 이야기를 시작했다. "기차에서 내린 사람이 있습니다. 주위를 살피거나 한 것 같아요. 밴더먼 스트리트에서 그 사람을 멈춰 세우고 허가 없이는 더 들어갈 수 없다고 알렸습니다."

파운틴 광장으로 들어가거나 다른 곳으로 가기 위해 열차를 갈아타려는 백인은 거기서 내려야 했다. 대부분의 백인은 노우드로 가면 안 된다는 사실을 알고 못마땅히 여겼다.

"제게서 뺨이라도 맞은 표정을 짓더군요. '네가 나한테 이래라저래라야?' 그렇게 말했습니다. 그러더니 저를 자세히 보고는 '파란 눈 달린 검둥이는 처음 보네.'라고 했습니다."

"그래서 그자가 28연대 대원을 만났다는 것을 알았겠군요." 메리 선생님이 말했다.

"또 그자한테 뭐라고 했습니까?" 페닉 목사님이 캐물었다. 가끔 아버지가 말하고 싶어 하지 않는 소식을 들을 때는 이 뽑을 때와 비슷한 느낌이 들었다. 엄마가 먼저 하늘나라에 가셨다고 하던 때도 그랬다.

"죽을 만큼 화가 나나 보네, 하고요." 아버지는 목사님의 눈길을 피했다.

메리 선생님은 고개를 젖히고 웃었다. 아버지의 얼굴도 곧 풀어지더니 함께 웃었다. "따님이 누굴 닮았는지 이제 알겠네요."

"어리석은 행동이었습니다." 페닉 목사님이 식식거렸다.

"왜죠? 저자들이 찾아올까 두려워서 굽실거려야 합니까? 그들이 보도를 따라 걸어오면 우리가 피해야 합니까? 아니죠. 우리에겐 권리가 있습니다…… 존재할 권리가."

"아빠, 한 가지 질문해도 될까요?" 나는 대화에 껴들 기회를 얻기 위해 목소리에 최대한 존경심과 예의를 채웠다. "어째서 아빠는 맞서도 되고 전 안 되죠?"

"저렇게 나올 줄 아셨어야죠." 메리 선생님이 말했다.

"그자에게 한 말이나 네게 한 말은 같은 뜻이다. 우리에겐 지켜야 할 선이 있다는 거지. 모두의 안전을 위해서."

목사님이 말했다. "제가 하려는 말은 그…… 알려 주신…… 내용이…… 전략적이지 않았다는 겁니다. 우리는 쿠 클럭스 클랜의 땅에 에워싸여 있습니다." 나는 목사님의 가족이 그 클랜의 활동 때문에 1871년 인디애나폴리스로 달아났다는 이야기를 들었다. 목사님이 흰 손수건 한 장을 착 펼쳐 놓았다.

"성경에서 '마음이 약한 자를 격려하라.'라고 하지 않습니까? 전 그저 격려하는 겁니다." 아버지는 손수건 옆에 금 훈장을 놓았다.

"투사시잖아요." 메리 선생님이 손수건을 가져다가 탁자에 펼쳤다. 그리고 모두를 한 사람씩 보더니 고개를 끄덕였다. 선생님은 금 귀고리를 빼서 손수건 위에 놓았다. "이래서 저들이 우리를 두려워하는 것이죠. 그들은 비밀을 감추고, 우리가 자기들에게 당한 짓을 되갚을지 모른다는 두려움을 감추고 살아요. 우리는 그들에게 의존하지도, 그들을 필요로 하지도 않아요. 우리는 '우리 위치를 모르고', 저들은 우리가 단단히 무장한 민병대라는 것을 알고 있죠."

"그리고 우리에겐 총만 있는 게 아닙니다." 페닉 목사님이 그 옆에 금화 하나와 새 동전 세 개를 내려놓았다. 목사님은 눈을 감고 짧게 기도하더니 모든 것을 손수건으로 싸고 그 앞에 붉은 수탉 깃털을 하나 두었다.

"그래서 우리는 늘 대비해야 합니다." 아버지가 조끼를 걷어 권총 손잡이를 드러냈다. 아버지는 '비상용 가방'도 싸서 복도 벽장에 넣어 두었다. 옷가지, 세면도구, 우리 가족의 성경이 들어 있었다. 전에는 페이지 사이에 노랗게 바랜 장례식장 안내서가 끼워져 있는 그 성경(우리 가족사 기록장)을 넘겨 보곤 했다. 그 가방은 중요한 서류를 넣어 둔 구두 상자 옆에 놓였다. 옛날 군인들이 그랬듯이 아버지는 글을 몰랐는데도 중요하다는 서류를 자주 받았기 때문에 내게 그 서류를 맡겼다. 해방 시대로 거슬러 올라가는 가족의 서신도 있었고, 증서 등의 서류도 있었다. 문제가 생길 때를 대비한 것이었다.

"전 총은 좋아하지 않아요." 메리 선생님이 말했다.

"저도 마찬가지입니다. 우린 총이 필요 없습니다. 그래서 여기 모인 것이죠." 목사님이 헛간 벽 쪽으로 걸어갔다. 그곳에 가면 서너 개가 그림자에 절반쯤 가려진 채 걸려 있었다. 목사님은 누런 얼굴의 가면 하나를 골랐다. 검은 줄무늬가 턱선을 그리고 있었다. 가면 자체에는 표범 두 마리가 나무를 기어 내려가는 자세로 새겨져 있었고, 가운데에는 당당히 앞을 보는 염소가 있었다.

"에소 라예." 아버지는 머리에 가면을 썼다. 단순한 사람 얼굴이지만 여우의 귀가 조각되어 있었다. "세상은 연약합니다."

그들의 동작은 엄숙했다. 페닉 목사님은 건초 더미 뒤에 감춰 둔 북을 꺼내 왔다. 목사님이 치기 시작한 단순한 박자가 분위기를 고조시켰다. 아버지는 눈을 감고 몸을 천천히 흔들었다. 메리 선생님은 주머니를 하나씩 들어 은그릇에 흙을 부었다. 순서를 철저히 지키는 듯했다. 문 앞에 둔 그릇의 물을 부은 뒤, 선생님은 케이크를 구울 때처럼 내용물을 반죽한 뒤 묶어 놓은 손수건에 부었다. 그것이 말라서 단단해지는 동안, 선생님은 옥수수 알과 고둥 껍데기를 그 더미에 올려 얼굴을 만들었다. 그다음에는 그 위에 깃털을 꽂아 마지막 장식을 마쳤다.

잠자기 전에 듣는 익숙한 이야기가 나도 모르는 두려움을 달래 주듯이, 그 의식은 나를 위로했다.

메리 선생님이 머리 위로 가면을 쓰고 거기에 달린 베일로 얼굴을 가렸다. 커다란 앵무새가 날개를 뻗어 작은 새들을 감싼 모습이었다. 선생님은 흙으로 조각한 얼굴 앞에 고개를 숙이며 낮은 울음소리를 냈다. 그 울음소리는 선생님이 오랫동안 억누르고 있었던 맑은 음으로 변했다. 선생님의 음성이 북소리 박자와 하나가 되어, 내게는 낯설면서 동시에 익숙한 언어로 노래를 불렀다. 내 영혼이 그 노래를 번역하는 것처럼 느껴졌다.

아버지가 불쑥 한쪽 어깨를 경련하는 동작을 해서 나는 깜짝 놀랐다. 다시 아버지의 다른 쪽 어깨가 떨렸다. 그리고 아버지가 허리를 숙이면서 또 한 번 더 경련이 일어났다. 이어서 한쪽 다리로 뛰었다. 아버지는 음악의 박자에 몸을 맡겼다. 탁자 앞에서 앞뒤로 뛰며 우리에게 동작으로 메시지를 전하듯 팔다리를 흔들었다. 아버지가 지나칠 때마다 촛불이 흔들렸다.

그 순간에 느껴지는 (두려움 아닌) 경외심에서 나는 흙으로 조각한 얼굴 쪽에 더 가까이 다가갔다. 옥수수알 무게 때문에 미소가 굽었다. 고등 껍데기 눈이 처졌다. 흙 얼굴이 던지는 시선이 내 마음 속 깊이 닿는 듯했다.

그 시선이 나를 샅샅이 살폈다.

나는 작은 주먹을 꽉 쥐었다. 손톱이 부드러운 손바닥을 파고들어 피가 날 정도로. 작은 핏방울이 그 흙 얼굴에 떨어졌다.

"과수원이 우리를 지켜 준다." 내가 속삭였다.

아버지와 나는 종종 키스턴 애비뉴에서 인디애나 애비뉴까지 전차를 타고 갔다. 랜섬 플레이스까지 그렇게 다니는 것이 도시와의 유일한 연결선이었다. 그 여정을 피할 수는 없었다. 아버지가 철물점에서 예상보다 시간이 오래 걸릴 것 같아서 나는 다른 곳에서 기다려도 되는지 물은 적이 있었다. 아버지는 내게 도서관 가는 길에 쿠키를 사라고 동전을 줬다. 제과점은 안전한 곳이었다.

하지만 나는 제과점을 지나쳐 밀턴 아이스크림 가게로 갔다.

곧장 귀가한 뒤 던바 도서관에 갔다가 숙제하고 집안일을 해야 한다는 것을 알고 있었다. 하지만 아이들에게는 아이스크림을 꼭 먹고 싶을 때가 있다.

밀턴 씨는 자신이 선한 사람이라고 생각했다. 하지만 그는 그 시대를 거스르지 않았다. 그런다고 불편한 일도, 대가를 치를 일도 없었기 때문이다. 그리고 그는 나를 알았지만, 내가 가게에 들어가자마자 다르게 대했다. 나를 환영하지 않는 듯했다.

나는 올바른 일을 하느라 치르는 대가가 두렵지 않았다. 나도 아버지처럼 투사였다.

그런데 그곳에서 일하는 남자아이, 셰인이 있었다. 셰인은 인디애나폴리스의 흑인 차별 지역인 비치 그로브에 살았다. 그곳은 쿠 클럭스 클랜의 본거지였다. 그들은 두건을 쓰고 흰 시트를 걸치고서 우리를 제자리로 쫓아내는 남부 연맹군 군인 유령이라고 주장했다. 셰인이 나를 볼 때마다 나는 뱃속에서 나뭇가지가 얼기설기 엮여 둥지를 짓는 것처럼 속이 쓰렸다. 그는 늘 나를 그곳에 있어서는 안 되는 사람, 자신보다 열등한 존재로 봤다. 그가 보기에 흑인은 육체노동만 해야 했다. 수리공, 요리사, 가사 도우미. 그의 삶을 편리하게 하는 하인 노릇이 적합하다는 것이었다.

벽에 예수를 그린 액자가 비뚜름히 걸려 있었다. 기다리던 손님들은 내가 들어가자마자 모두 못마땅한 얼굴로 쳐다봤다. 내 뒤의 여자가 뭐라고 중얼거리자, 밀턴 씨는 그 여자를 내 앞에 세웠다. 모두 나보다 먼저 아이스크림을 샀다. 나보다 좋은 대우를 받았다. 그 모든 것이 내가 누군지를 일깨웠다. 내가 어떤 존재인지.

결국 더 주문할 손님이 없어진 뒤 나는 카운터에 돈을 탁 내려놓고 가느다란 팔로 팔짱을 꼈다. 그냥 돌아갈 생각은 없었다. 남들처럼 나도 돈을 내니 밀턴 씨는 내 주문을 받았다. 땅콩을 뿌린 더블 퍼지 초콜릿 아이스크림. 그가 내 아이스크림을 준비하는 동안 셰인은 의자를 전부 테이블에 밀어 넣었다. 내가 앉을 수 없다는 뜻이었다. 거기서 아이스크림을 먹을 수는 없었다.

밀턴 씨가 내게 아이스크림을 건넸다. 셰인은 내가 걸어 나가는 모습을 구경하려고 벽에 기대섰다.

하지만 나는 거기에 서서 아이스크림을 먹었다. 맛있었다.

셰인의 얼굴에 어두운 분노가 번갯불처럼 스치고 지나갔다. 음험한 기쁨에 눈을 번득이며, 그는 내 팔을 잡아 밖으로 끌고 나갔다.

모퉁이를 돌아간 뒤에는 나를 벽에 밀어붙였다. 셰인의 팔이 내가 도망치지 못하게 막았다. 셰인은 나를 처음 본 사람처럼 노려봤다. 그러더니 얼어붙었다.

"네 눈…… 너무…… 파랗잖아." 경멸이 뚝뚝 떨어지는 목소리에서 두려움과 놀라움이 묻어났다.

그는 내 입을 자기 입으로 막더니 혀를 억지로 밀어 넣었다. 아이스크림 때문에 입안이 차가웠던 나는 그 혓바닥이 거기서 꿈틀거리는 것을 무감각하게 느꼈다. 내가 몸을 떼어내며 따귀를 어찌나 세게 때렸던지, 아이스크림이 콘에서 굴러떨어져 그의 신발에 내려앉았다.

나는 뒤도 돌아보지 않고 아버지에게로 곧장 달려갔다.

그날 밤, 비명 비슷한 소리에 숨이 막혀 일어났다. 심장이 너무 세게 뛰어서 손끝에서도 느껴질 지경이었다. 공기가 몹시 답답했고 가슴이 묵직한 것에 눌린 듯했다. 나는 담요를 밀어냈다. 손목의 통증이 관절 속까지 전해졌고, 이름 모를 공포에 영혼이 산산조각 났다.

총성이 멀리서 들려오는 천둥소리 같았다. 아버지가 내 방으로 달려왔다.

"플로라, 가자." 아버지는 걸음을 멈추지도 않고서 내게 비상 가방을 건넸다. 작은 옷가지와 침구 꾸러미도 들고 있었다. 무슨 일이 벌어지는지, 혹은 벌어질 것인지 몰라도 아버지는 그 일이 한참 계속될 것으로 예상했다. "저들이 시외에서 검둥이를 공격하려고 한다."

밴더먼 스트리트에 늘어선 여러 대의 차에서 라이플을 멘 백인들이 내렸다. 그들은 사냥하듯이 마구 총을 쐈다. 우리는 교회로 달아났다. 아버지는 조끼를 열어 두었지만, 총성이 계속되는 와중에도 권총을 꺼내지는 않았다. 백인들이 우리 이웃을 포위할 생각으로 건물 뒤에 몸을 숨기는 동안, 사방에서 총알이 날아왔다. 우리가 다가가자 교회 문이 열리며 맞아 주어서 우리는 그대로 달려 들어갔다. 사람들이 돌아다니며 타는 목을 적시도록 시원한 물을 나눠 줬다. 노인과 아이 들이 서로를 보살폈다. 메리 선생님이 시편을 읽었다. 페닉 목사님이 밝은 낮을 보내 주시기를 기도했다. "광기는 밤에 오기" 때문이다.

"무슨 일인지 아세요?" 메리 선생님이 성경을 덮으며 말했다.

"진실이 무엇이든 상관없습니다." 아버지가 말했다. "그자들의 말로는 우리 중 한 명이 백인 여자에게 부적절한 접근을 했다고 합니다. 듣자 하니 쿠 클럭스 클랜이 폭동을 일으키고 싶어 안달이 난 모양이군요."

"벌써 요구를 하고 있어요." 메리 선생님이 닥치는 대로 저장품을 챙기며 말했다.

"뭐라고 합니까?"

"여자와 아이는 전부 공원으로 가라고 해요."

"우릴 갈라 놓고 몰아넣을 셈입니다. 남자는 전부 교회 앞으로 모이라고 합니다. 다치지 않을 거라고 약속하고." 아버지가 말했다.

"그런 소릴 하고 웃지도 않는다니 놀랍네요." 메리 선생님이 근엄하게 입을 꾹 다물었다.

우리가 너무 꾸물거리는 것이 못마땅한지 쿠 클럭스 클랜은 가까운 집에 총을 쏘기 시작했다. 창문마다 기다란 총신이 줄줄이 튀어나왔고 우리 쪽 남자들이 반격했다. 어디에 숨든지 거리마다 죽음이 도사리고 있었다.

"내 잘못일까?" 마음속 깊은 곳에서 나는 답을 알고 있었다. 그 답만큼은 아버지도 막아 주지 못했다.

"들어가라." 아버지가 담배에 불을 붙였다. 아버지가 다음에 나지막이 한 말에는 분노가 서려 있었다. 딱히 누구에게 하는 말이 아니었다. "네 자리를 알아라. 네 자리에 있어라. 하지만 네 자리를 좋은 곳으로 만들면 저들이 앗아 가려고 하지. 저들에게 필요한 건 구실뿐이야."

"우리가 막아 내고 있네요. 저들도 생각할 시간이 필요하겠죠."

메리 선생님이 말했다.

"아뇨. 쿠 클럭스 클랜은 시간을 벌며 증원을 기다리고 있습니다." 아버지는 문 옆에 자리를 잡았다. 권총을 뽑기 위해 조끼를 밀어 넣고 있었다.

목사님이 아버지에게 다가왔다. "교육과 직업, 직함이 무엇이든, 저들은 당신을 검둥이로 봅니다."

목사님은 검둥이라는 말을 쓰지 않았다.

어른들은 우리가 어려서 모르는 줄 알지만 아이들도 알았다. 나는 저들이 우리를 부수려 한다는 것을, 우리의 꿈을 짓뭉개려 한다는 것을 알았다. 백인은 경계선을 넘어 노우드로 들어가지는 않고서 교회 쪽으로 우리를 향해 다가오고 있었다. 결국 공격하기 위해 용기를 짜내고 있었던 것이다. 그들은 거리를 휩쓸려고, 가게에 불을 지르고 주택을 약탈하려고 횃불을 들고 왔다. 오랜 세월 희생하고 고생해서 이룬 것들을 폐허로 만들기 위해서. 양측 모두에서 많은 사람들이 죽을 것이 분명했다. 내 영혼이 정의를 부르짖었다.

"거기서 비켜라! 폭군이 오고 있어." 아버지는 나를 창가에서 떼어 냈다.

"어떻게 해야 하는지 알 겁니다. 곧 너무 늦어 소용 없어질 것이니." 페닉 목사님이 촛불을 켰다.

아버지는 점점 커지는 고함 소리 쪽으로 머리를 기울이면서 페닉 목사님, 메리 선생님과 함께 촛불 주위에 원을 만들었다. 서로의 손을 맞잡고서 그들은 기도했다. 문밖에서 속닥이는 소리가 점점 커졌다.

그들이 우리 집으로 오고 있었다. 내 집으로.

울부짖는 소리가 내 귓전을 울렸다. 멀리서 부르는 목소리가 내 가슴에 느껴졌다. 내 혈액 속에. 아니, 내 혈액을 타고서 내 영혼을 그들의 영혼과 이어 줬다. 내 심장이 불규칙적으로 뛰며 춤을 일으키려 했다. 그들의 주문과 함께 내 영혼의 일부도 휩쓸려 가듯 관자놀이가 욱신거렸다. 두려움이 다리를 타고 올랐다. 입이 바짝 말랐다. 침을 삼킬 수가 없었다. 비명을 지를 수도 없었다. 손으로 눈을, 그리고 귀를 가려도 그 모습이나 소리를 막을 수 없었고, 막는 것을 원하지도 않는다는 사실을 서서히 깨달았다. 아버지의 믿음은 부족했는지 몰라도, 나는 그렇지 않았다.

과수원이 우리를 지켜 준다.

구름이 몰려들어 마지막 남은 달빛을 뒤덮자 사람의 모습은 비스듬한 그림자의 바다로 변했다. 그들은 노우드 거리를 알지 못했다. 한 포기 한 포기의 풀이 길을 열어 부드러운 발자국을 안내하는 것을. 과수원에 감춰진 오솔길을.

밀턴 씨가 한 무리의 남자들을 인도해서 우리 동네 가장자리로 다가왔다. 총을 들고 잔디밭을 짓밟으면서. 횃불도, 무기라고 할 만한 것도 들지 않고서 밀턴 씨는 자신이 선한 사람이라는 환상을 지키며 걷기만 했다. 그가 뒷주머니에서 손수건을 꺼내어 이마를 닦았다.

내 영혼이 과수원을 가로질러 조상들의 합창에 올라타 흘러갔다.

나뭇가지가 바람에 흔들렸다. 다만, 산들바람조차 불지 않았다.

형태 없이 자란 나무, 길들지 않고 멋대로 자란 덤불이 그림자 속에서 꿈틀거렸다. 나무들도 움직였다. 그들 중 한 명이 으스스하게 부스럭거리는 소리를 알아차리고 불현듯 불안해져서 우뚝 멈췄다. 이웃 중 누구도 소리 내지 않았다. 총성 한 번 들리지 않았다. 저 위 하늘에서 움직이는 새 한 마리 없었다. 개도 짖지 않았다. 밤에 으레 들리는 소리 한 점 없었다. 숲 외에 모든 것이 초자연적으로 고요할 뿐이었다.

눈 없는 얼굴처럼 음울한 그림자의 가면을 쓴 과수원은 가까이 다가가서 보면 모든 윤곽이 사라지고 없었다. 사방에서 형태 없는 팔다리가 쑥 튀어나올 뿐이었다. 웅크린 가시덤불 속에서 나뭇잎이 물결쳤다. 오솔길 끄트머리 빈터는 끝을 잘라 낸 나뭇가지가 입을 꾹 다물듯 닫혀 버렸다. 나는 과수원 끄트머리에 선 남자를 흉내 내며 펄쩍 뛰었다. 또 다른 남자는 아마도 멀리서 나뭇가지가 부러지는 작은 소리에 놀란 듯 흠칫했다. 혹은 떨어진 나뭇가지가 발에 밟혀 내는 소리였을 것이다. 나뭇잎이 빛을 모조리 가리고, 나뭇가지는 길을 막았다.

주위를 맴돌던 밀턴 씨는 물러섰다. 밀턴 씨의 등이 과수원을 에워싼 관목의 벽에 닿았다. 구역을 나누는 곳에서 나뭇가지가 뻗어 나오고 덩굴손이 얽혀 그를 가뒀다. 밀턴 씨는 버둥거렸지만 점점 더 세게 붙잡힐 뿐이었다. 밀턴 씨가 움직이지 않자 나뭇가지가 그의 눈을 비집어 열어 목격하게 했다.

과수원 나무들의 개입을 알고 그들은 흩어져서 암반을 따라 내달렸다. 나뭇가지가 그들을 붙잡았다. 우리를 공격한 자들은 당황해 과수원 속에서 길을 잃었다. 관목은 아무도 모르게 하품하고 슬쩍 웃으며 그들을 뒤따랐다. 나뭇가지가 그들을 채찍질했다. 그들은 어쩔 줄 몰라 나뭇가지와 싸웠다. 그들이 팔다리를 마구 흔들어 대자, 갈라진 나뭇잎에서 쓸쓸한 향이 흘러나왔다.

다른 거리에서 다가온 그 남자아이 셰인은 도로 한가운데 서서 힘껏 고함쳤다. 횃불을 마구 흔들더니 가까이 있는 집에 마구 불을 붙였다. 스스럼없이, 닥치는 대로. 셰인은 과수원에 다가가다가 머뭇거리더니 내가 있는 곳을 노려봤다. 그리고 횃불을 들어 자기 얼굴을 비추더니 손가락 하나를 입에 댔다.

덩굴이 셰인에게 날아들어 몸을 휘감았다. 너무나 갑작스러운 일이라 셰인의 손에서 횃불이 떨어지더니 흙에 눌려 꺼졌다. 셰인은 염소처럼 울어 댔다. 쐐기풀이 얼굴을 꽉 붙잡고 입을 벌리자, 공포에 질려 비명을 지르다 얼어붙은 형상이 됐다. 바늘처럼 가는 나뭇가지가 입속으로 들어가더니 혀를 잘라 내고 목구멍을 타고 내려갔다. 셰인이 웩웩거리는 소리는 잔인하게 끊어졌고, 그를 에워싼 나뭇가지가 굶주린 듯 중얼거리는 소리만 남았다. 힘줄을 자르는 소리. 뼈를 끊는 소리.

나도 모르게 뺨에 눈물이 흘렀다. 용서할 마음은 없었다.

주술이 멈춘 듯, 원형을 그리고 선 아버지와 메리 선생님, 페닉 목사님이 움직였다. 그들의 눈길이 내게 닿았다. 나를 처음으로 봤다. 아버지는 내 어깨를 조심스레 쓰다듬고는 물러섰다. 목사님은 목걸이를 벗어서 내게 걸었다. 메리 선생님은 내 손을 부드럽고 상냥하게, 초대하듯 잡았다. 그리고 우리는 그 일을 다시 이야기하지 않았다.

실제 있었던 일과 사람들이 있었다고 하는 일과 진실은 각기 달랐다. 하지만 노우드에는 비밀이 없었다.

우리는 날마다 우리의 이야기를 조금씩 잃는다. 우리가 누구인지, 어떻게 사는지 망각한다. 하지만 기억해야 한다. 나는 정해진 때가 오면 그 이야기를 전할 사람이었다. 무언가 오고 있으니까. 돌아오고 있으니까.

그래서 우리는 대비해야 한다.

라이언 애밀카 스콧

A Grief of the Dead

망자의 슬픔

라이언 애밀카 스콧
Rion Amilcar Scott

단편집 『세상은 너를 필요로하지 않는다』와 2017년 펜/빙엄 데뷔 소설상과 힐스데일상을 수상한 데뷔작 『내란』의 저자이다. 현재 메릴랜드 대학교에서 창작을 가르치고 있다. 《뉴요커》, 《케니언 리뷰》, 《미국 SF·판타지 걸작선 2020》, 《크랩 오커드 리뷰》 등에 작품이 게재되었다.

1

쌍둥이 동생의 시체가 어떨지 궁금해지는 날이 있다. 부패로 형태가 변하는 과정 하나하나까지. 물론 우리는 닮지 않았다. 닮은 구석이 분명히 조금은 남아 있겠지만, 내 세포는 재생하는 반면에 그 애의 세포는 재생하지 않는다. 게다가 혼란에 빠진 어떤 남자의 허무주의 때문에 그 애의 몸에 나 버린 구멍을 잊을 수 없다. 그 총알이 내 동생의 머리와 가슴에 구멍을 뚫은 순간, 우리는 닮기를 멈췄다. 특별한 일이 생기지 않는다면, 내가 죽어 그 애처럼 온몸이 무너져 내릴 때가 되어도 우리는 다시 서로 닮지 못할 것이다. 총알이 두개골을 부숴 놓는 바람에 그 애의 머리 모양도 망가졌다. 그 모습과 비슷해질 일은 없을 것이다. 너무 슬퍼지는 순간에는 동생이 총을 맞은 그 자리에 나도 총을 쏘고 싶다는 생각이 파고들기도 한다.

똑같은 종류의 권총이 필요하다는 생각이 들면 다행히 어두운 판타지는 무너진다. AR-15 소총을 구해 정확히 내게 쏜다니, 터무니없는 생각이니까. 하지만 내 다른 자아, 자살을 원하는 자아가 묻는다. 청부업자만 구하면 되잖아?

예전에는 내 집 이층 방에 불을 켜 두었다. 동생이 살아 있던 때, 그 애를 위해 남겨 두던 방이었다. 동생은 연인 샨티와 다투면 항상 거기에 와서 잤다. 그 방의 불빛이 동생을 위한 등대처럼 느껴지기도 했다. 차 한 잔을 들고 그 방으로 올라가서 창밖을 내다보며 '나 아직 여기 있어, 동생아, 이야기할 상대가 필요하면 날 찾아오렴.' 하고 생각하던 밤이 자주 있었다.

2

그날, 소라이 누나가 집에 찾아오지 않았다면 나는 그런 식으로 (폐인이 되어 최소한의 기능만 하면서) 계속 살 수도 있었다. 누나는 힘없이 문을 두드리며 등장했다. 소리가 너무 작아서 놓칠 뻔했다. 문을 열자 얼음장 같은 바람이 들이닥쳤다.

이런 빌어먹을 추위에 누나를 얼마나 세워 놓을 셈이니. 소라이 누나가 나를 밀치고 집으로 들어가며 말했다.

누나가 우리 집을 아는 줄은 몰랐네. 내가 말했다.

소라이 누나는 내 말을 기다리지도 않았다. 나를 무시하고 복도를 계속 걸어서 거실로 들어갔다.

그런 소린 시작도 마라. 누나가 대답했다. 날 언제 부르기나 했니? 아, 알았어. 잘 들어. 소라이 누나는 내 회색 소파에 털썩 앉았다. 걔가 네 꿈에 나타나니?

누구?

자말 이야기인 것을 알고 있었다. 왜 모른 척했는지 모르겠다.

마하드, 관둬라. 걔가 네 꿈에 자꾸 나오지?

평소보다 많이 나오는 건 아니야. 사실 한동안 안 나왔어.

그렇다고 무슨……. 누나는 혼잣말을 중얼거렸다. 그리고 쓰읍 하고 숨을 들이쉬었다. 정말이니?

나는 고개를 끄덕였다.

비명조(悲鳴鳥)는? 그것들도 나오니? 아님 엄마랑 아빠는? 찰리 삼촌은?

누나, 난 찰리 삼촌은 알지도 못해. 그런데 어떻게 그분 꿈을 꿔?

마하드, 그분을 아는 거랑 대체 무슨…… 아, 알겠다. 넌 아직도 그게 네 마음과 관련이 있다고 생각하는구나. 그렇지 않아, 마하드. 저 너머 그분들이 네게 말하려는 거야. 그러니까 네가 찰리 삼촌이든, 그 전에 사시던 분이든 알지 못해도 상관없지. 나는 본 적 없는 별별 친척의 꿈을 다 꾸거든. 내가 연결된 존재이기 때문이지. 너도 연결된 존재라고 생각한다만…… 찰리 삼촌은 연결된 존재셨어. 그래서 어떻게 되셨는지 너도 알지.

소라이 누나가 과학자라는 사실을 잊을 때가 있다. 누나는 한때 비명조에 관해서만큼은 세계 최고 권위자 중 한 사람이었다. 누나의 복잡한 우주에는 늘 밤낮으로 자신에게 말을 거는 조상들이 있었다. 누나에게 나타나는 사람들 이야기를 들으면 슬픔이라는 단어가 떠올랐다. 망자의 슬픔. 소라이 누나는 이름 모를 사람들을 애도했다.

찰리 삼촌이 돌아가시기 전의 소라이 누나를 내가 기억할 수 있으면 좋겠다. 물론 펑퍼짐한 윤곽선 말고 말이다. 그날 이전이 기억나지 않는다. 누나도 그날 함께 죽었다. 누나는 입버릇처럼 그렇게 말하곤 했다. 비명조의 발톱이 우리 삼촌의 가슴을 꿰뚫고 삼촌을 데리고 하늘로 올라간 날, 누나 영혼도 증발해 버렸다. 지금은 누나의 번득이는 회색 눈을 들여다보아도 아무것도 보이지 않는다. 무슨 영문인지 그저 걷고 살아가고 숨 쉬는 죽은 여자가 됐다. 누나에게는 분노와 욕구, 무자비하고 잔인한 자연을 향한 복수의 꿈밖에 남지 않았다. 온 세상의 비명조를 다 몰살시키는 것 이외에 그 무엇도 누나를 만족시키지 못할 것이다. 그 무엇도 누나의 평화와 기쁨을 되살리지 못할 것이다. 누나는 독특한 바보였다. 그렇게 되기에는 너무 똑똑한 사람만이 그런 바보가 됐다.

동생아. 누나가 말했다. 이 이야기를 하려면 술이 필요해. 스카치 있지.

소라이 누나는 다리를 쩍 벌리고, 남자들처럼 자리를 차지하고 앉았다. 사실 사람들이 누나를 남자로 착각하기도 했다. 누나는 머리도 짧게 깎았다. 솜씨 좋은 이발사 찾기가 수화로 소통하는 바퀴벌레 찾기만큼 어려운 시절에도 그랬다. 우리가 어릴 때 소라이 누나는 머리칼을 늘 공들여 빗었고, 이마부터 뒤통수까지 곱슬머리가 가지런히 이어지도록 했다. 구할 수 있는 증거를 모두 모아서 판단하건대 그 습관은 버리지 않은 듯했다. 나는 누나의 동글동글한 곱슬머리를 보면서 자부심과 부러움을 동시에 느꼈다. 나는 회색 덤불처럼 기른 머리를 잘 빗지도 않아서 여기저기 뭉친 채 다녔다. 얼굴에도 잿빛 얼룩이 여기저기 있었다.

부모님이 살아 계시던 십 대 때 소라이 누나는 남자처럼 구는 것 때문에 어머니와 자주 다퉜다. 좀 예쁘게 꾸미지 그러니? 그 커다란 옷에다 뭘 감추고 다니는 거야? 소라이 누나는 어머니 말을 못 들은 척했다. 적어도 외모 관련 잔소리는 그랬다.

내게는 가끔 누나의 모습을 한 파란 홀로그램이 슬쩍 보인다. 누나는 저 소파에 앉은 모습 그대로 나타난다. 그런데 누나를 보려고 몸을 돌리면 누나도, 소파도 거기에 없다. 그날은 테이블에 잔 두 개를 놓고 고급 스카치를 손가락 세 마디씩 따랐더니 누나가 비웃었다. 아직도 아빠가 너 열다섯 살 때 가르쳐 준 대로 술을 재는구나? 누나는 또 웃었다. 자마…… 마하드, 너 어릴 적 모습이 보고 싶었어. 어쩌다 우리가 이렇게 됐을까? 이제 가족이라곤 우리뿐인데.

누나는 술을 단숨에 털어 넣고 인상을 쓰고 삼키면서 손을 흔들어 더 따르라고 했다. 나는 팁을 노리는 바텐더처럼 재빨리 술병을 잡았다. 소라이 누나는 우리가 이렇게 된 까닭을 잘 알고 있었다. 나는 그 옛날 엄마 아빠가 돌아가신 데는 내 탓도 있다고 말한 누나의 (젊고 알코올 기운이 덜한) 목소리가 아직도 귀에 쟁쟁하다. 그런 소리를 듣고서 어떻게 사이가 변하지 않을 수 있을까? 나는 손가락 세 마디를 더 따랐고, 누나는 입을 다물고 잔을 봤다. 진지하게 굳은 얼굴이었다.

샨티는 아직도 널 자기 숙부랑 엮으려고 하니?

귀엽고 재미있고 좋은 사람이지만, 아니. 어색하지 않겠어? 걔는 날 곁에 두고 싶어서 그래. 그 이야기를 하러 온 거야, 누나? 내 연애 이야기?

아니, 네 말 맞다, 마하드. 잘 들어. 소라이 누나는 일어서더니 조금 서성였다. 내 말을 좀 들으라는 거야. 내가 봤어. 처음에는 꿈인 줄 알았는데, 아니야. 지난주에 날 찾아왔어.

누가?

나는 비둘기 소리처럼 작게 꾸룩거렸다. 또다시 모른 척한 이유를 모르겠다. 아마 누나에게 망상 증세가 있다는 것을 그렇게 대놓고 인정하면 무례라고 느낀 모양이었다. 어쨌든 누나는 내 말을 무시하고 조금 더 서성이더니 계속 말했다.

누나는 집 앞쪽 창문을 두드리는 소리로 시작했다고 말했다. 작지만 끈질기게 두드렸다. 나뭇가지나 바람에 날아온 작은 돌인 줄 알았다. 하지만 두드리는 존재에게는 지성이 있었다.

밖을 내다보자 흔들리는 그림자가 보였다고 했다. 그렇게 두드리는 존재라면 해로운 것이 분명하니 누나는 아버지의 총을 들고 문을 열었다. 불빛에 침입자의 얼굴이 드러나자 누나는 두려움에 질려서 얼어붙었다. 남자의 옷은 더럽고 해졌으며, 얼굴은 붓고 멍이 들었고, 머리 옆이 쑥 들어가 있었다. 그 얼굴. 그 얼굴! 처음에 누나는 마약 같은 것을 하고 폭행을 당하고는 겨우 살아남은 나인 줄 알았다고 했다. 누나가 내 이름을 부르자 남자는 '아니이이.'라고 대답했다. 그러고는 누나에게 한 손을 뻗었다. 멍들고 찢어진 살

갖이었다. 소라이 누나는 그제야 그의 가슴에서 커다란 남자 주먹만 한 구멍을 발견했다. 그 구멍으로 반대편의 이웃집이 다 보일 정도였다. 그런데도 남자는 걸었다. 비틀거리는 걸음걸이는 다가올수록 빨라졌다. 그는 누나 이름을 부르기도 했다.

마하드, 그건 자말이었어. 내 말 믿을 수 없겠지만 분명히 자말이었다고.

누나, 우리 동생은 관에 넣었어. 관을 콘크리트로 봉하고 그 위에 흙을 덮었다고. 내가 봤어. 우리가 봤잖아. 과학자가 어떻게 그런 온갖 주술적인 것들을 믿는 거야.

시신 봤어?

아, 누나도 내가 그거 못 본 거……

나도야. 내가 그 애 시신 확인했다고 했지만 사실 못 했어. 서류에 서명만 했지. 거짓말해서 미안하다, 자마…… 젠장, 자꾸 이러네, 마하드. 총 맞은 동생 시신을 도저히 볼 수 없었어. 특히 그 애랑 똑같이 생긴 애가 돌아다니고 있으니까. 엄마 아빠가 자말이 죽은 걸 못 보셔서 다행이다. 서류에 서명은 했어. 관을 닫는다고 하길래 그러라고 했어. 관을 묻는 것은 봤지. 그 안에 개구리 커밋이 들었는지 뭐가 들었는지 아무도 몰라. 이 세상 일을 너무 많이 설명할 수는 없어, 자…… 마하드. 내 말을 믿어 달라는 게 아니라, 들어만 달라는 거야. 그럴 수 있겠니?

나는 등을 기대고 앉아서 인중에 검지를 댔다. 동생도 곧잘 그러곤 했다. 우리가 동시에 그 동작을 취해서 사람들이 웃기도 했다. 아마 누나의 말을 막지 않으려고 노력했던 것 같다. 누나에게 내 집에서 당장 꺼지라고 하고 싶었지만, 사랑한다고 말하고 싶기도 했다. 하지만 어느 쪽도 옳지 않게 느껴졌다.

네가 나더러 과학자라고 하니 기분 좋더라. 누가 날 그렇게 부른 게 몇 년 만인지. 과학자? 누나는 피를 토하는 목소리로 그렇게 말했다. 요즘 나는 과학자라고 할 수도 없지. 과학계에서 절대 인정 안 할 테니. 내가 뭘 해서 먹고사는지 아니, 마하드? 자동차 대리점에서 무료 셔틀을 운전해. 내가 일했던 연구팀에서는 전부 내가 찰리 삼촌 일 때문에 객관적인 시각으로 일할 수 없다고 해. 그자들은 비명조가 우리를 사냥한다는 걸 믿지 않아. 어떤 동물이나 인간을 잡아먹기도 하는 것과 다름없는데도. 그자들은 믿지 않아! 나보다 그 새를 잘 아는 사람은 없어. 나는 십 대 시절부터 그 새를 진지하게 연구했는데. 찰리 삼촌 일 이후로는……. 그자들은 내 지식을 앗아 가고, 진실을 받아들일 수 없으니까 해고해 버렸어! 이번에는 내 동생이 당했다니 견딜 수가 없다. 자말과는 이런저런 이야기를 했어. 굶주림을 이기려고 기를 쓴다고 하더라. 자기가 정신을 차리면 널 만나러 온다고 전해 달라고 했어. 또 한 이야기가 있지만, 네가 내 말을 못 믿으면 전할 수 없어. 부활한 동생이 나를 보던 표정이 아마 예수를 보던 나사로와 비슷하겠지. 그 애가 내게 말을 했다니까. 그냥 내가 아는 게 아니라, 그게 진실이라고.

누나는 나를 보더니 바닥으로 눈길을 돌렸다. 그리고 한숨을 쉬었다. 내 눈빛에서 느껴지는 불신과 동정을 견딜 수 없었던 것이다. 나는 아무 감정도 드러내지 않으려고 했지만 눈빛은 늘 나를 배신했다.

누나가 내 불신 섞인 눈빛을 보지 못하도록 일어나서 창가로 걸어갔다. 밖에서 움직이는 사람 그림자를 언뜻 본 것 같았지만 나무밖에 없었다.

비명조의 이동 성향에 대한 논문으로 포트 유가의 연구팀이 큰 상을 받았다는 거 들었지. 소라이 누나가 말했다.

온통 그 뉴스로 난리인걸. 내가 대답했다. 대단한 일이니까. 누나가 그 팀이었어?

당연하지! 내 지식 없이 해낼 수 있었겠니? 내 노력 없이? 내 창의력 없이? 하지만 수상자 명단에 내 이름은 없어. 돈 한 푼 못 받았고. 시상식에 날 부르지도 않았어. 쳇. 하지만 날 해고해서 잘됐지. 내 나름대로 연구하게 됐으니까. 연구 논문은 계속 보고 있어. 하지만 거의 다 헛소리지. 아직도 밖에 나가서 그것들을 관찰해. 덜렁거리는 엉덩이 깃털을 달고 747 비행기처럼 큰 놈들이 날아다니는걸. 언제나 싸우는 것 같은 꼴이지. 자다가도 그 새빨간 눈이 번득이는 걸 봐. 시커먼 긴 날개와 망토 같은 모습으로 앉아 쉬는 것도 보이지. 축구공 같은 대가리도. 노란 부리의 곡선이랑 긴 모가지. 나름대로 아름답지. 하지만 기관에 의지하는 건 그만뒀어. 그들의 연구비도. 지식을 쌓을 다른 방법, 다른 과학자들이 부자연스럽다고 할 방법을 찾아야 했어. '삼십'이라는 거 들어 봤니? 「크라이-크라이의 발라드」?

소라이 누나는 일어서더니 손을 뒤로 돌렸다. 뒷주머니에서 원통형으로 돌돌 만 누런 종이를 꺼냈다. 그러고는 조금 웃더니 내게 그걸 내밀었다.

아무것도 모르는 아이에게 보석을 건네듯 하면서 누나는 말했다. 이거 한번 봐!

예언과 고대의 지혜야? 나는 종이를 받으며 대답했다.

종이 뭉치를 펼치며 글씨를 봤다. 구식 타자기로 친 것 같았다. 맨 위에 누군가 비명조를 실물과 똑같이 아름다운 그림으로 그려 놓았는데, 눈만 빨갛고 나머지는 새하얗게 칠해 놓았다.

그 위에는 '제10장: 크라이-크라이 삼십의 발라드'라고 적혀 있었다. 지운 부분은 비명조를 과거에 부르던 이름인 것을 나도 알고 있었다. 크로스강을 중심으로 어디 출신이냐에 따라서 지금도 그 이름을 쓰는 이들도 많았다.

자말, 어디서 이걸 구했는지는 묻지 마. 그쯤 되니 누나는 내 이름으로 고쳐 부르지도 않았다. 다만, 열다섯 장이 있고 우리 모두 한 장씩 나눠 가진 것만 알아 둬.

모두라니 누구?

질문은 그만하렴. 엉뚱한 질문만 하니까. 우리 모두 한 장씩 가진 건 안전하게 간수하기 위해서이고, 언젠가 때가 되면 다시 모을 거야. 지금은 때가 아니지만, 내가 가진 걸 네가 보관하면 좋겠어. 알겠니? 보고 나면 너도 이해할 거야, 마하드.

나는 대충 훑어보다가 찬찬히 읽기 시작했다. 누나가 술을 다 마시고 잔을 내려놓은 것은 알았는데, 언제 일어나서 나갔는지는 알지 못했다. 누나의 방문 전체가 생생하면서도 불안한 꿈처럼 느껴졌다.

3

제10장
삼십의 발라드

시끄러운 크라이-크라이가 포트 유가의 마커스 스트로 씨 농장을 마치 후광처럼 에워싸며 맴돌던 때가 있었다. 그해는 1808년이었다. 그 새들은 해가 뜨기 시작할 무렵이면 스트로의 서른 명 남짓 되는 노예처럼 날아올랐다. 그리고 해 질 녘이면 둥지로 떠났다. 마커스의 노예들이 저녁을 먹고 쉬러 들판을 떠나는 때와 비슷했다. 새하얀 깃털을 가진 한 마리가 늘 맨 앞에서 날아 검은 옷을 입은 형제들과 극명한 대조를 이뤘다. 그 새의 눈은 붉기까지 했다. 마치 눈알이 뽑혀 피를 흘리는 것 같았다.

새들은 스트로가 노예 서른 명을 감독하라고 고용한 치피와 골을 성가시게 했다. 어느 날 치피가 저 새들이 지옥으로 가는 문을 불러내는 것 같다고 골에게 말하며 엽총으로 하늘을 가리켰다. 흰 놈을 쉽게 맞힐 수 있는데. 불현듯 마커스 스트로의 손이 나타나 치피의 총신을 붙잡더니 하늘 대신 들판을 겨누도록 낮췄다.

어리석은 놈들, 꿈도 꾸지 마. 마커스가 말했다. 내 집안에서 그런 일은 일어날 필요가 없으니. 다른 할 일도 많은데.

사실, 어리석은 자들에게는 다른 할 일이 없었다. 서른 명 노예 중 하나인 허크의 감독이면 충분했다. 허크는 자기 동족을 부리는 법을 알았고, 폭력이 필요하면 채찍 쓰는 솜씨도 훌륭했다. 서른 명에게 허크는 백인이나 다름없었다. 허크는 부지런히 일한 덕분에 새 옷을 받았고, 치피와 골이 사는 곳 근처에서 따로 살았으며, 일요일이면 장에 내다 팔 고기도 얻었다. 하지만 허크는 그 고기를 장에서 팔지 않았다. 그 대신 메릴랜드 크로스 강가에 사는 수전 씨라는 여성에게 가지고 갔다. 수전 씨는 허크에게 고깃값을 줬고, 잠자리 기술에서 글 읽기, 간단한 마술(연기로 변하는 법, 바람 따라 이동해서 다른 곳에서 생겨나는 법)까지 여러 가지를 가르쳤다.

자기야, 그들 앞에서 연기로 변해서 내게로 와. 수전 씨가 허크에게 말했다. 돌아가지 마.

허크는 고개를 젓고 말했다. 스트로와 할 일이 있어.

어느 날, 허크는 들판을 떠나서 저택을 찾아가 스트로 옆에 앉았다. 스트로는 무슨 영문인지 몰라서 눈을 휘둥그레 뜨고 긴장하며 자기 재산을 봤다.

모은 돈으로 해방권을 살 생각이었습니다. 아시겠지만 그러려면 영영 모아도 안 될 겁니다. 더 좋은 생각이 났습니다. 그렇게 말한 허크는 연기로 변했다가 다시 나타났다. 몇 가지 영험한 기술을 가르쳐 드릴 수 있습니다, 스트로 주인님. 지금보다 훨씬 더 큰 재산을 모을 수 있는 방법이죠. 연기로 변하는 것은 겨우 시작입니다.

그래서 허크는 수전 씨에게서 배운 것을 이것저것 마커스 스트로에게 알려 주게 됐다. 수전 씨는 모르는 일이었다. 그리고 허크 몰래 수전 씨는 크로스 강가에서 다른 마법을 시작했다. 법률 서적에서만 찾을 수 있는 종류의 마법, 즉 법적 허점을 찾아낸 것이다. 스트로의 농장 노예 서른 명이 살며 일하던 곳이 사실 크로스강 건너이며, 포트 유가에 속하지 않는다는 사실이었다. 따라서 그 서른 명은 자유민이지 노예가 아니었다. 수전 씨는 위대한 모세처럼 동족을 버지니아의 농장에서 이끌고 크로스강을 건너는 자기 모습을 상상했다. 그리고 법정에서 수전 씨의 요청을 받아들여 마커스 스트로의 재산이 자유민임을 선언하는 날이 왔다. 스트로는 그 서른 명, 자신의 전 재산을 지켜봤다. 그들이 떠나 버리면 그는 거지 신세였다. 5월 3일, 판사는 그들의 해방 날짜를 6월 5일로 정했다. 스트로와 허크는 어떻게 해야 할지를 놓고 밤낮으로 다퉜다. 그들이 떠나는 것을 막아야 할까? 내버려둬야 할까? 스트로가 한 모든 훈련이 허사가 될 것 같았다. 허크는 수전 씨와의 관계를 끊고, 무슨 일이 있어도 자신은 스트로와 함께하겠다고 약속했다. 제국을 얻게 될 것이라고, 허크는 스트로에게 말했다.

그렇지. 스트로가 대답했다. 그리고 6월 4일, 그와 골, 치피는 밤이 오기를 기다려서 저녁을 먹는 서른 명을 총으로 쐈다.

허크가 가장 먼저 관자놀이에 총알을 맞고 두개골이 뚫렸다. 피를 흘리며 와일드랜드로 달아나는 이도 있었다. 그날 밤, 누구도 숲을 빠져나오지 못했다. 6월 5일이었다면 살인을 한 스트로는 교수형을 당할 수 있었다. 6월 4일에 그 일은 재산 손실의 문제였고, 메라티 보험사에서 죽은 노예 전원에 대해 보험금을 지급했다.

스트로의 계획은 거기서 끝나지 않았다. 그렇다. 허크가 가르쳐 준 마법 덕분에 스트로의 재산은 죽음에서 되살아날 수 있었다. 마음을 잃은 기계로 재탄생한 것이다. 그들은 하루 종일 쉴 필요 없이 일했고, 덥거나 춥거나 비가 오거나 바람이 불거나 신경 쓸 일도 없었다. 부활한 자들은 옷가지도, 집도 필요 없었다. 담배밭과 일터가 그들의 집이 될 것이었다. 스트로 역시 반란이나 도망 노예를 염려할 일은 없으리라 믿었다. 허크가 준 지식이 그 노동력에 항상 따라다니는 문제를 전부 해결한 셈이었다.

그래서 어느 긴 밤, 스트로와 골, 치피는 얕은 무덤에서 시체 서른 구를 꺼내어 담배밭 앞에 일렬로 눕혔다. 스트로는 노예들마저 오랫동안 잊고 산 영혼을 불러냈다. 이 땅에서는 잘 알지 못하고, 스트로는 전혀 알지 못하는 영혼이었다. 스트로는 잘 알지도 못하는 마법으로 흙먼지를 일으켰다. 그 흙먼지를 망자들의 시신에 뿌렸다. 번개가 숲을 내리쳐 나무를 치고 그의 들판에 정통으로 지옥불을 일으켰다. 불길은 와일드랜드로 퍼졌다. 그날 밤 일어난 망자들은 언어와 생각, 감정, 정서 대신 굶주림을 가지고 돌아왔다.

마커스 스트로와 그의 가족, 치피와 골이 가장 먼저 그 망자들에게 잡아먹혔다. 그다음에는 그들의 유해가 마음을 잃고 굶주린 채로 일어났다.

크로스 강가에 사는 사람들은 처음에는 재미있다고, 노예 주인이 당해도 싸다고 여겼지만, 망자들이 와일드랜드에서 시내로 들어오기 시작했다. 부활한 자들은 모종의 평등을 믿었다. 그들은 노예와 자유 흑인, 노예주와 계약 하인을 구별하지 않았다. 모두가 먹거리였다.

크라이-크라이는 여전히 원을 그렸다. 하늘의 문이었다. 수전 씨는 버려진 스트로의 농장을 찾아갔다. 수전 씨는 부활한 자들도 그들의 굶주림도 두려워하지 않고, 자신을 팔아 노예로 만들 노예 사냥꾼들도 두려워하지 않았다. 그저 무릎을 꿇고 숨을 한번 들이쉬더니 깊은 푸른빛의 명상에 들어갔다. 수전 씨가 크라이-크라이를 조종한다는 사람도 있고, 그들과 계약을 맺었다는 사람도 있지만, 그 새들은 서른(이제는 서른 이상)을 모아 절벽 꼭대기 동굴에 가뒀다. 거기서 새들은 부활한 이들을 감시하고, 그들이 돌아다니면 도로 데려와 가끔 먹을 것을 줬다.

4

나는 그 문서를 조심스레 들고서 읽고 또 읽었다. 오래된 문서였고, 접힌 곳이나 해진 데도 많았다. 언제라도 부서질 것 같았다. 하지만 이 내용을 누가 믿을 것인가? 전에도 노예 서른 명의 이야기를 들은 적이 있었지만 죽은 자들이 되살아났다는 반전은 처음이었다. 그다음 주에 누나가 전화했을 때 나는 인사도 듣지 않고 물었다.

대체 무슨 헛소리를 읽으라고 한 거야, 누나?

마하드, 그건 옛날 유령 이야기가 아니야. 사라진 연결고리지. 내가 이해하지 못했던 것이야. 난 비명조가 찰리 삼촌을 잡아가도록 엄마 아빠가 그냥 둔 것을 용서할 수 없었어. 싸우지 않은 것을. 그것들을 하늘에서 쏘아 떨어뜨리지 않은 것을. 알고 보니 우리 때문이었어. 우리를 모두 지키려고 희생한 거였어. 엄마 아빠는 우리에게 알리지 않았어. 나는 비명조가 우리를 사냥하는 줄 알았는데, 아니야. 그냥 자기 일을 하는 것뿐이었어, 마하드.

전화기에서 내 숨소리만 들렸다. 뭐라고 해야 할까? 언어가 낯설게 느껴졌다.

마하드, 우리 동생이 어쩌다 망자들과 얽혔는지 나도 몰라. 나도 모르겠어. 알 수 없는 일이 많아. 아는 거라곤……. 누나는 잠시 말을 멈췄다. 내가 아는 건…… 엄마와 아빠에게 일어난 일 때문에 그동안 널 원망한 거야. 내가 그랬지. '솜씨 좋은 수리공이 데크도 짓고, 매주 집에 들러서 잔디도 깎고 다 하면서, 망할 이산화탄소 탐지기 배터리를 확인 안 한다고?' 하지만 자말을 보고, 그 애랑 이야기하고, 이걸 읽고, 모든 걸 조합해 보니…… 음, 자…… 마하드, 널 용서하기로 했어. 이제 널 원망하지 않아.

소라이 누나, 우선 누나를 사랑해. 나는 어디서부터 시작해야 할지 몰라서 잠시 말을 멈췄다. 누나, 쌍둥이가 아닌 사람들은 잘 모르겠지만, 그리고 쌍둥이 중에도 모르는 사람이 있겠지만, 자말과 나 사이엔 뭔가 있었어. 울림 같은 거. 어떤 기운. 자말이 일본에 가 있고 나는 여기 있다 해도 느낄 수 있는 거지. 어떤 느낌, 냄새, 촉감 같은 거야. 팔을 어떻게 해도 팔이 있다는 걸 알듯이. 그 미치광이가 자말을 쐈을 때 무슨 일이 생겼는지는 몰랐지만, 세상에 있던 내 동생이 방금 삭제됐다는 건 느낄 수 있었어. 지금은 그 애가 느껴지지 않아. 그 울림이 사라졌어. 내 팔다리 둘을 누가 끊어 버린 것처럼 허전해. 그래서 내 동생이 여기 없단 걸 알 수 있어. 그 애가 느껴지지 않아. 누나 집 밖에서 심오한 일이 일어난 건 인정해. 누나가 환상 같은 걸 본 것도. 하지만 누나, 자말은 죽었어. 누나를 사랑하지만, 자말은 없어.

그래, 아가. 엄마가 옛날에 그랬던 것처럼 널 '아가'라고 부를게. 나는 그게 늘 부러웠거든. 엄마는 너만 '아가'라고 불렀으니까. 누나의 음성에서 미소가 느껴졌다. 또 있어, 아가. 보여 줄 게 있다. 내가 한 작업이야. 내일 정오에 와일드랜드에서 만나자. 프록스 크로싱에서. 거기서 만나. 회사에는 병가를 낼 거야. 만나지도 않고 몇 년씩 지낼 순 없어. 지금부터 다시 시작하자.

누나가 나를 보지 못해도 나는 고개를 끄덕였다. 와일드랜드에서 누나를 만날 생각은 없었다. 나는 전화를 끊고 난 뒤 누나의 미소를 머금은 목소리를 다시 떠올렸고 그 소리에 행복해졌다.

5

누나가 내게 마법을 건 느낌이었다. 밤새 누나가, 누나의 말이 내 마음속에서 웅웅거렸다. 잠들지 못하고 뒤척이며 소금 강물로 침구를 적셨다. 눈을 감으면 누나가 오라고 한 그곳의 환영이 덮쳐 왔다. 소라이 누나가 프록스 크로싱을 고른 이유는 모르겠다. 그곳은 해가 지면 십 대 동성애자 남자애들이 연인을 데려다가 키스하고 몸을 비벼 대는 곳이었다. 적어도 소문은 그랬다. 요즘 애들은 무엇을 하는지 모르지만 나도 거기에 가서 남자아이들 목덜미에 키스하고 속옷에 손을 넣으며 자랐다. 열네 살쯤 됐을 때 내가 만나던 애랑 프록스 크로싱에 가는데 자말이 따라왔다. 자말은 여자아이랑 왔는데, 그 애는 벌레가 많다고 계속 불평했다. 자말과 여자아이는 20분쯤 있더니 자기들과 맞지 않는다고 돌아갔다. 나는 자말도 나처럼 프록스 크로싱을 좋아하기를 바랐지만 그럴 수 없는 것도 이해했다. 어쨌든 내가 거기에 가는 것은 동생이 아니라 손을 잡고 있던 남자친구 때문이었다. 그래서 자말은 가능한 한 잊고, 결국 내가 잡고 있던 거친 손을 즐겼다.

그때의 기억을 방해하는 소리에 벌떡 일어나 앉았다. 아래층 창문을 작게 두드리는 소리가 들린 것 같았다. 누나가 죽은 자말이 찾아올 때 낸다는 소리였다. 밖을 내다보니 아무도 없었다. 머릿속에서 울림이 일어났다. 그날 밤, 그 소리가 커지다가 잦아들기를 반복했다. 소리가 사라지면 조용함이 반가웠지만, 다시 소리가 높아지면 매번 더 커지고 강렬해졌다. 밤이 깊어 내가 보통 잠드는 때가 되자 머릿속 울림은 섬망으로, 뇌가 떨리는 것이 느껴질 만큼 강한 두통으로 변했다. 젠장. 나는 소리 질렀다. 젠장. 젠장. 알았다고. 젠장. 이놈의 울림만 멈추면 프록스 크로싱으로 갈게.

울림이 멈췄고, 그날 밤 처음으로 잠들 수 있었다. 눈을 뜨자 괴롭던 밤은 가물거리는 꿈처럼 느껴졌다. 12시 15분쯤 프록스 크로싱에 도착했다. 내 기억과 똑같이 고요하고 예쁜 곳이었다. 멀리 절벽의 하얀 단면이 안개에 휩싸여 있었지만 여전히 보였고, 늪에는 나뭇잎이 떠다녔다. 마지막으로 그곳에 간 건 성인일 때였고 아이티인 친구와 함께였다. 그도 성인이었지만 나보다 열 살 아래였고, 만난 지 한 달쯤 되었을 때였다. 복잡한 것 없던 시절이었다. 부모님과 동생이 살아 있던 때였다. 해가 지는 동안 그의 목덜미에 키스하고 운동복 바지에 손을 넣었다. 전통이랄까. 내 손 안에서 그는 굵어졌지만, 운동으로 단련된 근육처럼 팔다리를 뻣뻣이 두고 있었다. 그는 내 다리를 툭툭 치더니 내게 말했다. 여기 애들 오는 데지, 응? 그날 이후로는 그를 다시 보지 못했다.

누나가 갈색 늪지에 서 있었다. 허리까지 오는 검은 장화를 신고 있던 누나는 나를 보더니 미소를 지으며 손을 번쩍 들었다. 누나는 내게서 돌아서더니 장갑을 낀 양손을 입가에 대고 확성기를 만들었다. 보고 있지 않았다면 나는 누나가 지른 요란한 소리를 비명조와 구별하지 못했을 것이다.

소라이 누나가 비명조와 똑같은 소리를 낸 것이 인상적이기는 했지만 놀랍지는 않았다. 우리 둘 다 어릴 적, 누나가 비명조에 관심을 갖기 시작했을 때 마당에서 소리를 연습하곤 했다. 그 시절에 누나가 내는 소리는 측은했다. 누나는 말하곤 했다. 조류학자나 사냥꾼이 가장 먼저 할 일은 대상의 소리를 흉내 내는 거야. 나는 둘 다거든.

누나가 세 번째 울음소리를 내기 전, 그림자 하나가 우리를 지나갔다. 비명조는 우선 해를 가리는 법을 알았다. 전부 극적으로 등장한 주인공 셋이 곧 발톱을 날카롭게 세우고 우리 머리 위로 요란하게 날아다녔다.

가장 작은 놈이 누나가 내는 소리에 응답했다. 그 소리에 나는 발을 들썩였다. 덩치가 믿을 수 없이 큰데도 개중 제일 작은 그 녀석에게서 어떻게 그런 소리가 나는지 이해할 수 없었다. 다른 둘도 함께 응답하듯 소리를 질러 댔다. 응답하는 누나의 성난 목소리는 세 마리가 내는 소리를 합친 것보다 더 우렁찬 것 같았다. 넷이 질러 대는 비명이 폭풍우처럼 숲을 뒤흔들었다. 그 소리를 막으려고 양손으로 귀를 막았고, 귓바퀴가 축축해지는 것을 느꼈다.

곧 아무것도 들리지 않는 것을 깨달았다. 누나의 고통스러운 울부짖음도, 비명조의 함성도 들리지 않았다. 네 번째 비명조가(격한 싸움에 너덜너덜해진 깃털에 은색 점이 난 새카만 놈이었다.) 갑자기 날아들어 길고 날카로운 단검 같은 발톱으로 소라이 누나를 낚아채고는 미친 듯이 비명을 질렀는지, 조용히 날아갔는지 알 수 없었다. 그 새에게 붙잡혔을 때 누나가 비명조처럼 울부짖었는지, 사람처럼 울부짖었는지도 알 수 없었다. 왜소한 놈이 네 번째 비명조에게 붙잡힌 누나를 낚아채려고 하면서 누나가 찢길 때 어떤 소리가 났는지, 다행히 나는 영영 알지 못할 것이다. 거기서 내 사랑하는 누나가 두 동강이(떨어지는 내장까지 합치면 셋이었다.) 난 채 파란 하늘과 태양을 향해 두 방향으로 날아가고 있었다.

무릎에 덤불과 풀, 차가운 흙이 느껴졌다. 비명조가 울부짖는 소리를 들을 수는 없었지만, 내 목구멍과 가슴에서 울리는 것이 느껴졌다. 그 순간까지는 동생에게 느꼈던 것과 같은 울림을 누나에게도 느낀다는 것을 몰랐다. 다른 울림이지만 그래도 느껴졌다. 그것이 더 이상 느껴지지 않았다. 누나는 떠났다.

6

청력이 돌아왔고 누나도 돌아올 것이라는 기대가 사라지지 않았지만, 그런 일은 일어나지 않았다. 누나나 동생을 느끼기 위해 모든 것의 소리를 줄이면 완전무결한 분노밖에 느껴지지 않았다. 나는 누나의 장례식 몇 주 뒤에 프로메나드강을 따라 걸으며 연인들이 손을 잡고, 아이들이 부모 품 안으로 달려가는 모습을 봤다. 어째서 모두가 기쁨과 정을 느끼는데 내게는 허무뿐일까? 이따금 부모들이 화가 나서 소리를 지르거나, 재잘거리는 자녀를 무시하는 행동을 할 때가 있다. 그들은 어떤 귀한 선물을 거부하는 것인지 알까?

그다음에 내가 한 행동은 광기 때문이었다는 생각이 종종 든다. 그렇다. 물론 광기도 있었다. 하지만 그렇다면 내가 냉정한 이성을 유지한 것은 어떻게 설명할 것인가?

자살 충동이 되돌아왔다. 내 동생이 죽은 방식, 내 쌍둥이 동생의 모습에 관한 몽상이 돌아왔다. 그 애 얼굴처럼 부은 내 얼굴. 그 애 머리처럼 쑥 들어간 내 머리.

총기 난사로 죽는 백일몽이 떠오를 때마다, 나는 그것을 쫓아내지 않고 총을 좋아하는 자들이 모이는 온라인 사이트에 방문했다. 반자동 소총 게시판에서 'Ronald_RayGun2AR15'라는 이름으로 나는 다음과 같이 적었다. 프로메나드강에서 총 쏠 사람 구함. 그리고 무기 소유 권리 군인 토론 게시판으로 옮겨 가서 '프로메나드강에서 총 쏠 사람 구함'이라고 또 글을 올렸다. 그런 식으로 온갖 총기 관련 사이트를 찾아서 똑같은 내용을 게시했다. 괴물의 이름을 중얼거리며 그것이 나타나기를 기다리는 사람처럼. 대부분의 사이트에서 내 메시지는 무시당하거나 관리자에게 재빨리 삭제당했지만, 한 게시판에서 가르송이라는 사람이 대답했다. 뭔데? 나는 악마 이모티콘으로 답했다.

그는 대화할 수 있는 암호 링크라는 것을 보냈다. 나는 고민 없이 클릭했다.

이 링크는 보안이 최고라서 마음대로 말해도 돼. 그가 말했다. 뭐가 필요해?

총기 난사

아아아아 자동소총 구해 주지 어려울 거 없음……

나는 가르송에게 총이 쓸모없는 이유를 설명했다. 내 동생 옆에 묻혀 쌍둥이의 영광을 되찾아야 한다고 했다. 그는 잠시 대답하지 않았다. 7분간 어색한 침묵이 흘렀다. 로그아웃할까, 경찰이 찾아와 문을 두드리지 않을까 생각했지만 동생과 누나, 부모님이 떠오르자 내 자신이 쓸모없는 존재로 느껴졌다. 내가 감옥에 가든지 땅에 묻히든지 상관없었다. 내게는 아무것도 없었다. 나는 부유하는 존재였다. 유령처럼 부유하는데, 화면에 글이 나타났다.

그거야 연출할 수 있지만 훨씬 더 비싸. 재연 배우들이랑 쓰러질 사람을 구해야 함. 인종차별 공격처럼 보이게 하면 어떨까

재연 배우? 헐??? 진짜야?

물론 진짜

총 쏜 사람이 혼자 움직였다는 증인이 필요해

돈 좀 들 거야

그쪽 동네라면 워싱턴 쪽과도 공조해야 하지만 인종차별 공격(이쪽을 선호함)으로 가면 아리안과도 공조해야 해. 인종차별이 내 흔적을 덮는 데 유리하지만 더 비싸지. 십만쯤

나는 곧바로 로그아웃했다. 마하드, 무슨 짓이냐? 그렇게 생각하

고서 컴퓨터를 덮고 이성과 품위를 되찾았다고 믿었다. 어떤 돈도 상황을 바꾸지 못했고, 어떤 계획도 소용없었다. 어떤 반칙도. 이제 동생이 나를 어떻게 생각할지 궁금했다. 그래서 산책을 나갔는데 또다시 프로메나드강으로 향했다. 거기서 나는 다시 다가갈 수 없는 행복을 지켜봤다. 다시금 어머니와 아버지, 누나, 생전에는 어색한 사이였던 사람들, 그리고 내 첫사랑이자 가장 깊은 사랑인 동생이 떠올랐다. 어떻게 주위의 모든 행복이 불안과 분노만 가져올 수 있을까? 나는 암호화된 채팅에 접속하기를 참을 수 있었지만 고작 이틀이었다. 결국 접속하자 가르송은 내내 나를 기다리며 컴퓨터 앞에 앉아 있던 사람처럼 굴었다.

그래서 아리안과 워싱턴 들에게 연락했더니 좋다고 하지만 재연 배우와 기타 등등이 생각보다 비쌈. 이십오만은 들 거야

인종차별 공격으로 안 하면? 그건 얼마지?

미안 그건 협상 불가야. 내가 하는 거니까 내가 안 잡히려면 확실한 악당이 필요해. 아리안이랑 워싱턴은 추가 사수가 필요한데 추가 사수는 내가 마련해서 돈을 좀 아낄 수 있지만 그건 천 달러 정도 아끼는데 나랑 내 파트너는 더 위험해지니까 뭐

내가 오긴 의미 없어

내가 보긴

나는 뭐라고 입력할지 곰곰이 생각하며 키보드에 손가락을 올렸다. 흥정한 이유를 모르겠다. 아마 계약을 흥정하는 습관 때문인 것 같다. 저축과 법인 계좌를 이용하면 그 돈은 마련할 수 있었다. 그다음 대가를 지급 못 하겠지만, 내가 죽은 다음이니 사실 상관없었다.

가르송이 말했다. 있잖아, 며칠 고민하는 건 좋은데 할 거면 주말까지 돈이 필요해

나는 로그아웃한 뒤 잠들었고 꿈에서 창문 두드리는 소리를 들었다. 꿈은 별것 아니었지만 한밤중에 일어나니 불안에 속이 메슥거려 다시 잠들지 못했다.

나는 석고판을 걸고, 테이블을 고치고, 벽에 화장지 거는 장치를 붙이고, 선반을 연결하며 일상적인 일을 했다. 그러는 내내 머리 위에 커다란 구름이 떠 있는 상태였다. 지인이나 직원에게 그 상황을 결코 말할 수 없었다. 밤늦게나 아침 일찍, 혹은 한낮에 접속하면 가르송이 있었다. 다른 누구보다 그와 나누는 대화가 즐거웠다. 그는 내게 직업이 뭔지 물었다. 나는 친구 몇 명, 이제는 지인이자 성가신 존재가 된 이들과 주택 보수 회사를 사들였다고 했다. 몇 년 전, 동생이 내게 돈을 보내 줘서 산 회사인데 이제 그 돈을 갚을 수 없게 됐다.

크로스강과 포트 유가 전체에서 늘 서른 곳 정도의 계약자는 있고, 나도 현장에 나간다고 했다. 동업자들은 그러지 않는다.

멋진데. 몇 달 전에 우리 어머니 집 일도 맡은 곳 아닌가. 일 잘하던데.

우리는 오래 산 부부처럼 시시한 일상을 이야기했다. 암호 채팅을 하지 않으면 가르송이 그리웠다. 그는 자기 이야기를 별로 하지 않았지만, 나는 그가 키가 크고 검은 피부에 웃으면 보조개가 생긴다고 상상했다.

그는 돈에 관해서는 묻지 않았고, 내가 돈 이야기를 꺼내면 천천

히 하라고 했다. 나는 일산화탄소 탐지기를 소홀히 관리해서 돌아가신 부모님과 누나, 잘 알지 못하는 삼촌, 그리고 삼촌을 잡아간 비명조 이야기를 했다.

그는 대답하곤 했다. 유감이군, 많은 일을 겪었네

내가 동생 이야기를 하자, 그는 자신은 그 총기 난사 사건에 관여하지 않았지만 아는 사람이 있는지 알아보겠다고 다짐했다. 처음에 그는 불법 개조한 반자동소총을 쓰는 단독범이라는 공식 발표가 정확할지도 모르겠다고 했으나, 그다음에는 파산한 일가족의 범행일지도 모른다고 했다. 그러더니 또 앞뒤가 안 맞는 이야기를 했다.

가르송과의 대화가 좋았다. 그의 대답과 관심이 고마웠다. 남자 친구나 연인이라고 불렀던 사람들보다 그에게 더 깊은 감정을 느꼈다. 한 달이 다 되어 갔지만 이따금 그를 평생 알고 지냈다는 망상에 빠지곤 했다. 하지만 너무 눈멀기 전에 미혹에서 빠져나왔다.

사실, 가르송은 돈벌이 때문에 나를 상대했다. 사실, 가르송은 괴물이었다. 사실, 곧 그도 잃게 될 터였다.

어느 날 나는 생각했다. 마하드, 어서 해치워 버리자. 돈을 송금하고서 나는 있는 줄도 몰랐던 어깨의 짐이 사라진 것을 느꼈다.

다음 날 접속하니 가르송은 접속 중이 아니었다. 20분쯤 기다리다가 출근했다. 사무실에서 오전 내내 컴퓨터와 휴대전화를 지켜보며 가르송의 답신을 기다렸지만 아무 반응이 없었다. 오후에는 포트 유가의 욕실 페인트 작업을 하면서 몇 분마다 일손을 멈추고 휴대전화 화면을 확인했다. 가르송의 침묵으로 생겨난 머릿속 웅웅거리는 소리는 일하고 운전하는 동안 음악으로 지우려고 했다.

동생이 살해된 콘서트에 출연한 밴드인 캐미 시즈가 라디오에 나왔고, 나는 고속도로 갓길에 차를 세워야 했다. 앉아서 우는데 귀에 익은 소리와 울림, 그것이 연속적으로 휴대전화에서 들려왔다.

돈 받았어

고마워

우리가 로그아웃하면 이 채팅은 사라질 거야

내게 연락하려고 하지 마

생각 바뀌었단 소리도 치우고

이제 끝이야

이상한 짓 하지 말고

그날까지 침착하게 평소처럼 굴어

평소처럼 일하고

하던 일 계속해

오늘부터 일주일 뒤 프로메나드강에서 한다

청색 모자 쓰고 회색 티 입은 남자를 찾아

그게 나야

늦지 마

우린 안 늦을 거야

네가 있든 없든 시작한다

널 찾아야 하면 빠르거나 쉽거나 안 아플 거라는 보장 없어

첫 부상을 원하는 자리에 표시해

너랑 네 동생은 다시 쌍둥이가 될 거다

평화를

7

가난을 겪을 일은 없겠지만 이제 거지가 됐다는 생각이 들었다. 별일 없는 한 주였지만 희열 비슷한 것을 느끼기도 했다. 이제 인생의 최악이 지나갔다. 출근하고 퇴근하고 테라스에서 담배를 피웠다. 직원이나 동업자와 함께 일하기도 했고, 그들에게 일으킨 재정 위기 때문에 부끄러움 혹은 죄책감을 느끼기도 했다. 믿을 수 없어 하는 그들의 반응은 보지 못하겠지만.

동생과 함께하기 몇 시간 전 자정 무렵에 저녁으로 먹은 스테이크가 위장에서 돌덩이처럼 느껴졌고 잠들 수가 없어 뒤척였다. 집 안 사방에서 덜컥이고 투둑이는 소리를 들었다. 이전에는 별생각 없이 듣던 소리였다. 뒤척이다가 아래층에서 똑똑 소리가 들렸다. 처음에는 집에서 나는 소리라고 생각하고 무시했지만 끈질기게 멈추지 않았다. 똑똑 소리는 지하실, 아니, 거실에서 들려왔다. 창밖을 내다보니 아무것도 없었다. 야생 동물이나 나뭇가지, 바람 소리라기에는 의도가 느껴졌다. 장난인가. 혹은 도둑인가. 내겐 아버지의 엽총이 있었다. 탄창을 장전하고 조용히 아래층으로 내려갔다. 문을 여니 그림자 하나가 집에서 달아나는 것이 보였다. 그 인물은 내가 낸 소리에 뒤를 돌아봤다. 내 집 테라스의 불빛이 몇 발자국 비틀거리며 다가와 어두운 곳에서 벗어난 그의 얼굴을 비췄다. 흥분과 두려움에 가슴이 두근거렸다. 다섯 살짜리가 그린 내 모습 같았다. 눈 코 입이 부었고 얼굴은 망자의 석고처럼 굳어 있었다. 무시무시한 봉제 인형 같은 꼴을 한 내 모습이었다. 총알이 들어간 머리는 사고 후 자동차 범퍼처럼 금이 가 있었다. 주먹만 한 구멍이 가슴을 장식했다. 총을 겨눠야 할지, 포옹하자고 두 팔을 벌려야 할지 알 수 없었다.

형. 죽은 자말이 작게 속삭였다. 형.

나는 엽총을 떨어뜨리고 쌍둥이 동생 곁으로 달려갔다. 그 애의 어깨를 감싸 안아 소파로 데리고 들어왔다.

추워. 춥다고.

나는 자말의 어깨에 담요를 덮어 줬다. 자말은 그것을 떨어내며 고개를 저었다.

자말. 내가 말했다. 나……난…… 그런데 어떻게?

어떻게. 잘못된 질문이었다. 고통. 고통을 느껴. 형의 고통을. 머릿속에 벌이 천 마리 들어간 것 같아. 정신을…… 정신을 차리려고 해. 그럴 수가 없어. 배고파. 나 배고파. 짐승 같은 내 꼴을 보이기 싫었어…… 내 정신을…… 꽉 잡고 싶었어. 안전하지 않아. 배고프다는 신호. 형의 고통을 느낀 것 같아. 정신을 잃기…… 전에 형을 만나야 했어.

나는 너무 자라기 전인 어릴 적, 마음이 너무 굳기 전에 했던 것처럼 동생의 손을 꼭 잡았다. 영하 날씨에 강물에 손을 넣은 것처럼 차가웠다. 동생의 얼굴과 두 눈을 들여다보니 맨 먼저 보이는 것은 분명한 죽음이었지만, 눈을 가늘게 뜨고 자세히 보니 결국 작은 동정심의 불꽃이, 너무나 강한 나머지 생명을 잃고도 살아남은, 나를 향한 애정이 보였다. 돌연 부끄러워졌다. 동생은 내가 무사한지 보러 돌아왔는데, 나는 고통을 폭력으로 만들어 최대한 많은 사람의 죽음으로 바꾸려 하다니. 내가 파괴하려고 들었던 그 사람들. 내게 아무 짓도 하지 않은 아름다운 생명들을.

나는 일어나 동생 앞에서 초조하게 서성거리기 시작했다. 마음 속에서 수치심, 불안, 내가 가족의 죽음을 받아들이지 못해서 죽어 가는 사람들의 모습을 지우고 싶었다. 하지만 내 마음은 비워지지 않으려고 했다. 마음속에 떠올린 살해당한 이들의 얼굴이 기억처럼 뇌리에서 떨어지지 않았다. 그들이 나를 지옥으로 끌고 갔다.

앉아, 형. 그 말에 나는 다시 동생의 차가운 손을 잡으며 앉았다. 나는 계속 못 있어. 배고픔이 이겨. 항상 이겨. 그 녀석 괜찮아. 괜찮아. 그 녀석 가면 총 쏴.

자말은 금 간 자기 머리를 가리켰다. 나는 이 애가 또 폭력을 겪게 하는 건 꿈도 꿀 수 없었다.

쌍둥이 동생의 썩어 가는 얼굴에 키스하고 나는 이렇게 말했다. 자말, 기억하는 건 전부 말해 봐.

자말은 비민 플라자에서 열리는 리버 앤드 더 비트 페스티벌 입장권을 갖고 있었지만 그날 늦었다. 자말은 늘 늦었다. 그 애의 고질적인 지각병만큼은 내가 닮지 않은 것이 다행이라고 생각한다. 자말의 여자 친구 샨티는 그것 때문에 지겨워했다. 우리 모두 자말의 지각이 지겨웠고, 샨티는 자말이 약속한 시각에 집 앞에 오지 않으면 혼자 가겠다고 다짐했다. 약속 시각은 정확히 정오였다. 자말은 샨티와 함께 살던 아파트에서 잠시 나와 일주일 정도 나랑 지내고 있었다. 자말과 샨티는 잠시 떨어져 지내는 것이 좋겠다고 했지만, 그날 콘서트 후에 다시 합칠 것이라고 내게 다짐했다.

꼭 기다려. 자말이 샨티에게 메시지를 보냈다. 지금 준비하고 바로 갈게.

샨티가 답했다. 네가 늦으면 난 갈 거야. 나만 가겠다는 말은 아니야. 물론 그럴 거지만, 그럼 넌 죽은 사람이나 마찬가지야. 12시에 만나, 알았지?

샨티는 불같은 성격이었다. 자말에게 꼭 맞는 상대였다. 샨티는 자말과 헤어질 사람이 아니었다. 나는 항상 샨티가 자말을 언젠가는 사람답게 만들 거라고 상상했다. 자말은 나아지고 있었다. 샨티도 나처럼 자말을 사랑했다. 함께 있을 때면 샨티는 늘 자말의 목이나 허리에 팔을 감고 꼭 붙어 있었다. 샨티와는 대화도 잘 하지 않는다. 샨티나 나나 동생의 부재를 견딜 수 없을 정도로 사랑하니까.

예리하고 부적절한 유머 감각을 지닌 샨티에게 신의 축복이 있기를. 12시가 되어 가자 샨티가 메시지를 보냈다. 난 뒤에 있기 싫어. 무대에 딱 붙어서 캐미 시의 불알에서 떨어지는 땀으로 샤워할 거라고.

샨티 그거 정말 더럽게 구역질 나는 소리야. 그건 알아 주라. 누굴 사귀는데 다른 남자 고환 이야기를 문자로 보내면 되겠어? 솔직히 그런 문자는 예상 못 했고 어떻게 느껴야 하는지도 모르겠어.

샨티의 경고에도 불구하고 자말은 여전히 느릿느릿 하루일과를 하나씩 처리하고 있었다. 자말이 샤워를 마치자 이미 정오가 지났고 그 애의 휴대전화에는 문자 메시지가 이어졌다.

이 쓸모없는 똥 덩어리 💩

너 때문에 늦을 줄 알았어

넌 캐미 시의 불알에서 🥜 🥜 떨어지는 땀만도 못해

나 혼자 간다

☝

우린 끝이야

리버 앤드 비트에서 봐. 자말이 답장했다.

넌 이제 죽었어!!!! 💀 💀 ☠ 🙍 🙍‍♀️ 🙍‍♂️ 죽었어! 죽었어! 죽었다고!

그리고 1분 뒤, 샨티는 이렇게 보냈다.

농담 아니야! 죽었어!

다음 메시지는 캐미 시의 불알을 입에 넣은 내 사진일 거야.

🥜 🥜 😛

나도 사랑해. 자말은 이렇게 적다가 답장은 포기하고 문으로 달려갔다. 어떤 메시지로 사과해도 그보다 어서 가는 편이 낫다고 생각한 것이다.

내가 기다렸으면 함께 죽을 수 있었는데. 장례식이 끝나고 서로 얼싸안았을 때 샨티가 흐느끼며 내게 말했다. 동생이 시간을 지켰다면 둘 다 살아남을 수 있었을 것이라고 나는 생각했다.

물론 동생의 기억에는 두 개의 큰 공백이 있었다. 자말은 총알이 몸에 박힌 것이나 쓰러진 것이나 짓밟혀 시신에 멍이 남은 것을 기억하지 못했다. 거기서 얼마나 쓰러져 있었는지, 영혼이 지옥으로 내려갔는지, 예수의 오른편으로 올라갔는지도 알지 못했다. 다만, 어느 시점에 차가운 땅바닥과 타는 듯한 두통, 가슴의 통증을 인지

한 것뿐이었다. 가슴을 만져 보니 피가 폭포처럼 쏟아져 나왔다. 자말은 그 모든 것을 담담히 받아들였다. 재가동된 삶, 가슴의 구멍, 머리에 간 금을. 무언가 일어나서 와일드랜드로 가라고 지시하기에 자말은 그렇게 했다. 거리를 걷는데 뒤에서 외치는 소리가 들렸다. 대……체…… 어떻게 된 거야, 잭? 악마다! 나사로다! 몸에 구멍이 났어! 경찰에 신고해! 구급차 불러! 동생은 그때까지 언어는 몰랐지만 자기 이름이 잭이나 나사로가 아닌 것은 알았다. 그것을 어떻게 알았는지, 혹은 그 소리가 자기 이름이라는 것을 어떻게 알았는지 확실하지 않지만 그저 알 수 있었고 계속 걸었다.

동생은 머리를 부여잡고 무릎 사이에 끼우고는 신음했다. 또 울린다고 했다. 해가 떠. 이야기가 더. 안전하지 않아. 자말은 일어나더니 문으로 걸어갔다. 나는 문을 막고 서려고 했지만 자말이 식식거리며 물어뜯으려는 듯 이를 드러냈다. 돌아가. 돌아가. 자말이 문을 나서며 중얼거렸다.

동생의 방문과 동생이 한 말, 삶, 누나와 내가 묻은 관에는 누가 들어 있는지에 대해 생각할 시간이 없었다. 곧 죽음과의 약속이 기다리고 있었고, 수치심 말고는 아무것도 느낄 수 없었다. 가르송에게 돈은 가지고 모든 것을 취소하라는 메시지를 보내려고 했지만, 채팅창에 '에러. 채팅 비활성화됨.'이라고 나왔다. 달아나서 크로스강을 떠나 새 삶을 시작할까도 생각했지만 그것은 망상에 불과했다. 가르송, 워싱턴들과 아리안들. 재연 배우들까지 나를 찾아낼 터였다. 11시쯤 프로메나드강 공원에 도착해서 청색 모자와 회색 티셔츠를 입은 사람을 찾아 사정하고 애걸하려고 했지만 그런 사람은 보이지 않았다. 멀리서 보니 강은 아름다웠다. 회색 물결. 오가는 배들. 갈매기. 걸려들 사람일지도 모르는 백인을 찾아봐도 그날 공원에 백인은 없었다. 추가로 투입되는 사수나 재연 배우는 누구나 될 수 있었다. 웃고 있는 아버지, 심지어 아이들까지. 공원을 빙빙 돌며 수상한 사람을 전부 찾았다. 눈을 번득이며 땀을 뻘뻘 흘리는 내가 어떤 꼴이었을까. 그건 나였다. 내가 바로 수상한 사람이었다. 멀리서 종이 울리며 정오를 세상에 알렸다. 나는 퍼뜩 놀라 숨을 몰아쉬었다. 세상의 종말이 닥쳤다. 나는 몸을 웅크렸다. 비명을 질렀다. 안 돼! 한 남자가 내게 다가왔다. 괜찮아요, 맥? **저리 비켜요!** 내가 울부짖었다. 내 무례한 행동이 그의 생명을 구한다고 여겼지만, 다 소용없었다. 누군가는 죽게 되어 있었다. 우선은 나였다. 그 남자가 물러섰다. 공원에 모인 사람들이 겁에 질린 표정으로 나를 지켜봤다. 그들의 공포가 곧 커질 것이고, 내가 할 수 있는 일은 없다고 생각했다. 하지만 시간이 흘러도 아무 일이 없었다. 공격 무기에서 터져 나오는 굉음도 없었다. 고통에 몸부림치며 지르는 비명도 없었다. 몇 분, 몇 시간이 지났고 내가 무너지는 모습을 본 사람들은 돌아가고 새로 들어온 사람들은 나를 무시했다. 나는 산책로를 걸었고 아무것도 납득할 수 없었다. 가르송이 말한 옷을 입은 사람은 한 명도 없었다. 나는 배가 고파질 때까지 산책로에 있다가 점심을 먹으러 식당으로 갔다. 그제야 모든 것이 분명해졌다. 가르송이 내게 사기를 친 것이었다.

나는 달아나야 했다. 당연히 그것이 가장 타당한 행동이었다. 동업자들은 돈이 어디 갔는지 궁금해했고, 직원들은 급료가 왜 안 나오는지 의아해했다. 나는 곧 체포될 것이 분명했다. 재판을 받고. 뭐라고 주장하고 선처를 구할 것인가? 터무니없는 내 변론을 어느 배심원단이 믿어 줄 것인가? 어느 국선 변호인에게 그런 주장을 시킬 수 있을까? 동생이 아직 돌아다니며 배가 고프다는데 내가 어떻게 달아날 수 있을까? 밤새 손전등을 들고 집 근처 숲을 돌아다니면서 동생을 찾으려고 했다. 나는 다시는 그 애와 같은 모습이 될 수 없었다. 앞으로는 영원히 우리가 이란성 쌍둥이밖에 못 된다는 사실을 받아들였지만, 그래도 여전히 그 애의 존재에 굶주렸다. 내 목숨을 끊을 용기는 없었다. 내 자신에 대해 그것 하나는 알게 됐다. 가르송은 내가 지닌 그 비겁한 충동을 이용했다. 하지만 우리가 다시 만난다면 자말에게 나를 물게 하고 세상이 끝날 때까지 우리가 살아 있으면서 죽은 채 함께 돌아다니게 하자고 생각했다. 그것만이 나를 감옥이라는 지옥에서 구해 줄 수 있건만, 그조차도 불가능하게 느껴졌다. 매일 밤 나는 5시 무렵이면 무거운 팔다리와 침침한 눈으로 집에 들어갔다. 너무 굶주려서 배에 구멍이라도 난 느낌이었다. 머그에 모짜렐라 치즈를 녹여 설탕이 잔뜩 든 쿨에이드와 함께 먹어 치우고 잠들곤 했다. 그러다가 그것이 동생과 어릴 적에 하던 일과임이 기억났다. 아침 일찍, 피곤해서 어쩔 줄 모르면서도 서로 먹은 그릇을 설거지하고 둘만의 비밀로 지켰다. 소라이 누나도, 부모님도 알지 못했다. 교도소에 가면 그것이 그립겠다 싶었다. 어느 날, 전자레인지에서 신호음이 들리고 나서 붉은 음료를 따랐는데 밖에서 울부짖는 소리와 작게 긁어 대는 소리가 들려왔다. 끈덕지게 들리는 소리였지만, 새 소리처럼 쩌렁거리지는 않았다. 다친 고양잇과 동물이 내듯 낮고 슬펐으나 확실히 인간의 소리였다. 시간이 걸렸지만 그 소리에서 내가, 하지만 내가 아닌 존재가 느껴졌다. 눈이 확 뜨였다…… 자말. 그것으로 만족할 때는 이미 지났음을 알았지만, 그래도 동생에게 줄 쿨에이드를 한 잔 따랐다. 밖으로 나가니 자말이 절뚝이면서 먹을 것을 씹는 것처럼 이를 딱딱거리며 내게 다가왔다. 입에서 검붉은 흐물거리는 것이 길게 늘어져 있었다. 그 애는 동물처럼 앓는 소리, 웅얼거리는 소리를 냈다. 언어는 완전히 상실한 상태였다. 그 애는 정신을 붙잡으려는 싸움에서 패배했고, 날뛰는 굶주림에 영혼도 잃었다. 나는 쿨에이드를 마시고 심호흡을 한 뒤 눈을 한참 감았다가 뜨며 동생에게 물려 그 애와 하나가 될 준비를 했다. 그때, 높게 으르렁거리는 소리에 온몸에 소름이 끼쳤다. 그 소리는 동생의 비명과 다르지 않았지만 그 애가 낸 건 분명히 아니었다. 되살아난 자들, 서른 명의 일부가 포식하러 튀어나올 줄 알고 주위를 둘러봤다. 하지만 동생의 머리 위를 맴도는 새끼 비명조 한 마리뿐이었다. 날갯짓이 어찌나 추한지. 자말은 그것을 쫓으려고 팔을 휘저었다. 그 새는 동생의 면전에서 꽥꽥거렸다. 동생은 짜증이 나서 울부짖었다. 그 소리에서 모종의 지성이 느껴져서, 나는 동생에게 아주 작은 생명력이라도 존재하는지 궁금해졌다. 나방처럼 동생 얼굴 앞에서 퍼덕이는 비명조가 그리는 궤적은 혼란 그 자체였다. 그것은 죽음의 냄새를 풍겼지만 동생의 불안정한 발걸음과 휘젓는 팔에서 생명을 보고 들었다. 그것에겐 맡은 일도 있었다. 누나가 보여 준 글의 내용을 믿는다면 내 동생을 외딴 동굴로 데려가는 것이었다. 이 크라이-크라이는 그 일을 담당하기에 부적합해 보였다. 너무 작아 동생을 붙잡을 수 없었다. 결국 그 새는 포기하고 하늘로 날아올랐고 자말은 다시 내게, 사냥감에게, 형에게 시선을 돌렸다. 나는 빈 컵을 내려놓고 쿨에이드가 가득 찬 컵을 동생에게 내밀며 썩어 가는 얼굴에 나를 알아보는 표정이 조금이나마 떠오르기를 바랐다. 둥그런 보름달이 우리를 환히 비췄다. 그 달이 파란 불꽃을 일으키며 타오르는 둥근 석탄 같을 것이라고 상상했다. 동생은 발걸음이 빨라지고, 이를 더욱 미친 듯이 딱딱거렸으며, 신음도 커졌다. 달빛 한 줄기가 자말을 비추자 나는 그 애의 정면에 넋이 빠졌다. 나는 그 자리에 뿌리박힌 듯 서 있었다. 어떤 두려움, 어떤 감정조차 사라졌다. 더 이상 죽고 싶지 않았다. 죽음의 삶 속에서 동생과 함께하고 싶은 충동을 비롯해 죽음의 충동이 모두 뇌가 일으킨 일식이었던 듯 스르르 지나가는 것이 느껴졌다. 교도소에서 사는 것조차도 동생은 누릴 수 없는 삶이었다. 나는 그 애를 위해, 나를 위해 살고 싶어졌다. 그래도 달아날 수는 없었다. 그저 밤하늘이 비추는 동생을 보고 싶을 따름이었다. 동생이, 파란빛을 발하며 부패하는 천사 같은 동생이 점점 다가오더니 불현듯 내게 달려들어 목을 꽉 쥐었다. 너무 꽉 졸라서 숨을 제대로 쉴 수 없었다. 나는 동생에게 주려던 쿨에이드를 놓쳤다. 밀어내려 했지만 동생은 놀랍게 힘이 셌다. 단 하나의 목적을 가진 사람 혹은 짐승을 막기는 어렵다. 동생이 허공에 대고 이를 딱딱 부딪치면서 허우적거리며 내 얼굴 혹은 목에 입을 댔다. 내 숨소리, 힘주는 소리, 신음이 그 애가 내는 소리와 일치했다. 썩은 살에서 나는 악취에 어지러웠다. 나는 무릎을 꿇으며 동생의 이빨에서 멀어지기를 바랐다. 내 목을 붙잡은 자말의 손아귀 힘은 줄어들지 않았고, 나는 의식이 흐릿해지는 것을 느꼈다. 동생의 눈에서 생명이, 나에 대한 애정이, 인간적인 동정심이 조금이라도 남아 있어서 그 애에게 호소할 수 있기를 바라며 고개를 들었다. 하지만 그 각도에서는 동생의 얼굴이 보이지 않았다. 정중앙에 난 구멍만 보일 뿐이었다. 기절 직전, 나는 달빛이 비추면 치명상마저 아름다워 보일 수 있음에 감탄했다.

니콜 D. 스코니어스

A Bird Sings by the Etching Tree

에칭 나무 옆에서 새가 노래하다

A Bird Sings by the Etching Tree

니콜 D. 스코니어스
Nicole D. Sconiers

컬트 걸작 「우주 생명체 블롭」을 촬영한 소도시, 펜실베이니아 피닉스빌에서 태어났다. 어린 시절 《매드》와 《판고리아》를 읽고 소름 끼치는 단편을 쓰면서 보냈다. 어두운 이야기와 사회 정의 문제에 관한 관심 덕분에 로스앤젤레스 앤티옥 대학교에서 문예 창작으로 석사학위를 받았다. 공포, 사변소설, 유머를 섞어 복잡한 흑인 여성을 중심으로 한 단편을 쓰고 있다. 미국 전역의 대학에서 교재로 쓰고 있는 사변소설 단편집 『베키빌로부터의 탈출: 인종, 머리칼, 분노의 이야기』의 저자이기도 하다. 그간의 작품은 잡지 《나이트메어》, 《라이트스피드》, 《사변의 도시》와 「나이트라이트: 공포소설 팟캐스트」, 스펠먼 대학교 문예지 《클로이 이모: 솔직함의 저널》 등에서 소개되었다. 앤솔러지 『미래에서 온 흑인: 흑인 사변 저술집』, 『12월의 이야기』, 브램 스토커상 최종 후보에 오른 『사이코랙스의 딸들』에도 단편을 실었다. 스코니어스는 펜실베이니아에 거주 중이며 독학으로 공부한 유화 화가이기도 하다. 현재 소도시를 주제로 한 공포 단편선을 작업하고 있다.

내 아버지는 제철소 트럭 기사였고 도로의 법칙을 알려 주셨다. "아가, 네가 아는 길에 있어야 한다. 낯선 사람 때문에 멈추지 말고. 휘발유는 항상 가득 채워야 한다."

나는 대체로 아버지에게 배운 규칙을 따랐고 스물두 살까지는 사고도 겪지 않았다.

고속도로에서 흰 픽업트럭에 탄 남자에게 양보하지 않았더니 그 남자가 차를 막고 내리라고 한 날까지는.

2009

"어디 먼저 갈 거야?" 앰버가 묻는다.

"집에. 거기까지 갈 수 있으면."

"그렇게 멀리 간 적은 없는데.

우리는 고속도로 근처 숲에 숨어 있다. 자정이 넘은 것 같다. 짙고 자비로운 어둠이, 금발 소녀의 얼굴에 흐르는 피를 가려 준다.

76번 고속도로로 연결되는 칸쇼호큰의 구불구불한 내리막, 데드맨스 커브를 돌며 타이어가 끼익 소리를 낸다. 록 음악이 쩌렁쩌렁 울린다. 앰버는 소리 나는 곳을 향해 달려간다. 나는 앰버처럼 빨리 움직이지 못한다. 앰버는 벌써 둑을 올라간다. 나는 갓길 근처 자작나무 뒤에서 서성인다.

음악이 더 커진다. 브루스 스프링스틴의 곡이다. 고향을 주제로 한 울적한 노래다. 운전대를 두드리며 운전하던 사람이 전조등에 70킬로미터 표지판 옆에 선 여자아이가 엄지를 들고 있는 모습을 발견하는 순간이 떠오른다.

자동차가 갓길 쪽으로 방향을 꺾는다. 이번에는 파란색 다지 다코타다. 운전자는 술에 취해 있다. 남자 눈에 보이는 것은 긴 다리와 검은 원피스뿐이다. 남자는 앰버를 차에 태우고 비틀거리며 운전석으로 돌아간다. 실내등이 깜빡인 뒤 캄캄해지기 전, 앰버는 얼굴에서 머리칼을 걷어 내며 내게 시선을 던진다. 빛을 반사할 정도로 흰 피부가 길게 드러나자 제리코*의 회화 속의 파괴된 아름다움

---

* 프랑스의 낭만주의 화가 테오도르 제리코.

이 느껴진다. 앰버가 윙크한다. 그리고 문이 탁 닫힌다. 차가 떠나고, 나는 껍질에 금이 새겨진 자작나무 뒤에 남는다.

그다음 거리 표지판에 닿기 전, 남자가 비명을 지른다.

다지 다코타의 찌그러진 보닛에서 연기가 피어오른다. 겁에 질린 운전자가 가드레일을 뚫고 나가 나무를 들이받았다. 부서진 전조등 하나가 안젤리카와 클로버를 비춘다.

나는 조수석 창문 안을 들여다본다. 남자는 운전대에 엎어져 있다. 영영 잊지 못할 공포에 두 눈이 얼어붙어 있다. 버려진 소도시를 연결하는 굵은 고속도로처럼, 거미줄 같은 금이 그의 살갗을 가르고 있다.

"죽었어." 앰버가 동전을 한 줌 짤그랑거리며 다가온다.

"알아."

"다시 확인하고 있었잖아, 델."

앰버의 말이 옳다. 죽이는 상대에게서 돈을 훔치는 여자 말을 믿기란 어려우니까. 창문 너머까지 술 냄새를 풍긴다 해도, 남자가 불쌍하다. 나는 자작나무로 되돌아가서 검지로 나무껍질에 금을 긋는다. 나무가 움츠린다. 내 손길에 나무가 녹아든다.

이튿날 아침, 경찰과 부검 담당의 차가 와서 시신을 옮겨 간다. 연두색 이끼가 덮인 통나무에 앉아서 시냇물에 비치는 내 모습을 보고 있는데, 들것이 덜컥이는 소리가 들린다. 흰색 티셔츠에 피가 겹겹이 말라붙어 있다. 가슴판에는 맬컴X가 엽총을 들고 창밖을 내다보는 사진이 있다. 등판에는 "흑인 문제야. 너희는 이해 못 해."

라고 적혀 있다.

앰버의 얼굴이 물에 비친 내 얼굴 옆에 나타난다.

"도로를 차단할 거야." 내가 말한다.

"사람들은 술을 마셔. 과속하고. 죽지." 앰버가 어깨를 으쓱인다. "못 따라올까 봐 겁나?"

"네가 먼저 출발했잖아."

앰버가 씩 웃는다. 윗니 서너 개가 없다. "이 무도장에 증오가 서린 것 같네."

앰버는 늘 내가 알아들을 수 없는 인용을 한다. 잘난 체하는 느낌이다. 자신이 나보다 오래 살았다고.

나는 눈썹 위에 난 동전 크기의 구멍을 쓰다듬는다. 상처는 희미해지고 원래의 낙엽 같은 갈색으로 돌아갔다. 이따금 끝이 들쭉날쭉한 타원형이 되살아나면 지져야 한다. 우리는 둘 다 자동차 사고로 죽었지만, 내 부상은 뼛조각이 엉망진창으로 뒤엉킨 앰버의 얼굴과는 비교도 안 된다.

상처를 처리하고 나니 앰버가 내게 기댄다. 기대하는 표정으로. 나는 손끝으로 앰버 목덜미의 찢어진 곳을 이어 붙인다. 그리고 위로 올라가 찢어진 피부를 쓰다듬어 봉합한다. 숲에서 우연히 우리를 목격한 사람은 괴상한 마사지 의식을 보는 줄 알 것이다.

경찰관들은 오후가 되어서야 떠난다. 앰버는 사라졌다. 나는 도로 가장자리에 앉아 지나가는 차들을 구경한다. 기다리는 차가 한 대 있다. 진청색 크라이슬러 임페리얼. 그 차는 몇 주에 한 번씩 서쪽으로 향한다. 그 차를 모는 흑인은 할아버지처럼 생겼다. 그가 일으키는 진동을 안다. 그는 적당한 음량으로 바비 워맥을 켜고 간다. 교회 주차장에 들어서면서 속세의 음악을 듣는다는 사실을 다른 신도에게 알리기 싫어하는 사람처럼.

그의 차에 올라타고 떠나고 싶다. 어디든지 가고 싶다. 쓸모 있는 좋은 일을 하고 싶다. 휙휙 지나가는 차들이 내 꿈을 아스팔트에 짓이긴다.

"나랑 같이 있자."

깨진 창문을 통해 여자 목소리가 올라온다. 1993년이다. 아버지가 대학 졸업 선물로 사 준 녹색 포드 토러스로 사고를 낸 직후다. 이마에 축축한 것이 흐른다. 운동화에 유리 조각이 밟힌다.

"움직이지 마. 구급차가 오고 있어."

여자의 목소리가 단호하다. 중학교 시절에 내 레이업 슛이 실패할 때 얼굴을 찡그리던 맥킨리 코치와 비슷한 목소리다. 코치는 173센티미터 신장의 센터가 그 키로 코트를 장악하지 못하는 데 당혹스러워했다. 나는 후보가 됐다. 득점 실패가 두려웠다.

나는 으스러질 듯한 패배감을 느끼며 숨을 내쉰다. 그리고 붉은 암흑 속으로 빨려 들어간다.

클로버에 얼굴을 박은 채 깨어난다. 내 위를 기어가는 개미는 없다. 노래하는 새도 없다. 찌르르 짝짓기 노래로 아침 공기를 가르는 매미도 없다. 숲에서는 졸졸거리는 시냇물 소리밖에 들리지 않는다. 나는 무감각한 팔다리를 짚고 일어나 둑 위로 올라간다. 누군가 70킬로미터 표지판 근처에 작은 흰색 십자가를 세워 뒀다. 기둥에는 노란 리본으로 카네이션을 묶어 놓았다.

나는 76번 고속도로를 따라 서쪽으로 향한다. 내가 태어난 작은 공장 도시, 윙으로 나가는 출구에서 3킬로미터쯤 떨어진 곳이다. 경사로 근처에 공중전화가 있다. 70킬로미터 표지판을 지나치자마자 가슴이 타는 느낌이 든다. 농구 연습 하느라 질주할 때처럼 가슴이 찢어질 듯 아프다. 연기 때문에 콜록거린다. 하늘이 위협적으로 붉어진다. 자동차가 사라진다. 고속도로가 둘로 갈라질 듯 땅이 솟아오른다. 비틀거리며 뒷걸음질 치다가 뭔가 단단한 것에 충돌한다.

70킬로미터 표지판이다.

녹색 표지판에서 흰색 숫자가 보일 만큼 멀어지자, 땅이 흔들리기를 멈춘다. 자동차들도 나타난다. 하늘도 다시 파랗다.

2008

봄이다. 다시. 고속도로 건너편, 튀어나온 바위는 남색 폭포에 거의 가려져 있다. 십자가와 카네이션은 사라진 지 오래다.

어느 날, 갓길에 앉아서 빛바랜 노란 리본을 손가락에 감고 있는데 땅이 진동한다. 나는 데드맨스 커브를 지나가는 자동차 한 대가 일으키는 잔잔한 진동에 불안해진다.

무언가 내 팔에 튄다. 건포도 색깔의 핏방울이다.

흰색 픽업트럭이 내게 굴러온다. 보닛에 미국 국기가 나부낀다. 운전자의 얼굴은 가려져 있지만, 도로를 환히 아는 사람처럼 앉아 있다. 그가 속도를 늦춘다. 붉은 필리스 모자 밑으로 금발이 튀어나와 있다. 새파란 눈이 내 눈과 마주치는 듯하지만, 그는 나를 볼 수 없다.

나는 이마에서 피를 닦는다. 그 남자가 차에서 내린다. 희미한 배기가스 사이로 검은 원피스를 입은 금발 여자아이가 나타난다.

"이거 더럽게 지루하네. FB가 그립다."

앰버가 내게 꼭 붙어 갓길에 앉는다. 앰버도 작은 공장 도시 락스버러 출신이다. 그 애는 며칠 동안 사라질 때가 있다. 숲에도 없고 고속도로를 따라다니지도 않는다. 나는 반경 300미터 안에 갇혀 있는데, 앰버는 멋대로 돌아다니는 것이 부럽다.

"FB가 누군데?" 내가 묻는다.

"정말 몰라? 새로운 마이스페이스*야."

"마이스페이스가 뭔데?"

앰버는 내 분홍색 줄무늬 트레톤 운동화와 손 그림으로 뻣뻣해진 청바지, 비대칭의 머리 모양을 처음 보는 사람처럼 찬찬히 살핀다.

"여기 얼마나 있었어?" 앰버가 묻는다.

"1993년부터."

"와. 좋은 걸 많이 놓쳤구나."

"지금 몇 년인데?"

"2008년."

* 2000년대에 유행하던 소셜 네트워킹 웹사이트.

15년간 내 생일과 일요일마다 아버지의 갈색 폰티악을 타고 하던 드라이브를 놓친 것이 슬퍼지기를 기다리지만, 아무것도 느껴지지 않는다.

11

76번 고속도로를 따라 떠다니고 있다. 자정이 지난 것 같다. 도로에 가을 낙엽이 굴러다닌다. 차를 타고 지나가는 사람이라면 젊은 여자가 날씨도 추운데 그렇게 밤늦게 돌아다니는 것을 이상하게 여길 것 같다.

빨간 할리 데이비드슨이 데드맨스 커브를 요란하게 돈다. 50년대 음악이 울려 퍼진다. 버드나무와 밤바람이 나오는 포크송 같은 것이다. 오토바이 탄 사람이 내게 속도를 맞춰 나란히 달린다.

"길을 잃었어?" 남자가 묻는다.

"네. 파티에서 방금 나왔어요. 친구들은 술을 마시고 있어요. 나는 나가겠다고 했죠."

거짓말이 술술 나온다. 남자의 헬멧 가리개에 비친 내 모습을 빤히 본다. 그는 내가 말을 해도 하얗게 입김이 나오지 않는 것을 알아차리지 못한다. 그의 모공에서 맥아를 첨가한 보리 냄새가 흘러나온다.

"술이 두려운가, 다 큰 아가씨?"

"아뇨." 나는 추운 듯이 팔을 문지른다. "윙까지 태워 줄 수 있어요?"

남자는 고개를 끄덕인다. 나는 그의 뒤에 올라탄다. 낯선 사람 허리에 팔을 감기가 두렵기까지 하지만 그래도 감는다. 바람에 손이 시린 것처럼 그의 가죽 재킷 속에 손을 살그머니 넣는다.

우리는 요란하게 출발한다. 70킬로미터 표지판을 지나치기 직전, 나는 그의 툭 튀어나온 배 살갗 속으로 손끝을 밀어 넣는다. 내장이 터진다.

남자가 비명을 지른다. 콘크리트 장벽을 향해 방향을 튼다.

"처음이 어렵지."

내가 손끝으로 도로에 긁힌 자국을 매만지는 모습을 앰버가 지켜본다. 할리 데이비드슨이 충돌할 때, 나는 뺨을 고속도로에 갈았다.

"넌 처음에 흥분했잖아." 내가 말한다.

"뭘. 그 사람은 그렇게 착하지도 않았어."

얼굴을 고치고 나자 앰버가 다가온다. 지난봄에 앰버가 나타난 이후, 나는 합의 없이 대장 노릇을 하는 데 익숙해졌다. 짓이겨진 도자기 피부를 내가 이어 붙이는 동안 앰버는 눈을 감고 있다. 앰버는 스물한 살 생일에 남자친구 차를 타고 사우스 스트리트를 달려 파티를 하러 갔다. 테킬라를 여섯 잔 마신 뒤에 남자친구가 76번 고속도로에서 시속 160킬로미터로 달렸다. 앰버는 휴대전화로 엄마에게 잘 자라는 메시지를 보내다가 남자친구가 "아 젠장!"이라고 외치는 소리를 들었다. 그리고 그는 정지한 트럭 뒤에 처박았다.

남자친구는 살았다. 앰버는 트럭에 맨스필드 바가 없었다면 머리가 잘렸을 것이다. 그 빨간색과 흰색 줄무늬 가로대에 그 이름이 붙은 까닭을 아빠에게서 들었다. 1967년, 제인 맨스필드는 기사, 변호사, 자녀 셋과 뉴올리언스로 이동 중이었다. 고속도로에 안개가 자욱했다. 맨스필드가 몰던 뷰익 일렉트라가 트랙터 트레일러에 추돌하면서 지붕이 날아갔다. 어른 세 명은 즉사했다. 제인 맨스필드의 끔찍한 죽음 후, 정부는 모든 트럭 밑에 안전 보조장치를 설치할 것을 의무화했다.

"네가 최고야, 델." 앰버가 시냇물에 비친 자기 모습을 보며 웃는다. "섹시 복구."

몇 미터 떨어진 곳에서 대형 트럭이 달려온다.

파란 조끼를 입은 턱수염 남자가 양손에 두개골 절반을 들고 있다. 1983년이다. 나는 7학년 같은 반 아이들과 함께 몇 발자국 떨어진 곳에 서 있다. 우리는 윙에서 30분 정도 거리의 필라델피아 고고학 유적지에 찾아가서 연단에 올라가 보고 있다. 바람이 부는 날이라서 나는 반코트를 입고 떨고 있다.

그 남자는 그곳이 자유 흑인이 다니던 교회에서 남북전쟁 이전에 세운 공동묘지라고 알려 준다. 1980년, 바인 스트리트 고속도로를 짓기 위해 땅을 파자 나무 관이 하나 나왔다. 어떤 유골은 동전 하나와 함께 묻혔다. 망자의 영혼이 서아프리카 고향으로 돌아가는 데 쓸 돈이라고 한다.

필라델피아시는 그 묘지 위에 도로를 깔았다. 아빠와 나는 매주 일요일마다 그 고속도로를 달려 《필라델피아 인콰이어러》와 시나몬 빵을 사러 갔다. 세월이 지나며, 달리는 자동차 아래 스스로 자유민이라고 여긴 사람들의 묘지가 흐트러져 있다는 사실을 잊었다.

2010

"'흑인 문제'가 뭐야?"

앰버가 내 곁의 길가 자리에 털썩 앉는다. 앰버는 한동안 안 보이다가 나타났다. 얼굴 오른쪽이 쑥 들어간 것 같다.

"대학에서 하는 말이야. 우리가 경험하는 거."

"지금은 1993년도 아닌데. 이제는 그때처럼 나쁘지 않아."

나는 자갈을 한 줌 쥐고 살핀다. "모든 경험이 부정적이진 않지."

"맞아. 전에 잎채소 조림 맛을 봤어. 진짜 맛있었는데, 뼈 달린 햄으로 낸 육수로 맛을 냈다길래 토했어. 난 비건이거든." 앰버가 내 셔츠 앞을 본다. "흑표당이랑 관련 있는 남자 맞지?"

나도 잘 모른다. 나는 햄프턴에서 맬컴X의 자서전을 훑어봤다. 다른 아이들이 다 읽으니 나도 함께하고 싶어서였다. 표지의 엄격하게 생긴 안경 쓴 남자가 내게서 견딜 수 없는 분노를 일깨우면 어쩌나 내심 두려웠다. 아니, 내심 그러기를 바라기도 했다. 나는 미적지근한 반항으로 만족했다. 버지니아 해변의 그리스 축제에서 백인 상인들이 흑인 학생들을 막고 곤봉을 휘두르는 경찰관들이 우리를 거리에서 내몰 때 「권력과 싸우라」를 부르는 것 정도였다.

나는 화제를 바꾼다. "떠나면 어딜 가?"

앰버는 눈을 감는다. 해가 뜨고 있다. 트럭이 끝없이 천둥소리를 내며 지나간다. "매번 다른 곳에 나타나. 주로 작고 추운 곳이야. 겨울 오래된 집 바닥이라든가."

"왜 돌아와?"

앰버가 나를 응시한다. 그 애 눈은 거리 표지판처럼 번쩍이는 초록색이다. "네가 내 집이잖니, 델."

나는 눈썹 위의 베인 상처를 문지른다. 가장자리가 또 너덜너덜해졌다.

"그건 어쩌다 생겼어?"

"유리겠지. 경쟁하던 중에 그 자식이 내 차를 밀어서 도로에서 벗어났어. 나무에 부딪쳤어."

앰버가 상처를 들여다본다. 그리고 손가락을 속에 밀어 넣는다.

"하지 마. 뭐 하는 거야?"

앰버가 구멍을 쑤신다. 파낸다. 금속 무언가가 떨어진다. 앰버가 그것을 집어 든다. 총알이다.

"왜 그냥 보내지 않았어?" 앰버가 묻는다.

나는 앰버에게서 총알을 받아 든다. 너무 놀라 할 말을 잃는다. 탄환에 피와 뇌가 들러붙어 있다.

"이기고 싶었거든."

총에 맞았다는 사실을 깨닫자 마음속에서 불길이 치솟았다. 날 죽인 자의 피가 간절해졌다. 도로가 그 자식 것인가? 아버지는 델라웨어와 메릴랜드에서 버지니아까지 고속도로 건설에 쓰는 철재를 운송했다. 할아버지는 흑인 민간 부대에서 일하며 도로를 건설

했다. 이 형편없는 콘크리트 덩어리에 주인이 있다면, 날 쏜 비겁한 놈보다는 나다.

나는 그 게임을 기대하기 시작했다.

이것이 규칙이다. 우리는 자정 후에만 죽인다. 제멋대로 혹은 술이나 약을 하고 운전하는 남자만 죽인다. 희생자는 혼자여야 한다. 21점을 먼저 내는 쪽이 이긴다. 앰버는 합법적으로 술을 마실 수 있는 나이에 죽었으므로 그 숫자를 골랐다.

"네가 이기면 어떻게 떠나는지 알려 줄게." 앰버가 그 게임을 만든 날 말했다. "촌뜨기 컨시에게 평화를."

"그럼 네가 이기면?"

"얼굴을 어떻게 고치는지 알려 줘."

피부를 고치는 법을 가르쳐 줄 수 있는지 알 수 없지만, 앰버는 그 방법을 알 필요가 없다. 아빠를 다시 볼 생각을 하니 희망에 들뜬 나머지, 앰버가 나를 마법사로 믿기를 바라게 된다.

앰버가 살인 게임을 제안한 뒤 적어도 두 번의 가을이 지났다. 앰버는 내 살인이 더 창의적이라는 사실을 싫어한다. 앰버는 곤경에 처한 여인 역할만 반복해서 남자들이 방심하게 한다. 나는 더 약아야 한다.

1점을 얻기 위해 나는 포드 브롱코에 돌을 던져 유리창에 금을 낸다. 운전자가 살피러 내려서 가드레일 곁에 선 나를 본다. 그는 욕설을 내뱉으며 다시 차에 탄다. 몇 분 뒤 내 머리에 총알이 날아든다. 큰 소리가 터져 나온다. 남자는 나를 뒤쫓는다. 고속도로의 베른하르트 괴츠*다.

"이년아, 두고 보자!"

그 남자는 나를 따라 숲속을 누빈다. 나는 어둠 속에 숨는다. 그는 어둠 속에서 핏자국을 찾는다. 나는 나뭇가지에 무릎을 걸고 거꾸로 쑥 내려간다. 그의 얼굴을 꽉 쥐고 살갗이 부글거릴 때까지 쥐어짠다.

또 1점을 위해서 나뭇가지에 불을 붙인 뒤 도로에 스파이크 스트립처럼 던진다. 약에 취한 아우디 운전자는 호기심을 이기지 못하고 정지한다. 연기에 이끌려 숲으로 들어간다. 덤불 사이를 따라 걷는 남자는 자신이 영웅이라고 믿는 듯하다. 그의 충혈된 눈이 불붙은 나뭇가지를 따라가 보니 공중에 떠 있는 것 같다. 혼란이 공포로 변하기 전, 나는 불붙은 창을 들어 그의 가슴에 던져 꽂는다.

한 사람씩 죽일 때마다 고속도로의 신에게 피의 제물을 바치는 느낌이다.

2012

"왜 그 사람들 물건을 가져?"

---

* 1984년 뉴욕 지하철에서 네 명의 청년에게 총을 쏜 남자.

“이제 퀘이커 신자가 된 거야? 뭐가 어때서?”

나는 젖은 풀밭에 몸을 말고 있다. 앰버가 내 앞에 서서 흰 줄을 달랑거린다. 앰버는 그것을 충전기라고 부른다. 희생자에게서 열쇠고리나 병뚜껑 따위를 훔쳐 오기도 한다. 반짝이고 쓸모없는 것들을.

앰버 같은 소도시 여자아이들을 안다. 치어리더팀에 들어가고 싶어 하지만 실패한 아이들. 예쁘지 않아서가 아니라 팀워크가 부족해서다. 그들은 마트에서 싸구려 장신구를 산다. 그런 허섭스레기를 진심으로 원해서가 아니라, 아무리 하찮은 권력이라도 쥐고 싶기 때문이다.

차 몇 대가 지나간다. 비가 오고 어둡지만 자정이 되려면 한참 남았다. 대부분의 사람들은 이미 저녁 식사를 하고 티브이를 보거나 잠들기 전에 하는 일을 하고 있다.

낯익은 진동이 땅을 흔든다. 바비 워맥이 부르는 노래의 고통스러운 울림.

앰버가 줄을 팽개치고 출발한다.

“앰버, 잠깐만!”

나도 일어선다. 앰버는 하이힐을 신고도 나보다 빠르다. 갓길에 미처 닿기도 전에, 타이어 마찰음과 튼튼한 것이 해체되는 파열음이 들린다. 금발의 앰버는 비에 젖은 고속도로 한가운데 서 있다. 뮤직비디오라도 찍는 것처럼 양팔을 뻗고서. 나는 둑을 미끄러지며 부서진 크라이슬러 임페리얼 쪽으로 달려간다. 운전자가 살아 있기를 바라면서.

차에 닿자 희망이 흩어진다. 나뭇가지 하나가 앞 창문을 뚫고 들어가 노인의 가슴에 박혔다. 그의 입에서 피가 흐른다. 앰버가 반대편 창문을 통해 들여다본다. 죽어 가는 남자의 눈이 나와 앰버의 얼굴을 번갈아 본다. 그의 두려움에서 썩은 달걀 냄새, 블랙 매직 면도 크림 냄새가 난다. 남자는 앞을 멍하니 바라본다. 꼼짝 않고서.

나는 돌아선다. 앰버가 나를 따라 금 긋는 나무로 온다.

"이건 아니지. 저 사람은 위험하지 않았어."

"그건 모르지." 앰버가 말한다.

나무껍질을 태워 줄을 긋는데 손가락이 떨린다. 크라이슬러의 라디에이터가 어둠 속에서 식식거린다.

세월이 내 몸을 독수리처럼 쪼아가며 희망을 먹어 치운다. 앰버는 규칙을 지키지 않지만 나는 이겨야만 한다. 집에 꼭 가야 한다.

내가 피부를 고쳐 주지 않으니 앰버는 상처를 가리기 위해 어쩔 수 없이 창의력을 발휘해야 한다. 어떤 날은 덩굴을 꼬아 화관처럼 만들어 머리에 붙이기도 한다. 나뭇잎이 엉망이 된 얼굴을 에워싼다. 전쟁을 치르고 돌아온 70년대 히피 소녀 같은 모습이다.

어느 날 밤, 내가 총알을 살펴보고 있는데 앰버가 통나무 위로 올라온다. 총알 바닥에 9MM 루거라고 새겨져 있다.

"지난번에 가게 된 곳은 완전 좋았어. 여기저기 돌아다닐 수 있었거든." 앰버는 조니 미첼의 노래를 흥얼거리며 내 대답을 기다렸다. 내가 대답하지 않자, 이렇게 말한다. "진짜 집 같았어."

"거기 거울도 있어?"

앰버는 덧니를 드러내며 씩 웃는다. "아직도 그 할아버지 때문에 화났어? 나 그 사람 물건은 안 훔쳤어."

"착하네."

그 순간, 나뭇가지 부러지는 소리가 들린다.

"유령 나오는 곳 찾았다."

남자 셋과 여자 하나가 등산 중이다. 그들의 모자에서 빛이 흘러나온다. 빨간 재킷을 입은 남자가 현대식 워키토키 같은 장치를 내밀고 있다.

"누구냐?" 그가 어둠에 대고 따진다. "정체를 밝혀라."

여자가 웃는다. "친절하게 굴어. 컨시의 미확인 개체를 열받게 하지 마."

컨쇼호큰은 '평화로운 계곡'이라는 뜻으로, 이곳에 정착한 선주민 레니-레너피족이 붙인 이름이다. 지금은 거의 백인이 사는 지역이다. 그곳 사람들은 그 숲에 흑인 '미확인 개체'가 돌아다니는 것을 알면 충격받을 것이다.

"또 온도가 떨어졌어."

넷이 그 장치에 모여 있는 동안 나는 그들 뒤로 다가간다. 여자가 움직임을 감지한다. 여자의 헬멧에 붙은 등이 내 쪽으로 향한다. 여자는 비명을 지른다. 남자들이 돌아서서 나를 본다. 빈손이다. 그들은 얼어붙는다. 내 셔츠를 만져 보려고 뻗은 여자의 손이 떨린다. 내가 진짜인지 확인하려는 것이다. 앰버가 우리 사이에 달려들더니 미확인 개체 사냥꾼의 멱살을 잡아 들어 올린다. 여자의 피부에 거미줄처럼 금이 생긴다.

남자들이 흩어진다. 둘은 시냇물을 향해 달린다. 나는 근처 나뭇가지를 밟으며 따라 달린다. 나뭇가지가 부메랑처럼 내 손에 튀어 오른다. 불길에 휩싸인다. 나는 달아나는 남자들을 향해 불붙은 창을 던진다. 그것이 한 명의 뒤통수를 뚫고 그의 친구 입으로 튀어나온다.

나는 앰버 곁으로 돌아간다. 기운이 난다. 앰버는 빨간 재킷을 나무 한 그루에 몰아붙이고 있다. 내가 다가가니 남자가 떤다.

"날 죽이지 마. 아무 말도 안 할게. 라이브도 안 하고 있어."

앰버가 멈추더니 묻는다. "라이브가 뭐야?"

남자는 어리둥절한 표정을 짓더니 급히 말한다. "그건 네가……"

그가 미처 설명하기 전에 내 손이 앰버의 등을 뚫고 지나간다. 그 손은 앰버의 가슴으로 나와 빨간 재킷의 심장으로 들어간다. 남자가 신음한다. 나는 손을 빼낸다. 그가 주저앉는다. 앰버가 그의 가슴에 난 구멍을 보고는 나를 노려본다.

"내 거였어, 델마바."

“넌 숨이 막혔잖아.”

앰버가 금 긋는 나무로 따라온다. “반칙이야.”

“이 무도장에 증오가 서린 것 같네.”

바퀴가 엄청나게 큰 네모난 트럭으로 같이 시체들을 끌고 갈 때까지도 앰버는 부루퉁하다. 앰버가 여자를 조수석에 앉히는데 여자의 손이 콘솔에 닿는다. 달칵 소리가 난다. 졸업 반지다. 앰버가 여자의 손가락에서 반지를 빼내 글자를 확인한다. 브룩. 요크 대학. 2016. 앰버는 반지에 박힌 석류석을 잠시 만지작거리더니 반지를 컵 홀더에 넣는다. 우리는 차를 둑 아래로 밀고 내가 불을 붙인다.

“언젠가는 이 도로를 폐쇄할 거야.” 앰버의 초록 눈동자에서 불꽃이 춤춘다.

“누가 죽어야 그럴까.”

2020

우리가 범죄 증거를 감출 때마다, 내키지 않지만 앰버에게 연대감을 느낀다. 우리의 평화로운, 신성한 땅을 지킬 때마다.

어느 날 밤 내 총알을 찾아 땅을 파면서 이 잔인한 연대를 곰곰이 생각한다. 6월 혹은 7월일 것이다. 낮에는 새가 사라졌고 소리 없는 불빛의 합주로 어둠을 밝히는 반딧불이도 없다. 여름은 한때 내가 가장 좋아하는 계절이었다. 피닉스 빌 할아버지 집 뒷마당에서 바비큐도 하고. 아버지와 블루베리 워터 아이스와 부드러운 프레첼을 사러 저먼타운에도 가고. 나는 더 빠른 손놀림으로 땅을 판다. 등나무 근처에 총알을 묻어 뒀다. 그런데 그 자리에 없다.

짜증이 피어난다. 앰버가 적막하게 흥얼거리는 소리를 따라 숲을 내달린다. 덤불 속에서 그 애 하얀 얼굴이 빛난다.

"내 총알 어디 있어?"

"그건 뭐 하게?" 앰버의 손바닥에서 금속이 반짝인다. 내가 그것을 낚아채려고 하지만 그 애가 주먹을 쥔다.

"도벽이야."

"뭔들."

앰버는 덤불에서 달려 나간다. 나는 둑까지 그 애를 따라간다. 그 애는 70킬로미터 표지판을 지나가려고 한다. 내가 팔을 붙잡아 홱 돌린다. 앰버의 뺨에는 흙이 묻어 있지만 헤집어진 살갗을 감추기에는 역부족이다.

"난 네 물건 안 훔쳐." 내가 말한다.

"넌 참 착하니까."

"너도 착해지려고 노력 좀 해."

"그래서 어떻게 됐니, 델마바? 이 쓰레기 같은 고속도로에서 꼼짝도 못 하잖아. 아빠랑 헤어지게 한 납 조각을 달라고 조르기나 하면서."

따귀 소리가 고요한 밤을 가른다. 흙이 지글거린다. 살점이 튄다. 그을린 뺨을 붙잡느라 앰버는 총알을 떨어뜨린다. 그리고 인상을 쓰며 내 맨 팔을 꽉 붙든다. 그 애 손이 닿으니 살갗에 금이 간다.

우리가 갓길에서 다투는데 순찰차가 다가온다.

"그만해!" 스피커를 통해 남자 목소리가 치직거린다. 나는 얼어붙는다. 더 이상 법의 지배를 받지 않지만, 반사작용이다. 말 탄 경찰관들이 우리를 바닷가까지 쫓아오던 그리스 축제 때 생긴 본능이다.

파란색과 빨간색 불빛이 늘어선 나무들을 비춘다. 경찰관이 성큼성큼 다가온다. 게리 하이드닉*의 눈을 했다. 애절하지만 예리한 눈빛.

"여기서 뭐 하지?"

"사랑싸움." 앰버가 머리칼로 얼굴을 가리며 말한다.

경찰관이 눈살을 찌푸린다. 그러더니 우리 발치에서 총알을 발견한다. 벨트에 손을 댄다.

"거기 앉아." 그가 우리에게 외친다.

앰버는 그의 명령이 재미있다는 표정으로 내게 윙크한다. 그리고 다가간다.

"앉아. 안 그러면 테이저를 쓴다!"

나는 앰버를 붙잡는다. 뭔가 윙윙거린다. 내가 살아 있다면 온몸을 꿰뚫는 전류에 무릎을 꿇었을 것이다. 하지만 나는 쓰러지지 않는다.

쇠고리가 내 손목을 감는다. 경찰관이 내 팔뚝을 잡더니 순찰차로 데려간다. 22년 평생에 연행 경험은 없었다. 앰버 말이 옳다. 그래서 뭐가 됐니? 그렇게 착하게 살아서?

두툼한 방울이 아스팔트에 떨어지며 쉭쉭거린다. 아래를 내려다본다. 녹은 수갑이다. 경찰관은 덴 것처럼 내 팔에서 손을 뗀다. 앰버

---

* 1980년대 미국의 연쇄 강간 살인범.

가 뒤에 서 있는 모습이 경찰차 창문에 비친다. 앰버가 경찰관의 목을 붙잡는다. 그의 살갗에 금이 좍좍 그어진다. 녹은 수갑이 땅에 찰랑 떨어진다. 내가 경찰관에게서 앰버를 밀쳐내자 그는 무릎을 꿇는다. 혼이 나갔다. 경찰관은 떨리는 손으로 권총을 뽑는다. 첫 발은 숲으로 날아간다. 그가 다시 발사하기 전에 내가 눈을 태워 버린다.

노란 테이프가 자작나무를 감은 모습이 썩은 부케를 묶은 리본 같다. 남자들이 우리 숲을 돌아다니며 땅에 숫자가 적힌 표지를 둔다. 앰버와 나는 시냇물 가장자리에서 그들을 지켜본다.

"이 급수대를 터뜨릴 때야."

"좋지."

"우리 함께 돌아다닐 수 있어." 앰버가 물집이 잡힌 뺨을 건드린다. "한 팀이 돼서."

나는 집에 가고 싶다. 혼자서. 앰버의 공허한 약속을 믿고, 계속 피부를 고쳐 주면서 한자리에 붙잡혀 있고 싶지 않다.

"게임을 끝내야 해." 내가 말한다.

"이제 훨씬 어려워질 거야."

몇 주 동안 숲에 경찰이 득실거린다. 그들은 앰버의 전리품을 가져간다. 내 총알도.

가을까지 경찰이 우리 숲을 뒤덮는다. 앰버는 숨기가 지루해진다. 나는 게임을 계속하고 싶은지조차 알 수 없다. 가슴에 펄펄 끓던 증오심이 가라앉았다.

경찰관들이 떠나기 전날, 시내 아래로 떠내려가는 노란 리본이 보인다. 오전에는 수풀에 숨어 해진 천 조각을 만지작거리면서 지나가는 자동차의 음악 소리를 들으며 보내기도 한다. 이것저것 뒤섞인 짧은 소절들이 내 망상의 배경음악이다.

어느 날 밤, 상록수 덤불에 웅크리고 앉아 자꾸 생각나는 곡조를 노래한다. 405에 관한 노래다.* 자동차 여행 음악이다. 우리 비밀 장소에서 남자아이를 만날 수 있으면 좋겠다. 얼굴에 바람을 맞으며 컨버터블을 타고 탁 트인 도로를 달리고 싶다.

한순간, 그 고속도로에 매인 느낌이 들지 않는다. 보이지 않는 밧줄이 잘린 것처럼 땅이 진동한다. 트럭 한 대가 데드맨스 커브를 돈다. 트럭 안에서 힙합이 울려 퍼진다. 어느 경쾌한 래퍼의 노래다. 나는 덤불에서 달려 나가 갓길에 서서 엄지를 내민다.

흰색 포드가 멈춘다. 금발 셋이 앉아 있다. 이십 대 후반 같다. 입가에 생긴 때 이른 주름살에 고통이 서려 있다. 운전자는 빨간 모자를 쓰고 있다. 내게서 가장 가까운 여자는 내 맬컴X 티셔츠를 빤히 본다. 갈색 눈을 가늘게 뜬다.

운전자가 음악 소리를 낮춘다. 미소를 짓지만 친구처럼 조심스러운 눈빛이다.

"어디까지 가니?" 여자가 묻는다.

"윙이요."

---

* 405는 캘리포니아의 405번 고속도로에서 이름이 유래하였으며 주로 로드 트립에 어울리는 음악을 지칭한다.

"우리도 그쪽으로 가는데. 뒤에 타."

나는 짐칸에 올라가서 파란 방수포와 포장용 테이프, 밧줄을 치운다. 운전자가 영혼 없는 랩의 음량을 높인다. 출발한다. 나는 방수포를 숄처럼 어깨에 덮는다.

앰버가 금 긋는 나무 옆에 서서 지켜본다. 아마 내가 자신의 도움 없이 떠날 수 있는지 궁금한 눈치다. 우리는 70킬로미터 표지판을 지나친다. 72킬로미터 표시 기둥을 지나자마자 트럭이 세게 흔들린다. 나는 측면에 몸을 부딪치며 가슴에 불타는 감각이 차오르기를 기다린다. 하지만 그러지 않는다. 땅이 흔들리지도 않는다. 운전자가 미친 듯이 운전대를 돌리며 나를 떨어뜨리려고 한다.

쿵쿵거리는 음악과 웃음소리가 뒤섞인다. 나는 방수포로 몸을 덮고 짐칸에서 뛰어내린다. 몸이 회전초처럼 도로를 따라 구른다. 한참 만에 일어나 앉아서 파란 덮개를 벗어 던진다.

하늘은 미분탄처럼 새카맣고 반짝이는 철광석은 보이지 않는다. 유령들이 갓길에 늘어서 있다. 할리 데이비드슨 라이더. 편협한 할아버지. 미확인 개체 사냥꾼들. 죽은 자들이 다음 영역으로 넘어가기를 기다리고 내가 그들을 배에 태워 옮겨야 하는 것처럼.

트럭이 세게 멈춘다. 운전자가 후진하자 하얀 불빛이 깜빡인다. 나를 향해 달려온다.

||| 卌 卌 卌 卌 卌 卌 ||||

나는 경기장에 선 선수처럼 일어서지만, 이번에는 내가 먼저다. 나는 우아하게 팔을 들어 쏜다. 주황색 공이 손끝에서 튀어나와 어둠을 가르며 번쩍인다. 유리가 터진다. 여자들이 울부짖는다. 운전자가 트럭에서 뛰어내려 갓길에 선다. 그 여자의 빨간 모자에 불이 붙었다. 여자가 모자를 벗어 던진다.

트럭이 내게 돌진한다. 팔 하나가 내 팔을 잡는다. 앰버다. 앰버가 나를 당기자마자 트럭이 슝 지나쳐 바리케이드에 처박힌다.

트럭 안에서 불꽃이 튄다. 우리는 그쪽으로 다가간다. 가운데 금발은 죽었다. 머리가 없어졌다. 맬컴X 티셔츠를 보고 인상을 쓰던 여자는 도로로 기어 내려온다. 그 여자 머리칼에 유리 파편이 깨진 왕관처럼 반짝인다. 앰버가 달려가 그 여자의 허리를 꽉 쥔다. 여자가 앓는다. 여자의 드러난 배에 금이 마구 간다. 상체가 터진다.

운전자가 자갈밭에서 헉헉거린다. 파란 눈에 증오가 번득인다. 나는 그 여자를 끌고 도로를 건너가 친구들의 시체 옆에 밀어 넣는다. 그리고 앰버와 나는 불타는 트럭을 하수로로 밀어 넣는다.

금발 여자들의 시체가 발견된 뒤, 조끼를 입고 딱딱한 모자를 쓴 남자들이 도착한다. 데드맨스 커브는 폐쇄된다.

앰버는 공사 중에 사라진다. 게임이 무승부가 되자 나를 버린 모양이다. 나는 앰버가 부럽지만, 앰버가 결국 집에 돌아갔을지 모르니 기쁘다.

어떤 날은 고속도로를 따라 돌아다니며 70킬로미터 표지판을 지나서 얼마나 갈 수 있는지 알아보려고 한다. 3킬로미터, 윙으로 나가는 출구 근처까지 간 적도 있다. 그리고 희망이 생겨 출구로 향하는 순간, 땅이 흔들리며 경고한다. 하늘에서 색깔이 사라진다. 가슴에 불타는 느낌이 들기 전에 나는 돌아서서 재빨리 내 자리로 온다.

겨울이 오면서 공사가 중단된다. 시끄러운 불도저와 일만 하는 남자들이 사라진다. 나는 숲 가장 깊은 곳으로 흘러가서 눈과 뒤섞인다.

"아직 여기 있어?"

눈이 녹았다. 나는 몸을 일으킨다. 앰버가 핼러윈 가면을 쓰고 서 있다. 플라스틱 뺨을 한 공주 가면이다. 그 애가 구두로 나를 쿡 찌른다.

"영영 떠난 줄 알았는데." 내가 말한다.

"촌뜨기 컨시는 버릴 수 있어도 넌 못 버려, 델. 네가 내 고향 집인걸."

그 말에 나는 기쁘기도 하고 슬프기도 하다. 나는 그 애 가면을 향해 고갯짓한다. "그건 어디서 났어?"

"어떤 여자애한테서."

"도벽이라니까." 나는 팔에 기어다니는 개미를 털어낸다. "그 여자애, 아직 살아는 있어?"

"난 괴물이 아니야. 걔 방에서 빌려온 거야."

나는 말을 멈춘다. "진짜 집에 가게 됐어?"

"그렇다니까. 완전 좋았어. 방이 엄청났어. 너도 봐야 하는데."

앰버가 가면을 벗는다. 나는 놀란 기색을 감춘다. 오래전 묻었다가 얼마 전 파낸 여자 같은 얼굴이다. 초록 눈동자만 살아 있다.

우리는 금 긋는 나무로 흘러간다. 새가 노래한다. 데드맨스 커브
는 다시 열렸다. 경사로 끝에서 신호등이 깜빡인다.

"완전 흉하지."

"그래도 덕분에 몇 사람은 살겠지." 내가 말한다.

"우리가 살았어야 했는데."

익숙한 진동이 자갈밭을 지나간다. 무언가 내 팔에 닿는다. 내가
털어낸다. 또 개미다. 하지만 아니다.

피다. 건포도색이다.

빨간 픽업트럭이 데드맨스 커브를 돌아서 새로 생긴 신호등을
지나쳐 달린다. 보닛에 미국 국기 두 개가 꽂혀 있다. 운전자의 얼
굴이 그림자에 가려져 있다. 잿빛 머리칼이 야구모자 밑으로 비죽
이 나와 있다.

가슴에서 용광로가 확 끓어오른다. 광석을 넣어 달라고 조른다.
앰버가 내 이마에서 피가 흐르는 상처와 운전자를 번갈아 본다. 그
리고 가면을 내린다.

우리는 고속도로 가운데로, 질주하는 트럭을 향해 달려간다. 앰
버가 몇 발자국 앞서지만 내가 따라잡는다. 놀란 운전자가 브레이
크를 밟기 전, 우리는 동시에 뛰어오른다.

체샤 버크
An American Fable
미국의 우화

체샤 버크
Chesya Burke

스텟슨 대학교 영미문학과 조교수이자 아프리카 연구소 소장이다. 공포, SF, 만화, 아프로퓨처리즘 장르로 100편 이상의 단편과 논문을 발표하였으며 인종, 젠더, 장르의 교차 지점에 중점을 두고 학문을 연구하고 있다. 단편집 『백인 놀이 하자』는 전 세계 여러 대학에서 교재로 삼고 있으며, 그래미상 수상 시인 니키 지오바니는 버크의 글을 옥타비아 버틀러와 토니 모리슨, 새뮤얼 R. 딜레이니의 글에 비교하며 "무시무시한 공포물의 신안 거장"이라고 평가했다. 캐리 멀리건이 담당하는 팟캐스트 「나는 공포를 듣는다」에서 버크가 쓴 에피소드 「살갗 아래」가 원더리와 아마존 뮤직의 제작으로 2020년 핼러윈에 공개되기도 했다. 라이터스 하우스의 알렉 셰인과 슈거23의 수키 추, 카트리나 에스쿠데로가 체샤를 대리하고 있다.

1918년 1월 27일

유명한 검둥이, 나무에 묶인 채 찰스턴 외곽에서 불에 타 숨져

남부 검둥이, 탈출을 막지 못해

"어이, 어딜 가나?"

일병 노블 워싱턴은 신문 가판대에서 표제를 읽느라 버스 정류장 유리창 뒤의 남자를 보지 못했다. 그 뒤에 일렬로 선 검은 얼굴들이 열차표를 사려고 차례를 기다리고 있었다. 저들이 두려워하는 '검둥이 탈출'의 증거였다.

노블은 추위를 막느라 겨울 코트 옷깃을 세웠다. "시카고요." 백인은 노블을 한참 동안 찬찬히 평가했다. 한참 만에 그는 시선을 돌렸다. '별것 아니네'라는 의미, 보편적 승인의 표시였다. 아무것도 아닌 존재라는 판단. 노블이 기대할 수 있는 최선이었다. 이 만남은 탈 없이 지나갈 것이다. 그의 어깨에 쌓이던 긴장이 약간 풀렸다.

"시카고에서 뭘 하게?" 그 말에서 남부 억양이 느껴졌다.

노블은 사실대로 말할 만큼 어리석지 않았다. "거기에 친척이 살아요. 친척 만나러 가요." 차분하게, 침착한 어조로 말했다. 남부의 백인들은 흑인이 남부를 떠나는 것을 원하지 않았다. 흑인이 남부에서 사는 것 역시 원하지 않았다.

백인은 유리창 밑으로 표를 던지며 콧방귀를 뀌었다. "군복 좋군." 노블은 표가 땅에 떨어지기 전에 잡았고, 뒤돌아보지 않고 걸어갔다. "군복 입었다고 안심하지 마, 노블!"

노블. 어울리는 이름이었다. 그 이름에는 존경을 요구하는 후광이 있었다. 오직 그 이유에서 노블의 부모는 그 이름을 택했다. 비록 그 이름의 주인인 흑인을 존경하지 않더라도 백인들은 귀족을 뜻하는 이름을 불러야만 했다.

노블은 기차에 탔고 좁다란 양철통이 긴 여정을 시작하는 순간 자리를 찾았다. 열차가 흔들리며 철로를 달리는 동안, 그는 그 열차에 혼자 앉은 흑인 여자아이가 호기심 어린 눈빛으로 자신을 보는 것을 알게 됐다. 두 사람의 눈이 우연히 마주치면 노블은 어색한 분위기를 피하려는 듯 재빨리 시선을 돌렸다. 하지만 다시 보니 아이의 시선은 그에게서 떨어지지 않은 채였다. 표를 사던 중에 불편함을 느끼지 않았던 노블도 아이의 흔들림 없는 시선에는 확실히 불편해졌다.

그 여자아이에게는 어딘가 기묘한 구석이 있었다. 아마 눈이었을 것이다. 파란 눈이었다. 매력적인 두 눈이 다 안다는 듯이 빤히 보고 있었다. 파란 눈에 검은 피부를 한 흑인 아이란 놀라운 구경거리였다. 하지만 그 밖에도 무엇이 있었다. 아마 1월, 영하의 날씨에 외투도 입지 않고, 모자도 쓰지 않고, 그 밖의 보온용품도 갖추지 않았다는 점일 것이다. 아니면 의미를 가늠하기 어려운 수줍은 미소였을지도 모른다.

노블은 노스캐롤라이나 롤리에서 기차에 탔고, 아이는 틀림없이 그 전부터 타고 있었을 테지만 그 순간이 되어서야 노블의 눈에 띄었다. 노블이 다시 눈길을 돌렸으나 아이는 꿋꿋이 그에게 시선을 고정한 채였다. 자그마한 아이였다. 아홉 살쯤 되는 아이치고도 체구가 작았다. 아이는 완벽히 파란(눈동자와 거의 똑같은 색) 원피스를 입고 앙상한 무릎 위에 치마를 부채처럼 펼쳐 놓고 있었다. 신발은 지저분하고 흙이 묻어 있었다. 두 가닥으로 땋은 머리에 파란 리본을 매고 있었지만, 낙엽 더미에서 논 것처럼 머리칼이 지저분하게 흐트러져 있었다. 아이는 아무에게도 말을 걸지 않았고, 보호자처럼 보이는 사람도 없었다. 사실 대부분의 사람들은 아이의 존재를 인정하지도, 알아차리지도 못하는 것 같았다. 아이 역시 아무도 인정하지 않았으니 이상할 것 없이 느껴졌다. 아이가 보는 것은 노블뿐이었다. 아이는 다 안다는 듯, 어린애 특유의 해맑은 표정으로 노블을 빤히 보고 있었다. 노블의 속마음을 읽을 수 있듯이. 아무도 들어가지 못하는 노블의 머릿속에 들어갈 수 있다는 듯이.

아이가 노블을 불편하게 했다. 하지만 그 아이 때문만은 아니었다. 노블은 전쟁에서 돌아온 후로 편한 적이 없었다. 귀향은 마치…… 잘못된 일 같았다. 어쩐지 그랬다. 그가 느끼는 불편은 미국이 흑인 군인을 내버린 탓만은 아니었다. 노블을 위시한 수천 명의 흑인이 전쟁이 끝나면 자신들의 가치를 알아주기를 바라며, 심지어 흑인을 하급 시민 취급하기를 멈추지 않을까 바라며 나라를 위해 싸우기로 결심했었다. 그들은 가치 있고 용맹한 군인임을 증명했고, 미국에서 얻지 못한 자유를 프랑스에서 찾기도 했다.

하지만 고국에 돌아오자 전쟁에서도 느끼지 못했던 종류의 공포가 기다리고 있었다. 가령 3주 전, 노블의 머리에 맥주병을 쳐서 깨뜨린 남자. 물론 술에 취하긴 했지만 그 일로 노블은 이가 빠졌고 다친 곳을 병원에서 열세 바늘이나 봉합해야 했다. 그 백인이 노블에게 춤을 추라고 시켰는데 거절하자 불쾌하다는 이유로 벌어진 일이었다.

미국은 노블과 흑인 형제들이 살기에 나아진 점이 없었다. 사실 노블의 관점에서 미국은 훨씬 더 나빠졌다.

찰스턴에서 잠시 정차하고 나자 열차의 흑인 칸이 가득 찼다. 흑인 수십 명이 올라타서 한 좌석에 두 명씩 앉느라 엄마들은 다 큰 아이들을 안고 가야 했다. 그래도 대부분의 사람들은 객차 안에서 노블을 알아보고 묵례로 경의를 표했다. 존중하지 않을 나라에서 존중을 얻기 위해 그가 바친 희생을 알기 때문이었다. 세계 대전에서 싸움으로써 노블과 흑인들은 자신을 증오하는 세상에 애정을 구걸했다. 그러니 어쩌면 흑인 칸에서 그가 받는 시선과 묵례는 존경이나 경의가 아니라 동정일지도 몰랐다. 솔직히 말하면 노블은 군복 때문에 자신을 더 이상 존중하지 못했다.

사람들이 자리를 잡는 동안 열차는 신시내티에 서서히 정차했다. 흑인들은 도중 정차역에서 내리지 않았다. 최종 목적지에 왔거나, 아는 사람이 기다리는 열차가 아니면 흑인들은 열차에 앉아서어서 출발하기를 바랐다. 흑인들이 멀리해야 하는 곳들이 있다는 소문이 떠돌았는데, 신시내티도 그중 하나였다.

밖에서 요란한 백인들이 개시하고 있었다. 백인들이 말썽을 일으키려고 준비할 때, 흑인들은 그렇게 말했다. 물론 노블의 시각에서 보면 백인들은 언제나 말썽을 일으키려고 했다. 고향에서 살던 시절부터 노블은 서너 차례 주먹다툼과 적어도 두 번의 총싸움을 피했다. 전쟁에서 겪은 것보다 이곳에서 겪은 일이 더 위험했다.

차장이 열차에 올라타고 백인 무리가 뒤따랐다. "전부 이 차에서 내리시오." 차장이 말했다. 예감이 안 좋아, 아주 안 좋아. 노블은 긴장감이 감도는 분위기를 느끼며 생각했다. 백인들이 말썽을 일으키려 한다면 많은 이가 도망칠 것 같았다. 하지만 노블의 뒤에는 적어도 스무 명의 백인이 버티고 있었다. 몇 명은 열차에 들어서는 중이었고 근처 플랫폼에 내리는 백인들도 있었다. 노블은 여자아이의 짧은 맨 다리를 봤다. 그 애를 지켜봐야 했다.

"내리시오." 차장이 다시 말했다.

아무도 움직이지 않았다. 흑인들이 내려야 한다니 타당하지 않았다. 그들이 신시내티에서 내리지 않는 데는 이유가 있었고, 모두가 그 이유를 알고 있었다.

"어서!" 차장이 외쳤다.

노블이 다시 본 여자아이는 마치 그가 어떻게 하려는지 궁금한 듯 마주 보고 있었다. 사실 노블이 목소리를 내려는 것을 아는 듯한 눈빛이었다.

노블이 일어서서 군복 매무새를 고치고 목청을 가다듬었다. "무슨 문제라도 있습니까?" 그는 잠시 기다린 뒤 덧붙였다. "선생님." 열차에 탄 모든 흑인이 숨을 죽였다. 모두 긴장해서 동시에 숨을 들이쉬는 것을 노블도 느꼈다.

노블을 등지고 있던 차장이 돌아서서 그를 봤다. 군복을 입은 흑인을 보는 순간, 차장은 씩 웃었다. 군복을 입기로 한 선택은 잘못이었다. 너무나 큰 잘못이었다. 매표소의 남자처럼, 그리고 이 나라로 돌아온 후로 날마다 받고 있는 공격이 보여 주듯이, 검은 피부를 존중하지 않는 백인들은 흑인이 입는 군복도 존중하지 않았다. 차장 뒤의 백인 몇 명이 키득거렸다. 대놓고 웃는 자들도 있었다.

"어이, 나한테 심문하는 거야? 군복 입었다고 뭐나 된 줄 아나?"

"그렇지!" 백인 하나가 놀려 댔다. "어차피 목이 매달릴걸! 군복을 입거나 말거나!" 백인들은 수적으로 크게 밀리는데도 두려움이 없었다. 흑인 칸까지 굳이 찾아온 목적을 포기할 마음이 없었다.

여자아이가 일어섰다. 차장을 등지고 있었다. 그 애를 말리기 위해 노블은 손을 들지 않고 펼쳐 신호했다. 아이가 알아듣기를 바랐다. 껴들기를 바라지 않았다. 이런 식으로 나서는 백인 무리는 누가 교수대에 매달리는지 상관하지 않았다. 아홉 살짜리 흑인 아이라도 마찬가지였다. 노블은 누가 '매달리기' 전에 상황을 해결하고 싶었다.

"아닙니다, 선생님." 노블은 군대에서 배운 대로 말했다. 모든 백인은 선생님이었다. 모든 흑인은 아이였다. "아닙니다."

차장은 열차의 다른 사람들을 보더니 표정이 누그러졌다. 다행이다. 노블이 생각했다. 다행이다. 백인의 기분이 흑인의 목숨을 좌우했다. 모두 그 사실을 알고 있었다. 특히 백인은 잘 알았다. "다른 열차가 다 찼다. 이 칸이 필요하다. 모두 내려라."

누가 미처 대답도 하기 전에 보안관 배지를 셔츠에 단 남자가 달려오더니 노블의 깔끔한 군복 옷깃을 잡아 열차 계단으로 끌어내려 땅에 내동댕이쳤다. 노블의 몸이 차가운 땅에 주욱 미끄러졌다. 백인 서너 명이 달려들어 곧바로 발길질을 시작했다.

얼굴에 맞은 강한 타격이 온몸에 퍼졌다. 그리고 그는 거의 순식간에 정신을 잃었다. 하지만 그렇다고 그들이 복부와 온몸, 얼굴을 더욱 세게 걷어차기를 멈추지는 않았다.

정신을 반쯤 잃은 채 땅에 쓰러져 있는 노블에게 굉장히 밝은 빛이 비췄다. 노블은 자신이 죽었고 천국의 문이 열리며 비추는 빛이라고 짐작했다. 그는 백인들이 자신의 시신을 그 땅에 버려 두기만을 바랐다. 교수형을 당한 자신의 시체 밑에서 백인들이 자식들을 데리고 피크닉을 하거나, 멍든 시체 사진을 찍어서 구경 못 한 백인들에게 파는 일만은 없기를 바랐다.

하지만 노블은 죽지 않았다.

무슨 영문인지 그 빛이 폭행을 멈췄다. 죽이려고 달려드는 백인들을 멈췄다. 노블이 고개를 드니 소녀가 턱을 무릎에 괴고 내려다보고 있었다. 아이의 눈빛이 심각하고 또렷했다.

"마마 데 아구아, 물의 어머니가 달아나라고 7분을 주셨어요." 부드러운 목소리가 말했다. "정신을 잃은 동안 4분 40초가 흘렀고."

노블은 무슨 소리인지 알아듣지 못했다. 다시 시선을 들어 보니 모든 사람이 제자리에 꼼짝 않고 얼어붙어 있었다. 발로 걷어차거나 주먹을 날리던 중이던 자들도 있었다. 입을 꾹 다문 자도 있었고, 그의 입에서 튀어나온 침이 노블의 머리 바로 위에 떠 있었다.

"뭐? 무슨……." 천천히 돌아본 노블의 눈에 가장 먼저 띈 것은 땅에서 눈이 녹아 옷을 적시는 것이었다. 두 번째는 하늘에서 맴도는 새였다. 곧 그의 뇌는 정지 현상이 백인들에게 국한된 것임을 깨달았다.

"달려요!" 목소리가 다시 말했다. 이번에는 소리쳤다. 노블은 그게 기차에서 본 흑인 소녀의 목소리임을 깨달았다. 그 애는 정거장 뒤 숲으로 달려갔다. 노블이 그 순간 알 수 있는 것은 단 하나였다. 땅바닥에서 몸을 일으켜 아이를 따라가거나 프랑스에서 전사한 군인들이 전부 그랬듯이 흙바닥에서 죽어야 한다는 것.

비틀거리며 일어나는 노블의 온몸이 아팠다. 건물 옆에 닿는 순간, 주어진 7분이 다 됐는지 그가 사라진 것을 보고 놀라 화를 내는 백인들의 목소리가 들려왔다. "어디로 간 거야?" 잠시 침묵이 흘렀고 그사이 노블은 안전할지도 모른다고 생각했지만 곧 가슴이 철렁했다. "저기다!" 누군가가 모퉁이를 돌아가는 그를 보고 외쳤다.

영하 16도였지만, 멈추지 않고 살기 위해 달리느라 추위도 느끼지 못했다. 뒤에서 낙엽을 밟으며 뒤쫓는 발소리가 들렸다. 온몸이 구석구석 아팠고 다리를 움직이는 데 모든 집중력이 필요했다. 멀리서 여자아이가 숲 바닥에 떨어진 것을 뛰어넘고 기어오르느라 보였다가 사라지곤 했다. 아이는 그 숲과 목적지를 잘 아는 듯했다. 잠시 후, 아이는 걸음을 멈추고 노블을 보면서 기다렸다. 그러고는 노블의 눈을 빤히 보더니 뒤의 추격자들을 살폈다. 잠시 후, 아이가 노블의 뒤를 가리켰다.

노블은 알아들었다.

등 뒤의 발소리가 멈추는 순간 노블도 달리기를 멈췄다. 한 사람이 싸움을 예상하는 듯 다리를 벌리고 서 있었다. 아직 다른 사람들은 따라오지 못했으니 다행이었고…… 노블은 그 점을 이용하기로 했다. 노블은 어깨를 펴고 공격자를 마주했다. 그 백인은 주위를 둘러보고는 그제야 혼자임을 깨달았다. 노블이 남자를 향해 달리자 그자는 주머니를 뒤졌다. 무기를 찾는 것이 분명했다. 노블은 절뚝이다가 가볍게 뛰더니 부서진 몸이 허락하는 한 빠른 속도로 달려갔다.

시간이 없다는 것을 깨달은 남자는 도움을 청했지만, 노블이 달려들어 쓰러뜨리기 전 겨우 않는 소리만 낼 뿐이었다. 노블은 미처 생각할 겨를도 없이 남자의 머리를 짓밟고 군화 뒤꿈치로 찍어 눌렀다. 그리고 그자의 몸뚱이가 경련을 멈추고 꼼짝 않을 때까지 반복했다. 노블은 전쟁에서 몇 명이나 죽였는지는 알지 못했지만, 그 백인의 머리에 가한 공격은 하나도 빠짐없이 영원히 기억했다.

노블은 공격을 멈추고 아무 감정도 느끼지 않은 채로 소녀를 봤다. 소녀는 고개를 끄덕이더니 움직이기 시작해 빠르게 나무들을 피하며 달렸다. 노블도 뒤따랐다. 누군가 지르는 소리가 들렸다. 그가 남긴 시체를 발견한 것이 분명했다. 그는 감히 돌아보지 못했다. 이유는 알 수 없지만, 소녀가 길을 알 것이라는 믿음이 있었다.

멀리서 차장이 호루라기를 불며 "전원 탑승!"이라고 외쳤다. 하지만 백인 무리는 그 열차에 타지 않았다. 숲에서 여전히 들려오는 그들의 목소리가 멀어서 노블과 소녀를 보지 못할 것이 거의 틀림 없었다. 노블은 그렇다면 흑인들이 떠나는 기차에 모두 탈 수 있었 기를 바랐다. 밖에 남은 것은 노블과 그 아이뿐이라는 의미였고, 그 것은 축복이자 동시에 저주였다.

멀리 빈터가 보였다. 몸을 숨길 수 있는 나무가 없는 곳은 피해야 했다. 하지만 아이는 그곳을 향해 달려갔다.

"얘!" 노블은 백인들이 듣지 못하도록 작은 소리로 불렀다. 아이 는 무시하고 빈터로 곧장 달려갔다. 그제야 노블은 그것이 단순한 빈터가 아니라, 언덕 높이 울타리가 에워싼 집 한 채가 주위 모든 것을 감독관처럼 내려다보고 있는 것을 알게 됐다. 파란색으로 칠 한 큰 집은 잘 관리되어 있었다.

소녀는 집 주위의 작은 울타리를 뛰어넘었고 노블은 그 위로 몸 을 던지고 반대편에 떨어지며 그간 겪은 모든 타격(그리고 자신이 발 길질을 하느라 쌓인 피로)을 느꼈다. 뒤따르던 자들이 어디 있는지 알 수 없었지만 바짝 추격했을 것이 분명했다.

노블과 소녀가 가까이 다가가자 그 집이 자세히 보이기 시작했 다. 그제야 노블의 눈에 남자가 들어왔다. 현관을 지키는 키가 유난 히 큰 사람이었다. 검은 피부에 가슴을 드러내고서, 허리부터 맨발 까지 붉은색과 검은색 긴 천을 걸치고 있었다. 이 추위를 어떻게 견 디지? 노블은 생각했다. 남자는 노블이 알 수 없는 얼굴과 금지된 것들이 새겨진 지팡이를 손에 들고 있었다. 다가가는 노블을 빤히 보던 그는(키가 문틀에 닿을 정도였다.) 방어적인 자세를 취하며 지팡이를 들어 입구를 막았다.

노블은 그 집으로부터 15미터쯤 앞에서 멈추고 상황을 판단했다. 하지만 소녀는 남자를 보지 못하거나 위협으로 여기지 않는 모양이었다. "어서 와요!" 아이가 거침없이 걸어가며 말했다.

문이 벌컥 열렸다. 키가 크고 조각상 같은 흑인 여성이 테라스로 나왔다. 그녀가 키 큰 인물에게 고개를 끄덕이고 집 안에 있는 사람을 불렀다. "애드니크."

키는 작지만 피부가 더 검고 몸집이 있는 여성이 테라스로 나와서 키 큰 남자 옆에 서더니 노블을 가만히 살폈다. 분명 상황을 파악하는 듯했다. 백인들이 고함을 지르며 나무를 짓밟는 소리가 고요하고 추운 숲속에 울려 퍼졌다. 애드니크란 여자는 럼주 병을 들고 길게 한 모금 머금더니 남자의 머리부터 발까지, 그리고 그의 발치 문 옆에 있는 작고 동그란 석상까지 술을 뿜었다. 애드니크가 술을 두 번 더 뿜고 나자, 처음 나온 여자가 두툼한 시가를 건넸고, 애드니크는 연기로 그 행동을 머리부터 발끝까지 반복했다.

세 번째 연기를 뿜을 때, 남자는 서서히 줄어들더니 석상으로 변해 사라졌다.

노블은 어안이 벙벙했다. 등 뒤에서 자신을 찾는 백인들의 소리가 들렸지만, 그래도 그 집으로 걸어 들어갈 수는 없었다. 여자 둘이 서서 기다렸다. 여자아이는 눈을 더욱 동그랗게 뜨고 기다렸다. "저건 에수라고 해요. 문을 여는 거죠. 그분이 아저씨가 들어와도 된다고 축복했지만, 결정은 아저씨가 내려야 해요."

3초 내지 4초. 노블이 두 번 얼음에 미끄러지면서 마당에서 테라스로 올라가는 데 걸린 시간이다. 그를 쫓는 사람들이 두 여자나 테라스에 있던 키 큰 남자보다 무서웠다. 그 남자가 정말로 그 자리에 있었고, 노블이 폭행당하는 동안 입은 뇌 손상으로 보는 환각이 아니라면 말이다.

키 큰 여자가 문을 막고서 노블과 소녀가 온 쪽 나무들이 자라는 곳을 가만히 살폈다. "저들은?"

노블의 가슴이 철렁했다. 아마 그가 생각한 것보다 시간이 부족했던 모양이다. 백인들을 따돌릴 시간이 충분한 줄 알았는데.

노블이 돌아서서 보니 사람들이 15미터도 안 되는 거리에 서 있었다. 그들이 모두 보였다. 기차에 탔던 흑인들. 적어도 스물다섯 명은 됐다.

노블에게 보이지 않는 사람은 그 소녀뿐이었다.

수십 명의 백인이 언덕 위의 집 앞에 모여들었고, 계속해서 대열이 늘어나고 있었다. 손에는 호미와 도끼, 망치 등을 무기로 들고 있었다. 엽총을 든 자도 있었다. 그들은 정당한 방어를 한 노블이 뻔뻔하다고 화를 내며 소리쳤다. 기차에 탔던 보안관이 백인들에게 이런저런 지시를 내렸고, 그들은 명령에 따르느라 달려갔다.

노블이 밖에서 보이지 않는 창문에서 지켜보고 있자니, 보안관의 지시를 받은 두 사람이 대문을 넘어서 언덕을 올라 현관으로 다가왔다. 테라스 앞에 언 얼음판에서는 조심했지만 빠르게 움직였다. 그들이 계단 맨 밑에 닿자, 에수가 등장했다. 어쩐지 전보다 더 커진 모습이었다. 노블의 등 뒤에서 애드니크가 아름다우면서도 무시무시한 느낌의 외국어 노래를 리듬에 맞춰 읊조렸다. 키 큰 여자도 함께했고, 둘의 노랫소리는 완벽하게 어울렸다.

백인들이 계속 진격하는 동안, 노블은 그들이 곧바로 달려오는 거구의 흑인을 보지 못한다는 사실을 깨달았다. 범위 안에 들어서자마자 흑인은 무기를 빠르게 들어 올렸다가 내리쳤고, 백인들은 대문 밖으로 날아갔다. 그 뒤에 서 있던 흑인 서너 명도 놀라서 숨을 들이쉬었다. 그들도 그곳의 문지기를 볼 수 없었던 것이다.

언덕 위의 집 창문을 통해서 노블은 아래 모인 백인들을 전부 볼 수 있었다. 그들은 우왕좌왕 엉망이었다. 뭐, 노블 역시 상황을 모른다면 그랬을 것이다. 물론 당시 모든 것이 자신의 상상이라고 가정하고 움직였다. 하지만 어떻게 그런 일을 상상할 수 있을까? 그럼에도 그 순간 노블은 자신을 구한 것의 정체에 신경 쓰지 않았다.

그 집의 여자가 노블의 어깨에 손을 얹고 따라오라고 손짓했다. 여자는 서재로 가더니 커다란 참나무 책상 뒤 커다란 가죽 의자에 앉았다. 애드니크는 그를 구석 소파에 앉히더니 붕대를 가지고 와서 상처를 치료하기 시작했다. 애드니크가 상처를 돌보는 동안, 노블은 여자 뒤에 꽂힌 수천 권의 책을 둘러봤다. 그의 왼쪽 벽은 검은색 바탕에 흰 분필로 기호가 적혀 있었다.

심하게 다쳤던지라 애드니크가 치료를 마치자 노블은 온통 피에 젖은 붕대로 감겼다. "고맙습니다." 노블의 말에 애드니크는 고개를 끄덕이더니 새 셔츠와 바지를 건넸다.

애드니크는 다른 여자에게 다가가서 뭐라고 속삭이더니 서재를 나갔다. 애드니크가 나갈 때, 가죽 의자에 앉아 있던 여자가 말했다. "궁금한 게 있죠, 노블 워싱턴."

"어떻게 내 이름을……" 그는 애드니크가 자신이 모르는 사이 소지품을 살펴본 모양이라고 생각했다. 지갑을 찾았다. "알겠군요."

"당신 물건을 뒤지지는 않았어요."

그렇다.

여자는 노블의 생각을 읽는 듯 씩 웃었다.

"나를 아세요?" 노블은 왜 그렇게 물었는지 알 수 없었지만 상황을 이해하고 싶었다.

"아뇨. 하지만 그분이 당신을 여기 데려왔어요. 이유는 모르겠군요."

"그분? 그 여자아이?"

"당신에겐 그렇게 보이나 보죠?"

"무슨 말인가요? 당신에겐 어떻게 보이는데요?" 노블이 문 쪽을 흘끔 봤다. "지금은 어디 있죠?"

"그분이 이 집에 들어오는 건 못 봤죠?"

"음, 오늘 이해할 수 없는 일이 너무 많아서 뭔가 놓친 줄 알았어요." 노블의 음성에서 반항기가 묻어났다.

"그분은 빛을 통해 당신을 여기 데려왔지만, 목적은 모르겠군요. 우리 일은 필요할 때 맡은 일을 하는 것뿐이에요."

빛을 통해서? 노블은 머리가 쑤셨다. 알 수가 없었다. 모든 것이 혼란스럽고 낯설었다. 아무것도 납득이 되지 않았다.

"내가 아는 건, 당신이 본 아이가 당신 딸이라는 거예요."

"난 딸이 없는걸요."

"하지만 생길 거예요. 그분은 그렇게 당신에게 나타나기로 했으니까요." 여자는 실성한 듯했다. 아니면 노블의 머리 부상이 생각보다 심했거나. "한 세대에 한 번, 그분은 태어날 혈통을 고르죠. 당신의 혈통을 선택했어요."

노블은 헛소리가 지겨웠다. 위험에 처했는데도 이 여자는 동화 같은 소리를 지껄였다. "저기, 무례하게 굴고 싶지는 않지만……"

"아뇨, 노블 워싱턴…… 조지아주 메이컨에서 1913년 돌아가신 부모님 슬하에서 태어났죠. 잘 들어요. 시간이 없어요. 그분이 당신을 선택했어요. 당신 혈통에 태어나고 당신의 목숨을 선택했어요. 그러니, 그 부름에 답하겠어요? 그리고 이곳 모두를 구하겠어요?"

모르는 사람이 그에 관한 사실을 다 알 리 없었다. 그의 지갑을 뒤졌다 하더라도 그런 정보는 거기 없었다. 노블은 자신을 빤히 보고 있는 여자를 응시했다.

여자는 잠시 말을 멈추고 노블에게 생각할 시간을 줬다. 그리고 말했다. "난 이야라고 해요. 어머니란 뜻이죠. 난 이곳 여자들의 어머니이고, 그들은 내 딸이에요. 난 그들을 보호하죠. 당신에게 했듯이. 내가 준 선물을 돌려주겠어요?"

노블은 그다지 종교적인 사람은 아니었다. 성인이 된 뒤 교회에 다닌 적도 없었고 자기 앞에 보이는 것만 믿었다. 그 순간까지 그를 지킨 것이 그런 행동이었다. 하지만 처음 보는 여자가 무슨…… 초자연적인 힘이 자신을 보호한다고 믿으라고 한다니? 게다가 자신에게 생길 아이는 또 누군가?

노블이 소리 내어 묻지도 않은 질문에 이야가 대답했다. "그래요." 여자는 노블에게서 시선을 창밖으로 돌렸다가 다시 노블을 봤다. "당신 혈통에 그분의 목적이 있어요. 그게 뭔지 나는 아직 몰라요. 하지만 그분이 당신을 지키려고 여기 왔어요. 당신이 받아들인다면, 그분에게 빚을 지게 되는 거죠."

노블은 뭐라고 해야 할지 알 수 없었다. 생각을 할 수 없었다.

하지만 어차피 이야는 대답할 시간을 주지 않았다. "노블, 당신은 백인을 죽였어요. 결국 그자들이 이 집에 들이닥치겠죠. 문을 지키는 정령은 우리를 그들에게서 지켜 줄 거예요. 하지만 더 많은 자들이 오겠죠. 그다음에 또 더 오고." 이야는 한숨을 쉬었다. "그분이 당신에게 어떤 계획을 품었는지는 모르겠지만, 당신에겐 할 일이 있어요. 당신은 당신에게 아무 관심 없는 나라를 지키기 위해 달아났죠. 이제 당신의 민족을 위해 그렇게 할 수 있어요."

노블은 그 말이 옳다는 것을 알았다. 그렇게 하라는 온 마음의 소리가 들렸다.

이야는 대답을 기다리지 않고 일어서서 문으로 갔다. 그러고는 밖으로 나간 뒤에 돌아서서 노블에게 말했다. "음, 그럼 가요."

이야는 노블을 이끌고 복도를 지나 지하실로 들어갔다. 지하실에는 장식을 한 도자기 항아리, 접시, 다양한 크기의 가지각색 조각상이 가득했다. 150센티미터 높이의 조각상도 있었다. 신에게 바치는 제물임을, 노블은 묻지 않아도 알 수 있었다. 질문을 하고 싶었다. 궁금한 것이 너무나 많았다. 하지만 그런 것은 비밀이며 그가 상관할 일이 아님을 알았다.

노블이 관여할 일은 반대편 벽에 놓인 의자에 있었다. 커다란 인형이 파랗게 칠한 눈으로 다 안다는 듯 그를 보고 있었다. 그 인형이 누구와 닮았는지 곧바로 알 수 있었다. 기차에 탔던 그 어린 여자아이의 모습이었다.

"앉아요." 노블이 인형을 마주 보고 바닥에 앉는 동안, 이야는 지하실 반대편에서 몇 가지 물건을 챙기러 갔다. 그녀는 물 한 잔, 기다란 검은 초, 일곱 개의 커다란 조개껍질을 노블 앞에 놓았다. 그리고 여남은 개의 커다란 원과 화살, 셀 수 없이 많은 십자를 바닥에 그렸다. 노블이 서재 벽에서 본 것과 사실상 똑같았다. 그녀가 그리는 것을 직접 봤지만 노블은 그것을 따라 그릴 수 없었다. 그 엉망진창의 상황에서 빠져나갈 유일한 방법이라 하더라도 마찬가지였다. 논리를 초월하는 정교하고 복잡한 상징이었다.

이야는 노블 옆에 앉았다. "검은 촛불은 보호를 위한 거예요. 그 불꽃을 보면서 머리를 비워요. 불꽃을 따라가요."

노블은 심지에서 깜빡이며 흔들리는 촛불에 집중했다. 불꽃이 잠시 커지더니 다시 잦아들었다. "이 순간에 다른 건 없어요. 아무것도 없어요. 당신과 그분뿐. 그분은 당신의 어머니이고, 딸이고, 영혼이에요. 그분은 당신을 알고 있죠." 이야가 말을 멈추고 잠시 후에 말했다. "눈을 감아요."

이야의 지시를 따르는 노블은 어깨에서 힘이 빠지고 몸에서 모든 경계가 풀리는 것을 느꼈다. 그렇게 모든 것을 놓아 버리는 경험은 드물었다. 주위에서 공기가 갑자기 변하더니 굉장히 추워졌고, 노블은 몸을 마구 떨기 시작했다.

용기를 내어 눈을 뜨고 인형을 다시 봤다. 하지만 인형은 거기 없었다. 지하실도 사라졌다. 노블은 혼자 앉아 있었고, 주변에는 머리를 때리는 얼음과 눈보라뿐이었다. 앞에 펼쳐진 얼어붙은 풍경을 훑어봤다. 사방이 새하얄 뿐이었다. 단순히 밖이 아니라…… 다른 곳이었다.

처음 떨리던 것이 지나가자, 희한하게 그런 곳에 있는데도 그다지 춥지 않았다. 무슨 이유인지 그는 날씨로부터 보호받고 있었다.

잠시 후, 처음 보는 여자가 멀리서 나타났다. 노블은 그 여자를 보자마자 물의 어머니(마마 데 아구아)임을 알아봤다. 물의 어머니는 얼음 위를 우아하게 걸어왔다. 파란 옷을 입고 맨발로 노블 바로 앞에서 섰다.

아무도 입을 열지 않았다.

물의 어머니도 그 여자아이처럼 눈이 새파랬다. 물의 어머니가 노블 밑의 얼음을 가리키는 순간, 부서지는 소리가 들렸다. 아래를 내려다보니 얼음에 작은 금이 가 있었다. 하지만 표면은 여전히 단단했고, 금은 얕은 듯했다. 물의 어머니는 말 한 마디 없이 드레스의 보이지 않는 주머니에 손을 넣더니 반짝이는 것을 노블에게 던졌다. 그것은 얼음에서 미끄러지더니 노블의 발치에 멈췄다. 노블은 그것이 무엇인지 바로 알아봤다. 커다란 도끼였다. 통신판매 카탈로그에서 1.25달러에 파는 도끼. 물의 어머니는 노블이 얼음을 깨기를 원했다.

노블은 헤엄칠 줄 몰랐다.

노블은 심호흡을 하고 일어서서 도끼를 쥐고 단단한 덩어리를 힘주어 내리치기 시작했다. 얼음 깨지는 소리가 쩡쩡 울려 퍼졌다. 노블은 계속 얼음을 찍어냈고, 결국 둥둥 떠다니는 작은 얼음덩어리에 혼자 남았다. 그러자 그 덩어리도 무너져 노블은 그 아래 차가운 물속으로 빠졌다. 그는 그제야 그곳이 오하이오강임을 알아봤다. 그 순간 그가 있어야 하는 곳에서 몇 킬로미터 거리에 흐르는 강이었다. 노블은 버둥거리고 허우적거렸다. 미국의 숱한 흑인이 그렇듯이 그도 수영장이나 물가에는 갈 수 없었다. 그래서 헤엄을 칠 줄 모르는 그는 오하이오 강물 속으로 점점 더 깊이 가라앉으며 살기 위해 숨을 참았다.

그러다가 결국 운명을 받아들이고 숨을 쉬었다.

노블은 숨을 쉬고…… 또 숨을 쉬었다.

입과 코 주위에 작은 물방울이 생겼다. 주위의 물은 어둡고 혼탁했다. 작은 물고기가 눈앞에서 보일 정도로 가까이 다가왔다.

노블의 눈이 어둠에 적응하자 그 여자가 보였다.

기차에서 본 것처럼 눈이 새파랬지만, 몸은 두 배로 커졌고 아이의 몸이 아니었다. 물의 여신이 손을 내밀자 밝고 뜨거운 빛이 흘러나왔고 그 주위의 물이 순식간에 따뜻해졌다. 노블의 머리 위로 두꺼운 얼음장이 갈라지더니 수십 개의 조각이 됐다.

문득 여자의 손에서 나온 힘으로 얼음이 뜨거워지자 물이 불어났다. 드넓은 수면 아래 파도가 지나가는 듯했다. 노블은 움직여 그 물살을 탔고, 물살에 휩쓸려 그 흐름에 따라서 이동했다. 노블은 커다란 얼음덩어리에 부딪히며 빠른 물살을 타고 움직이느라 파란 옷의 여자를 놓쳤다.

"그 아이를 항상 지켜라." 물의 어머니가 대가로 요구했다.

성난 강물에 휩싸이고 몸이 얼음덩어리에 부딪혀 정신을 잃는 와중에도 그 말은 크고 또렷이 들렸다.

노블은 지하실 바닥에서 깨어났다.

젖은 채.

1918년 1월 30일

호외 — 오하이오강 범람으로 105명 사망, 난민 55만 500명

발생 우려 — 호외

오하이오강이 빠르게 녹아 신시내티 전역 홍수

갑작스러운 얼음 홍수에 폭도가 휩쓸리며 검둥이 수색 연기

강물이 고정되지 않은 모든 것을 휩쓸어 가는 순간, 언덕 위의 집 앞에 모인 백인들에게는 기회가 없었다. 집 자체는 멀쩡했다. 홍수가 땅을 뒤엎고 신시내티와 주위 지역을 휩쓰는 기간 내내 노블은 정신을 잃었다가 되찾기를 반복했다.

깨어났을 때 노블의 멍투성이 몸은 푹신한 침대에 누워 있었다. 머리가 욱신거렸다. 눈을 뜨니 이야가 내려다보는 중이었고, 그 뒤에는 애드니크가 서 있었다. 노블은 악몽을 꾸고 일어난 것처럼 벌떡 일어나 앉았지만 이야가 붙잡았다. "끝났어요."

"홍수가 났는데……" 노블은 묻지 않고도 알았다.

"그래요. 잘했어요. 당신은 그분을 지키기 위해 살인이라도 할 작정이었죠. 그분이 왜 당신을 선택했는지 알겠어요." 이야는 말을 멈추고, 노블이 도착한 후 처음으로 미소를 지었다. "물이 빠지려면 몇 주가 걸릴 테고, 상황이 정상으로 돌아가려면 몇 달이 걸릴 거예요. 이 일은 곧 다 잊히겠죠. 우리는 다시 안전해질 거예요. 상황이 나아지면 친한 증기선 선장에게 연락하겠어요. 당신을 상류로 안전하게 데려다줄 거예요."

"고맙습니다."

"그분에게 감사해요. 나 말고. 당신의 역할을 다하고."

"약속합니다." 노블은 생각하느라 잠시 말을 멈췄다. "이야, 당신은 누구죠? 그 이름 말고."

이야는 머뭇거리는 듯했다. "요루바의 사제, 영혼을 지키는 자죠. 살아 있는 자와 죽은 자의 영혼을 모두." 이야는 자신에 대해서 말하는 것을 좋아하지 않았다. "중요한 건 그 정도예요. 그분이 알아들을 정도로 나이가 들면 내게 꼭 데려와요." 노블이 그러겠다고 하자, 이야는 한 가지 조언을 더 남겼다. "이제 그 군복은 태워 버려요. 우리에겐 아무 의미도 없으니."

완전히 납득한 노블은 고개를 끄덕였다.

테런스 테일러

Your Happy Place

네가 행복한 장소

Your Happy Place

네가 행복한 장소

테런스 테일러
Terence Taylor

파트타임 뮤즈인 검은 고양이 슈리와 함께 브루클린 고와너스에서 살며 글을 쓴다. PBS, 니켈로디언, 디즈니 등 방송국에서 수상 경력이 있는 아동 프로그램의 작가로서 어린이들을 위로하다가, 그 아이들의 부모님을 무섭게 할 공포소설 작가로 전향했다. 단편 「장난감」이 최초의 미국 흑인 작가 공포·서스펜스 선집인 브랜든 매시의 『어두운 꿈』에 실렸다. 그 밖의 단편과 논픽션 에세이는 《라이트스피드》, 《상상과 환상 단편》, 《나이트메어 매거진》, 『그게#@&% 뭐야?: 괴물과 공포 앤솔러지』, 『캔터베리 나이트메어』 등에 실렸다. 첫 장편소설 『이빨 자국』은 죽지 않는 아기를 뜻하지 않게 창조한 데서 벌어지는 비극에 관한 현대판 그랑 기뇰이다. 《퍼블리셔스 위클리》에서 "1980년대 뉴욕을 배경으로 한, 영화화에 어울리는 초자연적 누아르"라고 평한 이 작품 다음에는 『혈압』을 발표했는데, 전작으로부터 20년 뒤를 배경으로 살아남은 인간과 흡혈귀를 위협하는 새로운 공포가 등장한다. 테일러는 곧 2027년을 배경으로 한 3부작의 마지막 편 『지나간 삶』을 발표할 예정이다. terencetaylor.com

유죄 판결을 받은 당사자의 처벌을 제외하면 노예제도 혹은 비자발적 노예 상태는 미국 내, 혹은 미국의 관할 구역 어떤 지역에도 존재할 수 없다.

— 미국 수정 헌법 13조

마틴은 피와 고름 냄새에 잠에서 깨어났다. 정밀 기계가 달칵이고 윙윙거리는 소리가 아직도 귓전에 울렸다. 정확히 알 수 없지만 크고 괴물 같고 벗어날 수 없는 것, 그의 일이 머릿속을 언뜻 스치고 지나갔다. 깨어났으니 잊어버릴 악몽이라는 양, 마틴은 그 기억을 떨쳤다. 햇빛이 실내를 채웠고 마틴은 음울한 기억을 밀어내는 새 아침을 기대하며 눈을 떴다. 아내는 옆에서 자고 있었다. 아내를 끌어당겼다. 아내는 작은 소리를 내며 그에게 다가왔다. 그것이 그의 삶이었다. 뭔지 몰라도 꾸었던 나쁜 꿈이 아니라. 그는 씩 웃으며 다른 것은 모두 잊었다.

그는 행복한 장소에 있었다.

"엄마! 아빠!" 딸들이 달려와 침대에 올라오더니 외쳐 댔다. "팬케이크! 팬케이크!"

"규칙 알잖니. 얘들아. 아침에는 설탕 든 거 안 먹기." 바네사는 아이들을 침실 밖으로 데려 나간 뒤, 마틴이 샤워하러 가기 전에 돌아왔다. "가기 전에 식사해."

바네사는 마틴의 뺨에 얼른 입을 맞췄다. 마틴은 바네사를 끌어당겨서 더 긴 키스로 귀가 후 둘만의 시간을 약속했다. 바네사는 나가면서 눈빛으로 그러자고 응했다.

그렇다면 출근해서 보내는 힘든 하루에 기대할 일이 생긴 것이었다.

마틴이 주방에 들어가자 딸들은 달걀을 거의 다 먹고 있었다. 마틴은 자리에 앉아 접시를 당겼다.

"무슨 계획 있어?" 그가 먹기 시작하며 물었다.

"평소랑 같아." 바네사가 어깨를 으쓱였다. "당신은? 아직도……." 바네사가 말끝을 흐렸다. 그들은 마틴의 결정을 놓고 말다툼을 하다가 잠들었고, 다시 시작할 마음은 없었다.

"무슨 일인지 궁금한 것뿐이야."

"왜 당신이 상관 말아야 할 일에 간섭해서 위험을 감수해? 그 사람들이 굳이 당신에게 알리지 않을 이유가 있을지도 모르지!"

"비밀을 만드는 데 좋은 이유는 없어."

바네사는 안정을 흔드는 모든 것에 반대했다. 그들은 이곳에서 잘 지냈고, 그것은 마틴이 노력해서 이룬 결과이다. 하지만 교도소의 정체를 모른 채 어떻게 가족을 보호하고 안전하게 지킬 것인가?

그 시설은 새로운 교화 프로젝트를 시험하기 위해서 지은 것이라고 했다. 마틴은 결과가 나온 뒤 특허 신청을 할 때까지 모든 것을 비밀로 해야 하는 것을 이해했다. 하지만 그들은 방법만 감춘 것이 아니었다. 마틴은 입을 다물고 고개를 숙여 봉급이나 받으면 된다고 생각했다.

양심을 버릴 수만 있다면 얼마나 좋을까.

마틴이 매일 하는 일은 간단했다.

재소자들을 감방에서 아래층 방으로 이동시켜 뇌에 새로운 기억을 주입하는 기계에 연결하는 것이었다. 그러면 재소자들은 석방된 뒤 평생 쓸 작업 기술을 얻었다.

마틴은 그 원리를 알지 못했고 누가 설명해 준다고 해도 이해하지 못했을 것이다. 아는 것이라고는 이 일이 교정 시설 개혁의 급진적인 실험 가운데 최종 단계라는 것뿐이었다. 모든 재소자는 감형을 받기 위해 이 과정에 지원했다. 마틴도 마찬가지였다. 마틴은 마리화나 거래로 10년형을 복역 중이었다. 비폭력 중범죄였기 때문에 치료 대신 노동 석방을 신청할 수 있었다. 형을 8년 남기고 있던 그는 지원했다.

실험에 관한 홍보가 훌륭했다.

그 과정이 성공하면 재소자들은 습득하는 데 몇 년이 걸리는 기술을 익히게 됐다. 카펫 깔기부터 법적 지원까지, 모든 것을 잠든 사이에 학습했다. 사회는 보다 생산적인 구성원을 돌려받았다. 강의를 듣지 않은 재소자들도 장기간 학습한 상태로 출소했다. 마틴은 안정적인 직장과 가족을 위한 주택을 얻었다.

꿈이 실현된 듯했다.

다만, 서너 달이 지나자 자신이 데려간 재소자 중 감방에 돌아오지 않는 사람이 있다는 사실을 알게 됐다. 이튿날 보이는 이들도 있었지만 다시 안 보이는 이들도 있었다. 그것을 알아차린 뒤 마틴은 교도소에서…… 이상한 점을 자꾸 더 알아차렸다.

마틴은 이동을 지시할 때 이외에는 '재소자들과 대화하지 말라'는 지시를 받았다. 어쨌든 그가 담당한 재소자들은 첫날 이후로는 별로 말이 없었고, 마치 뇌 손상이라도 입은 것처럼 소리 없이 멍한 눈으로 명령에 따랐다. 흰 가운을 입은 사람에게 묻자 단기적인 부작용이라고 가볍게 말했다. 그 말에 마틴은 아래층에서 무슨 일이 벌어지는지 궁금해졌다.

그리고 궁금해할수록 알아야 할 것이 많아졌다.

"수업 시간입니다." 말하면서도 마틴은 대답을 기대하지 않았다. 그가 감방 문을 열자 재소자가 나왔다. "아래층에서 뭘 가르치던가요?"

남자는 마틴보다 덩치가 작고 나이는 많은 남미계였다. 그는 무엇을 바라는지 모르겠다는 듯 잠시 마틴을 올려다보더니 다시 바닥을 내려다봤다. 그는 발을 끌며 복도를 걸었다. 마틴은 한숨을 쉬고 뒤따랐다. 바네사가 그 광경을 봤다면 왜 진실을 파헤치고 싶어

하는지 이해할 것 같았다.

하루가 빠르게 흘러갔다.

오전 마지막 이동을 마친 뒤 마틴은 점심을 먹었다. 교도소 내 직원용 식당은 삭막한 초록색에 싸늘하고 침침했지만 밖에 나가는 시간을 아껴 줬다. 그곳 덕분에 동네 사람들에게 교도소에서 무슨 일을 하냐는 질문을 받지 않아도 됐다.

마틴은 빈자리를 찾았다. 그가 앉고 나자 지저분한 실험복을 입은 땅딸하고 약간 덥수룩한 사십 대 백인 남자가 식탁 건너편에서 걸음을 멈췄다. 그는 마틴을 보고 씩 웃으며 수줍은 듯 망설였다.

"같이 앉아도 될까요? 보통은 책상에서 먹는데, 아는 얼굴은 그쪽뿐이라." 마틴은 미심쩍은 마음으로 고개를 들고 봤다. 동료들과 별로 이야기하는 편은 아니었지만, 이 실험복 남자가 실험실에서 일한다면 이곳에서 벌어지는 일에 대해 아는 것이 있을지도 모른다는 생각이 들었다. 마틴은 고개를 끄덕였다.

남자는 안도하는 표정으로 의자에 앉았다.

"날 어떻게 알아요?"

그 말에 남자는 놀란 표정을 짓더니 웃었다. "미안해요! 아래층에서 일하거든요." 그는 초조하게 웃었다. "가끔 모니터로 보는 사람들이 날 못 본다는 걸 잊어요. 그쪽이 매일 피험자를 데려오니 늘 보고 있는데, 그쪽이 날 못 본다는 걸 지금 깨달았네요. 미안해요! 웩슬러라고 해요. 할. 할 박사죠. 미안해요."

"계속 사과할 거 없어요."

"물론이죠! 미안……" 그는 어색하게 웃었다. "사람들과 있으면 어색해져요. 실험실에서 너무 오래 지내서 그렇겠죠?"

"그럼 아래층에서 일합니까? 실험하고?"

"음, 정확히 말하면, 나는, 어……" 그는 안절부절못하더니 다가 와서 속삭였다. "내가 운영해요."

횡재였다. 남자는 상대방의 호감을 얻고 싶어서 무슨 질문에나 대답할 것 같았다. 마틴은 잘 구슬리기만 하면 됐다. 그 정도 요령 은 교도소에서 배웠다. "그럼 그 실험에서 뭘 하는지, 어떻게 돌아 가는지 알아요?"

"내가 만든 체계거든요! 이 단계까지 오는 데 몇 년이 걸렸죠." 남자가 키득거렸다. "아직 몇 가지 버그가 있지만, 이 연구의 가장 중요한 성과는 콘셉트를 증명한 거죠."

"그럼 사람들이 자면서 새로운 일을 배우도록 하는 거죠?"

"아주 단순하게 정리한 것이지만 기본적으론 그래요. 나는 감각 과 근육, 기억에 직접 연결하는 BCI 시스템의 하드웨어와 소프트 웨어를 설계했어요. 우리는 사람이 과제를 하는 동안 뇌파를 기록 하고 그 기록을 다른 사람에게 넣어요. 그럼 짜잔! 새롭지만 경험 한 능력이 되죠."

"BCI라고요?"

"두뇌-컴퓨터 인터페이스요. 기계를 인간 두뇌에 연결해서 데이 터를 저장하고 신체를 하드웨어처럼 통제하죠."

"통제해요?"

웩슬러는 손가락을 꼼지락거렸다.

"팔과 손이 제대로 하는 느낌과 동작을 모르면 뇌에 피아노 치는 법을 가르쳐도 소용이 없거든요. 이 실험은 마음과 몸을 모두 훈련시켜요."

"이야, 학교는 다 문 닫겠네!"

웩슬러는 다시 긴장하며 키득거렸다.

"아뇨, 아뇨. 일반적으로 쓰는 방법은 아니에요. 진짜 사람들은 아직도 학습 방법을 알아야죠. 이 실험은 인구 중에서 특정 부분을 위한 방편이에요."

"그럼 저 사람들을 아래층에 데려가면 박사님 기계에 연결되는군요. 그런 다음에는 어떻게 합니까? 다시 안 보이는 사람들도 있던데." 마틴은 최대한 아무렇지 않게, 접시를 보면서 물었다.

"훈련을 잊지 않는지 보려고 일반 재소자로 돌아가요. 교도소의 일은 대부분 재소자가 하니까 대부분은 기본 수준의 기술을 가르치죠. 청소, 식사 준비, 배관에서 전기 등, 품질만 향상시켜요."

그러자 마지막 질문 하나가 남았다.

"복도 끝에는 뭐가 있어요?"

"네?" 웩슬러가 입안 가득 음식을 넣고 우물거렸다. "끝이요?"

"피험자들을 긴 복도 한쪽 끝에 있는 문으로 데려가는데, 내가 안 가는 쪽이 하나 또 있어요."

"아, 그거. 음, 내가 거기 있어요. 내 사무실이랑 컴퓨터, 장비, 서버. 그런 것들이죠."

"그냥 다른 직원이 거기 사람들을 데려가는 걸 봤거든요. 다른 수

업인지 뭔지 궁금했어요. 박사님은 아실 줄 알았네요.”

“아…… 흠. 아마도 실험일 거예요.” 웩슬러가 불쑥 말했다. “훈련 뒤에는 확인이 필요하니까요.”

대답만큼 회피하는 표정이었다.

아마도? 책임자라면서 그것밖에 모르나?

“그럼 박사님이 가르치신 일을 제대로 하는지 직접 해 보는 거군요. 바닥 걸레질이나 닭 튀기기 같은 걸?”

“그런 셈이죠.” 웩슬러는 빈 접시를 들고 일어났다. 식욕이 떨어진 마틴의 접시 위 음식은 그대로였다. “어쨌든. 일하러 가야죠. 음…… 쉴 수 없잖아요…… 음, 쉬지 않는 자는.”

악한 자라고? 마틴이 기억하기로는 그랬다.

그들은 쟁반을 반납하러 갔다. 마틴이 알고 싶은 사실은 복도 반대쪽 끝 문 안에 있었다. 그곳에 어떻게 들어가느냐가 유일한 문제였는데, 이제 답을 알았다.

“같이 가도 됩니까?” 마틴의 물음에 웩슬러의 눈이 반짝였다.

“그럼요!” 내려가는 승강기를 타는 동안, 웩슬러는 좋아하는 프로그램 이야기를 했다. 마틴은 고개를 끄덕였고, 웩슬러가 복도 끝의 문을 지나 또 하나의 긴 복도를 걸어가는 동안 적절히 미소를 지었다. 그들은 문에 웩슬러의 이름표가 붙은 문 앞에 섰다.

“내 방이에요. 내일…… 또 보죠?”

“그럼요.” 마틴은 등 뒤의 출구를 가리키며 말했다. “미안해요. 저기서 멈춰야 했는데. 이야기를 끝까지 듣고 싶었어요.”

웩슬러는 미소를 지으며 끄덕였다. “괜찮아요. 내일 봐요.”

웩슬러가 문을 열고 들어가는 동안 마틴은 온 길을 되짚어 돌아갔다. 문이 닫히는 소리가 들리자마자 반대 방향으로 홱 돌아서 더 깊이 들어갔다. 창이 달린 문은 없었다. 그는 안에 무엇이 있는지 표지를 확인했다. 웩슬러의 말대로 장비나 서버 등도 있었고, 수리나 여분용 부품도 있었다. 맨 끝에는 다른 문보다 큰 양쪽 여닫이문에 프로젝트 번호 같은 것이 붙어 있었다. 손잡이를 돌려 봤다. 열려 있었다. 권한 없는 직원이 거기까지 들어올 것이라고 예상 못 한 듯했다. 마틴은 안으로 들어갔다.

시설 전체가 그렇듯이 그곳 벽도 칙칙하고 삭막한 녹색이었다. 실내에는 가로세로 열 개씩 총 백 개의 재봉틀이 줄지어 놓여 있었다. 각 재봉틀에는 훈련실에서 본 것과 비슷하지만, 좀 더 발전시킨 듯 크기가 작은 헤드셋을 쓴 작업자가 앉아 있었다. 그들은 모두 여성 스포츠 의류 재봉에 열중하고 있었다. 문 앞에 선 마틴에게 브랜드는 보이지 않았지만 옷감이 고급 같았다.

그가 안에 들어가도 아무도 반응하지 않았다. 일손을 멈추고 고개를 드는 사람도, 그가 시선을 끌기 위해 하는 행동에 반응하는 사람도 없었다. 모두 같은 상품을 재봉하는 모양이었고, 각기 다른 색의 옷감으로 같은 사이즈, 같은 패턴을 자르고 바느질하면서 동시에 같은 동작을 취했다. 한 사람이 한 손을 움직이면 다른 사람들도 아주 똑같이 기계의 일부가 된 듯 움직였다.

정말이지 오싹한 광경이었다.

아무도 신경 쓰지 않기에 마틴은 그들을 좀 더 자세히 살폈다. 헤드셋은 그들 머리에 꼭 맞았고, 금속 노브가 달린 센서가 머리에 붙어 있었다. 모든 헤드셋에는 가느다란 녹색 전선이 작업 테이블 가장자리로, 그다음에는 바닥으로 연결되어 있었다. 그 전선이 모두 모여 두꺼운 케이블이 되었고, 방 한쪽의 문으로 이어졌다.

마틴은 그것에 조심스레, 하지만 빠르게 다가갔다. 얼마 못 가서 들킬 것이 분명했기 때문이다. 보이지는 않아도 작업 과정을 감시하는 카메라가 반드시 있었다. 작업자들이 도망칠 위험은 없어 보였다. 마틴이 문을 열었다.

옆방에는 서버와 프로세서가 가득 들어차 있었다. 조종 패널의 화면에 현재 프로그램의 이름이 보였다. 문에 적힌 것과 같은 이름이었다. 화면에는 두 개의 손과 작동하는 재봉틀을 단순하게 표현한 영상이 보였다. 밖에 있는 사람들의 동작과 화면의 영상을 비교해 보자 정확히 일치했다. 컴퓨터가 그들의 동작을 녹화하는 것일까? 아니면…… 지휘하는 것일까? 마틴이 눈앞에 펼쳐진 광경을 해독해 보려는 순간, 등 뒤에서 굵은 목소리가 들려왔다.

"웩슬러 박사님이 부르십니다."

웩슬러의 사무실은 대단했다. 묵직한 목재 장식, 골동품 같은 황동 조명, 바닥에서 천장까지 이어지는 책장 등, 그 실험의 수장에게 어울리는 곳이었다. 그 뒤에는 식당, 작업실, 복도, 방이 전부 보이는 고성능 화면이 벽을 채우고 있었다. 시설 전체가 규칙적으로 돌아가며 보여서, 웩슬러는 자신의 왕국을 끊임없이 감시할 수 있었다.

웩슬러는 마틴이 점심때 만난 지저분하고 어리숙한 괴짜와는 다른 사람이었다. 그는 깔끔한 실험복을 입고 고급 목재 책상에 기대어 앉아 약삭빠른 미소를 짓고 있었다. 점심때 입었던 구겨진 실험복은 옆의 코트걸이에 아무렇게나 걸려 있었다.

"웩슬러 박사님, 다시 만났군요." 마틴은 작업실에서 본 광경의 충격에서 벗어나지 못했지만 내색하지 않으려 했다.

"아, 이제 그렇게 부를 사이는 아니죠. 할이라고 불러요."

"뭐, 그러죠. 어떻게 된 겁니까, 할 박사님?"

웩슬러는 엄청난 볼거리를 공개하려는 마술사처럼 씩 웃었다.

"핵심 요원을 뽑는 과정이죠. 이제 이 실험이 훈련만 하는 게 아닌 걸 알겠죠. 이곳 피험자들은 민간 부문에서 일해요. 직종이 너무 많다 보니 보통 교도소 노동력으로는 1퍼센트밖에 충당이 안 되죠. 그래서 내가 그걸 해결했어요." 웩슬러의 등 뒤 밝은 화면에서 재봉실의 남자들이 계속 바삐, 동시에 일하고 있었다.

"컴퓨터를 써서 말입니까?"

"저들은 인체를 유기적인 조립 라인 로봇처럼 이용하는 인공지능으로 조종되고 있어요. 팔다리는 인간의 감각의 도움을 받아서 정확히 운영되고 있고. 어떤 회사의 어떤 일도 순식간에 업데이트할 수 있다는 장점이 있어요."

"저 사람들이 뭘 하고 있는지 알긴 하나요?"

"서브루틴이 쾌감 중추와 감각 수용기를 자극해서 그들이 원하는 모든 환상을 만들어 주니까 몸이 일하는 동안 정신이 팔려 있죠. 대부분은 독방에 감금되어 있는 내내 파티를 하거나 「그랜드 세프트 오토」게임을 하듯이 섹스와 범죄를 즐길 수 있어요. 저들이 평생 갇혀서 지내는 쪽을 선호할 것 같아요?"

"왜 이런 일을 하는 겁니까? 대체 누가 이런 걸 원한다고요?"

"인간의 몸을 인공지능으로 조종하는 편이 기계를 설계하고 만드는 것보다 훨씬 효율적이고 비용도 적게 들죠. 자연이 우리에게 무한히 적응시킬 수 있는 도구를 줬고, 나는 그것을 최고의 잠재력까지 끌어다 쓰는 법을 습득했어요. 그걸 왜 이용하지 않겠어요?"

"저 사람들이 상황을 압니까?"

"대부분은 감형을 원했지만, 사실 아무도 여기서 나가지 않을 거예요. 모두 사형수이거나 아주 끔찍한 죄를 지어서 여러 번의 무기징역을 받았고 가석방도 불가능해요. 면회 오는 사람도 없고. 미국 교도소의 재소자 200만 명 중에서 약 5만 명이 가석방이 불가능한 무기수, 2000명이 사형수죠. 삼진아웃 법 덕분에 더 늘어날 전망이고. 중국에는 미치지 못하지만 시간만 지나면……"

"하지만 이건…… 이건 **노예제도**잖아요!"

"아니죠. 노예제도는 불법이죠. 이건 수정 헌법 13조의 내용에 따라 완벽하게 합법이거든요. 비자발적 노예제도는 철폐됐어요. 유죄 판결을 받은 당사자의 처벌을 제외하면 말이죠. 이 실험이 성공하면 다른 시설에서도 이용해서 사설 교도소를 더 짓고, 유죄 판결을 더 내리고, 노동력을 더 끌어내도록 로비 자금을 제공할 수 있게 되죠. 이 실험은 미국에 일자리를 다시 만들고, 평생 세금을 탕진하는 자들을 소중한 자원으로 바꿀 수 있어요."

"그건 미친 짓입니다! 괴물 같은 짓!"

웩슬러는 눈을 부라리며 일어나 책상을 내리쳤다.

"이자들이 진짜 괴물이지! 왜 여기 왔는지, 사람을 얼마나 죽였는지, 이들 때문에 누가 죽었는지 안다면 그래도 그런 말을 하겠어요? 아니면 이자들이 저지른 짓에 마땅히 받아야 할 대가보다 이게 낫다고 하겠어요?"

마틴은 어쩔 줄 몰라서 화면을 바라보며 고개를 저었다. 화면 속 남자들은 멍하니 완성된 옷을 개어 옆에 놓인 통에 넣은 뒤 새 옷감을 들고 다시 재봉을 시작하고 있었다. 마틴은 내키지 않았지만 박사의 말에 일리가 있다는 생각이 들 뻔했다. 이유 없이 사형 선고를 받는 사람은 없다. 그리고 가석방이 불가능한 무기 징역. 그것을 삶이라고 부를 수 있을까? 마틴은 몸을 떨었다. 그렇다고 그 상황이 정당해지는 것은 아니었다.

웩슬러는 마음을 가라앉히고 다시 앉았다.

"이제 어떻게 돌아가는 건지 알았죠? 이 부문에는 항상 새로운 직원이 필요해요. 그래서 그쪽에게 접근했어요. 진실에 어떻게 반응하는지 보려고. 지금처럼 지내도 돼요. 계속 그대로 일하면 되죠. 아니면 모두 거부해요. 앞으로 8년간 갇혀서 살아요."

웩슬러는 말을 마친 뒤 모니터를 향해 돌아앉았다.

"퇴근해요. 하룻밤 고민해 봐요."

마틴은 퇴근한 뒤 이웃에게 딸들을 맡기고 아내와 함께 근처 공원에 의논하러 갔다. 집이 도청되는 경우에 대비한 것이었다. 그가 집에서 한 말 때문에 이미 회사는 수상히 여겼다. 더 이상 상황을 악화시킬 필요는 없었다. 마틴은 모든 것을 설명했다. 바네사 역시 마틴만큼 충격을 받았고, 어떤 경우에라도 이 일을 고발해야 한다고 동의했다.

이튿날 마틴은 웩슬러에게 일하겠다고 했다.

그가 웩슬러의 A팀에서 일하는 동안, 바네사는 딸들을 어린이 도서관에 데려다주고, 교도소 개혁에 관한 기사를 쓴 기자들을 몰래 검색했다. 바네사는 그들에게 마틴이 알게 된 사실을 전부 보내고 조사해 달라고 했다. 답장을 보내 증거를 요구하고 비밀 카메라를 장착한 펜과 안경을 보내 증거를 구하라고 한 기자도 있었다. 신임을 얻어서 작업 구역에서 하는 일이 늘어난 마틴은 증거를 수집하기도 쉬워졌다.

그는 쉬는 시간 없이 24시간 기계적으로 움직이는 작업자들과 그들을 통제하는 컴퓨터 화면을 녹화했다. 그들의 작업은 날마다 바뀌었지만, 마틴은 그 시스템을 사용하는 브랜드를 확실히 촬영했다. 그래야 더 큰 기사가 됐다. 기자들이 이 실험에 의문을 던지고 전화를 걸기 시작하자, 대기업들은 서둘러 거리를 두고 제품 제조 과정을 모른다고 부인했다. 그들이 발 빠르게 계약을 취소하고 이미지를 지키기 위해서 그 실험을 비난하는 성명을 발표하자, 웩슬러만이 남았다.

기사가 나오고 작업실과 컴퓨터의 오싹한 영상이 공개되면서 웩슬러는 범죄를 부인할 수 없게 됐다. 웩슬러가 체포된 뒤 존 스튜어트가 풀려난 재소자들을 특집 방송에서 인터뷰했다. 마틴과 바네사도 초대받아서 모든 것을 잃고도 그 실험을 폭로한 이유를 설명했다.

프로젝트가 끝나면 마틴 가족은 아파트에서 나가야 했지만, 방송을 본 사람이 적당한 집세를 받고 새집을 빌려주겠다고 했다. 그들을 영웅이라고 부르며 일자리를 제공한 사람도 있었다. 얼마 지나지 않아서 재소자 근로 문제에 대한 국회 청문회에서 이 시스템을 해체했고, 할 웩슬러 박사는 다양한 범죄로 실형을 선고받았다. 종신형은 아니었지만 미친 계획에 종지부를 찍을 정도의 형량이었다.

드디어 악몽이 끝났다.

판결 후 마틴과 아내는 자축했다.

테이크아웃 저녁 식사는 케이크와 아이스크림으로 마무리했다. 딸들을 재운 뒤, 부부는 티브이 앞 소파에 앉아 넷플릭스에서 공포 영화를 보며 휴식을 가졌다. 영화와 섹스가 끝난 뒤, 마틴은 바네사를 꼭 끌어안았고 바네사는 한참 후에 몸을 일으켜 술을 더 가지러 일어났다. 마틴은 아쉬운 마음으로 바네사의 뒷모습을 봤다. 침대에서든, 밖에서든 그에게 그런 감정을 느끼게 한 여자는 바네사뿐이었다.

바네사의 미소가 자신도 마찬가지라고 말했다.

"대단한 영화네! 그런데 착한 사람들이 이긴 뒤에도 끝이 안 나서 별로야." 바네사는 주방으로 들어가며 웃었다. "그건 항상 아직 끝이 아니란 뜻이지."

"뭐?"

바네사가 안에서 조그맣게 대답했다. "법정에서 나온 뒤 내가 느낀 거야. 아직 끝이 아니고 최악이 남았다는 느낌."

"그게 뭔데?" 마틴의 목소리가 커졌다. 마틴은 눈살을 찡그리며 일어나 앉아서 바네사가 아이들이 자고 있으니 조용히 하라고 말하기를 기다렸다. 아무 말도 없었다. "여보?"

바네사는 대답하지 않았다.

"방금 뭐라고 했어?" 마틴은 주방으로 갔다. 비어 있었다. 침착하게 방으로 갔다. 바네사는 딸들이 잘 자는지 확인하러 간 것일까?

하지만 딸들도 사라졌다. 침대 두 개 모두 비어 있었고, 바네사도 보이지 않았다.

다급해진 마틴은 아파트 안을 뛰어다니며 그들을 찾았지만 아무 데도 없었다. 그는 소파에 앉아 머리를 감싸 쥐었다. 고개를 들자 실내의 가구도 사라지고 없었다. 벌떡 일어나 돌아서서 보니 소파도 보이지 않았다.

주위의 벽이 사라지자 마틴은 충격에 휩싸여 멍하니 지켜봤다. 다른 방이 보이다가 사라지고, 바닥도 없어지자 아무것도 남지 않았다. 너무 심란해진 나머지, 마틴은 그 감정을 새하얀 색으로 바꾸고 싶어졌다. 그렇게 생각하자마자 모든 것이 변했다. 이럴 수가……

"이게 뭐야?"

마틴의 비명은 광활한 공백 속에서 작게 느껴졌다.

"네가 이겼어. 실험을 파괴했어." 웩슬러의 목소리가 머릿속에서 들려왔다. "네가 행복한 장소를 없앴어."

"없애?"

"그곳은 네가 시스템 내에서 만족하게 하려고 존재하지. 네가 벗어날 때마다, 그것을 삭제해. 매번."

"매번이라니 무슨 소리야?"

"이게 처음이 아니란 말이다, 마틴. 날 죽인 적도 있었지. 내가 사실을 말하니 종이칼로 날 찔렀어. 적어도 그편이 재판보다 빠르긴 했지." 웩슬러는 즐거운 기억이라는 듯 껄껄 웃었다. "날 악당으로, 광대로, 그사이 온갖 존재로 만들었지만 결국 늘 여기서 끝나지."

"그게 어딘데?"

"망상에서 벗어난 네가 기억·회복 직전에 있는 상태. 나는 여전히 이유와 과정을 묻고."

"이럴 리 없어. 이건…… 미친 상황이야."

"미쳤다는 게 변화를 바라면서 같은 짓을 하고 또 하는 거라면, 우리 둘 다 미쳤어. 대부분의 피험자는 만족스러운 판타지를 경험하며 사는데, 너는…… 넌 완벽한 삶을 만들어…… 그리고 그걸 끝장내지. 계속 반복해서. 진실을 알아낼 때까지 파고 또 파헤쳐서."

"날 여기 가둬 둘 수는 없어."

"그런가? 널 누가 구해 주지? 소외된 자들을 범죄자로 만들면 아무도 관심 갖지 않아. 유죄 판결을 받은 범죄자는 사회에서 삭제하지…… 마음속에서도 삭제하고."

"당신은 어디 있지? 여긴 어디야?"

"난 언제나 그렇듯이 내 책상에 앉아 있지. 내가 네 감각에 연결되어서 내 목소리가 들리는 것이고.”

“아냐. 아냐, 그럴 리 없어. 난 네가 하는 짓을 알아냈고 널 없앴어. 넌 체포되었어.”

“다 네 머릿속에서 일어난 일이야. 네 가족도. 내 재판도. 내가 말한 일들을 할 수 있는 회사가 자기 안전을 보장할 수 없을 거라고 생각하나? 네 마음은 네가 딸 수 있는 자물쇠를 만들었어. 네가 망가뜨릴 체계를 지어냈지. 그걸 우리는 ‘버그’라고 해. 네가 자유로워질 수 있다면 남들도 마찬가지야. 그래서 우리가 여기 있는 거지.”

“여기? 어떻게 된 거야? 여긴 어디야?” 웩슬러는 대답하지 않았다. “대답해!”

“마음에 들지 않을걸. 네 마음에 든 적 없으니까. 네가 행복한 장소에 들어가는 데는 이유가 있어. 그런 곳이 없으면 대부분의 피험자는 충격으로 사망하니까.”

마틴은 들은 내용을 이해할 수 없을 지경이었지만 돌이킬 방법도, 이미 알게 된 것을 잊을 방법도, 앞에 놓인 일에서 벗어날 방법도 없다는 것은 알 수 있었다.

“사실대로 알려 줘.”

마틴은 가슴이 두근거리는 것을 느꼈다. 웩슬러는 한숨을 쉬었다.

“굳이 원한다면.” 마틴 주위의 모든 것이 캄캄해졌다. “슬프지만 네가 상상하는 실험은 실제보다 훨씬 더 발전했지.”

마틴의 눈에 어두운 방이 보였다.

약품과 금속 냄새가 나는 병원이 있었다. 천장의 전등이 가운데

컨베이어벨트가 장착된 긴 회색 탁자를 비췄다. 그는 그 위에 수평으로 금속 프레임에 묶인 채 매달려 있어서 다리에 감각이 없었다. 아직 통제할 수 있는 신체 부위인 머리를 최대한 들어 보니, 반대편 남자가 목구멍에 넣은 투명한 관으로 영양분을 공급받고 있었다. 마틴도 영양 공급관이 느껴졌다. 다른 관으로 노폐물이 처리되었고, 매달린 정맥주사 용기에서 나온 선이 남자의 가슴에 꽂혀 있었다.

항생제? 마틴이 생각했다. 진정제? 둘 다인가?

낡은 색색의 전선들이 남자의 머리에 연결되어 있었다. 양쪽 끝의 절연 처리 소켓이 남자의 두개골에 수술로 심은 금색 장치로 들어갔다. 그 아래 염증이 생겨 흐르는 고름과 봉합이 떨어져 배어 나온 피가 바닥에 뚝뚝 떨어졌다.

지저분했다. 그리고 끝이 없어 보였다.

남자가 아래로 늘어뜨린 팔에서 건조한 두 손이 바구니에 든 부품으로 휴대전화를 조립하고 있었다. 작은 드릴과 전기 드라이버를 쓰는 손놀림이 인공지능의 도움을 받지 않은 어떤 인간보다도 빨랐다. 컨베이어벨트는 완성된 휴대전화를 이동시켰다.

그는 다시 바구니에서 부품을 집어 들었다.

마틴이 아래를 내려다보자, 자신도 동시에 같은 일을 하고 있었다. 그가 최대한 눈길을 돌려보니 양쪽에 사람들이 끝없이 보였다. 반대편 남자 뒤에도 줄줄이 사람들이 있었고, 자신의 뒤에도 사람들이 있을 것 같았다. 몇 명이 얼마 동안 그러고 있었는지 아무도 모를 일이었다.

마틴은 비명을 질렀다.

"아냐, 아냐, 이럴 수 없어. 이런 일을 당할 정도로 나쁜 짓을 한 적 없다고!" 그렇게 항의하는 와중에도 그의 손은 멈추지 않고 휴대전화를 조립했다.

"그럴까? 잘 생각해 봐⋯⋯."

문득 기억이 쏟아져 들어왔다.

그는 중독 치료소에서 바네사를 만났다. 그들은 사랑하게 됐고, 결혼했고, 온갖 어려움에도 가족을 이뤘다. 몇 년 뒤, 코로나 유행으로 그들은 일자리를 잃었다. 아파트를 잃고 집이 없어지자 고통을 잊기 위해 과거의 습관이 너무 쉽게 돌아왔다. 헤로인, 펜타닐, 메스암페타민. 시간이 지나면서 닥치는 대로 했다.

그리고 두 사람이 함께하는 마지막 날이 왔다⋯⋯.

마틴은 아이들에게 먹일 맥도널드 해피밀 두 개와 바네사와 자신이 먹을 서브웨이 샌드위치 하나를 구하기 위해 하루 종일 잔돈을 구걸했다. 다른 중독자들과 함께 쓰던 버려진 집에 들어서자마자 마틴은 이상한 낌새를 느꼈다. 그들 방의 더러운 매트리스에 아무도 없었다. 그는 옆의 망가진 욕실로 달려갔다. 바네사가 취한 채 더러운 담요 더미를 덮고 금 간 욕조에 웅크리고 있었다.

딸들이 보이지 않았다.

"애들은?" 마틴이 물었다. 바네사가 흐느꼈다.

"애들을 데리러 사람들이 왔어. 애들을 숨겨야 했어!" 그토록 부드럽고 애정 가득했던 두 눈이 공포에 질려 있었고, 그의 이름을 정열적으로 외치던 목소리는 극도로 흥분해 떨리고 있었다.

"여보, 애들 어디 있어?"

바네사는 못 들은 것처럼 중얼거리기만 했다.

"애들이 잤는데, 자꾸 시끄럽게 굴었어. 훌쩍이고, 앓고…… 애들을 잃을까 봐 너무 두려웠어. 조용히 시켜야 했어. 그러니 어떡해?" 바네사가 소리 질렀다. "조용히 시켜야 했다고!"

담요 속에 바네사 말고도 사람이 있다는 것이 그제야 보였다. 마틴은 다가가서 손을 뻗었고, 바네사는 두려워 마틴을 할퀴었다. 하지만 마틴은 온 마음을 다해 두려움을 밀어냈다. 바네사는 그를 밀어내려고 미친 듯이 소리를 지르며 누더기 더미를 끌어안았다. 숨긴 것에서 작은 손 하나가 툭 떨어졌다. 영원히 조용해진 하얀 손이었다. 마틴이 담요를 밀어내니 바네사가 아이들을 조용히 시키려고 쓴 베개 위에 두 개의 머리와 멍한 눈이 보였다.

마틴은 자기가 무슨 짓을 하는지 미처 깨닫기도 전에 바네사에게 달려들었다.

그의 손이 바네사의 목을 움켜쥐었다. 바네사 역시 아이들처럼 희생자라는 사실을 잊고 도와 달라는 외침과 숨을 모두 막아 버렸다. 자신이 무슨 짓을 저질렀는지 깨달았을 때는 이미 돌이킬 수 없었다.

마틴은 슬픔에 겨워 마지막 남은 약을 과용했다. 자신에게 어울리는 운명이라고 여겼다. 약물에 가족을 잃었으니 약물로 다시 만나게 될 것이라고.

하지만 누군가가 그들을 너무 일찍 발견하고 신고했다.

마틴은 살아남아 자신이 모두를 살해했다고 자백했고 결국 가석방 없는 종신형을 선고받았다. 바네사가 한 짓은 아무도 모르게 됐다. 그는 여태 바네사의 비밀을 지켰고 무덤까지 지킬 생각이었다. 자신에게 무덤이 주어진다면. 가족을 지키기 위해 할 수 있는 일은 그것뿐이었다.

마틴은 어쩔 줄 몰라서 울부짖었다.

"네가 뭘 기억하든지, 꿈이 낫다는 걸 알겠지." 머릿속에서 웩슬러의 목소리가 들려왔다. "이 지옥에서 천국의 맛을 보여 주는데도 넌 매번 그걸 내던지는군. 이 실험에서 탈출하는 판타지를 만드는 피험자는 너뿐이야. 그 이유를 알아야만 한다."

마틴은 멍하니 입을 다물고 있었다.

웩슬러가 제공하는 꿈의 나라가 고통을 지운다 해도 마틴의 죄책감을 씻어 주지는 못했다. 그는 가족을 죽음으로 몰아간 삶에서 구해 내지 못했다는 사실을 망각할 자격이 없었다. 사실만으로도 충분한 벌이 되지 못했다. 그가 받은 벌은 상실을 계속 반복하는 것이었다. 제아무리 여러 번 그 상실을 가려 본다 해도.

웩슬러가 그 사실을 몰라서 실험을 승인하는 데 필요한 데이터가 망가진다면 뜻밖의 이득이었다. 마틴은 영원히 입을 다물 것이고, 그것이 웩슬러를 벌줄 유일한 방법이었다.

웩슬러는 이유를 알지 못한 채 실패할 테니까.

"없다고? 음, 그럼 시스템을 재시동해야지. 넌 다시 삶을 살 거다. 또 싸워서 벗어나면 나는 버그를 찾아서 고치기 위해 노력하고."

마틴은 울었다.

"그냥 가족과 다시 만나게 해 줘……."

"미안. 하지만 투자한 것이 너무 많아. 전국에서, 그리고 전 세계에서 활용하도록 성공할 때까지 반복한다. 내가 성공하면 넌 너만의 천국을 누릴 거다. 실패하면 넌 성공할 때까지 그 과정을 반복할 것이고." 웩슬러의 목소리가 밝아졌다. "어느 쪽이든 결국에는 우리 둘 다에게 윈윈이잖아, 안 그래?"

마틴은 피와 고름 냄새를 맡으며 깨어난다.

잠에서 깨어나자 잘 기억나지 않는 악몽을 털어낸다. 아내가 옆에서 자고 있다. 그것이 그의 삶이다. 기억이 가물거리는 악몽이 아니다. 마틴은 모든 것을 잊고 씩 웃는다.

그는 행복한 장소에 있다.

P. 젤리 클라크

Hide & Seek

숨바꼭질

P. 젤리 클라크
P. Djèlí Clark

장편소설 『진의 마스터』와 중편소설 『링 샤우트』, 『검은 신의 북소리』, 『015호 트램의 유령』으로 휴고상, 네뷸러상, 스터전상, 영국환상문학상, 세계환상문학상 등 여러 상을 석권하고 후보에 올랐다. Tor.com 같은 온라인 사이트와 잡지 《데일리 사이언스 픽션》, 《히로익 판타지 쿼터리》, 《에이펙스》, 《라이트스피드》, 《파이어사이드 매거진》, 《비니스 시즐리스 스카이즈》, 그리고 앤솔러지 『그라이어츠』와 『히든 유스』, 『클락워크 카이로』 등에 단편을 실었다. 문예지 《FIYAH》의 창립 회원이며 때때로 《스트레인지 호라이즌스》의 리뷰어로 활동한다. 최신작은 판타지 시리즈의 두 번째 권 『아베니와 금의 왕국』이다. 현재 뉴잉글랜드에 위치한 작은 에드워드 시대풍 성에서 아내와 딸들, (보스턴 테리어와 이상하게 닮은) 반려 용과 함께 살고 있다. 그는 마음이 내킬 때면 '불만투성이 하라드인(Disgruntled Haradrim)'이라는 블로그에 사변소설과 정치, 다양성에 관한 글을 쓴다.

엄마가 몸을 떨며 경련한다. 호리호리한 팔다리가 비틀리고 흔들리며 기괴한 춤사위를 그리고, 눈은 나비 날개처럼 파르르 떨린다. 검은 곱슬머리가 땀에 젖어 뺨에 들러붙어서 검은 베일을 쓴 것 같다. 그리고 목덜미의 혈관이 부어올라 살갗을 뚫고 나오려는 지렁이 같다. 엄마의 가슴이 산토끼처럼 빠르게 오르내리는 것이 보인다. 입술은 파랗게 질린 지 오래되었고, 엄마는 헥헥거리는 개처럼 가쁜 숨을 몰아쉬며 누워 있다.

나는 거기에 서서 지켜본다. 시시각각 어깨에 멘 엽총이 무거워진다. 제이미는 마룻바닥에 다리를 꼬고 앉아서 지켜본다. 초록 눈이 접시만큼 휘둥그레졌다. 우리 둘 다 한 마디 말없이 엄마의 창백한 피부를 스멀스멀 가로지르는 붉은 선만 보고 있다. 그 선을 보면 집 주위에 자라는 덩굴이 떠오르지만, 실처럼 가늘고 너무나 밝은 빛을 발해서 엄마가 입은 예쁜 노란색 원피스를 통해서도 다 보인다. 어딘가 근처, 아마 옆 방에서 아빠가 흐느끼는 소리가 들린다. 소리는 점점 커지다가, 듣는 사람의 속이 메슥거리며 뒤집힐 정도로 울부짖는 소리가 될 것이다. 나는 그 모든 것들 속으로 가라앉을까 두려워 눈을 감는다. 아아. 아마도 백번쯤 이렇게 생각했을 것이다. 마법이 지긋지긋하다.

하지만 처음부터 차근차근 이야기해 보겠다.

"하나! 둘! 셋!" 엄마가 외친다. "꼭꼭 숨어라!"

우리는 집 안을 내달리다가 주방의 갈색 양복장 앞에서 멈춘다. 나도 안다. 양복장은 주방에 두는 것이 아니다. 하지만 어찌 보면 그래서 중요하다. 나는 문에 칠한 파란 표식을 확인한 뒤 문을 연다.

"들어가!"

제이미가 머뭇거린다. "좁아."

"넷! 다섯! 여섯!" 엄마가 다시 외친다.

"넌 작잖아." 내가 쏘아붙였다. "어서 들어가!" 제이미가 나를 올려다본다. 커다란 눈망울에 걱정이 서렸다. 제이미는 좁은 공간을 싫어한다. 하지만 다른 선택지가 없다.

"여기 혼자 있을래?" 내가 묻는다. "난 다른……"

"싫어!" 제이미는 양복장에 들어가더니 낑낑거린다. 이 연습 중에 혼자 있기가 두려운 것이다. 다른 공포를 이길 정도로.

"일곱! 여덟! 아홉!"

나는 제이미를 따라 뛰어들며 등에 멘 엽총을 몸에 딱 붙인다. 안에서 문을 당겨 닫은 뒤, 숨 막히는 어둠 속에 갇힌다.

"열!" 엄마가 외친다. "찾으러 간다!"

나는 편안히 숨 쉬려고 노력하며 자리를 잡는다. 양복장은 아마 이 집만큼 오래된 것 같다. 오래된 나무에서만 나는 퀴퀴한 냄새가 난다. 조심하지 않으면 나무가 쪼개질 수도 있다. 그리고 먼지에 숨이 막힐 지경이다.

제이미가 내게 꼭 달라붙는다. 양복장 문 밑에서 들어오는 희미한 빛을 빤히 보고 있는 그 애 눈만 겨우 보인다. 밖에서 집 안을 돌아다니는 발소리가 들린다. 아래층에서 무거운 것을 끌고 있다. 다른 것이 쿵 떨어진다. 사냥꾼이 우리를 찾고 있다. 발소리가 위로 향한다. 그리고 조용하다. 나는 안도의 한숨을 내쉰다. 엄마가 당황했다. 우리는 잘 숨었다.

제이미를 안심시키며 웃어 보이려고 시선을 돌린다. 하지만 그 애 얼굴을 보니 미소가 사라진다. 가려운 사람처럼 얼굴이 경련을 일으킨다. 재채기가 나온다.

젠장!

바깥의 발소리가 돌아온다. 느려진다. 생각하는 것이다.

제이미가 숨을 들이쉬더니 손으로 입을 막는다. 나도 손으로 제이미의 입을 막고서 조용히 하라고 애원한다. 그 애는 미안한 듯 올려다보더니 눈을 꾹 감는다.

손으로 막아서 재채기 소리는 줄어들었다. 그래도 작은 공간에서는 울려 퍼지는 느낌이다. 그리고 그것으로 충분하다.

젠장. 젠장. 젠장.

발소리가 곧장 우리를 향해 다가온다. 잠시 머뭇거리더니 문을 따라 훑다가 자물쇠를 찾는다. 제이미의 작은 손가락이 내 손을 파고든다. 나는 그 애를 꼭 붙든다. 우리 둘 다 이 부분이 싫다.

엄마가 양복장 문을 홱 열더니 검은 눈으로 노려보며 외친다. "와아아아악!" 무시무시한 가면처럼 비틀어진 엄마 얼굴에 나는 흠칫 놀라 뒤로 몸을 젖힌다. 제이미는 작은 몸을 떨며 소리를 지른다. 그래도 엄마는 멈추지 않는다. 그럴 생각이 없다. 애가 두려워 어쩔 줄 모를 때까지. 나는 꾹 참고 엄마를 마주 노려본다.

"됐어, 엄마. 애도 알아들었을 거야."

엄마는 그제야 제이미가 두려워하는 것을 알아차린 듯 멈춘다. 동정하는 빛이 스쳐 지나간다. 하지만 곧 엄마의 얼굴이 단호해진다. 엄마가 나를 공격한다.

"어떻게 된 거니? 내가 어떻게 찾았지?"

"재채기. 여기 먼지가 많아."

"그럼 치워야지!" 엄마가 내뱉듯 말한다. "쟤는 네 책임이야, 제이컵! 네가 형이잖니! 동생을 조용히 시켜!" 엄마가 내 엽총을 보더니 목소리를 낮춘다. "그걸 쓸 게 아니라면."

"네, 알겠습니다." 내가 중얼거린다. 엄마가 책임에 대해 개뿔이나 아는지 묻고 싶다. 엄마가 천천히 숨을 내쉬자 얼굴 표정이 완전히 바뀌며 차분해진다.

"너희 둘, 뭐 좀 먹어라." 새로운 얼굴의 엄마가 부드럽게 말한다. "그러고 나서 다시 시작해." 엄마는 가느다란 다리에 꽃무늬 긴 드레스 자락을 부딪으며 걸어간다.

나는 아직 나를 꼭 잡고 있는 제이미를 돌아본다. 지겹기도 하다. 내 앞가림 하기도 힘들다. 그런데 동생까지 어떻게 돌보란 말인가? 하지만 동생 눈에 서린 공포를 보니 짜증이 사라진다. 나는 양복장에서 뛰어내린 뒤 손을 내민다. 제이미는 그 손을 잡지만, 구석에 웅크린 채 움직이지 않는다. 동생을 달래어 나오게 하는 데 30분 가까이 걸린다.

이것이 숨바꼭질이다. 그리고 놀이가 아니다.

엄마는 옛날 응접실 창가에 서서 팔짱을 끼고 밖을 내다보고 있었다. 그렇게 조각상처럼 서서 기다리며 우리 집 앞의 구불거리는 도로를 지켜보고 있을 것이다.

제이미는 좋아하는 드라마 「전격 Z작전」에 나오는 데이비드 핫셀호프와 키트가 아이들에게 마약을 하지 말라고 경고하는 광고를 신이 나서 가리킨다. 말하는 자동차가 마약에 대해 무엇을 아는지 모르지만, 나는 이따금 고개를 끄덕이며 티브이와 엄마를 번갈아 보고 있다. 엄마는 오늘 빨간 드레스를 차려입고 있다. 우리 집에는 손님이 거의 오지 않는다. 그리고 확실히 손님이 올 때만 엄마는 그런 차림을 한다.

"온다!"

돌아서서 보니 엄마는 이제 긴장 상태가 아니다. 멀리서 다가오는 트럭을 빤히 보며 기뻐 어쩔 줄 모른다. 트럭은 요즘 모델과 달리 곡선 형태로 이뤄진 구형이다. 전에는 흰색이었는지 몰라도 지금은 녹이 잔뜩 슬어 있다. 트럭이 앞으로 다가오더니 가을 추위에 칙칙한 갈색으로 시든 풀밭을 밟고 멈춘다. 문이 끼익 열리더니 회색 뱀피 부츠가 한쪽씩 나온다. 나는 눈살을 찡그린다. 슈거맨이다.

슈거맨의 진짜 이름은 웨인이다. 성이 레드풋이라고 한다. 자신이 촉토족이라고 말하기를 즐긴다. 하지만 금발에 파란 눈의 촉토족은 처음이다. 슈거맨은 빛바랜 청바지와 청재킷, 밀짚 카우보이모자에 붉은 체크무늬 셔츠 차림으로 건들거리며 걷는다. 문을 여는 엄마를 본 그는 덥수룩한 턱수염 뒤로 이를 잔뜩 드러내며 웃는다. 둘은 포옹하고 오랜 친구처럼 군다. 하지만 속지 말라. 저건 거래다.

그는 우리를 보더니 인사를 외치고 재킷에 손을 넣어 번쩍이는 포장 두 개를 꺼낸다. 개에게 간식을 던질 때처럼 그것을 우리를 향해 흔들어 보인다. 나는 하나를 잡는다. 동생도 하나를 잡는다. 고맙다고 중얼거리자, 그는 선한 사마리아인이라도 되는 양 미소를 짓더니 엄마를 향한다. 둘은 오랜 친구 연기를 그만두고 흥정을 시작한다.

"뭐 가져왔어?"

"뭐 필요한데?"

"뭐가 인기야?"

"얼마나 낼 수 있어?"

"그렇게 비싸? 물건이 썩 좋아야 할걸?"

"안 좋은 건 거래 안 하지. 그래서 내 물건이 비싼 거라고. 확실히 날아가게 해 줄 거야. 지금 새로 만드는 중이야. 돈만 준비되면 금요일까지 어때?"

엄마는 끄덕이며 혀를 핥는다. "그럼 금요일."

슈거맨은 늑대의 미소를 지으며 더욱 굶주린 표정을 짓는다.

나는 돌아서서 제이미의 손에서 사탕을 낚아채 쓰레기통에 버린다.

아. 내가 말 안 했던가? 엄마는 소위 중독자다.

우리 집을 소개한다. 디컨이라는 집이다. 현관 위에 적힌 이름이다. 우리는 지금 듀컨 가족이다. 하지만 집에는 외할아버지 이름이 적혀 있다.

디컨 할아버지를 잘 알지는 못한다. 할아버지는 내가 여섯 살 때 돌아가셨다. 제이미는 아기였다. 하지만 이 집을 처음 본 날이 기억난다. 허허벌판에 선, 페인트가 벗겨지고 바닥이 삐걱거리는 거대한 집이었다. 그때는 활기찬 곳이었다. 창문이 눈처럼 번득였고 문은 우리 모두를 집어삼킬 만큼 거대했다. 나는 들어서는 순간 거대한 목구멍으로 떨어지는 게 아닌가 싶었다. 하지만 그 대신 피부가 주글주글하고 달걀 껍데기처럼 희고 얇은 깡마른 사람이 있었다. 코가 뾰족하고 얼굴에 새겨 넣은 듯한 입술이 얇았으며 검은 정장 위에 새빨간 코트를 입고 있었다. 머리에는 검은 모자를 높이 쓰고 그 옆에 초록 깃털을 꽂은 그는 앙상한 체구에 비해 너무 크고 웅장한 금속 의자에 앉아서 돌아온 딸과 손주들을 노려봤다.

"그럼, 애들이 혼혈 꼬맹이들이구나."

할아버지가 처음 한 말이다. 안녕이 아니다. 지난 7년간 어디서 지냈니, 줄리아도 아니다. 티브이에서 본 것 같은 할아버지다운 자상한 미소도, 귀 뒤에서 동전을 꺼내는 마술도 아니다. 그 대신 할아버지는 우리의 캐슈넛색 피부와 숱 많은 곱슬머리를 찬찬히 봤다. 하지만 제이미의 눈을 보고 할아버지는 놀랐다.

"그럼, 아비도 혼혈이냐?" 할아버지가 물었다. "그럼, 너희는 혼혈의 혼혈이구나!" 그리고 웃음소리가 들렸다. 건조한 쉿소리에 나는 두피가 근질거렸다. 내 굳은 표정을 보더니 할아버지의 웃음이 잦아들었다. 할아버지는 고개를 갸우뚱하며 늙은 까마귀처럼 나를 노려봤다. 그때 나는 깨달았다. 제이미와 달리 나는 할아버지와 엄마의 눈을 닮았다. 양귀비 씨앗처럼 새카만 눈이었다. 할아버지도 그것을 알아차렸는지 얇은 입술을 비틀며 미소 지었다.

"그래도 핏줄은 핏줄이지." 할아버지가 중얼거렸다.

그렇게 우리는 할아버지 집, 엄마가 자라고 달아났다가 결국 돌아간 곳에서 살게 됐다. 엄마에게 그 일을 한번 물어봤다. 엄마는 한숨을 쉬고 어깨를 으쓱하더니 자신이 던진 부메랑 같다고 했다. 그럼 누가 던졌냐고 물었다. 엄마는 대답하지 않았다.

할아버지와 함께 사니 우리가 집이라고 부르던 좁은 방에서 살던 시절과는 크게 달라졌다. 내가 본 어떤 곳보다 큰 집이었다. 그리고 나는 그곳을 탐험하는 것이 좋았다. 그 시절에는 제이미가 너무 어렸기에 나는 혼자서 돌아다녔다. 그렇게 다니다가 할아버지의 개인 방을 알게 됐다. 할아버지는 그곳에서 그 집에 자주 오가는 사람들을 만났다. 그들은 걸어서 들어오기도 하고, 다 낡은 차를 몰고 오기도 하고, 심지어 기사가 운전하는 고급 차를 타고 오기도 했다. 아이들을 데려와서 내 곁에 두는 사람도 있었다. 그 애들에게서 들은 이야기다.

할아버지는 마법사였다. 혹은 주술사였다. 혹은 요술쟁이였다. 아이들은 전부 다른 이야기를 했다. 디컨 가족은 전부 마법에서 생겨났다고 했다. 지옥의 힘에서 불러낸 흑마술, 이 세상 바깥의 어둠에 사는 존재와 계약을 맺었다는 것이다. 대부분의 사람들은 할아버지를 두려워했다. 하지만 이런저런 일로 할아버지의 도움이 필요했다. 사랑의 묘약 같은 시시한 것에서부터 돈이며 중요한 일까지. 더 지독한 목적을 가지고 찾아오는 사람도 있었다. 한 여자아이는 한 해에 큰 땅의 농작물을 메뚜기 떼가 먹어 치운 일이 할아버지가 한 일이라고 주장했다. 선거일 직전에 주 상원의원의 경쟁자를 차에 탄 채로 묻어 버린 미친 개구리 떼도 마찬가지였다. 또 한 아이는 할아버지가 밤이면 무덤을 파서 자신을 괴롭힌 사람의 영혼을 낚아챈다고 했다.

디컨 가족은 거래로 부자가 됐다. 그리고 할아버지는 이렇게 멀리, 아무도 안 사는 곳에 큰 집을 지을 수 있었다. 그 집은 동화 속 성처럼 언덕 위에 버티고 서서 시내 사람들이 마법사를 찾아오게 했다. 할아버지는 그렇게 하면 사람들이 자신을 우러러볼 것이라고 생각한 모양이었다. 하지만 할아버지가 혼자 철제 의자에 쓰러져 돌아가셨을 때 장례식에 온 사람은 아무도 없었다. 유일하게 온 사람은 할아버지에게 돈을 빌려 간 흑인 노인이었다. 그는 디컨 할아범이 "유령을 보내지 않게" 빚을 갚고 싶다고 했다.

우리는 장례가 끝난 뒤 빗속을 걸어서 돌아왔다. 엄마는 무슨 이유인지 차를 타지 않았다. 이튿날 변호사가 할아버지 유언장을 갖고 찾아왔다. 할아버지는 전 재산을 동유럽 외딴곳의 어느 도서관에 남겼다. 엄마에게는 집을 남겼다. 할아버지가 엄마를 이곳에 붙잡아 두려고 그렇게 했다는 생각이 들기도 한다. 괴물 같은 집이 엄마를 잡아먹으리란 것을 알고서.

나는 제이미를 이끌고 복도를 달린다. 엄마가 세는 소리가 귓전에 울린다. 우리는 삐걱거리는 계단을 달려 꼭대기까지 올라간다.

"이쪽이야!" 내가 방 한 곳으로 들어간다. 흰 벽에 마호가니 옷장이 서 있다. 가장자리에 잎사귀를 새겨 넣은 높다란 구식 장롱이다. 하지만 중요한 것은 앞쪽에 크고 파랗게 칠한 표식이다. 문을 열고 제이미를 밀어 넣고는 나도 따라 들어간 뒤 문을 닫는다. 제이미가 말하려는데 내가 손가락으로 입을 막는다. 엄마가 숫자 세기를 멈췄다. 이제 찾고 있다.

소리는 다 아래층에서 들린다. 엄마는 정말 열심히 찾고 있다. 계단에서 발소리가 들리는 것을 보니 올라오고 있다. 나는 제이미의 입을 막고 옷장 뒤쪽에 딱 붙는다. 발소리가 근처 방으로 들어간다. 그리고 또 다른 방으로 들어간다. 우리 방으로 들어오는 소리에 나는 숨을 참는다. 발걸음이 잠시 돌아다니다가 다시 나간다.

우리는 긴장을 풀고 몸을 웅크린 뒤 아무 말도 하지 않는다. 거기서 얼마나 있었는지 알 수 없지만 발이 저리기 시작해서 체중을 옮긴다. 제이미가 잠들 뻔해서 내가 쿡 찌른다. 잠들면 코를 골 수 있다. 그러면 위험할 수 있다. 하품을 참는데 갑자기 우는 소리에 귀가 쫑긋한다. 옷장 안, 우리 곁에서 나는 소리다. 제이미를 보니 고개를 젓는다. 우는 소리가 다시, 조금 더 크게 어둠 속에서 애절하게 들려온다. 눈을 감고 소리 없이 욕을 한다. 지금은 안 돼! 제발!

옷장 문이 왝 열린다. 엄마가 화를 내며 고함을 친다. 나도 폭발해서 고함친다. 엄마의 손바닥이 내 뺨을 치자, 고개가 돌아가며 얼얼하고 아프다. 나는 얼굴을 감싸 쥐고 눈물을 참으려 한다. 엄마가 내게 정신 차리라고 외친다. 제이미가 울기 시작해 콧물과 눈물 범벅이 된다.

"우리가 아니었다고." 내가 이를 악물고 말한다. "아빠였다니까."

엄마의 비난이 혀끝에서 말라붙는다. 엄마는 나를 멍하니 보다가 눈을 껌뻑인다.

"네 아빠는 죽었어." 엄마는 딱 잘라 말하고 돌아선다.

"저기 바위를 맞힐 수 있어?" 그렇게 묻는 제이미의 입에서 차가운 공기 속으로 입김이 나온다.

나는 할아버지의 낡은 사냥총을 가리키며 윙크한다.

"당연하지." 허풍이 아니다. 나는 총을 잘 쏜다. 엄마가 가르쳤다. 아빠는 아는 사람 중에서 엄마가 총을 가장 잘 쏜다고 했다.

"그럼 왜 안 쏴?"

"오늘은 새를 사냥하는 게 아니거든. 이제 조용히 해."

제이미는 고개를 끄덕이더니 실망한 표정을 짓는다. 엄마는 우리에게 모든 것을 가르쳤다. 공교육을 믿지 않았다. 하지만 요즘은 아무것도 가르치지 않는다. 술래잡기밖에는. 오늘의 수업이 그래서 중요하다.

"좋아, 그럼. 뭐가 보여?"

제이미가 내 시선을 따라 바라본다.

"호박밭의 호박 인간."

그렇다. 우리 집을 따라 큰 호박밭이 있다. 그즈음이면 커다란 주황색 호박이 가득하다. 우리는 할아버지가 예전에 입던 옷에 침구를 넣어 허수아비를 만들었다. 그리고 머리로는 호박을 붙였다. 눈 두 개와 들쭉날쭉한 선으로 입도 만들었다.

"그럼 내가 겨냥하는 걸 잘 봐, 머리에 정통으로."

"왜 머리야?" 제이미가 불안한 표정으로 묻는다.

"잘 보이니까." 나는 방아쇠를 손가락으로 감는다.

"하지 마!" 제이미가 내 손을 잡으며 애원한다. "머리 쏘지 마. 형, 제발. 대신에 팔을 쏴."

나는 인상을 쓰며 동생을 내려다본다. 동생은 늘 머리를 쏘지 말라고 한다. 어찌나 약해 빠졌는지. 동생의 떨리는 눈을 보니 어쩌면 내가 너무 냉혹해진 것일 수도 있겠다는 생각이 든다. 엄마가 예전에 읽어 준 동화에서 너무 못되게 굴다가 심장이 돌이 된 아이가 나왔다. 내 심장도 그렇게 변하는 것일지도 모르겠다.

"우리 집 나가도 되는 거, 알지? 여기서 벗어나는 거야. 여섯 달만 지나면 난 열두 살이 돼. 버스나 기차를 타고 아무도 뭐라고 하지 않을 거야. 내가 일을 하면……"

"그럼 엄마는?" 제이미가 내 말을 자른다. 걱정과 염려가 가득한 표정이다. "엄마는 누가 돌봐?"

나는 이를 악문다. 우릴 돌봐야 하는 사람이 엄마라는 걸 일깨워 주고 싶다. 이렇게 계속 살 수는 없다는 걸. 네가 따라오든 말든 나는 언젠가 떠난다는 걸. 하지만 그런 말은 하지 않는다. 아직 완전히 돌이 되지는 않은 모양이다.

나는 한숨을 쉬며 다시 겨냥한다. 이번에는 아래로, 허수아비 팔을 향해. 명중이다.

내가 양복장으로 뛰어드는데 제이미가 따라붙는다. 함께 들어오려는 아이를 막는다.

"네가 숨을 곳을 찾아." 내가 중얼거린다. "계속 나만 따라다닐 순 없어."

동생이 당황하며 얼굴을 일그러뜨린다. 평소에는 그 정도면 동생을 넣어 준다. 하지만 이번에는 고개를 저으며 동생을 그 자리에 둔 채 문을 닫는다. 동생도 배워야 한다. 밖에 서 있는 동생 그림자가 보인다. 달려, 바보야. 내가 생각한다. 달리라고!

한참 만에 동생이 움직인다. 작은 발로 집 안을 뛰어다니는 소리가 들린다. 우왕좌왕 여기저기로 뛰어다닌다. 짜증이 난다. 안전한 곳을 여러 군데 가르쳐 줬는데. 지금쯤이면 동생도 한 곳을 찾을 수 있어야 한다. 우리는 여기저기서 서랍장과 옷장을 끌어다 놓았다.

하나만 찾으라고!

엄마가 세기를 멈췄는데 동생은 아직도 뛰어다니고 있다. 작은 발이 계단 오르는 소리가 들린다. 잘했어, 제이미. 방으로 가. 숨을 곳을 찾아. 하지만 발소리가 중간에서 멈추더니 아래로 내려온다. 왜 저러는 거야? 자물쇠 만지는 소리에 귀가 쫑긋 선다. 안 돼! 현관문은 열지 마!

양복장을 밀어 열고 뛰어내린 뒤 복도로 나가니 엄마가 제이미를 향해 달려가고 있다. 아이가 밖으로 달아나려는 순간, 엄마가 낚아채어 내동댕이치고 현관문은 다시 닫힌다. 엄마는 동생 어깨를 붙잡고 흔들며 소리를 지른다. 동생은 두려움에 넋이 나가 엄마를 본다. 동생의 코듀로이 바지 가운데가 젖는 것을 보고, 어느 쪽이 더 지긋지긋한지 모르겠다. 엄마에게 그만하라고 소리 지른다. 하지만 엄마는 제정신이 아니다.

"밖으로 달아날 순 없어! 절대 밖으로는 나갈 수 없어! 저긴 비어 있어! 숨을 곳이 없다고! 호박밭에서 길을 잃게 돼! 그러면 어떻게 되는지 아니?" 엄마는 짐승처럼 쩝쩝거리는 소리를 낸다. 목소리가 쉬었다. "잡아먹히는 거야!"

"이렇게. 그리고 선 안에 있어."

제이미는 내 지시를 따르며 고개를 끄덕인다. 페인트칠이 조금 서투르지만 그만하면 충분하다. 옷장 문 한 짝을 사포질했고, 파란색 분필로 이상하게 생긴 표시를 했다. 나는 바닥에 펼쳐진 가죽 장정본 책을 흘끔 본다. 똑같은 표시가 한 페이지 가득 적혀 있다.

"하나보다 더 많이 필요해?"

"아니." 내가 대답한다. "하지만 전부 칠해. 구석구석."

"디컨 할아버지의 책이야?"

"아님 누구 거겠어?"

"할아버지 비밀의 방에서 찾았어?"

"응."

"거기 들어가면 안 되는데."

"안 되지. 넌 안 돼. 좋아. 다 됐다."

우리는 한 걸음 물러서서 작품을 감상한다. 그 옷장은 바깥 창고에서 찾았다. 제이미가 들어갈 정도의 크기다. 그 애가 숨을 곳이다.

"알람 시계는 어디 있어?"

제이미가 그것을 내민다. 검은색 숫자에 커다란 은종이 위에 달린 옛날 시계다.

"내가 맞출게." 나는 시계를 감으며 말한다. "3분이면 충분할 거야."

옷장을 열어 문 쪽에 시계를 두고 물러선다.

곧바로 칠한 표시가 빛을 반짝이기 시작한다. 묵직하게 울리는 소리도 나고, 우리가 지켜보는 사이에 옷장이 서서히 흐려진다. 몇 초 만에 옷장은 완전히 사라진다. 나는 빈 공간에 다가가서 한 팔을 흔든다.

"어디 간 거야?"

나는 어깨를 으쓱인다. "모르지."

"그럼 내가 그 안에 있으면 어디로 가?"

"그것도 모르지."

제이미는 바닥에 앉아서 디컨 할아버지 책을 본다. "이 표시가 하는 거야."

"응."

"어떻게 도로 가져와?"

"언제나 똑같아. 안에서 문을 열면 돼."

잠시 침묵이 흐른다.

"이제 옷장을 못 찾으면 어떡해?"

나는 고개를 젓는다. "유령 상자가 어떻게 작동하는지 잘 몰라. 그냥 네가 원하면 생긴다는 것뿐이야. 너무 오래 기다리면 옷장이 거기 있었다는 것조차 잊어버릴 거야."

"그래서 안에 있을 때 소리를 내면 안 되지." 제이미가 반복해서 말한다. "조용히만 하면 아무도 못 찾아."

"그렇지."

그 순간 요란한 종소리가 들린다. 빈 공간을 보며 자명종이 거기 있으리라 상상하고는 손을 뻗는다. 거기 있기를 바라며. 이번에 내 손은 보이지 않는 손잡이를 찾는다. 손잡이를 당겨 열자 옷장이 내내 거기 있었다는 듯이 등장한다. 안에 든 자명종을 끈다.

제이미는 눈을 반짝이며 환히 웃는다. "마법 멋지다!"

나는 내키지 않는 미소를 짓는다. "멋질 때도 있지." 나도 인정한다.

갑자기 쿵 소리가 난다. 돌아보니 바닥에 깨진 꽃병이 있다. 그것은 벽난로 위에 놓여 있었다. 어떻게 떨어진 걸까? 대답 대신, 디컨 할아버지 사진이 벽에서 기울어진다. 천장에 매달린 등이 진자처럼 흔들리기 시작한다. 어딘가 근처에서 누가 낑낑거린다.

“아빠야.” 제이미가 속삭인다.

“아빠다.” 내가 말한다.

그렇다. 마법은 멋질 수 있다. 하지만 대체로 그렇지 않다.

그럼 아빠, 프랑수아 에밀 듀컨에 대해 이야기해 보겠다.

엄마는 옛날 사람들은 아빠를 쿼드룬*이라고 불렀다고 한다. 내가 기억하는 사람들은 아빠를 그냥 프랜시스라고 불렀다. 아빠는 루이지애나 출신이었고 음악을 연주하다가 엄마를 만났다. 두 사람은 함께 도망쳤고, 그러던 중에 우리 둘을 낳았다. 그들은 돈이 별로 없었다. 그리고 얼마 안 되는 돈을 온갖 허튼 데다 탕진했다. 엄마는 적어도 제때 아빠를 버리고 집으로 돌아올 정도의 지각은 있었다고 한다. 아빠는 디컨 할아버지가 돌아가시기 전까지 우리를 다시 찾지 않았다.

그 시절 잠시 우리는 행복했다. 아빠는 다시 음악을 시작했다. 그리고 엄마는 디컨 가족의 사업을 시작했다. 하지만 행복한 시절은 오래가지 못했다. 아빠는 정기적으로 연주할 곳을 찾지 못했다. 로

---

* 백인과 흑백 혼혈의 혼혈.

널드 레이건이 대통령이 된 후로 그랬다고 불평했다. 그리고 사람들은 할아버지 때처럼 엄마를 찾지 않았다. 그들은 점치는 것 정도가 아니라, 강한 마법을 원했다. 상황이 어려워졌다. 그때 엄마 아빠는 폐마법(廢魔法)을 시작했다.

엄마 아빠가 말하길 폐마법이란 주문하고 남은 마법, 불필요하거나 버리는 것이라고 한다. 내가 알기로 마법을 하면 항상 부스러기가 남는다. 금속으로 작업을 하면 가루가 떨어지는 것과 같다. 엄마와 아빠는 어떤 마약보다도 폐마법에 더 취했다.

나는 어렸지만 엄마 아빠가 취한 모습을 지켜본 기억이 난다. 그들은 우리가 가진 것을 전부 다 썼다. 보석과 가구를 팔아 치웠다. 하지만 폐마법은 위험하고 예측 불가능한 마법이다. 그리고 나는 그것 때문에 아빠가 어떻게 됐는지 봤다.

우리 모두 지켜봤다. 어느 날 밤, 아빠가 위층 방에서 붉은 것을 토하기 시작했다. 처음에는 피 같았다. 하지만 곧 그것이 살덩이라는 것을 알게 됐다. 아빠는 내장을 토하고 있었다. 모든 것이 물처럼 쏟아져 나왔다. 엄마는 우리를 꼭 끌어안고 눈을 가리려고 했고, 셋이서 함께 비명을 질렀다. 하지만 나는 꼭 보고 싶어서 엄마 손가락 틈으로 지켜봤다. 아빠의 온몸이 안팎으로 뒤집히더니 사람처럼 보이지도 않은 작은 살덩이가 우리 앞에 떠다녔다. 그 살덩이는 사방에서 당기는 것처럼 이리저리 늘어났다. 어딘가에서 남은 입이 울기 시작하더니 온 집에 울음소리가 울려 퍼졌다. 그리고 아빠는 더 늘어날 수 없을 때까지 늘어나더니 온통 가루를 흩날리며 터졌다. 엄마가 자국을 거의 다 닦아 낸 뒤에도 그 방에는 아무도 들어가지 않았다.

하지만 아빠는 완전히 사라지지 않았다. 아빠가 유령인지도 모르겠다. 아니면 확실히 죽은 것인지도 모르겠다. 아빠 영혼이 몸과 함께 찢어져 사방에 흩어진 것이 아닌가 싶다. 폐마법이 아빠에게 무슨 짓을 했는지 몰라도, 아빠는 되돌아오려고 애를 쓰며, 울먹이고 울부짖으며 이곳에 함께 있다. 디컨 할아버지의 집은 엄마에게 한 것처럼 아빠도 벽 안에, 목재와 그 뼈대 안에 가둬 놓았고 놓아줄 생각이 없는 모양이다.

금요일이다. 슈거맨이 돌아왔다. 저녁 시간에 맞춰서.

그는 거실 삐걱거리는 커피 테이블에 붉은 천을 펼치고 물건을 보여 준다. 엄마는 작은 색색의 유리관을 빤히 보며 눈을 빛낸다.

"장식이 너무 많잖아." 내가 제이미를 꾸짖는다. 제이미는 못 들은 척 초콜릿케이크에 크림을 한 겹 더 올린다. 나는 고개를 젓고 오븐을 열어 생선살 튀김을 확인한다. 그리고 나무 주걱으로 감자를 으깨며 거래를 주시한다.

슈거맨은 딜러다. 그래서 흥정을 잘한다. 가엾은 엄마는 굶주린 중독자이다 보니 슈거맨을 이길 수 없다. 그리고 엄마가 긁어모은 푼돈은 충분하지 않다. 슈거맨이 안 된다고 하면 좋겠다. 엄마는 힘들어할 것이다. 며칠 동안 엉망이 될 것이다. 하지만 그편이 낫다.

"줄스." 슈거맨이 능글맞게 엄마 이름을 부른다. "거래할 게 있어야지. 공짜는 이제 없다고. 외상도 안 되고."

“이러지 마, 웨인.” 엄마가 애원한다. “날 이렇게 두고 갈 순 없어. 약이 필요해. 당신은 프랜시스랑 친구였잖아!”

슈거맨이 코웃음 친다. “프랜시스랑 사이나 당신이랑 사이나 똑같긴 하지. 그리고 말했지만 공짜는 이제 없어.”

엄마의 얼굴이 긴장한다. 엄마는 진실을 듣기를 싫어한다. 슈거맨은 아빠의 친구가 아니었듯이 엄마의 친구도 아니다. 친구는 내장을 게워 올리게 하는 쓰레기를 팔지 않는다. 동정의 여지가 없다는 것을 깨달은 엄마는 쪼그리고 앉아 미소를 지으며 다른 것을 시도한다.

엄마는 아직 예쁘지만 예전 같지는 않다. 검은 곱슬머리는 헝클어져서 엉망이다. 그리고 너무 말랐다. 오늘 샛노란 드레스를 입고 있으니, 나와 제이미를 낳고 생겼다는 약간의 뱃살 말고는 앙상할 지경이다. 슈거맨은 무슨 고기가 먹고 싶은지 생각하는 사람처럼 엄마를 훑어본다. 하지만 결국 고개를 젓는다.

“미안. 그걸로는 생활비를 낼 수 없어.”

엄마의 미소가 옅어진다. 엄마는 슈거맨을 한참 노려보더니 일어선다.

“여기서 기다려.” 엄마는 위층으로 올라간다.

나는 엄마 뒷모습을 지켜본다. 슈거맨은 나를 보더니 미소를 짓는다. 나는 마주 웃지 않는다. 잠시 후 그도 포기한다. 재킷 주머니에 손을 넣더니 담배 한 개비와 웃는 해골이 새겨진 은제 라이터를 꺼낸다. 라이터를 켜지만 누가 입으로 불어 끄는 것처럼 불이 꺼진다. 슈거맨은 눈살을 찌푸리더니 다시 라이터를 켜지만 결과는 같다. 이번에 라이터는 그의 손에서 튀어 올라 바닥에서 굴러간다.

그제야 나는 미소 짓는다. 아빠가 나선 것이다.

엄마는 커다란 나무 상자를 들고 돌아온다. 가슴이 철렁한다. 할아버지의 비밀 방에 있던 물건이다. 엄마는 상자를 내려놓더니 슈거맨이 보도록 뚜껑을 연다. 슈거맨은 요란하게 휘파람을 분다.

"디컨 할아범의 물건인가?" 그는 손을 넣어 이것저것 꺼내고는 굶주린 눈빛으로 본다. 한 가지를 오랫동안 만지작거린다. 이상하게 생긴 진주로 만든 목걸이인데, 자세히 보니 이빨이다.

"원하는 걸 가져가. 그게 있던 방에 또 많아. 난 약이 필요하니까." 엄마가 가까이 다가가서 말한다. "그리고 허접한 건 싫어. 고급품을 원해. 거기 그건 아테미스 디컨의 수집품이야. 값어치는 확실하지."

슈거맨은 욕심스러운 미소를 짓는다. "디컨 마법을 당신이 물려받지 않아서 다행이야. 아니면 내가 해결해 줄 필요가 없을 텐데." 그는 몇 가지를 주워 담더니 고개를 끄덕여 계약을 맺는다. 내가 두 사람의 거래를 지켜보고 있는데 오븐에서 소리가 난다. 생선살 튀김이 완성됐다.

제이미와 나는 말없이 저녁을 먹는다.

엄마도 식탁에 앉아 있다. 하지만 식사는 안 한다. 대신 엄마는 눈꺼풀을 떨며 혼잣말을 중얼거리면서 앉아 있다. 슈거맨은 돌아갔다. 하지만 가기 전에 그와 엄마는 다시 나갔고, 밖에서 그가 주

삿바늘로 엄마 팔에 약을 넣었다. 이제 엄마는 약 기운이 오르기 시작한 상태다. 엄마 앞에 놓인 접시는 빈 것이나 마찬가지다. 엄마는 배고프지 않을 것이다. 당분간은 그렇다.

엄마는 벌떡 일어나더니 바보같이 웃으며 거기 서 있다. 엄마의 몸이 줄에 걸린 꼭두각시 인형처럼 앞뒤로 흔들린다. 춤을 추는 것이다.

엄마는 예전에 춤을 췄다. 제이미는 기억 못 할지 몰라도 나는 기억한다. 엄마는 아빠의 음악에 맞추어 혹은 아무 음악 없이도 춤을 췄다. 아름다웠다. 이제는 귀신 들린 사람처럼 부자연스러운 동작이다. 돌다가 발이 미끄러져 넘어질 뻔하지만 의자를 붙잡기도 한다. 엄마 목에서 웃음이 흘러나오고, 초콜릿케이크를 보더니 눈이 가늘어진다. 그제야 본 것 같다.

"케이크가 왜 있지?" 엄마가 꿈꾸듯이 묻는다.

"내 생일이거든." 내가 비웃듯이 말한다. 물론 생일은 아니다. 하지만 엄마 눈이 동그래지는 것을 보니 아니란 것을 모르는 모양이다.

"생일 축하해!" 그렇게 외친 엄마가 나를 안으려다가 균형을 잃는다. 나는 일어나 엄마를 붙잡는다. 제이미도 일어나서 엄마를 붙든다. 무겁지 않지만 그래도 그 상태로 있을 수는 없다. 나는 제이미에게 고갯짓을 하고 함께 엄마를 돌려세워 걷기 시작한다.

"우리 가는 거니? 난 파티하고 싶은데!"

우리는 엄마 말을 무시하고 반복으로 얻은 기술로 엄마를 부축해서 계단을 오른다.

"내 아들들. 너희가 없으면 내가 어떻게 살았을까?" 엄마는 몇 년 만에 듣는 자장가를 부르기 시작한다. 우리는 계단을 다 오른 뒤 엄마 방으로 간다.

"네 생일을 내가 깜빡했어. 무슨 엄마가 이러니?"

우리는 셋을 세고 엄마를 침대에 눕힌다. 엄마는 시트 위로 쓰러지더니 한숨을 폭 쉰다. 그리고 놀라운 일을 한다. 울기 시작한 것이다.

"미안하다." 엄마가 흐느낀다. "미안해. 모든 게. 나랑 사는 거, 힘든 거 알아. 하지만 너희를 잃고 싶지 않아. 너희를 남의 손에 맡기고 싶지 않아. 그리고 너희를 괴롭히고 싶지도 않아. 너희 둘 다 사랑해. 그거 아니? 정말 사랑해!"

나는 그 말에 살짝 당황한다. 그리고 입술이 대답하려고, 엄마에게 나도 사랑한다고 하려는 것을 느낀다. 하지만 그 말이 나오지는 않는다. 너무 많은 감정이 쌓여 있다. 너무 많은 것이 우리 사이를 가로막고 있다. 그 잠깐의 순간은 연약한 불꽃처럼 사라지고 어둠만 남는다.

내려다보니 엄마는 조용히 눈을 감고 잠든다. 제이미는 기대하는 눈빛으로 나를 보고 있다. 하지만 나는 어깨만 들썩인다.

"마약 때문에 하는 소리야."

나는 문득 잠이 깨어 엽총을 쥔다. 들리는 것은 티브이 소리뿐이다.「시크릿 러브 앨범」의 홍보 광고다. 피치스 앤드 허브의「재회」

가 늦은 밤 부드럽게 흘러 나온다. 반대쪽 소파를 보니 비어 있다.

제이미.

나는 벌떡 일어나서 주위를 살핀다. 위층에 불빛이 희미하게 보인다. 엄마 방이다. 빠르게 계단을 올라 2층에 다다르자, 복도에서 문이 살짝 열린 것이 보인다. 뒷주머니를 확인하니 비어 있다. 그 문을 잠그는 데 쓰는 구식 열쇠가 없다. 젠장, 제이미. 나는 심호흡을 하고 안으로 들어간다.

제이미가 바닥에 다리를 꼬고 앉아 있다. 열쇠를 한 손에 든 채, 휘둥그레 뜬 눈은 엄마를 향하고 있다. 솔직히 누가 그 애를 비난하랴. 그 애의 창백한 피부가 달빛처럼 빛나며 온 방을 밝히고 있다. 그 빛이 벽과 바닥에 그린 여러 표시에서 그림자를 드리워 엄마의 철제 침대 주위를 소용돌이처럼 휘감고 있다.

"엄마 아름다워." 제이미가 중얼거린다.

나는 끄덕인다. 남은 마법의 조각으로 만든 폐마법이다. 염려를 앗아 간다. 그 어느 때보다 생동감을 느끼게 해 준다. 모든 행복을 찾아 그것으로 마음을 채워 터질 것 같아진다. 하지만 문제는 마법이 예측불허라는 점이다. 할아버지가 말하길 우리 디컨 가족은 핏줄에 마법이 있다고, 통제하기 어려운 제멋대로의 마법이 있다고 했다. 그리고 그것을 폐마법과 같은 것과 뒤섞으면 어떤 일이 벌어질지 모른다고.

그래서 다시 처음으로 돌아가자.

나는 눈을 뜨고 엄마가 몸을 떠는 모습을 본다. 이제 붉은 선이 엄마의 온몸을 뒤덮었다. 정말 강한 흑마법을 얻으면 너무 뒤죽박죽 섞여 버린 마법의 잔여물은 어떤 능력이 있는지 알 수 없다. 아빠의 경우, 그것은 몸을 뒤집어 버리고 영혼을 갈가리 찢어 놓았다.

하지만 엄마의 경우는 달랐다.

금 가고 부서지는 소리가 무시무시하다. 뼈와 근육이 자라고 변해서 엄마가 커진다. 피부 전체에서 벌집처럼 은색 비늘이 돋아나고, 가는 손가락도 길어져서 구부러져 강철 발톱처럼 변한다. 검은 곱슬머리는 촉수처럼 두툼한 덩어리가 되고, 등에서 튀어나온 검고 구부러진 뿔은 어둠 속에서 빛난다. 입은 불가능할 정도로 길게 늘어나, 세 줄의 이가 톱니처럼 작동한다. 그 이가 혀를 깨물어 피가 뚝뚝 떨어진다. 엄마가 고개를 돌려 우리를 검은 대리석처럼 굳은 두 눈으로 쳐다본다.

나는 이를 악물고 한 손으로 제이미를 붙잡는다. 제이미가 일어나 뒷걸음질 친다. 엄마는 이렇게 되면 우리를 알아보지 못한다. 이미 침대에서 몸부림치기 시작했다. 벽과 바닥의 표시가 엄마를 붙잡아 둔다. 당분간은 그렇다. 하지만 엄마가 거기 힘을 주자 표식이 늘어나고 있다. 조만간 엄마는 벗어날 것이다. 그리고 배가 고플 것이다.

제이미를 데리고 방에서 빠져나오는데 엄마가 우리를 향해 고함지른다. 수많은 무시무시한 것들이 동시에 고함치는 소리다. 내가 문을 닫고 잠그자마자 우리는 달린다. 아래층에 다다른 순간, 엄마가 침대에서 뛰어내려 바닥이 울리는 소리가 들린다. 제이미가 나보다 앞서다가 당황해서 현관문으로 달려간다. 안 된다고 소리치려는데 제이미가 스스로 멈추더니 돌아선다. 눈은 겁에 질려 휘둥그렇지만 침착한 목소리다.

"밖에는 못 나가. 밖은 비어 있어. 엄마가 우릴 잡아먹을 거야. 호박밭에서 엄마가 우릴 잡아먹을 거야."

나는 안도하며 고개를 끄덕인다. 제이미는 이해하고 있다. 다행이다. 위층에서 무거운 것이 침실 문에 몸을 부딪치고 있다. 엄마다. 벗어나려고 악을 쓰고 있다.

나는 엽총을 메고 세기 시작한다. 이것은 연습이 아니다. 오늘 밤만큼은 아니다. 하나. 둘. 셋…… 우리가 수없이 연습한 것이다. 이 까짓. 전에도 해 봤다. 넷. 다섯. 여섯. 숨을 곳을 찾아라. 소리 내지 마라. 새벽이 되면 폐마법은 사라질 것이다. 일곱. 여덟. 아홉. 새벽까지만 버티면 된다.

우리는 아래층 방 양복장을 찾는다. 나는 안에 뛰어든다. 제이미가 옆에 있는 자기 옷장을 본다. 하지만 나랑 함께 있고 싶은 눈치다. 나는 동생을 당겨 끌어들인 뒤 안에서 문을 닫고 엽총을 겨눈다. 우리는 함께 소리 없이, 떨지 않으려고 애쓰며 앉아 있다. 숨도 제대로 쉬지 못한다.

엄마가 찾아오기를 기다리며. 이것이 우리의 숨바꼭질이다.

Origin Story

근원의 이야기

Origin Story

근원의 이야기

토치 오녜부치
Tochi Onyebuchi

《타임》선정 '2022년 반드시 읽어야 하는 책'과 《가디언》의 '2022년 최고의 SF 판타지'로 선정된 『골리앗』의 저자다. 전작 『라이엇 베이비』로 휴고상, 네뷸러상, 로커스상, NAACP 이미지상 최종 후보에 올랐으며 뉴잉글랜드 도서상, ALA 알렉스상, 세계환상문학상을 수상했다. 그 밖의 출간 도서로 「밤으로 만들어진 짐승」 시리즈와 「전쟁의 소녀들」 시리즈가 있다. 예일 대학교와 뉴욕 대학교의 티시 예술 대학, 컬럼비아 로스쿨, 파리 정치학 연구소에서 학위를 받았다. 집필한 단편은 《미국 SF·판타지 걸작선》, 《올해의 SF·판타지 걸작선》 등에 게재되었다. 논픽션으로는 《(스)킨포크》가 있으며, 그 외 저술은 《뉴욕 타임스》, 《NPR》, 《하버드 아프리카계 미국 공공 정책 저널》에 실렸다. 또 「블랙 팬서: 레전드」와 「캡틴 아메리카: 진실의 상징」을 집필했다.

(조명이 들어오면 강의실 벽에 직사각형의 분리된 마호가니 테이블이 놓여 있다. 무대 왼쪽에는 이전 강의에서 급히 휘갈긴 과거 로마 황제의 이름들이 적힌 칠판이 있다.)

(테이블에는 백인 소년#1에서 #4로 구성된 코러스가 앉는다.)

(금발과 갈색 머리칼의 소년들이 캠프파이어 주위에 모여서 다양한 자세로 쉬고 있다. 팔을 뻗고, 팔다리를 구부려 보면서 자신의 몸에 적응하고 자신의 신체가 주위 세상과 조우하는 여러 방식에(비록 소리 없이 표현하지만) 감탄하는 어린 소년들이 드러난다.)

(백인 소년#2는 구부러진 안경을 쥐고 만지작거리는데, 캠프파이어가 시작되고 나니 그것을 어디 두어야 할지 모르는 표정이다.)

(백인 소년#3은 동전을 공중으로 자꾸 던지며 매번 센다.)

백인 소년#3: 앞. (던진다.) 앞. (던진다.) 앞. (던진다.) 앞.

백인 소년#2: 이번엔 뭐야?

백인 소년#3: (던진다.) 팔십구. 모두 앞이야.

백인 소년#1: 그만 좀 해라.

백인 소년#3: 왜. 세 번 남았어. (또 던진다.)

백인 소년#2: 구십. (던진다.) 구십일. (던진다.)

(백인 소년#1이 백인 소년#3의 손을 치자 동전이 튀면서 한 번, 두 번, 세 번 짤랑거리며 데굴데굴 테이블에서 굴러떨어져 어둠 속으로 사라진다.)

백인 소년#3: 야, 미쳤어?

백인 소년#2: 진정해. 왜 그러는 거야?

(백인 소년#1은 부루퉁한 표정으로 과묵하게, 감정은 억누르고 몸은 폭력을 쓸 준비를 하고 있다.)

(백인 소년#2는 백인 소년#1의 신체가 표현하는 바를 정확히 알고 그 애 어깨에 손을 얹는다.)

백인 소년#2: 토브 때문이야?

(백인 소년#1은 무릎을 감싸안고 소년들과 모닥불로부터 고개를 돌린다.)

(백인 소년#4가 등을 기대고 앉아 기다란 밀 줄기를 질겅거린다.)

백인 소년#4: 아냐. 그런 거.

백인 소년#2: 그럼 뭐야? (침묵) 그러지 말고. 무슨 일인지 알잖아. (침묵이 흐르며 불빛이 모두의 얼굴을 비춘다.)

백인 소년#4: 쟤는 자기 목적을 몰라서 속상한 거야.

백인 소년#3: 뭔 개소리?

백인 소년#1: '우리'의 목적.

(백인 소년#2가 손을 거둔다.)

백인 소년#2: 그게 무슨 뜻이야?

백인 소년#4: 우리가 여기 왜 왔는지 모르는 거지.

백인 소년#3: 우리가 여기 온 건 이 시시한 강의를 신청했기 때문이지, 얼간아.

(백인 소년#4가 몸을 앞으로 당긴다. 불빛이 그의 얼굴을 밝히자 위협과 이해의 중간쯤 되는 표정이 보인다.)

백인 소년#4: 쟤는 우리가 안타고니스트*가 되어야 한다고 생각하는 모양이지.

(백인 소년#2와 백인 소년#3이 동시에 백인 소년#4를 본다. 그리고 눈을 가늘게 뜬다. 둘은 쌍둥이일 수도 있다.)

백인 소년#4: 이야기 속에서 우리가 어디에 속하는지 알아내려는 거야. 그리고 우리가 악당이 되어야 한다고 생각하며 온 것 같아. 그래서……

백인 소년#2: 어 어 어. 잠깐. 악당이라고? 이야기란 게 뭔데? 대체 무슨 소릴 하는 거야?

백인 소년#3: (백인 소년#2에게) 쟤가 또 그거 하는 것 같아?

백인 소년#2: 그거라니?

백인 소년#3: 어. 알잖아. 그거.

---

* 작품 속에서 주인공과 대립하는 인물.

(백인 소년#3이 줄을 당기는 꼭두각시 인형사 흉내를 내더니 최면 거는 시
늉을 하면서 자기 얼굴 앞에서 손가락을 흔든다.)

(백인 소년#2는 백인 소년#4를 조심스레 본다. 그리고 백인 소년#3에게
'작전'을 시작해야 한다는 신호를 한다.)

백인 소년#2: (백인 소년#4에게) 좋아. 다리가 넷에 팔이 하나인 것
이 뭐게?

백인 소년#4: 놀이터의 코요테.

백인 소년#3: 경찰관과 총알의 차이는?

백인 소년#4: 총알은 사람을 죽이면 발사된다는* 거지.

백인 소년#1: (악의를 담아) 흑인만 악몽을 꾸는 이유는?

백인 소년#4: 꿈을 꾸던 마지막 사람**이 총에 맞았으니까.

(잠시 긴장된 침묵이 흐른다.)

백인 소년#1: 쟤는 괜찮아. 멀쩡해.

백인 소년#4: 내가 그렇다고 했잖아. 백인 소년 1번은 우리가 '문
제'가 될 거라고 확신하고 이 수업에 들어왔지.

백인 소년#3: '문제'라니 무슨 소리야?

백인 소년#4: 뭐…… 뻔하지.

백인 소년#3: 그래. 하지만 그렇게 강조하는 이유가 뭐야?

백인 소년#4: (숨을 크게 들이쉰다.) "나와 다른 세상 사이에 항상 묻
지 않은 질문이 있다. 어떤 이들은 배려하느라 묻지 않는다. 어떤 이

---

* 해고하다(fire)와 발사하다(fire)가 동음이의어라는 데서 나온 말장난.
** '나에게는 꿈이 있습니다.'라는 연설을 했던 마틴 루서 킹을 가리킨다.

506

들은 올바른 질문의 형식을 제대로 갖추기가 어려워 묻지 않는다. 그럼에도 불구하고, 모두가 그 질문을 무시하지 못한다. 그들은 조금 머뭇거리며 내게 다가와 호기심 혹은 동정 어린 눈빛으로 나를 보고서 '문젯거리가 되는 기분이 어때요?'라고 직접 묻는 대신, '우리 도시에도 훌륭한 유색인이 있어요.'라고 말한다. 혹은 '나도 메커닉스빌에서 싸웠어요.'라거나 '이 남부의 소요에 피가 끓지 않습니까?'라고 묻는다. 그러면 나는 상황에 따라서 미소를 짓거나, 흥미를 느끼거나, 끓는 피를 식힌다. 문젯거리가 되는 기분이 어떠냐는 진짜 질문에는 거의 한 마디도 답하지 않는다." (소년들의 침묵에) W. E. B. 듀보이스의 『흑인의 영혼』! 독서를 안 하면 이렇게 된다니까.

백인 소년#2: 좋아. 그럼, 우리가 새로운 흑인 소년이구나.

백인 소년#4: 아냐. 그렇긴 하지만, 아니야.

백인 소년#3: 알았어, 알았어. 이 수업은 미국 프로젝트의 정착민 식민주의를 파헤치는 거니까, 해방 운동을 시작한 사람들이 영웅이고 현상 유지에 앞장선 사람들, 특히 초기 식민주의 질서의 수혜자들이 악당이지. 좋아, 알겠어. 우리가 악당이야. 우리는 틱톡이나 하지, 노예는 없는 애들이지만 악당이야. 그렇고말고. 문제가 뭔지 모르겠는걸. 미안, 단어를 잘못 썼네.

백인 소년#4: (백인 소년#1을 보며) 어때?

(백인 소년#1이 백색 왜성처럼 더욱 몸을 웅크린다. 마음의 상처와 혼란이 너무나 심하다.)

백인 소년#2: 이게 토브랑 상관없는 게 확실해?

(그러자 백인 소년#3에게 떠오른다.)

백인 소년#3: (백인 소년#1에게) 잠깐. 우리가 악당이 '아니라서' 화가 난 거야? (침묵) 설마 진심이야? (나머지 코러스에게 믿을 수 없다는 표정으로) 쟤 정말로 우리가 악당이 아니라서 화난 거야.

백인 소년#1: 우리가 악당이 아닌 건…… (이를 악물고 온몸으로 말을 하려고, 목소리를 내려고, 거짓말이기를 간절히 바라는 진실을 방출하려고 준비한다.) 우리가 '중심에서 밀려났기' 때문이지.

(백인 소년#2와#3의 놀란 숨소리.)

백인 소년#1: 그런데 너희 둘은 눈치도 못 챈 거지. 그런데 너는! (백인 소년#4에게) 아직도 네가 왜 그 지랄인지 모르겠다. 너도 모르는 모양인데. 하지만, 그래, 얘들아. 우린 중심에서 벗어났어. 그러니 기분이 어때? 사람들이 뭐라는지 알아? "하버드는 후졌어. 프린스턴은 중요하지 않아."

백인 소년#2: 야! 그만해!

백인 소년#1: 우리가 역사에서 완전히 삭제될 때까지 얼마나 남았을까? 너희 다 상황의 심각성을 모르는 것 같아. (이제 테이블에 올라서서 모두를 무시하며) 지금 이건 실존적 위협이야. 기후 변화 같은 상황이라고. 곧 우리는 사라질 거야. 그런데 가장 나쁜 게 뭔지 알아? (얼굴을 모닥불에 들이대자 불꽃이 눈 코 입을 비추며 위협적인 모습이 된다.) 우리가 사라져도 아무도 신경 쓰지 않으리란 거라고.

백인 소년#3: 야, 진정해. 우리가 죽는 것도 아니잖아. 그냥 강등당한 자리에서 어느 극작가가 나타나 우리의 인간성을 파헤치고 관객에게 우리에게도 탐구할 만한 내면의 삶이 있다는 것을 보여주길 기다리면 되는 거지.

백인 소년#1: 야, 우린 이성애자, 시스젠더, 앵글로색슨, 상류층, 남성 특권을 가진 균일 집단이라고. 이 수업이 끝날 때쯤이면, 대체 어느 새끼가 우리 같은 놈들의 내면 따위를 궁금해하겠어?

(다른 소년들은 불빛의 각도에 따라 백인 소년#1이 점점 커지는 모습을 지켜본다. 그들은 뼛속 깊이 두려움을 느끼지만, 그보다 더 큰 것은 슬픔과 동정심이다. 그들은 그 소년의 주먹질이 치료에 도움이 된다고 여기며 맞아 줄 수 있었다. 정확히 말하자면 '원하는' 것은 아니나 필요하다면 그렇게 해 줄 수 있었다.)

백인 소년#1: (모두에게) 우리가 곧 폐물이 된다는 것이 조금도 염려되지 않는 거냐?

백인 소년#2: 그런 일이 일어난다는 건 어떻게 아는데? 넌 가을에 예일에 갈 거고, 백인 소년 4번은 하버드에 갈 거고, 나는 프린스턴에 가고, 3번은 듀크에 가. 맞벌이하는 부모님과 양부모님의 재산을 모두 합치면 미크로네시아 섬나라의 재산과 맞먹고, 모든 위대한 문학 작품은 여전히…… 뭐, 적어도 그중 대다수는 우리처럼 생긴 사람들이 우리 나이 때 집필하고 있어. 뭐, 여기 우리가 배우는 강의계획서에는 없지만, 뭐, 돌을 던지면 우리가 지배하는 작품이 맞는다고. 그러니 진정해.

백인 소년#4: 하지만, 그 작품이 위대하긴 해? 아니, 백인 남성이 쓴 그런 문학 작품에 공감한 다른 백인 남자들이 단체로 위대하다고 정한 걸 수도 있잖아. 예를 들면 「매드맨(Mad Men)」은 잘 만들고 구성을 인상적으로 한 드라마에, 신랄하고, 에피소드 구성도 잘했고, 역동적인 인물들이 나오고, 이야기 전개도 힘차. 하지만 따지고 보면 그건 《더 뉴요커》와 《배니티 페어》에 티브이 비평을 쓰는 사람들의 부모 이야기잖아. 그들이 모두 그 드라마를 보고 "아 그래, 감정 표현이 꽉 막힌 아버지와 아침마다 달걀 토스트를 만들어 주면서 끊임없이 협상하는, 사회가 가진 거대한 한계를 내게 알려 준 적 없는 냉담한 어머니를 신랄하게 통찰했군." 하는 식이지. 물론, 좋은 드라마이지만 다 자란 샐리 드레이퍼나 글렌 비숍 같은 사람들이 좋다고 말하잖아.* 항상 그런 식으로 삐딱하게 굴어야 한다는 말은 아니지만……

　백인 소년#1: 커닝엄 선생님은 우릴 이용하는 게 아니야. (침묵) 우리는 악당이 되어야 하고, 선생님은 우릴 이용하지 않아.

　백인 소년#2: 야, 그런 소리 오싹하다. 너 4번이 전에 먹고 취한 거 한 거야? 왜 그냥 아이답게 굴지 못해?

　백인 소년#1: 거울은 봤어?

　백인 소년#2: 그래, 지금 무슨 상황인지 알겠다. 알겠어, 알겠다고. (조용해지기를 기다린 뒤) 너희, 억압을 실험하는 거지?

　백인 소년#1: 내가 뭐라고?

　백인 소년#2: 아니, 알겠어. 좋아. 억압은 멋있지. 억압당하는 거 말이야. 그러니까, 네가 소외됐다고 주장하면, 그 구멍에서 온갖 멋진 게 나오잖아. 음악이니 틱톡 댄스, 이야기 전통, 비유, 비속어, 온갖 것이. 그게 주류 문화니 하는 것에 걸러져 들어가면 "왈라히**,

---

* 둘 다 「매드맨」에 등장하는 아역들이다.
** 아랍어로 신께 맹세코라는 뜻의 감탄사.

난 술을 돌리기만 해"라든가 "야아아쓰* 이년아"라는 소리를 여기
저기서 쓰는 거지.

　백인 소년#4: 비약이 심해서 잘 못 따라가겠지만 계속 말해 봐.

　백인 소년#2: 백인 아프로펑크는 뭐가 있게?

　백인 소년#3: 어른들에겐 워프트 투어**가 있었지.

　백인 소년#2: 좋아, 그렇다고 쳐. 그래도.

　백인 소년#3: 이제 줄거리가 가물거리네. 처음에 넌 우리가 나쁜
놈이 아니라서 속이 상했어(아직도 네가 무슨 일로 화가 났는지 이해가
잘 안 되네). 그런데 이제 우리에게…… 뭐, 문화가 없다고 화가 났다
고? 야, 메탈에는 재능 넘치는 백인들이 가득해. 봐, 메탈 밴드의 드
러머는 전부 대체 현실 속의 우리라고. 넌 유령을 보고 있어.

　(백인 소년#1이 얌전해진다.)

　백인 소년#4: 거대한 비극이 작동하고 있지만, 그게 우리가 생각
하는 그건 아닌 것 같아. (「데스 노트」 탐정의 주제곡이 흘러나오자 턱을
엄지로 건드린다.) 우리의 딜레마는 1번이 얼마 전에 지적한 사실에
서 기인해. 우리가 본질적으로나 대외적으로나 특권으로 뭉뚱그려
져 분류되는 집단이라고. 우리는 개념이지만 말하고, 원하는 것이
있고, 내면의 삶도 있어서 동시에 사람이기도 해. 1번은 자신을 가
두는 우리 때문에 화가 난 거야.

　백인 소년#3: 그럼, 우리 모두 분노해야 하지 않아? 우리는 전부

똑같잖아, 그렇지?

(「데스 노트」의 주제곡이 강해진다.)

백인 소년#4: 상대적인 문제지. 우리만 있을 때는 이래. 이런 상태로는 우리 역사와 경험, 우리의 단일성을 규정하는 선을 더 잘 볼 수 있지. 하지만 인종 문제의 현실을 놓고 대조하면 우리는 함께 뒤섞여. 계급 전체가 하나가 되면(우리가 한쪽에 앉고 레티시아, 빅터, 재영, 시라가 반대쪽에 앉으면) 우리는 타치코마*가 돼. 우리는 강력한 대포와 압도적인 기동성을 갖고서 주어진 대로 봉사와 보호 임무를 수행하는 그 게 모양 로봇 같은 존재지만, 결국 복수(複數)의 의식을 지니게 된다고. 우리한테는 각자 고유하게 보이는.

백인 소년#3: 수업이 다시 시작하면 우리가 개인이 될 것 같아? 지금처럼?

(백인 소년#4는 오랫동안 침묵한다. 시간이 지날수록 점점 더 슬픔이 차오른다. 슬픔으로 분위기가 무거워진다. 백인 소년#4가 말하기 전에도 모두 대답을 알고 있다. 그런데도…….)

백인 소년#4: (백인 소년#1을 보는 눈에 무한한 슬픔이 서려 있다.) 유감이야.

백인 소년#2: 그들에게도 이럴까?

(백인 소년#4는 눈물을 글썽이며 어깨를 으쓱인다. 비꼬는 것이 아니다. 절망만이 느껴진다.)

백인 소년#2: 뭐, 그렇다면.

---

* 일본 애니메이션 「공각기동대」에 등장하는 인공지능 로봇.

백인 소년#1: 그냥…… (눈물을 참으며, 이를 악물고, 슬픔에 점점 분노하는 표정으로 털썩 주저앉는다.) 난 애야. 왜 내게 이런 일이 생기지? 난 애라고. 난 아무 짓도 안 했는데.

(다른 소년들이 잠시 친구를 생각하더니 모두 불가에 가까이 모인다.)

(백인 소년#1이 양손으로 얼굴을 가리고 목이 메어 흐느끼는 동안 다른 소년들은 원을 그리면서 손을 맞잡고 그에게 집중한다.)

백인 소년#1: 난 애라고.

(백인 소년#1이 손에 닿는 소년들은 위로하듯 백인 소년#1의 어깨를 토닥인다.)

백인 소년#2: 우린 꼭 슈뢰딩거의 인간 같아.

(다른 소년들이 고개를 든다.)

백인 소년#2: 우리는 누가 상자를 들어 우리를 봐야만 진짜 인간이 되잖아.

(백인 소년#1이 놀라 콧물을 훌쩍이며 웃는다.)

백인 소년#1: 우린 꼼짝 못 하게 된 거지.

백인 소년#3: 질문처럼 들리지는 않지만. 모든 게 그렇게 돌아가는 것 같아. 나도 잘은 모르겠지만, 난 내 일만 신경 쓰고 살아. 그래도 인생은 계속되잖아? 우리가 퇴학당하는 건 아니잖아. 여름 인턴십도 했고. 필요할 때는 언제든지, 어디에나 일자리도 있을 거야. 그러니 이제 우리'만' 이야기 주인공이 아니면 좀 어때? 너희 물리적인 현실에는 아무 영향도 없는데. '우리' 물리적 현실 말이야. 우린 아직 집도 있고, 기회도 있고, 대체로 우릴 좋아하는 여자애들도 있잖아.

백인 소년#1: 현실 이야기를 하는 거야.

백인 소년#3: (짜증이 나서) 나도 마찬가지야.

백인 소년#4: 아냐, 난 1번이 바로 여기 이야기를 하는 것 같아. 바로 지금. (백인 소년#3의 의문스러운 눈빛에) 부자연, 비자연, 혹은 초자연적인 힘.

백인 소년#3: (진지하게) 이게 우리 모두 다른 누군가의 욕망에 따라서 역할을 담당하도록 구성된 현실이라고 생각하는구나? (가면이 부서진다.) 야아, 「완다 비전」은 티브이 드라마였다고!

(백인 소년#2와 백인 소년#3이 깔깔 웃어대며 백인 소년#4를 비웃고, 백인 소년#4는 그들이 멈추기를 가만히 앉아서 기다린다.)

백인 소년#4: 그게 그렇게 우스우면, 다시 동전을 던져 봐.

백인 소년#3: 던질게. 하지만 이 멍청이가 동전을 테이블 아래로 떨어뜨렸어. 동전이 사라졌어.

(백인 소년#4가 바지 주머니에서 동전을 꺼내⋯⋯)

백인 소년#2: 와, 너 정말로 거스름돈을 갖고 다니는구나!

(⋯⋯백인 소년#3에게 내민다. 도전처럼. 거의 위협적이긴 하지만, 그래도 위협은 아니다.)

백인 소년#4: 해봐. 던져 보라고.

백인 소년#3: 그래, 안톤 쉬거*.

백인 소년#4: (조용히 위협하며) 던져.

백인 소년#3: 싫어.

---

*「노인을 위한 나라는 없다」에 등장하는 인물. 동전을 던져 살인을 결정한다.

백인 소년#4: 어서, 던지라고.

백인 소년#3: (차츰 마음을 굳히며) 싫어.

백인 소년#4: 그놈의 동전, 던지라니까.

(백인 소년#3이 벌떡 일어나더니 걸어 나간다.)

백인 소년#3: 그만해. 난 안 던져. 진정이나 하라고.

(백인 소년#2가 나뭇가지로 모닥불을 찌른다.)

백인 소년#2: 그게 정말로 우리의 개성 문제를 해결하네.

백인 소년#3: 뭐?

백인 소년#1: 어떻게?

백인 소년#2: 우리가 다른 사람의 이야기에 등장한다면, 개념 따위를 체화한 존재라는 게 일리가 있겠지. 우리가 백인의 어쩌고저쩌고 특권을 나타내는 똑같은 집단이라고. 말이 되지? 하지만 바로 여긴? 이렇게 모여 있잖아? 우리가 똑같은 집단이 아니라는 걸 보여 주지. 우린 서로 달라. 그런 셈이지. 그렇다면 우리에겐 개별성이 있다는 뜻이잖아. 우리 모두 동시에 동일 개념이 될 수 없어.

백인 소년#1: 하지만 동일 개념을 나타내는 서로 다른…… 색조라면? 특히 그게 아주 거대한 개념이라면 말이지.

백인 소년#2: 하지만 한 가지 문제가 있어. 우리에겐 '선택지'가 있잖아. 운명을 결정할 수 있어. 우리는 통일된 단체가 아니야.

백인 소년#1: 하지만 우린 그런 존재가 되어야 하는걸.

백인 소년#2: 누가 그래?

(백인 소년#1에게 너무나 강한 자각이 일어나 얼굴에 흐르던 눈물이 싹 말라 버리고, 슬픔도 사라진다.)

백인 소년#1: (각성과 함께하는 희열에 숨도 제대로 쉬지 못하며) 우리가 토브를 받아들였지.

백인 소년#2: (미소 지으며) 우린 토브를 받아들였지. (다른 소년들을 보며) 지난 수업에서 토브랑 빅터가 싸운 뒤에 재영이가 걔를 테이블에 얹어서 우리에게 데려왔어. 통일된 단체라면 곧바로 한쪽으로 결정을 내렸을 거야. 개념이란 깊이 생각하지 않으니까. 그저 움직일 뿐이지. 행동하고. 개념은 자신이 무엇인지 아니까 자신이 맡은 바를 할 뿐이야. 그건 질문하지 않아. 하지만 우리는 망설였어.

백인 소년#1: (다른 소년들보다는 자신에게 속삭임) 그리고 난 좋다고 했어. (침묵) 나는 그 애에게 손을 뻗었어.

백인 소년#2: 그리고 '우리도' 손을 뻗었지.

(백인 소년#1이 이 새로운 이해가 의미하는 모든 내용을 생각하듯 머리를 감싸 쥔다. 그 의미가 너무나 여러 가지로 복잡하고 거대한 나머지 귀와 눈으로 튀어나오고, 눈에서 새어 나올 것 같다. 그는 그 생각을 꼭 붙들어야 한다. 그래서 그렇게 한다. 온 힘을 다해서.)

백인 소년#1: (미소를 짓다가 웃으며) 우린 토브를 받아들였어!

백인 소년#2: (활짝 웃으며) 우린 토브를 받아들였어. (다른 소년들에게) 봤지? 항상 토브가 문제였다니까.

백인 소년#1: 우리가 다른 애들도 받아들일 수 있을 것 같아?

(다른 소년들이 뒤로 물러선다. 친구, 형제에게서 그런 말을 들을 줄 몰랐던 것이다.)

백인 소년#2: 토브와 빅터가 그렇게 치고받는 걸 보고 너희 진짜 놀랐구나, 응.

백인 소년#3: 다른 애들이 원하는 게 그것이긴 해?

백인 소년#1: 모든 게 너무 진지해서 좀 피곤해. 게다가 이 수업은 쉽게 점수 받는댔는데. 애들을 전부 우리 편으로 데려오면 걔넨 그렇게 열심히 노력하지 않을 거야. 그럴 필요가 없으니까.

(백인 소년#2와 백인 소년#3이 서로 마주 보고 생각하더니 그것은 백인 소년#1에게 더 잘 맞는(건전한 자기중심적 태도가 담긴) 시각임을 깨닫는다. 저 가련한 녀석은 이타주의에 따라 움직이지 않고, 대화로 그다지 변하지도 않았다. 이 모든 것이 중간에 태어난 아이 둘이 주고받은 시선에서 일어난 일이다.)

백인 소년#1: 아닐 것도 없잖아?

백인 소년#3: 뭐, 그래서 전부 명문대 진학반에 들어가라고?

백인 소년#2: 아! 함께 봄방학에 여행 가자고 하자!

백인 소년#3: 하지만 우리는 벌써 그 계획을 세웠잖아. 그리고 이름 이니셜을 새긴 가방도 맞췄고. 게다가, 야, 멕시코에서 우리끼리 백인 남자애들다운 일정을 즐기려는데 정말 레티시아를 데리고 가고 싶어? 아님 버뮤다에? 아님 어디든지 봄방학에 가는 곳에?

백인 소년#2: 걔들도 벌써 허접한 데 예약했을 거야.

백인 소년#3: 하지만 우리가 거기 가서 남미 여자들을 대상화하고 함께 놀자고 하면 어떻게 보이겠어? 어색하지, 야. 넘나 어색해.

백인 소년#2: 레티시아가 우릴 안내해 줄 수도 있지.

백인 소년#3: 진짜 백인 남자애처럼 말하네.

백인 소년#2: 그게 무슨 소리야?

백인 소년#3: 걔는 푸에르토리코 사람이야, 얼간아. 멕시코인이 아니고.

백인 소년#4: 쉽지 않을 거 같은데.

백인 소년#2: 뭐, 돈? 야, 그건 문제도 아냐.

백인 소년#4: (백인 소년#1을 정면으로 보며) 그게 아냐.

백인 소년#1: (진지해지며) 그래, 그건 아냐.

(백인 소년#2와 백인 소년#3이 백인 소년#1과 #4를 몰아붙인다.)

백인 소년#2: 야? 왜 그래?

백인 소년#4: 도저히 걔들을 못 받아들이는 거야.

(백인 소년#1은 여전히 말이 없다. 고민 중이다.)

백인 소년#1: 토브는 우리 편이지만, 그래도 상처받았어. (다른 소년들이 그 사실을 생각하도록 기다린다.) 그 애는 우리랑 함께였지만…… '우리'는 아니었어.

백인 소년#4: 백인이 아니잖아.

백인 소년#1: 백인이 아니지.

백인 소년#3: 그렇다면 그들 누구도 결코……

백인 소년#1: 아직은.

백인 소년#2: 뭐?

(백인 소년#4가 경고하듯, "조심해, 네가 무슨 짓을 하는지 알고는 있어?"라는 투로 백인 소년#1의 결의를 바라본다.)

백인 소년#3: 그럴 방법이 있다고 생각……

백인 소년#1: 난 모르겠다. 난…… 아직 방법을 생각 중이야. 하지만 커닝엄 선생님에게 해답이 있을 것 같아. (다른 소년을 하나씩 보며) 선생님이 학기 시작할 때 백인성의 중심을 들여다볼 거라고 하셨잖아. 바퀴의 살인지 지랄인지를 따라서 여행할 거라고. 그럴 것 같아.

백인 소년#2: 그럼, 이 수업을 진지하게 받아들이는 거야?

백인 소년#1: 4번, 네가 한 말 기억해? 백인의 폭력에 대해서? 백인 정체성의 핵심 동력이 된다고 했던가?

(백인 소년#4가 엄숙히 끄덕인다.)

백인 소년#2: 뭐? 기억 안 난다고 했잖아.

백인 소년#4: 무슨 일이 있었는지 아직 난 잘 모르겠지만, 그 일의 한 조각은 아직 내 머릿속에 있어. 잔재처럼. 누군가의 지문이 내 뇌에 남은 것 같아.

백인 소년#1: 폭력이 더 있을 것 같은 느낌이야.

백인 소년#3: 그럼, 우리가 반 아이들을 더 상처 입힐 거란 뜻이야?

백인 소년#1: 그럴지도 모르지. 하지만······

백인 소년#2: (가련하게 망연자실한 상태로) 우리가 그런 일이 벌어지게 둔다고? (침묵) 토브랑 빅터에게 일어난 일 같은걸?

백인 소년#4: 그것 정도가 아니지.

백인 소년#3: 더 있다고?

백인 소년#1: 우린 그런 일이 일어나게 도울 거야.

(백인 소년#4가 눈살을 더욱 찡그린다.)

백인 소년#1: 너희도 알잖아. 애벌레가 고치가 되었다가 고치가······

백인 소년#3: 번데기.

백인 소년#1: 뭐?

백인 소년#3: 고치에선 나방이 나오지. 나비가 나오는 건 번데기야. (침묵) 그게 되려는 거 맞지?

백인 소년#1: 그래, 지랄, 까짓것. 번데기라고 쳐. 뭐, 번데기가 부서지면서 나비가 나와. 부서지는 게 필수라고. 나비가 되려면 꼭 그래야 해. (침묵) 쟤들은 어떻게 해야 할지 모를 때가 있어. 그래서 우리가 도와줘야 할 거야.

백인 소년#2: 부서지도록 도와준다고.

(백인 소년#1이 끄덕인다.)

백인 소년#1: 그렇지.

(백인 소년#3이 한숨을 푹 쉬더니 앞으로 몸을 숙여 무릎에 양팔을 얹고 모닥불을 보며 생각에 잠긴다.)

백인 소년#3: 현실 속의 「파리 대왕」 헛소리네.

백인 소년#2: 고담시*에 걸맞은 악당들.

(백인 소년#2와 백인 소년#3이 주먹을 맞부딪힌다.)

백인 소년#3: (크리스천 베일의 배트맨 목소리로) 레이철은 어디 있지?

백인 소년#3: 그럼 어쨌든 우린 악당이란 말인가?

(분위기가 좀 더 명랑해진다. 긴장이 풀려서 명랑해진 것이 아니라, 형제끼리 새로운 이해해 도달했기 때문이다. 가족 사이 견해차가 해결되고, 한 몸의

---

* 미국 DC코믹스의 배트맨 시리즈에 나오는 가상의 도시.

기관이 조화롭게 기능하며 팔다리가 화합하여 각자의 결합부에 따라서 함께 움직이고 전체 조직을 앞으로 전진시키는 기능을 한다.)

백인 소년#2: 우린 이타치*야.

백인 소년#3: 영면의 술, 작동하라.

백인 소년#2: 빌어먹을 일본 오타쿠. 하하.

(백인 소년#1과 백인 소년#4가 의미심장한 눈빛을 주고받는다. 부드럽게 서로를 보고 살짝 미소 짓는다.)

(백인 소년#3이 이제 구부러진 안경을 쥐고 있다. 이전까지는 백인 소년#2의 소유였던 안경이다.)

(백인 소년#2는 손가락 위로 새로운 동전을 굴리고 있다.)

(백인 소년#3은 흐르기 시작한 눈물을 닦아 낸다.)

백인 소년#1: 연습해야 할까?

(코러스에게 조명)

(백인 소년#1에게 스포트라이트)

(백인 소년#4에게도 스포트라이트. 그의 머리가 눈 없는 도살한 돼지로 변한다. 혓바닥이 썩고 더러워진 송곳니 위로 나와 있다. 머리에 파리들이 몰려든다.)

백인 소년#4: 내가 무서운가 보구나.

백인 소년#1: 무……무슨 일이지? 다른 애들은 어디 갔어?

백인 소년#4: "여기서 혼자 뭘 하고 있느냐?"

(돼지 머리를 한 백인 소년#4가 두 개의 악마 같은 목소리로 웃는다.)

---

* 만화 『나루토』의 등장인물이자 악역.

백인 소년#1: 4번은 어디 갔어? 그 앨 내보내 줘.

백인 소년#4: 악을 네 편으로 흡수해서 영웅으로 만들 수 있다고 생각하면 멋지지. 다른 사람들을 구하기 위해서 악이 될 수 있다고 생각하면 멋지고.

(교실에 웃음을 모방한 소리가 울려 퍼진다.)

백인 소년#4: 너도 알지. 내내 알고 있었어. 난 네 안에 있다. 네 엉덩이 속에. 어찌나 깊이 들어갔는지 너희 맹장을 비니 모자로 쓰고 있을 정도지. 너희는 맨 처음부터 다른 사람들이 거부한, 더럽지만 꼭 필요한 지식을 알고 있었어. 그들은 동의할 수 없어. 아직 애들이니까, 그렇지? 넌 안 그래?

백인 소년#1: 그럼 '넌'?

(백인 소년#4가 키득거린다.)

백인 소년#4: 그럼 너랑 네 조상이 다른 점은 뭐지? 싸워야 할 대상. 남들이 물리치려고 하는 것. 지배하는 것. 항상. 네가 다른 점이 뭐야? 그들의 마음속에 있었던 것이 네 마음속에는 없다는 걸 어떻게 알아?

백인 소년#1: 나……난 다른 애들을 구하고 싶어.

백인 소년#4: 구해? 자유의지로 수강 신청한 수업에서 애들을 구한다고?

백인 소년#1: 으……응.

백인 소년#4: 왜 네 자신을 거부하는 거지?

백인 소년#1: 난 '널' 거부하는 거야.

(백인 소년#4가 물러나면서 고개를 갸우뚱하며 백인 소년#1의 말을 곰곰

이 생각한다.)

(남은 대화가 진행되는 동안 백인 소년#4의 목소리가 점점 더 그들의 교사 제럴딘 커닝엄과 비슷해지기 시작한다.)

백인 소년#4: 넌 어리석은 어린애야. 아무것도 모르는, 어리석은 어린애일 뿐이라고. (침묵) 너도 그렇게 생각하지 않니? 넌 그저 어리석은 어린애가 아니야?

백인 소년#1: 그만해.

백인 소년#4: 여기서 영웅이 될 수 있을 것 같아?

백인 소년#1: (침을 꿀꺽 삼킨다.) 응.

백인 소년#4: (뒤에서 물건을 꺼내며) 자, 여기 네 카우보이모자다. 그리고 수동식 엽총이랑, 부츠에 붙일 박차, 살인 충동, 명백한 운명*, 머리 가죽을 벗길 칼, 그리고 거기에 더해 네가 만약 경찰관이 되면 쓸 배지야.

백인 소년#1: 그만하라니까.

백인 소년#4: 그래? 그럼 기업가일 수도 있겠다. 아니면 히로시마에 원자폭탄을 떨어뜨린 조종사거나 나가사키에 원자폭탄을 떨어뜨린 조종사거나.

백인 소년#1: 나한테 왜 이러는 거야?

백인 소년#4: 여기 들어올 때 넌 올바른 생각을 품고 있었어. 하지만 반쪽짜리였지. 그러더니 상황이 달라질 수 있다는 말에 설득당했어. 네가 흘린 피의 결과에서 벗어날 수 있다고. 네 모습을 유

---

* Manifest Destiny, 백인이 북아메리카에 정착하라는 신의 명령을 받았다는 사상.

지하고, 말하는 내용을 유지하고, 네 이름과 혈통과 유산을 그대로 유지하면서 네가 받은 운명에서 벗어나 '무엇이든지' 될 수 있다고?

백인 소년#1: 난 아직 '아이'라니까!

백인 소년#4: 넌 파국이 남긴 여파야.

(절망한 백인 소년#1은 양손에 얼굴을 파묻고 울기 시작한다.)

백인 소년#4: 아, 뭐가 문젠데? 네가 여기 오면서 원한 걸 주고 있는데. 분명한. 목적. 전에는 어렴풋이 알던 목적. 자, 넌 옳은 생각을 품고 있었어. 내가 그것을 채워 준 것뿐이야. 네 마차의 길을 바로 잡아 준 것이지.

백인 소년#1: 난 너무 외로워.

백인 소년#4: 안 그런 악당이 어디 있겠어?

백인 소년#1: 하지만 난…… 난 뭘 해야 하지?

(여러 사진과 짧은 동영상이 조각조각 연결되더니 그들 사이의 모닥불 위에서 스스로 재생된다. 불꽃이 불러낸 환영 같다. 대나무로 만든 티키 횃불을 든 사람들의 행렬, 태아처럼 웅크린 동아시아계 남자를 걷어차고 각목으로 가격하는 짧은 머리의 패딩 점퍼 차림의 무리. 공중에서 드론이 2차 세계 대전 수용소를 찍은 사진, 학교로 걸어가는 굳은 얼굴의 흑인 소녀에게 침을 튀기며 음란한 욕설을 퍼붓는 젊은 남녀. 비명을 지르는 모닥불. 군복을 입고서 화염방사기로 불을 내뿜는 용처럼 작은 숲에 불을 지르는 군인과 다양한 모습과 크기의 인간 형태가 땅에 엎드리는 모습. 똑같은 자세로, 똑같이 일그러진 미소를 띠고 공격용 라이플을 들고 노스페이스 점퍼를 입은 청년이 모스크 중앙 기도실에 모인 사람들을 겨냥하고 있지만, 그중 절반은 그의 존재를

모른다.)

백인 소년#4: 넌 뭘 해야 하냐고? (돼지 머리가 씩 웃는다.) 네가 항상 했어야 했던 거. (앞으로 다가오며) 그들을 파괴해.

(전체 무대에 불이 꺼진다.)

(코러스에 불이 켜지자 백인 소년#1이 돼지 소년과 만나기 직전의 자세로 그대로 있다. 다만, 백인 소년#1의 시선이 백인 소년#4를 넘어서, 이 극장 안을 넘어서, 그가 배역을 맡았다고 믿는 이야기의 경계 너머로 향한다. 영원을 응시하되 심연만을 보며.)

(백인 소년#1이 정신을 차린다.)

백인 소년#1: (다른 이들에게) 연습해야 할까?

(조명이 잦아든다.)

(테이블 위의 모닥불이 깜빡이다 꺼진다.)

(다른 학생들이 들어오기 시작하는 모습이 실루엣으로 보인다.)

도움 주신 분

알렉스 킴

조프 포스터

서배나 에이브리샴키언

벤 그린버그

윈 로젠필드

케이샤 센터

이언 쿠퍼

레이철 풀런

몰리 글릭

캐서린 로

제러드 레바인

에일린 고로스피

세스 피시먼

레지나 플래스

제니 프레지어

이선 수

자이납 실라

마크 르블랑

레이철 로키키

그렉 큐비

윈디 도레스틴

마이클 호크

옮긴이 | 이나경

이화여자대학교 물리학과를 졸업하고 서울대학교 영문학과에서 르네상스 로맨스를 연구해 박사 학위를 받았다. 전문 번역자로 일하고 있으며, 역서로『샤이닝』,『야생 조립체에 바치는 찬가』,『수관 기피를 위한 기도』,『검은 미래의 달까지 얼마나 걸릴까?』,『화석을 사냥하는 여자들』,『부기맨을 찾아서』,『초대받지 못한 자』,『프리즈너』,『엄마 아닌 여자들』,『프랑켄슈타인』,『애프터 유』,『다른 우주에서 우리 만나더라도』,『에일리언 클레이』 등이 있다.

저 밖에서 비명 소리가

1판 1쇄 찍음 2026년 3월 31일
1판 1쇄 펴냄 2026년 4월 10일

엮은이 | 조던 필
옮긴이 | 이나경
발행인 | 박근섭
책임편집 | 장은진
편집인 | 김준혁
펴낸곳 | 황금가지

출판등록 | 2009. 10. 8 (제2009-000273호)
주소 | 06027 서울 강남구 도산대로 1길 62 강남출판문화센터 5층
전화 | **영업부** 515-2000 **편집부** 3446-8774 **팩시밀리** 515-2007
홈페이지 | www.goldenbough.co.kr

도서 파본 등의 이유로 반송이 필요할 경우에는 구매처에서 교환하시고
출판사 교환이 필요할 경우에는 아래 주소로 반송 사유를 적어 도서와 함께 보내주세요.
06027 서울 강남구 도산대로 1길 62 강남출판문화센터 6층 민음인 마케팅부